Besarte en Roma

Besarte en Roma

Regina Roman

TITANIA

Argentina • Chile • Colombia • España
Estados Unidos • México • Perú • Uruguay

Copyright © 2018 by Regina Román
All Rights Reserved
© 2018 *by* Ediciones Urano, S.A.U.
Plaza de los Reyes Magos 8, piso 1.º C y D – 28007 Madrid
www.titania.org
atencion@titania.org

ISBN: 978-84-16327-45-4
E-ISBN: 978-84-17180-49-2
Depósito legal: B-3.846-2018

Fotocomposición: Ediciones Urano, S.A.U.
Impreso por Romanyà Valls, S.A. – Verdaguer, 1 – 08786 Capellades (Barcelona)

Impreso en España – *Printed in Spain*

A Rafa, el hombre de mi vida.
Sin más.

«La razón busca, pero quien encuentra es el corazón.»
(George Sand)

1

Si no te chiflan los vestidos pijos...

Hay promesas que no deben hacerse si una no quiere amargarse la noche. Si, como Eva Kerr, eres de las que detestan los acontecimientos sociales, opinas que solo sirven para presumir y exhibirse, que las conversaciones son superficiales y los asistentes frívolos, no le prometas a tu madre que la acompañarás a una entrega de premios en Marbella. Eva accedió porque, tratándose de su madre, no sabía decir *no* ni inventar buenas excusas a suficiente velocidad. Mierda, el sábado, el fastidioso sarao era el sábado y apenas si tenía tiempo para buscar un vestido pijo de esos en los que caber: cabría, pero sin respirar. Dos horas de peluquería y plancha contra sus rebeldes rizos y algo de maquillaje, lo justo para disimular las pecas. ¡Señor! Solo de pensarlo le daban taquicardias.

Su solución para salir de la crisis, una hora de carrera y quemar adrenalina. El gimnasio donde boxeaba había decidido cerrar, aprovechando la temporada baja, para cambiar todo el parquet del suelo y la pintura de las paredes. Nunca imaginó que el no saber qué hacer con su exceso de energía la afectaría tanto.

Salió de la caravana con Toni y Braxton trotando alrededor, cerró con llave, rodeó el primer tercio de la calle y, nada más girar la curva, se topó con los muros del colegio alemán. Mucha gente le preguntaba si tanto niño cerca vociferando no era una incomodidad. Para nada. Eva adoraba a los críos de todas las edades, eran el vivo retrato de la alegría sin límite, de la curiosidad. Si alguien le hubiese concedido un deseo, habría pedido ser niña para siempre. A aquellas horas, sin embargo, las clases habían terminado y el silencio era eclesiástico. Por eso le llamó la atención la figura de un niñito de unos seis o siete años sentado en los escalones de entrada, junto a las cancelas a punto de cerrar. Pero siguió corriendo y pasó de largo.

Braxton no. Braxton se quedó rezagado olisqueando al extraño, le hizo su surtido de gracias con el rabo y finalmente, al ser correspondido, se quedó a bañarlo a lametones. Eva oteó por encima de su hombro al percibir que faltaba uno de sus perros y frenó en seco.

—¿Braxton?

El animal no le prestó la menor atención, seguía encariñado con el niño, zalamero bajo sus mimos. Eva retrocedió dando saltitos, tratando de no perder el ritmo.

—Hola.

—Hola —respondió el crío. Menudos ojazos claros se gastaba el muchachito—. ¿Es tuyo, el perro?

—Sí, son míos los dos. Vaya, parece que le has gustado. ¿Qué haces aquí solito?

—El cole va a cerrar, estoy esperando a mi papá.

—Pero ¿te ha dicho que viene?

—Sí. —El niño le enseñó el teléfono que guardaba en el bolsillo—. Llamó y me dijo que esperase fuera, que venía de camino.

—Ah, vale. Bueno, pues no te alejes de la verja, seguro que ya no tarda. ¡Braxton! ¡Vamos!

El pastor soltó un ladrido como una queja y remoloneó a la hora de cumplir su orden. Eva retomó la marcha antes de comprobar que Braxton la seguía, pero también lo hacía el chiquitajo de ojos de ángel. Se hizo la longuis esperando que parase.

—¿Cómo te llamas? —le preguntó a voces. Ella, entonces, aflojó el paso.

—Eva. ¿Y tú?

—Gonzalo.

—Vaya, Gonzalo. ¿Has visto el cielo? —Las nubes habían empezado a ennegrecerse —. Va a caer una de las gordas y aquí no hay dónde refugiarse.

El niño se encogió de hombros. La resignación en su rostro y en su gesto la consternó, daba la impresión de estar acostumbrado a esperar y que no le importaba demasiado, parecía feliz solo con que le permitiese acariciar a los pastores alemanes. Eva interrumpió su trote, flexionó la cintura y apoyó las manos en las rodillas. Acababa de maquinar un plan de los suyos: irreflexivo e instantáneo.

—Tienes móvil —afirmó mordiéndose la comisura del labio inferior.

—Sí, ¿por?

—Vamos a mandarle un mensaje a tu padre, anda. Y esperaremos, pero a cubierto.

Eva no había equivocado ni chispa sus augurios, llovía a cántaros; incluso agradeció el encontronazo con el pequeño Gonzalo, que le hizo volver y le evitó emparse bajo el chaparrón. No le disgustaba correr bajo la lluvia, pero aquello era el segundo diluvio universal. Estaban mucho mejor y más a gusto dentro de la caravana que era su casa, calentitos, con la música a toda pastilla y pegándose un homenaje *meriendil* con colacao, galletas caseras y sándwiches de pasta de salami.

—Me encantan los animales, pero a mi papá, no. Dice que le dan alergia —explicaba Gonzalo, mordisco va, mordisco viene, tanto al bocadillo como a las galletas.

«¡Cielos! He recogido a un crío verdaderamente hambriento», se dijo Eva.

—¿Le salen ronchas por todo el cuerpo y se pone coloradote? —preguntó simulando un desmedido interés. Gonzalo negó con la cabeza.

—No, pero se pone muy nervioso.

—Vaya.

—Por eso, aunque yo quiero una mascota, no puede ser. —Cortó con los dedos un pedacito de sándwich y se lo dio de comer a Braxton, que no se separaba de su lado.

—Entiendo. Menuda faena. ¿Más colacao?

En el exterior, por encima del grueso sonido de las cortinas de lluvia, se oyó el chirriar de unos frenos y un potente motor que se extinguía. Eva había dejado la verja abierta a propósito. Gonzalo saltó de su silla.

—¡Es papá!

—Ya era hora de que se acordara de que tiene hijo —musitó la joven entre dientes.

La puerta de la caravana se abrió de un brusco empujón antes de que ellos pudieran asomarse. Todo lo que Eva pudo ver fue un hombre enorme y supersexi que casi no cabía dentro del vehículo, con un traje oscuro chorreando y la cara desencajada de puro pánico, que se abalanzó contra el peque y lo estrechó con ansiedad entre sus brazos.

—¡Gonzalo, hijo! ¡Qué susto! ¡Qué susto me has dado! —repetía como un autómata mientras lo separaba, lo palpaba por todas partes y comprobaba su perfecto estado.

—¿Susto por qué? —intervino Eva molesta—. Si le hemos mandado un mensaje...

¿Para qué se le ocurriría abrir la bocaza? Cuando el tipo, que estaba agachado delante del niño, se puso en pie, Eva le llegaba apenas al nudo de la corbata y su mirada iracunda, verde y fuera de sí parecía tan peligrosa que la chica retrocedió asustada, calculando la escasa distancia entre el techo de su casa y la cabeza del desconocido. Así que ese guerrero de apariencia peligrosa, terriblemente provocador era Javier, el padre de Gonzalo. Pues cabreado y todo, estaba para ponerle un piso.

—¿Está usted loca?

—Pero ¿qué dice?

—¿Cómo se le ocurre ir por ahí secuestrando niños de las puertas de los colegios? —bramó inclinado sobre ella.

Gonzalo le tiró de la pernera del pantalón.

—Papá...

Como era de esperar, no le hizo ningún caso.

—¡Debería denunciarla!

—Papá...

Tras esa amenaza, la indignación de Eva superó al miedo y saltó la fiera que llevaba dentro.

—¿Denunciarme? No, espere, gran hombre, igual lo denuncio yo a usted —lo retó hirviendo de coraje.

—¿Usted? ¿A mí?

—¿Corremos y probamos? A ver quién llega antes a comisaría. Le advierto que llevo deportivas.

—Usted no tenía ningún derecho, es mi hijo, ¡mi hijo! No la conozco y él tampoco la conoce. ¿A cuento de qué se lo lleva de la calle?

—¡Le digo que le hemos mandado un...!

—¡Ah, eso lo cambia todo! —silabeó irónico—.¿Y no ha visto mis doscientas respuestas? ¡Claro! ¿Cómo va a estar usted pendiente del móvil? Si el malo soy yo... ¿Quiere hacer el favor de bajar el volumen de esta condenada música? No me extraña que no oiga las alarmas del teléfono.

Eva se tragó su orgullo, le costó contenerse, pero, sin ser madre, guardaba el suficiente instinto como para saber que no era una discusión que ventilar delante de un crío. Se acuclilló y le tomó el bracito.

—Gonzalo, ¿te quedas un minutito cuidando de Toni y de Braxton? Papá y yo tenemos que hablar de una cosa.

Al mencionar a los perros, Javier tomó repentina conciencia de su presencia y dio un respingo.

—¿Dejarlo aquí dentro? ¿Con los perros? ¿Respirando sus virus? Nada de eso, está usted como una maraca, guapita de cara.

Eva estiró el dedo índice, se empinó sobre sus puntillas, se lo metió entre las cejas y se le acercó al oído.

—Si vuelve a llamarme eso, le daré una patada en el culo y le dejaré la zapatilla de correr dentro —susurró asegurándose de que Gonzalo no la entendía—. Y ahora, salga. Tengo una buena lona, podemos charlar debajo sin mojarnos.

—No tengo nada que hablar con usted —aulló Javier al tiempo que la perseguía. Con toda parsimonia Eva abrió la puerta, cruzó una mirada cómplice con el peque y bajó las escaleras de la caravana. A la derecha había montado una especie de porche de verano plagado de macetas, cubierto con un toldo, que ahora se veía encharcado y tristón—. Cojo a Gonzalo y me marcho. Dé gracias a Dios que soy buena persona pese al susto...

—Usted lo que es es gilipollas—lo cortó cuando más emocionado entonaba su discurso. Javier abrió desmesuradamente los ojos—. ¿Desde cuándo se le olvida que es padre? Ese niño estaba solo en mitad de la calle, con un colegio cerrado y un papá olvidadizo, a expensas de que, no yo, sino cualquier desaprensivo lo fichara al pasar y... No quiero ni pensarlo.

—¡Venía de camino! ¡Se me hizo tarde! ¡Estaba trabajando, menudo crimen!

—Oh, sí, trabajar, la gran excusa del macho ibérico.

Él miró despreciativo la caravana y su entorno.

—Seguro que usted no sabe siquiera lo que es eso.

—¿Se refiere a trabajar? —Los ojos azules de Eva echaban chispas. Prácticamente, lo único visible de ella bajo la visera de su gorra. Por un segundo y por encima de su enfado, Javier se quedó enganchado en ellos.

—Efectivamente.

—No, yo vivo de lo que cae de los árboles.

—*Hippies* harapientos... —masculló con desprecio en cuanto se vio libre del embrujo de aquellos iris—. Y con todos esos animales sucios y pulgosos alrededor...

¡¡Plaf!!

Eva no lo pensó dos veces. Tal cual se le pasó por la mente, así lo hizo: abrió la mano, estiró el brazo y le propinó, al gigantón furioso, la madre de todos los bofetones.

—¡Y encima violenta!

—¡No se atreva a quejarse! ¡Ni vaya de víctima! Le he mandado un mensaje desde el teléfono de su hijo y el mismo desde el mío. Sabía perfectamente dónde estaba, a cien metros del colegio, a salvo y acompañado. Y usted, en lugar de agradecerme el detalle, me insulta y amenaza con denunciarme.

Javier no estaba dispuesto a seguir soportando aquella prueba, muy por encima de los límites de su paciencia, así que le dio la espalda a Eva y abrió la puerta de la caravana.

—¡Gonzalo! ¡Sal, nos vamos!

—Supongo que habría preferido que esta «*hippie* medio loca» lo dejase tirado bajo la tormenta, ¿no?

—¡No se te ocurra toquetear a esos perros asquerosos, Gonzalo! —volvió a ordenar Javier, ignorándola a voluntad.

Eva apretó los puños. «Menudo imbécil».

—El padre perfecto, vaya, le van a llover los premios —siguió chinchándolo mientras pudo.

Él parecía haber recuperado ya el dominio de sí y de la situación. Ofreció una mano a Gonzalo para que descendiese los pocos escalones y, considerando que se portaba como un auténtico señor al no denunciar a aquella robamenores, sacó las llaves del coche del bolsillo.

Ni corta ni perezosa, antes de que diera el primer paso, Eva le puso la zancadilla y el metro noventa de dios griego trastabilló y estuvo a punto de caerse de boca al barro, pero reconquistó el equilibrio de milagro.

Fue un momento tenso, un cordel a punto de romperse, cuando se desafiaron con los ojos, verde contra azul. Eva sonreía torcido, a punto de liberar una carcajada. Que encima se estuviese divirtiendo, era más de lo que él podía soportar.

—Las mujeres en general me sacan de quicio, pero usted ostenta el dudoso honor de haberse ganado mi enemistad de por vida en menos de siete segundos.

Eva no replicó, andaba muy ocupada correspondiendo al abrazo que Gonzalo le regalaba con los ojitos húmedos.

—Puede meterse su amistad por donde le quepa, pedazo de monolito viviente —farfulló ladeando la visera de su gorra, cuando ellos ya se alejaban sendero adelante.

2

Un papá estresado

—¿Estamos?

Javier descendió por la escalera ajustándose el nudo de la corbata gris acero. Iba impecable en su traje de chaqueta oscuro, formal, ajustado a la puntada.

—¡Voy, papá! —se oyó a lo lejos.

—Hoy llegamos tarde —dedujo Javier camino de la cocina.

—Como siempre —rio el pequeño, aún invisible a sus ojos.

Javier distinguió la tartera de Gonzalo sobre la encimera, preparada por Therese, su asistenta fiel, enamorada del pequeño de la casa, discreta y silenciosa. La mujer más trabajadora que había conocido jamás.

—¿Todo bien, señor? —Precisamente, apareció por la puerta que comunicaba con el jardín a través del porche de los desayunos con las mejillas arreboladas, el pelo canoso revuelto y una cesta repleta de tomates recién cogidos de la huerta—. Van un poco justos de tiempo.

—Lo sé, lo sé —respondió Javier, nervioso—, pero este niño... No sé dónde se mete. Búsquelo, Therese, haga el favor. Voy arrancando el coche.

—Gonzalito lleva un batido de vainilla, su bocadillo de york y una botella de agua fresca. —Señaló la tartera que Javier sostenía entre las manos.

—Pan negro, ¿verdad?

—Más negro que el trasero de una mona, como a usted le gusta.

Aunque él ya no la escuchaba, menos mal, había salido al patio como alma que lleva el diablo, consultando su reloj con gesto compulsivo, y se había olvidado el almuerzo de su hijo sobre la mesa del *office*. Con un entrecortado suspiro de resignación, Therese lo recogió y salió tras él cuando el pequeño Gonzalo entraba a la carrera por la misma puerta.

—¿Ya? —La mujer le guiñó un ojo.

—Ya. Están comiendo todos, hasta el más canijo —anunció radiante el crío, con una sonrisa como una luna creciente.

—Que no se entere tu padre o los espantará de un bocinazo. Toma la tartera y dame un beso, golfillo.

Gonzalo obedeció con el corazón acelerado por la carrera y la presión de los pitidos del coche de su padre desde fuera.

—¡Falta más de una hora para que empiece el cole! —se quejó con un puchero. Therese le revolvió cariñosamente el pelo oscuro y luego se lo volvió a recolocar.

—Tu padre tiene que llegar pronto a la oficina —dijo a modo de disculpa.

—Ya, pero me toca esperar en la biblioteca. Es un rollazo...

—Venga, no protestes, prepararé algo para la cena de los gatitos de esta noche.

Los ojos verdes de Gonzalo se llenaron de luz.

—¡Guay!

—Sé bueno, no armes guerra y vuelve pronto.

—Cuando papá me recoja, ya sabes —aclaró con un mohín de duda que Therese conocía bien.

—¡Gonzalooooooooo!

—¡Vooooooy! Adiós, There.

—Hasta luego, mi niño, que tengas un buen día.

—¡Cuida de los gatos! —rogó el peque en un último susurro. Therese lo tranquilizó con un gesto. Luego juntó las manos sobre el delantal blanco y lo vio marchar.

No tenía más que seis años y un amor desmedido por los animales de toda clase y color, pero la vida, con sus circunstancias, lo estaba empujando a madurar antes de tiempo. Pobrecillo.

—¿Qué diablos estabas haciendo? ¿Has visto la hora que es? —Apenas Gonzalo cerró la puerta, antes incluso de que pudiera abrocharse el cinturón de seguridad en su alzador del asiento trasero, Javier ya metía primera y aceleraba. Los portones del chalé se abrían para él.

—Demasiado pronto —bufó el niño, malhumorado.

—Ponte el cinturón. ¿Llevas el almuerzo? ¿El uniforme completo?

—Sí, sí y sí a las tres cosas.

—¿Tienes deporte? ¿Llevas las zapatillas?

Gonzalo puso los ojos en blanco y pegó la nariz al cristal de la ventanilla.

—Tengo deporte los jueves, hoy es martes —enumeró con mucha paciencia—. Siempre te lías.

—¿Pongo música? —Ya adentrados en la estrecha carretera de montaña, Javier pareció calmarse. Gonzalo se encogió de hombros—. Venga, chaval, no seas aguafiestas. Hoy tengo una reunión importante de la que dependen muchas cosas, estoy nervioso.

—¿Como cuando yo tengo un examen?

—Justo, igual. ¿Ponemos ese programa de la radio que tanto te gusta?

—¿El de las bromas?

—El de las bromas. Espera, que lo busco.

Javier trasteó un segundo en el dial y pulsó. De los altavoces brotó la voz exaltada de un paisano al que amenazaban con denunciar porque su mujer había robado un boli en el hotel de Disneyland París donde se habían alojado; en el paquete de futuras desgracias se incluía la Interpol, encarcelamiento seguro, denuncias a embajada y prensa amarilla.

—*¡Yo lo devuelvo, lo devuelvo! ¡Se lo envío hoy mismo!* —juraba el pobre hombre, ignorando ser víctima de una broma encargada por su propia esposa.

Una maniobra estúpida de otro coche obligó a Javier a frenar en la rotonda. Bufó, maldijo entre dientes y apoyó el codo de la mano en la bocina hasta fundirla.

—*¡No basta con enviarlo por correo!* —lo atosigaba el gancho—. *¡Se va usted a lo fácil, menudo caradura! Tiene que venir a París personalmente y dar la cara.*

—*Pero fue mi mujer, yo...*

—*¡Muy bonito! ¡Echándole la culpa a ella!*

—*No, mire, no le echo la culpa a nadie, es solo que...*

—*Bueno, no aparezca, si no le importa que su esposa salga acusada en todos los periódicos de Francia...*

—*Pero esos no se leen aquí, ¿verdad que no?*

Gonzalo se apretaba la barriga en mitad de un ataque de risa. A Javier también se le escapó un amago de carcajada mientras aceleraba y adelantaba.

—Son buenísimas, ¿quién se inventará...?

—Chsss... —Gonzalo lo mandó callar. La víctima empezaba a revolverse.

—*Me parece...* —arrancaba con cierta timidez.

—*¿Qué? ¿Le parece qué?* —La chulería del tipo de la radio era inverosímil.

—...que están ustedes haciendo una montaña de un granito de arena. Total, es solo un bolígrafo.

—Ahhhh, como se trata de un boli, usted defiende que se vaya por ahí, hala, hala, robando, a diestro y siniestro.

—Hombre, no, tanto como eso, no...

Llegaron a la puerta del colegio, ya abierto. Javier se adentró hasta el patio, maniobró, frenó su Audi A8 y se giró para mirar a su niño. El peque seguía pegado a la conversación, sin intención de moverse.

—Vamos, baja —lo azuzó impaciente.

—Espera un segundo a que acabe.

—Gonzalo...

—Así va el país —continuaba el bromista—, los ciudadanos encubren a sus esposas ladronas...

—¡Oiga, sin faltar!

Gonzalo volvió a soltar otra carcajada. Pero el rostro de su padre volvía a ser tenso y le cortó el rollo.

—Ya me bajo —aceptó sin ganas. Soltó el cierre del cinturón, se colgó la mochila y abrió la portezuela—. Luego me lo cuentas.

—Luego te lo cuento —respondió, ansioso, Javier—. Vamos, cierra, que llevo prisa.

Gonzalo aún retuvo un instante a su padre, de pie, mirándolo a través de la puerta abierta.

—¿Por qué vas siempre tan agobiado?

—Porque tengo un trabajo que sacar adelante y una oficina que gobernar. Porque la vida de los mayores no es un patio de recreo. Por eso.

El crío sacudió tristón la cabeza y empujó la pesada portezuela. El coche salió escopetado y lo dejó rodeado por los profesores de primaria que ya se ocupaban de otros alumnos en sus mismas circunstancias. «Vaya caca, eso de hacerse mayor», se dijo. Pero un súbito frenazo, el chirriar de unos neumáticos y el rugir de un motor volviendo a aproximarse lo hicieron detenerse y volver la cabeza.

Era su padre, con la ventanilla abierta y el cabello revuelto por el aire, que daba marcha atrás y paraba justo a su lado.

—¿Se te ha olvidado algo? —preguntó Gonzalo con disgusto. Javier sonrió sin afán de batallar.

—Se me había olvidado decirte lo mucho que te quiero, Ezio. Pórtate bien.

Entonces sí que se marchó, pero al menos esta vez Gonzalo quedó feliz. Su padre solo lo llamaba *Ezio* en sus mejores momentos, en los más cercanos. El nombre del personaje protagonista de *Assassin's Creed II*, Ezio Auditore da Firenze, el juego de consola favorito de papá. Solo no le permitían jugar, pero cuando él estaba en casa, a veces, luchaban juntos por la salvación del mundo.

Loco de alegría, el pequeño atravesó corriendo el zaguán y subió hasta la biblioteca superando los escalones de dos en dos.

3
Cafés a pie de calle

Si había algo que Eva Kerr no soportaba era la falta de formalidad y la impuntualidad en la gente de empresa, lo consideraba un signo de arrogancia. La desquiciaba el jugueteo con su tiempo, que no era menos valioso que el del ejecutivo con el que estaba citada. Le habían dicho a las nueve y media. Bien. Allí estuvo, como un clavo, mareada sin siquiera desayunar y habiendo abandonando su minúscula vivienda hecha unos zorros, con varios pares de zapatos tirados por el suelo.

—El señor presidente está ocupado y lo estará todavía por un rato —le había recitado la secretaria con voz robótica y sonrisa artificial.

—Teníamos una cita confirmada a las nueve y media —había insistido Eva, más que nada por restregarles su falta. La asistente no se inmutó.

—Puede bajar y tomar un café, mientras.

¡Serían capullos!

Y ahí estaba, en una cafetería semidesierta, con un café con leche hirviendo sobre la mesa, entretenida en mirar desde la ventana la riada de coches y gente apresurada que subía y bajaba por la calle. Pedir que le sirvieran un té blanco solo había servido para que la camarera la mirase atravesada, de manera que tuvo que conformarse con un café de los de toda la vida. Probó a dar otro sorbito al aromático brebaje, pero volvió a abrasarse los labios. ¡Mierda! Envidiaba a la gente que, como su madre, podían consumir líquidos casi a punto de ebullición sin inmutarse.

Consultó su reloj de pulsera. Diez menos cuarto. Eva perdía los nervios con facilidad, la irritaban los prepotentes, así que debía prepararse, contar hasta veinte y no explotar si el cliente, que no se conformó con recibir el informe de campaña por *mail*, como todo el mundo, se dedicaba a criticar su trabajo sin tacto ni educación.

Volvía a comprobar la temperatura de la taza, aún intocable, cuando sonó su móvil.

—¿Señorita Kerr?

—Al habla.

—Soy la secretaria del señor Castelar. La está esperando.

Vaya, ahora venían con prisas.

—Voy enseguida.

La otra colgó antes de que Eva pudiese recordarle que ella misma la había mandado a tomar café y que no estaba precisamente esperando de pie en la puerta, tardaría unos minutos en regresar. Resignada a quedarse sin desayunar, renunció al café y, con el monedero en la mano, se acercó a la barra a pagar. El camarero era un hombre rollizo, calvo y vestido de blanco, que se la quedó mirando con los ojos muy abiertos y un deje de admiración.

—¿Me cobra, por favor?

—¿A dónde vas con tantas bullas, guapísima?

Ya estábamos. ¿Por qué la gente no podía limitarse a hacer lo que se espera de ellos? Era momento de cobrarle, no de tontear.

—Dígame qué le debo, por favor. Llevo prisa.

El hombre, detrás de la barra, se inclinó sobre ella y adoptó un aire amistoso y confidencial.

—Si yo tuviera una novia como tú, te agarraba bien fuerte y me pasaba el día de baile.

«Joderrrrrr...».

—Tengo que marcharme, me llaman del trabajo, ¿no ve que ni siquiera he podido tomarme el café? —estalló Eva con un poco más de energía de la prevista. El calvo reculó con mala cara y la repasó de arriba abajo.

—Un euro con cincuenta —rugió enfadado.

Eva puso el dinero encima del tablero y se dirigió a todo gas a la puerta. Antes de salir oyó al tipo refunfuñar:

—No veas, guapa, cuando tengas tiempo te tomas una pastillita para los nervios.

Se le encogió de rabia el estómago. Aspiró fuerte, soltó el picaporte de la puerta y regresó a la barra en dos zancadas.

—Si tuviera tiempo, que es lo que me falta, tú continuarías sirviendo cafés con un ojo a la funerala, imbécil.

Dicho lo cual se tiró literalmente a la calle y corrió, convencida de que su humor no era el más propicio para aguantar nuevas chorradas.

Finiquitado el asunto laboral, Eva cruzó Ricardo Soriano, arteria principal de la ciudad, y alcanzó Miguel Cano, donde se ubicaba Fireland, su empresa, tomando un atajo por el paseo marítimo. Marzo daba los últimos coletazos, de vez en cuando hacía frío y el cielo lucía más gris que azul, pero mirar el mar siempre la calmaba, era como si las olas arrastrasen sus penas. Por cierto, se había pasado de lista con su cliente, el señor presidente de la empresa resultó ser un viejecito encantador y bromista que la invitó al mejor té, ¡¡blanco!!, que había probado nunca.

En lo relativo a los hombres, Eva siempre iba un poco por delante. Les tenía una inquina innata, algo reflejo que no lograba dominar y que complicaba todas sus relaciones. ¿Los detestaba así, de entrada? Puede. La culpa la tenía el hombre de su vida, el que más daño le había hecho y que la dejó marcada para siempre. Lo demás eran solo consecuencias, resentimiento bien arraigado.

Entró en su oficina, saludó, colgó el bolso en el perchero y lo cubrió con el abrigo. Su compañera y mejor amiga, Ana Belén, se acercó comiéndose un yogur. La miró directamente a los pies.

—Jolines, esos zapatos son nuevos, la caña. ¿Qué tal la reunión?

—Como la seda, tengo que admitirlo.

—Dijiste que Juan Castelar era un gilipollas de mucho cuidado —le recordó Ana Belén con retintín. Eva apretó los labios.

—Pues me equivoqué, es un abuelete entrañable que no ha puesto ni una sola pega a mi trabajo.

—¿Y no es un viejo verde?

—Nada de eso.

—¡Vaya! ¡Me alegro! Sinceramente, tampoco esperabas que las pusiera, me refiero a las pegas. —Ana Belén ladeó la cabeza y pestañeó con exageración mientras Eva ocupaba su asiento tras la mesa y se afanaba en poner orden alrededor.

—Una siempre puede equivocarse.

—Tú no.

—Yo sí.

—Pero odias que te lo restrieguen.

—¿Qué te pasa hoy? De acuerdo, odio que me lo restrieguen. —Ana Belén compuso un gesto de triunfo—. Eso no significa que no acepte una crítica. Restregar es humillante. ¿Por qué restregar en lugar de comentar razonablemente?

—Ojalá pudiéramos elegir la manera en que el resto del mundo se dirige a nosotras.

—¿Queda yogur?

—Era el último. ¿Sales el viernes?

—Aún no lo sé, no he hecho planes.

—Por Dios, Eva, te vas a convertir en acelga, llevas casi un mes sin poner el pie en la calle.

Eva abrió la boca, sorprendida, y la volvió a cerrar. Sus rizos pelirrojos resbalaron sobre su cara.

—Ana, pongo el pie en la calle a diario, no solo uno, los dos. Y a ser posible, estrenando zapatitos. —Sacó los pies de debajo de la mesa y presumió de Manolos, agitando los tobillos. Los zapatos eran su debilidad, disponía de un armario lleno y tan abarrotado de ellos que, cada vez que abría la puerta, se desparramaban por el suelo. ¿Qué podía hacer si una fuerza sobrehumana la obligaba a comprar zapatos cada vez que un euro le caía en la mano?

—Oh, sí, claro, vienes a trabajar. Pero no me refiero a eso y lo sabes.

—También salgo a correr con Toni y Braxton, entreno en el gimnasio, disfruto de la compañía familiar...

Ana Belén dirigió los ojos al techo, como una frustrada incomprendida.

—Toni y Braxton son dos pastores alemanes cuya conversación dudo que te entretenga mucho, de tu familia solo te tratas cordialmente con tu madre, con tus hermanos casi siempre acabas enganchada...

—Eso no es del todo cierto. Con Miguel no, con Miguel me llevo bien.

—Pero con Ángel...

—Ángel es *jelipoller*, qué se le va a hacer. Vivimos con eso.

—Y en cuanto al gimnasio... —Hizo una mueca de repugnancia.

—¿Qué? ¿A ver, qué le pasa a mi gimnasio?

—¡Eva, eres una chica! ¡Una chica preciosa!

—¿Y?

—¿Cómo se te ocurre boxear?

—Es una magnífica forma de quemar adrenalina y lanzarla al espacio infinito, deberías probarlo.

—Es una magnífica forma de que te rompan la nariz y te desfiguren esa cara de muñeca que tienes.

Eva dejó escapar una carcajada alegre.

—De momento no ha pasado.

—No tientes a la suerte, igual te castiga el destino por no haber agradecido semejante bendición.

—Se suda mucho, derrites kilos a cascoporro y todo eso que te quita el sueño. Apúntate y prueba. No tienes nada que perder.

—Ah, no, tengo mucho que perder —remarcó la joven morena chupando los restos de la cuchara. Apuntó con ella a la pelirroja—, prefiero la *zumba*, gracias, deberías ser tú la que me acompañase. ¿Te has liado con alguno de... ellos?

A Eva le hizo mucha gracia que referirse a los boxeadores, le costase a Ana Belén tanto trabajo.

—Demasiada testosterona —respondió dando a entender que no. Mentira y gorda, desde luego. Los tíos de su gimnasio eran ideales para usar y tirar, el rollo que ella defendía y practicaba. Algo había habido, solo que no iba a confesarlo.

—Y sudor. Demasiado sudor, qué asquito. —Ana Belén aposentó sus curvas en el borde de la mesa y se inclinó hacia Eva—. Anda, dime que sí, sal conmigo y con mi prima este viernes.

—Jamás debí permitir que conocieses mis interioridades —rio con los ojos en blanco—, ahora me las echas en cara.

—Es lo que tiene ser tu íntima además de tu compi de oficina. Di que sí, di que sí, joder, siempre que vienes lo pasamos pipa.

Cierto. Juntas sabían sacar tanto partido de una copa de vino como de unos carnavales completos. Eva se puso en pie con un mazo de folios mecanografiados entre las manos y golpeó con sorna el hombro de la morena de pelo corto.

—Ya veremos. Aún estamos a martes.

—Eres como un restaurante elegante: si no te reservo con anticipación, te pierdo. —Apuró apresurada el yogur y lo arrojó a la papelera—. ¿A dónde vas?

—A fotocopiar todo esto.

—¿Por qué no se lo pides a Marjorie?

—Porque encerrarme en ese cuartito lejos del mundanal ruido me produce placeres insospechados.

—Nena, parece mentira. Con lo alegre y dicharachera que eres, te estás volviendo una ermitaña. Te acompaño.

—¿No tienes nada mejor que hacer?

—¿Mejor que seguirte? Desde luego que no.

Atravesaron juntas los compartimentos divididos con mamparas acrisoladas de color vino. Si algo destacaba en Fireland, empresa de servicios capaz de facilitar prácticamente cualquier cosa que otra compañía, independientemente de su tamaño, necesitase, era lo innovador de su decoración, en vivos colores que impulsaban la creatividad. Y eso que estaban en el edificio antiguo. Había otro en la plaza del Pirulí que jamás habían visitado, pero del que todo el mundo hablaba: el lujoso universo de los jefazos.

—¿Sabes algo de Ángel?

Ante la pregunta de Ana Belén, tan repetida y previsible ya, Eva suspiró.

—Olvídate de mi hermano. —Lo sugirió arrastrando mucho la *i* de *olvídate*.

—¿Algún sarao familiar a la vista al que podamos asistir?

—Es un cretino integral, ¿cuántas veces tengo que decírtelo? Somos de la misma sangre y me toca quererlo, pero tú... Tú puedes librarte de ese cáliz, querida.

Ana Belén soltó un bufido muy poco diplomático, puso morros y cruzó los brazos sobre el pecho. Eva se limitó a contemplar su desilusión, deseando poder cambiarla.

—Llevas enamorada de él desde los quince años, Ana. Olvídalo, olvídalo ya. Te hará trizas el corazón si es que algún día se fija en ti.

Su funesto presagio pareció poner a Ana Belén de muy buen humor. Incomprensible.

—Si esa oportunidad llega, te aseguro que le sacaré tanto jugo que a partir de entonces no podrá vivir sin este cuerpo serrano.

—Oh, sí —se mofó Eva pulsando con brío el interruptor de la fotocopiadora—, como si lo viera. Parece mentira que seas una mujer madura y con un porrón de títulos bajo el brazo.

—Vale, tiene muchas chicas a su disposición, no se decide por ninguna...

—Juega con todas y luego las manda a cruzar el Estrecho de un patadón.

—Eso ocurre cuando eres guapísimo como él, no podemos culparle.

—Es un monstruito, engreído y egoísta. Y Miguel disimula, pero debe estar cortado casi por el mismo patrón.

—Son gemelos.

—Pues por eso.

La pizpireta Ana Belén se quedó momentáneamente sin argumentos. Se mantuvo quieta y callada, observando la eficiencia con que Eva deslizaba los documentos por la ranura de alimentación automática, preguntándose mil cosas.

—Alguna vez tendrás que aceptar que tu filosofía no es la más acertada. No todos los tíos son el demonio. ¿Tampoco vas a seguir sola hasta el fin de tus días, no? —declaró con algo cercano a la desesperación, los ojos medio cerrados y las palmas de las manos hacia arriba. Eva tuvo la impresión de que su modo de vida afectaba seriamente a su amiga.

—El fin de mis días está aún lejano, espero. Y no digo de este agua no beberé, pero el caso es que no me conformo con lo primero que llega y no conozco más que a imbéciles que piensan con la polla y se creen mejor que nadie solo porque tienen pelo alrededor de las tetillas.

—¡Demuéstrame que eres humana! ¡Dime que te gusta alguien!

—Lo siento, de momento, no. Hija, qué empeño.

Eva recogió originales y copias, cruzó un montón sobre el otro y salió trotando del estrecho cuartito que ya empezaba a producirle claustrofobia. Ana Belén la persiguió de nuevo, cansina e incombustible.

—¿Qué me dices de Antón?

La pelirroja derrapó al frenar de golpe. Dedicó a su amiga una mirada como un disparo.

—¿Antón?

—Es inteligente y atractivo.

—¡Chsss! ¡Baja la voz, puede oírte! Si nos pilla nombrándolo se hinchará como un pavo y explotará de puro placer. —Reanudó la marcha hacia su oficina.

—No me negarás que es un buen partido.

—Ese... ese... soplapollas engreído. Me recuerda demasiado a mis hermanos cuando tienen el día insoportable.

—Oh, vamos, Eva... Tú le gustas mucho.

—El que yo pierda el tiempo con alguien como Antón Sevilla no te acercará a Ángel. ¿Nos tomamos un aperitivo? Se ha hecho tarde. A ver si con una cerveza delante consigo que te calles.

4

¡Odio los bichos!

Daban las seis y media cuando el automóvil de Javier de Ávila enfiló la curvilínea carretera que subía al colegio de su hijo. Desde lejos, bordeando la rotonda, localizó a Gonzalo inusualmente contento, embutido en su plumífero azul, con una jaula en la mano. Tanto se concentró en el inesperado bulto, que estuvo a punto de llevarse por delante a una chavalilla despistada que hacía *runnig* seguida por dos perrazos y se le cruzó sin esperarlo.

—¡A ver si mira por dónde conduce! —lo amonestó ella, esquivando ágilmente el intento de atropello y sin reconocerlo.

—¡A ver si deja de trotar por el aparcamiento, mona, que esto no es un parque! —aulló él con la ventanilla abierta, sin mirarla siquiera. Estaba demasiado ocupado preguntándose qué diablos portaba Gonzalo, por eso no vio, tieso en su dirección, el dedo corazón de ella.

Tampoco se percató de quién era la corredora. Jugarretas del destino caprichoso.

Desconectó el motor y salió del coche dispuesto a descubrir qué se ocultaba en la misteriosa caja de metal, que no llevaba por la mañana al salir de casa.

—¿Qué demonios es... eso? —Señaló con repugnancia la bola blanca, suave y peluda.

Gonzalo no se amilanó lo más mínimo.

—Eso es una cobaya preciosa, la mascota de la clase. Me toca cuidarla esta semana—anunció con orgullo. A Javier se le cortó el resuello, pero trató de disimular mientras perseguía los movimientos de su hijo, acomodando la jaula en el asiento trasero del coche.

—¿Vas a meterla ahí? —Gonzalo sacudió la cabeza para decir «sí» y Javier notó un escalofrío recorrerle la espina dorsal—. ¿Y si se cae el agua sobre la tapicería? O, peor, ¿y si se hace caca?

—Papááá...

—Me juego algo a que estará mejor en el laboratorio.

—No, qué va. La cuidamos todos, la profe dice que tenemos que aprender a ser responsables y que cuidar a un animal es un buen comienzo.

Javier rumió una blasfemia entre dientes acordándose de toda la parentela de la puñetera maestra. Entre brumas le vino a la memoria algún comentario al respecto, en la última reunión de padres. La verdad, no estuvo muy pendiente de lo que la tutora explicaba, tenía en el móvil un montón de mails que chequear.

—Pero ella querrá volver a su casa, con sus hijitos... —Se resistía a poner el motor en marcha. A través del espejo retrovisor vio las cejas arqueadas de Gonzalo.

—Es un chico, papá, y está soltero.

—¿Seguro?

—Seguro.

—¿Te lo ha contado él?

—Papááá...

—Vale, vale, solo preguntaba.

El resto del camino, Javier condujo en silencio, atento al menor ruidito que la cobaya se atreviese a hacer.

—No roerá los sillones, ¿verdad que no?

—Está dentro de la jaula, no puede salir. Además, no comen esas cosas.

—Es cuero. Del suavecito —puntualizó.

—Bill Boy es un buen chico.

—¿Se llama Bill Boy? —Terroríficas lo adelantadas que andaban las relaciones entre su peque y el bichejo—. ¿Tienes hambre?

—Me comería un león.

—Toma. Más bichos.

—¿Qué dices?

—Nada, que seguramente Therese nos tiene preparada una merienda de rechupete.

El resto de la tarde-noche, Javier se la pasó huyendo de la cercanía de Bill Boy. No soportaba a los animales y si tenían pelo, la cosa empeoraba. Cuando lo miraban fijamente, con sus ojitos negros y siniestros, se mareaba. Les tenía auténtica fobia. Una de las razones por las que se casó con Moruena fue la similitud de ambos en este punto. Para complicarle la vida, Gonzalo había salido a sabe Dios qué antepasado de la familia, con un afecto desmedido por todo lo que tuviera bigote y rabo. Sospechaba que Therese y su marido, Pedro, lo encubrían y que los tres, a sus espaldas, daban cobijo a cuanto perro y gato callejero se topaban. Si pensaban que no sabía lo de los gatitos escondidos en la buhardilla... Mientras no se los cruzara, por su hijo haría la vista gorda, pero lo de la cobaya era como muy cercano. Espeluznante.

En fin, mejor no indagar demasiado. La jornada en el despacho había sido dura, protagonizada por un arduo forcejeo con sus colaboradores franceses, y no tenía ganas de preocuparse por nada más.

—Papá...

Gonzalo lo llamaba desde la puerta, lo hacía cada noche. Giró la cabeza lentamente y dio un respingo que casi lo levanta del asiento.

—¡*Cagüen*...!

Gonzalo, amoroso, sostenía a Bill Boy en brazos.

—¿Qué haces con eso? ¡Te va a llenar de pelos el pijama!

—Bill Boy también quiere darte un beso de buenas noches, papá.

«Antes muerto y enterrado», se dijo, blanco como la pared.

—Creo que no hará falta, cielo —lo disuadió Therese aguantando la risa.

—Pero es que...

—Hazle caso a Therese, cariño. Déjalo dentro de su jaula, seguro y calentito.

—Pensaba dormir con él —protestó el pequeño con un puchero. Javier sufrió un espasmo.

—¡Mala idea, malísima! Podrías aplastarlo sin darte cuenta. Y no querrás que pase, ¿verdad que no?

El niño se quedó mudo y meneó la cabeza despacio. Javier alzó unos ojos verdes e implorantes hacia la mujer. Therese acudió al rescate.

—Haremos algo: recortaremos hojas de periódico y le fabricaremos una camita.

—¡La mejor de las camas! —la apalancó Javier con desbordante alegría. Gonzalo no parecía muy conforme—. ¡Vamos, Ezio, Bill Boy te lo agradecerá toda la vida!

—Vale, está bien —accedió desganado.

Javier resopló aliviado y volvió a sus noticias tan pronto como su hijo lo besó y se marchó escaleras arriba con el horrible monstruo.

A la mañana siguiente madrugó más y dispuso su plan. Lo primero que haría el peque al despertar sería comprobar el estado de la cobaya, así que preparó dos zanahorias, lavadas y peladas para desayuno.

—Baja a tomarte los cereales, ella sabe comer solita. Mira qué contenta está con sus *crudités* —apuntó mirando al roedor con repugnancia.

—Que es un chico, papá —le recordó el mocoso con severidad—. ¿Me echará de menos mientras estoy en el cole?

—Bueno, no sabría decirte... Las cobayas son muy suyas. Solo aprecian a los de su especie. A ti te ve más bien como un... un gigante que lo atemoriza.

De no haber acompañado su frase con un gesto cómico, imitando el ataque de un león, Gonzalo se habría puesto muy triste, pero al ver la expresión en la cara de su padre rompió a reír.

—Conseguiré que me quiera —afirmó testarudo.

—No me cabe la menor duda de que será así. Vamos, despídete y baja a la cocina, no tenemos mucho tiempo.

—Como siempre, vamos —rezongó el crío—. Ya voy...

Javier se entretuvo hurgando en los cajones de la consola del recibidor y, con el rabillo del ojo, lo espió. Cuando se sintió a salvo, entró a la carrera en el dormitorio de su hijo, cubrió la jaula de Bill Boy con una toalla fina, la agarró por la argolla superior y se deslizó hasta el garaje sin que Gonzalo se percatase. Abrió el maletero del coche e introdujo la jaula dentro. Regresó silbando a la cocina. Con tanto ajetreo no había disfrutado ni el café que se tomó de pie.

—¿Le hago otro, don Javier? —ofreció Therese.

—Se lo agradezco, Therese, pero vamos justos. ¿Listo para irnos?

Gonzalo se puso en pie, se encajó la mochila en la espalda, dijo adiós a la mujer y, cuando ya salían, pareció recordar algo y galopó de nuevo hacia adentro.

—¿Qué pasa? —se alarmó Javier pisándole los talones.

—No me he despedido de Bill Boy.

Desesperado, Javier lo agarró de un brazo y, sirviéndose de mil bromas, lo arrastró hasta el coche.

—Ni se te ocurra, las cobayas, después de desayunar, se quedan dormidas como ceporras, no puedes despertarla, es un sueño taaan profundo que, si lo interrumpes, podría sufrir un ataque al corazón.

—¿En serio? —se horrorizó el peque. Therese cruzó con Javier una mirada de reproche que él ignoró.

—Tienes mucho que aprender, tú, acerca de cobayas, ¿eh?

Hasta que los seguros del vehículo hicieron clic con su hijo dentro y el coche tomó velocidad carretera adelante, Javier no consiguió relajarse.

Con todas las precauciones del mundo y sin atreverse a destaparla, Javier subió la jaula hasta su despacho, la colocó sobre un mueble bajo cerca de la mesa de su secretaria, fabricó un cartelón que ponía «Dadle mimos» y, solo entonces, se permitió retirar la toalla, sin mirar demasiado la cara chata de Bill Boy y sus ojitos redondos que lo taladraban. Se sentía culpable por el berrinche que se llevaría Gonzalo, pero solo un poco. Seguro que era capaz de inventar algo genial que lo distrajese, le compraría el último juego de la Play, lo llevaría, solo por un día, a devorar toneladas de comida basura y al cine. Todo con tal de que el niño olvidase al maldito bicho y que la profesora saltara su turno de cuidado en favor del siguiente alumno.

Sin embargo, no había sido capaz de dejar encerrada a la cobaya en el coche. Durante toda la mañana, muchas empleadas circularon alrededor de la jaula y se deshicieron en mimos y carantoñas.

—Solo cariñitos, no se regala —les recordaba continuamente la secretaria, a instancias del propio Javier.

La respuesta fue, una y otra vez, un estúpido coro de risitas tontas. Javier era consciente de las murmuraciones por los corredores de Fireland: todos hacían apuestas tratando de averiguar qué afortunada se lo llevaría al huerto. Y todos se equivocaban. Javier de Ávila no estaba interesado en tener relaciones formales con futuro. Su matrimonio lo había dejado noqueado para los restos y aún sufría pesadillas. No necesitaba más de aquella amarga medicina.

—Se llama Bill Boy y es más listo que el hambre, se amaestra fácilmente. Igual hasta baila —explicó con las manos en los bolsillos del pantalón, preguntándose por qué él era incapaz de emocionarse ni acariciar al animalito.

—Es una preciosidad —aseguró la supervisora de relaciones públicas, mordiéndose un labio y mirando con descaro el bulto de la entrepierna de Javier.

—Creo que su mascota le está granjeando mucha suerte, jefe —siseó, divertida, su secretaria cuando al fin se disipó el coro de curiosas—. Aunque no necesitaba traerla para disparar sus índices de popularidad.

Javier contrajo el gesto.

—¿Ha visto lo seductor que es el bicho? ¿A usted no le interesa cuidarlo una semanita?

La mujer, elegante y de unos sesenta años, asistente eficaz, heredada del anterior supervisor en la empresa, dejó ir una suave carcajada.

—¡Ay, no! Tengo tres gatos en casa, posesivos y celosos, no daría un céntimo por la integridad física de Bill Boy.

—Analíe...

—No me convencerá, jefe, ni lo intente.

Se dio por vencido y se encerró en su despacho, decidido a elaborar un plan B que incluyese un nuevo destino para Bill Boy. Un par de golpecitos en la puerta dieron al traste con su inspiración.

—¡Pase! —rugió molesto.

La puerta se abrió y dio paso a un hombre atractivo, algo más bajo que Javier y aproximadamente de su misma edad. Con los ojos negros, el pelo claro y unas incipientes canas en las patillas a sus treinta y cinco años.

—Hombre, Antonio.

—¿Estás liado?

—No, no, siéntate. —Empujó su silla de director y las ruedas lo separaron de la mesa. Se frotó el puente de la nariz y cerró los ojos para reposar un segundo. Antonio era su socio en Fireland, su mejor amigo desde los tiempos de la universidad y el paño de lágrimas de Javier tras su sangriento divorcio. Juntos habían pasado mil y una desventuras, incluyendo la dura etapa en la que Javier vivió en Madrid, donde su mujer tenía más oportunidades profesionales, y se pasaba la vida yendo y viniendo, metido en trenes y aviones. Antonio cubrió sus ausencias y defendió, por los dos, el castillo. Sin quejarse.

—¿Tienes más claro lo del proyecto con los franceses?

—La junta de ayer fue un jodido desastre, esos tres se están aliando contra nosotros, piensan salirse con la suya e imponernos su punto de vista.

—A mí, personalmente, no me importa demasiado un cliente u otro, la verdad. Ambos son buenos proyectos, tienen futuro y pueden implicar un desafío que nos haga crecer.

—Pienso lo mismo.

—¿Entonces? —Antonio lo miró perplejo. Javier se había retrepado en su asiento y parecía concentrado.

—No me da la gana de que nos manipulen. No juegan limpio, no exponen las opciones democráticamente, se pasan nuestros votos por el forro de los cojones. Hoy, todos los proyectos son interesantes, me pregunto qué pasará mañana. Estamos en desventaja.

Antonio se relajó.

—Se trata de una simple colaboración que podemos romper cuando nos interese, Javier. Además, estamos aquí para ganar dinero y ellos siempre escogen lo más rentable. Desde ese prisma...

Javier se puso en pie de un salto.

—No es dinero, lo que me falta. Quiero disfrutar con lo que hago, por eso fundé la primera empresa contigo y por eso, después, compramos esta y las fusionamos. ¿Por qué narices mantenemos un acuerdo de colaboración con puñado de extranjeros desubicados, joder?

—Porque asumen parte de nuestro trabajo. Esta empresa ha crecido demasiado y yo no estoy dispuesto a trabajar veinticinco horas al día, a no bajarme de un avión ni a entregar mi vida a una compañía. —Abandonó también su silla y apoyó una mano en el ancho hombro de Javier—. Mi familia me necesita y la tuya también lo haría si te decidieras a recomponer tu...

Javier se apartó de su lado.

—Ni lo sueñes. Gonzalo sí, Gonzalo me necesita y él es toda mi vida.

—Me has malinterpretado, nunca dije que un hijo no fuese toda una familia, es solo que...

—Me sobra y me basta, estamos muy a gusto juntos. Los dos solos —recalcó sombrío.

—Bien, tú decides. Al fin y al cabo, es tu plan.

—Hablando de planes. —Javier cruzó el despacho, salió al recibidor que ocupaba Analíe y volvió a tapar la jaula de la cobaya. Antonio alzó las cejas desconcertado.

—¿A dónde vas con ese conejo?

—No es un conejo, es una cobaya. ¿Te interesa adoptarla solo por una semana?

—No, ni hablar.

—Sería un buen detalle para tus pequeñajas.

—Ya me conozco el cuento: si no quiero verla muerta, al final me toca a mí alimentarla y sacarla a pasear.

—Es muy apañadita, hace sus cosas dentro de la jaula —lo animó con un gesto cómico. Antonio se atrincheró en su negativa—. Entonces volveré después de comer.

Invirtió la hora del almuerzo en conducir hasta el colegio de su hijo. Saltó del coche con la jaula tapada en la mano y preguntó al conserje por la disponibilidad de la tutora de Gonzalo. Una vez ante la puerta del despacho, golpeó con los nudillos y, sin esperar, empujó.

—¿Puedo pasar?

La mujer lo miró desde su mesa por encima de las gafas. A la vista de semejante ejemplar masculino, la cara se le iluminó como un sol privado.

—¡Hombre, Javier! ¿En qué puedo ayudarle? —Él extendió una mano y la mujer se apresuró a estrecharla—. Siéntese, se lo ruego —balbuceó con las mejillas ruborizadas por el contacto.

—La verdad es que tengo que marcharme enseguida, no me lo tome a mal. He venido a devolverle... esto. —Plantó la jaula en lo alto de su mesa, sobre los exámenes que estaba corrigiendo y retiró la toalla de un tirón—. No vuelvan a encargarle ningún animal a mi hijo y procure que no sepa que estuve aquí. Le contaré que se ha escapado o algo por el estilo. Usted me cubrirá confirmando que el animalito echaba de menos el laboratorio y regresó al hogar sano y salvo. Punto y final. Todos felices, cero traumas —dictaminó sin la menor simpatía.

—Pero la responsabilidad del cuidado de un animal vivo es parte de nuestro proyecto educativo...

—Soy alérgico —la atropelló por si no había quedado clara su negativa.

—Solo es una semana...

—Y fóbico.

—¿Qué tal un pez? ¿Una tortuga?

—Alérgico a todo lo que no hable —puntualizó.

—Entonces, ¿un loro?

La mirada de Javier fue tan fulminante que la tutora se tragó el resto de ofertas que tenía pensadas.

—Que no se vuelva a repetir. Si hay próxima vez, el bicho no tendrá tanta suerte.

Y salió del despacho sin cerrar la puerta, dejando a la profesora con la boca abierta y el corazón acongojado ante un hombre tan atractivo como, evidentemente, enfadado con el mundo.

5
Líos de familia

Para ser un simple miércoles por la tarde, el día no había ido del todo mal, los dilemas en la oficina se habían resuelto casi solos, Ana Belén había concedido una tregua a su asedio y ella había completado el recorrido de su carrera sin incidentes, seguida de cerca por Toni y Braxton. Nadie había intentado arrollarla con un Audi A8 negro, para luego, encima, chillarle y culparla. Eva regresaba a casa tras girar la última manzana anexa al colegio alemán. Sus perros meneaban la cola y jadeaban, encantados con el paseo. Sobre la acera, junto a la tapia, había aparcado un lujoso Jaguar descapotable de brillante burdeos. Eva sonrió, empujó la verja sin cerrar y permitió pasar a los perros, que fueron directos a sus bebederos a saciar la sed.

—¿Mamá?

La chica vivía en una parcela vallada de casi mil quinientos metros. La franja trasera la había destinado a una huerta que cuidaba con esmero y le llenaba el frigorífico. En el centro del terreno, destacaba una caravana cuya puerta se abrió dejando a la vista a una dama de pelo rubio con un moño bajo, distinguida y hermosa.

—Mamá, no te esperaba. —Eva tomó una toalla pequeña del tendedero al pasar, y se secó el sudor de la frente con ella.

—Estaba a punto de irme, pensé que ya no venías.

—¿Por qué? Siempre corro a esta hora. Perdona que no te bese, vengo empapada y lo de soltar muas-muas al aire, no me va nada.

—No te preocupes, cielo, dúchate que preparo café mientras.

—Té blanco para mí. Lo encontrarás dentro de la latita roja de flores. ¿Has visto qué bien huele? Tengo galletas en el horno —explicó mientras abría el minúsculo armario y sacaba toallas y una muda de ropa limpia.

—Eva, sales a hacer ejercicio y dejas el horno encendido y la casa abierta de par en par —la regañó su madre con preocupación—, no he tenido dificultad alguna para colarme dentro.

—Pues ya puestos, podías haber metido el coche. —Sonrió desde el aseo—. Salgo en quince minutos.

Eva se coló en el estrecho baño de la caravana y cerró la puerta tras ella. Isabella, su madre, se apoyó en el quicio y habló en voz alta para que su reprimenda traspasara el tablero.

—Podrían desvalijarte, robarte todo lo que tienes.

—Menudo chasco, si no adoran los zapatos, iban a marcharse contentos... —rio Eva, irónica, desde dentro.

—Por no hablar de darte un susto de muerte —agregó Bella con la esperanza de que recapacitase.

—Es una zona muy tranquila, mamá, no te alteres. Solo críos alrededor y alemanes jubilados paseando al sol —chilló Eva en una especie de canturreo.

—Jamás hay que confiarse hasta ese punto —insistió atormentada. Por respuesta, oyó correr el agua de la ducha. Suspiró—. Esta chica...

Se dedicó a abrir y cerrar armarios hasta encontrar la lata del café y la del té, y se concentró en prepararlos sin poner más impedimentos. Miró la bandeja de galletas doradas a través del cristal del horno, amagó una sonrisa de satisfacción y lo desconectó. Eva era apañada y, a su modo, casera. Su hija era una extraña mezcla de cosas incoherentes que, a primera vista, no casaban, como lo de coleccionar zapatos caros de manera compulsiva pese a vivir en una pequeña caravana, pero aquello y su deslumbrante belleza exótica hacían de ella un ser especial.

En menos de diez minutos, cuando colocaba las cucharillas junto a las tazas sobre la mesa, Eva ya la acompañaba, arropada por un albornoz verde manzana y con el pelo envuelto en una toalla del mismo color. Se dirigió al horno, se calzó el guante acolchado y extrajo la bandeja dejando que el fabuloso aroma inundase sus fosas nasales.

—¿Me habrán salido buenas?

—Siempre te salen buenas. Estás muy delgada —agregó, repasándola con esa mirada entre compungida y angustiosa que exasperaba a Eva.

—Mamá, estoy delgada porque hago mucho deporte, no porque no coma. Mira estas galletas, si no.

—Ya, pero apuesto a que no respetas los horarios. ¿Por qué no vas a hacerte un chequeo? Nada del otro mundo, unos análisis rutinarios. —Eva puso los ojos en blanco—. Me gustaría también que un día de estos hicieras un hueco para venir a ver las casas de tus hermanos.

Con un plato en la mano, Eva arrugó el entrecejo.

—Uff... Te ha hecho la boca un fraile, no paras de pedir y pedir... No hay prisa.

—Va a hacer tres meses que las inauguraron, han quedado apoteósicas.

¿Apoteósicas? Vaya manera rara de definir una casa. Sí, casi todo lo que los gemelos hacían podía calificarse de «apoteósico», sin duda. Eva se encogió de hombros y se ocupó de colocar las galletas ordenaditas, una tras otra. Echó un vistazo a la cafetera para controlar el nivel, y a su vieja tetera abollada. Giró, se apoyó contra el fregadero y miró a su madre sentada en el sofá de rincón.

—Mamá, sé que a ti te gusta todo ese rollo de la familia unida y demás, te entiendo, pero entiéndeme tú. Quiero a mis hermanos, ya lo sabes, pero no me muero de ganas de hacer una ruta turística por sus dos mansiones *esnobs* y «apoteósicas». Además, a veces parece que se avergüencen de mí porque vivo en una caravana, joder.

—Cada uno recibisteis una parcela para construir en ella lo que os diese la gana.

—Eso mismo.

—Y tú no has construido nada —se lamentó Bella dejando vagar la mirada de sus ojos verdes por el interior del recinto.

—Vivo fenomenal así, no necesito una casa de quinientos metros, si casi no vengo. Vamos, mamá, hay apartamentos más estrechos que esta caravana. ¡Mírala, es de lujo total! Brad Pitt y su *troupe* vivieron durante meses en una igualita.

—Por eso acabaron separados.

—Seguro que no fue culpa de su caravana de lujo idéntica a la mía —ironizó.

—Sabes que esto no es tan cómodo como lo vendes —gruñó Bella comprobando su manicura.

—Vale, igual he exagerado un pelín, pero más o menos. Puede que todos los Brangelinos no quepan, pero muchas estrellas famosas usan el mismo modelo para sus rodajes y viven dentro cómodamente. ¡La busqué a conciencia! No te apures, mamá, es como un chalecito diminuto. Si no fuese confortable, ya hace mucho que me habría mudado. ¡Huy, ya tenemos listos tu café y mi té!

Le dio la espalda con el pretexto de disponer las tazas, pero lo cierto es que el tan traído y llevado temita ya la agotaba. Reunió la loza y se sentó junto a su madre.

—Vas a resfriarte —le advirtió Bella apuntando al cabello mojado.

—Esa es otra de las ventajas de habitar un sitio pequeño, se caldea con poquísimo gasto, no como la calefacción de la empresa, que asfixia, me paso el rato en el balcón con los fumadores.

—¿Estás contenta en Fireland? ¿Te va bien?

—Me reta y me da para pagar las facturas, que no es poco.

—Eva, si necesitas algo...

Le plantó a su madre una galleta delante de la nariz.

—Cómetela, verás qué buena, les he puesto canela.

—¿Y la dieta?

—Al carajo la dieta, estás estupenda.

Bella la aceptó con la punta de los dedos mientras sacudía incrédula la cabeza.

—Los tres sois mis hijos y no he visto cosa más dispar. Ya mismo van tus hermanos a rechazar un ofrecimiento de fondos. Si casi les he pagado la obra de sus casas.

—Menuda se las gastan, el dúo Sacapuntas.

Bella dejó ir una sonora carcajada.

—Por Dios, no los llames así, prefería cuando los llamabas «los perfectísimos». Anda que como se enteren...

—No me van a despellejar, mamá, siempre seré su hermana pequeña y la mascota del equipo, lo demás no importa. A su manera me quieren y no me importa lo que digan o hagan, pero podrían ser un poco menos prepotentes, la verdad.

—El problema es que solo se rodean de mujeres que les ríen las gracias en vez de ponerlos un poco en su sitio como haces tú.

—Puede. —Mordisqueó pensativa la galleta—. Y antes de que se me olvide, en menos de un mes se celebra el rastrillo benéfico, dales ropa de esa carísima que ya no te pones para venderla, seguro que sacan un dineral.

—Ay, hija...

—Mamá, por favor, no empieces. Es por una buena causa y te haces un favor, más espacio en tus armarios.

—En fin, con tal de que no me acuses de no respetar tus excentricidades, te prepararé lo que pueda y pasas por casa a buscarlo. Por cierto... ese saco que hay colgando ahí fuera... ¿Te has echado un novio boxeador?

—Ehh... Mmmm... La verdad es que no.

—Sigues sola. —Bella no se molestó en disimular la decepción.

—No te aflijas, mamá, estoy mejor que quiero. —Le apretó la mano con ternura—. No me falta de nada y, cuando salgo, a menudo, pongo un candado doble en la puerta de la verja. ¿Más tranquila?

—Pero, hija, vivir así pudiendo...

—Soy feliz, ¡es mi elección! No te sientas culpable, eres una madre estupenda, la mejor del mundo. —Se pegó a su costado y se abrazaron. Bella hacía lo imposible por no entrometerse en la vida de su hija, pero le habría gustado tanto verla enamorada a sus veintinueve años... En algún aspecto daba la impresión de no saber hacia dónde dirigirse, puede que fuera un error de madre desvelada, pero es lo que parecía. Y el modo cómo sería el desenlace, a menudo le robaba la calma.

—Cada vez que cierro los ojos y pienso que podrías vivir en cualquier capital europea por todo lo alto, haciendo lo que se te antojase... —gimoteó. Eva chasqueó la lengua.

—Ya hago lo que se me antoja, y lo hago divinamente. Dime que vivir en Marbella no es todo un regalo.

Bella evitó responderle.

—Con tu preparación, tus idiomas, mis contactos...

Eva soltó la mano de su madre, se levantó con la taza en la mano y caminó hasta la cocina para apoyarse contra la encimera.

—Sé que te parecerá una barbaridad, pero me gusta mi trabajo. Casi podría decirte que me apasionan las expectativas por llegar. Es cierto que ahora ando recluida en el edificio pobre de la empresa, pero algún día conseguiré que me trasladen al principal y que mis jefes oigan mis ideas y las tengan en cuenta. Hay miles de...

—Puedo presentarte a esas personas cuando quieras, cualquier día, en cualquier cena —ofreció Bella con diplomacia. Observó que el ánimo de Eva variaba y su sonrisa se desvanecía.

—Ese no es mi estilo, mamá, no lo haré así nunca. Deja de preocuparte, hazme ese favor.

—Si necesitas algo, cualquier cosa —gimoteó la mujer—, ya sabes.

—Y tú, mamá, y tú.

—Ahora que lo dices... —Recuperada como por encanto, Bella se irguió y tomó distancia. Se terminó el instante de desbordante amor maternofilial. Eva apretó los párpados.

—Oh, no, igual debí morderme la lengua.

—Lo de la recepción del sábado. —Sonrió traviesa.

—Mamá, por Dios.

—Eva, cariño... No la olvides.

—Te dije que iría. ¿No te fías? —Corrió hasta la radio y la puso en marcha—. ¿Bailamos?

—Pues no, no me fío. Temo un pretexto de última hora.

—También podrían ir cualquiera de los perfectísimos. Digo que si bailamos.

—Deja en paz a tus hermanos, están de viaje.

—Te aprovechas de lo mucho que te quiero, si no fuera por eso te pondría dos velas negras para que te olvidases de tanto evento social. —Mordió una galleta entrecerrando los párpados entre suspicaz e intrigada—. No será una trampa ni tratarás de emparejarme con nadie, ¿verdad?

Las mejillas de Isabella se colorearon un tanto.

—Pero qué disparate...

—¿Me lo prometes?

—Palabra de honor.

—Eso es un escote, mamá, mi compromiso requiere algo mucho más serio —bromeó con la boca llena de migas.

—Cuentas con mi formal juramento de madre. No pretendo otra cosa que ir acompañada.

Eva bufó y subió el volumen del aparato.

—De acuerdo, dime que no hay que emperifollarse mucho.

6
Usar y tirar

Eva abandonó la sala de juntas con una sensación de plenitud en mitad del pecho. La presentación había sido un éxito y sus superiores inmediatos y el propio cliente habían aplaudido la exactitud de los datos y la novedosa orientación de su estudio de mercado. Nada más pisar el pasillo, Ana Belén la cazó al vuelo. Le dolía un poco la cabeza, no había dormido bien debido a la presión de la junta y el desagradable incidente con el padre de Gonzalo aún le retumbaba en la memoria.

Menudo ejemplar, por cierto. En todos los sentidos.

—*Chiqui*, ya te has decidido a lo de mañana, ¿verdad? ¿Verdad que sí? Te estoy preparando un festival que no podrás rechazar.

Eva sopló bajito para desahogarse sin que su amiga se ofendiera.

—Olvídate de juergas, Ana. Le he prometido a mi madre que la acompañaré el sábado, con eso tengo bastante resaca, vicio y corrupción, para todo el fin de semana.

—¿Tu madre? ¿A dónde?

—Yo qué sé, te creerás que le he preguntado. No sé qué entrega de premios, un rollazo de esos a los que solo van carrozas, pero no iba a dejarla ir sola.

—Ella es una carroza, igual liga. Sí, pon cara de lástima, guarra.

—¡Oye! ¿A qué viene tanta agresividad?

—A que la excusa de lo de tu mami te viene de perillas para zafarte de un plan maravilloso conmigo. Que eres capaz de enrolarte en un viaje con el Imserso con tal de no salir de fiesta y conocer al hombre más guapo y maravilloso del mundo que te hará tilín y te volverá turulata.

Eva hizo un gesto desdeñoso, medio en broma, medio en serio.

—Dudo que conozca a un hombre más guapo y pluscuamperfecto que el que tuve el disgusto de recibir la otra tarde en mi caravana. —No dio más detalles, lo dejó en el aire y echó a andar. A Ana Belén por poco le da un ataque. La agarró del brazo e impidió que se alejase un solo centímetro.

—Pero ¿qué me dices? ¿Un tío bueno, y en tu caravana? ¿Y no me cuentas nada, mala amiga?

—No hay nada que contar, fue una experiencia atroz. ¡Suelta!

—Vamos a desayunar.

—Ya he desayunado —replicó tratando de caminar.

—Pues otra vez, nos lo merecemos después de esta reunión tan dura. —Ana Belén miró a un lado y otro. Todo el mundo parecía embebido en sus quehaceres, el momento ideal para escabullirse—. Bajemos a la cafetería.

—Qué fuerte, Ana, si tú no has asistido a ninguna reunión. —No pudo reprimir la risa.

—Voy a explotar si no me das detalles.

Eva suspiró hondo y cedió de muy mala gana.

—No es ninguna historia romántica de esas que te imaginas, boba. Encontré a un niñito desamparado en la puerta del cole alemán y lo acogí antes de que pereciera bajo la lluvia. Resulta que su papá estaba muy ocupado ganándose el pan y llegó tarde a buscarlo. Ya sabes, uno de esos *entrajetados* adictos al móvil, pegados con cola a la mesa de su despacho. —Ahuecó la voz e hizo un gesto cómico con las manos— ¡Mi tesooooooroooo!

—Pero ¿estaba bueno? ¿Cómo de bueno? ¿Era alto?

—Para encadenarlo a la cama, pero hija, menudo dragón: llegó escupiendo fuego, llamándome secuestradora, amenazando con denunciarme. Te juro que no le metí el palo de la escoba por el culo porque había menores delante. Y no contento con eso ¡llamó pulgosos a mis perros!

Ana se cubrió la boca con una mano.

—¡Oh! Eso sí que es una ofensa imperdonable. —Eva la fulminó de un golpe de vista.

—Típico comportamiento de un cretino supermacho... Deja, deja, prefiero la muerte. Café y té verde, por favor. ¿O me conseguiste ya el té blanco? —indagó Eva con una tímida sonrisa.

El camarero negó desconsolado. Ana Belén aprovechó la espera para añadir un pitufo con mantequilla derretida. Luego consiguió mantener quieta la lengua mientras el chico les servía la comanda y hasta le sobró tiempo para dejar caer las pestañas con coquetería. En cuanto se quedaron solas volvió a la carga.

—¿Y qué más?

—Nada más, ¿qué más quieres que pasara en semejantes circunstancias? Se hizo cargo de su peque, por cierto, una monada, pobrecito, y desapareció de mi vida. Afortunadamente para no volver. —Chasqueó los dedos.

—¿Ni te pidió el teléfono ni nada? —Ana Belén se mostró muy desilusionada.

—Pero si faltó el flequillo de un calvo para que nos liásemos a mordiscos, ¿a cuenta de qué iba a pedirme el teléfono? Le habría dado el de la Agencia Tributaria. Por mí como si revienta, valiente tipo odioso.

—Pero guapo.

—Guapo pero odioso.

—Total, seguimos a cero —contabilizó Ana Belén con deje melancólico. Eva discrepaba.

—Estoy fenomenal, de cero nada.

—A nuestro supervisor le interesas. Más que eso, lo pones cardiaco.

Y dale. Eva se llevó melodramática la muñeca a la frente y echó atrás la cabeza.

—Oh, espera, que me desmayo de gusto. ¡El orgasmillo, el orgasmillo! ¡Mmm! ¡Que viene, que vieeeneeee!

—¡Vamos, cuentista! —Ana Belén le golpeó el brazo—. Antón es un chico estupendo.

—Anita, cielo, tú tampoco tienes novio, ¿a qué viene ese empeño por emparejarme? Pareces mi madre.

—Ey, que yo no lo tengo porque no me cuajan las relaciones —escupió en un cuchicheo acelerado—, pero lo intento, lo intento con tooodas mis fuerzas, hasta pienso apuntarme a *zumba* solo para rodearme de deseables macizos latinos...

—Deja de amenazar y matricúlate de una puñetera vez —rio la pelirroja.

—Además tengo a tu hermano Ángel en la reserva.

—En la reserva, claro. —Arqueó las cejas con desconfianza.

—Tú, por el contrario, huyes de todo hombre atractivo y amenazador.

Eva desvió incómoda la mirada. Unos preciosos ojos azules que siempre brillaban destacando en su piel de alabastro.

—Lo dices como si cometiese un pecado.

La bandeja con los desayunos cortó la réplica de Ana Belén, que se quedó con la boca abierta.

—Déjalo, amiga. Digamos que lo que he visto no me anima a luchar por eso que todos idealizáis. Ni lo necesito ni lo deseo. Y ahora, por favor, tengamos la fiesta en paz.

—Sí, la fiesta. La que no vamos a tener mañana. Lo de Antón, entonces, ¿nada? Ese hombre besa el suelo que pisas.

—Restriega la lengua, dirás. Odio a los blandos melosos como él, me ponen nerviosa.

—¿Prefieres a tu míster desconocido, el dragón castigador?

—¿Al Monolito? —soltó una carcajada—. Mira, para un revolcón no estaría mal. Pero no. ¡Puaj! Gra-cias.

Javier observó de pie el panorama que se divisaba desde su despacho a través del ventanal. Un mar verde de palmeras sobre otro azul grisáceo de agua en movimiento. Amaba Marbella tanto como odiaba las cosas que se le metían en la cabeza hasta perforarle el cerebro y dispersaban su atención. Y aquella desconocida era una de esas distracciones inesperadas e indeseables. Un cuerpo adorable embutido en unas mallas de carrera y un rostro apenas visible bajo la visera ancha de una gorra. Muy redicha y con poca vergüenza. El pelo, recogido dentro, podía ser rubio o moreno, largo o corto, imposible adivinarlo. Su voz era fluida y cortante, con un matiz de fondo aterciopelado, muy interesante. Aquella fierecilla tenía pinta de ser divertida en según qué ocasiones, aunque tratarla debía ser toda una prueba a la paciencia de cualquiera. Una de esas monadas listillas que te sacan de quicio y, no contentas con eso, te taconean el trasero.

Antonio vino a interrumpir sus sesudas cavilaciones.

—¡*Habemus* pausa! ¿Qué tal llevas el día? —saludó con una pila de carpetas entre las manos.

Javier respondió con un gesto distraído que no pasó desapercibido a su socio.

—¿Te preocupa algo?

—Nada, nada.

Antonio lo miró con la curiosidad de quien sospecha que le mienten.

—Quiero que le eches un vistazo a estos números... —Chasqueó la lengua—. Es complicado criarlo solo, ¿verdad?

Javier entendió muy bien que se refería a Gonzalo.

—No más que en compañía —rebatió—. Pero ¡Dios! Mira que pueden llegar a calentarte la cabeza, en serio. Como me vuelva a hablar de meter un bicho en casa...

Antonio rio de buena gana la broma, y le palmeó la espalda.

—Lo que voy a meter en casa yo, como me descuide, es otra criatura. —Javier lo miró atónito—. Cecilia, está muy empeñada en que no se le pase el arroz antes de tener el tercero. De todas formas, no me cambies de tema y no pretendas darme pena, amigo, de sobras sé que se te cae la baba con tu hijo. No te culpo —se adelantó a la réplica de Javier—, Gonzalo es un angelito.

—No guarda ni pizca de resentimiento después de todo —admitió con tristeza—, a nadie.

—Tiene un fondo noble, como tú. Ladras mucho, pero muerdes poco.

—No lo cuentes por ahí o empezarán a subírseme a la chepa. Me ha costado crearme esta fama mía de hombre-témpano.

Antonio liberó una carcajada mientras Javier se atusaba el nudo de la corbata azul marino.

—Ahora solo falta que centres tu vida y que...

—¿Otra vez con eso? Para, Antonio, no empieces. Ya sabes lo que pienso al respecto.

—Soplaré soplaré y tus defensas derribaré —amenazó con guasa.

—Sexo sin compromiso —puntualizó Javier alzando una ceja—. Nada de encariñarse ni hacer promesas que no pienso cumplir. Venga esos papeles.

Antonio conocía bien a su socio y amigo. Llevaban años luchando juntos codo con codo. Era un buen tipo y odiaba hacerle ciertas faenas, movimientos estratégicos a sus espaldas con los que Javier jamás comulgaría, porque si algo caracterizaba a De Ávila, dentro y fuera de la empresa, era su cabezonería. Pero por encima de su amistad, y aunque le costase perderla, Antonio llevaría a cabo sus planes y se saldría con la suya. No tenía más remedio.

7
La segunda zancadilla
es la que vale

Eva se repasó por enésima vez en el espejo. A través de la rendija de la cortina que separaba el dormitorio del salón, Toni y Braxton asomaban sus hocicos.

—¿Qué os parece? ¿Me veis guapa? —Recibió dos sonoros ladridos como respuesta—. Si os confieso que detesto estos trajes embudo, pero muero por los tacones que los acompañan, me diréis que estoy majara, que soy ruda y poco femenina, algo que yo rebatiré, mencionando el memorable trabajo de peluquería que llevo sobre los rizos. ¡Dos horas, dos, ha pasado la pobre chica dale que te pego con el secador y las planchas! Menudo mérito y menudo resultado. —Bamboleó a un lado y otro la larga melena roja—. Suaveeeeee, ¿eh?

Los pastores alemanes volvieron a ladrar y Eva rio con ellos. A veces se preguntaba si no estaría perdiendo la chaveta, vivir sola con dos perros y mantener extensas conversaciones convencida de que la entendían, no era el *summum* de la vida social, tenía razón Ana Belén, pero no estaba dispuesta a dársela o le haría la vida imposible. Si algo deseaba su amiga por encima de todas las cosas era verla feliz y, por alguna inexplicable asociación de ideas, Ana Belén identificaba la felicidad con vivir en pareja. Bien, puede que funcionase así para ella, pero no para Eva. No quería hombres ni en pintura. Sexo, sí. Sexo, siempre. Pero relaciones... ni loca.

—Bien, allá voy, tiembla, *jet set* marbellí —dijo al espejo al tiempo que con una mano agarraba su bolsito de fiesta y con la otra tiraba un beso a su imagen: un cuerpo esbelto dentro de un traje de cóctel ajustado azul tinta y soberbias sandalias de pedrería a juego. Incluso sin intención, Eva se había vestido para causar terremotos.

Había rechazado los ofrecimientos de su madre para pasar a buscarla. Bella temía que, de no ser así, Eva acudiría a la gala a lomos de su moto como hacía siempre. No se equivocaba demasiado. De no impedírselo el vestido, eso es precisamente lo que habría hecho, pero no le quedó otra que desempolvar su viejo todoterreno del garaje y ponerlo en marcha tras meses sin conectar aquel motor. ¿Para qué usar coche cuando en Marbella lucía el sol trescientos veinte días al año y la motocicleta se aparcaba en la puerta misma de su destino?

Observó con disgusto la capa de polvo que cubría la carrocería turquesa del Suzuki Santana.

—Margarita, debí lavarte antes de sacarte de fiesta... Bueno, ahora ya no tiene arreglo, espero que mamá no te vea o pondrá el grito en el cielo.

El interior olía a cerrado. Para Eva, el coche era útil solo cuando llovía o se movía con los perros. Suspiró, dejó el bolso en el asiento del copiloto y arrancó con suavidad. Abandonó marcha atrás el techado hasta salir por la puerta principal de la parcela y se despidió de sus chicos con un silbido. Luego apretó el mando a distancia de la cancela y se entregó de mala gana a las curvas de bajada de la carretera de montaña.

La fiesta se celebraba en el hotel Villa Padierna, un lujoso palacete de estilo toscano, donde los ricachones se casaban y las empresas pudientes montaban sus verbenas. Aquella noche la recepción se concentraba en uno de los miradores a cubierto que daban al jardín, rodeado de vegetación y de velas, con un menú renovado de Martín Berasategui. Aparcó el destartalado Suzuki en el *parking* y entregó las llaves al empleado que la admiró con discreción, a pesar de la birria de tartana que conducía. Entró hasta recepción, donde dio el nombre de su madre para que alguien la avisara. Se retrasaba casi quince minutos aposta y le constaban dos cosas: una, que Bella habría llegado puntual y dos, que no la esperaría en el vestíbulo poniéndose en evidencia.

Bingo.

Al cabo de cinco minutos, su madre se dejaba ver, precedida de un botones uniformado, vestida con un fabuloso traje largo de encaje de Chloé color vainilla que le sentaba a su cabello rubio como esmeralda al dedo. Se acercó a besarla.

—Cielo, estás preciosa, ¿qué te has hecho en el pelo?

Eva se pasó la mano por la melena, un poco azorada.

—Un sacrificio terrible con tal de verte contenta. —Le guiñó un ojo. Bella se enganchó a su brazo y le comentó con aire confidencial:

—Vas a causar estragos ahí dentro, la media de edad de los invitados ronda los cincuenta y cuatro.

La pelirroja frunció el entrecejo.

—Genial. ¡Mamá! ¿Cómo se te ha ocurrido traerme?

—¿Pensabas dejarme sola ante las hordas machistas?

—Pues con no haber venido...

—Cariño, tengo que entregar un premio al empresario más destacado del año, no había modo de zafarme.

—¿Del año? ¡Pero si estamos en marzo! —refunfuñó Eva convencida de que todavía podía surgir otro candidato mejor que le robase los méritos.

—Bueno, es más bien un reconocimiento por su brillante trayectoria, no solo por lo que haya hecho en los últimos meses.

—Qué manera de complicarse la vida. —Hizo rodar los ojos—. En fin, si hay vino blanco a punto de congelación, prometo resistir hasta los créditos finales.

Entraron juntas a la zona de gala, profusamente decorada con velas, plantas y faroles, y muchos caballeros giraron las cabezas con disimulo a su paso. La verdad era que, entre la encorsetada marabunta, Bella y su hija relucían como soles de verano, con la espontaneidad que caracterizaba su actitud y sus risueños semblantes. Llegaron hasta la mesa de las bebidas, pidieron sendas copas de vino y se dispusieron a brindar.

—Por nosotras —sonrió Eva mirando fijamente a su madre.

—Por lo mucho que te quiero aunque me exasperes. —Le guiñó un ojo y las copas chocaron. El tintineo del cristal las acompañó en su sorbo.

—No refunfuñes, estoy aquí, ¿no? Por cierto. —Echó un vistazo interesado alrededor. Muchos ojos coincidieron con los suyos y los propietarios inclinaron sus cabezas con cortesía—. Puede que estos gallardos señores sean demasiado mayores para mí, pero no para ti, mamá, algunos están de toma pan y moja y seguro que no todos forman parte de las «hordas machistas» esas que tanto te sulfuran. Igual alguno, además de guapo, también es decente.

Bella elevó los ojos al techo. Eva insistió.

—Mira aquel del traje gris, es guapísimo. ¿Y este del *foulard* al cuello? No me negarás que tiene estilo. Y te mira mucho. De hecho, no te ha quitado ojo desde que nos hemos apalancado en la mesa de los borrachos.

—Eva, déjalo —le pidió, divertida.

—Haríais buena pareja —repitió con saña—. ¿Y aquel canoso del fondo? Es alto y tiene una facha impecable.

—Ni lo sueñes. No estoy dispuesta a dejarme engatusar por ningún señorito pizpireto.

La pelirroja, entonces, sonrió maliciosa.

—Me pregunto por qué tanto Ana Belén como tú no paráis de buscarme pretendientes cuando vosotras, ante la sola idea de echaros novio, salís huyendo.

—Bueno, ya conoces el dicho: haz lo que yo diga...

—Pero no lo que yo haga —completó Eva por ella.

—¿Te hiciste el chequeo?

—Mamá, ¿qué chequeo? —se desesperó mirando a lo alto.

—Te lo dije el otro día, cielo, tienes que controlar tu salud. Estás muy delgada, deberías averiguar si estás anémica.

—¡Dios! ¿Cómo voy a...? —Dejó en vilo la pregunta. Bella sabía ponerse tozuda cuando le daba la gana, era mejor transigir y acabar cuanto antes con la discusión—. De acuerdo, el lunes mismo me haré un chequeo si eso te mata de ilusión. ¿Vale? —Luego le hizo un leve gesto con los ojos, señalando por encima de su hombro—. Se acabó la tranquilidad, creo que vienen a buscarte.

—Señora Kerr, por favor...

Bella giró sobre sus tacones. Un miembro de la organización requería su presencia a la mayor brevedad.

—Si no le molesta, hemos pensado entregar el premio antes del inicio del cóctel. Así todos podrán disfrutar con más serenidad de la degustación.

—Me parece perfecto. —Se dirigió a su hija—. ¿Me esperas?

—Por supuesto. —Eva se hizo cargo de la copa de Bella y esperó a que el caballero se retirase un tanto para agitar un puño en el aire y animarla— ¡A por ellos, mami!

Bella se dejó escoltar hasta el fondo de la estancia, donde habían dispuesto una tarima ligeramente elevada y una mesa de ceremonias. Con la soltura que la caracterizaba, la dama se acercó al atril con micrófono y saludó a la concurrencia.

—Bienvenidos todos, gracias por estar aquí esta noche y acompañarnos en un acto tan especial.

Eva chasqueó la lengua, apuró su copa de vino, mantuvo entre los dedos la de su madre y se preguntó qué tenía de extraordinario aquella gala que no tuvieran las otras tres mil a las que Bella asistía de tan buen grado.

—En nombre del Club Internacional de... —retomó Bella su discurso.

—Oh, oh. Ahora viene el aburrimiento supino. Eva, pies en polvorosa.

Había oído aquellas mismas palabras u otras muy parecidas cientos de veces, su madre llevaba asistiendo a actos benéficos y sociales desde que Eva se mantuvo sobre sus zapatos, de modo que la joven se desentendió del pomposo acto y se escabulló hasta la terraza. Allí abrió su bolso de fiesta y sacó su pitillera. Había cuatro Marlboro Light. Los miró dubitativa.

—Prometiste dejar de fumar, cochina inconstante —se reprendió a sí misma mientras atrapaba un pitillo y lo posaba entre los labios. No podía quejarse, con el incremento de horas de entrenamiento y el boxeo, prácticamente había aborrecido el tabaco, pero en ocasiones como esta, de fastidioso tedio o de nerviosismo, un cigarro se convertía en su mejor aliado.

Dentro se oyó una salva de aplausos.

—Bla, bla, bla. Menuda panda de chupópteros tragacanapés que están hechos la mayoría de los que vienen a estas cosas. —Eva rumiaba sus inquinas y fumaba con deleite, apoyada sobre la baranda de piedra que daba acceso a unas vistas espectaculares con el mar al fondo. Atardecía y la paleta de rosas y anaranjados del cielo era formidable.

Pasado un buen rato, cuando calculó, por la frecuencia decreciente del aplaudir y la reanudación de la música de fondo, que la entrega de la condecoración se había finiquitado, apagó el pitillo en un cenicero de pie dispuesto para la ocasión y regresó al redil resignada a encontrarse con su madre en la misma mesa de los vinos.

Pero, con quien se cruzó nada más entrar, fue con un hombre alto y moreno que sostenía una estatuilla con placa entre las manos. La exhibía orgulloso, con una sonrisa de anuncio a través de una blanca caja de dientes, mientras que los asistentes lo felicitaban y le daban palmaditas en la ancha espalda. Eva lo reconoció en el acto. Era el Monolito, el padre desaprensivo que atendía más a sus negocios que al resto del planeta, incluido su hijo y recibía así homenajes «al más currante».

«Vaya mierda », pensó.

Javier no podía saber que aquella divina criatura que acababa de cruzarse, y a la que se había quedado mirando con un descaro que rayaba la grosería, era la misma que se ocultaba bajo la gorra de béisbol y la ropa deportiva días atrás. La misma a la que había insultado y amenazado con denunciar por secuestradora y a la que tampoco reconoció cuando estuvo a punto de atropellarla al día siguiente. Lo único que sabía era que, por una noche con una hembra como aquella, daría los beneficios empresariales de todo un semestre. Incluso trató de sonreírle seductor, pero ella había elevado la barbilla y pasado de largo muy digna.

—¿Qué, hija? ¿Qué tal ha salido? —Bella abordó a Eva con la pregunta nada más verla aparecer.

—Has estado de miedo —mintió. No había escuchado una sola palabra del discurso—. Increíble. Bueno, como siempre. ¿Ya podemos comer?

—Sí, ahora empiezan a circular las bandejas.

—¡Dios, me suenan las tripas! —Se llevó la mano a la barriga. Su madre la reprendió con la mirada—. ¿Me prometes que llenamos el estómago y nos largamos?

—Si no hay más remedio... Ya te agradezco bastante que me hayas acompañado.

Por encima del mar de cabezas, dada su impresionante estatura, Javier volvió a destacar y llamó la atención de Eva. Notó que la furia le subía desde el vientre directa a la cara y arrebolaba sus mejillas. Aquel imbécil engreído, pavoneándose con su estúpido premio mientras su mujer y su hijo estarían probablemente solos en casa, esperando. Esperando al rey.

Le sobrevino una arcada. Eva era muy extrema con algunas sensaciones como la de tenerle tirria a alguien.

—No lo trago —susurró para sí—, es superior a mis fuerzas.

—¿Cómo dices?

—Nada, mamá, cosas mías. Mira, por ahí vienen los langostinos con gabardina.

Gracias a la comida, el cóctel se puso de lo más interesante. Eva era de buen comer y las delicias que sirvieron merecían el calificativo de manjares. Regadas con un blanco helado, la chica llegó a congratularse por haber aceptado la invitación. Eso es lo que pensaba cuando no veía pasar a Javier, seductor en plan actor de cine oscarizado, sonriendo todo el rato como un bobo egocéntrico. Miró alrededor. Bella atendía a un matrimonio de príncipes rusos muy engalanados, parecía distraída por completo. Se fraguaba el momento ideal para una travesura.

Eva se deslizó entre la gente musitando un sinfín de «perdón» y «disculpen» y se colocó estratégicamente cerca del premiado, de quien, por el momento, solo conocía el nombre de pila.

En el instante en que aquella copia viviente de Hugh Jackman levantaba el «trofeo» por encima de su cabeza para que los pelotas de turno le hicieran la ola, Eva estiró con disimulo la pierna, la colocó en medio y le puso la zancadilla por segunda vez en su corta relación de enemistad. Javier tropezó cuan largo era, trastabilló aparatosamente y no cayó de bruces al suelo gracias a las decenas de brazos que se extendieron para impedirlo, pero el preciado galardón, una estatuilla de cristal con adornos en plata, voló lejos de su alcance y golpeó a un invitado ilustre en la espalda. Al volverse, malhumorado y ladrando por el ataque de retaguardia, el premio cayó directamente al suelo, donde se hizo añicos.

Si las miradas matasen, Eva habría caído asesinada allí mismo. Sin embargo le echó cara y compuso la más candorosa de sus sonrisas.

—Lo siento muchísimo, creo que sin querer lo he hecho tropezar.

Aquella voz... y la puñetera manía malvada de ponerle la zancadilla hicieron que la luz estallase en el cerebro de Javier igual que un cartucho de explosivo. La señaló con el dedo y los ojos muy abiertos.

—¡Aaah! ¡Tú!

—¿Yo? ¿Quién? —Ella le siguió la corriente, en plan desquiciante.

—La de la caravana.

—No sé de qué me habla, señor.

—Te habrás disfrazado de princesita, pero sigues siendo una tocapelotas, guapa.

—Y tú un *sieso* de primera —replicó ella con garbo. A Javier le rechinaron los dientes.

—Ordinaria.

—Imbécil.

Todo siseado entre dientes para que nadie, salvo el interesado, lo oyese. En mitad del corrillo que los observaba, las cuatro pupilas se quedaron irremediablemente enganchadas en un baile de desafío. Eva supo que aquello era una declaración de guerra sin cuartel, pero daba lo mismo, no pensaba volver a ver a aquel energúmeno en lo que le quedaba de vida.

—¿Pasa algo, querida?

Mierda, su madre. No podía seguir agrediendo al protagonista de la velada y que este se enterase de que era la hija de Bella Kerr. Dio media vuelta muy resuelta y se alejó de allí a toda prisa, dejando a Javier a punto de arder por combustión espontánea, con la mirada clavada en aquel culo redondo y tentador, y en la melena sedosa danzando contra su espalda.

—Esto no quedará así, pelirroja hostil, ni hablar —juró con las mandíbulas apretadas antes de responder con toda la amabilidad posible, dadas las circunstancias, a las muestras de interés por su estado.

8

Sinfonía de enemistades en do menor

El lunes por la mañana, nada más levantarse y terminar sus estiramientos, Eva avisó a Ana Belén de por qué llegaría una hora tarde a la oficina.

—¿Te pasa algo? —se preocupó su amiga.

—No, un simple chequeo de rutina, para que mi madre deje de darme la lata. Cúbreme con Antón pirulero.

Ana Belén soltó una carcajada.

—No lo llames así, pobrecito enamorado. Te dejo, me has sacado de la ducha con tu llamada. Oye, no te pases con lo de llegar tarde.

—No te preocupes, en cuanto me recupere del desmayo salgo pitando para la oficina —bromeó.

—Exagerada...

No lo era, en serio. Sacarse sangre era, casi siempre, una catástrofe.

Aparcó la moto cerca del paseo marítimo y bajó las escaleras que la conducían a la Clínica. El médico la encontró perfecta, le encargó unos análisis para terminar de cerrar el caso y, al salir, fue directamente a la cafetería más cercana. La enfermera tenía manos de ángel y acabó la extracción de sangre antes siquiera de que se diera cuenta, pero al salir del edificio sufrió el primer vahído. La reacción de siempre. Mierda. Se apoyó contra la pared mientras notaba el sudor helado cubrirle el cuello. Respiró hondo un par de veces y siguió caminando.

—Un té, necesito un té, es una emergencia. Debo de tener la tensión a ras del suelo.

El simple olor a café y pan tostado borró de un plumazo todo su malestar. Probar un sorbito de té blanco fue como volar por encima de las nubes. Dejó vagar la mirada por los clientes de la cafetería. Todos bien abrigados en la terraza exterior, robándole al día sus primeros y radiantes rayos. Gente como ella, trabajadores del ordenador en oficinas y bancos, ejecutivos... Se dio la vuelta demasiado brusca y demasiado tarde. No pudo impedir que él la viera.

—¡Oh, no, mierda, no!

El Monolito.

Allí, tan pancho, con un cremoso capuchino sobre la mesa, leyendo su periódico. Tan cerca...

Eva se mordió el labio inferior. No podía levantarse y salir de estampida aunque fuese lo que le pedía el cuerpo. Los ojos de aquel tipo eran una señal de advertencia en rojo y con fluorescentes. Sabía que se la tenía jurada y, siendo honestos, se lo merecía. Él sería un insoportable, pero ella se había pasado tres pueblos poniéndole la zancadilla delante de todos los estirados y reduciendo a migas su galardón. Igual había barrido los cachitos del suelo y se los había llevado a casa en una bolsa de plástico. Quién sabe, los hay raritos de cojones.

Espió con el rabillo del ojo, pero de nuevo lo pilló mirándola. Los dos giraron a la vez, violentamente, para darse la espalda. Ninguno estaba interesado en mostrar su interés al otro. Eran enemigos declarados y sin ninguna cordialidad. No iban a liarse a tiros en mitad de una cafetería, pero en un callejón oscuro, las cosas habrían cambiado mucho de color. Todavía se arriesgó a otear una tercera vez. Javier parecía ahora, concentrado en su lectura. El pelo, oscuro y lacio, le cubría la nuca. Su espalda era un portaaviones, debía gastar unos músculos de infarto. Y su perfil era irresistible: mentón cuadrado, nariz recta, ojos verdes de mirada penetrante. Lo mejor, su sonrisa de canalla sin redimir, que a ella no le había dedicado ni una sola vez, desde luego, pero que había derrochado a diestro y siniestro en la gala.

Capullo engreído...

—Pero está bueno, el *jodío* —se repitió para sus adentros, casi furiosa de que así fuera. En otras circunstancias, Javier era el estilo de hombre que la haría voltear la cabeza y humedecerse. Lástima que conociera su temperamento arrogante. Con certeza, jamás de los jamases tendría algo con un tipo como aquel.

Después de detectar su presencia, Javier se hizo el sueco lo mejor que pudo. Presumía de nervios de acero, no podía ser muy difícil. Todo se reducía a abstraerse de la mesa colocada en ángulo con la suya y de la nube de rizos rojos que rodeaba la cara de aquella muñeca. Le había costado reconocerla, casi tanto como el sábado en la gala. Primero, la gorra. Después, la melena lacia. Ahora, la cascada ensortijada. ¿Cuántas caras y todas divinas tenía aquella chica?

Joder, acababa de leer por tercera vez consecutiva el mismo titular del periódico. No conseguía centrarse.

La *hippie* de la caravana que se vistió de cóctel y parecía una maldita actriz de cine, ahora llevaba sus poderosas caderas dentro de un pantalón azul a juego con una chaqueta entallada que encerraba en canal dos pechos turgentes e hipnóticos.

Javier se mesó el cabello, bebió compulsivamente de su capuchino y, a continuación, se frotó la barbilla. La chica acababa de levantarse y se dirigía a la barra de dentro abriendo su bolso. Seguramente pensaba pagar y largarse. Parecía una ejecutiva, obvio que trabajaba en Marbella, y Marbella, después de todo, no era Nueva York, podía localizarla, averiguar su nombre y dónde trabajaba...

Pero ¿qué demonios le estaba pasando? ¿Quién querría coleccionar datos sobre una loca desequilibrada, agresora y violenta?

Carraspeó y estiró el diario. Luego enfocó toda su atención en la primera palabra de la noticia: «Hoy se cumplen cinco años...». A la mierda la tía buena. «Hoy se cumplen...». Pero, joder, qué tacones. Y menudas piernas tenía. «Hoy se...». Y un culo apabullante, debía de ser una máquina en la cama. La fama de fogosas de las pelirrojas. ¡Joder! «Hoy...». Puede que tumbarla sin contemplaciones sobre la barra de la cafetería, desnudarla como a un plátano y hacerla suya a ritmo del bolero de Ravel fuese el único alivio posible a la dolorosa erección instalada en la entrepierna de Javier, pero aquella solución era, de momento, inasequible. Se removió inquieto en su silla para recolocar el miembro hinchado y se concentró en pensar en otra cosa.

Contando mentalmente para no tropezar delante del Monolito, Eva salió de la cafetería a la calle, pasó muy cerca de su mesa sin mirar y, una vez que se sintió a salvo, soltó el aire que hasta entonces había retenido con riesgo de asfixia.

9
Encuentros inesperados

Aquella tarde, Eva se castigó con doble sesión de entrenamiento. Hizo una rutina completa de pesas, duplicó la distancia de carrera y terminó dando una sesión de patadas combinadas a su saco de boxeo. Solo cuando se agotó del todo y se dejó ir bajo la ducha, totalmente exhausta, se aplacaron sus tensiones. Antón Sevilla, su supervisor en Fireland, el plasta pesado que la perseguía con excusas infantiloides cuando ella solo pretendía trabajar en paz, tenía mucho que ver en su irritación. Salió al área de estar de la caravana envuelta en su albornoz, con la espesa melena recogida en una toalla a modo de turbante. Oyó los perros ladrar fuera.

Era un ladrido de aviso. Presencia de extraños en la parcela, Eva sabía distinguirlos.

Ya había anochecido y no estaba de humor para visitas inesperadas. No se trataba de su madre, tampoco de Ana Belén, porque hacía poco rato había hablado por teléfono con ambas. Encendió todas las luces del jardín y el reflector que iluminaba la cancela principal creó un cono de luz blanca y potente, suficiente para descubrir una silueta fornida, de tamaño respetable, que se aproximaba.

—¿Eva Kerr?

La voz era grave, masculina, de un hombre maduro que en algún lugar recóndito de su memoria sonó levemente familiar.

—¿Quién es? —preguntó sin moverse del umbral de la puerta. Toni y Braxton se arremolinaban en torno al extraño ladrando con debilidad, casi con simpatía.

—¿Queda asilo para un huérfano? Federico Bianchi, recién llegado de los hielos polares —respondió el visitante con sorna.

Eva tragó saliva. No podía ser cierto.

—¿Eres tú... en serio?

—Y tan en serio, gatita, anda, abre la maldita puerta, empiezo a congelarme.

Solo Federico la llamaba «gatita». Solo Federico tenía aquella voz de barítono tan inconfundible y especial. La chica llamó a los perros y pulsó el interruptor que abría el acceso a la parcela sin poder contener la emoción. Sin embargo, mientras estudiaba el modo en que él se comía el terreno avanzando por el caminito a grandes y desgarbadas zancadas, procuró no mover un músculo ni parecer impresionada. Incluso contuvo una lágrima rebelde empeñada en escapar mejilla abajo, antes de que Federico se detuviera ante la puerta a contemplarla con manifiesta admiración.

—Gatita, cómo has crecido.

—Tú estás más viejo.

—Normal, ¿qué esperabas? ¿No vas a invitarme a pasar?

—Me da miedo tu repentina aparición, no puede deberse a nada bueno. ¿Quién se ha muerto?

Federico agachó la cabeza y aguantó la risa. El tono de Eva era cortante como hacha de verdugo.

—Qué cosas tienes.

—La última vez que te vi viniste a contarnos que ya no teníamos padre, después te perdimos la pista para siempre.

—Para siempre, no.

—Cierto, para siempre, no. Hasta hoy, que vas y apareces. Por eso te pregunto: ¿quién se ha muerto esta vez?

—Nadie, gatita, nadie —repitió colmado de paciencia—. Anda, si no vas a abrazarme, deja que pase y ponme un buen *whisky* o un café.

Ella se lo pensó un puñado de segundos y, a continuación, se apartó de la puerta y le franqueó la entrada. Igual que días antes con el padre de Gonzalo, Federico casi tuvo que agacharse para no topar con la cabeza en el techo.

—Coqueto —diagnosticó mirando interesado alrededor—, recogidito y escaso en metros.

—No habrás venido a hablar de decoración, supongo. —Puso una botella de Cardhu encima de la mesa y sacó dos vasos pequeños.

—Joder, deja que te mire. Estás... estás increíble, niña.

—Soy una mujer, ha pasado mucho tiempo —afirmó ella con tristeza—. ¿Qué has estado haciendo desde que nos abandonaste?

Federico acusó el golpe con un dolor casi físico. Había trabajado lo que le parecieron mil años para el padre de Eva, una especie de asistente guardaespaldas que lo acompañaba a todas partes como una sombra. Y era cierto, de repente todo se había desmoronado, Kerr había muerto en un accidente de tráfico y él había desaparecido sin dejar rastro. Sus razones tenía. Así y todo, el reproche de Eva le hizo daño.

—No digas eso. Dicho así suena horrible.

—Es que fue horrible. Nos abandonaste —volvió a repetir ella, convencida de lo que afirmaba. Federico se ocupó de su bebida—. A esas alturas eras parte de la familia, estábamos destrozados y no dijiste adiós, fue innecesario y cruel.

—Lo siento, no era mi intención dañar a nadie. Tuve que buscarme otro trabajo. ¿A qué te dedicas?

—Yo pregunté primero.

Federico ladeó la cabeza y le clavó una mirada de extrema curiosidad.

—Chica, eres dura. Igual que, cuando peque, me chinchabas a todas horas y me sacabas de quicio.

—Y tú, en represalia, me desinflabas las ruedas de la bicicleta, hijo de puta.

—¿Lo sabías?

—Pues claro, era pequeña, no gilipollas.

Acabaron coincidiendo en una carcajada. Eva levantó su vaso y lo invitó a brindar. Federico, aliviado, correspondió al instante.

—Pertenezco a la plantilla del CNI —aclaró transcurrido un rato. Eva arqueó las cejas.

—¿El Centro Nacional de Inteligencia? —silbó—. Joder, eso es como la CIA, pero en castizo.

—Entenderás que es algo que hay que mantener en secreto, pero te necesito.

—Anda ya. ¿Para qué ibas a necesitarme tú a mí?

—Yo precisamente, no. El CNI.

—Mejor me lo pones —se mofó la pelirroja sin querer creer que no hablase en broma.

—Trabajas en Fireland. —No era, desde luego, una pregunta—. Creemos que alguien está usando la empresa como tapadera para facilitar falsas identidades y documentación a espías extranjeros que utilizan España como vía de paso y que podrían poner en serio peligro la seguridad nacional.

A Eva se le descolgó la mandíbula.

—Eso es una estupidez.

—Seguramente desde el Departamento de Recursos Humanos en concreto —detalló Federico con severidad—, aunque no descartamos otros puntos calientes.

—Fireland es una empresa honesta de servicios de calidad ampliamente contrastada y ese departamento del que hablas selecciona personal para nuestros clientes a nivel internacional. Lo que dices...

—Es, ni más ni menos, lo que está ocurriendo. No te digo que Fireland al completo esté al tanto del chanchullo. Alguien está sirviéndose de la compañía para cumplir con sus retorcidos fines.

—Francamente, suena a película americana.

—Te necesitamos, Eva. Tienes que pasarnos información, ser nuestros ojos dentro de Fireland y averiguar cuanto puedas.

—¿Estás chalado, Federico? ¿Por qué yo?

—Tienes el perfil perfecto: chica bonita, bien educada, que no levanta sospechas, pero que está convenientemente preparada si la ocasión lo requiere. Y eso sin contar con tu titulación universitaria y con que dominas a la perfección cinco idiomas.

—Nada de eso me convierte en agente secreto —farfulló molesta.

Federico ahogó una risa alegre. Mucho más de lo que la situación requería.

—Ni vas a serlo, gatita. Se trata solo de observar, colaborar desde el interior, no te emociones.

—¿Puedo decidir?

—Claro, para eso he venido.

La chica fingió decepción.

—Ya me parecía a mí demasiada amabilidad de repente. La respuesta es *no*.

—No correrás absolutamente ningún riesgo, de eso me encargo yo.

—No me interesa. Tengo cero necesidad de complicarme la vida. Además, trabajo en el antiguo edificio de Fireland y Recursos Humanos está en el nuevo. ¿Cómo voy a observar lo que hacen allí? El CNI debe disponer de cientos de agentes femeninas que reúnan idénticas condiciones.

—Tú ya estás dentro.

—¿Te suena la palabra *infiltrados* o he visto muchas pelis de Bourne?

—Puede que lo hayamos intentado, sí —se mesó el denso cabello cano—, pero pasan los meses y no hay avances. La cosa se agrava.

—Debe de haber algo más, Federico, de pronto vienes a verme y me propones una locura como esa...

—¿Locura? ¿Qué sabrás tú de locuras y de misiones suicidas? Tu padre...

Ella cortó radicalmente su frase con un gesto de la mano. Su expresión se había oscurecido.

—Ni lo nombres.

—Pero él...

—No quiero que me expliques nada acerca de él, ni siquiera que menciones su nombre. Murió y salió de nuestras vidas. —Le empezaron a escocer los ojos. No. No iba a llorar. Apretó los dientes.

—En aquel momento no pude contártelo, pero ahora...

—¿No me has oído, Bianchi? —alzó la voz en un agudo doloroso—. No quiero escucharlo, me costó sudor y lágrimas asumir ciertas cosas, no pienso envenenarme de nuevo.

—¿Aceptas?

—He dicho que no. ¿También estás sordo?

—No te pasará nada y ayudarás a tu país.

—¡Guau! A mí mi país me importa lo que a él yo. Vivo de lo que gano, sin subvenciones y sin su ayuda.

—Sola, en mitad de un campo, en una caravana cuando podrías hacerlo en casa de tu madre con toda clase de lujos y comodidades o en tu propia vivienda. Y por lo que he podido deducir practicas boxeo y no tienes pareja.

Eva no demostró lo impresionada que la tenía Bianchi y su saco infinito de información reservada. Apretó los puños.

—¿Y qué te dice eso? —lo desafió con los párpados entornados.

—Que no te dejas embaucar fácilmente y que eres autosuficiente. —Ella sonrió halagada—. Confiesa, Eva, eres adicta a la adrenalina, podrías pasarlo bien con este encargo.

—Pues no, Federico. No insistas. Pero dada la hora y el detalle de venir hasta aquí a reclutarme, te haré un sándwich.

Federico Bianchi no insistió. Cierto es que Eva esperaba que lo hiciera, pero se llevó un chasco. El guardaespaldas italiano era un maestro del despiste y del no tirar nunca por donde pensabas que lo haría. De su niñez, Eva salvaba el recuerdo de sentirlo pieza fundamental de su familia, adosado a su padre, máximo y discreto confidente, amable con todos. A ella le encantaba cabrearlo, sacarlo de sus casillas. Y, si bien delante de sus padres Federico mantenía la compostura, la niña solía encontrarse sin bici, por norma, tras cada trifulca.

Ahora que era una adulta hecha y derecha, lo recordaba y le daba la risa.

Tras la frugal cena, Federico se había marchado dejando a Eva sumida en la confusión. Luego pensó que era mejor no darle muchas más vueltas: en su día le rompió el corazón desapareciendo sin explicaciones y ahora había vuelto reconvertido en agente del gobierno. Sus planes no la incumbían, no pensaba complicarse en nada que no la atañese personal y directamente. Encendió el ordenador, buscó un par de capítulos de *Juego de Tronos* que llevaba atrasados y se tumbó en el sofá a disfrutarlos mientras se zampaba un plátano, y Toni y Braxton dormitaban con suaves ronquidos.

10

Un cambio de aires

Por regla general, no conseguía despegarse a Antón Sevilla y sus insinuaciones pegajosas de la falda, lo que la hacía sentir francamente incómoda. Pero aquel día la cosa había ido más allá. Mucho más allá. Su acoso había sido violento y terrible, después de acorralarla en el estrecho pasillo de los archivos, había intentado besarla por la fuerza y Eva había puesto toda la resistencia posible antes de llegar a las manos. Faltó muy poco. Fue desagradable, grosero y ofensivo. En todos los sentidos. Debía mantener el tipo delante de Ana Belén si no quería implicarla en sus malos rollos. Por eso, cuando se despidieron en la calle, junto a su moto, Eva enterró la cara entre las manos y se vino abajo. No recordaba cuándo había llorado por última vez, pero aquel llanto que brotó desde el fondo de su angustia era imparable.

Alguien caminó cerca, se detuvo a su altura y le ofreció un pañuelo de papel.

—¿Estás bien?

—Estoy bien —respondió al tiempo que meneaba a un lado y otro la cabeza diciendo *no*—. ¿Qué ocurre, Federico? ¿Me persigues?

—Pasaba por aquí. —Le entregó otro pañuelo.

—Y un cuerno. —Se sonó la nariz con un fuerte estruendo del que el italiano sacó un chiste.

—Saber dónde estás en cada momento, es, por ahora, mi trabajo. Hasta que aceptes la misión. —Había pronunciado *misión* con un tono hueco y jocoso que le restaba formalidad. A Eva le entraron ganas de reír. Serían los nervios, claro, aquello no tenía ni puñetera gracia.

—Joder, a todo el mundo le ha dado por volverse cansino e insistente.

—Disculpa que me entrometa, gatita, pero no te veo salir del trabajo precisamente contenta.

—Nadie sale del trabajo pegando brincos de alegría —rebatió ácida—. Y por favor, no me sigas llamando *gatita*, tengo casi treinta años. —Federico se encogió de hombros.

—Igual te viene bien un cambio de aires.

Lo dejó caer casi por casualidad. Era bueno, el puñetero. Persistente e insinuante, tenaz como una gota de agua empeñada en crear una estalactita. Lo miró con algo cercano al agotamiento.

—Joderrrrr...

—Chicos, cambio de edificio. Ahora, en lugar de trabajar en el viejo Marbella 6, me mudo al King Edwards. ¿Qué os parece? Escalando puestos, pero dejando atrás a Ana Belén y un montón de anécdotas fabulosas.

También se libraba de cosas no tan memorables, como el acoso del supervisor. Bianchi, o quien estuviera detrás de él, había hecho bien su trabajo: Eva ignoraba cómo, pero su traslado al departamento de Recursos Humanos estaba listo y aprobado. Era el mejor momento para cambiar, no se estaba equivocando, se dijo.

Toni y Braxton arremetieron con sendos ladridos. Eva sujetó su tostada con los dientes y les acarició las cabezas. En el espejo de cuerpo entero de su dormitorio, dio el visto bueno a su pantalón *palazzo* de atrevido naranja y a su camiseta gris con mensaje, se abrochó un collar plateado con muchas vueltas de cadena corta, metió los pies en sus tacones y agarró al vuelo el abrigo y la mochila donde llevaba sus cosas.

Iba en moto y odiaba llevar bolso.

A los exactamente quince segundos de cerrar, la puerta de la caravana se volvió a abrir y Eva reapareció como una tromba acelerada.

—¡Mierda, las llaves!

A un lado y otro del corredor, se abrían espacios acristalados en los que gente elegante se afanaba ante sus ordenadores. La atmósfera brillaba en calma, sobrada de eficiencia. La señora que atendía la recepción parecía esperarla y se ofreció a acompañarla a su mesa.

—Aquí la tienes. Y esta es tu tarjeta identificativa —le entregó una cartulina plastificada con su nombre, su foto y un broche para asegurarla a la ropa—. Soy Elena. Bienvenida, espero que te vaya muy bien. Tenemos cafetería en la planta de arriba. Si quieres, en un rato subimos, nos tomamos un café juntas y, en lo que esté a mi alcance, te pondré al tanto.

—Te lo agradecería mucho. Perdona... ¿sabes a quién debo presentarme?

—Recursos Humanos depende directamente del señor De Ávila, uno de los propietarios. —Sonrió misteriosa—. Tendrás ocasión de conocerlo, espero que pronto. Mientras tanto, puedes hablar con Rubén. —Señaló a través de los cristales, a la oficina de enfrente, donde un chico vestido con mucho estilo, hablaba por el móvil—. Pertenece a tu misma sección, él te pondrá al corriente de lo esencial.

Elena volvió a sus quehaceres y Eva echó un vistazo interesado a su nuevo despacho. Era bonito, un lugar agradable donde inspirarse, con una mesa de cristal, extensos ventanales con vistas a la plaza y a la montaña, y una estantería roja de pared a pared, vacía de momento. Joder, estaba nerviosa, qué sensación más olvidada. Puede que solo fuera un poquito de ansiedad por lo novedoso de la situación, pero allí estaba, incordiando como un pinchazo.

Salió al corredor enmoquetado y miró en todas direcciones. Allí no parecía cocerse ninguna red de espionaje, la verdad. En una de las dos oficinas contiguas se celebraba una especie de reunión, con tres ejecutivos fusionando sus cabezas en torno a un mismo folio. Discutían acaloradamente y Eva no los quiso interrumpir. Se dirigió a la otra, donde el chico vestido con mucho estilo seguía hablando por el móvil.

Eva se apoyó en el quicio de la puerta y se mordió un labio.

—A veces pienso que somos completamente incompatibles —cuchicheaba él al aparato—. In-com-pa-ti-bles.

Era evidente que se trataba de una conversación privada, de modo que la pelirroja se apartó un par de metros. Sin embargo, todavía lo oía todo aunque no quisiera.

—Porque yo he puesto mucho en esta relación. La verdad, creo que lo he puesto *todo* en esta relación. Debí adivinarlo, un signo de fuego es absolutamente incompatible con otro de agua, querido. In-com-pa-ti-bles. Ahí tienes el catastrófico resultado.

Los minutos transcurrían y la discusión no acababa. Impaciente, la chica carraspeó suavemente para llamar su atención. Rubén giró bruscamente y la fulminó con los ojos negros.

—Oye, no me espíes mientras hablo, que me agobio —reclamó con un soniquete agudo y afectado.

—Perdón, perdón. —Eva se retiró de inmediato.

Se recluyó tras su mesa y esperó paciente a que su sulfurado compañero terminase de despachar con... ¿su novio? Muchos minutos. No vino nadie. Un poco molesta, se armó de valor y salió a buscarlo. Pero las paredes eran transparentes y las cortinas no estaban echadas, de manera que Rubén la divisó mucho antes de que entrase. Se adelantó, abandonó su oficina y, pasando de ella, fue a mezclarse con un grupo de compañeros que charlaban.

—Será capullo... —masculló la pelirroja entre dientes. ¿Tan horrible era darle la bienvenida y dedicarle un simple cuarto de hora? Si él fuera el nuevo, ella lo haría de mil amores—. Qué retorcido y qué mala persona, el tío.

En ese instante, una voz conocida la atrapó por la espalda e hizo que su corazón diera un brinco dentro del pecho. No podía ser, él aquí también, no...

Un tono grave, autoritario y muy varonil, venía impartiendo órdenes, como un general militar cabreado. Eva se escondió detrás de un archivador, donde podía atisbar el pasillo principal y pasar desapercibida.

—Mierda, mierda.

El Monolito. Alto, imponente, trajeado en azul marino, corbata oscura a rayas, con todo un séquito de oficinistas babosas bailoteando alrededor. Seguro de sí, insultantemente dueño del suelo que pisaba. Eva contuvo el aliento y, para cuando Javier le pasó rozando, ella ya había atrapado un expediente de la mesa más cercana y se tapaba la cara con él. El Monolito cruzó sin verla. Demonios, ¿qué pintaba aquel tipo allí?

Cuando se aseguró de que Javier se perdía de vista, se dirigió de nuevo al despacho de Rubén con la desenvoltura que caracterizaba todas sus decisiones. Asomó la cabeza por su puerta abierta y la golpeó con los nudillos y la más generosa sonrisa.

—Disculpa, ¿Rubén?

Él alzó solo las cejas y los ojos para mirarla, revelando cuánto lo fastidiaba la interrupción.

—Jolines, ¿otra vez? Tú es que me persigues.

Eva decidió obviar su tono malhumorado. El plan de amargarle la vida al gay sofisticado y malicioso había perdido prioridad, estando, como estaba, por lo visto, el Monolito, en su misma empresa.

—Lo tengo difícil, todavía no nos han presentado. —Se acercó trotando a su mesa y le ofreció la mano. Rubén la repasó con gesto de rechazo—. Hola, soy Eva Kerr y es mi primer día.

—Mmmm...

—No mi primer día en Fireland, en realidad llevo tres años trabajando en el otro edificio. Pero me han trasladado.

—Mmmm...

La mano de la pelirroja seguía extendida, y Rubén sin decidirse. Ella empezaba a cansarse. Entraba con mal pie, el primer compañero y había sido asco a primera vista.

—¿Hola? —insistió.

—Soy Rubén —accedió de mala gana. Y consiguió que las manos por fin se encontrasen. Eva lo consideró un asalto superado.

—Elena me recomendó que hablase contigo —explicó en un tono dulce y de lo más cautivador—, te admira muchísimo, no le digas que te lo he dicho.

—La recepcionista y yo casi no nos hablamos —la cortó el joven, con el ceño fruncido.

—Bueno, eso no quita para que te considere un excelente profesional y una persona digna de confianza —remachó un poco desinflada.

—Permite que lo-du-de, es una vengativa escorpio —Rubén se encogió de hombros y regresó a sus papeles fingiendo estar ocupadísimo. Pero se lo pensó mejor. Con un suspiro de hastío, pareció apiadarse de la novata—. ¿Y qué es lo que se supone que yo iba a hacer por ti?

—Explicarme un poco de qué va todo esto.

—¿Recursos Humanos? —preguntó irónico. Ella asintió esperanzada—. Básicamente seleccionamos personal cualificado para satisfacer las demandas de las empresas. Estudio de perfiles, entrevista de candidatos y todo eso. Muy movidito. ¿Algo más?

—¿Quién me informará de mis funciones?

—El endiosado y guapísimo señor De Ávila. El jefazo todopoderoso. —Movió las manos como creando un imaginario rótulo en el aire—. Te toca ir a lamerle los zapatos. De paso puedes llevarle un café, lo bebe a barriles.

—Sí, pero...

—Oye, guapa, tú hasta ahora, ¿a qué demonios te has dedicado?

—Estudios de mercado.

—Pues es más o menos lo mismo, cambia números por personas y véndelos con tu mejor sonrisa, tienes buenos dientes. Ahora, si me disculpas, tengo que entregar estos informes en media hora y me estás robando mi valioso tiempo.

Un adiós presuroso, y Eva regresó a su oficina a tiempo de cruzarse con la sonriente Elena.

—¿Te has ubicado ya?

—Qué va. Pero no te preocupes, estoy en ello. ¿Sigue en pie ese desayuno?

—Por eso mismo venía...

—Acepto. —Corrió a buscar su bolso y siguió a Elena.

Nada más llegar al recibidor, detectó la silueta de Javier: un metro noventa de hombre avanzando por el pasillo. Eva le dio la espalda tan rápido como pudo y se escabulló hacia los ascensores.

—¿Subimos? —sugirió a Elena sin perderlo a él de vista. La alteró comprobar que se dirigían al mismo sitio—. No, mejor por las escaleras, ¿a que sí? Subir escalones nos pone el culo prieto, ¡vamos! —Agarró el brazo de la recepcionista y la sacó del vestíbulo de un violento tirón.

—Pero mujer, ¿qué te pasa? ¿A qué vienen estas bullas?

—Que sin algo en el estómago por las mañanas, no soy persona. —Miró con disimulo hacia el descansillo, donde Javier se despedía de un empleado que le entregaba un maletín de piel, antes de subir al ascensor. El alivio por evitar el encontronazo le provocó ganas de bailar.

—Pues te aconsejo que desayunes en casa, tempranito y antes de venir—refunfuñó Elena—. Por si las moscas.

11

Restos de un naufragio

Sabiendo que el Monolito se encontraba fuera del edificio, Eva logró calmarse un tanto y dejó de comportarse como una chalada a punto de encierro. Hasta fue capaz de mantener una conversación amigable con Elena y borrar la mala impresión que había causado en ella con su estrambótica huida. Hablaron de Rubén.

—Si tiene que entregar trabajos se pone un poco histérico y borde —concedió Elena—. Al fin y al cabo, no lleva aquí más que dos meses y todavía le preocupa agradar.

—¿Dos meses? Se comporta como si fuese socio fundador.

—¡Ah, pero es que el señorito Rubén no vino de cualquier parte! Su anterior trabajo era en MexChang Manhattan. —Eva abrió la boca y formó un círculo perfecto. Elena asintió con una sacudida de cabeza—. Y claro, trae unos humos y unas grandezas...

—Hasta cierto punto lo entiendo. Esa gente son... lo más.

—Mejor nuestro jefe —le guiñó un ojo picarona—, lo que yo te diga.

—Ya tengo ganas de conocerlo, debe de ser un portento.

—Lo es, y no me refiero únicamente a su cerebro privilegiado. Es... es... —La mujer enrojeció de repente—. Uff. Es difícil de describir.

Eva captó sin dificultad el mensaje que flotaba entre líneas.

—¿Tan bueno está?

—Más, ya lo verás. Más.

Con tanta propaganda previa, la visita pendiente a los dominios del mandamás la tenía excitada y nerviosa, pero, al regresar de la cafetería, les informaron que el señor De Ávila había salido a una reunión urgente, de modo que, algo aburrida, Eva se sentó en su sillón giratorio y puso en marcha el ordenador, evitando, en lo posible, que su mirada se cruzase con la de Rubén. Es más, a los pocos minutos de estar allí sentada, se levantó, se dirigió con paso firme hacia las cortinillas que cubrían los ventanales, y de un tirón las cerró. De paso, le regaló al «americano» un osado gesto de triunfo que él encajó con desprecio.

Pensó plantear un bosquejo de la estrategia a desarrollar, estaba allí gracias a Federico Bianchi y al CNI, con una misión y un compromiso pendientes, que cumpliría aunque le fuera la vida en ello. Garabateó un poco. Estrategia, cero. La verdad es que no sabía por dónde empezar. Así que marcó el número de Ana Belén y le contó el aterrizaje completo.

—Oye, monada, que aquí se viene a trabajar, no de cotorreo telefónico.

Eva alzó la mirada y se encontró con Rubén apoyado indolente contra el marco de su puerta. Despidió a su amiga con precipitación y trató de fulminar al intruso con una mirada «dardo» que no obtuvo respuesta.

—¿Has ido a rendirle homenaje al gran jefe?

—No, me han dicho que estaba fuera, en una reunión.

—Pues acaba de volver. Deberías presentarte y que te aclare en qué se supone que consiste tu trabajo en lugar de estar aquí holgazaneando.

Eva se puso en pie y se estiró la ropa.

—Voy ahora mismo —prometió caminando hacia la puerta.

Al pasar por delante de Rubén, que examinaba sus movimientos con el cálculo de un juez de tenis, sintió un tirón de un rizo, al tiempo que oía:

—Oye, ¿este pelo increíble es tuyo?

—Pues claro.

—Menuda fortuna.

—Suelta ese mechón antes de que cuente tres. Uno, dos...

Rubén lo dejó ir como si abrasara.

—Qué barbaridad, qué antipática. Luego querrás que sea cierto ese pedazo de embuste que acabas de echarle a la tal Ana Belén.

—¿Por casualidad has estado escuchando a escondidas?

—¿Qué coño a escondidas? Te he escuchado aquí, tan ricamente, apoyado en la puerta. «Me han recibido con los brazos abiertos» —imitó su voz contoneándose burlón. A Eva le entraron ganas de arrancarle la nuez de un mordisco—. Tú sueñas, bonita.

—La madre que te parió... —masculló la chica clavándose las uñas en las palmas de las manos.

La guasa de Rubén se esfumó de un brinco.

—¿A que eres acuario?

Eva pestañeó desconcertada.

—Acuario, me refiero a tu horóscopo. —La apuntó con un dedo acusador—. Seguro que eres acuario.

—¿Y qué, si lo soy? —La pelirroja entornó los párpados y se preparó para lo peor.

—No falla, estáis todas locas.

—Eres una mala persona —barbotó Eva sin poder contenerse.

—Y tú te considerarás muy buena, insultando así, a bocajarro...

—Aparta, que voy a ver al jefe.

Ya estaba bien de comportarse como la Cenicienta que no era. Le arreó un empujón de los suyos a Rubén, que saltó lejos de su camino con un gritito de contrariedad.

—¡Burra!

—Chincheta.

Ya empezaba a arrepentirse de haber cedido a las presiones de Federico Bianchi. ¿Qué demonios hacía ella en el King Edwards complicándose la vida?

Tan concentrada iba en sus cavilaciones que no fue capaz de esquivar el choque contra el hombre que caminaba a toda prisa en su misma dirección. Él también iba distraído y el impacto fue brutal, los expedientes que cargaba volaron por los aires y Eva rebotó y cayó de culo al suelo. Él solo la reconoció cuando, tras musitar unas disculpas y ofrecerle la mano, la ayudaba a ponerse en pie.

—¡Oh, no, por favor! —dijeron los dos al unísono.

Aturdido por la sorpresa y sin pensar, Javier abrió la mano y la dejó caer de nuevo, como un fardo sobre la moqueta. De repente y desde el suelo, todo lo que ella podía ver era un par de zapatos de cordones de ante marrón de Ermenegildo Zegna.

—¿Qué demonios hace usted en mi oficina? —bramó fuera de sí. La pelirroja se puso en pie, reprimiendo un gemido de terror, frotándose el trasero dolorido—. ¿Quién ha dejado entrar a esta loca?

Era la segunda persona que la llamaba *loca* en menos de dos minutos. Eso no podía significar nada bueno.

—Oiga, sea educado al menos. No me he colado, graciosillo, trabajo aquí, para que lo sepa. —Lo retó con los ojos entornados y la indeseable tentación de patearle la entrepierna.

—Será una broma.

—No, señor. Si algo se borra de mi mapa cuando le veo es el sentido del humor.

—¿Quién la ha contratado? —Javier elevó el tono y, desde su amenazadora altura, sus ojos atisbaban alrededor buscando un culpable. Muchos oficinistas se escabulleron nerviosos—. ¿Quién ha tenido el atrevimiento de contratar a... —Estiró la mano y volteó de un tirón la tarjeta identificativa que Eva lucía en el pecho. Sin querer, el movimiento lo llevó a rozarla a la altura de los pezones. Javier se tensó incómodo y súbitamente alterado. Líos aparte, la chica era una auténtica preciosidad—, a Eva Kerr sin consultarme antes?

Se apartó de ella y, puesto que nadie asumía la responsabilidad de la presencia de la pelirroja en Fireland, la señaló con un dedo rígido.

—Lo averiguaré, no te fíes, esto apenas está empezando —farfulló. Empleó su intensa mirada para desmoronar recursos. Eva se encogió sin querer.

Fueron décimas de segundo absolutamente vitales: el ojo entrenado de Javier repasó a la deliciosa mujer y, si algo se le pasó por la cabeza, fue cerrarle el pico a aquella fierecilla con un beso apasionado, no esperar ni un respiro para probar su jugosa boca rosada. Se controló y, aunque imaginó que ella había descifrado la mirada codiciosa directa a sus labios, le importó muy poco.

Giró sobre sus talones y en un santiamén desapareció pasillo adelante, dejándola confundida y sin aliento, de pie en mitad de una oficina desierta en cuyos rincones seguramente se escondían los ejecutivos que habían contemplado la escena.

—Joderrrrrrrr... Empiezas con buenísima pata —se mofó Rubén a media voz. Eva miró por encima de su hombro: el chico se dedicaba a abanicarse con un gesto afectado.

—Ese tipo. —Señaló con el dedo el lugar por donde Javier se había evaporado—. ¿Manda mucho?

—Mandar, manda, sí... Es *el jefe*. Javier de Ávila, uno de los dueños de la empresa —declaró Rubén tras pensárselo un instante.

Eva cerró los ojos y echó atrás la cabeza en un estado cercano a la desesperación.

—Mierda, mierda y más mierda.

—Eso te pasa por ser la nueva y encima llegar de lista, acuariana majara.

Sin darle opción a réplica, Rubén volvió a sus tareas, asegurándose de cerrar la puerta a su espalda. Eva se sintió desvalida y humillada. Suerte que Elena brotó de algún sitio tranquilizándola con una enorme sonrisa.

—No te lo tomes a la tremenda. Ladra, pero casi nunca muerde. ¿Café, té?

—Sí, por favor, un té. A poder ser, blanco. Y a toda prisa.

12

Abortar misión

Si algo tenía claro la pelirroja era que, en esas condiciones, seguir en Fireland enfrentada al todopoderoso señor De Ávila era un suicidio. En cuanto pudo escurrirse al baño, marcó el número de Federico y lo citó para verse a la salida del trabajo. Cuando el agente llegó a la cafetería, la ansiosa joven ya había devorado dos cruasanes y anotado mentalmente llevar, en lo sucesivo, su codiciado té blanco en el bolso ya que en casi ningún sitio lo servían.

—Vaya, ya era hora —bufó al verlo entrar.

—Bueno, tengo mis ocupaciones, no hago guardia tras la portezuela de tu coche.

—Pues bien que te molestaste en ser omnipresente cuando se trataba de enrolarme. En fin... —suspiró aletargada. Todas las emociones del día la habían agotado, solo pensaba en tumbarse a dormir sin cenar siquiera—, hay que abortar esta misión de pacotilla que me has encomendado.

—¿Qué dices?

—Que no puedo seguir trabajando ahí, el jefazo me odia. Por cierto —añadió tras una breve pausa—, quede claro que yo también lo odio a él.

Bianchi trató de minar el ímpetu de Eva con una larga mirada de desaprobación.

—¿De qué os conocéis?

Eva apartó los ojos. Las luces que empezaban a sembrar la noche a través de los ventanales eran, de pronto, mucho más interesantes.

—Es una larga historia: detesta a los perros, yo tengo dos; me gustan los niños, él tiene uno muy majo que habla por los codos, aunque el muy capullo llega tarde a buscarlo... Digamos que hemos tenido un par de encontronazos, a cada cual más desagradable, y que, allá donde coincidimos, saltan chispas que ni una central hidroeléctrica.

Bianchi inclinó la cabeza, pensativo.

—¿Hablas de Javier de Ávila?

—El mismo.

El agente se masajeó el puente de la nariz y bufó suave.

—Verás, Eva, me temo que tendrás que arreglártelas y confraternizar con él, porque Javier de Ávila se incluye en nuestra lista de sospechosos.

Los ojos de Eva se abrieron al máximo y se retorció inquieta en su silla.

—¿Qué quieres decir con eso?

—Que quizá él o su socio, como propietarios, sean los espías que buscamos o estén al tanto de la operación y la apoyen de algún modo, así que te necesitamos para comprobarlo.

—No hablas en serio, no puedes pedirme que... que... —La irresistible imagen de Javier con su traje de chaqueta negro se le cruzó por delante alterando la prioridad de todo lo importante.

—Estate alerta.

Eva aguardó la siguiente indicación, pero Federico se concentró en la copa de *brandy* que había pedido y la paladeó con deleite. La pelirroja se crispó.

—No sabes cómo se las gastan ahí dentro, le caigo mal a todo el mundo. —Federico no dio muestras de inmutarse—. Oye, Bianchi, ese tipo pondrá en marcha toda su maquinaria pesada para despedirme y, si yo me quedo sin empleo, vosotros os quedáis sin topo. La pelota está en tu tejado.

—Te equivocas, gatita, la tienes en el tuyo. Si aparece alguien intercediendo en tu favor, sospecharán. Tienes que ganarte su confianza —la animó con un tono más dulce—. Vamos, eres irresistible y lo sabes. Manipúlalo, haz que ese cabrón coma en la palma de tu mano.

Eva terminó de masticar su tercera pieza de bollería. Estaba resuelta a abandonar, pero esa última razón esgrimida por Federico cambió el color de toda la historia. ¿Domar al Monolito? ¿Obligarlo a morder el polvo? ¡Dios, qué placer, qué idea tan atractiva! Le encantaban las competiciones, la vida era un *ring* para ella y cada reto, una pelea en la que demostrar su valía.

—Visto así... Cuenta conmigo. —Acompañó su aceptación con una sonrisa casi perversa.

Durante las dos semanas siguientes, Eva se centró en cumplir con sus funciones lo mejor posible y sin llamar la atención. Objetivo: mantener el empleo. Había esperado la llamada del jefe a su despacho para obsequiarla con una buena bronca a modo de venganza y un despido por las bravas, pero el temido momento no acababa de llegar.

Al contrario, Javier había enviado a una tal Alicia a explicarle muy amablemente en qué consistían sus labores y a adjudicarle un par de clientes, no del todo insignificantes, con los que iniciarse. Entre los encargos, destacaba una selección preliminar de envergadura para una importante empresa italiana, Fossini, que le dio sobrada cuenta del estratosférico nivel donde se movía Fireland.

Así que, ante la sospechosa calma chicha, fue ella la que empujó el peón. Solicitó cita con el jefe y esperó paciente hasta que su secretaria personal la llamó por línea interna. Antes de traspasar la puerta, su pulso ya se había lanzado a una desbocada e incomprensible carrera. Javier la espió con gesto huraño desde su mesa, por encima de su pila de papeles, sin mover un meñique.

—Dígame qué se le ofrece —rugió volviendo a esconder los ojos en su escritura.

Eva tenía previsto ser concisa y breve. Disparó a quemarropa.

—¿Ahora qué? ¿Qué va a pasar?

Tras arquear las cejas, Javier fingió consultar su reloj de pulsera, aunque no le dedicó ni el tiempo ni la atención suficientes como para ver nada.

—Teniendo en cuenta la hora, ¿qué tal si se toma un café rapidito y sigue trabajando como una buena chica hasta el mediodía?

—No me tomes el pelo. —Lo tuteó a propósito—. Tú eres el jefe, yo una empleada, y a pesar de todo no me has despedido. ¿Vas a tomarte la revancha y a ponerme en la lista negra? ¿A encargarme los peores trabajos, los clientes más desagradables y a excluirme de los ascensos?

Javier se tomó una larga pausa que invirtió en admirar su furiosa hermosura. Luego replicó con mucha calma.

—Sería tan indigno como amoral. Le aseguro que el trato que recibirá aquí será tan justo como merezca y tan preferente como dicten su antigüedad y su talento.

Eva se quedó vacía de palabras. No esperaba una reacción tan civilizada, así que hizo lo único que podía hacer: asentir con la cabeza, gruñir un «espero que así sea», dar media vuelta y largarse echando chispas.

Javier sonrió de medio lado. El juego no había hecho más que empezar, pero se preveía excitante y largo y, de momento, iba ganando.

Eva salió al pasillo preguntándose cómo de mal habían ido las cosas pese a la apariencia de tregua.

—¿Ya te marchas? —Era Alicia, cargada de carpetas hasta las cejas y mirándola desde el pasillo con una sonrisita descafeinada que la puso de los nervios.

—En breve. Voy a mi despacho, me quedan por repasar unos cuantos perfiles antes de dar la candidatura final para Spasa... —Siguió adelante, malhumorada por sentirse obligada a dar explicaciones, deseando que la chica se perdiera de vista. De repente tenía la sensación de encontrarse a Alicia por todas partes y sentía que su desmedido interés no tenía más explicación que cumplir un miserable encargo de espionaje barato en favor del todopoderoso Monolito.

—¡Increíble, alguien cuidando de un cliente que no es Fossini! Tenemos a todo el mundo atacado con la cuenta de los italianos —gorjeó misteriosa.

—Vaya —exclamó Eva sin emoción alguna. Realmente le importaba un carajo. Conocía de sobras el encargo, también llevaba muchas horas currándose los preliminares.

—Ciento catorce empleados para la multinacional con sede en Roma. Todos quieren ese asunto por lo que implicarán las entrevistas y la selección. Ya sabes... —Se alejó—. Viajes cinco estrellas, Italia... ¡Oh, la la!

«¿Oh, la la? Esta tipa es imbécil perdida», pensó la pelirroja mientras asentía con la cabeza y la veía bailotear entre las mesas. Había venido a parar al edificio de los desquiciados. Hasta soportar los envites de Antón Sevilla iba a resultar más llevadero que aguantarla a ella.

A última hora de la tarde, a solas en su caravana, las imágenes desfilaron sin orden por la memoria de Eva: el rostro de Javier, su profunda mirada verde y sus labios, el cuerpo increíble que lo acompañaba, el tono autoritario de su voz, el modo en que ella vigilaba el pasillo a través de las cristaleras temiendo, y a la vez deseando, verlo aparecer... ¿¡Qué le estaba ocurriendo!? ¡Se supone que lo detestaba! Y el plan de Bianchi de hacerlo saltar al son que ella tocaba le atraía como un imán al hierro. Quizá por eso no se lo podía sacar de la cabeza.

Sin embargo, aquello no justificaba que, un rato antes, al regresar de su entrenamiento, se hubiese quedado desnuda ante el espejo recorriendo sus propias curvas con la mirada, imaginando que era él quien la repasaba con deseo y un sinfín de promesas eróticas por descubrir. Ni tampoco que se hubiese acariciado con sensualidad hasta que su piel se erizó y los pezones se endurecieron pensando en él.

—Vuelve en ti, Eva, estás perdiendo la cabeza —se había reprendido antes de que la sesión de autocomplacencia fuese a más.

Se dio una larga ducha, dejó entrar a los perros, que ya habían comido y descansado tras la carrera, y se acomodó en la mesa delante de su ordenador dispuesta a echar un rato de redes sociales y despejarse de calenturas antes de cenar algo e irse a la cama.

No muy lejos de allí, Javier había cedido a regañadientes ante la insistencia de Antonio de compartir conversación y copa en un bar de la zona de Elviria.

—Antonio, le he prometido a Gonzalo que llegaría para darle las buenas noches. No me entretengas demasiado.

—Cuando metes a una rubia en el coche no tienes tanta prisa por regresar al nido —insinuó el otro, jocoso. Javier desvió la mirada frunciendo el ceño, procurando que la incomodidad se le notara lo menos posible—. No es que te lo eche en cara, que conste —se apresuró a aclarar Antonio.

—Supongo. Ya me parecía contradictorio con tu cantinela de siempre de que busque pareja cuanto antes y blablablá.

—Dicho así suena como si fuera un jodido pesado. Pero, no es ninguna cantinela, Javier, es que tienes que salir con alguien de una puñetera vez.

Javier se mostró sorprendido.

—¡Pero si salgo con todo lo que se me pone a tiro! —admitió con orgullo.

—En serio, me refiero a salir en serio. Enamorarse, perder la cabeza y todo eso.

—Olvídalo lo antes posible. ¿Qué tomamos?

—Lo de siempre. —Le apartó la carta de delante para poder verle la cara—. Oye, ¿no vas a contarme tu secreto a voces?

—No tengo ni idea de a qué te refieres, pero si es un secreto a voces no sé para qué demonios necesitas que te cuente nada.

Una sonrisa torcida y enigmática secuestró el rostro atractivo de Antonio.

—Rumorean que tuviste un percance público el otro día con la chica nueva, la que han trasladado del edificio antiguo.

—Sí, ¿y qué?

—Que en condiciones normales, el Javier de Ávila que todos conocemos la habría puesto de patitas en la calle, porque, por lo visto, la nena es de todo menos sumisa y calladita.

Javier se retorció en su silla. Hizo señas al camarero y pidió la comanda, con la esperanza de que Antonio dejase de hurgar donde no debía.

—¿Y bien? —arremetió de nuevo nada más quedarse solos.

—¿Y bien, qué, Antonio? ¡Por el amor de Dios, esto carece de sentido! Con la crisis galopante que atravesamos, ¿estaría bien dejar en el paro a una pobre chica solo por tener la desgracia de no mirar por dónde camina?

Se esforzó mucho en teñir de indiferencia sus palabras, pero su socio lo conocía demasiado bien y desde hacía demasiado tiempo.

—Seguramente tenga algo que ver que, además de ser torpe, esté como un tren.

Javier meneó una mano en un gesto lánguido bien estudiado.

—Habladurías de pasillo.

—Ah, ¿entonces no es pelirroja con ojos azules y cuerpo de infarto? Me han debido informar mal. Mañana haré por verla y juzgaré con mis propios ojos. Qué malvada es la gente con tal de ponerte en un compromiso —remachó con intención.

—Voy a terminarme mi copa y a dejarte solo sin ningún remordimiento. Te aviso. —Javier cambió de tercio antes de que Antonio pudiera defenderse—. Estamos en mitad de la semana y mi hijo me espera.

Antonio sabía que, de momento, su amigo no soltaría nada más. Si lo que comentaban por los corredores de la empresa era medio cierto, Javier había hecho la vista gorda con ella después de armar un buen revuelo y gritarle a la vista de todos. Conociéndolo, nada encajaba. Pero averiguaría lo que pudiese.

Si la nueva había impresionado a su amigo, aquello facilitaba sus planes. Sería la elegida. Antonio estaba más que resuelto a mantener a su socio bien ocupado.

13
Treguas de humo

La última persona que Javier de Ávila esperaba ver entrar por aquella puerta era a la pelirroja con la que mantenía una desconcertante relación de amor-odio. Por más que lo negase a Antonio, al mundo y a él mismo, estaba claro que lo atraía. Por descontado, sabía muy bien el motivo de no haberla despedido: la idea de no volver a verla lo partía en dos, ni siquiera se la planteaba. Aunque tampoco era mentira que llevara días esquivándola, haciéndose desear. Necesitaba sentir que, de algún modo, recuperaba el poder frente a ella, quería verla vencida, entregada como su carácter irascible y rebelde seguramente no permitiría. Por eso la provocó intencionadamente, no invitándola a la fiesta del departamento de la que todo el mundo se hacía eco.

Ahora, tal y como él había calculado, la fiera venía a reclamar su posición en el escenario.

—Señorita Kerr... —La miró un segundo, flemático, y volvió a bajar la mirada a sus papeles—. ¿Acaso ha pedido cita para verme y lo he olvidado?

—No hace falta que utilices ese tono irónico conmigo, Javier, vengo en son de paz.

Al oír eso, contuvo la risa, pero solo le dedicó un rápido vistazo. La chica estaba preciosa, con un vestido vaporoso del mismo azul que el de sus ojos y los rizos sobre los hombros como una aureola de fuego.

—Esa es toda una novedad.

—Y puesto que nos conocemos de fuera de la oficina podríamos obviar los *usted*, resultan muy incómodos y crean distancia.

—Veo que le apasiona imponer sus propias reglas, Eva. Como me descuide me expulsará de mi propia empresa.

Las palabras herían, pero el tono tenía tal carga de sarcasmo que la pelirroja supo que no estaba enfadado. Esa certeza le dio alas para continuar exponiendo sus condiciones.

—Reconozco que no tuvimos muy buen comienzo, posiblemente ambos tuviéramos sólidas razones para ese comportamiento nuestro...

—No hay razón que justifique una agresión física —la cortó Javier como un trueno, poniéndose en pie. Eva se sintió, por un instante, intimidada. El gigante se acercaba y ella odiaba perder el control de sí misma cada vez que lo hacía demasiado. Que le temblaran las piernas y se le mojasen las bragas. Era como nadar entre tiburones sin jaula protectora.

—Lo lamento, lamento haberme dejado llevar por los nervios. Usted... tú...

—¿Me estás pidiendo perdón? Suena raro, pero es lo que parece. —Un paso más. Ya casi la tenía cercada. Empezaba la diversión.

—Sí, lo estoy haciendo, es lo que toca. No... No me porté demasiado bien —reconoció exagerando su rubor—, aunque no me digas que no tenía derecho a estar furiosa, protegí a tu hijo y me trataste como a una delincuente. —¿Por qué maldita razón la debilitaba simplemente con mirarla?—. Necesitamos una tregua, quiero una oportunidad para demostrar que soy la mejor empleada del mundo, que no podrás dar un paso sin mí, que... —La velocidad de sus frases descarriló. Javier ladeó el cuello y la miró como quien contempla una obra de arte colocada del revés.

—Para, mujer, para. Iba a dártela de todos modos. Más que nada, porque no vayas diciendo por ahí que soy un ser despreciable y vengativo que se aprovecha de su posición de privilegio. —Conforme hablaba, su tono relajado y firme caldeó el hígado de Eva—. Ahora bien, pelirroja hostil —prosiguió endureciendo el deje—: que sepas que a mí el que me la hace me la paga, y te debo dos zancadillas y un guantazo.

«¡Amenazas! Hasta ahí podíamos llegar», pensó Eva. Cargada de chulería dio un paso adelante y le ofreció la mejilla. Quedaron cerca el uno del otro. Muy cerca. Inesperadamente próximos.

—Venga, dame.

—Que te dé ¿qué?

—Una bofetada, y estaremos en paz.

El olor de los cabellos rojos inundó el cerebro de Javier y golpeó directo y contundente en el área del deseo. Tenerla a distancia corta lo trastornó, tenía que recuperar espacio y poder. Crear vacío y ponerse a salvo. Retrocedió un paso.

—Te olvidas de las zancadillas —le dijo para romper la tensión. Eva recuperó la verticalidad.

—Joder, qué agonías, Javi, ¡estoy tratando de arreglarlo!

—No me llames Javi nunca más —le prohibió con el dedo extendido. No pudo evitar que sus ojos volasen al cremoso escote donde una pizca de cartón asomaba casi sin querer—. Por cierto, ¿qué es esto? —Sin pensar en lo que hacía, Javier acercó la mano a aquella piel que lo tenía embrujado y arrancó la cartulina de debajo del sujetador. Ella bufó con los puños apretados y luchó por recuperarla sin lograrlo.

—No piensas desperdiciar la menor oportunidad de humillarme, ¿verdad?

Javier hizo caso omiso a su reclama. Simuló leer el contenido de lo incautado.

—¡Vaya! Una invitación para la fiesta del departamento. ¿De dónde la has sacado?

—La he robado —admitió sin ruborizarse. Era la pura verdad, la había sustraído de una mesa aprovechando la ausencia de su propietaria.

—Lo siento, es para veteranos. Acabas de llegar y no estás invitada. —La rompió y tiró los pedazos al suelo, sobre los zapatos de Eva—. Además, celebraré con mi equipo la condecoración que recibí y si no recuerdo mal, viviste en directo la entrega. Ya sabes, compartir emociones con la plantilla, no querría aburrirte con una repetición...

Su tono era puro e irritante sarcasmo. Eva apretó los dientes y contuvo las ganas de aullar, mordiéndose la lengua para no insultarlo. Quedaron unos segundos frente a frente, como dos dragones a punto de aniquilarse con su aliento abrasador. Él se lo estaba pasando divinamente, se le notaba. Estaba por encima y se aprovechaba. Si Eva quería cumplir con Bianchi, tendría que contener su genio por más que le costase.

Lo que no le costó fue dar media vuelta y salir disparada del despacho sin ni siquiera despedirse. Ya iban dos.

Se cruzó con un sorprendido Antonio, que se apartó para no ser arrollado y la siguió encandilado con la mirada mientras se alejaba. Cerró la puerta a su espalda y observó el estado en que se encontraba su socio.

—Masco la tensión, querido Javier, ¿quién es ese monumento?

—Una de las brujas de Eastwick —masculló volviendo a parapetarse tras su mesa de oficina.

—¿Y por qué la insultas con cara de gilipollas?

—¿Qué dices, desquiciado? —Javier se entretuvo cambiando de sitio el pisapapeles, sin querer alinear sus pupilas con las de Antonio, que sacaba peligrosas conclusiones, con una media sonrisa y las manos dentro de los bolsillos.

—Pero ¿trabaja aquí? —insistió Antonio Baladí admirado. Javier gruñó por lo bajini.

—Sí. Trabaja. Debiste autorizar su contratación tú mismo hará unos tres años.

—¿En qué departamento?

—En el mío.

—¿Y cómo es que no la he visto antes?

Javier dio un respingo y levantó de golpe la cabeza. Su frase sonó cortante y seca:

—Porque estás casado.

—Estoy casado, coño, no ciego. Es... —De pronto se le iluminaron las ideas. Miró alternativamente la puerta por la que la pelirroja airada había salido zumbando y la cara descompuesta de su amigo y ató cabos—. ¡Es ella! ¡Es la insurrecta que te tiene fascinado!

Javier decidió poner punto y final al interrogatorio. Se puso en pie sin responder nada en concreto.

—Deja de decir memeces. ¿Has comido ya?

—¿Cómo voy a haber comido si solo son las doce y media de la mañana? ¿También has perdido la noción del tiempo? —dijo con socarronería. Javier, incómodo, sacó un montón de expedientes con los que entretenerse. Antonio ocupó su silla frente a él, decidiendo que su amigo llevaba demasiado tiempo solo, algo a lo que, sin duda, había que poner remedio.

—Tengo que verte.

Más órdenes. Cómo le fastidiaban. Federico Bianchi seguía siendo imprevisible.

—Pues tendrás que esperarte a que termine el entrenamiento —cuchicheó Eva a través del teléfono—. Hoy parece que por fin reabren mi gimnasio. Necesito dar unos cientos de puñetazos o no respondo. Ha sido un mes interminable, me burbujea la sangre.

—¿Continuas yendo a ese antro en el centro?

Ella se asombró de que lo supiera.

—Sí, es el único de toda Marbella en el que se boxea. Y el único donde admiten chicas. ¿Alguna objeción?

—Deberías ser más refinada.

—No trates de convencerme de que no es un deporte apto para señoritas, ya lo hace muy bien mi madre cada vez que la veo.

—Tu madre... —su voz pareció perderse por un segundo en la lejanía—, ¿cómo está?

—Preciosa. Deberías visitarla, seguro que se alegra un montón.

—Bien, te veo a la salida del gimnasio —zanjó con brusquedad el policía—. No tardes.

—A sus órdenes —se burló la pelirroja antes de colgar.

Federico Bianchi aguardó paciente en la calle, fumándose un pitillo tras otro. No iba a confesarlo, pero la misión le disgustaba. Más que el contenido en sí, le molestaba tener que contar con Eva, enredarla en aquella labor de absurda colaboración. Cumplía órdenes y se le daba bien acatar sin discutir, pero volver a interaccionar con la familia Kerr abría viejas heridas que daban menos la lata cerradas. Puede que no consiguiera que cicatrizasen, pero, en el pasado, al menos no sangraban. Ahora, la hemorragia era imparable.

Cuando vio salir a la chica, le hizo una seña desde lejos y la vio sonreír. Eva era un milagro de la naturaleza, con aquella mata de pelo rojizo, su luz particular en el rostro y la piel de porcelana. Era sexi, tenía que reconocerlo aunque para él fuese *su niña*. La había visto crecer, jamás podría mirarla con otros ojos menos paternales. Su físico y sus innegables capacidades la habían hecho destacar a juicio de sus jefes y la señalaron como apta para el trabajo. Una tarea por la que nadie le pagaría un céntimo, dicho fuera de paso. Y Eva ni siquiera había preguntado. Estaba claro que aquella chiquilla tenía un problema con el dinero: sencillamente, le importaba un comino.

Después de saludarse, se acomodaron en un bar saturado de extranjeros ruidosos.

—Lamento decirte que me siento totalmente inútil. Jamás he avanzado menos en una tarea. Me da rabia, suelo ser bastante eficaz en todo lo que hago...

Federico no pasó por alto el deje frustrado de su voz. No quería eso para alguien que ayudaba desinteresadamente.

—Gatita, no te aflijas, no tienes que salvar la Vía Láctea de ninguna amenaza extraterrestre, solo tener los ojos bien abiertos, charlar con unos y otros, anotar quién se relaciona con quién y detectar, si es posible, algún movimiento sospechoso. Nada más, ¿quieres hacer el favor de relajarte?

—No lo puedo remediar, soy muy perfeccionista.

—Lo eres, desde cría. La culpa la tuvo tu padre, no paraba de exigiros...

Eva le dirigió una mirada de hondo reproche.

—No quiero hablar de él.

—Vamos, Eva. Deberías saber que...

—He dicho que no quiero. Tú eras su amigo, entiendo que defiendas su memoria y todo eso, pero te lo repito. No. —Alzó la cara y lo perforó con dos ojos capaces de derrumbar los muros de un castillo. Bianchi se cosió los labios aceptando las condiciones.

—De acuerdo, ni media palabra más. —Pidió dos Martini—. El caso es que se ha descargado un nuevo paquete de datos. ¿Quién ha pasado más horas en la oficina esta última semana?

Eva enarcó las cejas divertida.

—¿Además de una servidora, la pringada recién llegada? No lo sé, pero lo averiguo. Dame un día. —El camarero puso las copas y unas aceitunas sobre la mesa y el estómago de Eva, apaleado tras el intenso ejercicio físico, soltó un gruñido—. Ya en serio, Bianchi, yo he aceptado tu misión, ¿por qué no me devuelves el favor y vas a visitar a mi madre? Seguro que le encantaría verte de nuevo.

Federico trató de sonreír, pero solo lo logró a medias. Todo se quedó en una mueca a medio cocer que no tenía demasiado significado.

—Por ahora ando muy ocupado. Un día de estos.

14
Copas que unen

La gente agradeció de buen grado el detalle de la fiesta. El *catering* y la barra libre sirvieron de guinda perfecta a una noche de viernes realmente especial. Pero la ausencia de la maldita pelirroja loca perseguía a Javier como algo físico. Fue él quien había decidido excluirla y estaba de más arrepentirse, pero ninguna mujer en aquella sala enorme podía comparársele ni de lejos. El halo especial que la rodeaba, el color de su pelo, sus ojos claros casi transparentes, el modo adorable en que fruncía los labios si se enfadaba... Podría enterrarse para siempre y sin remordimientos en la mirada de aquella chica.

Ahora, festejando y echándola de menos, haciendo como que se divertía, soportando con su mejor cara las embestidas de las solteras más osadas y las de las comprometidas envalentonadas por el rioja, se sentía como un auténtico perdedor. Un real y soberano idiota que saca un billete de avión a un destino equivocado.

De todas las obsesiones absurdas, insanas e irracionales que podían dominarlo, Eva Kerr era, sin duda, la peor.

Eva pasó la mañana del sábado tirada como un trapo en el sofá, bebiendo café negro y atiborrándose de analgésicos. Maldita noche anterior, ahogando el coraje con Ana Belén y muchas copas. Lo impredecible había sido toparse con Rubén en un *bareto* del centro, borracho y con el corazón roto por amor, cuando lo hacía en la fiesta de Fireland.

Sin saber cómo, habían terminando *enmoñándose* juntos. Copas que unen.

Ahora pagaba las terribles consecuencias de su insensatez con una resaca de las que hacían época.

Hacia el mediodía, dio un paseo con sus perros y por la tarde los montó en el coche y enfiló hacia Guadalmina Baja, la prestigiosa urbanización donde vivía Isabella. Dichosa casualidad, los gemelos habían tenido la misma idea, merendar gratis. En cuanto vio sus coches alineados, la perspectiva de pasar una tarde apacible charlando con su madre se desinfló. A punto estuvo de dar media vuelta al volante y desaparecer por donde había venido, pero el jardinero ya la había localizado y la llamaba a grandes voces. No le quedó otra que aparcar y abrir la puerta trasera para que Toni y Braxton saludaran al anciano y correteasen de exploración por todo el jardín.

—Qué alegría, mi niña, cuánto tiempo sin verte. —La abrazó con cariño—. Pasa, pasa dentro, están todos en el porche.

Desde el recibidor se oían las risas de su madre. Al menos, cada vez que venían, el dúo Sacapuntas le hacía pasar un buen rato con sus bromas. Odiaba que Bella estuviese tan sola. Los tres levantaron las cabezas al verla entrar.

—Mira quién aparece... —saludó Miguel poniéndose en pie. Se besaron en las mejillas.

—Hablando del rey de Roma... —lo secundó Ángel sin moverse del sitio.

—¿Cuchicheabais a mis espaldas? —Eva se lo saltó a propósito y fue directa hacia su madre a la que besó y abrazó.

—¿Por qué haces como si no estuviese presente? —clamó su otro hermano fingiendo un dolor insoportable—. Has pasado de largo sin besarme. —Se dirigió a la doncella que traía un té blanco para Eva—. Marcela, tráeme una copa.

—¿Qué desea tomar?

—No sé, cualquier cosa con más de 40 grados, vodka, ron, ginebra... Fuerte, que me haga olvidar los desaires de mi hermanita.

Eva puso los ojos en blanco al mirar al cielo. Su hermano, primero la fastidiaba y luego la obligaba a reír con su teatro. Así que abandonó su silla y depositó un beso ligero en la coronilla de Ángel y, antes de que se relajara, una colleja.

—¡Ayyyyy! ¿Eso por qué?

—Por si acaso.

—Quiero más besos, tacaña —mascó él.

—Egoísta engreído —fue la respuesta jovial de ella. Ángel se la quedó mirando un buen rato.

—No sé cómo lo haces, vas para vieja y cada día estás más guapa.

—No estoy del todo segura de que sea un piropo —se mofó Eva atrapando una galleta—. Así y todo, te lo agradezco.

—¿Cuándo vamos de boda? —se interesó Miguel propinándole un suave codazo a su madre. Bella lo reprendió con un veloz movimiento de cejas. De sobras sabía lo que le molestaban aquellas bromas a su hija.

—Primero habrá que buscarle un novio y lo veo harto difícil —replicó Ángel afilado—, los asesina a todos. ¿Qué pasó el otro día en Villa Padierna con Javier de Ávila?

Eva estuvo a punto de escupir las migas. Marbella era un maldito pueblo donde los rumores corrían en Ferrari y todo, tarde o temprano, acababa sabiéndose. Le mortificó el gesto desconcertado de su madre.

—¿Qué pasó? Yo estaba allí y no vi nada. ¿A qué se refiere, Eva?

—Ni idea, mamá. —Masticó rápido la galleta y tomó otra—. Tú le diste un premio, él lo paseó ufano a lo largo y ancho de la sala, todos le felicitaron con palmaditas en la espalda... La vieja historia del presumido galardonado.

—Que, a día de hoy, es tu jefe —remachó Ángel con los párpados entrecerrados. Eva se preguntó a dónde quería ir a parar.

—¿Lo es? —se sorprendió Bella atando cabos al instante—. ¡Es cierto, lo es!

—Mira lo que me importa. Trabajo para él y me paga un sueldo, punto y final, nadie es más que nadie, recuérdalo. Además, no sé qué pinta en esta historia, si hasta que me cambiaron de edificio, ni sabía que existiera.

—Si te permitieses un poquito más de vida social —intervino Miguel divertido. Las puyas entre Eva y su gemelo, eran siempre un espectáculo digno de aplauso, empezaban medio en broma pero rara vez no acababan a tiros.

—Rumorean que le pusiste la zancadilla delante de todo el mundo —declaró Ángel con solemnidad. Las mejillas de Eva se tiñeron de un rubor intenso.

—¿Es eso verdad? —gimió Bella escandalizada.

—Fue un accidente, un estúpido y desafortunado accidente —se defendió la pelirroja—. Podía haberle pasado a cualquiera.

—Pero te pasó a ti, hermana, siempre encuentras la manera de quedar en evidencia cuando más gente hay alrededor.

—Quizá por eso evito asistir a tus eventos, queridísimo, para no estropeártelos. —El tono mordaz que empleó activó las alarmas de Bella, que se afanó en mediar y poner paz cuanto antes.

—Dejémoslo estar, Ángel, deja de acusarla.

—Es una provocadora. Intentamos hacer negocios con Javier de Ávila, no me gustaría que ella los hiciera fracasar antes de nacer.

—Pues empléate a fondo. Yo me ocupo de recursos humanos, no influyo en decisiones empresariales de ninguna otra clase.

—¿Entonces ya no trabajas con... Ana Belén? —Miguel cambió de tercio, distendido y simpático. Eva lanzó una última mirada fulminante a su otro hermano antes de responder.

—No ya no trabajamos juntas, y es una pena, Ana es la típica persona que siempre echas de menos, pero nuestra amistad no depende de una jornada en la oficina. Precisamente anoche salimos de fiesta.

—¿Te gusta esa chica, Miguel? —indagó Bella con una mueca traviesa.

—Me recuerda a la Demi Moore de *Ghost*. Tiene algo que la hace especial.

—¡Oh, sí! —De nuevo irónico, Ángel rompió el encanto—. Cada vez que la veo aparecer me resuena en la cabeza la «Melodía Desencadenada».

—Pues a ella parece que le gustas —refunfuñó Miguel como si aquello le picase.

—A todos nos consta el carísimo gusto de Ángel, especialmente en lo que se refiere a mujeres —zahirió Eva a conciencia. Le encantó ver que su hermano acusaba el golpe.

—No te digo que no le dedicase alguna noche, pero...

—¡Ni te atrevas! —lo cortó Eva con brío—. Si te acercas a mi amiga, si piensas siquiera en hacerle daño, te corto los huevos.

—¡Eva, por Dios! —se quejó su madre. La pelirroja se puso en pie, dejó la taza vacía sobre la mesa con un golpe nada aristocrático y silbó para llamar a sus perros.

Ángel y Miguel contrajeron las caras ante el dudoso recato de su hermana.

—Pareces un camionero —la atacó Ángel sacudiendo la cabeza con resignación—. Y ese coche que paseas por toda Marbella... Aparte de sucio, se está cayendo a pedazos.

La pelirroja lanzó un vistazo de reojo a Margarita, una simple caja con ruedas color turquesa chillón, que le hacía el tremendo favor de llevarla de un lado a otro de cuando en cuando, y a la que prestaba la atención mínima.

—Es para llevar los perros y para cuando no uso la moto, no querrás que me compre un Q7... Está visto que es imposible pasar un rato agradable en familia. —Se inclinó para besar a su madre—. Nos veremos otro día, mamá, solo chicas. —Miró a sus hermanos manteniendo las distancias—. Daos por besados.

—Pero, hija... Eva, no te vayas.

—Déjala ir, mamá, es una picona —la chinchó todavía Ángel, con su pose ensayada de perdonavidas. Eva giró brusca y a quien miró fue a su hermano Miguel, que parecía divertirse con el enfrentamiento.

—Tú ya podrías decir algo. Si eres menos imbécil que tu gemelo, al menos, que se note.

—¡Eva!

De nada sirvieron las protestas de Bella. Su hija saltó de golpe los escalones que la separaban del jardín y, seguida por Toni y Braxton, se dirigió a su coche más enfadada que otra cosa. A veces le parecía mentira que el dúo Sacapuntas y ella descendiesen de los mismos padres, se parecían como una castaña a un autobús.

Para colmo, ahora su madre asociaba su nombre al de Javier de Ávila y pronto sacaría a relucir su lado casamentero y le daría la vara, mañana, tarde y noche. Como si lo viera.

15

Ir a Roma, cueste lo que cueste

En mitad de su extenuante entrenamiento del domingo, Eva decidió que sería ella la que fuese a Roma, le pesara a quien le pesara. Que tuviera un compromiso moral con Bianchi o con su país, no restaba importancia al hecho de que también tenía una carrera que impulsar, y llevar a cabo esa selección para Fossini engordaría su currículo de méritos. Los años que trabajó en Marbella 6 la relajaron, hicieron de su rutina algo perezoso. Eso se había terminado. Sería ambiciosa de nuevo, lucharía con todas sus fuerzas por hacerse con el resto de la cuenta, no se conformaría con ser la cenicienta que carga con la tarea más ingrata mientras otro se lleva las medallas y el premio de un viaje a gastos pagados. Nada de eso.

Y demostraría a su madre que no era la perdedora por la que todos la tomaban.

Cuando entró en la oficina y se dirigió a su despacho, con mayor o menor disimulo, todos se volvieron a mirarla. Eva aguantó la presión como pudo. Le molestaban los repasos descarados. En realidad, muy a su pesar, solo deseaba las miradas de deseo de una persona. El Monolito, todo él. Un pensamiento fijo, taladrándola en plan broca. No sabía cómo sacárselo de la cabeza.

—Chao, reina —la saludó Rubén colándose con aires de tromba por su puerta. Con una chaqueta amarillo pollo y corbata de lunares—. ¿Todo bien? Veo que nos hemos empleado a fondo con los pinceles, ¡qué reguapa vienes! Mira, tu horóscopo. —Agitó unos folios en el aire—. ¿Te leo el vaticinio de las estrellas?

—Para más tarde, anda, ahueca el ala que tengo mucho trabajo acumulado.

—Siesa —lo oyó mascullar por lo bajini. Eva contuvo la risa.

Las asperezas con Rubén se habían limado todas desde la noche de juerga. En cuanto desapareció cerrando la puerta a su espalda, regresó el silencio. Bien. A esmerarse. Iba a empezar, batiendo récords de efectividad, presentando un primer borrador de candidaturas cuando nadie se esperaba que fuese posible en tan corto lapso de tiempo. No salió a comer y solo a eso de las cinco se permitió un respiro y encargó por teléfono un sándwich y un té doble a la cafetería.

—Lo siento —le advirtió el camarero—, tendrás que subir a por él. Te lo preparo, pero no puedo bajártelo, estoy solo hoy.

—De acuerdo, subo en diez minutos. Y de camino te llevo una caja de té blanco que he traído de casa...

—No hace falta, ya tengo. Reservada solo para ti.

—¿En serio? ¡Vaya! No sabes la alegría que me das. Ok, diez minutos.

Se afanó en aprovecharlos al máximo. En absoluto era mala idea abrir un paréntesis entre tanta actividad frenética y degustar su almuerzo tardío en la terraza de la cafetería frente al mar. La calma le cargaría las pilas para el aluvión que quedaba.

Tomó la bandeja con su encargo, pagó bajo el atento escrutinio del camarero deshecho en sonrisas y salió a la azotea inundada de sol. Aspiró una fuerte bocanada de aire y se sintió mejor de inmediato.

—Señorita Kerr, ¿holgazaneando?

El Monolito y sus ironías. La madre que lo parió.

Venció a la tentación de girarse furiosa como una hidra; en lugar de eso, lo hizo despacio, recreándose en la ondulación que dibujaban sus caderas bajo la tela de su vestido. Casi pudo oír el latido del corazón de Javier que se aceleraba sin permiso.

Bien, Eva, bien.

—*Javi*, bienvenido. ¿Disfrutando de la tarde?

—He dicho que no me llames Javi —ordenó intimidándola con su ronco rugido—. Ya está bien ser tu jefe y que no me tengas el menor respeto. —Anduvo unos pasos y se apoyó en la barandilla, a su lado. Eva se estremeció.

—Tienes razón, lo siento, era una broma para romper el hielo, nadie lo ha escuchado.

—Sospecho que, si no le pongo freno pronto, acabarás convirtiéndome en el hazmerreír de Fireland.

Lo que dijo lo dijo en un tono distendido que sonaba a chascarrillo. Estar cerca de Eva no tenía término medio: o lo encabritaba y lo sacaba de sus casillas o lo derretía. Aquella chica tenía un volcán en su interior que absorbía, aún sin querer, toda su voluntad. Y ante el peligro, él aún no tenía muy claro qué posición tomar.

—No sé por qué nos llevamos tan rematadamente mal —musitó ella con voz queda.

—Interesante cuestión. —Javier giró y quedó apoyado sobre su espalda con los brazos estirados, casi en cruz. Eva pensó que estaba para devorarlo allí mismo, con su imponente altura y su pelo oscuro mecido por la brisa—. Puede que sea porque te conocí secuestrando a mi hijo y te habría matado allí mismo de no ser el caballero que soy.

Ella torció la boca en una mueca deliciosa.

—Vamos, sé que te gusta recordarlo así, pero eres un tío sensato. Te hice un favor con el peque. Te pillé a contramano, lo entiendo; te asustaste, de acuerdo, y no supiste agradecérmelo. Puedes hacerlo ahora —agregó con una provocativa sonrisa.

Javier la recorrió lentamente con la mirada, haciendo que Eva se sintiera sexi y deseada. Arrasado por la tentación de acariciarle la suave mejilla y los brillantes rizos, metió las manos en los bolsillos. Ponerse a salvo de sí mismo era la consigna.

—Deberías poder perdonarme, necesitamos una tregua —insistió ella esquivando el acaloramiento que le provocaban aquellas penetrantes pupilas—. Yo ya olvidé que me echaste a patadas de una fiesta a la que ni siquiera fui.

—No te perdiste nada del otro mundo —detalló sin querer. Volvió a mirarla. Eva se había pasado la lengua húmeda por los labios. Lo poseyó de nuevo un ansia temeraria por tocarla, por hacer resbalar su dedo por aquel contorno pulposo y rosado. De oírla gemir bajo su aliento.

El bulto de su entrepierna saltó y se estrelló contra la tela del pantalón. Cuando reaccionó, Eva extendía una mano ofreciéndole su amistad o algo parecido. Dudó antes de aceptarla, pero, al final, su yo irracional tomó las riendas y envolvió la fina extremidad con la suya. Las consecuencias del contacto fueron brutales: se quedó enmarañado en sus largas pestañas, maquilladas de oscuro. Disfrutó del breve agarre, tenso al preguntarse qué sentiría tocando otras zonas más ocultas de su piel.

—¿Amigos? —susurró Eva escondiendo una sonrisa de puro placer.

Javier asintió. Hacía semanas que no se quitaba aquella imagen roja y explosiva del pensamiento. Por descontado que el episodio con Gonzalo estaba olvidado, él no era un tipo rencoroso. Pero luego vino el desafortunado reencuentro en aquella gala en la que Eva había traspasado unos límites que él consideraba inaceptables. Y resultaba amenazador que, sin apenas esfuerzo y pese a su comportamiento deshonroso, hubiera derribado parte de sus defensas. Claro que las barreras que caen están precisamente para reconstruirlas...

Javier no era de los que se enamoran, ya lo había sido un día y la experiencia le sirvió de escarmiento. Sus relaciones con las mujeres se reducían a una noche y así debía ser. Pero algo le avisaba de que Eva era diferente, que con solo que le franquease el paso estaría perdido.

Meditando todo eso, se percató de que la retenía mucho más tiempo del debido. Soltó su mano y dio un paso atrás. Pero no fue capaz de desenredarse.

—Ahora que podemos charlar sin tirarnos los tiestos a la cabeza, quería plantearte algo —sugirió Eva. Javier la miró con un brillo interesado en los ojos verdosos.

—Soy todo oídos, esto se pone interesante.

—No te embales, se trata de la empresa —lo corrigió. Él no se molestó en disimular la decepción—. Me gustaría entrevistar a los candidatos para Fossini —la oyó decir. Y de inmediato le cambió el humor.

—Ya decía yo. ¿Por eso tanto interés en hacer las paces? —gruñó. Ella ladeó la cabeza perpleja. Desconcertada, y más bonita que nunca. Pero también a la defensiva, arrepentida de su minuto de debilidad y entrega hacia él.

—¡No! ¡Claro que no! Eres bastante retorcido, ¿sabes? Solo trataba de ser amable, el trabajo es trabajo y queda al margen de...

—¿Y por qué piensas que debería encargarte esa delicada tarea?

—Sin andarme por las ramas, creo que estoy capacitada para desempeñarla a la perfección. He trabajado ese expediente desde abajo, conozco al dedillo las exigencias de cada puesto. Además hablo italiano fluido y...

—Siento decepcionarte —se preparó para irse—. El viaje se ha cancelado sin fecha de reactivación. De momento te quedarás sin echar tu monedita en la Fontana de Trevi.

Después de aplastarla con el peso de la noticia, simplemente dio media vuelta y la dejó allí plantada. Eva apretó los dientes mirándolo salir. Sus pupilas volaron sin control a su trasero redondo y firme.

—Pedazo de majadero. Si no estuvieras tan bueno...

Mierda, el viaje a Roma, cancelado. Una oportunidad de oro para ascender en la empresa, esfumada. Eso era mala suerte. Eva resopló echándole un vistazo lastimero a los cientos de folios que había estudiado y ordenado a toda pastilla solo para acumular méritos de cara a ese encargo.

—Toc, toc, ¿se puede?

—Pasa, Rubén, pasa —dijo sin ganas. Tuvo que ayudarse con un gesto de la mano.

Rubén trotó sobre la moqueta y se acomodó, sentado sobre una pierna, en la esquina de su escritorio. Eva mordisqueaba nerviosa el capuchón de un *boli*.

—Reina, menudo careto. Esto no puede ser de la moña que nos pillamos el viernes...

—Es la cuenta de Fossini —rugió clavando la mirada en la pared lejana.

—Ya he visto que llevas la preselección muy adelantada. De hecho, me quedé bizco. Qué velocidad supersónica la tuya.

—Precisamente por eso pensé que ganaría algún punto para asistir a las entrevistas.

—¿Tú?

—Yo. ¿Por qué no?

—Pues tienes razón, ¿por qué no? O yo, mismamente. Muero por una *pizza* cocinada cómo Dios manda.

—Querido, siento recordarte que tengo los previos en mi poder. Me los asignaron y me pregunto por qué, si después me retiran de la cuenta.

—El viaje lo organiza don Antonio, el socio de don Javier. Por lo visto, el acabose: hoteles y restaurantes de lujo, dispendio al más puro estilo Fossini y toda la marimorena. Correrá sangre cuando se anuncien los nombres de...

—Pues que sepas que se ha cancelado —espetó como si sostuviera entre las manos un petardo a punto de explotar. Rubén pestañeó mucho y deprisa.

—No sabía nada de eso. La gente no para de hacer apuestas respecto a quién elegirán para ir. No puede ser que lo hayan tronchado así, sin más... —Se enjugó una lágrima imaginaria y se puso en pie de un salto—. Voy a cotillear un rato, a ver qué averiguo.

—¿Y yo? ¿Yo qué hago? —se lamentó la pelirroja antes de perderlo de vista del todo—. ¿Continúo matándome para nada?

—Mátate lo que haga falta, que nunca se sabe.

El contratiempo y la rabia sirvieron de activadores, y el ágil cerebro de Eva hizo el resto. En poco más de tres horas, tenía completa la preselección con los candidatos separados por características del puesto. Incluso se había permitido crear una nueva categoría donde incluyó currículos polivalentes que podrían, con facilidad, adaptarse a uno u otro departamento según necesidades puntuales. Se retrepó en la silla satisfecha de su obra y estiró los brazos al cielo, acompañándolos de un descomunal bostezo, justo en el momento en que Javier de Ávila pasaba por su puerta, embutido en su traje de chaqueta azul marino, que le quedaba requetebién. Se quedó helado, calibrando con una mirada de reproche los dudosos modales de la chica, que se apresuró a recuperar la compostura y a esquivar sus sagaces ojos verdes.

Fueron unos segundos incómodos, con el hombre que la ponía tan nerviosa plantado frente a su mesa, sin saludar, sin entrar, pero sin dejar de mirarla como si fuese algo comestible, con un músculo palpitando en su mandíbula. Eva recordó su misión pendiente y, en lugar de endurecer el gesto, sonrió tanto como pudo y zarandeó los dedos en algo parecido a un «hola».

Sin perder su mohín adusto, Javier desapareció del cuadro en un santiamén. Eva mantuvo la atención fija en el punto que él había ocupado, extrañada de que su ausencia quemase. Tenía que empezar a ser sincera consigo misma. Aunque le mintiese a Ana Belén, a su madre y a Federico, Javier le gustaba. Y le gustaba mucho. Aquel hombretón permanentemente cabreado y varonil en extremo tenía algo que la envolvía y la noqueaba con más tino que el mejor de los ganchos de derecha. El miedo y un suspiro remataron su reflexión: no quería sentirse atraída por nadie y menos por su jefe. O se andaba con cuidado o podía perderse en aquella absurda aventura romanticona.

Apenas cuarenta minutos después, Rubén hizo su entrada triunfal con chismes sabrosos recién salidos del horno.

—No te lo vas a creer, reina mora. Te han tomado miserablemente el pelo. Quienquiera que te haya ido con el cuento de que el viaje de selección a Roma se ha ido al traste se ha quedado contigo.

Eva se atragantó. Los ojos empezaron a escocerle. Si algo no soportaba, era que la tomasen por tonta.

—Pues ha sido el jefe en persona —acertó a decir.

—¿De Ávila? —Se cubrió la boca con la mano—. ¡Qué cabroncete! Si todo sigue como iba, sobre ruedas. —Consultó una libretita que sacó del bolsillo—. Los seleccionados volarán el miércoles veinte en primera, directos a Roma, alojamiento en el St. Regis Rome, pensión completa con posibilidad de almorzar o cenar fuera sin cargo. Caprichos, sin pasarse, a cuenta de la empresa. Las pruebas de selección y las entrevistas se llevarán a cabo en el salón Venezia, equipada con lo último en tecnología...

Aquella ristra de cualidades turísticas podía durar eternamente, Rubén había tomado una peligrosa carrerilla y sería difícil callarlo. Eva no pudo contenerse.

—¿Se sabe quién va? —Su compañero se mordisqueó el labio—. ¡Vamos, dímelo!

—La *guarraznápira* de Lidia Noveira.

Fue como sentir un tonel de hielo picado cayendo a lo largo de su espalda desnuda.

—¿Quién es esa?

—La pelota *number one* de De Ávila. No sé cómo se ha metido a la dóberman Analíe en el bolsillo, entra y sale del despacho del gerifalte meneando el pandero cuando gusta. Entre tú y yo —se inclinó sobre ella para crear un clima de confidencialidad—, creo que De Ávila se la beneficia cuando anda aburrido.

Eva notó una sacudida violenta en el estómago, seguida de un amargor en la boca.

—¿En serio? ¿Y por eso le pone en las manos uno de nuestros mejores clientes?

—Mujer, los viajecitos de negocio dan mucho de sí —calificó Rubén con picardía. Eva miró hacia la maceta.

—Qué asco.

—En fin, otra rubia que se lleva el gato al agua. He pensado en teñirme y todo. —Suspiró melodramático y sin ningún decoro—. ¡Qué mundo más cruel!

16
Ni se te ocurra

Eva había pasado el resto del día enfurruñada y violenta, maldiciendo la memoria del tipo que se la había quitado de encima con un burdo engaño de esos que ridiculizan y se tarda en olvidar. Dolida y molesta por haberlo creído, por haber confiado en sus palabras pese a llevarlo incrustado en la zona del cerebro etiquetada «problemas que quitan el sueño». No conocía suficientes insultos como para hacerle justicia a Javier de Ávila.

Había dormido de pena y, a las ocho en punto, apareció en la puerta de Rubén arrastrando los pies.

—¡Señor, qué ojeras! Pareces un alma en pena vestida de moderno —se horrorizó él—. Debe ser el disgusto por lo de Roma, te entiendo, menuda oportunidad perdida por una *fulanilla* de tres al cuarto.

—Deberíamos encenderle seis velas negras y que se pegase una buena hostia nada más bajar del avión.

—¿En serio no la conoces? Su despacho es el de...

Eva hizo un gesto tajante para que se callara y Rubén se quedó con el dedo estirado y la boca abierta.

—No me hace falta saberlo, gracias. Iría y directamente le arrancaría las greñas. En lugar de eso, como tengo hambre, subo a la cafetería a tomar algo.

—Qué injusto, tenemos un jefe que piensa con la bragueta. —Fue lo último que oyó. Se le tensaron los nervios de coraje. Aquello iba más allá de un simple desplante profesional. Iba de atracción fatal y de rivalidad entre mujeres. Quizá por eso, al encontrarse con él cara a cara, pasó lo que pasó.

Con un chisme sabroso sobrevolando las oficinas, la cafetería estaba bastante animada. De un modo u otro, todas las miradas aterrizaban en Javier, que saboreaba con plácida calma un expreso conversando con Antonio.

Eva se estiró cuanto pudo, llegó hasta la barra y, apoyada en el mostrador, pidió una infusión de té en leche y una pieza de bollería, sin saludar. Cuando tuvo su desayuno, salió directamente a la terraza esperando disfrutar de la suave temperatura sin que la imagen del Monolito le agriase lo que llevaba en la bandeja. Pensó en desafiarlo con los párpados a medio cerrar y morritos de vampiresa, pero Antonio Baladí se habría percatado de la tensión entre ellos y no estaba dispuesta a lavar sus trapos sucios a la vista de todos. Las rencillas personales, y eso era lo que ellos mantenían, debían quedar fuera de Fireland.

Aún así, notó que Javier la seguía con la mirada conforme cruzaba.

—Discúlpame un segundo, Antonio, tengo que pedirle a Eva unos últimos informes relativos a Roma.

Sin esperar respuesta y ante la mueca jocosa de su socio, Javier se adelantó hasta la puerta con una ansiedad que no fue capaz de contener. Antonio controló la risa. Lo conocía demasiado bien como para ignorar el efecto devastador que aquella pelirroja causaba en su amigo. Con las manos en los bolsillos, simulando indiferencia para no llamar la atención de nadie más, Javier se aproximó a la terraza y permaneció apoyado en el marco de la puerta, observando lo que se fraguaba a unos metros de distancia.

—Un buen día, ¿verdad? —fue su entrada, algo torpe. Eva le clavó unos ojos azules y dolorosamente fríos.

—No mejor que los que hará en Roma. Para quien tenga la suerte de disfrutarlos, claro está.

Javier puso los ojos en blanco y avanzó hasta su lado acompañándose de un gesto dramático.

—Ya estaba tardando tu aluvión de reproches. ¿Todo esto es por no haber resultado elegida?

—Todo esto es por ser un sucio mentiroso. Dijiste que no la tomarías conmigo. Espera, creo recordar que usaste las palabras *indigno* e *inmoral* —silabeó furiosa.

—Eva, si piensas discutir, no encontrarás resonancia. No son represalias, es simple, no te corresponde hacer ese viaje —argumentó con gravedad. Ella perdió un valioso segundo recreándose en cómo pronunciaba su nombre. Luego reaccionó.

—¿Por qué no? Es mi cliente.

Javier le mantuvo la mirada.

—No, no lo es.

—Es en parte mi cliente —insistió machacona—. He hecho la selección previa, mi madre es italiana, hablo a la perfección el idioma y conozco su mentalidad. Sé con total seguridad lo que Fossini espera de cada empleado —escupió a toda velocidad—. Nadie lo hará mejor ni más rápido.

—Puede que la persona que ha resultado elegida —insinuó él con sorna. Los ojos de Eva chisporrotearon.

—Yo era la mejor opción.

—No irás a Roma —sentenció—. No puedes salirte siempre con la tuya, ese encargo estaba pensado para alguien muy diferente desde el principio. Supongo que, de ordinario, las cosas las tienes relativamente fáciles, consigues lo que se te antoja con esa cara y ese...

—¡Dios! El típico alegato machista. —Acabó el bollo, apartó la bandeja y se quedó sujetando la taza—. Cuando hablas así provocas náuseas, *Javi*, ¿te lo han dicho?

—¡Que no me llames Javi! —ordenó él por enésima vez y entre dientes.

—Pues no me tomes por gilipollas. Lo que me molesta no es no haber sido seleccionada, sino que me tomaras por imbécil, que aseguraras que no habría viaje, cuando no era verdad. Odio a los embusteros.

Javier agachó los hombros y su barbilla bajó hasta el pecho. Parecía pesaroso, arrepentido. Al menos, le dio esa impresión.

—Lo siento... —De repente, soltó una carcajada que a Eva la pilló por completo desarmada—. Siento que te hayas llevado el chasco del siglo. Apuesto a que ya te veías disfrutando de los placeres de la Ciudad Eterna. —Se inclinó sobre ella y colocó su boca muy cerca de la oreja para susurrarle—. Donde las dan, las toman, fierecilla. Ya nos queda menos para estar en paz.

Sin pensar demasiado lo que hacía, Eva se dejó llevar por la furia y le arrojó lo que quedaba de té en su taza a la cara. Javier aulló bajo la leche caliente que empapó de inmediato su traje.

—Lástima que no te salgan las cuentas —remachó con retintín—: apunta otra más de la que vengarte, *Javi*.

Después de bañar a su socio con la infusión, que debía arder a juzgar por su exclamación de dolor y lo mucho que protestó Javier durante horas, la pelirroja había abandonado la terraza como una exhalación, ante la mirada perpleja de los pocos testigos del incidente. Desde lejos había podido parecer un accidente, una torpeza con desastrosas consecuencias, pero Antonio estaba convencido de que no lo había sido, Eva había vertido el té a propósito, con toda la mala uva disponible.

Se lo comentó a Javier y este no se molestó en negarlo.

—Pero entonces... Esa chica es un ciclón —rio admirado Antonio—. Primero te baña hasta los empastes y luego se marcha con una sonrisilla de victoria entre los labios. Y menudos labios, si me permites apuntarlo.

El gesto de Javier supo a amonestación.

—Dudo mucho que se fuese riendo. Lo que hizo lo hizo por pura rabia, es temperamental en extremo, lo admito, pero no creo que sea mala persona. Tenemos muchos flecos pendientes, quiso ayudarme con Gonzalo y yo no me lo tomé bien, en lugar de agradecérselo la ataqué y, de momento, aún no me he rebajado a pedirle disculpas, aunque admito que la traté injustamente. —Antonio y sus ojos brillantes intentaron meter baza. Javier lo cortó con un gesto seco—. Eso no significa que la quiera cerca. Es inflamable, una granada de mano sin anilla, nunca sabes por dónde saldrá y eso solo significa una cosa: peligro del peor.

—Perdona que discrepe. Ando pensando en replantear el viaje y, viéndote tan comprensivo, estaría bien que te la llevases a Italia, desde luego te ibas a entretener... —Antonio midió con atención la respuesta De Ávila. Lo vio dar un respingo.

—Ni se te ocurra llevarla, está como una puta cabra, ¿no has visto que es una demente histérica?

—Bueno, con franqueza, te has echado parte de la culpa, has dicho que en el fondo es noble, cosa que no dudo, y he visto lo impresionantemente buena que está —enarcó las cejas—. Eso he visto. Y que tú estás muy solo, Javier, y no es bueno que el hombre esté a la deriva...

Se calló porque De Ávila levantó un dedo que parecía una catana y le lanzó una mirada de advertencia, helada como un carámbano. Mordió sus palabras, pero su mente siguió maquinando. Aquellos dos se dedicaban a librar pequeñas batallas de una guerra íntima de la que solo ellos conocían las razones. Antonio no podía pedir mejor oportunidad de distracción que aquella pelirroja. Las diosas le eran propicias.

El teléfono de Eva sonó y la sobresaltó. Era la línea interna que comunicaba con el servicio de recepción.

—Eva, soy Elena. El señor Baladí me pide que bajes a su despacho antes de marcharte esta tarde.

La joven se sorprendió. No era muy corriente que el jefe de un departamento al que no pertenecía requiriese de su presencia. Frunció los labios.

—¿Qué quiere?

—No me lo ha dicho, pero hizo mucho hincapié en que fueras. ¿Podrás?

Eva consultó su reloj de pulsera.

—La verdad es que voy corta de tiempo. —Llevaba tres días quedándose hasta tarde para tener lista la documentación Fossini. Sonrió con amargura al recordar lo poco que habían valido sus esfuerzos, y esa tarde tenía un simulacro de combate en el gimnasio.

—Pero ¿le digo que sí, que bajas?

—Díselo —se rindió sin tener aún muy claro si acataría o no la inusual orden. No estaba para salidas de tono. Ni de Baladí ni de nadie.

Al dar las siete, Eva tomó al vuelo su abrigo y su bolsa de deportes y salió corriendo como alma que persigue el diablo. Otra vez iba tarde, su entrenador volvería a echarle la bronca por puñetero desastre. Lo merecía, la verdad. Voló lejos de Fireland sin volver a acordarse de Antonio Baladí ni de su empeño en entrevistarla.

Agradeció al cielo y a los infiernos el saber reconducir la ira y transformarla en fuerza bruta y habilidad para la pelea. La desigual lucha que se entabló aquella tarde entre la menuda pelirroja y una contrincante que casi le doblaba el peso se saldó a favor de Eva con un bramido de satisfacción por parte de su entrenador y el ojo morado que la otra chica se llevó de recuerdo a casa.

—Avanzas como el rayo —alabó—, creo que es momento de federarte e incluirte en el listado de aspirantes al título oficial.

Eva se ruborizó ligeramente.

—A ver, admito que alguna vez he chuleado alardeando de un título de campeona completamente falso, pero nunca me lo planteé como algo más que un *hobby*. No sé si estoy a la altura.

Johnny le pasó el grueso brazo por encima de los hombros. Boxeador de élite retirado, cinco veces campeón de Europa, una del mundo y siete de España en sus tiempos de gloria, era lo más parecido a un padre que Eva tenía en mente después de que el suyo, en el que no quería ni pensar, y Federico Bianchi desapareciesen de su vida. Johnny era un magnífico entrenador que la protegía y le enseñaba sus mejores y más secretos trucos. Lo que no estaba segura de desear era que depositara en ella tantas esperanzas de éxito. Parecía conocerla a fondo, eso la inquietaba. Eva era competitiva por naturaleza, quizá por ser la única chica entre dos hermanos varones. Bastaba picarla un poco para que se cegase en combates sin cuartel, a veces hasta contra sí misma. Más o menos lo que le ocurría con Javier.

—Bueno, ya veremos. Deja que me lo piense.

—No te lo pienses demasiado. —Johnny le pellizcó cariñosamente la mejilla—. La temporada empieza en unos meses.

—A mi madre le daría un infarto si se entera de que compito.

Johnny alzó los ojos al techo en señal de exasperación.

—Con evitar que se entere...

—Por eso me gustas, maestro, por tu eminente sentido práctico —se carcajeó la pelirroja antes de dirigirse a la zona de vestuarios. Revolvió su bolsa en busca de la botellita de gel y aprovechó para consultar su teléfono. Tenía tres llamadas perdidas de un número que no identificaba y un mensaje que leyó con curiosidad.

«Soy Antonio Baladí. Necesitaría verla hoy mismo. No le robaré mucho tiempo, es en relación a la cuenta Fossini».

El corazón le dio un vuelco. Volvió a albergar esperanzas y se reprochó el haber olvidado que Baladí aguardaba en su despacho y que, de no haber sido algo importante, no habría insistido tanto. Tecleó con rapidez en su móvil.

«Lo siento muchísimo, salí tarde y olvidé nuestra cita. Le ruego que me disculpe. Podemos vernos a las nueve y media en el centro comercial La Cañada, si le parece bien».

Le venía de paso camino de casa. La confirmación llegó en menos de medio minuto y Eva se duchó cantando a voz en grito, imaginándose de paseo por la Via Veneto tras una jornada de intenso e impecable trabajo con Fossini.

Aún no estaba todo perdido.

Procuró no entretenerse. Antonio la esperaba en el 100 Montaditos consumiendo una cerveza y navegando distraído por las redes sociales. Al verla llegar, se puso en pie y le ofreció, con gesto afable, una mano que Eva se apresuró a estrechar.

—Lamento el retraso —susurró Eva mirándolo directamente a los ojos—. Y el imperdonable olvido.

—Está disculpada —sonrió y le ofreció asiento—. Tampoco es mi costumbre atosigar a los empleados con citas fuera de hora de oficina. ¿Qué quiere tomar?

—Una Coca-Cola estará bien.

—Le aseguré que no la entretendría mucho y mantendré mi palabra, Eva. Pero ultimo los detalles del desplazamiento a Roma para la cuenta Fossini y quería saber si estaría interesada en supervisar esas entrevistas.

El que deseara y soñase con un ofrecimiento semejante no le robó emoción al momento. A Eva se le secó la boca.

—¿Se refiere a incluirme en el equipo?

—Justamente a eso me refiero. Estoy impresionado con los previos que nos ha presentado. ¿Le gustaría?

Eva asintió enérgica al tiempo que se preguntaba si De Ávila estaría detrás de aquella tentadora oferta.

—¿Cuántos vamos? —se interesó con suavidad.

—No sé si habrá algún cambio inesperado, pero, en principio, usted y Javier de Ávila. Con una presentación tan meticulosa como la que nos ha preparado, son suficientes. —Eva agachó los ojos con humildad—. Con franqueza, confío en usted y en su talento. Fossini es un cliente de primera, espero que no me defraude.

En ese momento, Eva no se planteó que aquello pudiera ser una trampa. Se perdió en la sonrisa amable de Antonio Baladí, gozando su tremenda suerte, amansada por sus halagos.

—No voy a hacerlo, se lo aseguro —Y sonó a compromiso sincero.

—De acuerdo. —Baladí sonrió con amplitud. Era un hombre atractivo cuyos ojos rasgados inspiraban simpatía inmediata—. Cuento con usted, señorita Kerr. Solo le pido una cosa.

Oh, oh. Llegaban las condiciones. Demasiado bonito para ser verdad.

—Dígame de qué se trata.

—De momento y hasta nueva orden, procure que nadie, ni De Ávila, se entere de que va usted a Roma. Y ahora —agregó ante una mujer atónita—, brindemos, aunque sea con refresco, por una selección de personal que haga historia.

Aún a sabiendas de que ocultando su secreto se ganaría el resentimiento de Rubén casi de por vida, Eva se cosió los labios y se esforzó por disimular su alegría en las jornadas que siguieron a su breve entrevista con Baladí. Preparó con esmero la documentación de los italianos y ni siquiera se confesó con Ana Belén, que se había entretenido en teñirse de rubio platino. Sí fue de compras con su madre, la única a quien comentó sus planes de futuro inmediato, pero, en cuanto Bella intentó reconducir la conversación por derroteros sentimentales, la magia de su confidencialidad se rompió en pedazos.

—Javier de Ávila es un partido de los que escasean, hija. Tan perfecto que parece irreal. —Ya llevaba un buen rato calentándole la oreja y la pelirroja bufó agotada.

—¿Perfecto? ¡Cómo se nota que no tienes que soportar su mal genio, mamá! Además, tiene un hijo, debe de estar casado.

—Separado. O divorciado. No lo sé muy bien, pero...

—No te molestes en averiguarlo, no tengo el menor interés en ese señor. Para soportar la convivencia con un tipo así, o tienes encefalograma plano, o alma de sumisa. Y yo no soy ni lo uno ni lo otro.

—Cielo, nadie dijo que convivir con alguien fuera sencillo.

—Mamá, no sigas por ese camino. —Eva no había pretendido sonar tan gélida. La capacidad de petrificar a la gente, incluida su madre, con una sola mirada, era un dudoso don heredado de su padre, que ella rara vez ponía en práctica. Cuando en casos desesperados recurría a él, funcionaba como una guillotina. Bella calló de inmediato.

—En fin, como quieras. Pero insisto: está *buenorrísimo*.

—¿*Buenorrísimo*? Mamá, ¿qué haces usando esas palabrejas?

—Ya quisiera yo que se me pusiera a tiro un espécimen similar.

—Puedes cenar con él cuando te apetezca —comentó Eva con aspereza—. Eso dijiste, ¿no? —Arrepentida de su nuevo absceso de mal humor, atrapó la mano de Bella y la acarició con los pulgares—. Anda, hazme una lista de establecimientos romanos que no puedo dejar de visitar.

Hay cosas que los ojos buscan sin que intervenga la razón. Algo así le pasaba a Javier con la casa de Eva cada vez que, bajando desde la suya, salvaba la curva que había antes del colegio alemán. Se le escapaba una mirada furtiva, ansiosa, esperando verla aunque fuese de refilón por encima de aquella valla tan baja y tan inútil. Unas veces se colmaban sus expectativas, otras no, y él se cabreaba igualmente, porque odiaba obsesionarse con algo que no podía controlar. Pero la escena que se dibujó aquella mañana delante de sus ojos no supo cómo interpretarla. Solo entendió que activaba sus alertas de macho alfa y que lo hizo frenar, abandonar corriendo el coche y saltar como un GEO por encima de la alambrada que cerraba la parcela de la pelirroja.

Una estridente sirena le perforó el tímpano y un espeso humo brotaba de los dos extremos de la caravana plateada. La chica corría con un extintor en la mano al tiempo que impartía órdenes a sus pastores alemanes. De un par de zancadas de gigante, Javier se plantó delante y la inmovilizó agarrándola por los hombros. Eva no pareció muy dichosa con la interrupción. Lo miró enfurruñada, pero a él, en su estado de nervios, le importó poco.

—¿Qué pasa? —la acució—. ¿Llamo a los bomberos? ¿A una ambulancia?

Eva se liberó de sus zarpas con un certero manotazo y muchas ganas de arrearle con la parte noble del extintor.

—¿Qué ambulancia ni qué ocho cuartos?

—A los bomberos entonces, ¿sacas tú a los perros? —Ella volvió a torcer la boca—. Hay fuego, ¿no? Humo por todas partes y llevas en la mano un...

Se paró a examinar el escenario. Faltaban las llamas. Y el calor. Y el crepitar. Y el que Eva chillara histérica. De hecho, estaba la mar de tranquila.

—Estoy poniendo en marcha un simulacro de incendio con mis perros —informó sílaba a sílaba—. ¿Me puedes explicar de qué me sirve, en situación de emergencia, un idiota vociferando?

Javier se sintió estúpido. Giró la cara y allí estaban: dos peludos moviendo el rabo y observando cómo se ponía en ridículo. Joder, casi parecían sonreír.

Carraspeó. Reculó un solo paso. Se estiró el traje y trató de poner en pie su demolida dignidad.

—A ti te falta una tuerca, ¿verdad que sí?

—Lo que menos te importa es a lo que me dedico para echar el día. ¿Tú de dónde sales? ¿Duermes debajo de mi cama?

—Da la casualidad que vivo en La Mairena. —Apuntó a la montaña con el dedo.

—¡Oh, vaya por Dios! —Eva se llevó, desolada, la mano libre a la cabeza—. ¡Vecinos! ¡No es posible tener peor suerte!

—¿Por qué crees que Gonzalo va al colegio alemán?

—¿Porque es un magnífico colegio y tú quieres para tu hijo lo mejor?

—Pues sí, el cielo no es suficiente, pero esta no es la razón. —Sonrió triunfante, encantado de poder pegarle un corte—. Va allí porque me pilla de paso cuando bajo a la oficina. Ya veo que no peligra tu vida ni la de... ellos. ¡Hala!, adiós muy buenas.

—¡Cierra al salir! —gritó ella al verlo saltar la verja. Atlético y trajeado, como en un anuncio de El Corte Inglés.

Y luego, sin poder evitarlo, sonrió.

La noche anterior al viaje, Eva había organizado una cena informal con Rubén y Ana Belén, apenas unas tapas acompañadas de cerveza, para desvelarles, por fin, la novedad. Ninguno de los dos pareció alegrarse más de lo que se ofendieron.

—Ya sé que pensaréis que no he confiado en vosotros —se anticipó a sus protestas—, pero ha sido cosa de Baladí, me exigió que guardara silencio. Por favor, no me crucifiquéis.

—*Guarriperri*, eso no se hace —protestó Ana.

—Eso, no se mantiene al margen a los amigos —la secundó Rubén.

—¿Juráis que no se os habría escapado? —Los observó analítica. Rubén se coloreó como un pimiento morrón y Ana Belén miró distraída hacia la puerta— ¿Que no me habríais puesto en un compromiso? Di mi palabra de que nadie se enteraría.

Su encantador puchero no tardó en ablandar los corazones de sus amigos. Rubén se atusó el tupé engominado y suspiró.

—Pues menuda suerte, mona. Unas vacaciones a todo trapo con los gastos pagados, así, caídas del cielo.

—Para el carro, que voy a trabajar —le recordó dolida en su amor propio. Rubén alzó a un tiempo las dos cejas.

—¿Trabajo, dices? Sí, igual te deslomas. Entrevistando candidatos al ritmo que te impongas, entre capuchino y capuchino, con el resto del día y de la noche libres. ¡Ja!

Rubén organizó otra ronda de cervezas y cambió de tercio.

—Tú te esfumas mientras que yo llevo mil días manoseando la nota con el teléfono de un aspirante a ligue sin atreverme a llamarlo. —Lanzó una mirada de congoja—. Aconsejadme, *please*.

—Y yo que no te veo precisamente tímido —lo pinchó Eva burlona.

—No estoy seguro de que le vaya mi rollito —explicó compungido.

—Algo habrás notado en la forma en que te mira para que lo incluyas en la lista.

Rubén se encogió de hombros.

—No sé, no sé, a veces uno se entusiasma y las pajas mentales hacen el resto. No quiero saltar a la piscina y darme cuenta demasiado tarde de que no tiene agua.

—Si quieres peces, mójate el culo —fue la aportación divertida de Ana Belén. El alcohol empezaba a hacer efecto.

—No me hables de culos. —Rubén levantó una mano con gesto afectado. Miró a Eva—. En fin, creo que tendré noticias, buenas o malas, las que sean, a tu vuelta, reina mora. Y tú también nos traerás sabrosos cotilleos. A ver si finalmente la Noveira va o no va, y qué tal funcionan las distancias cortas con Míster Universo.

Eva sonrió sin dar más datos. Algo se había encogido en su interior al percatarse de que viajaría, posiblemente a solas, con Javier de Ávila a una de las ciudades más románticas de Europa y que esa perspectiva la intimidaba y la excitaba al mismo tiempo.

17
Compañeros de vuelo

Esa misma noche, Eva apenas pegó ojo imaginando cuál sería la reacción del Monolito cuando la viese aparecer. La tarde anterior había llevado a los perros a casa de su madre y había aprovechado para limar asperezas con ella. No se engañaba, sabía que Bella mantenía la esperanza de verla enamorada, de Javier o de quien fuera. Se le ponía la carne de gallina solo de pensarlo.

Condujo hasta el aeropuerto, dejó el coche en el aparcamiento y atravesó la galería exterior hasta alcanzar la puerta de la terminal. Se detuvo en Starbucks y, a falta de té blanco, compró un Frapuccino, justo el que llevaba en la mano cuando, cerca de la cola de facturación, se topó con Javier.

Diría que él palideció sin poderlo remediar. Su expresión de sorpresa estaba también teñida de irritación. Eva se sintió como si acabase de marcar un gol por la escuadra. Él miró desdeñoso su maleta y luego directamente a ella.

—¿Qué haces aquí?

—Creo que cumplir con mi empresa. Viaje de negocios, lo llaman —aclaró Eva con cierta chulería que no hizo sino empeorar la tensión.

—Debe de tratarse de un error, la señorita Lidia Noveira es la que viene a Roma como mi asistente.

—Será eso, que no vengo como asistente sino como adjudicataria directa de la cuenta Fossini.

—Eva Kerr... —bufó enrojeciendo de ira—, ir de listilla es lo menos aconsejable en este momento.

La pelirroja se encogió graciosamente de hombros.

—Las reclamaciones, al señor Baladí. Me limito a hacer lo que me mandan.

—Aguarde un momento —reclamó preso de la confusión. Se alejó unos pasos con las manos llenas de papeles y unas zancadas de apisonadora que levantaban astillas en el mármol del suelo.

—¿Ya no me tuteas? —rio ella. Javier bufó, recuperó la distancia perdida y le endilgó su pasaporte y la documentación del viaje.

—Sujétame esto —bramó con voz ronca. Volvió a retirarse, esta vez con el móvil en la mano y cara de malas pulgas. Al oír la voz de Antonio deseó poder asesinarlo—. ¿Dónde demonios está Lidia? —preguntó a bocajarro.

—Buenos días a ti también —respondió el interesado con sorna.

—Te he preguntado que dónde está mi asistente.

—Temporalmente fuera de cuadro —respondió su socio con una serenidad impertinente.

—Me la has jugado, Antonio —rugió Javier, menos contenido de lo que pretendía—, menuda encerrona, acabas de convertir este viaje en un jodido infierno.

—Créeme, Javier, esa chica es la mejor baza en esta jugada, encandilará a los italianos del mismo modo que ha hecho contigo.

Al escuchar esa frase, Javier estuvo a punto de ahogarse. Desvió un instante la mirada hacia la pelirroja que aguardaba en la cola. Llevaba unos ceñidos vaqueros y una blusa verde que contrastaba de miedo con sus rizos de fuego. Ella se giró y lo pilló mirando. Los dos disimularon a velocidad récord.

—¿Quieres parar de una vez con eso? Por amor del cielo, una historia que no existe más que en tu imaginación truculenta, y la de juego que está dando.

Antonio soltó una carcajada al otro lado de la línea, que puso el humor de Javier patas arriba.

—Dios, tío, mientes fatal, si estás por completo abducido por esa pelirroja sexi.

—Te querré mucho, pero vas a obligarme a partirte los dientes, te lo advierto —bramó Javier frenándose a duras penas.

—Sea como sea, he revisado sus informes, ha hecho un trabajo impecable. Si pretendías excluirla, podías haberlo pensado cuando le asignaste los preparatorios. No era justo arrebatarle la cuenta después, para regalársela a una inútil tetona como Naveira.

—Hablando de tetas, esta también lleva lo suyo —señaló Javier sin pensar. Su amigo soltó otra estridente carcajada.

—Así que te has fijado, ¿eh, golfo?

Javier se molestó consigo mismo y con su incapacidad para ocultar lo que sentía.

—Cualquiera en sus cabales se fijaría —siseó con las muelas apretadas.

—¿Quieres relajarte? Aparcad las trifulcas personales y concentraos en Fireland. Si Eva Kerr no te impresiona como mujer, según aseguras, no te será difícil abstraerte y sacar adelante el mejor trabajo de tu vida. Si contentamos a Fossini con esto, se nos abrirá el mercado de la gran multinacional italiana. Moda, cosméticos, diseño mobiliario, coches... Lo sabes, ¿no?

Javier gruñó algo ininteligible.

—Pues andando, no quiero oír ni una sola protesta —zanjó Antonio con energía.

—Pareces mi jefe. O peor aún, mi padre.

—Es que a veces te comportas como un crío que necesita con urgencia una regañina. ¿Desde cuándo le temes a una mujer?

Javier captó sin dificultad la ironía que flotaba en la frase.

—Vete a la mierda, socio. Esta me la pagas.

—No te confundas, socio. Esta me la debías.

Con el mismo ímpetu al caminar, regresó a la cola procurando no acercarse demasiado a la chica. Tampoco recuperó sus documentos. Se limitó a contemplarla con gélida fijeza mientras un pequeño músculo le palpitaba en la mandíbula, exteriorizando su nerviosismo.

—No pienso pasarme el viaje discutiendo —gruñó. Ella estuvo de acuerdo.

—Me parece bien. A ver si no vamos a poder vernos sin arañar.

—Esto es importante —prosiguió—. Fossini es vital. O dominas ese carácter tuyo y te portas como corresponde, o te juro que te meto de cabeza en el primer avión que vuelva a España. ¿Entendido?

—¿Como corresponde...? —lo desafió con el brillo de sus ojos azules. Javier se mantuvo más que firme.

—¿Entendido? —repitió silabeando.

—Entendido. —Una mortal y embarazosa pausa—. ¿Con quién has dejado al peque? —Aunque Eva tiñó su pregunta de aire conciliador, Javier se molestó igualmente. Menuda entrometida.

—Tenemos gente de confianza en casa. ¿Qué piensas? ¿Que dejo a mi hijo abandonado con cualquiera?

—Si tuvieras la conciencia tranquila, no te alterarías tanto. Me gusta tu niño, preguntaba por simple curiosidad.

Javier miró enfurruñado para otra parte.

—Pues deja de curiosear y entrega los pasaportes. Estás resultando una asistente muy poco eficaz.

Ella hizo lo que le ordenaban, sin poner pegas y sin ceder a su provocación al remarcar con saña la palabra *asistente*.

—¿Tienes un marco digital en casa? —prosiguió mientras el personal de tierra hacía las comprobaciones de rutina.

—Sí, ¿por?

—¿De esos modernos a los que puedes enviar fotos desde tu teléfono? —Javier volvió a asentir preguntándose a dónde quería ir a parar—. Podrías enviarle una a Gonzalo despidiéndote con un beso o algo parecido. —La joven tras el mostrador le devolvió los pasaportes junto con las tarjetas de embarque—. Gracias. Le hará mucha ilusión —añadió dirigiéndose de nuevo a Javier.

—Nunca he... nunca he hecho algo así.

¡Vaya! La primera frase con la que sonaba humano, vulnerable y hasta tierno. Eva sonrió comprensiva.

—Siempre hay una primera vez. Vamos, venga, sin vergüenza, se trata de tu peque, yo te sujeto las cosas. —Sin esperar confirmación le arrebató el abrigo y la maleta de las manos—. Apúntate con el móvil, sonríele y dispara. Es fácil.

Javier contuvo un rugido.

—Sé perfectamente cómo funciona un *selfie* —farfulló.

Tuvo la impresión de que la pelirroja se burlaba de él, pero la idea de sorprender a Gonzalo le atraía. Eso sí, no podía hacerlo con ella allí, inspeccionando su cara de bobo. Le dio la espalda y se aseguró de que se tapaba con su propia anchura. Se enfocó con la cámara y sonrió reflejado en la pantalla. Agitó la mano libre en señal de despedida mientras apretaba el dispositivo y por unos segundos el flash lo deslumbró.

Antes de seleccionar el marco, chequeó la nitidez de la instantánea.

—Pero ¿qué diablos?

Allí se veía, relajado y feliz por un momento, iluminado por el recuerdo de su hijo, mientras que el lateral derecho de la fotografía lo ocupaba una nube de rizos rojos y una preciosa cara que sacaba la lengua en un gesto travieso.

Eva dejó ir una alegre carcajada.

—¡Oh, vamos, no refunfuñes! Le gustará ver que viajas en buena compañía —guiñó un ojo pícaro—. Que no vas solo, que alguien que le mola te cuida.

—¿Tú le molas? —murmuró con cinismo.

—Mogollón, no lo dudes —afirmó ella alisándose un bucle.

Inició la marcha hacia el control de seguridad apurando el contenido de su Frapuccino, seguida de cerca por Javier.

—No serás tú quien cuide de mí. —Sacudió la cabeza disgustado y pulsó «enviar». En el fondo, conocía a Gonzalo y Eva tenía razón. Le encantaría recibir una foto tan divertida.

Superado el control, Eva se acercó a comprar algunas revistas para el viaje y Javier se entretuvo en contemplarla desde lejos.

«Y si no puedes soportarlo, hazte un favor y acuéstate con ella» habían sido las últimas palabras de Antonio antes de colgar y después de ensalzar las virtudes de Eva, que, a la vista estaba, eran muchas.

Javier recordaba el modo en que se había estremecido con solo imaginarla debajo de él, retorciéndose de placer. Iba a tener que admitir que la idea de llegar a algo más físico con aquella pelirroja irritante lo obsesionaba. Repasó su culo respingón dentro de los vaqueros y su cuerpo reaccionó dominado por un instinto animal desbocado. Sexo, nada nuevo. Se convenció de que pasaría como con las demás, la metería en su cama, saciaría su capricho y perdería el interés. Y al menos recuperaría el control de sus pensamientos y mitigaría aquel deseo que lo dominaba. Conclusión: para olvidarla y librarse de su embrujo, tenía que seducirla y hacerle el amor. Cuanto antes. No estaba mal el plan.

La vio acercarse y el brillo de sus ojos azules lo deslumbró. ¿Siempre sonreía de aquel modo? No cuando discutían en Fireland, desde luego.

Eva sintió un hormigueo provocado por la inquietante mirada de Javier sobre su escote. La disgustaba que la mirase de aquella forma, especialmente porque la excitaba y la volvía insegura.

—Tú, la sonrisa, no la gastas, ¿verdad? —lo reprendió por decir algo—. Pues deberías, te quedaría bien. Vamos, jefe, dame una oportunidad, soy guapa, inteligente e increíblemente paciente con los torpes. —Le guiñó, pícara, un ojo.

La treta surtió efecto. Javier se desmarcó perplejo y ella pudo deshacerse un poco de la tensión que la abrumaba. Sin embargo, la poderosa energía surgida entre los dos no se disipaba por mucho esfuerzo que invirtiera.

—¿Embarcamos? —propuso ella tras una larga y tensa pausa.

Las pupilas de su jefe resbalaron a lo largo de su cuello, recorrieron su rostro en un claro ejercicio de desafío y finalmente se detuvieron en sus ojos claros. Sonrió, y el gesto lo convirtió en irresistible.

—Sí, vamos, no sea que nos quiten los mejores asientos.

El vuelo tuvo sus más y sus menos. Ninguno de los dos sabía muy bien de qué hablar ni cómo comportarse con respecto al otro. Cierto que, de mutuo acuerdo, decidieron firmar un armisticio, al menos en lo que durara el viaje, por el bien de la empresa. Tenía su lógica, pero las emociones no entienden de razón y van por libre. Ambos espiaban el perfil enemigo cuando el otro se distraía y realizaban un memorable esfuerzo por no lanzarse a un ataque que en otras circunstancias habría sido muy bien recibido.

Con un leve carraspeo, Eva se amonestó. Tendría que habérselo pensado más y mejor antes de aceptar aquel viaje junto al Monolito en lugar de engañarse centrando su atención en lo que supondría un impulso profesional. Había más elementos emocionales en juego de los que estaba dispuesta a reconocer y ahora era imposible huir corriendo. Mejor refugiarse en la música, bálsamo contra toda clase de estrés.

Él la observaba de reojo. Con los auriculares puestos, se evadía de su compañía con facilidad. Eso le molestó. No estaba acostumbrado a causar indiferencia en las mujeres, sino estragos, por lo que le escocía su actitud distante.

—¿Sales con alguien?

La pregunta de Javier, casi en susurros, con la voz profunda y algo ronca, la tomó por completo desprevenida. Se hizo la sorda. Él, arrepentido por el impulso, lo agradeció.

—¿Qué escuchas? —preguntó entonces, bajito. Ella juzgó el escaso peligro que suponía contestar a eso y sonrió amable.

—Baladas italianas de Sergio Dalma.

—¿Entrando en materia?

—Entrando.

—¿Sales con alguien? —repitió. Eva borró la sonrisa de su preciosa cara.

—No creo que sea de tu incumbencia.

—Era solo por hablar —apuntó él encogiéndose de hombros. A Eva le fastidió que le importase tan poco.

—Pues hablemos del grosor de la masa de *pizza*. El resto es información reservada.

Tan pronto como pronunció la última palabra, cruzó los brazos sobre el pecho sin darse cuenta de que Javier acababa de hacer lo mismo. Durante un rato evitaron mirarse.

—¿Y tú? —indagó la pelirroja cuando se cansó de fingir.

—¿Yo, qué?

—Si tú sales con alguien.

Javier se retorció en su asiento, que le venía pequeño, para mirarla.

—¿En serio esperas que te conteste?

—¿Por qué no? Tú preguntaste primero, deberías estar dispuesto a contestar a la misma cuestión.

—Eres una maga de los trabalenguas, pero no voy a picar.

—Te creerás muy listo —zahirió a conciencia.

—Soy muy listo —recalcó él—, por algo soy el jefe.

—Cuando Antonio Baladí te deja.

Una ráfaga de coraje atravesó la columna de Javier. Deseó estrangularla.

—Antonio Baladí es mi socio y uno de mis mejores amigos.

—No te digo que no. —Eva miró desentendida por la ventanilla. Los suaves copos de algodón de las nubes los rodeaban por completo.

—Eres una auténtica tocapelotas, ¿te consta? Capaz de convertir un amable intento de charla en un suplicio. —Desvió el mal humor atrayendo la atención de la azafata y le pidió un café. Trató de sumar a Eva, aunque la chica rechazó sus ofrecimientos.

—Estoy bien así.

—Así, ¿cómo? ¿A palo seco sin tomar nada durante el viaje?

—Sin pareja, libre, a mi aire. —Esperó a que Javier replicara, pero no lo hizo—. No estoy interesada en una relación seria, ni nada por el estilo. —Observó su reacción, cómo contraía el entrecejo sin hablar—. Porque probablemente cambiaría mi mundo y no estoy dispuesta —añadió. Luego calló de nuevo y lo miró de reojo. Ni mu. Nada parecía ir con él. El corazón de Eva se aceleró, impotente y frustrado—. ¡Que soy muy feliz así! —chilló por fin.

—¡Yo también, joder! —gritó él a su vez— ¡Yo también soy muy feliz soltero y libre! ¡*Requetefeliz*!

—¡Pues eso!

Se enfrentaron a modo de reto, pero lo único que lograron, ante la estupefacta azafata que traía la bandeja con el café, fue que sus pupilas quedasen enganchadas. Solo Javier, al hacerse cargo de su taza, rompió el embrujo del mágico instante.

—Pero tienes un hijo —prosiguió Eva con suavidad.

—Esa es otra historia —rugió Javier molesto por la atención que estaban atrayendo. Para él la discreción era un requisito indispensable en la vida.

—Puedes contármela, tenemos tiempo.

—Tendremos, pero me faltan las ganas. Información reservada, ¿no era eso? Eva sonrió de mala gana.

—Tocado y hundido —admitió con pereza.

—Donde las dan las toman —recordó él triunfante.

—No digo que no lo merezca.

—Vaya, una brizna de humildad. —Javier dio un respingo de puro asombro—. Debería nominarte para un premio.

—Si es en metálico, me dejo —respondió Eva burlona. Javier volvió a sonreír y ella a estremecerse imaginando lo que aquellos maravillosos labios serían capaces de hacer si los dejaba juguetear sobre su piel.

—Oye, ya sé que lo he dicho antes, pero, por alguna razón, contigo las palabras se las lleva el viento. Se impone un cese de las hostilidades por el bien de Fireland y del cliente, lo entiendes, ¿verdad? —Ella asintió despacio, sujetándose un rizo—. ¿A eso sí estás dispuesta?

—Estoy dispuesta... a intentarlo.

18
Matar un pájaro

Desembarcaron en Fiumicino. Eva se sentía eufórica, como la primera vez que visitó la Ciudad Eterna junto a sus padres, siendo muy pequeña, aturdida solo de pensar que posaría los pies en las mismas losetas que un día habían pisado los gladiadores y los grandes emperadores. Caminaba a saltitos con el entusiasmo de una cría, ante la mirada sorprendida de Javier. Él, tras despojarse por un buen puñado de minutos de su máscara agridulce, se sentía más relajado. Quizá era ella, su energía. Los colores de aquella chica lo estaban volviendo loco: azul sobre fondo amarillo en los ojos, rojo rabioso en el pelo, el nácar en la piel y la crema de ese escote que lo seducía como un maldito imán. No iba a negar la atracción que sentía por ella, era una mujer hermosísima. Estaba desencantado y puede que algo amargado, pero no ciego. Cuanto antes sofocara aquella tensión sexual no resuelta, mejor para todos, era el pacto sellado consigo mismo. Esperaba que ella estuviera de acuerdo, la había pillado mirándolo de soslayo durante el vuelo. Javier sabía muy bien qué clase de reacción provocaba en las mujeres, no era imbécil. Puede que costase, pero triunfaría.

Eva, por su parte, tras una breve conversación con Bianchi escondida en el aseo del avión, se había prometido ser prudente, actuar con inteligencia, no ser la provocadora de siempre y disfrutar de aquella aventura dentro de lo posible. Federico actuaba como elemento calmante, conocía sus puntos flacos, los presionaba y la dejaba como una charca de aceite. Así había sido desde adolescente.

Pero Javier la había llamado tocapelotas. Lo cual no dejaba de ser rigurosamente cierto, pero fastidiaba. Ella sabía cómo vengarse. Solo que no debía.

No tenía más que pensar en sus hermanos, en el modo en que los sacaba de quicio de pequeños y en lo exasperante que podía llegar a ser si decidía buscarle las cosquillas a alguien. Ese alguien, al menos de momento, no era conveniente que fuese Javier de Ávila. Observó que él desconectaba su móvil después de charlar con una agencia de alquiler de vehículos y se dirigía a ella.

—¿Qué te parece si comemos algo decente hasta que nos traigan el coche de empresa? Creo que aquí se toman la vida aún con más calma que en el sur de España. Van con retraso.

—Me parece fenomenal. Tengo un hambre atroz. ¿Está bien allí? —Señaló un restaurante justo al frente, moderno y con una surtida carta de vinos rojos.

—Querrás una buena ensalada, ¿no? —pronosticó Javier acomodándose en la silla. Eva lo obsequió con una mirada arisca.

—Pues no. Da la casualidad que me apetece un plato de pasta tamaño XXL con muchísima salsa. ¿Algún problema?

Javier enarcó las cejas con sorpresa y alzó las manos a la defensiva.

—No se te ocurra morderme. Lo decía por la fuerza de la costumbre. ¿Tú no te preocupas por la línea y todas esas...?

—¿Gilipolleces? —remató ella ofendida—. Seguramente no tanto como tus conocidas. Hago mucho deporte para poder comer lo que me venga en gana.

—Ni una palabra más, faltaría. ¡Camarero!

Ordenaron un abundante almuerzo y hasta los postres, café y té incluidos, fueron capaces de comentar la selección prevista en Fossini, con aire totalmente profesional y sin agredirse en ningún aspecto. Javier resopló de alivio y disfrutó de lo lindo viéndola comer, no era algo a lo que estuviese demasiado acostumbrado. Por lo general, las chicas con las que salía apenas pasaban del vaso de soda y los brotes de espinaca sin aliño. Luego fueron a por el flamante Volvo CX90 que Fireland había reservado para su estancia y enfilaron rumbo al centro de Roma.

Javier puso en marcha la radio y los acordes de Robin Schulz y su «Sugar» invadieron el espacio y trasladaron a Eva a un nivel superior en el que todo brillaba en naranja. Era genial, por una vez, sentirse a salvo con otra persona controlando la situación, aliviando la responsabilidad de sus hombros. Eso era lo que sentía con Javier cerca. Y era sumamente agradable. Desvió la mirada hacia la ventanilla y contempló el paisaje mucho más relajada y serena de lo que había estado durante el vuelo.

No se esperaba el brusco y súbito volantazo que la lanzó de cabeza contra el costado de Javier. La cercanía extrema la turbó.

—¿Qué haces, loco? ¿Te has propuesto matarme? —aulló al tiempo que recuperaba la verticalidad.

—El pájaro —fue la enigmática explicación.

—¿Qué pájaro?

—¿No lo has visto? Venía volando de frente, directo a estrellarse contra el parabrisas.

—Ah, ¿sí? ¿Tú no odiabas a los animales?

Javier la fulminó con una penetrante mirada que duró apenas dos segundos.

—No es que odie a los animales, es que me dan alergia. Además, aunque no me gusten, eso no significa que sea un bárbaro. No lo soy, ¿entendido? —bramó. Y volvió a concentrarse en la conducción.

—Entendido, entendido... —se conformó Eva. Vaya, una maniobra arriesgada solo para salvarle la vida a un pajarillo, qué adorable, pensó, por Dios. ¿Cómo casaba eso con su eterna pose de cascarrabias? Lobezno igual sacaba las uñas que lucía corazón, menuda mezcla.

Apasionante. Y de lo más erótico.

El St. Regis Rome era, decididamente, uno de esos lugares magníficos en los que podrías quedarte a vivir sin ningún problema. Estratégicamente situado en el centro, ofrecía un entramado de comunicaciones de primera con las zonas más turísticas de la ciudad. Eva deshizo su equipaje, se dio una ducha y cambió su ropa informal por un traje de chaqueta más serio, de cara a las entrevistas de la tarde. Fossini había enviado su primer listado de candidatos en base a las propuestas de Eva y, para realizar las entrevistas, el hotel había puesto a su disposición el salón Venezia, un servicio de *catering* y dos azafatas que parecían dos modelos de pasarela. El modo hambriento en que miraron a Javier nada más entrar, puso a Eva de un humor de perros. Aquellas dos tontainas se derretían a chorros, lo adulaban y daban vueltas a su alrededor, obviándola a ella por completo. Lo que le hacía falta al Monolito. Engreírlo todavía más.

—¿Podría alguna de ustedes traerme una botella de San Pellegrino, por favor? —Alzó la voz, harta de repetir su solicitud sin que ninguna se diera por aludida. Una de ellas cabeceó y no se movió del sitio. Fue la otra, a regañadientes, la que salió de la sala a atender su encargo.

Eva fue al baño y, al regresar, una de las azafatas, la más rubia, le metía a Javier las tetas delante de la nariz, con la excusa de mostrarle cómo funcionaban los ordenadores. Soltó las carpetas que llevaba desde lo alto y estas se estrellaron contra el tablero de la mesa de reuniones con un golpe seco.

—Estoy segura de que el señor De Ávila sabe manejar esos aparatos solo —rugió en perfecto italiano—. Puede marcharse, gracias, la llamaremos si necesitamos algo.

—Pero...

—Ah, puede decirle al primer candidato que entre. —Sin perder su irónica sonrisa, le colocó a la rubia un folio impreso por delante de la cara—. Llámenlos en este orden.

La azafata se hizo cargo del papel. Titubeante, lanzó una última mirada incendiaria a Javier, que contenía la risa y se tapaba la boca con la mano, y salió de la sala de un par de zancadas coléricas.

—Eres buena imponiendo disciplina —alabó Javier con una mueca burlona.

—Y tú bastante más blando con el personal subordinado en cuanto te sacamos del pueblo. ¿Has llamado a Gonzalito?

Javier miró al techo con ademán exasperado.

—Por supuesto que sí, sargento. ¿A quién tenemos?

Eva consultó sus notas.

—Giuseppe Todde, viene de Milán y tiene experiencia de siete años en control de accesos y planteamiento de protocolos de seguridad. Un fiera en lo suyo.

—¿Vamos a empezar por los *seguratas*? —protestó Javier mohíno—. No he leído la programación de entrevistas, pensé que arrancaríamos con las secretarias y el personal administrativo, por hacerlo más atractivo. Acabamos de aterrizar, sé clemente, por amor del cielo.

Eva lo atravesó con una mirada furibunda.

—Es lo que hay. Tú ya tienes a tus azafatas hoteleras de lo más plasta, ahora toca ver hombres altos y fornidos. Empate técnico, ¿no?

En cuanto se quedaron solos un minuto, ella dio rienda suelta a su frustración y a su enfado.

—Agradecería un poco de colaboración si no es mucha molestia. Es tu empresa y, en lugar de implicarte, pierdes el tiempo tonteando y distrayéndome.

—¿Tonteando yo? —Javier fingió sorpresa.

—Tonteando tú. Y haciendo el ridículo. ¿Crees que los candidatos no se percatan?

—Los candidatos no ven más allá de su ataque nervioso.

—No te estás comportando, no puedo creerlo.

—Anda ya. Estás tú, que lo haces de maravilla. Además, tu italiano es irreprochable. —La intención de sus frases teñidas de ironía fueron para Eva como una vergonzosa bofetada—. Si se me ocurre alguna pregunta ingeniosa, siempre que me permitas meter baza entre cuestión y cuestión, cuenta con ella, desde luego...

Te juro que si fuese reclutador de la CIA no te dejaba escapar. Menudo lince interrogando —enfatizó haciendo un doble *OK* con los pulgares.

Entrevistaron a un último candidato que no podía dejar de tartamudear, abrumado por la belleza de Eva. Ella aprovechó para ensayar alguna que otra caída de pestañas, sin llegar a poner el entusiasmo requerido. A la hora de despedirse, el chico salió a trompicones de la sala y la azafata morena rodeó a Javier, abarcando toda su atención.

—¿Sabe ya dónde cenará esta noche, *signore*? —se interesó en un susurro meloso. Eva apretó los dientes—. Podría indicarle algún que otro rincón exquisito de nuestra ciudad, acompañarlo incluso...

—¡Joder!

La exclamación de Eva y un ruido extraño, hicieron que Javier volviese la cabeza. Se la encontró doblada por la cintura, con los ojos llorosos y la mano apoyada en la cadera.

—¿Qué ha ocurrido?

—Me he dado un golpe con la puñetera esquina de la maldita mesa —masculló la pelirroja sin dejar de lagrimear. El dolor era tan agudo que pensó que se había roto algo.

Javier se desentendió del cerco de la italiana y corrió a auxiliarla. La ayudó a incorporarse y, evitando que ella lo apartase, colocó una de sus manos encima de la de ella y masajeó la zona dolorida.

—¿Mejor?

Sus ojos conectaron al microsegundo y siguieron con las manos enlazadas mientras él la tocaba en algo cercano a una caricia.

—Sí —un *sí* apenas audible—, mucho mejor ya. Gracias.

—Ha sido todo un placer ayudarte, kamikaze. Cena conmigo. —Parecía más una orden que una invitación, pero después de toda la tensión y las emociones acumuladas durante la tarde, Eva fue incapaz de negarse.

Eso no implicaba no hacerse la interesante primero, por lo que simuló total desinterés.

—Sí, ¿por qué no? —fue su lánguida respuesta. Javier torció la boca y detuvo la mano, pero no la retiró de su cadera.

—Pon un poco más de entusiasmo, mujer.

—Pongo lo que me da la gana. —Le fastidió notar que la calidez de aquellos dedos se apartaba. Lo estaba cabreando—. ¿Qué esperas? ¿Que salte de emoción? Ya me han invitado a cenar hombres atractivos antes.

Él recuperó parte del buen humor.

—Vaya, al menos entro en la categoría de «hombre atractivo», algo es algo. Pero tienes razón, estarás cansada, no puedo exigirte más de lo que ya has hecho. —Se apartó de golpe de aquel cuerpo que empezaba a volverlo loco, volvió hasta la mesa, ordenó concienzudo sus documentos, los guardó en el maletín, sonrió de medio lado a las tres mujeres que lo observaban babeando cada cual a su manera y salió por la puerta sin retroceder ni para decir *ciao*.

Eva necesitó cinco minutos, tras la plancha, para volver a tierra.

¿Por qué no habría mantenido cerrada la boca? ¿Por qué había tenido que replicar una bordería cuando menos falta hacía? ¿Cómo había sido tan estúpida para darle a Javier la oportunidad de retirar la invitación? Encima, había parecido que le hacía un favor y quedaba bien, maldito fuera. Ahora, ella bostezaba soberanamente aburrida, en albornoz tras la ducha, tumbada boca arriba en la cama, con la tele puesta y sin dejar de pensar en lo que podría haber sido y no fue. Sin otro plan que dar buena cuenta de la cena que acababa de traerle el servicio de habitaciones, limitando sus vueltas mentales a la obsesiva idea de que Javier, desaparecido por completo el resto de la tarde-noche, había aunado esfuerzos destinados a divertirse con alguna de las azafatas, si no con las dos.

Y ella allí. Tirada. Sola. Menuda imbécil era...

Al principio trató de convencerse de que era lo mejor, «qué maravilla poder descansar al fin del madrugón, el viaje, la jornada de trabajo imprevisto...». Necesitaba relajarse dentro de un buen baño cálido e irse a la cama cuanto antes. Y, si de camino chinchaba al Monolito, miel sobre hojuelas. Pero después... El soñado baño acabó siendo ducha y resultó que le sobraba un porrón de tiempo que no sabía en qué invertir que no fuera pensar en Javier y desearlo encima, tocándola, besándola, haciéndola suya...

Uff. Qué calor.

No podía seguir en esa peligrosa dirección, no podía. Vale, puede que no fuera más que un tío guapísimo y presuntuoso, pagado de sí mismo y posiblemente implicado hasta las cejas en un feo asunto de seguridad nacional, pero le encantaba.

Puso la tele para distraerse, empalmó dos películas seguidas, vació el minibar, llamó a recepción, le subieron otras tres raciones de postre y, para cuando logró dormirse, eran casi las tres de la madrugada.

19
Giro en redondo

Al día siguiente, Eva Kerr estrenó falda de tubo, maquillaje y perspectiva. Al disiparse las brumas nocturnas todo adquiere otro matiz menos dramático y, cuando se dijo bajito frente al espejo que importaba un pito con quién hubiese dormido el señor De Ávila aquella noche, estuvo a punto de creerlo.

Todo cambió ligeramente al entrar en el salón Venezia y divisarlo sonriéndole amable a la azafata morena que le tendía una taza de café.

Aquel hombre divino e irresistible, con más empuje sexual que un concurso en pleno de Míster Universo, era un tráiler cargado de testosterona. No costaba entender que a su paso las bragas se estrellasen contra el suelo y las entrepiernas hiciesen palmas.

Lo peor de todo: él lo sabía.

Verlo allí, sonriéndole a otra mujer, la puso a mil. Eva dio unos distraídos buenos días y dirigió su frustración, junto con sus pasos, al mueble bar que albergaba el *catering* del desayuno. El aroma de Javier recién duchado a tres pasos de distancia era fresco y delicioso. Fue al servirse el té que lo miró de soslayo y sus pupilas chocaron de frente contra su corbata… ¡Naranja! Acostumbrada como estaba a sus trajes formales siempre oscuros, aquello suponía toda una novedad.

—¿Y eso? —la señaló sin poderse contener.

Javier sonrió de manera terriblemente atractiva a la par que levantaba el extremo inferior de la prenda.

—¡Ayer fui de compras! ¿Te gusta?

A Eva, de repente, el mal genio se le había marchado de vacaciones.

—Mucho, muchísimo. Y no te has afeitado… —Ella también hizo lo que pudo y lo aturulló con una espléndida sonrisa—. Un diez por esos cambios. ¿Consejos estilísticos de alguien en particular? —En realidad, todo lo que necesitaba era confirmar que nadie lo había acompañado de tiendas. Ninguna de las tipas aquellas, de uniforme, que lo rondaban sin misericordia.

—La verdad es que no —fue su encriptada respuesta. Porque aderezarla con una miradita colmada de intención, dedicada a la rubia que acababa de entrar, no sacó a Eva precisamente de dudas.

¿Conque esas teníamos? Iba a darle, ella también tenía sus truquitos de seducción.

Antes de acomodarse en la mesa, encaró la dirección contraria, dejó caer a propósito la carpeta que llevaba entre las manos y se agachó muy despacio a recuperarla. A Javier se le salieron los ojos de las órbitas mirándole el culo.

—¡Diossss!

Eva se puso en pie de un brinco y giró a medias.

—¿Te ocurre algo?

—Nada, nada. — Javier dio a entender que revolver papeles sobre la mesa era, ahora, su pasatiempo favorito—. Estaba buscando...

—¿Cómo que nada? Lo he oído perfectamente y tenías el ojo clavado en mi culo. —Apoyó las manos en las caderas y lo miró desafiante—. Y no me cuentes el chiste del búho porque te tiro a la cabeza lo primero que encuentre.

Javier se rindió con una arrebatadora sonrisa.

—De acuerdo, me has pillado, iba a decir culo. No he llegado a decirlo pero lo he pensado. Culo, culo. Sería imposible negarlo. —Se disculpó con un mohín tierno—. Un simple piropo inocente.

—Tu mirada no es nada inocente —lo acusó Eva divertida—, mira a ver dónde la metes.

Esa frase sacada de contexto llevó la imaginación de Javier por senderos muy prohibidos. Ya quisiera él meter algo entre aquellas carnes cremosas... De hecho, no se le iba de la cabeza una excursión así. Carraspeó.

—Uno no es de piedra y ese físico tuyo es de centro de alto rendimiento. Mis disculpas, en todo caso.

Eva ronroneó satisfecha. No tenía todo lo que deseaba, pero lo había noqueado. Tomó aire, se sentó en la mesa dispuesta a reforzar su coraza exterior y a dejarlo turulato con su eficacia profesional.

El día transcurrió de fábula y, al dar las seis de la tarde, cuando ya se planteaba la educada despedida y el cómo superar una segunda tarde-noche de tedio y soledad, Javier se deslizó a su costado y le susurró despacio.

—Nueva intentona. Señorita Kerr, le agradecería en el alma que cenase conmigo y me perdonara usted por la grosería de esta mañana. No dirá que no persevero.

Su aliento al hablarle cerca de la oreja, le revolvió el pelo e hizo hormiguear su cuello. En esta ocasión fue práctica y no se lo pensó dos veces.

—Estupenda idea. Necesito consejo de un experto en adquisiciones textiles —bromeó—. Aprovechando que estoy en Italia, pienso renovar mi guardarropa, aunque no precisamente a base de corbatas.

Hablando de ropa...

Eva se probó todo lo que llevaba en la maleta sin que nada cumpliese sus exigencias. Mierda, no había pensado demasiado en salidas nocturnas. Había imaginado que con el estirado Javier de Ávila de cicerone todo sería trabajo, trabajo y más trabajo, pero se equivocó. Ya había empezado a mirarlo con otros ojos, más allá del calentón y el morbo que le producía su físico y su innegable masculinidad, cuando le salvó la vida al pájaro en la carretera. Y la noche previa, en su desesperada soledad, tuvo más tiempo del deseado para sopesar sus virtudes. Optó por el único vestido de punto de seda rojo, que la ceñía como un guante, y se pintó los labios del mismo color. Echó un vistazo a su rompedora imagen en el espejo y, a la vez que sonreía para infundirse ánimos, recordó las indicaciones de Federico Bianchi: Javier de Ávila no se descartaba como sospechoso.

De acuerdo. No podía permitirse el lujo de perder la perspectiva.

Se reunieron en el *hall* del hotel y los ojos verdes de Javier brillaron admirados al verla. Él quitaba el hipo con su simple camisa blanca bajo un abrigo militar azul marino y sus chinos oscuros. Un tipo guapo, sensual, con pose de modelo de revista y sonrisa arrebatadora. De telón de fondo, la vetusta Roma. ¿Quién en su sano juicio iba a poder resistirse?

Les trajeron el Volvo hasta la puerta, subieron, se abrocharon los cinturones de seguridad, Javier puso en marcha el motor y luego la miró a los ojos.

—Esta noche, nada de trabajo. Somos dos turistas más disfrutando de la ciudad y sus encantos. ¿Prometido?

—Prometido.

—¿Solo buen rollo y diversión? —insistió sin fiarse.

La pícara sonrisa de ella sonaba a burla y a travesura. Lo encandilaba, claro. Pero también lo ponía nervioso. Mucho. Con Eva jamás conocías *a priori* el terreno a pisar y bajar la guardia era un error. Contra todo pronóstico, ella le mostró sus dientes perfectos en una sonrisa de hada y levantó la mano derecha en plan indio.

—Te doy mi palabra. No citaré a la empresa, ni a los candidatos. No hablaré de Fossini ni te tocaré... las pelotas.

—Buenas noticias. —Metió primera y se incorporó despacio al tráfico nocturno—. Me dejas mucho menos intranquilo.

Eva había visitado Roma por última vez hacía cuatro años, durante una escapada relámpago, acompañada por el protagonista de una aventura amorosa poco seria que se disipó en el aire apenas volvieron a Marbella. De modo que no disponía de ningún saco romántico de recuerdos especiales que recuperar por las esquinas. Su corazón era un libro con las páginas en blanco y cero interés por emborronarse. Sin embargo, mientras el vehículo devoraba calles con su silencioso ronroneo y su aroma a cuero nuevo, la proximidad de Javier la turbaba y hormigueaba cruzando su vientre.

¿Qué diablos le estaba pasando por la cabeza?

¿Y por la entrepierna?

Él aparcó con soltura en un hueco milagrosamente reservado para ellos en las inmediaciones de la Lungotevere della Farnesina y tomaron juntos la callejuela que se abría a la derecha, rumbo al barrio del Trastevere, una de las zonas favoritas de Eva, sembrada de balcones recubiertos de hiedra, paredes antiguas y desconchadas, pintadas de colores, de bohemia, derrochando encanto.

—Me gusta este barrio. —Eva aspiró fuerte el aire de la noche—. No lo puedo remediar. Tiene espíritu, algo muy especial.

—Es como regresar atrás en el tiempo, ¿verdad? Y de algún modo, poder oler la esencia de la Roma de fin del Medievo.

Aquel aire soñador flotando en el tono de Javier llamó poderosamente su atención. La versión de él que conocía era la que se empeñaba en mostrar: el ejecutivo ceñudo y gruñón, pluscuamperfecto, atado a su móvil y megaefectivo en cada paso que daba. El frío negociador sin sentimientos que medía sus actos, desdeñoso, dominado por la ambición... Que a pesar de todo ese *pack* tan poco atrayente, la volvía turulata nada más verlo aparecer. Y ahora aquello. Cuarto y mitad de ternura mezclada con una pizca de poesía histórica. De semejante combinación no podía salir nada que no fuese pecado.

—Sí, es eso exactamente —coincidió—. Me convenzo de que en cualquier momento saldrá Giacomo Casanova de detrás de una de estas puertas... —El gruñido de Javier interrumpió su inspiración—. ¿Qué pasa?

—Casanova vivía en Venecia.

—Bueno, seguro que alguna vez vendría a Roma —rugió Eva molesta por la corrección—. Los donjuanes no podéis permitir que se os escape una presa, la distancia nunca es pretexto...

—Un momento... ¿Has usado el plural para meterme en el mismo saco que a Casanova?

Eva se encogió de un hombro. Javier meneó la cabeza contrariado.

—Te equivocas conmigo.

—Eso es lo que tú dices. Seguro que aprovechas todo momento de flaqueza en la adversaria para clavarle el estoque.

Javier pretendía seguir enfadado, pero la comparación que la chica empleó le robó una carcajada. Decidió que era mejor tener la fiesta en paz. Se sentía especialmente inspirado y a gusto.

—No, no creas. Las apariencias engañan.

—Mmm... Me planteo si creerte.

—¿Te gusta ese restaurante? —señaló el que quedaba al frente. Una preciosa fachada encalada con estucos amarillos y una decoración rescatada de los palacios del diecisiete, con lámparas de araña y cristal por todas partes, como un mágico invernadero. Eva aceptó de buen grado.

—Solo queda una última mesa, mírala, allí en la esquina. Como no corramos, esa pareja llegará y nos dejará de pie —advirtió muy concentrada.

Antes de poder reaccionar, Javier se había lanzado a la carrera y conquistó el preciado tesoro, con candelabro encendido y mantel de hilo blanco. No pasaron por alto la mirada asesina del matrimonio que se quedó petrificado, compuesto y sin mesa para la cena. Eva palmoteó como una niña feliz mientras Javier se las componía para acomodar sus largas piernas debajo de un mueble demasiado pequeño.

—¿Lista para probar la especialidad de la casa? —Le guiñó un ojo cómplice.

Eva trasteó con el menú, leyó por encima y finalmente lo dejó a un lado.

—Como voto de confianza y sin que sirva de precedente, voy a fiarme de su experiencia de hombre de mundo, señor De Ávila. Aconséjeme qué comer.

A Javier se le vino a la cabeza una obscenidad. Se mordió la lengua y, visto su prodigioso apetito, le recomendó pan de *pizza*, algo de pasta y ensalada para compartir, y *coda alla vaccinara* como plato principal.

—¿Qué es y cómo es que nunca lo he probado? —Eva le lanzó una mirada desconfiada al guapo camarero que no entendió qué ocurría y le sonrió de vuelta.

—¿Te gusta el rabo de toro a la cordobesa? —la orientó Javier desdoblando su servilleta. Eva sacudió la cabeza con la boca hecha agua—. Pues por ahí van los tiros.

La eufórica respuesta de la pelirroja, se la tragó el minicataclismo que zarandeó la mesa y volcó los vasos, por fortuna, aún vacíos. Javier logró agarrar a tiempo el candelabro y evitar una catástrofe de dimensiones apoteósicas.

—Perdona —se disculpó azorado—, son las piernas estas, que no me caben...

Eva se quedó colgada de su gesto infantil. Era la tercera vez que detectaba un matiz tierno en aquel hombre adusto y esa mezcla la encandiló. Sonrió comprensiva y separó las rodillas.

—Mete los pies por debajo de mi silla —lo animó—, hay sitio de sobra.

Y la mirada de aceptación de Javier coincidiendo con la suya dijo mucho más que sus labios, que permanecieron sellados.

En la mesa de al lado, una pareja se miraba embelesada a los ojos. La mesa de atrás la ocupaba una ruidosa familia nórdica. Gracias al vino y la buena manduca, habían olvidado la natural melancolía de su tierra y estallaban en carcajadas cada dos minutos. Eva sonrió encantada.

—Parece que Roma contenta hasta al demonio, da gusto ver a la gente tan feliz.

La réplica de Javier fue enigmática. Habló por encima del borde de su copa.

—Las personas burbujeantes alivian las penas. Son las que todos queremos, egoístamente, tener cerca.

Eva tuvo la impresión de que le dedicaba la frase y se estremeció.

—¿Sabes que he estado a punto de decapitar por anticipado esta velada tan agradable? —retomó él con aire distendido.

Eva fingió no estar interesada, que se guardase sus razones donde gustase. Pero, al tiempo que jugueteaba con un *grissino*, lo miraba de reojo esperando que arrancara.

«Venga, cuéntamelo. Dime por qué. ¿Estabas nervioso? ¿Me tenías miedo?».

—Estaba agotado y pensé que tú también lo estarías. No quiero abusar, al fin y al cabo esto es un viaje de negocios.

—El trabajo duro jamás está reñido con el disfrute y habrá que cenar —planteó Eva muy seria—. Es mi lema. ¿Por qué no?

—Bueno, aquí estamos, de hecho. ¿Por qué no?

La cena fue una amplia colección de placeres variados. La comida estaba exquisita; los postres, excelentes, y el vino con que lo regaron todo, una maravilla de las barricas antiguas. Nada que superase a la compañía, aunque ambos se lo callaran.

Después se adentraron en la marabunta que poblaba las calles, sorteando los apretados grupos de gente joven que bailoteaba y vociferaba, y a los despistados turistas perdidos en la hermosura de los balcones. Bajaron por Via Garibaldi hasta Santa Maria in Trastevere, la hermosa iglesia en la plaza donde Eva se empeñó en sacar algunas fotos ocurrentes para Gonzalo, encaramados en los pivotes de piedra centenaria.

—¿Un capuchino? —sugirió después Javier, rodeándole los hombros con el brazo para protegerla de un mar de personas que se acercaba a toda velocidad. Eva notó el ligero apretón de su mano, un afectuoso gesto que los acercó, la pilló de improviso y le robó un temblor.

—Encantadísima. Soy una incondicional del té, blanco a poder ser, pero confieso que a veces me apetece tanto un buen *caffelatte* que tomaría un avión rumbo a Italia solo por poder disfrutarlo. ¡En España no saben igual!

—Rendido a su deseo, *signorina*.

De Ávila no había retirado el brazo de su cuerpo y ella no hizo nada por poner distancia. La cálida sensación que la asaltó desde la zona del ombligo hasta los senos fue más que deseo: fue un sentirse protegida que la asombró, siendo, como era, una mujer rebelde, independiente y algo solitaria. Por eso, contrariamente a lo que de ordinario habría pasado, no rechazó la aproximación con un aspaviento de los suyos. Pasearon charlando de mil cosas personales, que no íntimas, de sus experiencias viajeras y de las aspiraciones de futuro en cuanto a conocimiento del mapamundi. Atravesaron el barrio, cruzaron el Ponte Mazzini y se adentraron en la parte noble de la ciudad. El brazo de Javier colgaba irreverente y casi por casualidad, sobre su pecho izquierdo.

En Piazza Navona, con sus hermosas fuentes, su bullicio y su ambiente incomparable, Eva notó la felicidad rodar por sus venas como oro líquido. Los visitantes se agrupaban en corros apretados en torno a varios artistas arrodillados, que manchaban sus lienzos con espráis de pintura, generando extravagantes dibujos con las más insólitas técnicas.

—Ven, Javier, mira esto —lo invitó Eva—, mira cómo pintan, qué maravilla...

Él prestó atención, aflojando, apenas, el abrazo que la mantenía adosada a él. En una postura incómoda a primera vista, los jóvenes pintores se esmeraban sobre cartulinas en blanco, cubriendo los espacios con ráfagas de intenso color y a continuación, antes de que la pintura secara, pasaban por encima, desde ruedas de camión de juguete, a plumeros, cintas de seda, piezas de Lego... Cualquier cosa que marcase con su huella la ilustración, creando figuras inesperadas.

Javier logró abrir un hueco para ambos casi en primera fila y se concentró en la habilidad de aquel flacucho para mover las manos y generar volúmenes desde la nada. De repente, le pareció ver un corazón delineado entre estallidos anaranjados. Sí, lo era, era un corazón perfecto, surgido del ir y venir de los botes de espray, nacido casi sin intención.

—¡Para ahí! ¡Déjalo como está, por favor! —reclamó en italiano al artista, con una mano extendida. El muchacho lo miró, sobresaltado por su brío, sonrió, miró el dibujo y asintió—. Te lo compro.

Mientras el pintor secaba su obra con un soplete y a continuación lo enrollaba y trenzaba un lazo para poder transportarlo, Javier sacó la cartera y pagó el trabajo, sumando una generosa propina. Introdujo el dedo por la cinta y para sorpresa de Eva, se lo ofreció con ceremonia.

—Señorita Kerr, en prueba de mi amistad y tregua guerrera. Me haría muy feliz aceptándolo.

Eva no logró cerrar la boca.

—¿Para mí? —«Es un corazón, un símbolo de amor romántico», pensó confundida. Pero apartó las dudas, estiró su propio dedo y lo aceptó, más emocionada que si se tratase de una costosa joya.

A veces era agradable dejarse llevar sin pensar demasiado, retirar el filtro de la razón para que no estorbase. Por una noche, Javier no era el jefe repelente y estirado, sino un hombre irresistible y amable que le servía de gentil acompañante.

—Y ahora vamos a por ese capuchino que se hace desear y a por unos mojitos bien aderezados.

Eva puso los ojos en blanco entusiasmada por el plan. ¿Seguiría el buen rollo el resto de la noche? ¿Y luego, en el hotel?

Solo de pensarlo sufrió una sacudida que le tiró de los pezones y le presionó el vientre como algo vivo y poderoso. Como muchas otras veces, prefirió recurrir al humor para relajar tanta tensión.

—¡Dios! Acabas de mencionar la palabra mágica. ¡Mojitos! ¿A que no adivinas cuántos soy capaz de beberme de una sola tacada?

Muchos.

Se lo había demostrado a todo el mundo, hasta a Rubén. Los tragaba como si fueran agua y limón. Pero aquella noche, el nerviosismo la llevó a descuidarse. Consumió uno tras otro para vencer su súbita timidez y, cuando quiso darse cuenta, veía doble y no tenía más que ganas de reír. De dejarse seducir. Eso también.

Y de meterle mano a Javier. Con descaro.

La embargó un calor capaz de fundir huesos, perdió la prudencia con cada cruce de sonrisas y, cada vez que en el ruidoso bar sus miradas se enredaban, las sensaciones explosionaban como una bomba incendiaria.

20

Desde Roma y con amor

Hasta que Javier quebró la magia y se cargó el momento, claro está.

—¿No te parece que estás bebiendo más de la cuenta?

Eva le regaló una mirada torcida y medio envenenada.

—A ver si vas a ser mi padre vivo y reencarnado —graznó—, susto me da, bastante tengo con olvidarlo, al muy indeseable.

—¿Olvidarlo? ¿Por qué?

La pelirroja dibujó un gesto seco con el vaso.

—No querrás que te cuente mis miserias familiares, ni hablar, ni lo sueñes.

—Sentimientos negativos como esos son aún más destructivos si afectan a los padres. Están ahí, son quienes son, y no hay nada que podamos hacer por cambiarlo.

Eva enarcó una ceja disimulando el bizqueo. No estaba lo que se dice en condiciones de sostener una discusión filosófica.

—Cada uno tira con lo que le toca. No tuve yo la culpa.

—Estás borracha —la reprendió severo—, el ron te está afectando a la neurona activa.

—¡Ja! No te columpies, que no me conoces de naaada. Los mojitos y yo estamos hechos los unos para la otra. En realidad...

Dicho esto, cayó hacia adelante como una rampa rígida, derrumbándose con un *plaf* sordo contra el ancho hombro de Javier, completamente derrotada por el alcohol.

—¡Joder! —Él se las arregló para impedir, a un tiempo, que el vaso y la chica cayeran al suelo. Devolvió el mojito a la barra y se cargó a Eva sobre el hombro. Se excusó con la sorprendida clientela, tiró de su vestido para que se viera la menor carne posible al atravesar el muro humano camino de la calle y, además de la parte trasera de los muslos, sin querer, le palpó el culo prieto.

Hasta la última célula nerviosa de su cuerpo se revolvió con ansia. Una auténtica reacción en cadena que lo descontroló. Al acomodarla dentro del coche, sus bocas quedaron, por un segundo, demasiado cerca. Eva dormitaba con una plácida e ingenua sonrisa entre los labios y, al abrocharle el cinturón de seguridad, rezongó sin abrir los ojos:

—Jaaaavi.

Javier se derritió entero. Le retiró los rizos de la cara con dulzura y la punta de los dedos. Besó uno con suavidad para no despertarla. Llevaba semanas deseando tocarlos.

—No me llames *Javi*, sabes que lo odio.

Introdujo la tarjeta en la ranura de la cerradura de la puerta y, sin soltar a la pelirroja, empujó con el pie y encendió la luz. Atravesó el corredor y, con cuidado, la depositó en la cama. Se quedó contemplando a aquella ninfa, la melena desparramada sobre la almohada blanca y los carnosos labios, curvados en un gesto travieso. Alargó la mano hacia su rostro y vaciló un segundo antes de acariciarle el arco de Cupido con el pulgar. No se atrevía a desnudarla, no estaba seguro de poder reprimirse. Se enfrentaba a una peligrosa suma de factores: Eva, más cama, más intimidad, igual a sexo salvaje de primera. Para echarse a sudar, para calentar su sangre a borbotones. De modo que se limitó a despojarla de los zapatos de tacón y la arropó con mimo.

Ella lo cortó con un movimiento brusco desde debajo del edredón. Javier no entendió qué pasaba, hasta ver el cuello de su camisa atrapado y notar el tirón que dejó su nariz pegada a la de Eva.

Ella seguía sin abrir los ojos, pero parecía saber muy bien lo que deseaba.

—¡Bésssame! ¡Béssssame de una vez, demonios! —exigió con la voz enrarecida por el alcohol y el deseo. Javier parpadeó perplejo.

Era inútil resistirse, se dijo. Él, demasiado débil, ella demasiado hermosa, el momento, demasiado perfecto. Intentó no pensar, cuando rodeó la boca femenina con la suya y asaltó su interior con la lengua, saboreando cada milímetro de sedosa piel húmeda. Eva respondió a la caricia con una pasión inesperada, rodeándole el cuello con manos ávidas, reclamando más.

Mucho más.

Exigiendo límites que, de momento, Javier no estaba dispuesto a traspasar. No era así como quería poseerla, ebria, medio privada de consciencia. Quería gozarla con los cinco sentidos despiertos, con su total y lujuriosa participación.

Necesitó un esfuerzo sobrehumano para apartarse de la chica y limitarse a besarle la frente. Ella gruñó todavía con los ojos cerrados.

—Hasta mañana, Brujilda —musitó cariñoso.

«¿Cómo que hasta mañana?». «¿Cómo que Brujilda?». Eva abrió solo un ojo, súbitamente despejada. Lo justo para comprobar que él se alejaba, abría la puerta que daba al pasillo y se perdía tras ella. El suave clic del pestillo fue como reventar un globo de ilusión con un pinchazo.

—Mierda, mierda y más mierda —rugió.

Hervía como una olla a vapor. Por encima del pedo, la calentura la estaba matando. Javier era un cabronazo, no podía dejarla así, impaciente, excitada y sin satisfacer. Intentó levantarse, pero no pudo, la cabeza le daba vueltas, la habitación al completo giraba. Demasiados mojitos. Volvió a dejarse caer sobre la almohada con un jadeo de frustración. Estiró el brazo y tanteó la mesita de noche. Tras varios intentos fallidos, aferró el tirador del cajón y rebuscó dentro. La forma alargada de su juguetito y su tacto aterciopelado eran fácilmente identificables. Separó el encaje de la braguita y aplicó el vibrador a máxima potencia directamente contra su clítoris. No tardó en correrse ni veinticinco segundos.

Le supo a poco. A nada, más bien. Lo necesitaba a él. Arrastrar las manos por su piel y comprobar que se erizaba. Compartir seda y calor. Quería someterlo y oírlo gemir, que se le rebelara el cuerpo, que no pudiese controlar las reacciones instintivas. Quería castigarlo, que no se atreviera a ser encantador y a crear expectativas para luego despreciarla como acababa de hacerlo.

Maldito desgraciado.

Aquella noche, Eva aprendió que borracha se duerme poco y mal, que te levantas con cara de arrastrada y la energía justa para pestañear. Fenómeno. Lo que necesitaba en un día que se presentaba duro, con más de cuarenta candidatos a explorar entre la mañana y la tarde, más dos azafatas explosivas, y un cajón de celos y autorrecriminaciones que mantener a raya.

La rabia le apretaba la garganta, sí, para qué negarlo. Sentía vergüenza por el modo en que se había dejado llevar, por el momento de libidinosa estupidez que la dominó, por el beso que había reclamado sin merecerlo y porque Javier la hubiera plantado, después de asolar su integridad, sin pedir disculpas.

Así y todo, el contorno de los labios le hormigueaba y, cuando recordaba la sensación de aquel ataque boca a boca, veía borroso. Quería más de aquellos.

Y si estaba enfadada era porque se los habían negado.

Como en casi toda situación tensa y embarazosa, lo mejor era la naturalidad, cubrir su ridículo con una resuelta actitud de «aquí no ha pasado nada» y a ver cómo se le daba el día. Después de tamaña borrachera era lícito no recordar nada en absoluto, ¿verdad? Se refrescó bajo la ducha, eligió a propósito una vestimenta profesional y práctica, un traje de chaqueta y pantalón masculino color cámel con blusa blanca, y bajó al salón Venezia con apenas un té y media napolitana en el cuerpo. No era lo único. Añadió algo privado y muy secreto, otro perverso juguete, silencioso e invisible, que la ayudaría a pasar el mal trago y mejoraría su humor. No iba a presentarse delante de Javier con ceño torcido de amargada insatisfecha, nada de eso, no le daría el gusto.

Ignorante de que su extraordinario físico convertía un simple traje de chaqueta en el mejor de los trajes de fiesta, Eva atravesó el umbral y saludó cortés. Eso al menos pensó Javier cuando la vio entrar, agotada y taciturna pero bella. Él también había decidido combatir los nervios con un fingido interés meramente profesional.

La observó con cautela, pretendiendo no intimidarla.

—¿Una noche regular? Yo también extraño la cama, esta noche irá mejor —agregó en tono chistoso y confidencial. Se acercó al mueble auxiliar a preparar dos tazas—. ¿Te apetece un té extra?

Eva arrugó el gesto. Las bolas chinas que llevaba alojadas en la vagina vibraron y se le encogió el vientre. Para aliviarse, clavó los ojos en la corbata roja a rayas blancas de Javier, porque, si reparaba en la ligera sombra que un segundo día sin afeitar derramaba sobre su rostro, estaría sencillamente perdida.

—Dentro de un rato, quizá. Acabo de tomarme uno y aún no estoy del todo segura de si hice bien. —Tomó asiento y evitó mirarlo. Se concentró en su nido de papeles, controlando con el rabillo del ojo las miradas interesadas de las azafatas planeando sobre Javier desde primera hora de la mañana, y apretó las muelas—. Anoche no te comenté nada porque dijiste que no al trabajo, pero creo haber encontrado a la persona acertada para el puesto de jefe de vigilancia: Luigi Possi. —Le tendió el expediente del joven y lo mantuvo en vilo hasta que Javier, con un signo interrogativo en el rostro, lo tomó.

Buscó la foto para identificar a quién se refería.

—¿Possi? Ha pasado por seis puestos de trabajo en el último año —rezongó como si el breve dato, de por sí, lo descalificara.

—En todos le impusieron turno de noche y es padre de gemelos de catorce meses. En una de las empresas en las que trabajó evitó un atraco poniendo en riesgo su vida. Es un hombre curtido pese a su edad, responsable y honrado.

—¿Tú has hecho eso?

—Si he hecho ¿el qué?

—Perder el tiempo investigando sus condiciones laborales previas.

Eva sonrió, incómoda ante lo obvio.

—Para valorar mejor los datos curriculares, claro, ¿cómo no iba a hacerlo? —Recibió sobre sí la mirada de admiración masculina y enrojeció como no lo hacía desde que cumpliera los quince.

Javier dejó que su cabeza subiera y bajase en un suave vaivén mostrando coincidencia. Esa dualidad de Eva, esa eficacia casi mortal unida a una personalidad fogosa, arrolladora, a un carácter impetuoso, rebelde pero cumplidor, era un cóctel altamente inflamable que podía estallarle en las manos en cualquier momento.

—¿Aviso al primer nombre de la lista, *signore* De Ávila? —La azafata rubia tuvo que venir a jorobar el instante de vínculo especial recién conquistado entre los dos. Eva camufló una mirada de intensa antipatía.

—Sí, haga el favor. —Javier suspiró resignado, tiró de los bajos de su chaqueta y se sentó frente a Eva sin articular ni una frase más.

Por encima del efecto del juguete instalado en su entrepierna, aunque las bolas la tuvieran en un estado de permanente excitación y bastara huir al baño y regalarse un leve toque para conquistar el placer, iba a ser una mañana larga y tediosa.

Dio comienzo el aburrido desfile de perfiles, hombres y mujeres titubeantes, histéricos bajo la presión de ser evaluados. Eva había confeccionado su propio cuestionario, una veintena de preguntas directas y concretas que componían todo un paseo por la geografía del candidato, su personalidad y actitud frente al puesto de trabajo y de cara al equipo. Aprovechando uno de los descansos, Javier repitió su enhorabuena.

—No sé qué hacer con tantos halagos hoy —ella sonrió tímida. La vagina, felizmente ocupada, se sacudió—. Cuidado, señor De Ávila, no me vaya a acostumbrar.

—¿Cenamos juntos esta noche?

El tono de voz de Javier rompió sus esquemas. Había pasado de ser monocorde y asintomático a arder lleno de pasión. Volaban promesas encerradas en aquella oferta. Sin embargo, Eva no olvidaba fácilmente sus ridículos. Y el último había sido de órdago.

—No creo. Anoche ya me bebí hasta el agua de los floreros. Lo estoy pagando, me duele la cabeza, me pesan las piernas y moriría por un buen masaje y pasar el día tumbada en la cama.

—Eso puede arreglarse —dejó caer él con intención. Las bolas chinas saltaron de júbilo y el clítoris de Eva notó el pinchazo.

—Céntrese en las entrevistas, señor De Ávila y olvide si anoche cometí alguna... tontería —susurró sin apartar los ojos del siguiente expediente. La aspirante a secretaria, una chica rubia y anodina, hacía su entrada, saludaba con una inclinación de cabeza y tomaba asiento, cuando Eva alzó de un tirón la cabeza y enterró los ojos en Javier, pero su jefe leía en voz alta las especialidades de la candidata, dedicándole el cien por cien de su atención, sin inmutarse. A continuación se mojó los labios lentamente y los frunció en una especie de mohín encantador.

Guau. Provocación. El concepto.

Claro que... también podía interpretarse como la imitación burlona de alguien que pide un beso. Una patética chica ebria que *suplica* por un beso. ¿¡Se estaba riendo de ella!?

Sería... cabrón...

La sangre subió a borbotones hasta sus mejillas. Lo más indignante es que Javier continuaba muy en su papel de ejecutivo concentrado, fingiendo que nada pasaba. Las azafatas esperaban fuera de la sala, según instrucciones suyas, que por supuesto, habían intentado saltarse. El enorme espacio solo lo ocupaban ellos. Ellos y la candidata a secretaria de dirección que miraba a De Ávila con una entrega rayana a la idiotez.

—Quizá quiera responder a las preguntas de la señorita Kerr —oyó que Javier apuntaba en aquel momento. Dio un respingo y buscó frenética el folio correspondiente—. Toda suya.

Eva carraspeó sonora. Dos veces. Y ninguna bastó para aclararle la garganta. El brusco movimiento y la contracción de sus músculos por la rabia sumados a la presencia de las bolas vibratorias, la estaba sacando de quicio.

—*Estooo... Usteeed...* ¿Miranda? —sonrió como una completa gilipollas. La italiana parpadeó y le confirmó su nombre. Debía haberlo repetido al menos tres veces desde que se sentó en la silla—. Encantada, Miranda. Soy Eva. —La lengua de Javier volvió a resbalar provocativa sobre su boca húmeda. Eva saltó sobre su firme trasero. Javier contuvo la risa, maldito bastardo—. Su experiencia como secretaria de dirección se extiende a...

—Doce años —aclaró la joven algo confusa—, pero el dato supongo que ya consta en mi currículum.

Eva apretó la boca. No podía concentrarse en nada que no fuera aquel delirante giro de la lengua de Javier sobre sus labios, el mensaje que traía consigo que la ridiculizaba y al mismo tiempo... el deseo implacable de besarlo de nuevo, sentir la misma calidez de la noche anterior recorriendo su boca, el erotismo candente que atesoraba la caricia, la promesa de lo que vendría a continuación de haber ido más allá. Recordándolo volvió a vivirlo con todo detalle, se erizó su vello y un feroz calambre eléctrico la sacudió sin compasión alguna. Sintió verdadera necesidad de comprimirse, doblarse sobre sí misma para atesorar los recuerdos y poder disfrutarlos cuando se quedase sola.

Su imaginación desbordada, las bolas chinas y su criminal «efecto suma» la estaban haciendo pedazos. Eva bajó con disimulo la mano hasta el triángulo entre sus muslos.

—Sí, claro, desde luego, era una simple... —una punzada directa al botón del placer. Respingó con los ojos muy abiertos y ahogó un gemido—, ¡aj!, confirmación.

Se pasó la mano por la frente. Sudaba. Un sudor frío y pegajoso que pronto viraría a fiebre. Y frente a ella, Javier, seductoramente retrepado en su silla de director, la observaba con los párpados entornados jugueteando con la estilográfica. Como si la cosa no fuera con él, como si la cuenta Fossini fuese una mera diversión para echar el rato. Pero fue peor cuando levantó sus iris verdes y se los clavó directamente en el rostro. Eva se vio transportada de nuevo a la cama, sintió el roce de las sábanas sobre su piel desnuda, lo vio desnudo a él. Dibujando caminos húmedos con la punta de la lengua sobre su vientre. Y su temperatura corporal acusó de inmediato las consecuencias del delirio.

Se removió, contrariada y casi frenética en su asiento, dirigiéndole una mirada suplicante que incluía una orden:

«Para. Para ya, maldita sea».

Aspiró aire, se frotó la punta de la nariz con el índice y comenzó a leer las preguntas que, afortunadamente, llevaba preparadas. Javier abandonó la mesa sin previo aviso para ir a servirse un café y Eva se sorprendió deseando que volviese cuanto antes. Ese beso, ese maldito único beso la estaba volviendo loca. No cabía duda de que Javier se lo estaba arrojando a la cara, su lenguaje corporal era de lo más significativo. Mientras la rubia respondía con firmeza cuestiones de mero trámite y Eva anotaba los resultados sin concentración alguna, en sus ojos húmedos, el mandato se transformó en ruego:

«Deja de hacer eso, por favor, te lo suplico».

Pero contra la excitación, cuando se desboca, no hay quien pueda. Por su cabeza cruzó la imagen de Javier, deseable y desnudo, el brillo satinado del sudor bañando su piel bronceada, la ondulación de sus músculos en la espalda y hombros al moverse, sus largos dedos clavados en la carne de sus muslos separándole las piernas para hundirse entre ellas. Un nuevo espasmo y todo cuanto había alrededor se convirtió en un maldito borrón. Su trasero un milímetro más a la derecha y llegó el orgasmo: una explosión contenida que la hizo gemir mordiéndose la lengua. Eva cerró la carpeta de un golpe y se puso en pie con las mejillas rojas como amapolas y un sofoco que le subía cuello arriba, como en ascensor.

—Está bien, señorita Cassetti, está todo realmente bien. Puede marcharse —vomitó a trompicones. La entrepierna palpitaba y le lanzaba cañonazos.

La mujer ladeó la cabeza, recuperó su bolso, la miró preguntándose de qué manicomio se habría escapado y huyó hacia la puerta con la impresión de que se había equivocado de cita. Eva giró hacia Javier con el corazón acelerado. Su pecho moviéndose al compás de su entrecortada respiración.

—Borra esa asquerosa sonrisa de tu boca. ¡Ya!

—No sé de qué me hablas —replicó Javier desconcertado—. ¿Qué opinas de esta chica? Sosa, ¿no?

—He dicho que dejes de reírte de mí y de lo que pasó anoche, Javi... —rugió. Él retiró su silla, se inclinó sobre la mesa apoyado en las dos manos, y la atravesó con una mirada de poder ilimitado.

—Yo te he repetido miles de veces que no me llames Javi y lo de anoche está aparcado, de momento. —Luego su tono descendió a picante—. En cuanto a ahora... Sí, de acuerdo, pensaba ser un caballero y obviar lo que acaba de ocurrir pero... ¿Has tenido un puto... orgasmo?

De perdidos al río. Eva imitó su posición. Quedaron unidos por las narices, bufando y echando chispas.

—Vete a la mierda.

—¿En serio? ¿En serio lo has tenido? ¿Aquí mismo en la sala de juntas?

Crecieron las ganas de morirse y desaparecer tragada por el mármol del lujoso suelo. ¿Podía ser la situación más bochornosa? Allí, delante de él, por si no tuviera bastante con lo del beso y la improcedente borrachera, perder los papeles de aquel modo durante el trabajo. ¿En qué demonios estaba pensando cuando se colocó aquellas bolas infernales? ¿Es que había perdido por completo el juicio?

Javier seguía estudiándola alucinado, sin perderse ni un solo segundo de sus reacciones.

—¡Jo-der! Es maravilloso que seas tan sensible.

Apretó los puños y los dientes.

—¡Ohhhh, cómo te odio!

La azafata morena empujó la puerta, seguida de cerca por la ansiosa rubia y se encontraron aquel cuadro chocante que las dejó sin habla. Javier fue el primero en reaccionar, apartó su nariz de la de la pelirroja y sonrió con flema.

—No se asuste, simplemente discrepamos respecto a los candidatos. Hagan pasar al siguiente, por favor.

21

Lo que no me esperaba ni loca

En cuanto la azafata salió por la puerta y antes de que entrase el nuevo candidato, Eva corrió a esconderse en el aseo más lejano y a librarse de las puñeteras bolas chinas que tantos problemas le habían dado. Las lavó cuidadosamente, las guardó en su funda y las metió en su bolso con un soplido de alivio. Maldita idea genial, esto podía costarle el despido como poco. Luego regresó a su sitio y mantuvo la cabeza gacha el resto de la mañana, cien por cien eficaz y concentrada en lo que hacía. Javier no volvió a mencionar el asunto pero tampoco lo vio sonreír. En la pausa del mediodía, la pelirroja marcó el número de teléfono de Ana Belén. Entre tanto caos, necesitaba el poder calmante de una voz amiga.

Aunque Ana Belén no fuese precisamente de las que te relajan.

—¡Pedorra! ¿Cuándo vuelves? —la saludó la ahora rubia con euforia—. Supongo que por Roma todo grande y majestuoso, como siempre. Y los italianos igual de *güenorros* que en las películas.

—Has dado en el clavo, todo de diez. Aunque apenas salgo del hotel, hay mucha gente con la que reunirse, los requerimientos de Fossini son interminables —mintió Eva observando sus terribles ojeras en el espejo. Mierda de mala noche y de intoxicación etílica.

—¿Y te quedas hasta...? —insistió Ana Belén.

—Una semana más, solo una semana más.

—¿Solo? Como te quejes te disparo a la cabeza tan pronto asomes, asquerosa. ¿Qué tal con Míster Universo? ¿Sois muchos? Cuenta algo jugoso, por Dios.

—¿Has dicho Míster Universo?

—Conste que el mote se lo ha endilgado Rubén, no yo, pero no me niegues que le viene como anillo al dedo. Repito, ¿tenéis mucha gente alrededor... ya sabes, estorbando?

Eva calibró en una ráfaga las consecuencias de sincerarse en aquel punto y con Ana Belén de por medio. Malas. Terribles. Peores. Así que engordó sus mentiras.

—Bueno, sí, unos pocos. Un lío, todo el mundo habla al mismo tiempo, ya sabes lo ruidosos que son los italianos.

—No, la verdad es que me gustaría saberlo pero no lo sé.

De algún modo, Eva se convenció, no mentía. Las azafatas eran gente, ¿verdad? Y el dueño de Fossini o alguno de sus jefazos, que podían aparecer en cualquier momento para controlar, también lo eran. En resumen, no estaba siendo del todo fiel a la realidad, pero tampoco la falseaba. Simple cuestión de enfoque.

—Yo no me puedo mover desde que ayer me pimplé dos clases de gimnasio seguidas. ¡Dios, Eva! *Spinning* y luego *zumba*, que por fin me he apuntado, me duele hasta el carnet de identidad. ¿Sigues negándote a probarlo?

—¿La *zumba*? ¡Bah! No me interesa mucho, ya sabes. ¿Estaba bueno el monitor? —desvió encantada la conversación. Y aliviada, muy aliviada.

—¿La verdad? Ni me he fijado, nena, no tenía ojos nada más que para mis tetas desbordándose por el escote. Arriba, abajo, arriba, abajo... El espejo de la clase es criminal. Como me dejen, lo rompo.

—Bueno, con tanto ejercicio se te quedará un *tipín*... Eso, sí, por lo que más quieras, no te dejes las lolas por el camino —rio Eva echando muchísimo de menos a su amiga. Así, de repente.

—Te juro que no me vas a conocer. Cuando vuelvas, dirás: «¿quién es esta chica tan mona, con ese cuerpo de infarto?». Y no te apures, chata, las tetas no me las rebaja nadie. ¿Tú sabes de algún sitio donde pudieran operarme y dejarme divina?

—¡Déjate de tonterías o te cuelgo! —explotó Eva irritada—. ¿A qué viene eso ahora?

—Ángel me ha invitado a salir —confesó con un hilo tembloroso de voz. Eva sintió la irritación crecer como algo vivo.

—¡La madre que lo parió! Yo lo mato...

—Bueno, no es específicamente una cita, y romántica mucho menos... Solo me ha invitado a una fiesta que da en su casa esta noche.

—Ana Belén... —empezó con tono de advertencia. Pero no llegó a culminar la frase. ¿Qué podía decirle ella, en sus circunstancias? La noche anterior no se había metido con Javier, ¡su jefe!, en la cama porque él no había colaborado. Ahora, durante su jodida jornada de trabajo, le había demostrado a las claras cuantísimo deseaba revolcarse con él. Y no se paró a considerar si era conveniente o un error faraónico. Le constaba la influencia nefasta, la catástrofe que podría instalar su hermano en la vida de la jovial Ana Belén, pero no podía prohibirle que lo viera.

Podía amenazarlo a él. Eso sí.

—Ya sé que piensas que no es recomendable —admitió la chica—, que temes que me haga daño.

—Temo que te rompa en mil pedazos el corazón, Ana. Mi hermano no tiene alma.

—Pero yo lo quiero —se arrebató con pasión—, lo quiero desde que lo conocí a los quince años en aquella fiesta del zumo de manzana en tu casa.

—En buena hora. Ángel Kerr solo quiere a una persona: él mismo.

—No puedo remediar sentirme atraída, si salgo con otro chico siempre acabo comparándolos y todos salen perdiendo. Sé que tiene mala fama...

—Mala no, peor. Es un mujeriego incorregible.

—¿Y si conmigo cambiara? —aventuró Ana Belén con aire soñador. Eva torció el gesto. La meta de casi toda mujer: rescatar al golfo de sí mismo.

—No sueñes, cielo, no sueñes.

—Igual le doy una oportunidad y nos sorprende a todos —insistió. Eva pensó que no había más ciego que el que se negaba a ver—. ¿No te has parado a pensar que podamos estar predestinados? ¿Y si fuésemos medias naranjas?

Eva amagó una carcajada amarga.

—Querida mía, las naranjas, medias o enteras, están para hacer zumos o tartas, olvídate de que mi hermano te haga feliz. Es tóxico para cualquier mujer, tóxico en el más amplio sentido de la palabra.

—Pero...

—Tú misma —finiquitó enfurruñada.

Acabó la conversación, pero su estado de ánimo no se apaciguó. En cuanto se despidió de su mejor amiga, tecleó el número de móvil de Ángel y no obtuvo respuesta. No se sorprendió. No se llevaban muy bien y rara vez podían charlar sin agredirse mutuamente, de modo que no esperaba que corriese a descolgar despepitado de la ilusión. No tiró la toalla, le escribió un mensaje.

«Aléjate de Ana Belén, te lo advierto. Como le hagas daño, te las verás conmigo».

Eva permaneció unos instantes boquiabierta, felizmente sorprendida por el giro que había tomado la conversación. Pero siguió esperando.

—Me he comportado como un cretino, grosero, maleducado. Todo lo malo que quieras llamarme, posiblemente me lo merezco.—Dejó pasar unos segundos. Su impaciencia no le permitió aguardar más—. Sales y lo hablamos, te juro que lo siento.

—¿Estás disculpándote... Javi? —silencio—. ¡No te oigo!

—Ni me oirás mientras sigas llamándome Javi.

—¿Estás disculpándote?

—Algo así. ¿Cenamos? Me rugen las tripas y pronto hará una noche preciosa que no deberíamos desperdiciar.

Eva aspiró aire por la nariz, apretó los labios y se lo pensó un minuto. Tenía un hambre de lobo, estaba cansada y harta del hotel, deseaba disfrutar de la noche romana y para qué negarlo, de la morbosa compañía de Javier de Ávila. Quería oírlo suplicar perdón para poder olvidar el episodio de las bolas chinas cuanto antes, borrar de su mente la imagen de la desquiciada que sufre orgasmos sin control en público y, con un poco de suerte, retomar la noche anterior justo donde la dejaron. Aquello aún no había terminado. Iba a demostrarle a De Ávila que su sexualidad aún guardaba muchas sorpresas.

—Está bien —accedió—. Dame treinta minutos.

Todavía húmeda tras la ducha, escogió unos vaqueros pitillo, unas botas de ante negro con tacón, altas hasta medio muslo, una camiseta divertida y una cazadora de cuero también negra. Iba de chica dura. Secó sus rizos rojos y se miró al espejo satisfecha.

Mmm... No tan satisfecha. Los círculos oscuros que rodeaban sus ojos eran el resultado de la mala noche y afeaban el conjunto. Rebuscó en el fondo de su neceser hasta dar con el lápiz corrector y lo miró preguntándose en qué aeropuerto lo había comprado y cuántos años llevaba el cosmético abandonado allí sin estrenarse.

Se maquilló a toda prisa y ya estaba extendiendo el brillo de labios cuando su nariz captó un olorcillo tenue, desagradable y creciente, que no supo identificar.

—¿Qué demonios...?

Olisqueó el aire alrededor. La peste cada vez más intensa. Revisó uno por uno los objetos del tocador, se los llevó a la nariz y los sometió a escrutinio. El cepillo del pelo no era, olía a gominolas de fresa gracias al champú. Ni la brocha para el colorete. No era ningún perfume. ¡El corrector de ojeras! ¡El puñetero corrector de ojeras se había descompuesto con el paso del tiempo! Para colmo, una suave aunque insistente llamada en la puerta de su habitación, la distrajo.

—¡Joder! ¿Cómo se puede tener tan mala suerte?

El golpeteo de los nudillos en la puerta, se repitió. Eva volvió a mirarse al espejo. Mecánicamente agarró una esponjita húmeda y vertió unas gotas de leche desmaquilladora en su superficie. Javier aporreó de nuevo y esta vez la llamó por su nombre. La pelirroja empezó a agobiarse, no era buena haciendo ciertas cosas bajo presión. Se mordió el labio inferior mientras calculaba que eliminar el corrector de ojeras implicaba también, quitar todo el maquillaje y el colorete y volverse a pintar. Demasiada tarea para tan poco tiempo.

—¿Eva? ¿Sales? —oyó la potente voz de Javier—. ¿Estás bien?

—Sí, voy enseguida.

Demonios, qué mal rollo. No podía salir a cenar con aquel pestazo... ¿O sí? Podía mantenerse alejada de Javier y su temible área de influencia, podía utilizarlo para parecer ofendida y distante. Podía aprovecharlo como baza a su favor. Mirado desde cierto punto de vista, después de que Javier, en lugar de portarse como un caballero y omitir toda referencia a su conducta embarazosa de la noche anterior, hiciese leña del árbol caído y todo empeorara, tenía derecho a sentirse ultrajada. Su perdón había sido pequeñito, otorgado con la boca chica. Dejó la esponja sin usar en su bandeja, se atusó la espesa melena, tomó su bolso y se dirigió a la salida.

No hay mal que por bien no venga, se dijo.

22

Medidas infalibles de seducción

Pero cuando abrió de mala gana la puerta, lo que vio le cortó el resuello. El ejecutivo de impecable traje de chaqueta y corbatas aburridas, se había embutido en unos cómodos vaqueros negros que realzaban sus largas piernas y su trasero respingón, y completaba el efecto con una camiseta oscura y una cazadora de cuero estilo motera. Él la revisó a su vez y una sonrisa de amplia satisfacción curvó sus labios.

Eva era preciosa. Y sus rizos la adornaban como un aura de fuego alrededor de una piel crema, bellísima. Al sonreír, resplandecía y daban ganas, muchas ganas, de abrazarla y besarla. No era solo sexo, era algo distinto, más profundo y preocupante, una mezcla de deseo de conquista y protección salvaje, todo al mismo tiempo. Si Eva penetraba en su ángulo de visión, el resto dejaba de importar. Vale, puede que se lo hubiera estado negando, pero lo cierto es que así era. Se estiró para besarle la sonrosada mejilla, pero ella se apartó con una sonrisa de circunstancias y pasó de largo.

—Tengo un hambre terrible —gorjeó—, no sé si conseguiré llegar a algún restaurante sin pararme antes a comprar una *pizza al taglio*. —Distanciada a unos metros del perplejo Javier, se giró y lo buscó por encima de su hombro, con una sonrisa cautivadora—. Vamos, ¿no tenías tanta prisa?

El trayecto fue silencioso y algo tenso, cada cual sumido en sus pensamientos. Eva, atormentada por la idea de que el olor del cosmético descompuesto fuera excesivo y le arruinara la noche; Javier preguntándose el porqué de su cambio de actitud. Muy típico de las mujeres, se dijo, eso de decir que te perdonan y luego dar marcha atrás, para desconcertarte y volverte loco. Te dicen que está todo bien, pero es mentira, luego te arrean una coz con lo más puntiagudo de sus zapatos. Seguramente, estaría arrepentida de su atrevimiento de la noche anterior, pensaría que lanzándosele a la yugular pidiéndole sexo se había puesto en ridículo. Adivinaba que estaría más rabiosa consigo misma que con el propio Javier. Entendía que su pequeña broma recordándoselo no había sido acertada. Lo ocurrido en la sala de juntas... Uff. Pero al fin y al cabo jugaban ¿no? El suyo era, sin más, el movimiento de un competidor respondiendo a su contrincante.

La noche anterior había recurrido a toda su voluntad disponible para no abalanzarse sobre ella en la cama y hacerle el amor. Estaba bebida, y no era eso lo que merecía su primera vez juntos, sino algo intenso y muy romántico. Algo que dejara huella, que la marcara a través del tiempo y de otras relaciones que pudieran llegar después, porque lograrlo y abandonarla sería su mejor forma de venganza. Luego, a solas en su habitación, se planteó el porqué de tanta saña y había recurrido al alivio personal pensando en ella y en el tacto de su piel, allí donde la espalda pierde su casto nombre.

Lo que de verdad lo tenía noqueado era lo ocurrido durante las entrevistas. En toda su vida, y mira que había salido con mujeres, había presenciado una fogosidad tal. Él había sufrido una dolorosa erección casi de continuo, tenerla enfrente y no poder tocarla había sido un castigo. Tuvo que levantarse a por café más de cinco veces, con tal de acomodar su miembro rebelde y duro dentro de la ropa interior.

—Un día largo, ¿verdad? —se animó a romper el hielo con su tono más animoso. Eva parecía poco receptiva, concentrada en la ventana y en el paisaje nocturno.

—Sí —fue su escueta respuesta.

—¿Tienes ya tu lista de favoritos para Fossini?

—Más o menos.

—Es curioso cómo cambia la opinión que tienes de alguien sobre el papel cuando lo conoces en persona.

—Sí.

—¿Estás cansada? —Dulcificó aún más su tono. Pero ella seguía sin mirarle.

—Sí, ya te lo he dicho antes.

Javier aspiró fuerte aire por la nariz para comprimir una palabrota y evitar que saliera. Ella lo interpretó como una reacción instintiva al pestazo y se arrugó, intimidada, contra el asiento de suave cuero.

—Eva, aunque no tengo demasiado claro de qué soy culpable, te pedí disculpas y las aceptaste. No entiendo que sigas enfadada.

La pelirroja sonrió por primera vez desde que se había sentado en el coche. Y fue un gesto de deliciosa timidez que lo dejó fuera de combate.

—¿Enfadada? No estoy enfadada, es simple cansancio.

Volvió a su mutismo, pegada la nariz al cristal de la ventanilla. Javier apretó los labios con la conclusión de que no había avanzado nada.

—Bien, entonces procuraré llevarte a un sitio tranquilo para que puedas comer e irte a la cama pronto.

Eva apretó las mandíbulas. Joder. Ese no era el plan maravilloso que había soñado para la noche X. Lo que deseaba, lo que de verdad deseaba desde el fondo de su ser, era una velada interminable de pasión sin pausas, entregarse a Javier olvidando los reparos, poseerlo, consumir la llama del deseo que le abrasaba el vientre y los pechos desde el día anterior... En una palabra y sin ponerse ñoña, follar hasta morir.

¿Irse a dormir temprano? ¿Y sola?

Menuda mierda.

Sin embargo su voz no se alteró lo más mínimo cuando declaró:

—Te lo agradeceré en el alma.

Olisqueó con disimulo el aire alrededor. Maldito fuera el corrector pasado de fecha, tenía la impresión de que el olor empeoraba con los minutos.

«Me cago en la mar, qué gilipollas soy», masculló entre dientes.

Javier condujo hasta Campo dei Fiori y caminaron por Piazza del Paradiso. Atravesaron Piazza Pollarola hasta llegar a la Piazza del Teatro di Pompeo con un caminar lento, cadencioso, envuelto en unas pocas palabras superficiales. No iba a negar su decepción ante la actitud de Eva, pero, furiosa, abochornada o lo que sea que estuviera, estar con la pelirroja ya era en sí un premio, no iba a quejarse. Usaría sus encantos para franquear la absurda barrera que ella había levantado y la seduciría.

Jamás fallaba, era infalible a la hora de engatusar.

Inclinarse sobre su cara al hablar.

Contarle lo que fuera, pero en susurros.

Dejar que su aliento caldeado le recorriera y acariciase el cuello. Provocarle escalofríos.

Aprovechar cualquier excusa para rozarla.

Miradas persistentes cargadas de intención.

Javier conocía de sobras sus atractivos, no en vano por su cama habían desfilado docenas de mujeres a cada cual más explosiva. Eva Kerr no sería una excepción.

Por lo visto, se equivocaba.

La cena se transformó en un partido de ping-pong donde cada vez que Javier trataba de acortar distancias, Eva las ampliaba. No es que estuviera grosera o seca, lo que estaba era ausente. Cada vez que intentaba acercarse, rozarla, atraerla a una mayor intimidad, ella ponía tierra de por medio y cambiaba sutilmente de tema. Estaba poniendo a prueba su pulso y su paciencia se resquebrajaba. Para colmo, en mitad de los postres ella recibió una llamada telefónica y con una simple disculpa se levantó, abandonó el restaurante para hablar y lo dejó ahí tirado. Aunque ya no era momento, pidió más vino.

—¿Eva?

—Federico, vaya, no te esperaba, ¿qué tal todo? —Desde la calle, espió al hosco Javier detrás de los ventanales.

—Bien... más o menos. ¿Has averiguado algo?

Eva notó cómo sus mejillas se coloreaban. En los dos días y pico que llevaba en Roma no había vuelto a acordarse de la novela de espías y misterio que llevaba a la espalda, más que a ratos. Había actuado de forma egoísta, olvidándose de todo lo que no fuera Javier y su trabajo para Fossini. Las riñas y otras sensaciones más placenteras habían nublado su sentido de la responsabilidad.

—No, y la verdad es que no sé por dónde empezar.

—Registra su equipaje —ordenó Bianchi tajante. Eva abrió mucho los ojos.

—¿Estás loco? ¿Cómo voy a hacer eso?

—Revisa sus cosas, puede que veas algo que te llame la atención, algo fuera de lugar.

—Eso es vergonzoso —replicó Eva con ardor. Nunca imaginó que aquel encargo incluiría meter las manos en maletas ajenas y revolver como una vulgar ladrona.

—Es preciso. Busca a ver si tiene más teléfonos.

—Supongo que te refieres a otros aparte del iPhone que usa a diario.

—Obvio, querida. Si los hay, extrae las memorias, tenemos que sacar una copia.

—Pero ¡no puedo hacer eso! —La emoción arrancó un agudo a su voz— ¡Lo descubrirá enseguida! ¡Sospechará de mí!

—Pero no podrá probarlo. Y es demasiado caballero como para reclamarte. En caso de que lo averigüe, no te interrogará, te lo aseguro.

—Me siento fatal siendo tan deshonesta —lamentó Eva mordiéndose el labio.

Federico chasqueó la lengua a modo de negación.

—Despierta, gatita ¿quién de los dos es el deshonesto? No te dejes encandilar por el brillo de sus ojos verdes. Javier de Ávila es un donjuán y un tiburón de los negocios, no un pobre tipo del que debas compadecerte.

La pelirroja agachó la cabeza. Sería cierto, seguramente lo era, pero no le agradaba un pelo oírlo. Había estado a punto de meterse en la cama con aquel mujeriego sin importarle un pito su reputación o su pasado, dispuesta a gozar hasta el delirio y más allá.

—De acuerdo —accedió con un bufido—, lo haré.

—Mantenme informado. Y disfruta —agregó burlón.

—Vete al carajo, Bianchi —graznó áspera una vez hubo colgado.

Regresó a la mesa, taciturna y sin energías para nada. Si le repugnaba haberse metido en aquello, era solo porque implicaba considerar que un hombre que le gustaba, sí, le gustaba y mucho, podía estar de mierda hasta el cuello. Hubiese preferido que no fuera así. Bajó de las nubes y se encontró los ojos rasgados de Javier clavados en ella. La emoción la atravesó como un relámpago eléctrico.

—¿Algún problema en casa? ¿Te encuentras mal?

Joder, parecía preocupado y todo.

—Digamos que no me encuentro muy bien —admitió con debilidad. Lo que realmente tenía eran ganas de llorar.

Aprovechando el evidente desplome de sus defensas, Javier quiso arrimarse, pero, en cuanto Eva comprobó que se acercaba, estiró hacia atrás el cuello y se puso fuera de su alcance. Con un resoplido de toro furioso, Javier avisó al camarero y pidió la cuenta. Los largos dedos que casi habían rozado la sedosa mejilla de Eva, se quedaron en el aire, huérfanos de caricia.

Lástima de noche desperdiciada. No hacía casi frío, las luces de Roma invitaban a pasear, las calles eran riadas de gente bulliciosa, Javier estaba irresistible y, por culpa de un jodido corrector de ojeras, la diversión se había ido al garete. Ya le dolía el cuello de los tirones que había dado para escapar de su cepo. Sí, su cepo, porque Javier de Ávila se había pasado la cena intentando tocarla sin demasiado disimulo, cercándola con su imponente presencia, acorralándola contra la silla, y ella había respondido haciendo la cobra una vez tras otra.

Menuda estupidez. Como si todos los días se presentase la oportunidad de retozar con un macho semejante a un montón de kilómetros de casa y de nadie conocido. Lo que sucede en Roma, en Roma se queda. Entre el orgasmo apenas contenido de la sala de entrevistas por la mañana y su actitud esquiva de por la noche, no dejaba mucho margen para no deducir que a Eva le faltaba un tornillo.

Así estaban las cosas. Prefirió aparentar cansancio y sueño y dejar que la condujera de vuelta al hotel. Delante de la habitación de Javier, se despidió con un ligero y apresurado apretón de manos y la cara lo más lejos posible de su nariz. Pero él la retuvo, ni soltó su mano ni le permitió marchar.

—Eva, cuando te he dicho que lo siento, créeme que era sincero. Me encantó que anoche quisieras besarme, yo también quería y fue, de hecho, uno de los mejores besos de toda mi vida, pero estabas bebida. No creas que no respeto a las mujeres. He querido rebajar la trascendencia de la anécdota haciendo una broma y a ti te ha parecido una grosería. —Ella trató de liberar la mano. No pudo—. Lo entiendo.

—Vale, pues si lo entiendes, ya hemos terminado —zanjó cortante. Vio a Javier arrugar el ceño.

—Sinceramente, creo que exageras, no es para tanto.

—Permite que sea yo la que decida cuándo me siento bien conmigo misma.

—Insisto, estás sobredimensionándolo todo. No fue más que un inocente beso.

Eva puso los ojos en blanco y se salvó de responder. Puso en su gesto todo el desprecio posible. Javier estaba siendo condescendiente al pretender que lo de las bolas chinas no había sucedido. Ocurrió y Eva lo recordaba como el par de minutos más embarazosos de toda su existencia. Sencillamente quería morirse.

Mientras ella ordenaba sus ideas y ponía sus emociones bajo control, Javier sacó sus propias conclusiones.

—No pienso pedir perdón más veces, ni arrastrarme, si es eso lo que pretendes. De hecho, no debí besarte, fue un grandísimo error —advirtió Javier con una fría mirada. Eva dio un tirón y sacó su mano de entre las suyas.

—Vete a la mierda, señor diplomático. Ya me parecía a mí, tanta amabilidad.

—Ayer estabas desinhibida y relajada y hoy... Eva, somos adultos y sé que te gusto.

Ella se alegró de que su tensión estallase. Quizá no era la mejor forma, pero al menos podría desprenderse del nerviosismo acumulado durante todo el día.

—¡Señores, lo que hay que oír! Mira el engreído prepotente y mameluco que se piensa que todo humano con dos tetas se ahogará en babas mientras se desploma a sus pies —escupió silabeando. Javier le regaló un gesto de asombro absoluto.

—No es todo humano, hablo de ti, preciosa, solo de ti, así que déjate de sandeces. Sabes perfectamente a qué me refiero. ¿Te refresca la memoria la frase *anoche la que empezó fuiste tú*?

—¡Acabas de decir que besarme fue una metedura de pata!

—Pero ¿qué pasa contigo? Lo dije porque pensé que era lo que querías oír, porque admito que no fue profesional, porque no he venido a Roma a aprovecharme de las circunstancias, lo que no quita que lo deseara con todas mis fuerzas.

Trató de acorralarla de nuevo. Ella dio un respingo y saltó hacia atrás.

—Hasta aquí hemos llegado.

—Eva...

—¡Mira, Monolito! —espetó al borde de una crisis nerviosa—. A mí no te me pongas chulo, que llevo toda la vida sin aguantar a ningún hombre dando órdenes ni creyéndose el rey del mambo.

—¿Cómo puñetas me has llamado?

Ella hizo caso omiso a su brusca pregunta.

—¡Aire! Que aquí —se señaló el corazón— mando yo.

Giró airada sobre sus talones dispuesta a desaparecer, hasta que notó que una mano inmensa le agarraba el brazo y la hacía voltear como una peonza. Javier la pegó tanto a su cuerpo que las caras quedaron adosadas. Eva rezó para que la peste no lo marease.

—Si fueras mía te daría un par de azotes en el culo, malhablada —susurró ronco y envarado.

—¡Ja! —No se distanció de él, no fue capaz.

—Si fueras mía te diría lo preciosa y salvaje que eres. —La soltó de golpe y Eva, atontada por el embrujo de sus palabras, se tambaleó con peligro—. Pero afortunadamente no eres nada mío. De hecho, me caes fatal. Debe ser difícil compartir espacio con alguien como tú, con esos dementes cambios de humor. Buenas noches, querida, que descanses como si hubieras perdido el conocimiento.

Introdujo la tarjeta en la ranura y empujó la puerta. No iba a volverse, no iba a añadir nada más, pensó Eva. Pero se equivocó. Ya dentro del cuarto, Javier la miró por encima del hombro.

—No me gustan tus motes, Brujilda. Tenlo en cuenta para la próxima vez que inventes uno.

Eva llegó hasta su habitación, jadeante y a la carrera, con las mejillas arreboladas de rabia y de frustración. Lo había echado todo a perder. Sí. Bueno, ella no, el corrector de las narices. Pero Javier podría haber colaborado un poco en lugar de hablarle de tan mala manera. ¡Y la había llamado *Brujilda*! El muy cabrón... La trataba como a una acosadora, pero la noche anterior, al meterla en la cama, mientras la besaba, notó su excitación clavada en el vientre, aunque luego la rechazara. ¡Aquello era cosa de dos! ¡De los dos! Encendió la luz del cuarto de baño, agarró la esponja que había dejado abandonada antes de salir, la humedeció, se embadurnó la cara con leche desmaquilladora y se frotó hasta el despelleje. Los ojos le escocían, las lágrimas rodaron y mojaron su blusa. Solo cuando su piel estuvo escrupulosamente limpia y el condenado lápiz iluminador en la papelera, se permitió secarse los ojos, relajarse y decirle a su reflejo en el espejo:

—Ahora va a saber el Monolito quién es Brujilda.

23

Desde Roma con... ¿amor?

De tres zancadas de gigante salvó la distancia de moqueta que separaba los dos dormitorios. Se paró delante de la puerta de Javier y la aporreó con ganas sin importarle un comino que hubieran pasado las doce. Él tardó en abrir, pero cuando lo hizo se la quedó mirando con una mueca de sorpresa en la cara bronceada.

—¿Estás ocupado? —escupió Eva con los brazos en jarra. Fue inevitable observar, el magnífico torso musculado y desnudo asomando apenas por la camisa abierta y la parte inferior de un cuerpo por descubrir envuelta en los pantalones.

—Iba a ducharme. ¿Neces...?

Se abalanzó sobre él y, de puntillas, se encaramó hasta apresar su cuello. Lo rodeó con dos brazos furiosos que sabían lo que querían y lo atrajo hacia sí con fuerza. Pegó su delgado cuerpo al de Javier reclamando atención y vida. Antes de que los labios se fusionaran, él ya había reaccionado. La atrapó por la cintura, tiró de ella hacia las sombras del interior del cuarto y cerró la puerta de un puntapié. ¡Dios, qué delicia! ¡Qué dulce el sabor de su boca! ¡Mucho mejor que aquella tímida caricia de la noche anterior! Mil veces más erótico que en sus más tórridas fantasías nocturnas. Se perdieron el uno en la humedad de la otra. La tensión almacenada durante el día dio rienda suelta a un frenético deseo que se los encendió como antorchas de un castillo medieval. Eva llevaba el pelo recogido con una pinza después de haberse desmaquillado a toda prisa y, sin dejar de besarla, él la buscó a tientas y la liberó. Los rizos cayeron en cascada sobre sus hombros y a lo largo de su espalda. Javier la empujó suavemente y la condujo a la cama. Se separaron unos milímetros, apenas lo justo para mirarse. Ella mantenía los jugosos labios entreabiertos, tentadores.

—Había pensado seducirte con vino y velas —gimió pegado a su cuello—, conste que lo he intentado.

—Olvídate de las jodidas velas. Ya he esperado bastante.

La recostó sobre la ancha cama y, mientras sus ágiles dedos se colaban y remangaban la camiseta de Eva, ella rezó para que la tuviera pequeña. «Sí, por favor, pequeña y tontorrona. O morcillona». Ya había entonado oraciones para que besara mal y se había encontrado con un tío que sabía bien cómo mover la lengua y volver loca a una mujer, así que solo le quedaba que fuese un tollo inútil en el cuerpo a cuerpo o estaba perdida.

Sin embargo, a juzgar por el tamaño del bulto en el pantalón a medida que su temperatura estallaba, se temía lo peor. Aquello no se correspondía con lo que Eva había esperado: era más bien lo que *no* había esperado multiplicado por tres.

Javier no paró de besarla mientras la desnudaba. Los dedos de ella, temblorosos por el deseo, volaron hasta su cinturón, lo palparon sin llegar a desabrocharlo, rozaron la bragueta y se apartaron horrorizados. Luego, en el curso de un mordisquito en el centro del labio superior, se animó a intentarlo de nuevo. Al fin y al cabo, ella había sido la valiente, la osada, la que había propiciado el encuentro, prácticamente se había arrojado a sus brazos y, sin embargo, ahora él mandaba. No importó, le gustaba así. Libre de los pantalones, Javier aceleró el ritmo y la desvistió por completo, botas incluidas. Una mirada cargada de sexo recorrió su cuerpo expuesto, su lencería de encaje violeta, su melena rizada y roja desparramada sobre la sábana, el contraste con su piel de nácar reluciente, su pecho voluptuoso, sus largas piernas. Iba a ser difícil no amarla después de aquella noche, que se prometía intensa.

Aprovechando su desconcierto, Eva buscó la boca de Javier y la atrapó en un beso ardiente. Iba a demostrarle que ella también sabía mandar... Aunque solo fuese durante los primeros minutos. Notó que él le aferraba los hombros y se separaba ligeramente. Lo mínimo imprescindible para mirarla a los ojos y hablarle.

—¿Estás segura?

¡Madre mía, qué estupidez de pregunta! ¡Pues claro que lo estaba!

—No pienso perder el tiempo hablando —fue su tórrida respuesta, siempre a modo de erótico susurro—. ¿Acaso no quieres?

Javier alzó las dos cejas a la vez como si no creyera lo que oía.

—Por supuesto que quiero. Es solo que...

Es solo que nada. La pelirroja y sus ardientes besos no le dieron opción a réplica. Eva tuvo la impresión de que la ropa se había desprendido de su cuerpo como atraída por un imán colocado a distancia. Cada movimiento de Javier la hacía arder, querer más y más rápido. Él terminó de quitárselo todo. Contuvo la sonrisa: la pequeña gatita pelirroja, con su arrojo inicial, le había hecho sospechar que lo devoraría en cuestión de segundos, pero luego se había replegado, sumisa y entregada, absolutamente encantadora. Tan pronto como los dos estuvieron desnudos, Javier la cubrió con su peso. La carne sedosa de ella se apretó contra los cincelados músculos de él. El aliento de cada uno recorrió el cuello del otro, el contorno de las bocas. Las grandes manos de Javier buscaron la nuca femenina por entre la selva de rizos de fuego y desde allí controló el ritmo de una nueva sesión de besos. Cuando descendió hasta su pecho a ocuparse de los pezones, cuando los mordió y los lamió, cuando alternó con maestría los dientes y la lengua, Eva creyó enloquecer. Agudas punzadas partían de ellos y corrían a explotar directos en el clítoris. La pelirroja se arqueó y gimió en sus brazos, separó las piernas de modo intuitivo y le hizo sitio. Javier se colocó el preservativo con una mano y ancló sus caderas en aquel nido cálido y tentador, dispuesto a conquistarlo.

—¡Oh, Dios mío! —murmuró ella pegada a su oído—. No pares ¡No pares!

—No pienso parar, preciosa —respondió él, ronco, dominado por el deseo. Besó su sien derecha—, no pararía por nada del mundo.

Penetró de una suave estocada que la llenó por completo y erizó su vello. Enseguida salió de nuevo y ella gruñó frunciendo los labios de un modo delicioso. Javier sonrió mientras la hacía sufrir con aquellas breves visitas, seguidas de una veloz despedida, para volver a empezar de nuevo. Esperaba poder aguantar, soportar el juego que él mismo había establecido, al menos un rato más. Pero las manos de Eva aferraron su trasero, tiraron hacia abajo y lo hundieron contra su pelvis.

—¡No salgas! Ni te alejes siquiera —le ordenó con los ojos cerrados, abandonada por completo al torbellino de sensaciones.

Javier sofocó una carcajada. Eva era dulce y estaba encendida. Él la deseaba con cada fibra de su ser. Los preliminares habían sido cortos, casi inexistentes, en parte se arrepentía de ello, hubiera querido esmerarse, regalarle mil caricias, dedicarse entero a cada centímetro de ella. Aunque también se suponía que los juegos previos hacían explotar el deseo y la pasión y, en su caso, la sola tensión de sus ojos enfrentados, aún antes de rozarse, la mera perspectiva de que harían el amor, los había disparado. Volvió a penetrarla con ganas, deslizándose lentamente por aquel canal cálido y sedoso, y permaneció en su interior unos instantes. Circunstancia que Eva aprovechó para elevar las caderas y frotarse contra su pelvis con desesperación. El placer que le taladraba el bajo vientre era ya insoportable, estaba a punto de estallar, sus pezones enhiestos, doloridos, duros contra el torso de Javier, la piel hipersensible al tacto repitiendo los impulsos eléctricos como una antena.

Eva estiró hacia atrás el cuello dejando escapar un largo gemido de dulce agonía y Javier lo repasó con la lengua desde las clavículas hasta la base de la oreja. Ella soltó un grito que él sofocó al instante con un beso. Ambos sentían ya el temblor convulso que anuncia la llegada del clímax, la brutal sacudida que los unió en un solo cuerpo, aflojando sus músculos, deshaciendo sus tensiones, inundándolos de paz.

—Pero que sepas que te odio —murmuró Eva mimosa, acurrucada contra sus brazos. Él le acarició los rizos, enredó un dedo en ellos y sonrió.

—Yo también, Brujilda, yo también.

Eva abrió los ojos de repente, como si entre sueños hubiese recordado algo importante que tenía por hacer. Tras la primera y salvaje toma de contacto habían reposado un rato, no demasiado, y habían vuelto a entregarse a una nutrida colección de caricias tan veloces como sabias, capaces de arrollar sin freno aquellos cuerpos abrasados y propiciarles nuevos orgasmos. Interior y exterior, ardiendo y exigiendo más. Javier y Eva encajaban a la perfección, como piezas en un puzle.

Lástima que fuera de la cama también saltasen chispas, y no de simpatía precisamente.

Ya había amanecido. La pelirroja contempló el perfil de su hombre marcado en la penumbra y sonrió, casi incrédula. Tenía gracia el modo en que ocurrían las cosas: Javier era físicamente tan espectacular como pudiera soñarse, pero su temperamento hosco y arrogante dejaba mucho que desear. Mantener a raya las ilusiones era vital, prefería sospechar que Javier trataba a sus conquistas como un negocio más, las resolvía, estrechaba la mano y si te he visto no me acuerdo. Debía tenerlo presente, no perder de vista que aquel gigantón huraño no era el caballero romántico con el que sueñan las jovencitas. Claro que ella tampoco era ninguna damisela ingenua a la espera del rescate, era una mujer adulta e independiente que se acostaba con quien le apetecía por solo un rato de placer. Sin más sentimiento, sin mayor atadura. Y sin explicaciones.

«Tenlo claro, Eva, tenlo claro todo el tiempo».

Como el cazador posesivo que protege su pieza, Javier la mantenía fuertemente abrazada, pegada a su cuerpo. Se permitió todavía otro minuto de relax, apretujándose contra aquella fuente de calor que la hacía sentir reconfortada. Luego, muy despacio y a hurtadillas, escapó de la cama, se cubrió con un albornoz que había tirado en el suelo y, mordiéndose el labio inferior, reptó hasta la maleta abierta de Javier. Con la punta de los dedos, revolvió lo que había dentro: ropa interior de marca, algunas camisetas informales, unos vaqueros, unas deportivas... No pudo reprimir una sonrisa. No parecía el equipaje de un espía, la verdad. Ni siquiera el de un ejecutivo agresivo. Lanzó un par de vistazos nerviosos hacia la cama. Le llegaba sin dificultad la respiración acompasada de Javier, seguía durmiendo plácidamente. Y ella siguió registrando. Sacó una funda de *tablet* y la abrió. Era la que usaba a diario, podía reconocerla. Volvió a dejarla en su posición. Miró alrededor buscando algo fuera de lugar. Allí estaba su móvil cargándose, pero era el de siempre, nada extraordinario. Le preguntaría a Bianchi si también necesitaba una copia de la memoria o ya lo tenían pinchado. Volvió a hurgar en la zona baja de la maleta. Más ropa. Impecable, oliendo de maravilla. Sin dobles fondos, sin nada interesante en los bolsillos, hasta que...

—¡Oh! ¿Qué es esto? —musitó sin que apenas se la oyera.

¡Anda, esa sí que era buena! El alérgico a los animales guardaba... ¿un perrito de peluche en la maleta?

Del cuello le colgaba una chapita con el nombre de Gonzalo. Debía ser un regalo de su niño y se lo llevaba de viaje. Enternecedor. Eva alimentaba con afán la idea de que Javier en el fondo no era más que un dragón. Sin embargo, ese mecanismo de defensa, en vista de las pruebas, no se sostenía. En algún rincón de su universo, aquel gruñón guardaba un corazón por estrenar. Colocó el juguete en el mismo sitio y acabó el registro sintiéndose sucia y rastrera. Puede que Bianchi lo incluyese en su lista de sospechosos, pero su instinto femenino le negaba que Javier tuviese algo que esconder.

Se irguió, separó los mechones de sus ojos, se vistió a toda prisa y se agachó a recoger las botas. Con ellas en la mano, regresó hasta el borde de la cama y volvió a admirar aquel cuerpo bronceado y perfecto, el pelo oscuro revuelto y el labio ligeramente fruncido por el sueño. Lo arropó con mucho cuidado y, mientras se dirigía a la puerta de vuelta a su dormitorio, se recordó que, tras una noche de sexo insaciable y genial, el instinto femenino puede que se trabara un poco y no anduviese precisamente lúcido como para sacar conclusiones. Menos, en materia de espionaje.

Todo ese tiempo, sin que ella lo supiera, Javier había estado observando. Por el rabillo de su único ojo abierto, haciéndose el dormido, presenció en primera fila el espectáculo del registro de su maleta. No le importó lo más mínimo, de hecho, le costó sofocar una carcajada. ¡Cómo eran las mujeres! ¿Solo unas horas de pasión y ya buscaba rastros de otra mujer entre sus pertenencias? ¿Un objeto que revelase la existencia de rivales? ¿Alguna foto, un fetiche? Cualquiera lo habría dicho de una chica como Eva, tan autónoma y reacia a atarse por amor...

Cambió de postura en la cama sin esconder una sonrisa. Acababa de experimentar un subidón de varios grados en la escala del orgullo. Le complacía sentirse deseado de aquel modo. Una sensación poco habitual y conocida. Allí estaban los celos, la posesión. Sí, le gustaba. Y la almohada que abrazaba olía a ella.

Continuó durmiendo.

24
Una horrible pesadilla

Horas después, tras una larga y vivificante ducha y un buen tazón de té, Eva telefoneó a Ana Belén. Después de preguntarle por el tiempo, el estrés y un sinfín de tonterías, se decidió a hablar en serio.

—Suéltalo antes de que me mates, ¿qué pasó con Ángel?

—¿Qué va a pasar? —Ana Belén se esforzó por sonar tranquila, pero Eva advirtió un leve temblor en su voz. Eso no era bueno—. Era una fiesta con mucha gente, bebimos, bailamos y reímos. Lo pasamos muy bien.

—No te escabullas, sabes lo que te estoy preguntando —la regañó—. ¿Te has acostado con él?

—¡¡No!! Primero deberías preguntarle al guaperas con el que compartes apellido si tiene algún interés en acostarse conmigo —aclaró Ana Belén a la defensiva—. Tiene tantas tías alrededor que apenas pude verle la cabeza. —Eva soltó el aire que había contenido en los pulmones. Podía tachársela de mala amiga, pero esa confesión acababa de quitarle un peso de encima—. Tengo que ingeniar algo realmente rompedor para atraer su atención.

—Ana, déjalo estar, por favor. Eres una chica preciosa, encontrarás un hombre maravilloso...

—¿Que me quiera y me valore en toda la extensión de la palabra? —completó Ana Belén con sorna—. Chata, esa cantinela me la sé de memoria, me la has recitado miles de veces, yo misma me la recito mientras duran los picos depresivos. ¿Qué te parece si me coloco un anillo de compromiso bien vistoso en el dedo? Se lo restriego por las narices a tu hermano a la menor oportunidad, así a lo tonto...

Eva no pudo responder, la risa se lo impedía. Ana Belén arrugó el ceño.

—Oye, hablo muy en serio. O le pido a algún amigo con derecho a roce que se haga pasar por mi pretendiente loco de amor...

—Será tiempo perdido, te lo aseguro —zanjó Eva entre carcajadas. Las intentonas de conquista de Ana Belén con su hermano rayaban ya lo surrealista.

—Y un jamón. Si Ángel es tan depredador, enloquecerá al verme con pareja, todos sus instintos se pondrán de uñas. Sabe desde siempre que muero por sus huesitos, está demasiado seguro del efecto que causa. —El tiempo que se tomó Ana Belén para cavilar, lo empleó Eva en deducir que Ángel jamás de los jamases se había fijado en ella. Por fortuna—. ¿Y tú? ¿Novedades por esos mundos romanos? Llamas a primera hora de la mañana, tu amiga no es tonta, ¿vas a contármelo a voluntad o tendré que torturarte?

Eva dejó escapar una risita traviesa. Su rostro se había iluminado de repente, ojalá su amiga estuviera allí para verlo.

—Por Dios, Ana Belén, anoche ocurrió... —La interrumpió un aullido de júbilo al otro lado de la línea.

—¿Os acostasteis?

—Nos acostamos... —confirmó radiante. Ana Belén volvió a gritar—. Mucho, muchísimo.

—¿En serio? ¡No me lo puedo creer! ¿Cómo ha sido? ¿Habéis podido...? Quiero decir —se atropelló—. ¿Os han dejado solos?

—Digamos que todo el mundo coincidió en estar cansado y nosotros dos salimos a cenar —relató Eva rememorando su burda mentira.

—¡Qué romántico!

—Créeme, no era esa nuestra intención, éramos dos colegas compartiendo un rato libre, pero la cosa se lió... Por culpa de los mojitos. Ya me conoces.

Intercalar medias verdades entre tanto embuste la hizo sentir un poco menos culpable. Eso no era, sin embargo, lo que más importaba a Ana Belén.

—¡Cuéntamelo todo! Por Dios, no puedo esperar, me voy a hacer pis de la emoción. ¿Fue bueno?

—¿Bueno? El mejor. Me regaló unos orgasmos que si uno solo lo grabo en video y lo cuelgo en YouTube, media España se suicida.

Ana Belén silbó con fuerza.

—¿Para tanto es?

—Es.

—Joder, ¿por qué nunca me pasan a mí esas cosas? Pues cómo me alegro —tartamudeó Ana Belén, algo amarga. Comparándolo con su triste experiencia de «nada con Ángel», aquello sí que era entrar por la puerta grande.

—No, no te alegres, este jueguecito tiene fecha de caducidad.

—Guapa, no seas agorera.

—No durará, no puede durar.

—¿Hay otra? ¿Te ha dicho que no quiere comprometerse? ¿Qué pasa?

—No estoy para plantearme profundidades ni para interrogarlo acerca del compromiso, Ana. Solo hemos retozado unas horas sobre un colchón.

—Pero menudas horas, maja.

—Sí, ya...

—Bueno, tú date tiempo para pensar en ello... ¡quién sabe si en Roma cambia tu visión catastrófica sobre los hombres! —dijo animada Ana Belén. Eva no compartía su optimismo.

—No creo que suceda, y en todo caso, dudo que Javier fuese el hombre adecuado. Hay algo... —suspiró—. No puedo contártelo por teléfono. Cuando vuelva quedamos para comer y te ahogo con los detalles.

—¡No! ¡No me hagas eso, no puedes dejarme así! Vas a matarme con la duda.

—Cuando vuelva —repitió con firmeza—. Ahora tengo que dejarte. Arranca la jornada y los candidatos hacen cola. Un beso, amiga. Te quiero.

Mientras Eva recreaba las horas de lujuria vividas, Javier apuraba los últimos minutos de sueño llenándolos con una horrible pesadilla. Un sueño recurrente que lo atormentaba desde hacía años. Bastaban unos fogonazos de aquella historia durante la noche y se le aguaba el día: se veía a sí mismo a la entrada de un precioso parque, con un ramo de flores silvestres en la mano. Moruena lo aguardaba sonriente al fondo, sentada en el borde de una fuente cuyos chorros multicolores subían y bajaban en cascada, invitándole con su sugerente sonrisa a acercarse. Javier andaba en su dirección, pero, al alcanzar la zona de la fuente, su exmujer había desaparecido. Al girar la cabeza buscándola, descubría un paisaje nevado y solitario que en nada recordaba el eléctrico verdor de antes. Una espesa capa de nieve enmascaraba la exuberante naturaleza y la transformaba en algo blanco y muerto. Sentía un pellizco ingrato en el corazón. Entonces, el llanto de un niño lo impulsaba a volver sobre sus pasos. Gonzalo. Solo y abandonado a la entrada del yermo, a lo que parecían miles de kilómetros de distancia, que Javier recorría a angustioso galope, arrojando el ramo de flores al suelo, con la sola idea de proteger a su hijo de la desolación y del frío. Pero cuando estaba cerca de conseguirlo, los altos portones de hierro empezaban a cerrarse y los pies de Javier se volvían de plomo, lentos, torpes. Se afanaba y sufría, sin avanzar. Notaba en sus piernas el mordisco del esfuerzo y sin embargo, Gonzalo quedaba siempre a la misma distancia. Demasiada. Y se cerraban las cancelas con un crujido metálico, casi doloroso, que lo dejaban abrazado a los barrotes de la reja, asistiendo desesperado al espectáculo de lágrimas y soledad de su hijo. Desde allí veía un lujoso coche negro de otra época, donde una impasible Moruena se montaba para marcharse sin mirar atrás, desentendiéndose del pequeño que la llamaba. La impotencia, entonces, lo consumía y, entre espasmos, Javier acertaba a murmurar una especie de nana dirigida a su hijo. «Tranquilo, pequeño, todo va a ir bien, nos irá bien, ya verás...». Las palabras que tantas veces y a lo largo de los últimos años le había repetido mientras lo dormía.

Aquí terminaba el mal sueño. Una y otra vez. No siempre, por fortuna, pero sí muchas noches. Lo que lo arañaba era la pena y la maldición de revivir ese abandono doble, de sentir como suyo el pánico de Gonzalo. Pero esta vez las imágenes no se interrumpieron. Volvía el coche y la mujer que espiaba con un ademán robótico desde la ventanilla dejaba de ser Moruena para convertirse en Eva. Su cabello castaño se tornaba rojo fuego, los rizos se esponjaban, el óvalo se cincelaba y, sobre una piel de alabastro, los ojos brillaban insultantemente azules. La sonrisa era tensa y malvada, una especie de reto. Y el coche se detenía y ante la mirada horrorizada de Javier, la mujer le tendía la mano a Gonzalo y, aprovechando su inocencia infantil, se lo llevaba consigo.

De nada sirvieron los gritos de protesta de Javier, sus manos extendidas como garfios a través de la reja. El coche arrancó dejando tras de sí una blanca estela de vapor y la certeza de que jamás volvería a ver a los que amaba.

Despertó de un brinco sobre la cama, con el rostro desencajado y el torso cubierto de sudor. Palpó las sábanas allí donde hasta hacía poco rato descansaba el cálido cuerpo de Eva y luego se llevó las manos a la frente. Desde el más allá, donde quiera que ese jodido lugar estuviera, su exmujer volvía para amargarle la existencia.

25
Hielo picado

Fue necesaria una ducha en modo «hielo picado» y mucho más larga de lo habitual para despejarlo. Bajó al salón Venezia a enfrentarse a la pelirroja y al propio día con mucha menos seguridad que de costumbre, bloqueado por la amargura y los malos recuerdos.

Eva luchaba con el servicio de té tratando de servirse una taza sin verter la mitad del líquido fuera: sus manos temblaban de excitación, después de lo ocurrido durante la noche, se moría de ganas de ver de nuevo a Javier. Incluso se preguntaba si habría hecho bien abandonando su cama a hurtadillas como una quinceañera timorata en lugar de mantenerse acurrucada en su abrazo para recibir a su lado el despertar. Pero nada más cruzarse con sus ojos, supo que algo andaba mal. Aquellas pupilas encerradas en iris verdosos se apretaban, no resplandecían, se habían vuelto opacas y su mirada vagaba sin transmitir nada. Eva tuvo un mal presentimiento que le recorrió la espalda como un maldito escalofrío. Así y todo se esforzó en disimular su inquietud y en sonar natural.

—¿Café, té, chocolate, agua mineral, agua del grifo?

—¿Eh? —Javier volvía de malas ganas desde algún lugar lejano.

—¿Has desayunado? ¿Quieres algo?

—Un café estará bien, gracias —aceptó, correcto pero distante. Su tono se clavó en el corazón de la pelirroja como un pequeño dardo envenenado.

Con unas tazas a medio llenar sobre la mesa, se inició el paulatino desfile de aspirantes a los diversos puestos en la prestigiosa Fossini. Javier mantenía una postura artificial y rígida, su tono de voz monocorde destilaba indiferencia y profesionalidad, magistralmente mezcladas, pero tan dolorosas para Eva como el vacío que capturaba en cada cruce de miradas. Tenía que decirle algo. ¿A qué venía aquel brusco cambio de actitud? ¿La miraba mal? Ni mal ni bien, no la miraba, la esquivaba a propósito, de un modo muy poco natural. Hizo salir a la azafata rubia a por un té blanco que probablemente tardaría en encontrar, envió a la morena a por agua con gas y aprovechó el instante de tranquilidad para aproximarse a Javier.

—¿Te encuentras mal? —se interesó todo lo cariñosa que pudo. Él respondió con una especie de tic que pretendía ser sonrisa.

—No, que va. Estoy perfectamente. Un poco harto de la monotonía de estas entrevistas, la verdad, deseando acabar.

Ella lo observó unos segundos y dejó a un lado los formalismos.

—Vamos, Javi, alegra esa cara, lo estamos haciendo de maravilla. Fossini nos encumbrará a los altares y tu empresa entrará de cabeza en la alfombra roja de los potentados italianos.

Él no pareció festejar ese probable futuro. Eva se mordió el labio inferior. Su yo inseguro acababa de dar un salto mortal y se había colocado delante, bien a la vista.

—¿Te arrepientes? —interrogó a bocajarro. Javier se masajeó agobiado el puente de la nariz—. Porque si te arrepientes puedes decirlo, no pasa nada. —Contuvo el aliento al llegar al final de la frase, aterrorizada porque la contestación fuera un demoledor *sí* con todas sus letras—. De verdad, no sería el fin del mundo... —El nerviosismo mal disimulado con el que movía las manos lanzó la taza al suelo—. ¡Mierda! —Sin dejar de hablar y aparentando una tranquilidad que no sentía, sacó un puñado de clínex de la caja sobre la mesa y empapó el desastre—. Comprendo ciertos impedimentos, al fin y al cabo yo soy empleada de tu empresa y tú, mi jefe...

Las azafatas acababan de regresar, orgullosas con su cargamento de bebidas, y Javier les lanzó una angustiada mirada de soslayo, al tiempo que indicaba con un gesto discreción y silencio a Eva. Orden que, por supuesto, la pelirroja se saltó a la torera.

—Si te arrepientes de lo que pasó, basta con decirlo, te aseguro que no volverá a...

—Calla ya, por Dios —gruñó Javier de un disparo ronco.

—¿Qué pasa?

—Vamos a ser el chisme del mes, ya está bien.

—Estoy hablando en español —se defendió Eva con las mejillas encendidas. Las azafatas espiaban con disimulo desde sus mesitas.

—¿Y por eso piensas que no nos entienden?

La chica encajó las mandíbulas. Cada vez comprendía menos. ¿Tan mala había sido la experiencia? Habría jurado que Javier lo pasaba en grande haciéndole el amor, entregado a su piel con desenfreno. Si tanto le había desagradado, ¿por qué repetir, una y otra vez? No, no era eso, se lo decía su instinto femenino. Javier parecía atormentado, andaba dándole vueltas a alguna idea obsesiva que de alguna forma tenía que ver con ella. Averiguaría de qué se trataba. A la mierda con la corrección y lo políticamente aceptable. Besarlo en Roma había encendido la mecha, no pensaba apagarla sin más.

—Es que me importa un pimiento morrón que nos entiendan.

—Menuda impresión le daríamos a Fossini —remarcó él cabizbajo. Acababa de sacar un papel de su maletín y garabateaba algo con un rotulador grueso, que, dada la distancia, Eva no acertó a distinguir. Le sentó fatal que, en lugar de atenderla, se dedicase a tomar notas distraídas.

—Desde luego, jefazo y asistente imperdonablemente liados. Qué triste y qué predecible...

En ese momento, Javier deslizó aquel folio colorido por encima de la mesa y se lo colocó delante de la cara. Eva interrumpió su encendido discurso para mirar. El menú de un restaurante del centro, donde él había escrito un claro y visible «¿Vamos?».

—¿Es para que me calle?

—Es para el almuerzo. Dime que aceptas, corta el rollo, y sigamos con las entrevistas que se hace tarde y hoy pienso dinamitar la jornada laboral exactamente a las... —consultó su reloj—, dos y media.

Eva tomó una bocanada de aire para poder pensar. El Monolito enfadado y gruñón la estaba invitando a comer. Puede que el mosqueo no fuese con ella, después de todo. Miró hacia la puerta con el rabillo del ojo: las azafatas los vigilaban como un par de arañas al acecho. Inclinó la cabeza y asintió con firmeza.

—De acuerdo, vamos.

Se suspendieron las reuniones de la tarde y los candidatos fueron avisados para que acudieran al día siguiente por la mañana. El cielo se encapotaba por momentos y el restaurante propuesto estaba relativamente cerca del Coliseo, algo que no terminaba de convencer a Eva.

—Seguro que es uno de esos sitios para turistas, con comida mediocre y precios desorbitados. Podríamos buscar otro cualquiera.

Javier cuadró su aparcamiento, echó el freno de mano, desconectó el motor y suspiró colmado de paciencia. Se hallaban frente al arco de Constantino, en la Via Marco Aurelio y la pelirroja no había dejado de refunfuñar desde que habían salido del Saint Regis.

—Estará bien. ¿Has mirado el menú?

¿La verdad? No le había prestado la menor atención al listado de platos. Sus ojos habían volado solo a la hermosa caligrafía, a las letras que se apretujaban para formar aquel deseado ¿*Vamos?*, en plural.

—Claro que lo he mirado, *pizza* y pasta, como en todas partes, solo que infinitamente más caro, seguro.

—No es caro, mujer, yo corro con los gastos. —Bajó del coche, lo rodeó por delante y le abrió la puerta—. Quiero tomar unas cuantas fotos del anfiteatro Flavio para Gonzalo.

El humor de Eva cambió de inmediato.

—Ah, si es por eso, de acuerdo. Aunque tuviera que comer debajo de una encina. —De pronto se iluminó su cara—. ¡Espera, tengo una idea mejor! —Y tal cual lo anunció, salió corriendo.

—¡Eva! ¡Eva, para!

No se detuvo a escucharle. Voló como impulsada a motor, cruzó la carretera a sorprendente velocidad, esquivando coches con milagrosa precisión, y, como una ráfaga de humo que se disipa, se desvaneció. Javier solo tuvo la espeluznante sensación de que la temperatura descendía en picado en cuanto la perdió de vista. Sana y salva desde la otra acera, levantó los brazos y le hizo señas de triunfo. Pese a su ánimo decaído, Javier no pudo contener una sonrisa. Aquella loca deliciosa e impredecible... Ojalá, por encima de todos sus reparos, existiera algún hechizo para ralentizar el tiempo que pasaba a su lado.

En cuanto se lo permitió el tráfico, atravesó la calzada y se reunió con ella. Eva señalaba con los índices a los cuatro profesionales del timo al turista, chicos de la calle disfrazados de soldados romanos, que se prestaban a hacerse una foto borrosa e incluso te disfrazaban con casco y capa. Todo por el «módico» precio de cinco o seis euros. La joven acababa de calarse el reluciente casco metálico sobre sus rizos rojos y toreaba con buen humor los envites de aquellos donjuanes de pacotilla. Javier se metió por medio, erguido, sacando pecho y marcando territorio.

—¡Foto! ¡Una foto con la *signorina*! —pedían a coro—. Gratis, por ser usted tan bella no necesita dinero, nada, nada.

—Gracias, preferimos pagar —los cortó Javier sacando un billete de veinte—. Y la foto, si no os importa, me la haré yo con ella. —Les entregó el móvil, se colocó a su costado y le rodeó el hombro con el brazo en un impetuoso arrebato posesivo. Los chicos retrocedieron desalentados y se contentaron con sacar varias fotos con su propia cámara, en las que excluyeron descaradamente a Javier.

Eva se divirtió poniendo poses y caretos y no cejó en su empeño hasta estar segura de disponer de toda una galería de payasadas con las que sorprender a Gonzalo. Javier bufó con los ojos en blanco.

—¿Podemos comer ya?

—Voy, voy. —Eva se desembarazó del pesado casco y de la capa, se la devolvió a los chicos, que volvieron a canturrearle mimos, y se unió a Javier que aguardaba echando furibundas miradas al reloj—. ¡Qué prisas!

—Va a llover, por si no lo sabes.

—¿Y qué, si llueve? Venga, miedica, que yo sepa, la lluvia aún no ha matado a nadie.

—No tengo ningunas ganas de mojarme. —Le agarró la mano sin pedir permiso y tiró de ella. Eva aguantó la risa, se le notaban a la legua las ganas de alejarse de los provocadores italiano, un macho alfa incómodo en presencia de rivales.

—¡Puaj! Es solo agua... ¡Joder!

Dicho y hecho. El cielo se abrió de repente y lo que en principio no eran más que débiles gotas se convirtió en cortina mojada. Las nubes descargaron una tromba increíble sobre sus cabezas y los obligó a correr para refugiarse. Javier señaló un precioso restaurante iluminado con lámparas ámbar, justo detrás de la mole del coliseo, en los aledaños de la Via San Giovanni.

—Cambio de planes, Brujilda. ¿Te parece bien ese?

—Con la que está cayendo, me parece bien cualquiera —rio protegiéndose la cara con el brazo.

—Creí haber oído que empaparte con la lluvia te encantaba —refunfuñó Javier al tiempo que se quitaba la chaqueta y la sacudía con brío. Eva entrecerró los párpados y se tocó los rizos mojados.

—No pongas en mi boca palabras que nunca dije.

Al pronunciar esa frase, los ojos verdes de Javier volaron a los labios de ella: húmedos, rosados y apetecibles. Él sabía bien lo que le apetecía poner en su boca y no eran palabras precisamente, pero la imagen borrosa y punzante de Moruena en su pesadilla lo estremeció de nuevo quebrando el hilo de sus dulces pensamientos.

—Vamos a comer aquí —decidió con brusquedad. Se sentó sin ni siquiera retirarle la silla. Eva se encogió de hombros a modo de aceptación y se acomodó frente a él.

¿Qué demonios le pasaba? En serio, ¿tan mal le había sentado su maravillosa noche juntos? Aquel hombre era un auténtico veleta, *cambiadirecciones*, cretino, gilipollas.

Convirtió en prioridad parecer distendida y alegre, fingir que no le afectaba su cambio de actitud y su inexplicable frialdad. Tragándose las miles de preguntas, la desilusión y las punzadas que le atravesaban el alma cada vez que lo miraba, él la esquivaba, y ella revivía el toque de sus largos dedos recorriéndole la piel, la presión de su cuerpo aplastándola, la inigualable sensación de su penetración... Fuera llovía a cántaros y las riadas de gotas resbalaban por el tejadillo de hierro forjado del porche. Eva sacudió la melena. No permitiría que los sentimientos la atropellasen, sería el abejorro empapado y feliz al que todo le importa un pepino.

26

Bajo la lluvia

Él, por su parte, se contentaba con mantener las manos quietas y contemplarla cuando nadie, ni siquiera ella, lo veía. Sus mejillas arreboladas por la carrera y las gotitas de lluvia suspendidas como por arte de magia en sus bucles rojos lo tenían hipnotizado.

Cuando los ojos de ambos coincidieron, soltaron una risita nerviosa y Eva señaló al cielo y ladeó la cabeza. Javier pidió dos capuchinos para calentarse y el menú de mediodía para almorzar.

—Ahora vas a explicarme por qué me llamas *Brujilda*. No lo hagas, en serio, no lo soporto. —Repasó la cartulina que el camarero acababa de entregarle.

—A mí me gusta —replicó él con un esbozo de sonrisa—. *Brujilda*.

—Si quieres insultarme podrías escoger uno de esos apodos con los que normalmente se castiga a los pelirrojos: panocha, zanahoria, escocesa... —contó con los dedos—. Pero ¿Brujilda? ¿A qué viene Brujilda?

Con un ligero suspiro, Javier hizo a un lado el menú y cruzó los dedos de ambas manos por encima de la mesa.

—Cuando Gonzalo era más pequeño, yo le leía por las noches un fantástico libro de aventuras, nos divertíamos un montón los dos. La protagonista era un hada pelirroja y rabiosa, Rebeca, a la que su hermano mayor llamaba Brujilda. —Le rozó la punta de la nariz con la yema del dedo y sus ojos colisionaron con violencia—. Básicamente para cabrearla —añadió para aligerar la tensión.

—Puedo entenderlo. Pero yo no soy rabiosa —objetó.

—Bueno, de lo que estoy seguro es de que no eres un hada.

—Mejor hada que rabiosa —insistió ella cabezota. La intensidad de la mirada de Javier había vuelto y le robaba el aliento.

—Más bruja que hada —sentenció en un murmullo cargado de sexo—. Las brujas engatusan y hechizan, ¿verdad?

Eva desvió incómoda los ojos y estudió sus nudillos.

—Y las hadas también. ¿La vuestra no? —Lo miró directamente a la cara—. ¿Pero qué birria de libros le lees a tu niño? ¡Camarero!

El almuerzo avanzaba y ellos habían caído en el foso por tercera vez consecutiva, a pesar de los breves intervalos que salvaban las bromas. Era hora de afrontar la espinosa cuestión y ya que él no se decidía...

—Todo esto resulta muy violento —dejó caer Eva. Antes, solo un largo rato de embarazoso silencio. Javier la miró como si no la comprendiera—. Quiero decir que anoche pasó lo que pasó y...

—Somos adultos —la cortó él sin demasiada emoción. Acababa de reducir a nada la importancia de sus palabras con un floreo—. Cualquiera, viéndonos aquí relajados y sonrientes, imaginaría que empezamos con tan mal pie.

Ella alzó las manos en son de paz.

—Por favor, no me recuerdes esa parte de nuestra historia. —El camarero llegó con los cafés y marcaron una pausa para pedir el acompañamiento. Eva se había limitado a una ensalada Caprese y ahora lo compensó con un buen trozo de tarta.

—Ya me preguntaba dónde habías echado tu prodigioso apetito —le comentó asombrado.

—No creas, no tengo mucha hambre hoy. —Eva disimuló el nudo que tenía en el estómago. Puede que debiera haberse quedado en el hotel, llorando sus penas en lugar de obligarse a compartir la tarde con alguien a quien evidentemente le importaba un bledo.

La lluvia seguía tamborileando en las aceras y la luz del día se mitigaba.

—¿Sabes qué? —añadió Javier después de un leve silencio—. Al final me alegro de que te impusieras a Noveira, está resultando un viaje muy entretenido.

Aquello hizo que Eva se atragantara.

—¿Entretenido?

—¿Te molesta que use ese adjetivo?

—No es el que yo habría elegido, pero sí, supongo que nos *entretenemos* mucho a ciertas horas —repitió mordaz, simulando ser hielo duro.

—Eres una loca divertida, amén de hija de Isabella Prisco —prosiguió él con interés—, alguien a quien admiro desde que la conozco.

—Bingo. Su hija menor, el garbanzo negro de la casa.

—Me lo juraron y no lo creía, ella es tan... tan...

—¿Sofisticada? —Javier asintió sin perder su media sonrisa de canalla—. Y yo tan...

—Salvaje —calificó con vehemencia—. Pero me gusta, me gusta cómo eres.

Eva rechazó sus alabanzas con un gesto abrupto. Vaya, ahora resultaba que «le gustaba». A pesar de sus malas caras. Pues no quería oírlo. Prefería anclarse a la realidad y ser consciente de que aquella aventura era un producto perecedero.

—Soy como soy —zanjó resignada—. Que más querría mi madre que viviese en una hermosa casita rodeada de rosales, vistiera siempre de firma y acudiese a fiestas y eventos sociales a diario. Lo siento, no me agradan esos ambientes y, si vas a preguntarme qué demonios hacía en la gala de entrega de premios, te aclararé que de cuando en cuando estoy dispuesta a hacer concesiones, porque mi madre es una mujer estupenda y comprensiva que no me achicharra... apenas.

Javier la miró fijamente a los ojos. Eva resistió el desafío.

—¿Puedo hacerte una pregunta personal?

—¿A estas alturas? —respondió ella entre carcajadas.

—De relaciones, ¿qué me cuentas?

Eva borró de inmediato la sonrisa de su cara.

—Lo que te dije en el avión, que entras en terreno pantanoso. ¿Otro capuchino?

—Prefiero una copa de vino. Y de postre, esa otra tarta de frambuesa que lleva escrito nuestro nombre en la cubierta. Venga —la animó—, tenemos confianza. ¿Has dejado algún corazón roto en Marbella?

Ella negó con insistencia.

—No tengo demasiado interés por atarme a nadie, me gusta mi vida y ese ingrediente de libertad que conlleva. Los hombres no saben amarte sin cortarte las alas. Para mí es importante no tener que batallar continuamente para seguir siendo persona, ¿lo entiendes?

Los iris verdes de Javier se habían oscurecido y su rostro adquirió un rictus severo e impredecible.

—Veo que tienes una visión bastante amarga de la vida en pareja. —La estaba criticando, qué chocante que precisamente él recriminara cosas así.

—Bueno, algo me dice que la tuya no es mejor.

—¿Qué te hace pensar eso?

—Sé que no sigues casado, no veo que tengas novia y, si la tienes y te has acostado conmigo, eres un cerdo aborrecible —agregó antes de que él pudiera interrumpirla. Javier guardó un silencio hermético que ella no supo cómo interpretar.

—La vida de los divorciados con hijos es complicada.

—¿Cómo es que Gonzalo vive contigo? ¿Y su madre?

Él tragó saliva con dificultad. Hacía mucho tiempo que no hablaba de aquello con nadie, que no verbalizaba sus demonios. El apretado nudo en su garganta no se disolvería con facilidad, pero la calidez de Eva y el poder de sus ojos parecían capaces de derretir sus defensas.

—¿Quién sabe? París, Nueva York, Miami. Cuando el niño no tenía tres años decidió que se ahogaba y que quería volver a lo grande a su oficio de modelo. Dispuso una tonelada de maletas y desapareció sin volver la vista atrás.

—¿Dejó a su hijo? ¿Sin más? —se escandalizó la pelirroja.

—Lo llama en su cumpleaños y por Navidad. Viene a visitarlo de cuando en cuando, pero Gonzalo no lo lleva bien, para él es una extraña con la que no consigue intimar y Moruena, por fin ha entendido que sus intermitentes apariciones hacen más daño que bien, y de tarde en tarde se olvida de viajar.

—Qué triste, Gonzalo es un amor.

—Lo es. Me costó recomponer mi vida, la quise mucho, el golpe fue fortísimo y la felicidad de mi hijo me importaba demasiado. No se lo perdonaré nunca.

Eva percibió tanto desgarro en aquel dolor que se forzó a aparcar sus propios resentimientos, apoyar la mano en su fuerte antebrazo y decir algo que lo animase.

—Venga, dicen que el rencor desgasta una barbaridad.

No se lo esperaba, pero Javier respondió a su gesto con otra caricia. Cubrió su mano y la recorrió con los pulgares.

—Ojalá por mi puerta solo entraran cosas buenas. Sé que me equivoco, pero en lo que respecta a esa mujer... —Actuó como si una descarga eléctrica se estampase contra su cuerpo. Soltó la mano de Eva y se mesó, nervioso, los cabellos—. Prefiero no hablar de ella, solo nombrarla me pongo de mal humor.

Eva estudió cómo tomaba la copa de vino y se la llevaba a los labios. Ella volvió a ocuparse del tenedor de postre.

—También hay mujeres que sufren. Mi padre nos dejó a mis hermanos, a mí y a mi madre. Sola con los tres.

—¿Os abandonó?

—Tuvo un accidente de tráfico —precisó con tristeza—. Murió.

—Eva...

—Ya sé, me dirás que no es lo mismo, no tuvo culpa ni intención. Pero después descubrimos cosas... —Agachó la mirada y sus ojos se humedecieron—. Cosas terribles. Yo sí que no lo perdonaré mientras viva. El dolor de mi madre, sus años de insomnio, sus lágrimas. Fue injusto. Injusto y cruel.

Cuando logró salir de su bucle mental, Javier la estaba mirando con obsesiva fijeza. Puso empeño en dibujar una sonrisa y apuntó a la calle donde contra todo pronóstico, un sol advenedizo y osado se empeñaba en asomar por entre las nubes.

—Mira, ya mismo escampa y podremos seguir haciendo el ganso por las calles romanas. ¡Para algo nos hemos tomado la tarde libre!

—¿Alquilamos una Vespa? —propuso él animado de repente—. ¿Nos vamos de compras? ¿Las dos cosas? Dime que sí.

Lo hicieron. Se encajaron los cascos prestados y recorrieron las avenidas y las callejuelas a lomos de una Vespa roja. Por la Via dei Fori Imperiali, recorrieron el lateral de todos los foros en ruinas, Di Cesare, Di Augusto, luego la Piazza Venezia, Via del Corso, callejearon hasta alcanzar el fabuloso Panteón y visitaron algunos anticuarios de la zona que solo recibían a puerta cerrada y escondían auténticos tesoros. Luego Javier se empeñó en parar en una especie de ferretería moderna, utensilios y menaje para la cocina de última generación, carísimos. Eva se fijó en una hervidora de agua para el té y notando su interés, Javier la levantó para llamar su atención.

—¿Te gusta?

—Mola, tan brillante. Si vieras la que tengo en casa... Da penita.

—Que nos la envuelvan, te la regalo.

Ella la tomó entre las manos y enseguida, su atención se centró en el precio.

—Estarán de broma, ¿no? —él negó con la cabeza— ¿Cómo va a costar una mísera tetera la friolera de trescientos noventa y ocho euros?

—¿Mísera? —se horrorizó él con un ademán teatral—. Esta marca es puro titanio y efecto horno, la favorita de los *gourmets*.

La pelirroja le dio un par de vueltas a la hervidora. Pesaba lo suyo, pero, por lo demás, seguía pareciéndole corriente y moliente. Encogió un hombro, con un gesto aniñado que a Javier se le antojó encantador.

—Como yo apenas sé freír un huevo, será por eso que no me impresiona. Casi cuatrocientos euros, válgame la Macarena.

—Ya que Roma no ha logrado que renuncies a tu amor por el té, llévate al menos una tetera italiana de categoría.

—Ya le vale, con ese precio.

Javier se la arrebató con suavidad y se dirigió a la caja.

—La amortizarás, seguro. Bebes té a todas horas.

—Oye, es muy cara, no es necesario.

—Francamente, querida, lo que cueste me importa un bledo —parafraseó él guiñándole un ojo.

—Dime la verdad, Rhett Butler, este regalo, ¿a qué viene?

—Me apetece que me recuerdes cuando hiervas agua. ¿Tiene algo de malo?

La pelirroja arrugó la naricilla.

—No es muy romántico que se diga. —Enseguida se arrepintió de haberlo dicho—. Bueno, me resulta un poco excesivo, pero supongo que te sobra la pasta, así que ¿por qué no? Al menos habrá infusiones de *gourmet* en mi caravana.

Javier pagó en metálico y obligó a la embobada dependienta a envolverlo para regalo. Con una excusa que Eva no llegó a entender, se perdió por los pasillos unos minutos mientras ella aguardaba el envoltorio y, antes de salir, él dejó otros cinco euros sobre el mostrador.

—¿Te apetece un *caffelatte* en un sitio especial?

Eva se llevó la mano a la barriga y reculó unos pasos.

—¿Más comida?

—Italia es la cuna del saborear y el buen comer, no lo olvides. En cada rincón se esconde un aroma sorprendente que es obligatorio paladear.

—Dicho así, ¿quién se resistiría? Vamos a por esa merienda.

Volvía a parecer relajado, menos mal. Conforme avanzaba la tarde y tras confesar sus rencores por Moruena, lo que presionaba dentro del pecho de Javier había menguado hasta casi desaparecer. Eva tenía mucha culpa de lo que estaba ocurriendo. Usó su largo brazo para rodearla y pegarla a su costado sin pedir permiso. Regresaba el Javier distendido y bromista de la noche anterior. La chica suspiró de alivio.

27
Seis segundos sobre el puente

Dejaron la Vespa aparcada y tomaron el tranvía que atravesaba el centro de la ciudad por el simple placer de probarlo. Caía la tarde, anaranjada y templada tras el chaparrón. El Gianfornaio era un establecimiento típico de la zona del puente Milvio, muy conocido y apreciado, con hornos faraónicos en los que continuamente bullía la masa, dulce o salada. Los manjares salían en largas bandejas y desaparecían casi antes de ser expuestos. Podías comer *pizza* cortada, inimaginables combinaciones de sabores acompañadas de cerveza o vino, o degustar el más aromático *caffelatte* junto a deliciosos y crujientes bollos y hojaldres. Eva sintió que el irresistible olor se colaba por su nariz e impactaba directo en el cerebro.

Merendaron sin perder el buen humor. La tarde había acabado arreglándose sola en cuanto Javier había decidido que sería más feliz sin atormentarse, simplemente disfrutando de la cercanía de una mujer magnética y hermosa como Eva. Una mujer que lo envolvía y trastornaba con facilidad y frente a la que jamás debía bajar la guardia. El reto era mayúsculo, pero todavía estaba seguro de llevar las riendas de aquella situación. Quizá por eso había comprado en la ferretería lo que llevaba en el bolsillo. Quizá por eso se supo a salvo y la condujo hasta el puente. Se detuvieron junto a los miles de candados que los enamorados cerraban a diario en nombre de sus historias más o menos gloriosas, y se la quedó mirando con un gesto misterioso que disparó la excitación. Eva Kerr conocía muy bien la leyenda urbana del puente Milvio y lo que significaba cerrar un candado en pareja. Era un símbolo de amor eterno. No podía ser que Javier pretendiera... Lo vio sacar el candado reluciente y estuvo a punto de dejar caer la bolsa con su tetera al llevarse las manos a la cara.

—¿Un candado?

—Sí, señorita, un candado en nuestro honor. ¿Te acercas a engancharlo?

El pecho de Eva se comprimió. ¿Sabía Javier lo que aquello implicaba o lo limitaba a un pasatiempo turístico sin más significado? No debía hacer demasiadas cábalas, al fin y al cabo, ya había comprobado su humor voluble y peligroso. De modo que se acercó de puntillas y sin perder la sonrisa, espetó:

—¿No será muy precipitado poner el candado del amor?

—Podemos colgar el de la amistad prometedora —propuso él con un guiño—, ¿qué te parece?

Javier se lo había dicho sin dejar de mirarla con aquellos ojos verdes arrebatadores... ¿cómo negarse?

—Cuando lo cerremos tú guardarás una llave y yo otra —continuó él con entusiasmo adolescente.

—¿Y dónde la ponemos? Estoy segura de que la perderé.

—Átala a tu llavero.

Eva tomó el candado y, tras un breve titubeo, lo acercó a los gruesos barrotes. El cálido tacto de los dedos de Javier se cerró sobre los suyos y, fusionados, manipularon el mecanismo y lo aseguraron al puente. Después del sonoro «clic», permanecieron petrificados con las manos entrelazadas. Javier rozó con los dedos el inicio de sus muñecas.

—Eva... Eva, siento mi actitud de esta mañana, tú no eres ella, no tienes la culpa...

—Déjalo, por favor. No tiene importancia —murmuró sin apenas separar los labios. Estaban muy cerca el uno del otro. La chica se armó de valor y alzó la mirada. Los ojos de Javier brillaban como dos estrellas en una noche negra de verano y su voz sonaba áspera y teñida de sufrimiento—. No hace falta que me des explicaciones.

—Pero yo quiero dártelas —insistió él—, porque mi amargura no tiene nada que ver contigo. Soy yo, es mi pasado, mis resentimientos —murmuró sin dejar de aproximarse. Ella lo detuvo con un gesto de la mano libre y se puso rígida. Las lluvias de justificaciones le provocaban náuseas.

—Alto ahí, guapito de cara, ahora no sueltes aquello de «no eres tú, soy yo, no te merezco». Frases como esa me dan ganas de vomitar.

—No pensaba venderte nada por el estilo —respondió Javier divertido—, estoy más que seguro de que te merezco, ¿por qué no iba a merecerte?

—¡Menudo engreído caradura!

A Eva le asaltó la tentación de cruzarle la cara de un guantazo. En lugar de eso, se soltó bruscamente de su zarpa y se apartó. Javier le provocaba sentimientos encontrados que no estaba dispuesta a analizar. En una zancada, él la alcanzó, la agarró del brazo y la acorraló contra la gruesa baranda del puente.

—¡Pensé que estabas de broma! ¿Se puede saber qué demonios te pasa?

—Suéltame ahora mismo o gritaré tan fuerte que tendrás que comprarte tímpanos nuevos.

—¿Gritar? Eva, por Dios, estamos en el siglo XXI.

—¿Y qué? ¿Ya no hay damas en peligro?

—¡Ey! Relájate, ¡mírame!

Javier venció sus defensas retomando sus caricias en el punto en donde las había dejado segundos antes. En la barbilla, por debajo del lóbulo de la oreja, por la línea horizontal de sus clavículas, por encima de su pecho, marcándole los pezones. Eva se echó a temblar. Era una hoja ligera entre sus brazos y su aliento le quemaba.

—Te aseguro que conmigo no hay peligro que valga —susurró lento y sinuoso.

—Sí, sí que lo hay —entrecerró los ojos para recibir el primer beso, tenue, apenas un aleteo sobre los labios—, me colgaré perdidamente de ti y luego seré una maldita desgraciada.

Javier la calló con otro beso mucho más pasional y profundo. Eva se convulsionó acurrucada contra su torso, a merced de las pequeñas descargas eléctricas que zarandeaban su vientre. Iba a enamorarse, ella, que no quería nada serio con nadie, iba a perderse para siempre en las brumas por culpa de su cuerpo caprichoso que no atendía a razones y exigía sexo y besos como aquellos a todas horas, besos arrolladores que la mareaban y le hacían olvidar dónde estaba. La voz de él volvió a adueñarse del momento.

—Chsss... Eso no va a pasar.

Cuando se separaron, no lo hicieron del todo. Javier apoyó su frente en la de Eva y disfrutó unos instantes de su calidez y su silencio.

—Lo que ha pasado entre nosotros... Fue fabuloso, una noche inolvidable que querría repetir cuanto antes —aseguró bajando el tono hasta un sexi susurro— ¿Qué tal una foto junto a los candados? Para la colección de Gonzalo.

—Hecho. —Se distanció y en segundos la normalidad volvió a instalarse entre ambos—. Pásame el teléfono y posa como todo un profesional.

—Quiero que salgamos los dos.

—¿Los dos?

Sin responder, Javier alzó un brazo y llamó, en impecable italiano, la atención de un joven moreno que cruzaba en aquel momento a unos cinco pasos de distancia. Le mostró el teléfono con un gesto y el chico asintió sin sonreír. Fue un aceptar teñido de «estoy hasta las mismísimas narices de turistas paletos». Algo que de momento, a Eva y Javier les traía por completo sin cuidado. Se apoyaron en la barandilla sembrada de candados hasta el borde, se abrazaron con cierta torpeza y sonrieron al objetivo.

Demasiado bonito para ser verdad: en menos de un pestañeo, teléfono y fotógrafo desaparecieron a la carrera. Tardaron un segundo en reaccionar, pero enseguida se miraron y salieron de estampida amenazando con gritos al ladrón, pero el chaval era un felino que se conocía bien los atajos.

—¡Va a escaparse! ¡Se nos va! —chilló Eva desesperada.

No se le ocurrió otro método más efectivo que quitarse un zapato y lanzárselo con todas sus fuerzas a la cabeza. Acusando el porrazo, pero sin dejar de huir, el ladronzuelo dejó caer el móvil al suelo y desapareció por detrás de una tapia. Ya podían parar, no había motivos para seguir ahogándose. Javier se agachó y recuperó el aparato sustraído.

—¡Olé! —se alborotó Eva a su lado. Él comprobaba las funciones una a una, frunciendo el ceño.

—Estoy de acuerdo, ¡olé! ¡Funciona!

A disfrutar del buen amor se acostumbra uno tan fácilmente, que la adicción que provoca debería advertirse con carteles fluorescentes. Los días que sucedieron a esa tarde fueron a mejor *in crescendo*. Durante la mañana, ambos adoptaban el comportamiento típico de dos profesionales concienzudos y perfeccionistas que colaboraban, se entendían y trabajaban en perfecta conexión. Pero, incluso dentro del encorsetado entorno, algo había cambiado: el color de las corbatas de Javier no volvió a ser el mismo, se había hecho más atrevido y alegre. Su cuadrada mandíbula la sombreaba una barba de tres días e incluso se permitía bromear con algunos de los candidatos para, según él, restarle seriedad a un acto tan formal y ayudarles con los nervios.

—Esto de la entrevista es un trago, no creas —había replicado—, en realidad lo hago por ellos.

El Monolito de hielo paulatinamente se derretía. Y Eva Kerr, consciente de lo mucho que tenía que ver en aquella evolución, se parapetaba tras la pantalla de su portátil y aguantaba a duras penas la felicidad.

La tarde del martes, tras haber cumplimentado con rigor todos los rituales del mundo romano, moneda a la Fontana de Trevi incluida, Eva pidió visitar la boca de la verdad. La leyenda en torno a aquella misteriosa boca abierta iba a encantarle a Gonzalo. El sol de abril bañaba las calles y sonsacaba el mejor verde a las extensiones de hierba de la Via del Circo Massimo, que antaño fueron zona de carrera de cuadrigas. Llegaron hasta el claustro de la iglesia de Santa Maria in Cosmedin en otra Vespa alquilada y guardaron la cola sin parar de hacer bromas.

—Llegamos por los pelos, están a punto de cerrar —apuntó Javier manteniéndose cerca de Eva. Ella jamás se apartaba, era maravilloso sentirla.

—¿Puedes creerte que es la primera vez que la pillo abierta, con la cantidad de veces que he venido a la ciudad?

—De hoy no pasa —gruñó él, cómplice—. Esa foto codiciada por fin es nuestra.

Para cuando llegó su turno, ya había escogido a una amable japonesa curtida en el arte de la fotografía para que inmortalizase el momento. Nada de chicos de la calle con piernas ligeras y manos más ligeras aún. Javier se colocó junto a Eva y frenó su empeño por meter la mano en el negro agujero.

—Un segundo. Ya sabes la historia. Tienes que responder a una pregunta y, si mientes, te cortará la mano por la muñeca. ¿Estás preparada?

—No pienso pringar sola, la pregunta la compartimos y tendremos que contestarla a la de tres —contraatacó ella con una sonrisa que iluminó sus pecas—. ¿De acuerdo?

—Pregunta: ¿te has enamorado alguna vez en la vida? —la taladró con los ojos—. Pero hablo de amor de verdad.

Eva enrojeció sin poder evitarlo.

—No contestaré a eso, contesta tú.

—Los dos al mismo tiempo —propuso de nuevo Javier—, tú por la derecha, yo por la izquierda.

A regañadientes, la pelirroja accedió y ambas manos se juntaron a la entrada del tenebroso boquete. Dentro, él jugueteó con ella. Fuera, con los dedos de la mano libre, Javier contabilizaba.

Uno, dos, tres... La respuesta entre risas fue unánime:

—¡¡No!!

Fueron a merendar algo por la zona de Trastevere. Aferrada a la cintura de Javier a lomos de la Vespa, Eva se sentía volar. Nada le garantizaba que aquello se prolongase más allá del paréntesis del viaje, pero no quería pensar en ello, prefería cantar. Echó mano de la vieja canción de Ricchi e Poveri y dio rienda suelta a su dudoso arte.

—«¡Vuela que vuela y verás que no es difícil volar...!». —Se interrumpió de golpe y habló por encima del ancho hombro de Javier—. ¿Molesto?

—No, en absoluto, todo lo contrario. Pensaba quejarme al alquiler de Vespa por adjudicarnos una sin radio, y mira por dónde.

Golpeó traviesa su espalda y aprovechó para palpar. ¡Ángeles del cielo, qué dureza! El sexo le dio un vuelco y el deseo se arremolinó en torno a sus pezones. De forma instintiva se inclinó más hacia adelante y, apretando el abrazo en torno a su cintura, se acurrucó al máximo. Por aquella zona, la vía pública disponía de altavoces y el torrente de voz de Pavarotti desgranaba el *vincerò* del «Nessum Dorma» en una suerte de alucinante hilo musical callejero. La vida no podía ser más perfecta y aquello se parecía bastante a la placidez absoluta.

—¿Tienes mucha hambre? —indagó Javier sacándola de sus ruborosas cavilaciones.

—Bastante, ¿por?

—¿Podrías aguantar?

—Depende de...

—Necesito con urgencia llevarte al hotel y meterte en mi cama. Es cuestión de vida o muerte y quince minutos.

Lo que dijo lo dijo tan serio que Eva no pudo reprimir una carcajada. ¿Es que nunca se cansaba? Habían hecho el amor sin descanso durante gran parte de la noche y habían repetido por la mañana antes de bajar a la Venezia, no era posible que estuviese de nuevo dispuesto. Claro que, ¿por qué no? Ella lo estaba. En realidad, estaba a cien grados y subiendo.

—¿Por casualidad es usted adicto al sexo, señor De Ávila? —ronroneó todo lo cerca que pudo de su oreja.

—Contigo me estoy redescubriendo. ¿Vamos?

Oh, mierda, el corazón le bombeaba a mil por hora.

—Vamos —dijo sin querer dar muchas pistas de su estado de ánimo. En ciertas circunstancias es complicado que no se desboquen, ni la ansiedad, ni la impaciencia. Y que al hablar no se noten.

28
Días para el recuerdo

Unos días para enmarcar. Cada día, al caer la tarde, cuando los trajes de chaqueta daban paso a la ropa desenfadada, Javier y Eva se lanzaban a la calle romana como dos turistas, entusiasmados ante la perspectiva de unas horas de esparcimiento con las que liberar sus emociones. La cercanía se estrechaba, la confianza crecía y cada vez se sentían más a gusto el uno junto al otro. La cosa no iba únicamente de atracción erótica, ese solo había sido el detonante. Javier no volvió a tener pesadillas y, por la noche, incendiaban la cama con largas sesiones de sexo cargado de sensibilidad. Pero el final del viaje los cercaba con su mueca huraña y, en el transcurso del último día, Fossini en persona acudió al salón Venezia sin anunciarse y, con una abierta sonrisa de satisfacción, les tendió una mano que ellos estrecharon con gusto. Era un hombre de unos sesenta y tantos años, atractivo, de pelo blanco, distinguido y delgado, que recordaba mucho a Federico Bianchi.

—Encantado de conocerlos, *signore* De Ávila, *signorina* Kerr. Estamos muy complacidos con su trabajo, los informes que nos están enviando son excelentes, no cabe duda de que sabrán hacer la selección más adecuada. —Desvió sus ojos sagaces hacia la pelirroja—. En particular, me ha sorprendido esa nueva categoría de empleados multifunción que proponía la *signorina* Kerr en sus preliminares. Sospecho que serán de una utilidad desbordante.

Eva enrojeció ligeramente y Javier no pudo disimular una mirada de ternura.

—Me gustaría invitarlos a cenar esta noche —ofreció con amabilidad.

Con un mohín de irritación apenas disimulado, Javier tomó las riendas.

—La verdad, se lo agradecemos, pero es nuestro último día en Roma, mañana volvemos a casa y hay mucho que disponer, ya sabe... —sonrió forzado—. Debemos dejarlo todo listo aquí —añadió señalando la mesa atestada de papeles.

Sin embargo, sus apresurados pretextos no frenaron el ímpetu de un hombre de negocios que no aceptaba noes por respuesta.

—A almorzar, pues. No pienso dejarlos marchar sin conocer Fireland más en profundidad. Es muy probable que este tímido acercamiento sea el inicio de una saga de fructíferas relaciones mercantiles. —Les hizo un guiño.

Javier frunció el entrecejo. Moría el viaje, su período de libertad se agotaba y volver a Marbella supondría alejarse de Eva o tener que disimular en la oficina, frente a todos. Aún no tenía claras sus estrategias. A pesar de saber que era una irresponsabilidad, aquel sentimiento era más fuerte que él y no estaba dispuesto a hacer concesiones, defendería con uñas y dientes cada minuto a solas con ella.

Eva, sorprendida por la actitud de Javier, vio cómo los movimientos reflejos del rostro de Fossini empezaban a mostrar disgusto, contrariedad y sorpresa. El muy testarudo Javier iba a poner en peligro todo su esfuerzo. Se adelantó unos pasos y rompió el hilo congelado que los separaba con la mano extendida y una sonrisa radiante.

—Por supuesto que acudiremos a esa cena, señor Fossini —aseguró ante un pasmado Javier—. Almorzaremos aquí mismo y terminaremos un primer borrador de los informes a tiempo. —De Ávila fue a decir algo y ella impuso silencio con una mirada enérgica—. Encontraremos el modo.

—Me alegro mucho, *signorina* Kerr. —Fossini estaba complacido ahora, no cabía duda—. Mi chófer pasará a buscarlos a las siete y media.

Dicho lo cual, el brillante millonario se despidió con un ademán fugaz, dejándolos solos en la gran sala. Eva apiló a toda prisa los expedientes mientras Javier esperaba una explicación que no llegó.

—¿Y bien? —escupió al final, sin contener su mal humor.

—¿Y bien qué? ¿Pensabas rechazar su entusiasta invitación y lograr que te coloque en la lista negra? ¿¡Te has vuelto loco!?

—Tienes razón, suena a locura.

—No, a locura no, a puro suicidio empresarial.

—Es que no me apetece nada compartir nuestro escaso y precioso tiempo con ese abuelete pomposo. —Verificó que las azafatas no andaran por los alrededores y la atrapó por la cintura. Ella rio y le enlazó el cuello—. No me da la gana. He reducido al máximo los horarios de las entrevistas para poder estar contigo. —Lamió su labio y mordisqueó el arco de Cupido antes de asaltar su boca con osadía. Eva se dejó hacer unos segundos, pasados los cuales se apartó con prudencia. El efecto devastador de las caricias de Javier sobre su sistema nervioso no era compatible con testigos, mucho menos con azafatas italianas curiosas. Volvió precipitadamente a la mesa y recogió sus documentos.

—¿Qué haces? —la paró Javier—. Tenemos que terminar los informes.

Eva le respondió con una sonrisa malvada.

—Tú tienes que terminarlos. A mí me toca comprarme un vestido.

—No le des tanta importancia, es solo una cena.

—Sí, con uno de los empresarios más influyentes de Italia, cliente categoría A con muchos asteriscos. ¿No quieres que cause buena impresión?

—Tú deslumbras aunque te eches por encima un saco. Seguro que llevas algo en tu preciosa maleta que nos pueda servir. —Trató de inmovilizarla de nuevo. Eva se zafó como pudo y corrió hasta la puerta.

—Te aseguro que mi preciosa maleta da ganas de llorar. Mi guardarropa es escaso, viajo ligera de equipaje y esto es una emergencia.

Javier alzó las manos en señal de rendición. Un pobre hombre, y una mujer a punto de salir de compras. Inútil discutir.

Eva se despidió lanzándole un beso desde la puerta y él se resignó a enfrentarse a los papeles. La selección estaba finiquitada, el trabajo podía tildarse de excelente, quedaban apenas un par de flecos y luego se daría un baño relajante en el que la echaría tremendamente de menos. Aquella chica desprendía una luz especial y él estaba dispuesto a ser el único que la disfrutase.

Eva consultó agobiada la hora en la pantalla del móvil. Disponía apenas de noventa minutos para encontrar el vestido perfecto con el que impactar a Fossini. Fireland iba a triunfar con los italianos, iba a entrar por la puerta grande y no sería gracias a la amabilidad de Javier de Ávila. Se detuvo frente al escaparate de Gucci de Via Condotti y sonrió para sus adentros. ¿A quién pretendía engañar? No era a Fossini a quien quería dejar boquiabierto. Pero sorprender a Javier costaba muchos euros. Mierda, qué precios, ponían los pelos de punta. Sus pupilas se prendaron de un vestido rojo largo hasta los pies con abertura lateral y un escote maravilloso. Suspiró. Podía acudir a su madre. Una sola llamada, un mensaje, y tendría una bolsa colgada del brazo con el fabuloso traje dentro.

Pero no lo haría. Se vestiría con lo que pudiera pagar.

El timbre del móvil cortó de cuajo sus pensamientos.

—¿Eva?

—¡Ana Belén!

—¿Cómo van esos orgasmos?

—Hija, qué directa.

—¿Qué quieres? Llevo sin dormir desde que me lo contaste. Sigo poniendo velas en la Encarnación con tal de vivir una aventura semejante, qué suerte, *guarriperri*.

—¿Has vuelto a ver a Ángel? —Ana Belén dejó transcurrir una pausa sospechosa—. Oye, Zumba, ¿me has oído?

—Sí, sí, nos hemos encontrado. Por casualidad. Un par de veces.

—¿Por casualidad? —repitió con sorna—. Miedo me das.

—Tranquila, yo controlo.

—No hay ser vivo que controle el poder de seducción de Ángel, es el auténtico diablo.

Ana Belén dejó ir una risita bobalicona, expresión de intensa felicidad. Eva la oyó *descorchar* una lata de refresco.

—¿Dónde estás?

—En Via Condotti, desesperándome. Menudos precios, *gordi*, necesito un vestido para esta noche, cenamos con Fossini, pero no me apetece gastarme una fortuna.

Ana Belén silbó admirada.

—¿El italiano en persona?

—En carne y hueso.

—Supongo que esa no es la carne que a ti te interesa, *julandrona*.

Ahora la risa tonta partió de Eva. Vaya par de bobas enamoradas, pensó. A través del teléfono se oían los dedos de Ana tecleando a toda velocidad.

—¿Mucho trabajo? —se interesó Eva.

—El de siempre. A paletadas. Y Antón con un humor perruno... Uff. No, espera..., lo que te estoy buscando es un *outlet* para que deslumbres con un modelito a precio de carcajada. ¡Vamos allá, *zuuumbaaa*! ¡Lo tengo! ¡Y también tienen zapatos! Apunta la dirección y cómprate algo espectacular que los tumbe de culo, pelirroja.

Tuvo que tomar el tranvía. Al vuelo y tarde, pero lo atrapó con el entusiasmo de quien tiene un reto que superar. Fue rápida al elegir y en menos de media hora volvía al hotel radiante de felicidad, propietaria orgullosa de un Herve Leger color marsala nada discreto y unos tacones vertiginosos. Iba a ver, el Monolito.

A Javier le escoció bastante el modo en que los recepcionistas, el botones y los porteros del hotel repasaron a Eva al salir, con ojos de goloso deseo, y eso que iba embutida en un abrigo de verano que alcanzaba sus rodillas, y solo se veía parte de sus piernas y los formidables zapatos de tacón. Luego se percató de las miraditas a través del retrovisor del chófer de la limusina que Fossini les envió y se cabreó más todavía. Algo le estrujaba el estómago, podía muy bien ser rabia. No podía ser, se estaba comportando como un estúpido celoso y él detestaba eso, pero es que de algún modo ella le pertenecía después de lo vivido los últimos días. Colegas para el concienzudo trabajo, jovenzuelos que se divierten en el tiempo libre y amantes en noches incendiarias entre sábanas. Poco importaba que fuese un flirteo puntual; mientras Roma durase, Eva era suya. Por eso, sentados en el coche, le tomó la mano sin pensar y la apretó queriendo transmitirle un mensaje de complicidad. La pelirroja sonrió emocionada.

Por desgracia, ese puente tendido entre ambos estalló en mil pedazos en cuanto entraron en Antica Pesa, los condujeron a la sala privada donde cenarían, y los ojos azules de Eva se cruzaron con las brillantes pupilas del joven que acompañaba a Fossini: alto y fornido, aunque no tanto como Javier; moreno, engominado... una copia sofisticada de Rodolfo Valentino moderno, de largas pestañas y estudiados ademanes de los que encandilan a las damas.

—Mi hijo Alessio —presentó el empresario. Javier, contrariado, apretó los labios espiando el interés con que el *latin lover* estudiaba a su chica y se aproximaba en exceso al estrecharle la mano. Con él fue mucho menos afectuoso.

—Encantado, *signorina* Kerr —entornó los párpados—. *Signore* De Ávila...

—Encantado.

—¿Nos sentamos? —sugirió un satisfecho Fossini.

Un empleado del guardarropa se apresuró a retirar sus abrigos y, cuando Eva se deshizo del suyo y dejó al descubierto su espléndida anatomía realzada por aquel suntuoso vestido, a los italianos les faltó aplaudir. La bragueta de Javier, por su parte, sufrió un rosario de convulsiones que estuvieron a punto de reventar la tela.

—Es todo un placer contar con compañía tan extremadamente eficiente en lo profesional como hermosa, corro el riesgo de olvidarme de los negocios —inició Fossini con suavidad. Su hijo marcó una letra invisible en el aire con sus elegantes dedos.

—Papá, no hemos venido a tratar temas profesionales, sino a conocer más íntimamente a los representantes de Fireland, una empresa que, de confirmarse el nivel de calidad que anuncian sus métodos y sus resultados, dará mucho que hablar en este país, no les quepa la menor duda.

Javier no pudo argumentar nada. Se había quedado colgado del tono con el que Alessio Fossini había silabeado *íntimamente* y cómo lo había acompañado de una intensa y seductora mirada dedicada por entero a Eva. Se sirvió una copa, tenía que mantenerse ocupado. Los demás revisaron en sus cartas el elenco de platos disponibles. Alessio se inclinó sobre la chica y posó su mano sobre el antebrazo femenino. Llevaba un precioso sello de oro en el meñique.

—¿Me permite sugerirle la especialidad de la casa? —susurró insinuante.

—Sí, claro —balbuceó ella algo abrumada.

Javier detectó dos cabezas demasiado juntas tras la cartulina grabada, mientras Fossini padre le daba conversación acerca de la lluvia de candidatos, exigiendo una atención que De Ávila no estaba dispuesto a otorgar. Enseguida, su charla con el poderoso millonario se confundió con un zumbido sordo sin ningún sentido y todo cuanto pudo distinguir fue un túnel directo a la jugosa boca de Eva. La boca delicada y carnosa que besaba cada noche. Ella no debería sonreír de aquella forma arrebatadora, ¿es que no era consciente de su irresistible magnetismo? Apuró la copa de vino y sacudió un par de veces la cabeza para contentar a Fossini que seguía parloteando sin que nadie le respondiera.

—Las ostras, *signorina* Kerr, son exquisitas —sugirió el joven Alessio, depositando en cada sílaba tanta lujuria como si ya la tuviese desnuda sobre su cama. La respuesta de Eva fue, digamos, peculiar.

—Oh, no, ostras no, no para mí.

—¿No le agradan?

—Odio devorar algo vivo que me mira desde su concha y se retuerce de miedo. Casi puedo ver sus ojitos llorosos pidiendo clemencia.

Alessio Fossini se quedó cortado ante la potencia de su extraño razonamiento. Acto seguido, relajó la mandíbula y literalmente, se tronchó de risa.

—Bien dicho, Eva, querida, nada de ostras entonces.

Al cabo de un rato, los camareros sirvieron las exquisiteces romanas y Javier atacó frenético su *filetto di manzo al tartufo* sin querer atender la manera descarada en que Alessio seguía coqueteando con su chica. Aguantó estoico hasta los postres, con solo alguna que otra mirada destructora dirigida al Casanova de cartón piedra, hasta que al italiano le dio por hacer planes para después de la cena que incluían copas y a Eva, excluyendo al resto.

Entonces, reventó.

29
Vueltas de campana

Los celos lo sacudieron de la cabeza a los pies. Odiaba cómo había sonado aquel «la señorita Kerr y yo». Lo odiaba hasta decir basta. Y si lo unía a las palabras «divertirnos hasta la madrugada», ya era el remate. Así y todo, luchó por sonar cortés cuando apartó la servilleta tras pasársela por los labios, retiró la silla, se puso en pie y se pegó a Eva con aires de dueño.

—Me temo que no va a poder ser —se excusó—. Hoy ha sido un día agotador y todavía hay que preparar el equipaje, ya saben que mañana regresamos a España.

El *latin lover* obvió su marcado uso del plural.

—¿Y usted, *signorina*?

Anticipando la respuesta, Javier estiró una manaza y apretó los dedos en torno al brazo desnudo de ella.

—La *signorina* está más cansada aún, ha trabajado el doble que yo. Si nos disculpan, ha sido todo un placer. Seguimos en contacto. —Aferró gentilmente el hombro de una desconcertada Eva y después de estrecharle la mano a todo el mundo, se retiró arrastrándola fuera del reservado, a lo largo del comedor.

—¿Se puede saber qué haces? —espetó ella entre dientes.

—Nos marchamos.

—¡Los has dejado plantados! ¡A los Fossini!

—No los *he*, los *hemos* —corrigió sin mirarla.

—¿Vas a embarrarme contigo en la deshonra? ¿Sabes cuáles pueden ser las represalias?

—Deja de protestar, Brujilda, pienso llevarte a un club fabuloso y podrás bailar hasta ponerte planos los pies.

—¡Me importan un bledo tus planes de sábado por la noche! —Se lo quitó de encima de un manotazo. El chico del guardarropa, que se acercaba a sus hombros con el abrigo, dio un paso atrás asustado—. ¿Hace falta que te recuerde lo que hemos trabajado para causarles buena impresión?

Javier sonrió fanfarrón. Parecía estar pasándoselo en grande.

—Y se la hemos causado —replicó con paciencia—, hemos desarrollado una selección espléndida, no tienen de qué quejarse.

—¡A última hora lo has echado todo a rodar! —casi gritó Eva incrédula.

Javier era consciente de que podía tener razón, que había reaccionado de modo irracional, que aquello podía llegar a perjudicar a Fireland, pero en aquel momento le resbalaba, nada le haría perder la calma. ¿Es que no quedaba suficientemente claro?

—¿Por qué? ¿Porque me he hartado de ver a ese tipo babeándote encima? ¿Porque me ha molestado su falta de respeto? ¿Porque no me da la gana de que te mire como a un merengue que está a punto de devorar?

Eva puso los brazos en jarra y lo miró con la boca abierta e interés renovado.

—Así que era eso.

—¿Eso, qué?

—Estás celoso.

—Anda ya. Pensé que le pararías los pies a Junior, pero no. No me explico cómo lo has soportado toda la cena sin asesinarlo de una puñalada con el tacón de tu zapato.

—¡Estás celoso! —repitió Eva divertida—. ¡No puedo creerlo!

Hizo una seña y el chico del guardarropa volvió con su abrigo. Lo depositó cuidadosamente sobre sus hombros y huyó. Javier recuperó el suyo de un brusco tirón y caminó decidido hacia la puerta.

—Vamos a emborracharnos, la noche es joven —declaró segundos antes de rodearle la cintura con el brazo. Volvía a jugar en primera división. Como debía ser.

En efecto. Especialmente joven en Goa, el club de moda de Via Libetta donde se desgranaba el *How deep is your love* de Calvin Harris, dispuesto a cambiar de inmediato el humor de una pelirroja confusa. Instalados codo a codo junto a la barra, pidieron dos Grey Goose con tónica y limón natural exprimido. Después de un par de sorbos, Eva ya se contoneaba frente a él de un modo peligroso que le cortó la respiración, hizo temblar sus manos y tintinear el hielo dentro de los vasos. Con un mohín seductor, la chica se deshizo de su copa y lo invitó a acompañarla. Javier rechazó su propuesta con un seco «yo no bailo», aunque sí alzó el vaso brindando a su salud.

Eva sabía bailar sola.

En menos de dos minutos, había generado un coro de admiradores rendidos a sus encantos, que seguían las ondulaciones de sus caderas con evidente deseo y una lujuria que no se molestaban en disimular. Los nervios de Javier volvieron a tensarse, ardió su estómago y el leve tic del músculo en su mandíbula evidenció su malestar.

En ese momento, las notas de Ginza, con su *J. Balvin,* irrumpían en el local. Eva pasó un dedo lascivo por sus labios húmedos en lo que era toda una invitación al sexo. De repente fue como un relámpago doloroso: Javier tomó conciencia de que era su última noche en Roma, el sueño irresponsable se extinguía y él no tenía nada claro qué hacer después. El mundo, la vida entera, se detuvo en torno a aquella mujer, a su pelo rojo y a su sinuoso danzar. Bajo el vestido, unas curvas que Javier conocía bien. Los voluptuosos pechos que había estrujado y lamido, los largos muslos, la cintura estrecha y deseable, la seda crema de su piel, el liso abdomen que solía sembrar de pequeños besos, los brazos que inmovilizaba a la hora de penetrarla, sus gemidos de placer, su sonrisa alumbrando la oscuridad... ¿Iba a poder sobrevivir sin tenerla?

Nunca averiguaría si el DJ adivinó la nacionalidad de la preciosa mujer dueña de la pista, o fue un obsequio fruto de la casualidad. El caso es que, cuando el malote Ginza acabó su canción, la que vino a sustituirla disparó el entusiasmo de Eva y fusiló su ya escasa discreción. Levantó los brazos por encima de su cabeza y canturreó entusiasmada el clásico tema en español de La Guardia:

—«Cuando brille el sol te recordaré si no estás aquí...».

Le clavó unos ojos ansiosos y Javier notó el azote de aquel mensaje de despedida como una brutal bofetada.

—«Yo no quiero que me des tu amor, ni una seria relación, no quiero robarte el corazón...».

La lengua de Eva masticaba con deleite palabras que la hacían sentirse poderosa. Estaba bajo el influjo de Javier y no era capaz de sentirlas, pero sí era capaz de cantarlas. Y causaban en él un efecto demoledor, no había más que verlo. De modo que las remarcó con intención, pendiente de la inquietud que desencadenaban. En la sección instrumental de la canción, Javier ya no aguantó más. Dejó la copa sobre la barra, apresó su cintura, hundió la nariz en la nube de rizos, la pegó a su cuerpo y danzó con ella. Como pudo.

—Ten cuidado y no pises el cable —lo alertó Eva apuntando a las luces—, solo faltaría que te electrocutases y me tocara repatriar el cadáver. —Remató la chanza con un golpecito juguetón en su pecho. Qué increíble dureza, ay, Javier de Ávila, arma de destrucción masiva.

—No quiero oír esas palabras en tu boca. —Tiró más de su tronco y la adhesión fue mayor. Mucho mayor. Eva decidió que hacerse la tonta era la mejor opción.

—No sé a qué palabras te refieres. —Javier elevó una ceja y ella sintió que se derretía bajo el calor de su mirada verde—. ¿Te refieres a lo de «no te pido que me des tu amor»? —sonrió burlona, traviesa y sexi—. ¿Acaso quieres dármelo?

Por un instante, Javier pareció perdido.

—No sé lo que quiero, maldita sea —reconoció al fin—. Sobre todo si te tengo delante... Ojalá lo supiera, iría a por ello sin dudar un segundo. —Le apartó el pelo de la cara y la punta de su pulgar se detuvo en la comisura de su labio—. Me confundes, nena, tú y solo tú tienes la culpa de que a ratos parezca un pelele...

Eva arqueó una ceja.

—Como todo macho intimidante y enorme, temes demasiado al ridículo. ¿Sabes una cosa? A veces hay que pasar un poco de lo que uno parece o deja de parecer, liberarse y sentir, sin más.

—Suena bien —musitó Javier con melancolía. Eva se acercó a su oído para susurrar mejor.

—Es un plan fabuloso no apto para cobardicas.

—Calla, demonios —ordenó él, antes de sellarle la boca con un beso. Y trató de acompañarla en el contoneo. Al principio, rígido como un palo de encalar. Luego, más relajado. Pronto se dio cuenta de lo sencillo que era bailar con Eva, seguirla o dejarse llevar, lo mismo daba, imitar el ondular de sus caderas, su sentido del ritmo. Todo a la vez. Javier se sintió invadido por una energía casi eléctrica. Extraño. Se encontraba fenomenal. Era como si... aquellos días en Roma... ¡Acababa de entenderlo! Aquellos días... ¡se había divertido!

Horas después, Eva no recordaría siquiera cómo abandonaron el centro y volaron hasta el St. Regis. La pasión y el ardor la devoraban desde lo más hondo de las entrañas. Lo único que se grabó en su memoria, lo que su cerebro repetiría una y otra vez tanto soñando como despierta, fue la temperatura de su piel encendida, aquellos labios húmedos recorriéndole el cuello, las manos de ambos ansiosas, desvistiéndose, y los segundos que transcurrieron en la cabina del ascensor, a la que llegaron devorándose. Sus manos osadas levantándole el vestido, rozando sus muslos, buscando la intimidad de sus puntos prohibidos. Su voz ronca preguntándole «*¿dónde has estado escondida toda mi vida?*» De ahí, a la cama. Una noche más. Piel con piel, cuerpo a cuerpo, rodeados por los sonidos del sexo. Amándose como si no hubiera un mañana.

Javier, por su parte, se dejó llevar contagiándose del desconocido entusiasmo que lo había dominado durante toda su estancia en Roma. Más de una vez se sorprendió siguiendo embobado el movimiento de los labios de Eva al hablar, convencido de que sus ojos brillaban mirándola. No iba a llamarlo amor, sabía que no lo era, pero junto al temor de que con el tiempo llegara a serlo, latía un inexplicable deseo porque de alguna forma, ocurriese. No llegaba a poner nombre al vacío que se adueñaba de él si Eva se alejaba, su necesidad de verla, de tocarla siempre, lanzarse juntos a la calle con las manos trenzadas y la extraña sensación de disgusto si perdía contacto con sus dedos, con su piel.

Aspiró el aire que lo envolvía. No le resultaba fácil exteriorizar emociones, mucho menos sentimientos románticos. Ya aterrizaría, en otro momento, más tarde, cuando volviera a Marbella. Aquella noche, como las anteriores, era simplemente para gozar cerrando los ojos a la realidad.

30
Ese golpe de realidad

En el vuelo de regreso se desperdiciaron pocas palabras. Las precisas. Eva trató de imprimir normalidad a aquellas horas, resumiendo los logros del cometido profesional y la satisfacción de Fossini, omitiendo cualquier referencia al espléndido ramo de rosas de tallo largo que Alessio había enviado a su habitación del hotel, con una tarjeta donde le planteaba seguir en contacto. Allí se quedaron. No es que como mujer no se sintiera halagada, pero no iba a alentar una estupidez como aquel coqueteo a la italiana. El único hombre que le quitaba el sueño se sentaba a su lado y, en ese momento, le tomaba la mano y le besaba los nudillos. Agradeció el gesto con una dulce sonrisa y se sacudió como pudo la melancolía.

—Misión cumplida —declaró ufana.

—Somos un gran equipo.

—Pues habrá que repetir.

Los ojos de Javier centellearon.

—Te ataré y te obligaré a recordar esas palabras cada vez que decidas hacerte la inaccesible, Brujilda.

Eva fingió escándalo.

—¿Inaccesible yo? ¿Con quién me confundes? Soy una buena chica, *Javi*.

—Más bien eres una chica que está muy buena.

Eva aflojó el nudo de sus manos.

—¿Eso es lo que te motiva? ¿Lo que oculto bajo la ropa interior?

Ya estaban. Una de esas preguntas-trampa que hacen las mujeres del tipo «*Cariño, ¿te parece que he engordado?*» y que a él le daban tanto miedo. Respondas lo que respondas siempre te equivocas. Ante la duda optó por lo fácil.

—No, mujer, tienes muchas otras virtudes y las valoro todas.

Ya. Eva soltó un gruñido hosco.

—Eso lo habrás dicho más de cien veces. O más de mil...

Él abrió la boca y echó atrás la cabeza en un gesto exagerado. Detestaba esos momentos crudos en que a las mujeres les da por filosofar y buscarle tres pies al gato. En serio, se perdía de inmediato y, dijera lo que dijese, nunca nunca acertaba.

—No rompas esta magia, Eva, te lo ruego.

La pelirroja ahogó un suspiro con aire cómico.

—Me temo que los buenos momentos se quedaron en Roma.

—No tiene por qué.

Ella esquivó la intensidad de su mirada. La confundía, la abrumaba, embrollaba sus ideas, ya de por sí confusas.

—Descendemos al crudo mundo real.

—La realidad puede ser maravillosa.

—Esto no es más que por llevarme la contraria para no perder la costumbre, ¿a que sí?

Javier dejó transcurrir unos segundos preciosos antes de responder.

—Esto es porque has hecho de estos días los mejores de mi vida.

—¿En serio he hecho eso?

Trató de no emocionarse demasiado. Debía admitir que le daba miedo a perder a Javier nada más poner el pie en Málaga y se esforzaba en mostrarse escéptica, pero la energía que emanaba de él contaba otra historia: olía a promesas y a esperanza. No quería hacerse ilusiones y sin embargo... Javier pareció adivinar sus pensamientos.

—No pienso dejarte escapar.

—Lo vamos viendo, ¿vale? —Los altavoces anunciaban el inminente aterrizaje y Eva tragó saliva con dificultad—. Voy al baño antes de que me lo prohíban.

Justo en ese momento el móvil de la pelirroja pitó y Javier se apresuró a revisar en su bolso para apagarlo, no le apetecía que les llamaran la atención por no haberlo desconectado. Pero cuando lo tuvo en la mano, sin querer, vio que un tal Federico con apellido innegablemente italiano era el remitente. Javier no pudo resistirse a leerlo. A fin de cuentas Eva le había registrado antes el equipaje, ¿no? Agradeció que ella no tuviera el teléfono bloqueado con un código y abrió el chat. Con un poco de suerte, Eva no se daría cuenta de ello. Lo que leyó lo puso de un humor terrorífico:

«No te fíes de De Ávila».

«Deja de preocuparte, morirás joven».

«Cuídate, gatita, ya sabes lo mucho que me importas».

¿*Gatita*? ¿Quién diablos era aquel tipejo y cómo se atrevía a tontear con su chica? ¿Con quién había estado Eva en contacto durante su estancia en Roma? Igual él no estaba preparado para satisfacer todas las exigencias de una relación, pero tampoco pensaba perderla. Eva había pintado su mundo de color, inundado de tonos cálidos hasta los detalles más insignificantes. La quería cerca, la necesitaba. Y la conservaría, a pesar y por encima de esos mensajes con el tal Bianchi, que removían sus demonios.

La chica regresó y se abrochó el cinturón sin articular palabra. Aterrizaron, y el incómodo silencio que los distanciaba se prolongó mientras caminaban hasta la zona de recogida de equipajes. Javier supo que quería romperlo. Justo pensaba abrirle el corazón cuando tronó su móvil. Era Antonio Baladí.

Su tono apresurado, pese a sonar afectuoso, no llegó a engañarle. Algo grave pasaba.

—¿Nos vemos para comer?

—¿Ya? ¿Hoy mismo?

—Tengo que hablarte.

—¿Tan urgente es?

—Digamos que no puede esperar.

—Joder, Antonio, acabo de aterrizar.

—Llevas más de una semana de despendole, me ha tocado vadear las tempestades a solas, ya es hora de que te amarres los tirantes y te pongas a trabajar en serio.

—¿De dónde te crees que vengo? Tengo a Fossini pegando saltos de alegría y una pila de contratos nuevos en lista de espera.

—No le eches cara haciéndome creer que no has disfrutado. ¿En La Meridiana a las dos y media?

Javier miró de reojo a Eva que esperaba su maleta junto a la cinta. Resplandeciente, luminosa, como siempre. Le fastidiaba tener que dejarla tan pronto.

—De acuerdo —aceptó de mala gana, molesto por aquella sensación de pérdida inminente pero evitable. Vértigo e incertidumbre. Algo podía rasgarse y destruirse o recomenzar con solo una palabra de cualquiera de los dos, un mínimo gesto de aliento. Pero ¿quién daría el primer paso?

Abandonaron el aeropuerto y Javier recuperó su coche.

Para poder volver a su lado a Marbella y prolongar el tiempo juntos, Eva fingió haber venido en taxi. Ya recogería a Margarita en cuanto pudiera. Iba a costarle un riñón el *parking*, pero lo dio por bien empleado. Palpaba la tensión que emanaba del hombre como un suave empujón invisible y se sentía estúpidamente segura y especial cada vez que él la miraba, acariciándola con su sonrisa torcida de canalla. Aquello era más fuerte que ella y sus grandes manos acariciando el cuero del volante, demasiado sensuales. El amor se toma su tiempo, se dijo para calmarse...

—Ya sé que antes he dicho que ya iríamos viendo cómo iba... esto, pero...

—¿Pero?

—¿Qué crees que pasará con... —hizo una pausa, costaba pronunciarlo, hasta se ruborizó un poco—, con nosotros?

—Seguiremos viviendo —dijo él como si nada. Demasiada poca emoción puesta en una respuesta de la que dependían tantas cosas.

—Ya sabes, la oficina, los chismorreos, las miraditas insidiosas —enumeró Eva concentrando sus pupilas en el paisaje que corría fuera de la ventanilla—. Vas a tener que defenderme...

—Bah, a la mierda con ellos.

—Detesto la vieja historia de la asistente enamorada de su jefe, la odio.

Javier la calló con un gesto abrupto de la mano. De repente parecía ceñudo y sombrío. De un golpe se le caían encima todos los interrogantes de un futuro compartido, a los que tampoco sabía dar respuesta. Planeaba el maldito nombre de Federico Bianchi y le preocupaba el tono grave de la voz de Antonio. De repente era como si le faltara el aire.

—Ey, ey, ey, para con eso, tú no eres mi asistente.

Eva habría preferido que le preguntase si estaba enamorada, pero no lo hizo. Tampoco volvió a hablar hasta detenerse ante un semáforo a la entrada de Marbella.

—Me parece que le das a todo demasiadas vueltas. Nos comportaremos con absoluta naturalidad en horario de oficina. Fuera de él... —giró sobre sí mismo, la agarró por la barbilla, le besó la punta de la nariz y luego, fugazmente, los labios, aunque Eva tuvo la sensación de que no ponía el corazón del todo en aquella caricia—, haremos lo que nos salga del alma. No estoy dispuesto a dar explicaciones acerca de mi vida privada. —Metió primera y aceleró.

—Haces que suene sencillo —susurró Eva sin atreverse.

—Lo es, créeme. —Consultó el reloj del salpicadero—. Te dejo en casa, como con Antonio y pasaré el resto del día con Gonzalo.

Eva recibió la información como un jarro de hielo picado sobre la espalda. Se sentía egoísta. Entendía las múltiples obligaciones de Javier, las respetaba, pero quería seguir a su lado alimentando aquello que empezaba a crecer entre ambos, viéndolo florecer, prolongando la dedicación que el uno había tenido por el otro durante su estancia en Roma. ¿Qué la fastidiaba tanto? Gonzalo no tenía nada que ver con ello, por supuesto, su padre llevaba días sin verlo y debía morirse de ganas de estar con él... un hijo es un hijo. ¿Eran entonces las horas que le robaría Baladí o la inesperada frialdad de Javier?

Él pareció intuir aquel terremoto mental y la consoló con una promesa que trajo de vuelta su sonrisa.

—Cenaremos juntos mañana, ¿te parece bien?

Bueno, se dijo la chica, tenían una cita. No pensaba quejarse. Aunque todo siguiera en el aire, sin concretar. Inquietante.

La Meridiana era un restaurante de primera categoría situado en un emplazamiento privilegiado en el corazón de la Milla de Oro, rodeado de jardines y ventanales abiertos que inundan de vida el soleado comedor. Antonio, que esperaba consultando su correo en una *tablet*, se puso en pie al ver a Javier y lo recibió con un abrazo y las pertinentes palmaditas en la espalda. Luego, no perdió el tiempo en preámbulos.

—Iré al grano. ¿Te la has tirado? —Comprobó la mueca de incredulidad de su amigo, que no podía emparejar las prisas de Antonio con aquella pregunta ridícula y machista. El interesado interpretó, a su modo, su silencio y sus cejas arqueadas—. ¿¡Te la has tirado!? ¡Te la has tirado! ¡Joder, joder, joder!

A Javier no acababa de cuadrarle tanto escándalo.

—Tampoco exageres. Roma, vino, un buen hotel, algo de intimidad, tus descarados empujones... No digas que no lo esperabas.

Antonio ladeó la cabeza en un gesto simpático y alzó una copa de rioja. Sin saber muy bien por qué brindaban, Javier lo imitó.

—Tío, eres mi héroe, has conseguido lo imposible.

—¿Imposible, por qué? Pero si tú mismo me incitaste a lanzarme. ¿Has olvidado tus pesadísimas peroratas por teléfono? A eso me refiero cuando hablo de tus «empujones».

—Entonces no sabía lo que ahora sé. —Atrapó la carta con la punta de los dedos—. ¿Pedimos?

Javier apartó la cartulina que le impedía conectar con los ojos de su amigo. Flotaba un amago de cautela en su verde mirada.

—¿Qué sabes? Joder, Antonio, me estás poniendo muy nervioso.

Baladí suspiró y cerró el menú.

—Nada del otro mundo. Por lo visto, la chica es lesbiana, tan simple como eso.

Javier sintió que lo arrojaban por un precipicio. Abrió la boca para replicar pero solo alcanzó a llenar de aire los pulmones.

—¿No has notado nada raro? Tenía una especie de novia en el Marbella 6, otra empleada nuestra de muy buen ver. Se comenta que pidió el traslado después de una pelea de enamoradas. —Y aderezó el cotilleo con un buen guiño.

Javier se quedó perplejo.

—No me jodas, ¿quién te ha contado esa estupidez?

—Antón Sevilla, el supervisor que tenemos en el otro edificio, y te aseguro que llevaba tiempo trabajando con ellas. Venga, no es tan grave, igual, conocer las mieles del sexo contigo ha sido tan fabuloso que hasta se plantea cambiar de acera. —Su rostro viró a una expresión trascendente—. Y ahora vamos a lo serio.

Javier se atragantó. ¿Lo serio? ¿Qué podía ser más serio que aquella bomba recién arrojada? A él, el tema le parecía de prioridad uno. ¡Ostias! ¿Eva, lesbiana? No encajaba con la fogosa mujer que había suspirado, gemido y disfrutado hasta perder el conocimiento entre sus sábanas.

—Estamos en un lío, tenemos un infiltrado en la empresa. —Javier no reaccionó en absoluto y Antonio volvió a repetir—. ¿Me has oído? Tenemos un infiltrado en la empresa.

—¿Por qué diablos se ha estado acostando conmigo? —insistió Javier turbado y con aire ausente.

—Porque estás muy bueno, te lo juro, tío, eres irresistible.

—No estoy bromeando. —A juzgar por su adusto gesto, era la pura verdad—. ¿Por qué motivo alguien traicionaría su propia naturaleza para acostarse con quien no desea?

—Nadie ha dicho que no te deseara, las bragas caen a su paso, señor De Ávila, a estas alturas debería usted tenerlo asumido. —Se inclinó hacia adelante con gesto escrutador—. Cualquiera diría que te interesa esa chica. En serio, me refiero.

—Fingir hasta ese punto...

—Igual es bisexual, yo qué sé, ahora está muy de moda. Pero regresa a tierra, si no es mucho pedir. Te he dicho que hay un topo en Fireland, aunque no me has hecho ni puñetero caso.

Javier desvió hacia él su mirada. Un poco vacía, un poco vaga aún. Colgada de la cuestión pelirroja.

—Un topo, ¿un topo a cuenta de qué? ¿Alguien que quiere espiarnos? Pues se van a dar contra la pared, no hay secretos industriales que robar —argumentó Javier sombrío.

—No es eso... —dejó caer sin más detalles—. Nos han convertido en un transportador de malos, alguien de Recursos Humanos está usando Fireland como tapadera para facilitar identidades falsas a espías extranjeros que operan desde España y comprometen la seguridad exterior o no sé qué chorradas.

A Javier se le secó la boca de repente. Otro estallido nuclear inesperado que no sabía cómo digerir.

—¿Cómo ha podido pasar? ¿Es que no controlamos a nuestra propia gente?

—No lo sé, Javier. No tengo ni la más remota idea. —Antonio parecía realmente agobiado. Se peinó el flequillo con los dedos y acabó más revuelto aún—. Pero tiene que ser alguien relativamente nuevo en el departamento o, de lo contrario, seguro que nos habríamos dado cuenta. No sé, es posible que alguien con un comportamiento sospechoso. ¿Cuántos empleados se han incorporado en los últimos meses?

Javier palideció de repente. Su respiración se hizo costosa. Una desquiciante imagen acababa de formarse en su memoria y se repetía una y otra vez a cámara lenta, como una espeluznante tortura: el hotel de Roma, su primera noche juntos, las manos de Eva dentro de su maleta, el registro, sus infantiles conclusiones. ¿Celos femeninos? ¿Simple e inofensiva curiosidad u otra cosa bien distinta?

—¿Qué estás pensando?

—Nada. —Se cerró en banda—. ¿Qué quieres que piense? Suena horrible. ¿Cómo cojones te has enterado?

—Un primo hermano de Cecilia es jefazo en las altas esferas de la Policía Nacional. Nos lo ha comentado a nivel extra-mega-confidencial. Creí que me daba un infarto. A efectos oficiales, tú y yo lo ignoramos todo y nadie, repito, nadie nos ha puesto en preaviso. ¿Alguna sugerencia?

—Déjame pensar. —Se pasó la mano por la frente. Bloqueado, aturdido como después de un golpe en la cabeza con algo contundente, así se sentía—. Aguzaré el oído, indagaré aquí y allá. —Sin pensarlo demasiado, se puso en pie—. Ahora, lo único que quiero es ir a buscar a mi hijo al colegio.

—¿Sin comer? Tío, un aperitivo al menos.

—Nos veremos mañana en la oficina.

—Javier.

—Dime.

—Esto es grave. Si llega a la oreja de nuestros *exquisitos* franceses, ya podemos despedirnos de la colaboración, por no mencionar nuestro prestigio internacional. Podemos perderlo todo. Y cuando digo todo...

Dejó la frase en el aire y Javier recibió el testigo con un cabeceo preocupado.

—Te refieres a todo. Ya lo sé.

31

Si pagasen por tonelada de imaginación

Cuando el despertador sonó, Eva pensó que había dormido semanas completas. Tenía los músculos entumecidos, la cabeza abotargada, los pensamientos amontonados y una única sensación clara: anhelo. Ganas de ver a Javier y confirmar que todo seguía en pie. Sus cinco sentidos estaban atrapados en él, lo demás sobraba.

La tarde anterior, nada más llegar, ducharse y poner un poco de orden en la caravana, había tomado un taxi hasta Guadalmina para enviar a alguien a por su coche, ir a por sus perros, y de paso, saludar a su madre. Y Bella la notó distraída. Toreó con garbo el interrogatorio, especialmente en lo que se refería a si intimó o no con De Ávila, y, más o menos, logró convencerla de que el viaje se había limitado a una mera colaboración profesional con exitosos resultados. Por suerte ya atardecía y, sentadas en el porche como estaban, Bella no pudo ver que se coloreaban sus mejillas. Para contentarla y suavizar su evidente decepción, le narró con pelos y señales los coqueteos con Alessio Fossini y el espectacular ramo de rosas que le había enviado al hotel.

¡Horror y error! Ambas cosas. De inmediato, Bella agarró las riendas de la conversación con renovado ímpetu, interesándose a fondo por el tal Alessio, al que enseguida etiquetó como candidato a yerno.

Eva soltó una carcajada y meneó la cabeza.

—Si te pagaran por tonelada de imaginación, serías rica, mamá.

—Ya soy rica, tesoro —replicó Bella medio ofendida—. Pero concreta, ¿qué hay de ese galante italiano?

—El galante italiano se ha quedado en su casa rodeado de pasta en ambos sentidos de la palabra, y yo vuelvo a mi rutina y a mi maravillosa libertad. No arrugues el morro, madre, no necesito pareja para ser feliz. ¿Cuántos millones de veces tendré que repetirlo?

Bella la contempló con un puchero fingido.

—¿Significa eso que no te casarás jamás?

—Eso significa que, si surge y lo siento intensamente aquí —apuntó a su corazón—, ocurrirá, pero no voy a provocarlo. —Se puso en pie nerviosa y sorprendida por sus propias palabras. Antes, siempre había sido mucho más categórica en su rechazo. ¿De dónde salía ese blandengue «si lo siento intensamente»?—. Me marcho, estoy agotada.

—Sí, cariño, el viaje y todo eso, por poco lo olvido. Tienes tan buena cara y estás siempre tan guapa.

—El dúo Sacapuntas, ¿bien?

—Perfectos. De hecho creo que tu hermano Ángel anda enredado con alguien.

A Eva se le erizó el vello de la nuca.

—No será Ana Belén, espero.

—Tendrías que preguntárselo a él. O a ella. A mí no me cuenta nada, me he enterado por los cotilleos del club de golf. Hay que ver lo informada que está la gente.

—Viva la comunicación familiar —exclamó Eva sarcástica. Suspiró y besó a su madre en la mejilla—. Hasta pronto. Gracias por cuidar de los chicos.

—¿Cenamos mañana?

El recuerdo de Javier lo inundó todo, le había dicho que cenarían juntos al día siguiente.

—Permite que no haga planes, mamá, acabo de llegar y tengo gente a la que ver.

Bella agitó en el aire la cucharilla de postre de su tarta.

—No pasa nada, cielo, cuando puedas.

—Eres la mejor madre del mundo, la más comprensiva. ¿Me has malcriado a los nenes? —agregó refiriéndose a Toni y a Braxton. Bella desvió incómoda la mirada.

—No han parado de corretear en toda la semana. Y..., bueno, puede que se haya caído al suelo algún que otro filete.

—¡Mamá, te dije que solo pienso seco!

—Bah, deja que los mime, pobrecitos. A falta de nietos a los que consentir...

—¡Ya estamos! —Eva caminó hacia el borde del porche, dispuesta a huir. Quiebros de conversación como ese nunca desembocaban en nada bueno. Sin embargo, al contrario que otras veces, la obsesión de Bella por convertirse en abuela, en lugar de enfadarla, le hizo gracia.

Luego, en su caravana, había esperado en vano una llamada de Javier que no se produjo. La invadió una terrible melancolía, una sensación de vacío desconcertante que no había sentido nunca antes. De pronto, la cama de su habitación microscópica le resultó enorme y las sábanas, frías. Se abrazó a la almohada y, después de mucho rato susurrando el nombre de Javier, recordando sus largas piernas rodeándola, la marca de los músculos en su poderoso pecho, la impresionante verga dentro de su sexo y la cálida y verde mirada, se durmió.

La mañana siguiente, Eva se llevó una desagradable sorpresa. En la oficina, Javier no se dejó ver y ella no se atrevió a preguntar. Sin segundas intenciones, la gente se mostró discretamente curiosa acerca de los resultados con Fossini. Nada de comentarios a escondidas ni de dardos envenenados. No parecían sospechar nada entre ellos y, si lo sospechaban, disimulaban de sobresaliente. Paradójicamente, Eva se descubrió echando en falta algo de chismorreo. La gente es gente, algo no encajaba.

A eso de las once, Rubén se coló en su despacho con aire ansioso, manoseando las solapas de su chaqueta amarilla.

—Cuéntamelo todo, me tienes en ascuas.

Vaya, menos mal. Eva le agradeció el interés.

—Por fin alguien me pregunta.

—¿Cómo no iba a hacerlo? Si Fossini nos abre las puertas tendremos a Italia a nuestros pies. ¿Y sabes lo que eso significa? ¡Más cuentas allí! ¡Muchas más cuentas! ¡Y más desplazamientos con dietas y a gastos pagados!

—¿Fossini? —lo interrumpió Eva con brusquedad—. ¿Me estás preguntando por Fossini? —No podía creerlo. ¿Y qué había de su tórrida historia de amor con Javier de Ávila?

—Bueno, claro, de acuerdo —Rubén se mostró confuso—, imagino que la Fontana de Trevi y el Castillo de Sant'Angelo siguen en su lugar y que la cama del St. Regis era mullida y portentosa. —Se repeinó el tupé con afectación—. Detesto que los que se divierten me ahoguen con detalles.

—¿Ni siquiera los detalles sórdidos?

—¿Qué clase de detalles sórdidos puedes traerme, alma de cántaro? —resumió con impaciencia—. Al fin y al cabo era trabajo. *Deluxe*, pero trabajo.

—Bueno, tú y medio Fireland os moríais por ir.

—¿De qué te extrañas? Era un viaje maravilloso y en el momento perfecto, que aunque Marbella sea un paraíso, siempre está bien cambiar de aires.

Eva pestañeó desconcertada. ¿Eso era todo? ¿No pensaba interrogarla a cuchillo acerca de sus lujuriosas noches de sexo sin final? ¿Por el tamaño del trabuco del jefe? Observó a Rubén, aún sin entender. Su compañero bailoteaba camino de la puerta en cuyo quicio se apoyó, para inclinar grotescamente el cuello hacia atrás, antes de dedicarle un último reproche. ¿Se piraba?

—Oh, reina, pudiste confiar en mí. Si llego a adivinar que teníamos tantísimo en común, habríamos sido medias naranjas mucho antes. Cada vez me convenzo más de que no encontraré la mía.

—Pesimista.

—Realista. Los astros no me son propicios.

—Agorero, insisto.

—No hay más ciego que el que no quiere ver —declaró con dramatismo y desapareció pasillo adelante.

¡Un momento!, se dijo Eva. ¿Qué había querido decir con aquello de *tanto en común* ¿Estaba Rubén también enamorado de Javier?

—No entiendo nada. ¿Qué le pasa a todo el mundo?

Eva comprobó la hora por enésima vez. Más de las tres y Javier sin aparecer. ¿Se había tomado el día libre sin decirle nada? ¿Qué debía esperar de él a partir de ahora? ¿Le consultaría sus decisiones? Es lo que suele hacer... la gente que sale. ¿Eran ellos algo parecido?

Demasiado frenética como para mantenerse quieta, salió de su despacho y se dirigió a la máquina dispensadora de refrescos. Abrió una lata y dio un trago largo que le llenó la garganta de burbujas. Ostras. Hablaba como su madre, pensaba como su madre. ¿Novio? ¿Ella había dicho eso? ¿Pasaba una semana fabulosa con un tío, se ponía ciega a polvos y ya lo echaba de menos? ¿Qué estaba ocurriendo? Eva Kerr no era así. Eva Kerr no se colgaba de un hombre a la primera de cambio ni caminaba idiotizada por la calle haciendo cábalas. Eva Kerr vivía feliz entregada a sí misma, sin comeduras de tarro por culpa del amor. Dio un par de vueltas inútiles por los corredores. Seguía esperando codazos en las costillas y risitas pérfidas a su paso, pero no. Nadie la señalaba con el dedo ni la tachaba de oportunista por lo bajini pese a que debía llevar escritos en la frente los orgasmos en Roma. Seguro que Lidia Noveira la había puesto verde, lógico y esperable tras robarle el puesto en el viaje delante de sus narices... En fin. Los humanos, a veces, se comportan de un modo muy raro.

Volvió a encerrarse en su oficina y, por primera vez en todo el día, se fijó en la pila inmunda de trabajo pendiente. Pensaba redactar los informes finales para Fossini y acompañarlos de una amable nota de agradecimiento en nombre de Javier, que suavizara el mal efecto de aquella cena con final precipitado. Seguro que si, de Alessio Fossini dependía, no volverían jamás a contar con Fireland para nada.

Tecleaba furiosa y abstraída cuando Javier apareció y se colocó a su espalda. Lo primero fue notar sus manos por los laterales de la cara. Le tapó los ojos al tiempo que susurraba un «¿a que no adivinas qué pienso hacerte?» al oído, muy cerca del cuello. El corazón de Eva se disparó como un bólido con motor eléctrico. Tras posar un suave beso en sus sienes, Javier se encargó de bajar las persianas de las cristaleras, aislándolos del mundo exterior. Ella quiso advertirle que alimentaría todo tipo de rumores, pero las chispas en su mirada incendiaria eran demasiado vivas como para ignorarlas y, antes de darse cuenta, se rendía en sus brazos, seducida y prisionera de sus apasionados besos, de sus mordiscos, de sus manos enormes aprisionando el arco de su cintura.

—Te deseo —murmuró ronco—. Y para mayor información, he cerrado la puerta con llave.

—Yo también te deseo —respondió Eva sin dudar y sin dejar de besarlo. Él la empujó hacia la mesa—. ¿Aquí? ¿Estás loco?

La respuesta de Javier fue apartar de un manotazo los expedientes y todo lo que incordiaba, dejando libre el espacio para tumbarla. Eva tuvo la sensación de que sus sueños eróticos más extremos iban a hacerse realidad: un hombre irresistible la poseería allí mismo, sobre la mesa de su despacho, a solo un golpe de puerta de todo el personal de una empresa. ¡Menudo morbo! La reclinó, le subió la falda casi hasta las caderas y, sin dejar de mordisquear el interior de sus muslos, le quitó las bragas. Eva notó la punzada aguda del placer directa en el clítoris, que se hinchó impaciente. El deseo contenido, su respiración convertida en un jadeo.

—Fóllame —pidió sin poder contenerse—. Fóllame aquí y ahora.

En el atractivo rostro de Javier se dibujó una sonrisa torcida.

—Eres demasiado mandona, Brujilda, ya es hora de que cierres la boca.

Y hundió la suya en la entrepierna de la pelirroja, iniciando la dulce tortura con un suave mordisco allí donde más sensible era, que le obligó a cerrar los ojos, echar atrás la cabeza y morderse la lengua para contener un grito. Los labios de Javier, sus dientes, atacaban sin tregua su vulva y la entrada a su vagina. Su lengua húmeda la lamía como a un helado. Eva se empapó al instante. Las rodillas cedieron y las piernas temblorosas se separaron al máximo, mientras sostenía su peso con las manos apoyadas contra la mesa. Esas convulsiones previas al orgasmo, tan conocidas y tan vinculadas a la imagen de Javier, se acercaban al galope. Cada succión, cada lametón, la empujaba al borde del precipicio. Pronto, los roces y las caricias empezaron a ser demasiado intensos. Eva balbuceó unas palabras que no lograron que Javier aplacase el ritmo. Notar el calor que la abrasaba, una gota de sudor resbalando por su escote, la lengua de él, caliente, mojada y hambrienta, recorriendo habilidosa sus más íntimos rincones...

Iba a correrse.

Ya.

Sin remedio. Simplemente se dejaría ir, lo deseaba, lo necesitaba.

Tres, dos...

—¡Eva, reina! ¿Estás sorda?

La pelirroja pestañeó trasladada de repente a otra realidad. Mucho más cruda y menos placentera, por supuesto. Ocupaba su despacho, sí, pero tras la mesa, no sobre ella, y no había ni rastro de Javier en los alrededores. Los documentos reposaban en su sitio y su ropa interior, al margen de empapada por culpa de la vívida fantasía que acababa de disfrutar, estaba bien en su lugar.

Lástima.

Rubén la estudiaba crítico y expectante desde su trinchera junto a la puerta.

—Por enésima vez, guapa, el jefe te llama a su despacho. Menuda torrija traes, bonita.

—¿El señor De Ávila? ¿El señor De Ávila me llama? —Su corazón dio dos saltos mortales seguidos.

—El mismo que viste y calza. En esta planta, al menos, no tenemos otro —dedujo Rubén con impaciencia. Luego cambió de registro y corrió hasta ella, para agarrarla por los hombros y zarandearla—. ¡Ay, reina! Que igual te asciende, ¿te imaginas? Estoy convencido de que lo has hecho fenomenal en Roma. —«No lo sabes tú bien», se dijo Eva, «sobre todo por las noches»—. Los habrás dejado patidifusos y ahora solo te queda subir en ascensor al Olimpo de los ejecutivos con dieta que viajan a gastos pagados.

—No sé yo...

Rubén tiró de ella, la puso en pie y la condujo a empellones hasta la salida.

—Sé que debería odiarte, pero en el fondo soy buen chico. —Se quedó mirándola. Eva aún no había destinado un gramo de energía propia a moverse—. ¿A qué diantres esperas? Te leo tu horóscopo, no me digas que no, lo he traído y es un augurio inmejorable —extrajo un papel doblado mil veces de su bolsillo—. Escucha esto: «Se abren para ti las puertas del progreso. No las obstaculices, deja que la energía del triunfo fluya con libertad». ¿Lo entiendes? Que fluya, *que fluya*.

Eva no atendió, pero procuró disimularlo tras una mueca de despepitada ilusión. La verdad es que solo importaban las ganas de ver a Javier de nuevo, los astros de Rubén le traían al pairo. Se estiró la falda y aspiró hondo antes de salir por la puerta. Su compañero la siguió con ojos de preocupación, sin atreverse a confesar que le había leído Libra aunque Eva era Acuario, porque el pronóstico para este último era sencillamente... horripilante.

32

Sé que soy demasiado joven

La pelirroja alcanzó la barrera infranqueable de la mesa de Analíe, la secretaria sobreprotectora, que levantó la cabeza y la analizó con curiosidad. Por un instante, ambas se quedaron esperando que la otra aclarase el motivo del encuentro. Fue Eva quien se adelantó, azuzada por las ganas.

—El señor De Ávila me ha llamado.

La mirada que la mujer le devolvió no era de confianza.

—¿Ah, sí? No me consta.

Cuando Eva iba a replicar ofendida que no era su estilo falsear las órdenes de los jefes, una vivaracha Alicia llegó corriendo desde su puesto.

—Sí, te está esperando. —A continuación se dirigió a Analíe—. Lo siento, me lo encargó a mí cuando te ausentaste a firmar los recibos del correo certificado.

La oleada de triunfo de Eva se estampó con la contrariedad de Analíe.

—Ah. Un segundo, que lo confirmo —repuso esta, seca como un bacalao. Pulsó unas teclas de su interfono, cruzó un par de frases con Javier y volvió a colgar. A Eva, oír la voz grave y seductora de aquel hombre le disparó las pulsaciones. Alicia la tomó del brazo.

—Yo la acompaño. —Tiró de ella antes de que la vieja guardiana pudiera oponerse—. Discúlpala, la mayoría del tiempo se comporta como si el señor De Ávila le perteneciera. Qué ganas tengo de que se jubile, por Dios —añadió bajando la voz.

—¿Esperas heredar su puesto?

Estaban detenidas ante la puerta cerrada del gran despacho. Alicia agitó su melena.

—Sé que soy demasiado joven y muchos pensarán que inexperta, pero puedo hacerlo, de hecho, soy la persona ideal para ese puesto. Yo... En realidad, querría estar cerca de... de... Por él haría cualquier cosa, te lo juro. —Se mordió el labio y miró alrededor con cautela—. ¿Puedo preguntarte algo?

No pudo rematar la cuestión, porque desde dentro les llegó un autoritario «¡Pase!» que las sobresaltó. Alicia apoyó una mano nerviosa en el antebrazo de Eva.

—Nos vemos luego.

La joven traspasó el umbral con un montón de expectativas. Su emoción aumentó cuando Javier le pidió que cerrara la puerta y se esfumó en cuanto vio su gesto ácido y su ceño fruncido. Escenas de su tórrido episodio de sexo figurado sobre la mesa de la oficina desfilaron por su mente. Eva hizo un gesto con la mano para apartarlas.

—¿Me llamabas? —Su voz sonó melosa y contenida.

Javier gruñó algo extraño sin levantar la mirada de sus papeles. Parecía tan ocupado que no pudiera perder un microsegundo en saludarla. Cuando al fin enfrentó sus ojos, la chica no halló en ellos el calor que esperaba.

—Mmm, sí —afirmó inexpresivo, tenso—. ¿Están listos los definitivos de Fossini?

—Por supuesto, solo me falta releerlos, confirmar unos números y te los mando —confirmó ella. Su desilusión ante la fría distancia de Javier dominó el modo en que articulaba cada letra.

—He pensado que podríamos, digamos, adornarlos un poco, ya sabes, meterle un poco de redacción atractiva y agregar...

—¿Una nota de disculpa por tu modo troglodita de salir huyendo del restaurante? —completó ella con mala uva. Javier conservó el aplomo.

—Ese tío te estaba buitreando. Era cuestión de principios.

Vaya. En Roma eran celos, en Marbella principios.

—Ah, entiendo. ¿Los principios de quién?

—Los míos, desde luego. No puedo soportar que le falten el respeto a una mujer estando yo delante. ¿Algún problema?

—Nooo —canturreó—, para nada, por mí puedes seguir siendo tan caballeroso como gustes. —Pensó con amargura que acababa de meterla en un saco con otros miles de millones de mujeres que poblaban la tierra, sin absolutamente nada que la distinguiera. Menuda mierda. Sus estúpidas ilusiones de que aquel peligroso flirteo de Roma pasara a mayores descendieron de dos a menos tres—. La carta está lista e incorporada. ¿Algo más?

—No, gracias, eso es todo.

Giró sobre sus talones y alcanzó la puerta provocando agujeros a la moqueta con los tacones. Estaba furiosa. Muy furiosa. ¿A qué venía aquella actitud infantil de «no solo aquí no ha pasado nada, sino que también hago como que no te conozco»?

Maldito cretino gilipollas.

Pero tan pronto como se acordó de toda su estirpe, apretó los párpados, aspiró una bocanada de aire y volvió sobre sus pasos. Javier no la miraba, escribía concienzudo, como al principio.

—Oye, no hace falta que te comportes así. Así de mal, aclaro.

Él le lanzó una mirada atravesada.

—¿Me porto mal? ¿Por qué lo dices?

—No sé, ¿porque no estás siendo nada amable, por ejemplo? —Se esforzó por sonar cínica, pero sonó tierna como el pan de molde.

—Eva, te encargo un trabajo y tú lo haces. No querrás que te lo pida cantando.

—La verdad, no te creo capaz. —Eva endureció el tono y reparó en su corbata gris plomo. De nuevo oscura. Como su humor. Como él mismo—. Has vuelto a ser el de antes.

La respuesta de Javier la cortó como una guillotina.

—Seguramente el que nunca debí dejar de ser.

Eva estuvo tentada de preguntar «¿te arrepientes?», pero decidió encajar el desprecio y mantuvo intacta su dignidad.

—Está bien, me rindo —confesó con dureza. Pero llegó hasta la puerta y volvió a girar—. No, no me rindo, ya no estamos en pie de guerra, ¿no?, ahora somos... amigos. Había pensado... Bueno, teníamos pendiente una cena y en lugar de salir por ahí —«y que puedan vernos» añadió para sus adentros— pensé que podría cocinarte unos espagueti, sé que te vuelven loco y dispongo de una receta estupenda. Es de mi abuela por parte de madre. Italiana, ya sabes.

Para su desesperación, Javier no dijo nada, se limitó a quedarse allí plantado con aires de superioridad, sus ojos verdes reflejaban una tormenta a punto de estallar. Eva sintió que le sudaban las palmas de las manos.

—Sé que puedo dar una impresión equivocada, pero me salen buenos. Buenísimos —lo animó. La mirada de Javier se desvió para clavarse en la estantería. De alguna manera le indicaba que se marchara, que la entrevista había muerto.

—Lo siento, al final esta noche no voy a poder cenar contigo.

Así que era eso. El Monolito había cambiado de opinión, enterrado sus *promesas* y olvidado aquello de que ella había convertido los días en Roma en los mejores de su vida. Menudo imbécil engañabobas. Eva estaba decidida a no ponérselo fácil.

—¿Mañana?

—No creo.

Empezó a verlo agobiado, así que tensó la cuerda todavía un poco más.

—¿Pasado mañana? —propuso con una sonrisa cínica en la boca.

—Te llamaré —la cortó. No sonaba a entusiasmo, ni mucho menos.

—Ok. —Esperó un poco más. Instantes malgastados. Nada. Intercambiaron esa mirada fatal que de algún modo significa que la suerte está echada y es un desperdicio—. Me marcho a pulir esa imprescindible nota de disculpa.

Él la miró irse e intentó tragar el denso nudo atravesado en la garganta. Era un cretino. Un cretino ciego de amor. ¿Cómo había podido ser tan ingenuo? ¡Había llegado a ilusionarse, por amor de Dios! Y cómo se arrepentía. Ella ni siquiera lo amaba, no lo amaría nunca, sus intereses iban por otros derroteros. Lo único que la movía era el interés en beneficio de quién sabe qué. Le dolía haberse dejado llevar, haber bajado la guardia, cometido mil fallos y ablandado su estudiada indiferencia con las mujeres. Besarla en Roma había sido una mágica bendición y el inicio de su tormento. Sus errores llevaban todos grabados el nombre de Eva.

Y, para colmo de males, la noche anterior, la pesadilla había regresado peor que nunca, como una tenebrosa advertencia.

La pelirroja pasó por delante de los puestos de Analíe y Alicia a toda velocidad, decidida a que nada ni nadie la detuviera. Los ojos le escocían, solo buscaba poder refugiarse en su oficina y meterse bajo la mesa. Pero un exaltado Rubén la interceptó en el pasillo.

—Reina...

—Ahora no, por favor, me duele la cabeza.

—¿No hay ascenso? —dedujo con desproporcionada tristeza.

—¿Ascenso? —reprimió una carcajada negra—. Y una mierda.

—No hace falta ser malhablada con quien te quiere bien —se señaló a sí mismo—. Siempre te quedará Roma.

—Y los tres kilos extra por culpa de las *pizzas*.

—No seas vinagres, venga, confiesa. Seguro que te compraste unos tacones alucinantes, ¿verdad?¿De qué marca? Cuenta cuenta...

—Acabo de llevarme la mayor decepción de mi vida, Rubén.

—Vaya, pues sí que te ha dado fuerte con lo del ascenso. —El joven apoyó una mano en el hombro de su compañera y trató de buscar su cara por debajo de la maraña de rizos—. Te tomas las cosas demasiado en serio, cielo. ¡Pero si hasta estás llorando!

—¡No lloro! —gimió secándose la cara con el revés de la manga—. Solo necesito emborracharme. Es una emergencia.

—Si quieres podemos tomar unas tapas y unas cervezas al salir.

—O unos vinos. O algo más potente. He dicho emborr...

—¡Frena, vaquera! Llamamos a AB y...

—¿AB?

—Ana Belén. La chica formidable.

Eva sintió honda la picazón de los celos. No necesitaba más vapuleo por un único día.

—¿Habéis intimado mientras yo no estaba?

—Hemos quedado varias veces para tomar algo y leer juntos los horóscopos. Me convenció para que me apuntase a *zumba*, estoy en-can-ta-do. Perdona que te diga, pero es bastante más romántica que tú.

Eva apoyó las manos en las caderas y se lo quedó mirando con descaro.

—Vaya, hombre, pero ¿quién pone las mejores tiritas en tu corazón *partío*?

—La verdad... Eva Kerr. Eres irreemplazable si uno necesita una buena ración de sarcasmo. —Se abrazaron con los ojos húmedos. Luego le sujetó las manos y la sometió a un exhaustivo escrutinio—. Ahora en serio, ¿estás bien? —Eva escondió las lágrimas y asintió—. Entonces nos vemos al salir. Ya me contarás, ya...

Imposible escabullirse. En cuanto Eva dejó la nota de disculpa y los informes definitivos sobre la mesa de Analíe, Alicia salió corriendo y se le coló en el despacho.

—Tengo que hablar contigo —la abordó. Eva se vio acorralada.

—Que sea rapidito que he quedado y tengo que entregar cosas antes.

—Me moría de impaciencia porque volvieses de Roma para preguntarte... Verás, ¿cómo es él... en la intimidad?

Eva sufrió un sobresalto.

—¿Cómo dices?

—Cuando no hay nadie delante, cuando se quita la americana. Supongo que habréis compartido algún aperitivo. —Se retorció insegura las manos mientras Eva agregaba un «y mucho más, maja, si yo te contara» en su mente—. ¿Cómo es cuando se relaja?

Al fin y al cabo la pregunta tenía una salida airosa. Eva se encogió de hombros.

—Ligeramente más divertido que de costumbre, nada para tirar cohetes.

—¿Sabes si sale con alguien?

—¡No! No lo sé, ¿cómo iba a saberlo?

—Bueno, esas cosas, con una cerveza delante, se comentan.

—Puede, pero no a mí. Viajaba en calidad de titular de la cuenta, no de confesora del jefe —le recordó enfurruñada.

—Ya, pero a efectos prácticos es como si fueras otro hombre, ¿no te parece?

—¿Yo otro hombre? ¿Por qué? —la estudió intrigada—. Te juro que me encantaría saber a dónde quieres ir a parar.

—Bueno, a ti te gustan las chicas, no lo critico, me parece muy bien que cada cual tenga sexo con quien... Seguro que los hombres, de algún modo, te ven como un igual, no sé, a la hora de las confidencias...

Eva no había superado la segunda frase, como tampoco había conseguido cerrar la boca.

—¿Que a mí me van las chicas? ¿De dónde has sacado una idea tan ridícula?

—Es lo que van diciendo por ahí, lo he oído... —pestañeó rápido—. ¿No es cierto?

—Pues no, para nada. Soy una mujer que se acuesta con hombres y que de momento jamás se ha planteado echarse novia.

Alicia palideció.

—Yo... yo lo siento mucho, oye, si te he ofendido... —Aleteó las manos y corrió hacia la puerta—. Tengo mucho trabajo pendiente, olvida lo que te he preguntado, olvídalo, por favor, no eran más que tonterías.

Eva se quedó de pie delante de su mesa, demasiado atónita. Ahora entendía muchas cosas: las indirectas de Rubén, la ausencia de miradas maliciosas a su vuelta de Italia... ¿Cómo iba nadie a sospechar que tuviese una aventura con Javier si la creían lesbiana? Se encerró aturdida en su despacho hasta la hora de la salida y Rubén pasó a buscarla. Al salir, volvió a toparse con Javier que llevaba un montón de carpetas y un iPad en la mano. Le dijo adiós de pasada, convencida de que la ignoraría. Pero, contra todo pronóstico, él soltó un profundo suspiro y dijo:

—Adiós, Eva.

Cruzaron la Avenida Ricardo Soriano y se zambulleron en el entramado de callejuelas que conforman el casco antiguo de la ciudad. Ana se les había unido y, con su animado parloteo, compensaba la depresión en la que estaba sumida la pelirroja. Cuando le preguntaron, lo achacó al cansancio.

—Pero eso fabuloso que habéis empezado continúa, ¿verdad? —indagó Ana Belén. Eva se mordió la lengua. Le faltó ocasión para reclamarle discreción a su amiga, aunque, con Ana, lo de cerrar el pico era difícil siempre. Rubén se quedó con la copla y boquiabierto.

—¿Qué se supone que habéis empezado y quiénes?

—Nada —interrumpió Eva hecha un manojo de nervios—, no es nada. Ana ya se calla, ¿verdad, Anita, mona, que te callas?

Ana Belén dibujó un esbozo de sonrisa malvada.

—¿No te lo ha contado? Se ha estado pegando un festival de primera cuerpo a cuerpo con el todopoderoso señor De Ávila.

Eva agitó la cabeza. Rubén la fulminó con dos pupilas como dos guisantes negros.

—¿Que te has foll...? Pero ¿tú no eras lesbiana?

Eva los miró de hito en hito con los labios apretados. La noche y las explicaciones se preveían largas. Pidió tres vinos dulces.

33
Segundas oportunidades desaprovechadas

A la mañana siguiente, Eva arrastraba una terrible migraña, resultado de su poco juicio y su tendencia a dejarse llevar por las promesas del alcohol, que dicen que borra las penas cuando no solo es mentira, sino que además te destroza por intoxicación. Se juró no volver a beber. Al menos, no para olvidar. Preparó una cafetera, la vertió completa en un termo, se vistió con ropa deportiva y salió con Toni y Braxton a sudar como una sueca. La zona de La Mairena, donde había elegido vivir, era una maravilla a varios kilómetros de distancia del centro urbano, a la que solo se accedía por una angosta carretera de montaña, empinada y difícil, por la que traqueteaban a diario los autobuses del colegio alemán. Cuando Eva marcó aquella área de Marbella para instalarse, Bella imaginó que optaría por un chalet de estilo contemporáneo y vertiginosas vistas. Pero no, su querido garbanzo negro se había contentado con una parcela vallada en la que sembró un colorido jardín, una huerta y una caravana moderna en la que desarrollaba una vida feliz y plena, para sorpresa de muchos y desconcierto de todos.

Hasta que Javier de Ávila y su impresionante porte de hombre duro del oeste se habían inmiscuido. Entonces, todo su mundo volcó y ella misma no se reconocía. Era preciso analizar fríamente la situación, pensó mientras trotaba. Había perdido el control de sus emociones y lo que a estas alturas sentía por Javier no recordaba haberlo sentido antes por nadie. Tampoco antes había conocido a un hombre como el Monolito, dicho fuera de paso. Los tíos solían achantarse ante Eva, su belleza y personalidad los intimidaba. El nervio, si es que lo tenían, se lo dejaban en casa y le bailaban el agua desesperados por agradar. El resultado, aburrimiento supino. Ella necesitaba carácter, un tipo que pisara fuerte, tomase la iniciativa y acallara sus protestas, que eran muchas, con besos de tornillo. Justo como se había comportado él en Roma... Mierda, ya estaba otra vez echándolo de menos. Iba a ser mejor dejar de *analizar fríamente la situación*, no la llevaba muy lejos.

A pesar de todo, volvió del paseo algo más despejada. Puso al fuego la tetera que Javier le había regalado en Roma, tratando de no recordar ciertas cosas, y se dio una ducha. El silbato que avisaba la ebullición inició sus alaridos justo cuando ella apoyaba el primer pie en la alfombrilla. Era tan acuciante y agudo que, sin secarse siquiera, salió corriendo para apartarla del fuego. Antes de poder agarrarla por el asa, Eva resbaló y quedó despatarrada en el suelo. Aquello se disparó y, con un penetrante silbato, la tapadera saltó sobre su cabeza. Eva tuvo que apartarse con rapidez para no quemarse.

—¡Maldita sea! Si me hago un té es para relajarme, ¿lo oyes, cacharro asqueroso?

Acabó de vestirse mientras el té blanco maceraba en su taza. Eligió unos vaqueros ceñidos que realzaban su provocativo trasero, un jersey color turquesa que hacía juego con sus ojos y un bonito pañuelo al cuello. Llamó un taxi, ya que con tanto vino la tarde previa, Ana Belén le prohibió conducir la moto, tocaba ir a buscarla, y mientras esperaba, degustó a sorbitos su infusión y enfrentó una última vez el espejo:

—Puedo hacerlo. Tú no lo crees —dijo a su reflejo—, yo tampoco lo creo, pero Ana Belén, sí. Puedo comportarme como una mujer sensata con los nervios templados. Ese tío, por seductor que resulte, no va a vencerme. Vamos allá.

Sin embargo, al cruzar por delante del colegio alemán no pudo evitar espiar ansiosa, por si veía a Gonzalo o al propio Javier. Había dicho que llevaba al niño al cole cada mañana, ¿verdad? No sería tan descabellado que anduviese por allí. Pero no había ni rastro de De Ávila por ningún sitio y su ánimo se desinfló y se fundió con el asiento. Odioso Javier, todo por su culpa. Si hubiese mantenido cerrada la bragueta y ella los ojos... Si no la hubiese encandilado y ella no se hubiera dejado tentar... Si Roma no tuviera rincones tan románticos... ¿En qué momento del camino había virado su filosofía de vida? Ella no iba a enamorarse, mantenía una pésima opinión acerca de los hombres, desconfiaba de ellos, y así debía seguir. Se acostaba libremente con el que elegía cuando su cuerpo de mujer pedía acción, pero nada más. Nada de nostalgia ni de suspirar esperando una llamada. Si se dejaba arrastrar, perdería su libertad y, en lugar de ser dueña de su vida, estaría cediéndole a Javier ese poder para no recuperarlo nunca.

Convencida de que le convenía justo lo contrario, se adentró en el portal del King Edwards y subió las escaleras para tomar el ascensor. Se le encogió el estómago en un pellizco doloroso. Allí, charlando amigablemente con el portero, estaba Javier, irresistible en su traje gris marengo casi negro, con su correcta camisa azul celeste y su severa corbata oscura. La sexi barba había desaparecido de su rostro, llevaba un maletín en la mano, y apenas levantó los ojos para mirarla cuando ella dio los buenos días.

—Buenas, señorita Kerr —respondió como si fuese una empleada cualquiera.

Y volvió a concentrar su atención en el hombrecillo que le narraba la última lesión de Ronaldo. Eva abrió la puerta del elevador y la mantuvo abierta un instante.

—¿Sube? —invitó con un hilo de voz que pretendía ser alegre.

—Ahora, en un rato. —Hizo un ademán con la mano, como si espantara un insecto—. Suba, suba, no se entretenga.

Eva soltó de golpe la puerta y quedó de cara al espejo con los labios apretados. Tenía los ojos vidriosos y las mejillas enrojecidas por la agitación. Al pozo sus esperanzas de subir juntos, de verse recluidos en el reducido espacio. De revivir, quién sabe, los momentos de erótica cercanía vividos en Roma en el ascensor del hotel. Una empleada cualquiera. Seguramente lo era. Una empleada dispuesta que le había alegrado el viaje de negocios. El resto, fantasías suyas sin pies ni cabeza.

—*Suba, suba, no se entretenga* —imitó furiosa la frase con la que Javier la había despachado.

El destino o el propio Javier se habían empecinado en amargarle el día y, durante la pausa para el almuerzo en la cafetería, tan pronto Rubén y ella se acomodaron, lo vieron entrar acompañado de una impresionante rubia embutida en un vestido años cincuenta que disparaba sus tetas a lo más alto. Eva se arrugó en su silla y hundió los ojos en su plato, lo suficiente como para no ver que los de Javier la buscaban con angustia. La que reflejaba su destructiva lucha interna.

Le costaba gestionar lo que sentía: por un lado la necesitaba cerca, controlada, sabiendo qué hacía y con quién iba, en cada momento. Por otro, lejos, donde no pudiera alterar su equilibrio, ni turbarlo ni distraerlo ni debilitarlo.

Lo cierto es que había habido un antes y un después de Eva en su vida. La chica lo había estremecido hasta los cimientos de manera extraordinaria. Pensar que aquella hada de sonrisa contagiosa pudiera ser una espía liante y trolera lo asustaba. Imaginar que ella se había entregado solo por interés e información le quemaba el alma. Y eso que él pensaba que su alma y su capacidad de amar se habían perdido hacía mucho.

Allí estaba, fingiendo que el culo respingón de la pelirroja no le afectaba, soportando el soporífero parloteo de una mujer que no le importaba un pito, cuando la que realmente deseaba se dedicaba a enloquecerlo intrigando en las sombras, buscando probablemente su destrucción y la de todo aquello por lo que había luchado durante tantos años.

Por su lado, para Eva, ser testigo del coralgueo exagerado de Javier con Lidia y el que casi se rozaran en público sin ningún pudor, había derrumbado los frenos de su autocontrol. Estaba claro, él marcaba las distancias, pero ¿qué falta hacía ser tan cruel? Ese cambio suyo, tan repentino, tan radical... En cuanto pudo, salió y se encerró en el baño a evitar exhibir su destrozo. Rubén la persiguió y, tras mirar a un lado y otro y comprobar que no lo veía nadie, se metió detrás.

—Reina, sal, sal y no llores, que no merece la pena. Los hombres son así, no tienen corazón. Y, si como este, son sagitario, mucho menos. Son unos *follosos* incorregibles. —Eso, evidentemente, no la consoló en absoluto—. Se te pasará, te lo prometo. El pronóstico de tu horóscopo para este año es fabuloso y quedan muchos meses. Verás como encuentras enseguida a alguien genial que te hará reír y olvidar. Puede que no esté tan bueno como este, pero... —El volumen de berridos de Eva creció y le indicó que sus comentarios no iban por buen camino—. En fin, que hay muchos peces en el mar y que tienes que quitártelo de la cabeza. —Golpeó suavemente con los nudillos—. ¿Sigues ahí, cielito? No me gusta verte sufrir, no te lo mereces. ¿Quieres tomarte la tarde libre? Podemos decir que te ha bajado la regla y que estás fatal de la muerte. Anímate, vienes a casa, suspendo la clase de *zumba* y hacemos un bizcocho. ¿Te parece?

—Oye, disculpa, ¿te importaría mucho salir de aquí? Es el aseo para chicas.

La petición que había resonado a sus espaldas provocó que Rubén se girara curioso. Lidia Noveira lo observaba con las manos apoyadas en la cintura y el cuello torcido. Era evidente que no le hacía gracia toparse con él allí. El chico no se cortó un pelo.

—Oh, por mí no te preocupes, soy de las vuestras. Que soy muy gay —aclaró ante la perplejidad de la rubia.

—En cualquier caso. Creo que deberías largarte —insistió Lidia con ojos de huracán. Rubén miró al techo impaciente.

—Ok, ya me marcho. ¡Te espero fuera, tesoro! Y sobre todo, cuando salgas, no hagas ninguna tontería —agregó vigilando a Lidia con el rabillo del ojo y mucha aprensión. Esta solo se ocupaba de retocarse el carmín de sus labios.

Dentro del estrecho wáter, Eva releía entre lágrimas el mensaje que Bianchi acababa de enviarle:

«Coge el autobús de las 16:00 para Málaga».

«Estoy trabajando», replicó Eva al segundo.

«Inventa una excusa y sal ya. Bus de las 16:00 para Málaga», fue la repetitiva indicación.

—¡Maldito sargento! —resopló con fastidio. Empujó bruscamente la puerta para salir y chocó contra algo mullido. La sorprendió una exclamación de queja con voz femenina.

—¡Oye! ¡Ten un poco de cuidado!

¡Acabáramos! El *algo* mullido no era otra cosa que el redondo trasero de Lidia Noveira que la miraba echando chispas desde detrás de sus gafas.

—Lo siento, no sabía que estabas aquí —se disculpó con una tosecilla.

—¿Era contigo con quien hablaba Rubén? —Eva asintió lentamente con la cabeza. Aquella mujer la miraba como si quisiera averiguar «los gays, ¿os lo montáis entre vosotros?»

No pensaba darle el gusto ni satisfacer su malsana curiosidad, pero que lo creyese la mantendría bien lejos, y eso era un alivio. Sin atreverse a mirarla ni a recordar cómo momentos antes Javier le pasaba el brazo por los hombros y ella se le adosaba mimosa al costado, Eva pasó por delante y abandonó el baño.

Se dirigió a su mesa e imprimió todos los datos que necesitaba para trabajar por la noche en casa. Aunque la estúpida situación creada en Fireland le impidiera concentrarse, no iba a permitir que su nivel de rendimiento se estrellara en el suelo. Luego recogió sus cosas y apareció un momento por la oficina de Rubén.

—Al final me marcho. Tenías razón, como siempre. Pasaré a visitar a mi madre, dejaré que me mime, le contaré mis penas y me sentiré mucho mejor —mintió con una sonrisa tristona.

—¿Gimnasio?

—Desde luego. Hoy nada de alcohol. Y necesito desfogarme.

—Solo faltaba, mona, menuda trompa, la de ayer.

Eva observó el brillo infantil de los ojos de Rubén. Detrás de toda su fachada de sofisticación y distancia, era tierno. Y su capacidad para emocionarse con cualquier minucia, envidiable. Mientras que ella era la viva imagen de la depresión, chafada y mustia. La habían utilizado y habíandesparramado sus sentimientos por el suelo. Solo por su amigo, fingió estar mucho mejor de lo que estaba.

—Beber no borra los desastres. La vida es eso, al fin y al cabo, ¿no? Prueba tras error. —Propinó una palmadita al marco de la puerta a modo de despedida—. Mañana te veo.

—Cuídate, reina.

Eva enfiló a todo gas la avenida de la circunvalación que la conduciría a la estación de autobuses. Aquel camino, en cualquier estación del año, era uno de sus favoritos, con la cúpula verde que formaban las ramas de los árboles plantados a cada lado trenzándose sobre el aire. Era bucólico y tranquilo, el que escogía para bajar a la oficina, y muchas otras veces, aun cuando no lo necesitara, daba a propósito un rodeo con el solo fin de disfrutarlo. Retorció la maneta del acelerador de su recuperada moto, notó el aire curativo acariciándole la cara y en solo un cuarto de hora aparcaba, colgaba el casco, aseguraba el pitón y sacudía incrédula la cabeza.

—No me explico cómo he llegado hasta aquí. Ese Bianchi es un... —El timbre de su teléfono, con la banda sonora de *Piratas del Caribe*, cortó de cuajo sus maldiciones. Respondió convencida de que sería Federico de nuevo. «¿Más instrucciones, *jefe*?», se dijo a sí misma antes de quedarse de piedra al leer el nombre de Javier en la pantalla. Hundió el teléfono en el fondo de su bolsillo con el corazón al galope. ¿Qué pretendía? Después de ignorarla durante todo el día del modo más doloroso, después de coquetear con otra mujer delante mismo de sus narices, ¿ahora la llamaba? Iba listo si por un momento se le había pasado por cabeza que contestaría. Muy listo.

—Mira por donde, tengo una misión que desarrollar. Soy una espía ocupada, con mucho en qué entretenerse para olvidarte, señor De Ávila.

Se dirigió a la ventanilla con paso firme y compró un billete para el autobús que salía a las cuatro con destino Málaga. El móvil vibró en su bolsillo.

—¿Como no te atiendo me mandas un mensaje? —Leyó con más avidez de lo deseado y no pudo ocultar su contrariedad al comprobar que no era Javier, sino más instrucciones por parte de Bianchi. Instrucciones bastantes contradictorias, por cierto.

«Cambio de planes, toma el autocar que va a Algeciras. Sale a las 15:45».

Eva comprobó la hora; faltaban apenas siete minutos. Tecleó con rabia.

«¿Estás majara?».

«Sube directamente cuando esté a punto de salir y compra el billete a bordo. Haz el favor de no discutir, ahorraremos tiempo».

Lo hizo, claro. Cumplió las indicaciones al pie de la letra, picada por la efervescente curiosidad y por el ansia de apartar a Javier de su mente. Todo aquel bullicio demencial le venía de fábula para no acabar, por segundo día consecutivo, desesperada y beoda. Adquirió el billete directamente del conductor y se sentó en uno de los muchos asientos libres. Clavó sus ojos azules en el paisaje tras la ventanilla y se preguntó qué vendría a continuación.

—No te gires, gatita. Voy a sentarme a tu lado y harás como que no me conoces. Mueve arriba y abajo la cabeza si lo has comprendido.

Eva contuvo un rugido, pero dijo que sí. En menos de dos segundos tenía a Federico Bianchi acomodado en el asiento contiguo, con un enorme periódico desplegado que le ocultaba la cara y actuaba de parapeto respecto de los demás viajeros.

—Toma esto.

Eva pestañeó. Bianchi acababa de dejar un pequeño dispositivo, semejante a un *pendrive*, en la zona de conexión entre ambas butacas. Dudó un instante, pero enseguida lo tomó y lo metió en su bolso.

—¿Puedo preguntar qué es?

—Un dispositivo que te permitirá sacar copia de todos los correos electrónicos alojados en el servidor de Fireland. Hazlo —ordenó sin dejar de repasar el periódico y sin mirarla ni por equivocación. Eva abrió desmesuradamente los ojos.

—Si piensas que voy a examinar toda la pila de *mails* que puede haber es que estás peor del coco de lo que yo pensaba —rezongó a media voz. Bianchi no se inmutó.

—Desde luego que no, gatita, dispongo de un equipo de gente que lo hará en un abrir y cerrar de ojos. Tú solo saca la copia y entrégamela del modo que ya te diré.

—Pero... —El móvil de Eva volvió a tronar. Era Javier. Se puso tan nerviosa que el aparato saltó de sus manos al suelo.

—¡San Pedro Alcántara! —anunció con un bocinazo el conductor. Federico se puso en pie con elegancia y plegó el periódico.

—No te duermas, preciosa, te bajas en la próxima parada.

Cuando Eva abandonó el autobús en Estepona, estaba pero que muy cabreada. Tuvo que tomar otro de vuelta a Marbella sintiéndose estúpida por mil cosas diferentes. Lo de jugar a espías era lo de menos, cambiar de destino en el último minuto para despistar implicaba que alguien podía estar siguiéndola. ¿Eran meras precauciones de acuerdo con el protocolo del CNI o realmente sospechaban de ella? Y en ese caso, ¿quién? ¿Y hasta qué punto corría peligro?

Notó que se le erizaba el vello con un ligero escalofrío al que no quiso poner nombre.

Se marchó directa al gimnasio, se cambió de ropa y se calzó los guantes de boxeo. Menudo día de mierda. Iba a desquitarse de toda su amargura, a liberarse a base de golpes, le pesara a quien le pesara. Por ejemplo, al saco. Se plantó delante y recordó a Antón Sevilla, el capullo que había difundido el rumor de su homosexualidad. Atizó el primer golpe y el saco se convulsionó con violencia. Resulta que la había beneficiado evitando que se especulara acerca de una relación con el jefe, sí, pero su intención no era esa, desde luego. Pretendía humillarla y nadie tenía derecho a cuestionar sus gustos sexuales, fueran los que fuesen. Encadenó dos ganchos, uno de izquierda, algo más alto y uno de derecha, por debajo, que habría reventado el hígado de su oponente. La adrenalina aceleró el ritmo de salida y sus golpes se hicieron más duros y continuos hasta convertirse en una iracunda ametralladora humana con visión de túnel directa al centro del saco. Lo único que durante quince minutos logró mantener bajo control fue la respiración. Todo lo demás estaba bien lejos de su voluntad.

La diana adquirió el rostro de Javier, y al estrés se sumó el dolor. La cara sudorosa y congestionada de la pelirroja se crispó en una mueca y sus ojos se llenaron de lágrimas mientras incrementaba el número de ganchos por minuto.

—Baja el ritmo, baja el ritmo, ¿adónde vas?

Una mano firme y áspera le agarró el hombro derecho intentando calmarla. Pero no surtió efecto alguno. Eva ni la notó. Entonces el hombre tuvo que apretar más fuerte hasta sacarla de aquella hipnosis en la que parecía sumergida. Eva dio un respingo y recuperó el resuello con un hondo jadeo. Era Johnny, su entrenador.

—¿Eh?

—Que pares, jovencita, vas a destrozarme las instalaciones —bromeó. Pero sus ojos no reían—. ¿Ocurre algo?

Eva se había quedado rígida, observando el vacío con los brazos a lo largo del cuerpo, ligeramente separados. De un brusco tirón se deshizo de los guantes y los arrojó al suelo.

—Repito, ¿pasa algo grave?

—Nada. —Fue tajante y tan cargado de desprecio como sus golpes—. Echaba de menos entrenar, eso es todo.

Alargó la mano hasta su toalla y secó el sudor de la frente. Johnny seguía observándola con desconfianza y las pupilas ligeramente contraídas. Estiró el brazo hacia ella con aire protector y Eva se dejó acaparar.

—Ey, pequeña. Quieres darle una buena paliza a alguien, ¿verdad? —Ella hipó y sorbió los mocos sin responder—. Lo entiendo, a veces pasa. Suerte que puedes venir aquí, mirar ese saco y romperle la cara al imbécil que se atreve a molestarte.

—Créeme, es algo más que una molestia —logró decir con mucha dificultad.

—¿Quieres hablar? —le ofreció el hombre con una chispa de simpatía en los ojos. Eva le devolvió el cumplido en forma de sonrisa.

—No, Johnny, lo que quiero es ducharme, irme a casa y sacar adelante los informes a los que hoy no me he podido enfrentar. Soy una auténtica calamidad.

—¿Es el corazón? —Se llevó melodramáticamente la mano al pecho. Eva recogía los guantes del suelo.

—Es la vida. Hasta mañana. Prepárame un *sparring* que aguante en pie un mínimo de tres asaltos. Pienso hacerlo trizas.

Viéndola marchar, Johnny meneó la cabeza insatisfecho y silbó. Alguien había conseguido que el témpano pelirrojo, como la llamaban en el gimnasio, se encendiese y perdiera los estribos. Muy interesante.

34
Tazas que repiquetean

Tras la sesión de boxeo, nada mejor que una opípara merienda con su madre que, viéndola comer, se ahogaba de felicidad, como en su infancia.

Viéndola acercarse, Bella se dijo que, a pesar de su delgadez, su pequeña se había convertido en una mujer de las que retuercen cuellos a su paso. Al mirarla, no podía evitar pensar en su tía, una aristócrata italiana de voluptuosa belleza que había actuado como espía contra los nazis durante la ocupación, y de la que Eva había heredado su rebelde melena roja y, sin duda, su determinación.

—Has vuelto a pintarte las uñas de una mano y a olvidar la otra.

Eva se apresuró a comprobarlo por sí misma.

—Ya sabes, lo de siempre. Tengo poco tiempo y además no me importa —canturreó.

Bella hizo un gesto de cómica desesperación.

—Qué habré hecho yo para merecer esta hija desastrosa.

—Reconoce que aun así me quieres, hazte a la idea de que jamás de los jamases seré como la prima Sybille —ahuecó la voz al pronunciar el nombre con claro acento francés.

—Se llama Sibila y es una chica encantadora —la regañó Bella sin dejar de reír—, no te pitorrees de ella.

—Oh, sí, la preciosa Sybille que siempre siempre va perfecta. —Se miró las dos manos—. Si viese mi manicura desbaratada, sufriría un infarto en pocos segundos.

—Me avergüenzas, pero tienes razón, te quiero por encima de todo eso —admitió Bella cariñosamente.

Bebieron té saboreando el silencio durante unos minutos. Eva lanzó un par de miradas de soslayo a su madre, tranquilamente arrellanada entre los cojines de su diván oriental.

—Ha aparecido Bianchi —anunció Eva a bocajarro—. ¿No ha venido a verte?

—¿Bianchi? —Bella quiso sonar indiferente, pero Eva advirtió que su voz fluctuaba ligeramente—. No. ¿Por qué habría de hacerlo?

—Por la sencilla razón de que durante muchos años fue uno más de la familia, como simple muestra de cortesía. Es lo mínimo que podría hacer, ¿no te parece? —Entornó los ojos—. Mamá, ¿pasa algo?

Bella retiró la mirada hacia el suelo.

—Qué tontería, cariño, ¿qué va a pasar?

—¿Estás temblando?

—No imagines cosas, cielo...

—Mamá, tu taza repiquetea sobre el platillo, no creo que lo haga sola. —Acortó distancias con su madre sentándose en el diván—. ¿Qué pasó exactamente con Bianchi? ¿Por qué desapareció cuando... cuando lo de papá?

Bella dibujó un movimiento con las cejas, apenas perceptible.

—No creas que no me gustaría saberlo. —Sonó sincera. Eva bufó antes de servirse otra taza de té—. ¿En qué anda metido ahora ese truhán?

—Trabaja para el Gobierno. Es todo lo que sé —resumió. Bella asintió con un elegante movimiento de cabeza y Eva dio por terminada la conversación. Su madre no parecía muy tocada con la noticia. La verdad, había esperado otro tipo de reacción más... dramática.

Se acurrucó contra su pecho y dejó que Bella le acariciara el pelo. Bien sabía Dios que lo necesitaba.

Lo que desde luego no esperaba al volver a casa era que en los límites de su propiedad hubiese aparcado un Audi A-8 negro y amenazador, ni ver a Javier apoyado contra la puerta, controlando alerta cómo Gonzalo acariciaba a Toni y a Braxton a través de la reja. A juzgar por su ceño fruncido y sus aspavientos, a Eva no le cupo duda de que le estaba regañando. En cuanto la oyó llegar, el niño se giró con los ojos llenos de estrellitas y sonrisa de domingo. Eva detuvo la moto y se quitó el casco. Sus rizos rojos cayeron en tropel sobre sus hombros y Javier quedó prendido de aquel erótico movimiento. Ella los miraba a ambos como si encarnasen una aparición.

—Pero bueno, ¿a qué debo el honor de esta visita? —Revolvió el pelo de Gonzalo y respondió a sus arrumacos con ternura. Javier se mantuvo en un discreto segundo plano, observando.

—El niño preguntaba por ti, quería verte —explicó atropellando las palabras.

—Quería verte —secundó el pequeñajo.

—Se empeñó —añadió Javier algo apurado. Eva lo ignoró como si fuese invisible.

—¿A mí? ¿O a ellos? —Contuvo una carcajada y señaló a sus perros. Gonzalo se puso rojo grana.

—A los tres.

—Entiendo. ¿Quieres jugar un rato? ¿Darles un paseo?

—No hace falta, si con que los toque un poco... —intervino Javier algo nervioso. Eva volvió a hablar únicamente con el niño.

—Te aseguro que después de estar solos todo el día van a agradecerlo mucho. Tengo un par de pelotas que los vuelven locos. —Pulsó el mando de apertura de la cancela, que como siempre se atascó. Con un suspiro descorrió el cerrojo y se puso a empujar. Javier se apresuró a ayudarla y, por culpa del trabajo común, quedaron demasiado juntos. Tanta cercanía le atacaba los nervios, de modo que se libró de él con un manotazo—. Deja, ya puedo yo.

—A ver si te haces daño.

—Lo hago a diario y sigo viva, gracias.

En cuanto hubo vía libre, Gonzalo corrió alborozado hacia los dos pastores alemanes, que lo recibieron con una colección de cabriolas. Javier fiscalizaba la escena enfurruñado.

—Anda, saluda a los peludos, pero no te acerques demasiado, mantén las distancias, Gonzalo, que no se te echen encima. No los toques mucho, cuidado, a ver si te muerden. ¡Gonzalo! Pueden morderte.

Eva arrancó la moto de un patadón y le clavó dos pupilas ardientes.

—¿Qué gilipolleces dices? No van a hacerle el menor daño, relájate, Monolito.

Cruzó con la motocicleta por delante de Javier, todo lo chula que pudo, y la aparcó bajo el techado. Luego entró en la caravana a buscar una jarra de limonada que guardaba en la nevera, sin ni siquiera invitarlo a entrar. Pero Javier, acostumbrado a pisar firme y seguro aún sin cordialidades, pasó y cerró la pesada cancela a sus espaldas. Eva no le hizo el menor caso. Ofreció un vaso de refresco a Gonzalo, se sirvió otro y arrojó a lo lejos un par de pelotas de tenis para que los perros las trajeran de vuelta. En menos de cuatro segundos, Gonzalo la imitaba entre risas.

—¿Qué tal todo? ¿Estás bien? —arrancó Javier algo torpe.

—¿Yo? Divinamente, no hay más que verme —respondió Eva con toda la petulancia de que fue capaz.

—Me han dicho que te encontrabas mal, que te has ido de la oficina. —La evaluó con una ojeada nada discreta—. A simple vista diría todo lo contrario.

—Ya se me ha pasado.

—Eva, yo...

—¿Querías algo más? Porque tengo muchas ganas de acostarme, estoy cansada y, a diferencia de ti, no tengo una cocinera que me tenga lista la tortilla cuando llego.

—Puedo invitarte a cenar si quieres... Te dije que una de estas noches...

Mentira. Jamás dijo nada de *una de estas noches*. Primero, el día en que llegaron de Roma, había dicho «cenaremos juntos mañana» y, al día siguiente, hacía poco más de veinticuatro horas, después de permitir que otra tontease a su alrededor sin remordimientos, había soltado un «ya te llamaré» que había sonado más falso que un duro sevillano.

—No me apetece, gracias —respondió tan seca como pudo.

—Perdona la intromisión. Hemos pasado solo porque Gonzalo se empeñó —se excusó Javier a media voz.

Eva le dirigió una mirada muda que significaba *sí, claro*. Sintió dentro, muy hondo, una pena inmensa. Qué mal estaba gestionándolo, Javier, todo, hasta su rechazo.

—Voy a pedirte algo. Fuera de Fireland, ni se te ocurra dirigirme la palabra. —Luego se dirigió al niño— ¡Gonzalo! Venga, cariño, es tarde, papá tiene que irse.

—¿Y eso por qué? —Javier reclamó una explicación.

—Porque lo digo yo. Porque eres un gañán y con gañanes no pierdo el tiempo.

Javier se echó a reír. Una risa oscura que tenía poco de alegre.

—En Roma pensabas algo muy distinto —acusó con malicia.

—En Roma pasaron muchas cosas, pero, por lo visto, en Roma se quedaron —replicó Eva con la mirada fija en los juegos de Gonzalo—. Mira todo lo que dijiste entonces, y ahora...

—No soy mejor que cualquiera, puedo decir muchas cosas empujado por la euforia del momento. Puedo hasta prometer... —silabeó al tiempo que medía, temeroso, la distancia entre los colmillos de los pastores y las manos de su hijo.

—*Hasta prometer* —repitió Eva decepcionada. Giró el cuello para fulminarlo con una fría mirada—. Desde luego que prometiste. Y olvidaste enseguida. Ese es el valor de tu palabra, cero. Más te vale salir de mi casa cagando leches. No tengo ganas de montar una escena con tu hijo delante.

—Pero...

—No lo haré, Gonzalo no se lo merece —insistió entre dientes.

Por fin Javier pareció captar el mensaje. No era bien recibido. De acuerdo, se largaría con viento fresco. Solo había parado ante la insistencia del niño, no había otra razón por la que soportar los desaires de una traidora que encima quizás estaba utilizando su empresa para fines criminales. Iba a vigilarla, iba a descubrirla y, cuando la cazase, justo antes de entregarla a la policía, la dejaría en ridículo delante de todo Fireland. El brutal resentimiento contra ella no solo se debía a su papel de empresario estafado. Asumía que, a ratos, era su corazón herido el que hablaba. Todo enmarañado. Y ciertas ideas necesitan cocinarse a fuego lento.

Al despedirse, Gonzalo los sorprendió a ambos arrojándose a los brazos de Eva, aferrando su cuello y llenándole la cara de besos.

—¿Vendrás a verme otro día? —le pidió ella en un cuchicheo íntimo.

—Claro. Puedo venir mañana. O pasado. ¿Puedo, papá?

—Ya veremos cuándo me va bien —dijo Javier sin comprometerse mientras caminaba hacia la puerta.

—Quizá no necesitamos molestar a papá —apuntó Eva—. ¿Hay otra persona en casa para bajarte? Si te dan permiso, podrías acompañarme a dar una vuelta por entre los pinos con ellos o bajar a la playa a jugar con las pelotas, ¿qué te parece?

—Genial, le diré que se lo pida a Pedro. Cuida el jardín de casa y, a veces, conduce el coche.

—Estupendito. —Eva besó la rosada mejilla del niño y le susurró al oído—. Será nuestro gran, gran secreto.

—Que sepas que tienes un agujero en la bota. —Javier, desde la verja, apuntó a las viejas Uggs de Eva con cierto regocijo—. Vamos, Ezio, al coche.

Tan dueño del terreno que pisaba como cuando entró, aguardaba sujetando la portezuela abierta. Gonzalo y Eva se regalaron un último beso.

35
Cosas que es mejor no ver

Eva malgastó la noche enjugando lágrimas de auténtica rabia y, en lugar de descansar en una cama por tercera vez demasiado inhóspita, había desempolvado un viejo disco de Abba, robado en su día a los Sacapuntas, para machacarse escuchando una y otra vez «One of us,» la canción más melancólica de todas. Se sentía engañada y dolida. Jodido mentiroso, se había colado en su corazón y ahora la despreciaba. A pesar de sus bonitas palabras, de sus sonrisas de entrega, ella había sido un entretenimiento más en el viaje, algo sin trascendencia. Champán, espaguetis y Eva. Con sus verdades a medias, sus falsas confesiones a la luz de las velas, sus regalitos y su aire de seductor, había conseguido que se rindiera, y ella se odiaba por haberlo permitido. Tantos años cultivando una armadura para nada. Jefe, empleada, viaje de trabajo. La historia más vieja y común, y ella había cumplido el tópico paso a paso.

Al día siguiente, en Fireland, continuaba inquieta, agobiada con el montón de papeles dispersos por toda la mesa. Se sujetó el pelo en la nuca con un lapicero y se dispuso a ordenarlos. Puede que, viendo cada cosa en su sitio, sus miedos se ordenasen también. Y así fue, pero, tras una bendición de casi tres horas en las que alcanzó concentración absoluta y un enorme adelanto en su trabajo, el torbellino volvió a empezar. Andaba pensando en acompañar sus desvaríos con un buen té cuando lo vio aparecer ante la puerta.

No pudo evitar un brinco de sobresalto. Testosterona en estado puro. La estaba mirando como si pretendiera arrancarle la piel y, de inmediato, Eva revivió el tacto de su lengua corriéndole por la espalda.

Cerdo. Encima se permitía el lujo de reírse de ella. Dejó que iniciara la charla.

—¿Todo bien? —Desde luego, fue escueto.

—Dentro de unos límites razonables —gruñó Eva sin separar los ojos de los documentos. El bolígrafo bailoteando entre sus dedos fue lo único que delató su nerviosismo—. Si te refieres al trabajo, voy haciendo.

—¿Y ese careto?

—El que tengo. —Eva lo encaró con un ligero jadeo apenas perceptible. Pero allí estaba, ahogándola—. Si te desagrada lo tienes fácil, con no mirar...

—¿Quieres un café, perdón, un té blanco? He comprado una caja pensando en ti...

La pelirroja pasó por alto un detalle que en otras circunstancias la habría hecho saltar de ilusión.

—Ya he tomado seis litros, gracias.

Javier dio un amenazador paso adelante sin llegar a ocupar el centro de la estancia.

—Oye, Eva, que hayamos vuelto a la normalidad no significa...

Eva estampó la palma abierta de su mano contra la mesa.

—Te diré lo que no debería significar: que me ignores, que seas frío, que me trates como a un archivador... pero tú has decidido que así sea, ¿verdad? Pues nada —sonrió cínica—, tú mandas, al menos aquí eres el jefe. Aprovecha.

—¿Comemos?

—No.

—¿Cenamos?

—Menos.

—¿Hablamos?

—No hace ninguna falta.

Javier se encogió de hombros diciéndose a sí mismo que al menos lo había intentado. Debería odiarla más, debería centrarse en su plan de destaparla, debería... Debería tantas cosas y ninguna se llamaba amor. Recorrió con el dedo el borde de la estantería más cercana.

—Pues ahí te quedas, Lady Rencores.

Tuvo el decoro de cerrar la puerta tras de sí, y Eva soltó el aire que había estado reteniendo en los pulmones.

Algunas veces había sido tan tierno... Muchas veces, en realidad. El modo en que la miraba, cómo le sonreía, la manera dulce en que la acariciaba. Si este experto en aventuras de corto recorrido se lo montaba así con todas, no era de extrañar que hiciesen cola a la puerta de su casa. Ojalá pudiera estrangularlo lenta-mente... con siete manos y una soga gruesa. Contempló en la pantalla el resultado de su tesón. Al menos, como ejecutiva, seguía manteniendo el nivel que en lo personal se le resistía. Hora de imprimir. Lo cierto es que antes debería pasar el preparatorio al jefe para su visto bueno, pero no iba a hacerlo. No se en-frentaría otra vez a Javier ni para consultarle, por poco profesional que sonara. No habían pasado suficientes horas, ni días ni semanas. No estaba repuesta.

—Estupendo, papel agotado.

Detestaba la idea de salir al pasillo y exponerse al mundo. De algún modo se había llegado a sentir protegida allí, encerrada en su despacho. Tropezarse con Javier en algún recodo, percibir el intenso y varonil aroma de su piel y no poder lanzarse a su cuello, a demostrarle con un mareante y apasionado beso que lo llevaba bajo la carne y le robaba el sueño, la mataba cruelmente. Obligándose a descender al mundo real, se dirigió al almacén.

Hubiese dado lo que no tenía por no ver lo que vio.

Era una sala alargada y lúgubre, semejante a una biblioteca, con sus estan-terías hasta el techo y su olor a cartón. Al fondo comunicaba con la sala de re-prografía gracias a una cristalera, a la que, por desgracia, Eva se acercó dema-siado. Detectó movimiento tras el ventanal y dos siluetas, muy cerca una de otra. La actitud de aquellos bultos era tan sospechosa que activó sus alarmas de espía aficionada. Apretó el paquete de folios contra su pecho y se aproximó de puntillas.

—Oh, mierda. Mierda, no.

La no tan divina Providencia podía haberle ahorrado el mal trago de presen-ciar cómo Lidia Noveira arrinconaba contra la pared a un Javier que no se resistía demasiado al frote de sus inmensas tetas.

Se le secó la boca. Se le cortó la respiración. Se le levantó el estómago.

No quedaba el magreo reducido a impúdicos roces, no. Lidia le acariciaba lascivamente la cara, ofrecía sus morros fruncidos e introducía, con total descaro, su rodilla en la entrepierna de Javier. Menuda asquerosa. La mano enorme de él se deslizó por la curva de su cintura y fue a parar a su ceñido trasero, que estrujó con los dedos separados para abarcar más superficie. Sonaba a calentón del bue-no, del que solo se apacigua en la oscuridad.

El impacto de la escena fue como si una hormigonera le volcase su carga encima. Eva aflojó las manos y el mazo de papel resbaló y cayó al suelo con un ruido sordo. La acaramelada parejita no interrumpió su cortejo, ni siquiera sospechó que ella espiase refugiada en las sombras. Eva salió de allí atropellada, con los ojos húmedos y el corazón a mil. Sin folios. Sin dignidad. Frenó en la puerta y se atusó un poco el cabello, tomándose unos segundos para tranquilizarse. Si se topaba con Rubén y la encontraba en ese estado, la interrogaría y ella no tardaría en derrumbarse. No quería eso. Al menos, no dentro de los muros de Fireland.

Pero para mayor desgracia no fue Rubén, sino Alicia, la que la embistió. Parecía muy apurada y le aferró el brazo como si de ello dependiera su sueldo. Eva tuvo ganas de tirarla por la ventana.

—Eva, siento lo que te dije ayer, lo siento de verdad.

La pelirroja ni siquiera sabía a qué se refería.

—Ya lo había olvidado, no te preocupes.

—La gente habla mucho, hablan sin saber, y una piensa que... Bueno, es cierto que no debemos dar crédito a todo lo que se comenta, pero ya sabes, a veces los rumores provienen de personas que se supone que están bien informadas y... —se aturrulló de nuevo.

—De verdad, Alicia, olvídalo, no tiene la menor importancia —trató de calmarla con un tono sosegado, pero fue imposible.

—Necesito que me digas si él sale con alguien. —Pronunció el «él» con una angustia casi física. Sus ojos saltones imploraban tras sus gafas. Eva solo quería huir.

—No sé nada, te lo juro, no tengo ni idea.

—Alguien tiene que saber algo —gimió con desmayo.

En opinión de Eva, Alicia estaba majareta perdida.

—¿Has probado con Analíe? Sigue sus pasos como un perro guardián, ella conoce su agenda al dedillo y anticipa hasta su menor movimiento —culminó con sarcasmo.

Alicia no lo captó. Se limitó a mover la cabeza a un lado y otro.

—No suelta prenda, la vieja roñosa nunca habla.

—Tengo que dejarte, guapa, se me acumula el trabajo. —Pero, cuando quiso soltarse del gancho de la secretaria, este se hizo más firme aún. Eva le dirigió una mirada inquisitiva que pronto se transformó en escalofrío. Los ojos de Alicia eran dos rendijas de suspicacia y, de repente, chilló como una colegiala histérica.

—¡Tú sabes algo...!

Eva decidió que ya estaba bien de diplomacias que no la llevaban a ninguna parte y sacudió el brazo enfadada.

—Se acabó, no soy la vigilante de nadie, ni sé ni me importa a quién se beneficia el señor De Ávila. A Fireland vengo a trabajar y ya llevo retraso. Si no te importa...

Pero algo en su tono debió delatarla, porque Alicia apretó las muelas y la observó escapar con resentimiento. Su Pepito Grillo mental le dijo que acababa de granjearse una nueva enemiga. Por si no tenía bastante ya.

A aquel estado de ánimo guerrero había que sacarle partido y, antes de volver a su despacho, hizo un alto en el mostrador de recepción. Elena levantó los ojos de sus papeles y le sonrió cordial.

—Elena... Antón Sevilla, ¿viene mucho por aquí?

—De cuando en cuando, sí.

—Ese de cuando en cuando ¿puede traducirse como «muy a menudo»? —insistió. La recepcionista endureció su gesto. No consideraba adecuado facilitar aquel tipo de información sin saber a qué se debían las preguntas.

—Puede —dijo seca.

—Y supongo que esas idas y venidas del Marbella 6 al King Edwards están justificadas, me refiero a que vendrá para entrevistarse con los jefes, ponerlos al día de las novedades... —Dejó a propósito la frase en suspenso. Elena la observaba circunspecta—. Claro que también podría hacerlo por *mail*. ¿No tienen esa costumbre los supervisores? ¿No envían correos informativos a la cúpula cada cierto tiempo?

—Sí, lo hacen.

—¿Entonces?

—No está prohibido el paso a esta oficina. Lo uno no está reñido con lo otro. —Elena la escrutó con dos sagaces pupilas—. Eva, ¿qué es exactamente lo que buscas?

Eva se mordió el labio inferior. Menudo desastre, como *averiguadora* no se comía un colín.

—Solo me preguntaba... Me preguntaba si ha venido contando sucias mentiras acerca de mí y de con quién me acuesto —vomitó en plan disparo. Elena abrió mucho los ojos y pestañeó.

Como no respondió, Eva torció la boca.

—Ya veo. Tú también lo has oído.

—Eva, no hay que prestar atención... —comenzó a disculparse, la mujer. La pelirroja la calló con un gesto airado de la mano.

—Vale, lo sé, sé lo que vas a decirme. Pero hay cosas que, si se dejan pasar, a la larga traen cola. Y yo no quiero más cola que la de mis perros. Hasta luego.

36
Deudas por pagar

Javier puso fin a la sesión de refregones con Lidia Noveira sin saber que Eva miraba, pero después de que se marchase llorando. Demasiado tarde, en cualquier caso. Se retorció incómodo. Era estúpido aquello que estaba haciendo, parecía un adolescente dejándose arrastrar por las hormonas. Lo extraño no era que su pene y su cerebro fueran por distintos caminos, esa bilocación ya la había sufrido antes, sino ser completamente consciente de ello y que, en el dilema, ganase el segundo. Era un hombre viril y con instintos, y Lidia, una joven apetecible y descarada. Le había dejado bien claro que le debía una disculpa más que satisfactoria por dejarla en tierra después de prometerle que iría a Roma. Él se sentía en deuda, había querido ser amable... ¿Qué otra cosa podía decir en su descargo? Nada. Le permitió llevar la batuta un rato y juguetear como una niña traviesa allí donde nadie los viera. El problema con Lidia no era llevársela a la cama, ella estaba más que dispuesta. Lo que no podría soportar Javier era su afán de presumir después, pregonando que tenía una aventura con el jefe y cada vez más papeletas para convertirse en su novia. Exhibirse era algo que él detestaba. Aquella chica, con todas sus *virtudes*, no habría sido su pareja más allá de un par de revolcones, por nada del mundo.

Eva... Eva, sí.

Esa pequeña bruja roja lo tenía hechizado. Si se distraía un solo minuto, se descubría pensando en ella. Las sensaciones después de tocarla, sus aromas y texturas, se mantenían vívidas en su memoria. La suavidad de su piel y aquella risa cristalina como de hada del bosque que lo volvía todo más colorido... Era mágica, preciosa. Deslumbrante.

Y lesbiana.

Y mentirosa.

Y espía, una traidora.

La vigilia de la noche anterior había dado de sí como un castigo. Después de acostar a Gonzalo y leerle un capítulo de su libro favorito, se había encerrado sin cenar en su dormitorio, había mirado melancólico su cama de dos por dos metros y había suspirado añorando una dueña de la mitad. Alguien que no viniera de paso, alguien que llegase para quedarse. No iba a ser cualquiera.

Se había servido un par de *whiskys* y había puesto música. «Grenade», de Bruno Mars, sonando una y otra vez. Le había encantado regodearse en su pena aunque las emociones fuera de control no fuesen algo de lo que sentirse orgulloso. Tampoco nada a lo que estuviera acostumbrado.

—Javier, ¿de verdad no quiere nada de cenar? ¿Ni siquiera algo ligero? —Therese había golpeado suavemente con los nudillos la puerta, preocupada por su hermetismo. A pesar de la tormenta que estallaba en su cabeza, él trató de ser amable.

—Nada, Therese, puedes irte a dormir. Gracias.

—Pero se duerme mal con hambre —había insistido la mujer, de pie junto a la entrada.

—He picado algo al salir del despacho —había mentido para tranquilizarla. La fiel empleada había desaparecido sin creerse ni una palabra de sus excusas.

Cierto es que había sido demasiado tajante con Eva. La chica se merecía una explicación después de la intimidad alcanzada en Roma, pero la contundencia de las revelaciones de Antonio lo habían bloqueado. Después, ya no había podido enfrentarse a ella sin echarle en cara lo que sabía, el secreto que lo cocía por dentro. Aquella endemoniada pelirroja había vuelto del revés las cosas. Sentirse deudor cuando el único allí que merecía explicaciones era él sonaba absurdo. En su origen, había querido vengarse; después, divertirse. Y ahora estaba atrapado en una espiral de planes rotos que siempre conducían a ella. El cazador, cazado.

La pelirroja estudió con atención el pequeño dispositivo en la palma de su mano. Guardaba pocas diferencias con un lápiz USB común, nadie, incluida ella, lo habría diferenciado. Si Federico Bianchi aseguraba que era un engendro de la técnica moderna con el que podría copiar todos los correos electrónicos de Fireland, lo creía, pero no porque la apariencia del aparatejo la impresionara. Retiró la protección y lo clavó en un puerto USB de su ordenador. De inmediato, la página que tenía abierta en pantalla, con los trazos psicológicos de los candidatos de la nueva cuenta que tanto le había costado aislar, parpadeó y desapareció.

—¡No! ¡Mierda, no!

Pero logró contener su agonía y no tocar nada. Pocos segundos más tarde, una interminable retahíla de números y signos indescifrables empezó a correr sobre el fondo oscuro iluminado de su monitor, a velocidad de vértigo.

—¡Joooder! —silbó la chica. Ahora sí que empezaba a sentirse agente de inteligencia. Solo en un ocho por ciento, claro. Más cerca de Mortadelo que de James Bond, pero espía al fin y al cabo.

Apenas tres minutos más tarde, con un zumbido sordo, el chisme puso fin a la transmisión de datos, interrumpió la conexión y restauró el archivo que, por un momento, Eva había creído perdido.

—¡Vaya! Pareces una mierdecilla, pero el caso es que funcionas. —Retiró el *pendrive* con una especie de renovado respeto, volvió a cubrirlo con su *capuchón* y lo ocultó a toda prisa en el bolso—. Supongo que no pasará nada si investigo un poco por mi cuenta.

Acababa de decidir que aquella tarde no iría al gimnasio. En casa aguardaba un pasatiempo mil veces más interesante: cotillear los correos de Javier y buscar información sobre su vida privada. Tenía que haber algo que justificase su brusco y repentino cambio de actitud hacia ella, no podía ser mero arrepentimiento. Y mucho se temía que aquel algo tuviera nombre de mujer.

Se sentía tan sucia con solo idear el espionaje que el sonido del teléfono de mesa la hizo dar un respingo. La mano le tembló al levantar el auricular. ¿Y si tras robar los datos había saltado alguna alarma secreta que la delataba? ¿Y si era Javier el que llamaba?

Pues no. Ninguna de las dos cosas. Era la bulliciosa Ana Belén, desde su oficina en Marbella 6, ajena a sus tribulaciones.

—Saludos, amiga. ¿Dónde irás cuando salgas del curro?

—Al gimnasio, a curarme las penas —mintió Eva bajo presión. Detestaba ser deshonesta, pero, para hacer lo que pretendía hacer, necesitaba cero interrupciones.

—Podrías curártelas en El Corte Inglés, como todo el mundo.

—Yo no soy todo el mundo, Ana Belén.

—Hija, qué humor de perros. Si vas a comerme, avisa antes, que me quito los zapatos. Voy a verte a tu casa, ya estás preparando algo rico que después de *zumba* devoro a Dios por los pies.

—Te lo advierto, no tengo ganas de visitas. Tú lo has dicho, he extraviado el humor.

—Me importa un carajo. Para algo la confianza da asco.

—Pienso tomarme mi tiempo, tanto respecto al deporte como en la ducha. Si vienes demasiado pronto, te expones a encontrarte con la puerta cerrada.

—*Don't worry*, iré lo suficientemente tarde —replicó la otra con total pachorra. Eva bufó rendida, aunque al final se le escapó la risa.

—No hay forma de librarme hoy de ti, ¿verdad?

—Ni lo sueñes. Sé de sobras que, por mucho que refunfuñes, me estarás esperando con los brazos abiertos. Hasta luego, mi queridísima amiga.

Por culpa de la entrañable entrometida, había que darse prisa. Puso de comer a sus chicos y se dio una ducha ultrarrápida a fin de explorar el material incautado antes de que apareciera Ana Belén. Sospechaba que, al día siguiente, Bianchi se las arreglaría para recoger el dispositivo y entonces ella habría desperdiciado una oportunidad de oro para zambullirse en un área más privada de la vida del hombre que le interesaba. Consultó el reloj. Era temprano. Introdujo el lápiz USB en su portátil y tecleó para acceder al contenido. Desfilaron cientos de correos con los más variados asuntos y procedencia. Informes, presupuestos, peticiones de material, contabilidad, altas, bajas, convocatorias, citas... Todo muy aburrido, nada emocionante. Fireland no parecía reunir las condiciones necesarias para convertirse en plataforma de espionaje de nadie en su sano juicio, su funcionamiento era de lo más corriente. Se mordisqueó el labio inferior pensativa y, tras un breve instante de vacilación, tecleó el nombre de Javier de Ávila en el cajetín superior de la ficha. En cascada descendieron cientos de mails enviados y recibidos, que Eva repasó por encima impulsada por una energía que superaba la simple curiosidad. Fue decepcionante comprobar que todos parecían responder a cuestiones de trabajo.

Estaba agotada, era mucho más inteligente sacar una copia e ir examinándolos poco a poco, sin presión. Buscó su propio *pendrive* y fue cargándolo con los archivos que le aseguraban distracción para varios días. Al terminar, se levantó de la mesa, fue a la cocina y sacó un montón de ingredientes de los armarios mecánicamente. Vertió harina y azúcar en un bol y empezó a batir con ganas. El movimiento repetitivo le permitió dejar unos segundos la mente en blanco. Qué placer. Sin dejar de batir, se enfrentó de nuevo al monitor iluminado. Tras asegurarse su copia, había vuelto al original con la intención de seguir examinando contenidos.

—Tiene que haber algo. Dime lo que escondes, Monolito del demonio. —Sus ojos danzaron apresurados por entre los renglones escritos—. ¡Aquí estás!

Los correos los firmaba una tal Mandy Watson de la agencia de modelos Tate's Gallery y, sin ser del todo comprometedores, no tenían nada de profesional. Iban desde una clara y sugerente invitación a verse a solas cuando ella viajase a Marbella, a caldeadas bromas que rayaban lo pornográfico. A Eva se le retorcieron las tripas, en especial cuando leyó por tercera vez consecutiva: «...a pasarlo tan bien juntos como solemos».

Hija de la gran...

Galopó como una exhalación hacia la diminuta cocina acelerando el ritmo de batida. En cinco minutos había introducido las bandejas en el horno y volvía al ordenador donde buscó en vano las respuestas de Javier.

—¡La correspondencia de salida no está por ningún lado! —se dijo con furia, decidida a seguir fisgoneando.

El timbre de la puerta la apartó de sus cavilaciones. Apagó el ordenador con tres ágiles movimientos de ratón, guardó la segunda copia ilegal en un cajón y devolvió el dispositivo al bolsillo interior de su bolso. Luego, carraspeó para aclararse la garganta y abrió. Ana Belén se le echó encima con un abrazo de oso y un paquete de pastelillos.

—¡Ya era hora!, te vendes cara últimamente. —Ana entró como Pedro por su casa, liberó sus manos y dejó el bolso y la chaqueta sobre el banco forrado de cojines verdes.

—Estoy liadísima, imagina lo que se me ha acumulado tras más de una semana fuera.

—Bueno, estuviste trabajando, no creo que te hayan cargado mucho. —Olisqueó suspicaz el ambiente—. ¿Estás horneando? ¿Magdalenas?

Eva asintió.

—Tres docenas.

—¿Vamos a cenar magdalenas? Ay, Eva, tú estás jodida... —sentenció Ana Belén escrutándola con la mirada. Eva se escabulló y fingió comprobar la temperatura del horno—. ¡Jodida de cojones, bonita, a mí no me la cuelas! —repitió la chica rubia con insistencia.

—No, claro que no, estoy perfectamente, ¿por qué dices eso?

—Porque siempre haces pasteles cuando estás jodida, te pones a fabricar dulces como una energúmena, por eso. Y no me lo niegues, eres mi amiga del alma, te conozco dentro de un saco.

Eva destapó la hervidora de agua y accionó el grifo del filtrado. Mientras aguardaba a que se llenase, volvió a recordar el momento en que Javier se la había regalado y la congoja le oprimió de nuevo el pecho.

—No se arregló lo del macizo, ¿verdad? —dedujo la perspicaz Ana Belén observándola con preocupación.

—Ni lo más mínimo. Prefiere exhibirse por la oficina agarrado al culo de Lidia Noveira.

—¿Quién es esa? No la conozco.

—Yo tampoco la conocía hasta que las circunstancias me obligaron a fijarme en ella. —Tapó la hervidora con los dientes encajados y la colocó sobre el fuego—. Lo de los amores imposibles es una mierda del tamaño de esta caravana.

—Y saber que, en el caso de que se hagan realidad, son amores que no te convienen lo empeora aún más...

—Ana... —Eva ató cabos y dirigió a su amiga una mirada significativa—. ¿Estás saliendo con Ángel?

—Bueno, estos últimos días nos hemos estado viendo un poco.

—Define un poco. Y defínelo con detalle, te lo suplico.

Las orejas de Ana Belén se colorearon de vergüenza.

—Me llama de vez en cuando y quedamos. Imagino que, para él, no es nada serio. En cambio a mí me deja babeando pegada al teléfono esperando que vuelva a quedarse sin alternativas para salir y me recuerde otra vez.

—Vaya... ¡qué planazo! —completó Eva sarcástica—. ¿Qué pasa?, ¿por qué me miras así?

—Alucino. Esperaba que me largaras el sermón de siempre, «Ángel no, Ángel por aquí, Ángel por allá...».

Eva levantó una mano e hizo como si corriera un velo invisible. Dispuso las tazas y el azucarero sobre la mesa.

—No pienso hacerlo más, tenías razón, soy una pesada y tú, mayorcita para saber lo que te conviene, igual que él. Además, no es un monstruo, simplemente un tío bueno enamorado de sí mismo, pero hasta los peores, en un momento de sus vidas, encuentran una mujer por la que les gustaría dejarse domar, así que... ¿por qué no ibas a ser tú?

El rostro de Ana Belén resplandeció con una sonrisa recién llegada y evidente alivio.

—¡Vaya! Me gusta esta nueva Eva.

—Trato de abrir mi mente —aseguró la pelirroja poco convencida pero complaciente.

—No es que seamos débiles, es que algunas cosas son simplemente muy fuertes. ¿Recuerdas lo que me contaste de la Pietà de Michelangelo? ¿Lo de la primera vez que la tuviste delante?

Eva dibujó una mueca que era un claro «no tengo ni la menor idea de lo que estás hablando».

—Sí, mujer, la emoción esa que te embargó. No olvidaré nunca cómo lo expresaste, dijiste literalmente «fue como si el suelo se abriera bajo mis pies».

—Vale, sí, ahora lo recuerdo. Pero ¿a qué viene eso ahora?

—Bueno, eso mismito lo sentí yo también la primera vez que tu hermano se bajó los gayumbos.

Y se quedó tan pancha.

37
Magdalenas que endulzan las penas

Al principio, Eva no reaccionó. Pero luego echó atrás la cabeza y estalló en carcajadas. Su amiga, una vez más, llenaba su mundo de humanidad y lo volvía todo rosa. Le arrojó a la cabeza el paño de cocina.

—¡No me cuentes esas cosas! ¡Es mi hermano, por Dios! ¡No tienes remedio! —Se secó las lágrimas con el revés de la manga y, tras serenarse, tomó aire y decidió contarle la verdad a su amiga—. Tienes razón, estoy tan jodida que mi soltura haciendo magdalenas y bizcochos da pavor. Me enfado conmigo misma por no haberlo evitado, se veía venir. Este tipo de hombres inconvenientes suelen llevar una alarma sobre la cabeza, una especie de letrero de neón intermitente que alerta a las mujeres. —Plegó y estiró los dedos un par de veces—. Joder, no entiendo cómo no lo vemos y salimos corriendo lejos.

Ana Belén la observó comprensiva.

—Porque están muy buenos, buenos de caerse de culo, y follan de maravilla. Resumiendo, tu hermano es un cerdo, De Ávila es un cerdo, todos igual. Los hombres te dicen continuamente que te quieren, pero siempre es mentira. ¿Y qué? Nosotras también los utilizamos, para consolarnos, para no sentirnos solas, para dar celos a otro, para beber gratis, hasta para ahorrarnos el taxi. Si entre toda esa marabunta de engaños y desengaños vas y encuentras tu media naranja, puedes darte con un canto en los dientes.

Eva contempló admirada el modo en que Ana Belén volvía a colmar su copa.

—Y dale con la media naranja. A pesar de tus obsesiones, envidio lo práctica que eres. —Alargó el brazo exigiendo que también se la llenara.

—Y yo que no te sobren kilos y montes en moto. Hagamos algo loco esta semana.

—Mis hermanos dan una fiesta este sábado.

—Algo he oído...

—Iremos juntas y daremos toda la guerra posible —prometió la pelirroja tumbándose en el sofá. De repente, un agudo pitido la hizo rebotar y correr hasta la cocina, atropellando a Ana Belén por el camino.

—¡Joder, qué prisas! ¿Dónde vas?

No llegó a tiempo, desde luego. Con un bufido monstruoso, la tetera lanzó la tapadera por los aires y Eva tuvo que apartarse, con un grito, para no ser alcanzada. Luego, ayudándose del guante del horno, se las apañó para recolocarla en su sitio.

—¿Ves por qué corro? Maldito trasto odioso...

Para cuando Ana Belén se marchó, el corazón y los ánimos de Eva se habían recuperado bastante. Aunque los párpados pesaban y la cama la llamaba a aullidos, no se resignó a no echar un último vistazo al contenido del *pendrive*. ¿Quién era Mandy Watson? ¿La conocería Antonio Baladí? ¿Estaba este al corriente de los flirteos y las múltiples amantes de Javier?

Chequeó a toda prisa el nombre del socio en Fireland y, mientras se frotaba los ojos cansados y bostezaba, páginas y más páginas desfilaron por delante. Algo llamó poderosamente su atención. Antonio Baladí mantenía nutrida correspondencia con un par de empresas del ramo textil de Bombai, con las que intercambiaba cifras de diverso significado y a cuyos gerentes recomendaba con insistencia que mantuviesen a su socio al margen del negocio, al menos de momento, por ser reacio a cualquier tipo de acuerdo. Los destinatarios accedían a su petición con unos lacónicos «usted manda» y ahí acababa todo. Volvían los números, los presupuestos y algo que parecían fechas de entrega.

Eva desconectó su portátil y se durmió preguntándose si debía o no comentárselo a Javier. Estaba claro que su franca amistad con Antonio Baladí, algo de lo que tanto se vanagloriaba, no lo era tanto. Se fraguaban cosas, posiblemente feas, a espaldas del todopoderoso Monolito. Por otra parte, el hecho de que parte de su correspondencia se hubiera esfumado, por ejemplo los correos mantenidos con Mandy, que Eva analizaba mentalmente de forma obsesiva, probaba que Javier se las había apañado de alguna forma para capar sus correos salientes, excluyéndolos del servidor de la empresa. Con idéntico sistema, otra información de importancia significativa podría también estar oculta. Retumbaron en su memoria las frases de Bianchi: no confiar en Javier de Ávila, no olvidar que se encuentra en la lista de sospechosos.

El día siguiente prometía ser como otro cualquiera, tenso y espantoso. Verse obligada a compartir metros cuadrados de oficina con Javier, si bien eran muchos, le atacaba los nervios. Él tampoco parecía inmune a su presencia, aunque la chica se preguntaba en qué sentido, porque, cuando no la evitaba o le respondía con un rugido, tonteaba con Lidia Noveira, lo que empeoraba bastante las cosas.

La pelirroja salió de su despacho porque no le quedó más remedio, debía recoger unas cartas que esperaban en recepción. Elena no podía dejar su puesto desatendido para llevárselas en persona y Eva, tampoco pretender un cambio radical de reglas en la empresa solo porque le hiriese toparse con su jefe.

Pero ya había ocurrido esa misma mañana y había sido traumático. Eva se había encerrado en la fotocopiadora a preparar una documentación que un mensajero pasaría a buscar en apenas media hora. Javier la había seguido y, en el estrecho habitáculo, su energía se había hecho insoportable, rodeándola por completo, anulando sus sentidos. No era solo cuestión de espacio, Eva habría detectado su presencia aunque se encontrasen en un salón de baile en Versalles, tal era la potencia del halo que emanaba. No quiso girarse, no se atrevió a respirar siquiera. Lo tenía, sospechaba, pegado a la espalda, a menos de un palmo, pero sin hablar.

La situación le había provocado escalofríos. Podía sentir el roce de su aliento cálido acariciándole el lateral del cuello, alborotándole los mechones escapados de su recogido. Se le aceleró el pulso, su respiración se fatigó hasta convertirse en jadeo. No quería que él la oyera, que adivinase que su cercanía la turbaba hasta ese punto. Pero había demasiado silencio, demasiado, y era todo tan erótico, tan comprometido, tan tentador. Quería notar cuanto antes las grandes manos en sus caderas. ¿Iba a rodearla con sus brazos, a estrujar sus pechos, a desabrocharle la blusa desde atrás? ¿Pensaba retirarle a un lado el pelo y recorrer su nuca con dulces besos y algún que otro mordisco? Yendo más allá, ¿tendría planeado inclinarla sobre la máquina, levantarle la falda, agarrarla por las caderas y acariciar su trasero en círculos antes de apartar el tanga y deslizar los dedos dentro? Había cerrado los ojos con el corazón desbocado y se había mordido el labio inferior deseando que todo aquello dejase de ser un sueño y Javier pasara a la acción.

Fueron unos segundos angustiosos.

—No te molestes, falta papel. —Su voz ronca y severa se había cargado la magia de un martillazo—. Precisamente traigo un paquete de folios.

Y después de entregárselo, mirándola a los ojos con una fijeza enloquecedora, se había esfumando dejándola empapada y deseando que un clon de su jefe le remangase la ropa y la empotrara contra la pared durante un tórrido cuarto de hora. Eso había sido todo.

Situaciones como aquella podían repetirse en cualquier momento y Eva quería evitarlo a toda costa.

Dicho y hecho. Regresaba de recepción con la correspondencia y él se aproximaba pasillo adelante, con su andar elástico, su traje de chaqueta oscuro, su camisa azul claro y su corbata aburrida, pero rezumando virilidad, tan atractivo y seductor como de costumbre. En cuanto establecieron contacto visual, saltaron chispas eléctricas. Con la energía acumulada en cualquiera de aquellos tirantes nanosegundos que compartían, podría haberse iluminado El Cairo al completo. De inmediato, como obedeciendo a una misma orden muda, ambos cambiaron de idea y dirección, evitaron colisionar y siguieron vías opuestas sin saber muy bien a dónde se dirigían. Después de un par de vueltas absurdas, Eva se recluyó en su cubil, agarró la cazadora de cuero, se colgó el bolso al hombro y se lanzó a la calle a respirar una larga bocanada de aire fresco y a comprar castañas. Iba a tener que empezar a olvidarse, en serio, de sus infantiles expectativas. Si hasta ahora se había planteado *después de lo vivido en Roma ¿tanto le cuesta dedicarme un gesto amable? De acuerdo, por el motivo que sea no tiene intención de seguir adelante con la relación, tendré que respetarlo aunque me duela. Pero ¿este desdén repentino? ¿Este "casi odio"? ¿A qué viene?*, iba siendo hora de espabilar y tachar el pasado como un sucio borrón sin ningún significado.

Para Rubén, que lo había contemplado todo desde detrás de su mesa, la historia era la típica comedia romántica entre dos ortigas que se repelen al tiempo que se desean, aderezada con banda sonora. Podía imaginarse, sin dificultad, los repetidos choques entre Eva y Javier, bajo los acordes de «Baby I love your way» de UB40. Meneó la cabeza antes de volver a concentrarse en sus labores, y no pudo evitar sonreír.

Cómo se las gastaba el amor.

Javier se encerró en su despacho, ciego de furia, bloqueado como nunca. Fastidiado porque su atracción por Eva no disminuyese y estuviera, más que nunca, fuera de control. Creyó que con la aburrida rutina se enfriaría, pero no. No lograba sacársela de la cabeza ni un solo segundo y verla de continuo solo alimentaba su mal humor. Lo pagó con Analíe, que se atrevió a asomar la cabeza pidiendo disculpas y recibió un huracanado «¡Ahora no, por favor!» que la hizo salir huyendo antes de poder abrir la boca. Él estaba, como casi siempre durante los últimos días, sombrío, volcado sobre su mesa, con la cabeza apoyada en una de sus manos.

¿Dónde diablos podían venderle un buen ataque de amnesia para borrar los buenos momentos? La gente, por lo general, suele desear que sean los malos los que se esfumen, pero no había nada malo en lo vivido con Eva, todo lo contrario. Aquellos días en Roma solo le hacían desear más. Confió en que la rabia y la desconfianza ayudarían, pero no bastaban, no estaban mitigando el dolor de no tenerla.

Se frotó las cejas agobiado. Habría sido indigno despedir a Eva Kerr después de llevársela a la cama, no iba a hacerlo. Tampoco podía trasladarla sin un motivo. Si lo que sospechaba era cierto, si Eva estaba allí para usarlos como tapadera, debía obtener alguna prueba que la incriminase. Entonces, sí. Armado con una evidencia que ella no pudiese refutar, se la restregaría por la cara y justificaría su despido definitivo, suponiendo que no diese con sus lindos huesos en la cárcel.

Joder. No. La idea de no verla más, de no embriagarse con su perfume al cruzársela por los pasillos, le quemaba el cerebro. No localizarla a lo lejos, precedida por su nube de rizos rojos tan visibles y con aquellos ojos azules y candorosos que lo miraban con incomprensión. Candorosos... Aquella pequeña bruja era cualquier cosa menos inocente y candorosa, ¿por qué se lo parecía? ¿Quizá por el modo en que había temblado en sus brazos? ¿Por sus labios fruncidos que exigían más besos? ¿Por su alegría infantil y contagiosa?

«No te fíes de las apariencias», se dijo una y otra vez. «No te fíes».

Iba a vigilarla de cerca. Al fin y al cabo, no era un capricho personal, lo hacía por el bien de Fireland.

38
Espejismos...

Eva se retrepó en su butaca. Se había aislado con las persianas cerradas y disfrutaba de un minuto de plácida y total intimidad. Ella y su cucurucho de castañas asadas, todo un manjar que solo un verdulero vendía durante todo el año, a dos euros la docena. Escogió la más hermosa y redonda, desprendió la cáscara, se la acercó a los labios entreabiertos y entonces, en lugar de morder, sacó la punta de la lengua y la pasó con delicadeza por encima, palpando su superficie.

Volvió a lamerla, esta vez con más intensidad, recordando sensaciones excitantes que debería enterrar en lo profundo. Apretó los labios alrededor del fruto y jugueteó con la lengua mientras hacía pequeñas succiones juguetonas. La imaginación empezaba a pasar factura, sus pezones se endurecieron y las punzadas directas al vientre eran como saqueos eléctricos.

—¡Oh, Dios!

Lo que había ocurrido aquella mañana en el St. Regis de Roma se recreó en su mente, su memoria traidora se dedicaba a conservar cada detalle de aquellos días que los habían unido. El modo en que ella había abandonado las sábanas revueltas y a Javier, después de hacer el amor apasionadamente durante media noche, y se había servido de su camisa azul celeste para cubrirse camino del baño...

—Señorita, no se apriete demasiado el nudo de esa bata —le había advertido él, falseando su voz entre risas.

—¿Acaso piensa quitármela? —había respondido ella con el mismo talante guasón, regalándole, desde la puerta del aseo, una mirada que era de todo menos ingenua.

—Antes de que puedas contar tres.

Eva había soltado entonces una alegre carcajada de completa felicidad.

—Pero ¡qué ansioso, señor De Ávila! ¿No se cansa usted nunca?

—No de ti.

«Ni yo de ti», había pensado ella al cerrar la puerta a sus espaldas.

Y como había temido y deseado con cada fibra de su ser, Javier había entrado tras ella, persiguiendo su rastro aromático de hembra caliente y la había cercado con sus fuertes brazos. Frente al espejo, Eva había contemplado arrobada la imagen de ellos dos encadenados, el cuerpo desnudo de Javier, su apetecible boca que recorría ávida el largo cuello, las manos atrapadas a sus pechos... La visión de sus propios pezones respondiendo a los sensuales pellizcos la había excitado. Había echado atrás la cabeza y, soltando un suave gemido, la había apoyado en el hombro de él y le había permitido hacer lo que quisiera con ella. Abierta, dispuesta. Tocarla, lamerla, saborear su dulce saliva. Javier la había tomado de la cintura y la había obligado a girar para, a continuación, izarla hasta la encimera de mármol del baño, donde la sentó. Sin dejar de besarle la boca le había separado suavemente las piernas, acariciado con la punta de los dedos y, después, se había deslizado hasta el centro de sus ingles, a emplearse a fondo con su peligrosa lengua y sus labios. Eva había gritado de placer sin importarle quién pudiera oírla. Y antes de que la intensa y explosiva sensación de felicidad se extinguiera, él se había incorporado y la había penetrado de un solo y certero movimiento.

Gimió. A solas. En la intimidad de su despacho.

La puerta se abrió de improviso y Javier apareció de entre las brumas. Eva dio un respingo al tiempo que cerraba las piernas, regresaba del mundo de la nostalgia erótica y escondía el paquete con las castañas a su espalda. Percibió en el rostro crispado de aquel hombre un aire triunfal, como el de quien descubre algo vital que cambiará el curso de la historia. Conforme se acercaba, resultaba tan amenazador en toda su estatura que Eva se echó a temblar.

—Enséñame qué guardas ahí detrás.

Ella lo miró con las cejas levantadas.

—¿Cómo dices?

—Que lo saques. Muestra lo que estás escondiendo.

Eva aún se resistió otro poco.

—No puedes estar hablando en serio.

Javier apoyó las manos sobre la mesa de la pelirroja y se inclinó hacia ella. Parecía cualquier cosa menos una broma.

—No me obligues a repetirlo, ya resulto cansino.

Muy despacio, como quien se desprende de un arma cargada frente al oponente vencedor, la chica dejó a la vista el papel enrollado con las castañas dentro. Agachó avergonzada la cabeza.

—Lo siento. Sé que no está permitido comer en la oficina —reconoció con voz débil.

Javier parpadeó sorprendido. No era eso, desde luego, lo que esperaba encontrar.

—¿A que nunca has comido castañas si no era noviembre? ¿Quieres una? —ofreció tímidamente Eva sin dejar de estudiar su rostro.

Él se echó a reír del alivio. Eva miró a aquel hombre grandioso sin entender nada.

—¿Qué pasa? ¿Tanta gracia te hacen? ¿Me vas a amonestar por escrito?

En dos pasos, Javier rodeó su mesa, se le plantó delante y la miró fijamente a los ojos. Tuvo la impresión de estar asistiendo a su última cita con ella, una sensación de pérdida insoportable. Quizá por eso, como siguiendo un impulso irracional pero inevitable, atrapó su cara con las dos manos y, sin explicaciones innecesarias, la besó.

Fue un beso largo y devastador, que consiguió que la bragueta de Javier saltase de entusiasmo y que el vientre de Eva hormigueara. Un beso en el que las lenguas se encontraron, se reconocieron y juguetearon en círculos con deliciosa lentitud.

Pero cuando sus labios se separaron, Javier dio media vuelta y escapó del radio de atracción que imponía la pelirroja sin volver la vista atrás.

Eva fue incapaz de teclear una frase completa hasta que el «bip-bip» que anunciaba la llegada de un mensaje a su móvil la sacó de su abstracción. Había malgastado el tiempo en mirar por la ventana, cerrar los ojos, sentirse miserable y pensar en Javier. Rememorando su beso. Un arrebato que no comprendía.

«Marca en tu teléfono la clave 6528».

¿Por qué no? Pulsó obediente las teclas que Federico Bianchi le indicaba. Al cabo de un segundo, la voz del agente de Inteligencia resonó a través del aparato. Eva se lo llevó a la oreja.

—Deja el dispositivo envuelto en un papel cualquiera, sobre la mesa —apuntó con tono inanimado—, pero envuelto.

—¿En esta misma oficina? —se extrañó ella.

—Pasarán a buscarlo.

—Estás loco, no me imagino cómo vas a...

—No sería la primera vez, tranquila. Lo haremos.

Eso fue todo. Colgó dejándola en un desagradable limbo, tan inseguro como siempre que Bianchi impartía instrucciones. Eva acudió a su papelera, rescató un pedacito del papel de periódico que había envuelto sus castañas asadas y lo empleó para cubrir el pequeño artefacto, que colocó en una esquina de la mesa, bien a la vista.

Lo pensó mejor y lo cambió de sitio. Esta vez cerca del teclado, disimulado entre las carpetas de expedientes. Esperó excitada a que alguien apareciera a recogerlo, preguntándose si sería Bianchi en persona u otro agente y, en ese caso, qué aspecto tendría. ¿Sería sexi e irresistible, tipo 007? Porque ella necesitaba con urgencia una distracción con dos piernas y una buena polla, que le quitara a Javier de la cabeza.

Tuvo más paciencia que un santo y le dedicó al asunto más de hora y media, al cabo de la cual estaba a punto de romper en dos el boli y su vejiga protestaba por su desconsideración. Eva se levantó y chasqueó la lengua. Decepcionante. No había pasado nada, ni una brizna de aire distinto en Fireland. Nada de agentes al servicio de su Majestad reptando por las cristaleras exteriores del edificio, embutidos en neoprenos negros marcando sus atléticas musculaturas. Echó una ojeada tristona al paquetito marrón, confundido en el desorden de su mesa, y fue al baño a la carrera.

No tardó más de tres minutos. Pero, a su vuelta, el pequeño bulto había desaparecido.

Volvió a pulsar la clave numérica y no esperó a que Federico rompiese el hielo.

—¿Cómo puedo estar segura de que no se lo ha llevado cualquiera? —aulló—. ¿La señora de la limpieza, por ejemplo?

—Lo tengo en la mano —respondió él con mucha calma.

—¿Eres el hombre invisible, Bianchi?

El italiano sofocó una carcajada.

—Algo parecido, gatita. Sigue con los ojos bien abiertos. Revisaremos esto y te informaré si hay algún otro paso que dar.

Acto seguido, colgó.

El resto del día se hundió en la mediocridad. Fuera en la calle, empezó a llover. Eva pegó la frente al cristal de la ventana y suspiró. Habría preferido que llovieran sueños, necesitaba uno con urgencia, animarse con el inesperado beso pensando que su ridícula historia de amor podía, pese a todos los obstáculos, ser posible. Pero no tenía nada sólido a lo que agarrarse, nada. Hasta las promesas que no se habían pronunciado fueron volutas de humo antes de tiempo. Se miró las manos vacías y dejó que una lágrima corriera libre por su mejilla. La única forma de despejarse que conocía era atizando mamporros en el gimnasio.

—Más vale que empecemos, te veo nerviosa. —Johnny hizo señas a un chico de complexión atlética que se ejercitaba los tríceps para que compartiese *ring* con la pelirroja.

—Me vendrá bien entrenar —convino ella acelerada— con algo que se mueva y no tenga cara de saco.

En menos de diez minutos, las cosas ardían. Una agresiva Eva daba saltitos a derecha e izquierda, analizando las vías de ataque y desconcertando a su contrincante. Lanzaba sus primeros ganchos, pero Johnny la conocía desde hacía tiempo y el brillo maquiavélico de sus ojos azules y su mala leche latente, casi eléctrica, le puso el vello de punta.

—¡Con calma, Eva, con calma! ¡Y no des golpes bajos!

Aquella chica saltaba de peligrosa a letal. Derechazo directo a la boca del estómago y luego un combinado de puños a la zona de la mandíbula cercana al oído y a la sien izquierda, conforme el *sparring* se plegaba acusando el dolor en la tripa.

—¡Dale cancha! —volvió a reprenderla Johnny dando un paso en su dirección—. Chica, eres una terrorista en potencia. ¿Por qué no te relajas?

Lo de «dar cancha» no era una orden que Eva estuviese dispuesta a atender. Iracunda y ciega, arrinconó a su oponente contra las cuerdas, encajó un par de golpes que él acertó a dar y esquivó todos los demás. Su agilidad sobre el *ring* y su velocidad la convertían en una diana casi imposible de enfocar, y sus puños eran dos pequeñas ametralladoras asesinas. Johnny sacudió descontento la cabeza y subió de un salto. Tenía las tablas que regalan los años y la experiencia. La agarró por la cintura y la apartó ciento ochenta grados. El *sparring* huyó desmadejado al rincón antes de que fuese tarde.

—¡Ya, ya, yaaaa! Muchacha, ¿qué te pasa?

Eva no respondió. Jadeaba y sudaba copiosamente bajo su casco protector. Johnny le hizo una seña para que se calmara y se lo desabrochó. Los rizos mojados cayeron sobre sus hombros y por su espalda. La hermosa piel de Eva estaba enrojecida y sus pecas prácticamente habían desaparecido.

—¿Qué te ocurre, joder? No es así como te he enseñado a pelear —le gritó el entrenador. Pese al trueno de su voz, ella no parecía reaccionar, miraba un punto vago en la lejanía, como si flotara a miles de kilómetros de allí—. ¿Qué dijimos el otro día? ¡Eva!

La pelirroja parpadeó y lo miró, presente por primera vez, pero sin aliento.

—¿Eh?

—Si quieres canalizar toda esa agresividad, compite —apuntó visiblemente irritado—. Participa en un combate oficial y conviértelo en algo útil, joder. Pero aquí, no.

Eva soltó de golpe el aire por la nariz.

—Apúntame —decidió tajante.

39
Un rojo, rojo clavel

Por fin viernes. Eva miró al cielo con su sol redondo y aparcó la moto. La sola cercanía del edificio le disparaba el pulso. Después del sorprendente beso del día anterior, estaba más confundida que nunca. ¿Pretendía volverla loca?, ¿jugar con sus sentimientos?, *¿ahora te deseo, ahora te ignoro?* Puede que lo hiciera adrede, menudo cabronazo... O no. Puede que tan solo estuviese confuso, perdido igual que ella. Una sola mirada canalla suya bastaba para dejarle la mente en blanco. Todo había comenzado porque sí, por instinto, movidos por la natural atracción entre un hombre y una mujer, jóvenes, atractivos y en la intimidad. Solo eso. Un viaje más divertido de lo recomendable. ¿Pero ahora qué? Javier se le había colado dentro del alma y no parecía dispuesto a salir. Estaba trastornada por lo que sentía, loca. Loca de amor por él.

Miró el asfalto, aferrada a la correa de su casco amarillo, y susurró un «le quiero, joder, le quiero» en voz baja. El eco continuo que le giraba en la cabeza. Se enjugó una lágrima con el revés del puño cerrado, tomó una bocanada de aire y corrió hacia los ascensores.

Si la causa de todo tenía perfume de mujer, ella desentrañaría el misterio.

Después de darle muchas vueltas, Eva abrió un cajón y se hizo con un *pendrive*. Lo mantuvo unos instantes entre los dedos, le regaló una mirada de complicidad y se lo metió en el bolsillo. Tan inquietante como no saber de Javier le resultaba no haberse tropezado con Lidia. Los dos ausentes de la oficina. Principio de fin de semana. Maldita casualidad. ¿Pudiera ser que...? La simple duda la ponía a mil. Bien. Si las sospechas no la dejaban dormir, ni trabajar ni divertirse, habría que borrarlas de un manotazo. Abandonó su despacho y se dirigió con paso resuelto hasta el final del pasillo, donde la diligente Analíe punteaba listados. Al verla acercarse, levantó los ojos de la tarea, contrariada por la interrupción.

—¿El señor De Ávila...? —dejó caer Eva con toda la inocencia que pudo.

—No se encuentra en la oficina —respondió la otra. Eva no se dio por vencida.

—¿Se ha marchado fuera? ¿De fin de semana?

La secretaria la miró de arriba abajo, como queriendo leer entre líneas. Cuando volvió a hablar, su tono era frío, impersonal y distante.

—Solo sé si viene y me encarga algún trabajo. El resto pertenece a su vida privada. —Recalcó lo de *privada* formulando una clara invitación a que la pelirroja se metiera en sus cosas.

«¡Ja!, eso no te lo crees ni tú. Sabes hasta cuándo tira de la cisterna, guapa», se dijo Eva muy convencida. Pero frente a Analíe se limitó a sonreír en plan mosquita muerta y a ladear la cabeza a modo de despedida.

Se distanció lo suficiente. Tras seguirla un rato con ojos de halcón, la mujer regresó a sus tareas y Eva se agazapó junto a unos archivadores donde pudiese controlar sus idas y venidas sin llamar demasiado la atención. Al cabo de unos doce minutos, Analíe apartó la pluma, consultó su diminuto reloj de pulsera y se ausentó. Seguramente no disponía de mucho tiempo y luego tendría que componérselas para salir, pero eso era un impedimento al que se enfrentaría más tarde. Echó a correr antes de que Cancerbero regresara, se coló en el despacho del jefe y cerró con sigilo la puerta a sus espaldas.

Lo primero que la inundó fue el conocido aroma a Javier. Su colonia, su personalidad, impregnaban aquellas paredes forradas de madera noble y los lomos de piel de los libros en las estanterías. Sus cosas sobre la mesa, bolígrafos, el ratón del ordenador que sus dedos acariciaban... Llegó un torbellino enredado de recuerdos de los días en Roma y la sacudió por dentro. Se acercó a la mesa y, tras vacilar un segundo, puso el ordenador en marcha. Mientras cargaba, rebuscó en sus cajones. Había una llave con un llavero en forma de corazón y una foto de un sonriente Gonzalo al que le faltaban dos dientes, dentro. Enganchada al llavero, Eva reconoció la llave del candado que habían colgado en el puente Milvio. Se derritió entera.

Pero el deber acuciaba. No estaba allí para emocionarse.

Accedió sin dificultad a su cuenta de correo electrónico: la clave era *Gonzalo*. En algunos aspectos, Javier no era demasiado cauto ni desconfiado. Copió todos los *mails* disponibles en las bandejas de entrada y salida, y luego añadió también el resto de las carpetas. Las mariposas de la excitación bullían en su estómago, en parte por lo que se estaba atreviendo a hacer, en parte por la diversión que la aguardaba aquel fin de semana encerrada en casa, fisgoneando.

Había muchísima información acumulada y estaba tardando demasiado. Se mordió el labio superior y lanzó miradas ansiosas hacia la puerta. De momento, no se oía ningún ruido fuera. Daba por hecho que Javier no se encontraba en la oficina y que no aparecería por Fireland hasta el lunes. Caso contrario, ya podía ir pensando un buen pretexto para su presencia allí o recogiendo sus cosas y formalizando la demanda de empleo.

Un indicador intermitente avisó de que el trabajo había finalizado y Eva tiró del dispositivo a toda prisa. Miró su reloj. Eran las dos menos cuarto, probablemente Analíe saldría a comer, como todos los demás, a las dos de la tarde. Podía esperar allí dentro hasta que...

—¡Mierda!

Oyó un ruidito en el picaporte y corrió a esconderse tras el sofá. No tenía excesivas alternativas. Prefería ser cazada como una mosca con un vaso, agazapada contra el suelo, que recibir a quien fuera que entraba, de pie y a pecho descubierto.

Sí, a veces era una gallina cobardica, había que reconocerlo.

Analíe entró con paso ligero y cierto aire de suspicacia en su cara arrugada. Miró varias veces alrededor como buscando algo invisible, incluso olfateó el aire. Enseguida reparó en la mesa de su bienamado jefe y en el ordenador encendido.

—¡Alicia! —llamó autoritaria— ¡Alicia, ven!

La muchacha de las gafas entró a toda prisa. El latido del corazón de Eva se disparó de velocidad y la dejó prácticamente sorda.

—¿Tú has puesto en marcha este aparato?

—No, qué va, señorita Analíe. Ni siquiera he entrado en toda la mañana. ¿No será que el jefe lo está usando en remoto?

La mujer se detuvo a considerarlo.

—Es posible. Hasta que lo averigüemos, lo dejaremos tal y como está.

No parecía convencida, pero, para alivio de Eva, empujó a la desconcertada Alicia fuera del despacho y cerró la puerta. Un terapéutico silencio consoló a la intrusa, que aflojó todos los músculos y se secó la ligera capa de sudor que había cubierto su frente. No se atrevió a salir del escondite. Estiró las piernas para estar más cómoda, dio gracias al cielo porque existieran las conexiones remotas al propio ordenador y que Javier de Ávila las usara, y se dispuso a esperar hasta las dos y diez para asomar la cabeza por la puerta y comprobar que la enorme sala estaba desierta.

—Vamos allá...

Había alcanzado a dar una docena de pasos en dirección a la libertad cuando una brusca frase abortó su plan de huida.

—Si quiere, podemos entrar de nuevo y discutimos sin testigos las razones que la mueven a husmear en el despacho del jefe —ladró una voz desagradable y conocida a su espalda. Eva quedó petrificada. Analíe la taladraba con pupilas penetrantes y las manos apoyadas en las caderas. Señalaba el interior del despacho, pero ella prefirió mantenerse allí donde estaba—. Vamos, ¿no entra?

La pelirroja se estiró cuanto pudo.

—Aquí estoy bien. De acuerdo, no voy a negarlo. He entrado y he registrado.

—No *puede* negarlo —rectificó la otra, hinchada de satisfacción. Eva tuvo ganas de patearle el culo.

—¿Voy a tener que confesarte mis vergüenzas?

—Sus vergüenzas, señorita Kerr, me traen sin cuidado, se lo aseguro. Lo que tendrá que explicarme es qué demonios hacía ahí dentro cuando el señor De Ávila no está y nadie la ha autorizado. ¡Hable!

Eva agachó la cabeza y se miró la punta de los zapatos, en un movimiento calculado al milímetro. Cancerbero no dejaba de hablarle de usted. Mala cosa.

—Estoy celosa —susurró muy bajito.

A Analíe estuvieron a punto de resbalársele las gafas al suelo.

—¿Cómo dice?

—Celosa. Que estoy celosa.

—¿Celosa de qué? ¿De quién? ¿Por qué?

Eva suspiró en profundidad. Estaba visto que tendría que desembuchar más de lo previsto.

—El señor De Ávila y yo... tenemos... digamos que tenemos... —Notó un fuerte calor pegado a sus mejillas—. Por lo que más quiera, Analíe, tiene que ser discreta...

—El señor De Ávila y usted ¿tienen...? —rugió la otra sin paciencia.

—Una especie de... de relación.

La secretaria no pareció alterarse demasiado. La repasó de pies a cabeza con la mayor antipatía.

—No me diga. Y eso, ¿desde cuándo? ¿No era usted... lesbiana?

—¡¡No!! Pero no me importa que lo piensen.

Eso no debió entenderlo, porque no movió un músculo y su gesto fue más inanimado que nunca.

—El caso es que sé algo... he oído rumores acerca de una tal... Mandy Watson —confesó ruborizada—. ¿La conoce?

—Pudiera ser.

—¿Quién es? ¿Puede decirme si tiene algo con... con Javier?

La desesperación que flotaba en su tono debió ablandar el pétreo corazón de Analíe, porque, de repente y sin previo aviso, sus mofletes se aflojaron y sus finos labios se estiraron en un ensayo de sonrisa.

—Diría que nadie importante. Una modelo, vieja amiga de su exmujer. Lo intenta, pero... Ya sabe. Yo de usted no me preocuparía.

El estómago de Eva saltó de felicidad y sus ojos se humedecieron. Sintió un irreprimible deseo de abrazar y besuquear a la rancia secretaria. Tuvo que contenerse para limitarse a decir:

—¡Gracias, amiga!

—No soy su amiga. —La voz de Analíe cortó de cuajo su entusiasmo. Lo extraño es que siguiera sonriendo—. Pero le acepto las gracias. —Estiró la mano con la palma abierta—. El *pendrive*...

—¿Cómo dice?

—El lápiz de memoria que guarda en el bolsillo. Démelo y haré lo posible por olvidar cuanto antes este bochornoso incidente.

Eva se coloreó hasta la raíz de los cabellos. No le quedaba otra que claudicar y entregárselo. A regañadientes, metió los dedos en el bolsillo del ajustado pantalón verde y se lo dio sin articular palabra. Analíe le lanzó una mirada destructora antes de echarlo a su propio bolso y dar media vuelta.

Eva permaneció allí de pie, confusa y cabreada con los puños apretados. Al carajo sus planes de olisquear en la vida íntima del Monolito. Por su interés y por el de la nación, claro. En ese preciso instante llegó a la conclusión de que, si Javier era el cerebro de la operación Falsas identidades, su secretaria podría estar encubriéndolo sin saberlo siquiera, por simple y elemental fidelidad.

Cuando el móvil de la pelirroja sonó eran más de las siete de la tarde y era Rubén reclamándola para una juerga en El Pimpi, la bodega más antigua y más bonita del centro de Málaga. Un poco lejos, pero después de su fracaso estrepitoso y el ridículo con Analíe, no iba a venirle mal el plan.

—Paso por el gimnasio, sudo un rato, y salgo pitando —prometió metiendo una toalla limpia en su bolsa de deportes. El alarido de Rubén estuvo a punto de salirle por la otra oreja.

—¡¡No!! ¡Nada de guantes ni de mamporros! Llevo tres mojitos seguidos y acaban de pinchar a Rocío Jurado en *Como una ola*. Esto no puede, de ninguna de las maneras, acabar bien. ¡Te *necesitooo ahoraaaaaaaa*! ¡Y tráete a Zumba!

—¿Ha pasado algo grave?

—Tenía una cita y ha sido un desastre, ¡un desastre! ¡No más citas a ciegas con pretendientes salidos de los túneles del infierno del internet! Tras experiencias traumáticas como esta, solo me queda emborracharme.

—Y a mí, muñeco, y a mí. A partir de hoy, blindo mi corazón y te juro que ahí no entra ni Dios. No me importaría acabar la noche abrazada a tu cintura cantando por la Jurado en un karaoke.

—Mola. ¿Cuántas te sabes?

—Mogollón. Y «El rojo clavel» te la bordo. La canto cada navidad desde que cumplí los cuatro.

—¿Lo hacemos?

Eva sonrió traviesa para sí.

—Oh, ¿qué demonios?

—¡Ven yaaa!

—De acuerdo, de acuerdo, salgo en cinco minutos. No te muevas de El Pimpi, júrame que no te moverás de ahí.

Antes de abandonar el término municipal de Marbella, Eva había telefoneado a Ana Belén unas siete veces y dejado otros tantos mensajes en su contestador. A aquella hora de un viernes, era rarísimo que su amiga desapareciese del mapa sin dar señales de vida. ¿Podría tener un peligroso galán llamado Ángel algo que ver?

Bebieron. Mucho. Sobre todo él. Y cantaron hasta desgañitarse. Por encima de sus ganas de evadirse, Eva procuró conservarse lo suficientemente sobria para conducir de vuelta, arrastrando a un casi inconsciente Rubén al que le dio la llorera en cuanto le arrebataron el micrófono, por culpa de su frustrante soltería.

Al día siguiente, Eva regresó al mundo de los vivos a eso de las doce con un ligero dolor de cabeza y, tras poner la tetera a hervir, se puso a limpiar. No le apetecía, pero tocaba. Los perros ladraban fuera y abrió la puerta de la caravana para comprobar que todo iba bien.

De ninguna manera esperaba ver aparecer un apabullante descapotable rojo con Javier como piloto y un cactus apalancado y bien sujeto con cinturón de seguridad en el asiento contiguo. De inmediato, un hormigueo entre las ingles empezó a molestarla. Sabía bien qué lo provocaba, los efectos de tener cerca a aquel hombre eran previsibles y casi siempre devastadores.

40

Písame el fregado

—La verja de la entrada estaba, una vez más, abierta —explicó él desde su asiento—, así que he pasado con el coche, espero que no te importe.

—Qué considerado te has vuelto, *Javi* —respondió ella mordaz—. Sobre todo porque pareces haber olvidado que te pedí que fuera de Fireland no volvieras a dirigirme la palabra. De modo que entrar en mi casa, y más con esos aires, te está sobrando. —Lo vio bajarse del descapotable, soberbio y tentador, con aquellos vaqueros que le quedaban de vicio, una simple camiseta blanca, una cazadora de cuero negro y gafas de sol de aviador. Madre mía, ella solo vestía un pantalón de ciclista, botas Uggs bastante usadas y camiseta bajo un delantal con el torso de un gladiador macizo. Se le atravesó un nudo en mitad de la garganta. Para disimular, señaló el cactus—. ¿A dónde vas con «esa monstruosidad»?

—No es ninguna monstruosidad, son mis plantas, vengo de comprarla en el vivero. Las demás se me mueren —contestó él tranquilamente—. Estas requieren pocos cuidados, con que les digas *hola* por la mañana, crecen tan contentas.

La inquieta mente de Eva creó un rápido paralelismo.

—Sí, ya nos conocemos, tú no eres de los que buscan responsabilidades a largo plazo —rumió con toda la intención—. Cuanto menos pidan, mucho mejor, ¿verdad?

En lugar de responderle, amable o irónico, Javier se quedó mirando el curioso estampado del delantal de Eva.

—¿Un *souvenir* de Roma del que no me acuerdo?

—De otra Roma —zahirió agria.

—Yo tengo mejor tableta que ese —se jactó. Ella contuvo una carcajada.

—Oh, sí, seguro. Y apuesto a que te mueres de ganas de exhibirla para que me derrita. ¿Qué demonios quieres?

—Ya la has visto y ya te gustó —resumió él con calma chicha.

—Repito. ¿Qué buscas un sábado a mediodía presentándote en mi casa?

Javier se fijó en el modo en que los ojos azules chisporroteaban. Eva era preciosa siempre, pero cuando se ponía furiosa y su rostro se encendía, parecía una diosa a punto de lanzar sus truenos castigadores sobre la tierra. Venía a confesarle que la noche anterior lo había pasado mal, solo en casa, bebiendo y tratando de leer algo que lo distrajera. Que en ningún momento había pensado en acudir a ningún compromiso social de los que poblaban su agenda, porque no lograba apartarla de su mente. Que las noches vividas en Roma latían nítidas en su memoria y que el sonido de su risa, la seda de su piel y el aroma de cada hueco de su glorioso cuerpo lo llamaban sin cesar convirtiéndose en un dulce tormento. Que había cedido a la necesidad irrefrenable de verla y ahora no sabía bien cómo justificar su presencia allí.

Se lo guardó todo bien dentro, allí donde no pudiese traicionarlo.

—Qué manera tan agresiva de hablarme —fingió congoja. Se acercó un poco más a la caravana. Toni y Braxton lo rodearon moviendo inexplicablemente el rabo. Javier los vigiló con gesto huraño—. ¡Cuidado, perros! ¡Baish, baish!

—No irás a sorprenderme con un «soy tu jefe» u otra chorrada por el estilo. En Fireland sé cual es mi sitio, no temas, no te pienso tutear, ni tomarme *ciertas* libertades. Pero no tengo intención de soportarte en plan vecino plasta.

—¿A qué te refieres con *ciertas*, así, recalcado?

Ella desvió incómoda la mirada y cerró fuerte los dedos en torno al palo de la fregona con el que había salido a recibirlo.

—Las que otras se toman.

—¿Como por ejemplo? —avanzó unos pasos más.

—No me tires de la lengua, dejemos transcurrir el fin de semana en paz.

—¿Como por ejemplo? —volvió a repetir.

Iba a subir el primer escalón y Eva puso la fregona para impedirle el paso.

—¡Alto ahí! ¡No me pises el fregado!

Javier no volvió a moverse.

—No te pega hacerte el tonto, Javi, lo sabe todo el mundo. ¡Como para no saberlo!, si ni te molestas en esconderte. —Se lo quedó mirando con los párpados entornados, con la intrigante expresión de quien se guarda un fabuloso secreto. Naturalmente, Javier no pudo resistirse.

—No sé de quién hablas, ni la menor idea de a qué te refieres.

—Tendrás cara... Os vi, os vi, cuando estaba en la fotocopiadora, metiéndoos mano como dos mandriles chutados. —Tuvo la impresión de que por fin la rabia escapaba de ella como por un tubo de escape abierto—. Con lo que te preocupan las apariencias... Debería darte vergüenza.

—Lidia —comprendió al fin. Ella asintió rígida, apoyada en el palo de madera.

—Una guarra de primera. No fue a Roma, pero creo que piensa resarcirse con creces del feo que le hiciste.

Sin responder y sin respetar los escalones recién fregados, Javier apartó la fregona que le impedía el paso y acortó las distancias con la pelirroja mirándola con obsesiva fijeza. Ella se apartó, pero él alargó las manos y la atrapó por el talle.

—Tontita celosa... —La atrajo hacia sí sin importarle los intentos desesperados de ella por liberarse.

—¡Quítame ahora mismo las manos de encima!

Javier apretó más el lazo que la envolvía. Eva tembló.

—¡Me encanta!

—Déjame o te juro que te arreo con el palo de la fregona —le ordenó ella perdiendo las fuerzas. Patética, pensó en el acto. Patética, arrastrada y loca por él.

—Vamos...

—Salid ahora mismo de mi casa, tú, tu cactus, tu descapotable pomposo y tus «baish, baish» a mis perros —insistió. Pero la boca tentadora de Javier se pegó a su oído. Y sus dientes le mordisquearon el lóbulo de la oreja. Y, al hablar, su aliento le erizó el vello de todo el cuerpo.

—No dejo de pensar en ti, maldita sea, ¿qué me has hecho?

—Probablemente, echarte el mejor polvo de tu vida.

—Los mejores —la corrigió él sin presionar el susurro—. Fueron muchos.

—Unos pocos.

—No me canso de tenerte —agregó con la nariz dentro de sus rizos. Aspiró el aroma a gominolas y a fresa. Deseaba tocarla, besarla, fundirse con ella. Solo estrecharla le sabía a poco.

—¿A qué viene esto ahora? —Eva se zafó en el último momento—. Se supone que habías marcado distancias oficiales. Con muy poco tacto, dicho sea de paso.

—Yo no he hecho nada de eso.

Confusa y movida por las emociones, Eva se rindió con un encantador puchero. Ya no parecía una gata rabiosa, sino una adorable chiquilla.

—Sí, sí que lo has hecho. Me has tratado mal desde que volvimos.

Javier encogió un hombro, indignado consigo mismo.

—¿He sido un borde?

—Mucho.

Los brazos de Javier la rodearon de nuevo. Se dejó hacer, consciente de que le ganaba terreno. Había pasado de susurrarle a la oreja su tibio jadeo a mordisquearle las zonas sensibles. Ahora, su lengua se deslizaba sutil y libidinosa por su garganta. Los pezones de la chica se endurecieron, el deseo se desató, subió la temperatura, la respiración se hizo más evidente. Él la apretó aún más contra su ancho torso.

—Lo siento, estaba... estoy agobiado y confundido como nunca en mi vida. —Le besó la coronilla. Ella apoyó tímidamente la cabeza contra su pecho.

—¿Por mi culpa?

—Sobre todo por tu culpa, Brujilda, me vuelves loco de remate. Me temo que acabaré cayendo donde no me conviene.

Eva levantó los ojos y se encontró con los suyos, de mareante verde, pupilas dilatadas, brillantes de pasión. Sin preguntar, buscó su boca y la atacó directa en un beso ansioso que se prolongó *in crescendo* hasta que, preso del calor, Javier bajó una mano, acarició su redondo cachete y lo pellizcó con la mano abierta, empujando las caderas de ella contra su entrepierna. Exactamente el mismo movimiento que Eva le había visto hacer a Lidia Noveira al amparo de las sombras.

La magia explotó en pedazos. Arrepentida, se separó de él y lo empujó lejos.

—¿Entramos? —propuso él, ajeno al desmán.

—¿Entrar? Lárgate. No vas a venir a contarme la primera milonga que se te ocurra y volver a convencerme. Me has ignorado, te has liado con otra delante de mis narices...

—No sabía que estuvieses mirando —fue la estúpida excusa que se le vino a la cabeza. Olió la metedura de pata en cuanto terminó la frase.

—¡Peor me lo pones!

—No estoy acostándome con Lidia —mintió poniendo en la frase toda su pasión. Necesitaba que Eva lo creyera. Él mismo, de algún modo absurdo, lo creía. Porque no era a Lidia a quien se follaba, no era a ninguna otra, era a ella, siempre a ella. Aunque no estuviese en su cama, ni entre sus brazos.

—¿Tengo que confiar? ¿Solo porque tú me lo digas? ¿Así de fácil? ¿Vienes, me lo prometes, y yo te creo?

—No te he prometido nada —le recordó con gravedad. Eva dio un fatídico paso atrás que creó un muro infranqueable.

—Márchate. —Le escocían los ojos. Pero no iba a llorar delante de él ni por él, no le daría el gusto.

—Eva...

—No quiero complicarme la vida contigo, Javier, deja de pasarte por mi casa con cualquier pretexto, deja de hacerte el encontradizo, cumple con el papel que tú mismo te has asignado, lárgate ya.

Él se tomó unos segundos, esperando que su pequeña gata furiosa cambiara de opinión. Pero no. Eva retrocedió al interior de la caravana y agarró la puerta dispuesta a estampársela en las narices. Javier trató de evitar lo que vendría, estirando un brazo y la mano abierta.

—¿Al menos te gusto?

Eva frenó su impetuoso gesto y le dirigió una mirada interrogante.

—Es la pregunta más absurda que me han hecho desde que cumplí los quince. —Abrió una larga pausa durante la cual se miraron y se confesaron mil cosas sin hablar. La barbilla de Eva empezó a temblar. Hora de desaparecer—. Claro que me gustas. Cierra al salir.

En ese momento, un agudo y molesto pitido cortó el ambiente de relativa concordia que había empezado a crearse. Eva gruñó una maldición y la válvula candente de la tetera, saltó volando por los aires. La pelirroja la esquivó con un aspaviento gracioso que logró que Javier recuperase el humor.

Pero no iban a ser tan simples las cosas.

—¡Ya que estás, podrías llevarte este cachivache infernal que me destroza los nervios! —chilló airada—. No puedo hacerme un té sin que se ponga a pitar y a amenazar con lanzar la tapadera al techo en el momento más inoportuno. ¡Me estresa!

—¿Lanza la tapadera? —repitió Javier entre incrédulo y divertido.

—Como una maldita bala.

—Será que pones el agua por encima del nivel... —No pudo rematar su consejo porque Eva volvió a aparecer junto a la entrada y, ni corta ni perezosa, arrojó la tetera, con todos sus recuerdos ñoños, en mitad del jardín.

—Déjate de niveles y desaparece, ya. Tengo mil cosas que hacer. Y lo dicho. ¡Cierra al salir!

Javier rescató con cuidado la hervidora y se mordió el labio. Tenía que intentar algo, aquello no podía terminar así. Pero estaba en blanco, las riendas las manejaba una Eva muy cabreada que volvía a gritarle.

—¡Por cierto, guapo! —Se señaló el mandil—. ¡Ya quisieras tú dar la talla de un romano! ¡Ni en sueños!

Se miraron todavía un rato. Un desafío violento y callado, antes de que ella se ocultara tras un monumental portazo. La alusión a los romanos dejó a Javier cavilando. Acudieron a su mente los mensajes cazados de extranjis en el móvil de Eva, firmados por el tal Bianchi, un apellido inequívocamente italiano. Probablemente, un antiguo amante que se permitía el lujo de llamarla «gatita». Fue como si un jodido volcán gigante erupcionase en su vientre. ¿A eso sabían los celos? Porque le entraron ganas de destrozar algo. Con un acelerón brutal, sacó el coche de la propiedad cercada, marcha atrás, a velocidad suicida. Cuando estuvo en la calle, echó el freno de mano, se bajó sujetando la tetera, miró hacia el pinar y, haciendo gala de un poderío muscular fuera de lo corriente, lanzó el pequeño electrodoméstico por los aires hasta que, como un cohete plateado y brillante, se perdió entre las nubes.

Lo ocurrido durante la mañana condicionó el humor de Eva por el resto del día. Corrió por las urbanizaciones de los alrededores como una posesa. Subió y bajó las anchas calles de La Mairena a un ritmo que hasta a los perros les costaba seguir. Quemó toneladas de adrenalina con la esperanza de calmarse, y nada le hizo sentir mejor. Sin embargo, cuando su hermano Miguel la llamó para recordarle la fiesta de la noche, cambió de opinión sobre la marcha y aceptó de buen grado.

—¿En serio vas a pasarte?

—Pues claro, no soy ningún ogro asocial —explicó ella con fingido mal humor—, de cuando en cuando, salgo y me divierto.

—Mamá me dijo que te negarías en redondo.

—¿Por eso me llamas? ¿Porque mamá te lo ha pedido ya que ella no sabía cómo convencerme? ¡Serás bandido! —añadió con sorna. La relación Miguel siempre había sido más fluida que con Ángel. Él dejó escapar una alegre carcajada.

—Te equivocas, hermanita. Revisa tus correos, llevo una semana completa rogándote en todos los idiomas que no faltes a nuestro cumpleaños. Abre tu ordenador, no te atreverás a decir que miento.

—Pero ¡no es vuestro cumpleaños! ¡Vaya dos! ¡No respetáis la fecha, lo celebráis cuando os da la gana! —exclamó entre risas.

—Hay que ser original en esta vida. Lo común acaba siendo mediocre. Además, naciendo en enero, justo después de las Navidades, ¿quién querría embarcarse en otra fiesta con la resaca del cotillón? En primavera mola más.

—Te confieso que llevo una semana infernal y no he visto tus correos, perdona. Pero mamá ya me había comentado algo y ya tenía la noche reservada para vosotros, ¿qué te parece?

—Que eres mi hermana cascarrabias preferida —rio Miguel.

—Soy la única que tienes, guapo —respondió Eva, divertida. Enredó un dedo en un rizo y jugueteó distraída con él—. ¿Puedo llevar un par de amigos?

—Puedes traer a quien gustes, preciosa, siempre que no te corten las alas. Te adelanto que Ana Belén ya está invitada.

La pelirroja soltó un suave gruñido.

—Lo sé, lo sé, lleva todo el día mandándome mensajes, igual de pesadita que doña Bella.

—Tengo ganas de verte, chiquitina.

—No te diré lo mismo, que te lo tienes muy creído. En un ratito. ¡Un beso enorme!

41
Fiestas de no-cumpleaños

Eva no imaginaba que se encontraría a nadie importante en la fiesta de no-cumpleaños de los gemelos, por eso no prestó demasiada atención a su atuendo. Se pegó una ducha rápida, escogió un vestido suelto de gasa verde esmeralda con un colgante antiguo dorado sobre el pecho, espumó sus rizos, añadió tacón, unas gotas de Bulgari Classic y se despidió de sus perros.

—No pienso volver acompañada, no os hagáis ilusiones. Tampoco triste ni borracha —les dedicó antes de cerrar la portezuela del coche—, os lo prometo. Desde hoy, soy una nueva Eva. —Sacó la cabeza por la ventanilla y les dedicó un guiño—. Estooo... lo de no volver borracha puede que a última hora lo negocie.

Puso la radio del Suzuki a todo volumen y acumuló muchos gramos de buen rollo para sobrellevar la noche de *holas* y cumplidos que la esperaba. A Rubén lo pasó a buscar de camino.

—Tienes que ayudarme a interrogarla a fondo —rogó refiriéndose a Ana Belén. Rubén se entretenía atusándose el flequillo en el espejito del copiloto.

—¿Piensas someterla al tercer grado? Pobrecilla Zumba.

—Al cuarto, si hace falta. Me huelo que hay rollo con mi hermano Ángel y eso solo puede acabar en catástrofe.

—¿Hay algo que puedas hacer para impedirlo? Recogeremos las miguitas cuando llegue el momento, somos sus amigos, para eso nos pagan.

Eva desvió un segundo la atención de la carretera para fulminar a Rubén.

—Preferiría no llegar a ese límite.

—Enamorarse es sufrir, reina —sentenció el chico con voz de ultratumba.

Lo cual era cierto, por supuesto. Desde algún que otro punto de vista. Así que Eva no replicó.

La fiesta se celebraba en los preciosos jardines del restaurante Sol y Luna. Media Marbella parecía haberse congregado para rendir homenaje a los gemelos más populares del panorama *jet set*. Nada más entrar y aceptar la copa de bienvenida, Eva divisó a uno de sus hermanos atendiendo risueño a la tropa de invitados. Ángel. Y Ana Belén babeaba pegadita a su flanco. Se acercó a felicitarlo y el joven la besó en las mejillas y, tomándola de la mano, la obligó a girar sobre sí misma.

—Ay, si no fueras mi hermana... —alabó con evidente lascivia.

—¡No sigas por ahí, indecente! —lo cortó ella de buen humor.

Tres segundos y medio y un piropo improcedente era todo lo que Ángel podía dedicarle. Enseguida volvió a atender a sus invitados, y Eva intercambió un par de frases con Ana Belén.

—Tenemos que charlar, Ana.

—¡Cuando tú quieras! —fue la achispada respuesta de su amiga mientras meneaba con mucho salero el culo.

—¿Estás ya borrachilla?

—Un po... poquito. —Se tapó la boca con la mano y mitigó una carcajada traviesa. Eva la acompañó con gusto y Rubén accedió a que se le colgara al cuello y le estampase dos sonoros besos.

—No tienes arreglo, Zumba, no tienes arreglo. Por eso nos gustas.

Miguel se acercó por detrás, le enlazó la cintura a su hermana y la besó cariñosamente en el cogote. Sin girarse, Eva levantó una mano y le revolvió el cabello.

—Divina, hermanita —la saludó con una amplia sonrisa—. ¿Mi regalo, por favor?

Eva miró de reojo al otro gemelo, que seguía a lo suyo, desarrollando a la perfección sus labores de anfitrión.

—Menuda cara tenéis, ya os regalé... algo en enero.

—¿Algo? ¿Qué?

—No me acuerdo. Seguro que...¡¡No!! ¿En serio no os envié nada? De acuerdo, no me excomulgues. Ángel, el fantástico, está demasiado absorto en su parlamento, no me he atrevido a interrumpirlo. —Abrió su bolsito y sacó dos sobres plegados que entregó a Miguel.

—¡Vaya, qué generosa! ¡Una equipación completa de golf! Pero... —agitó la cartulina en el aire—. ¿Un vale, Eva?

—Sí, un vale a canjear en la tienda. No me dio tiempo a ir de compras —se excusó agarrando otra copa de champán.

—Teniendo en cuenta que igual no pensabas venir... te creo.

Eva observó los movimientos de Ana Belén, que pululaba como una mariposilla extraviada alrededor de un distraído Ángel.

—¿Qué hay exactamente entre ellos? —quiso saber.

—Algo hay —fue la escueta respuesta de Miguel, que también miraba a Ana Belén reír, aunque la suya era una mirada tierna.

—¿Cómo de serio es ese algo? —insistió Eva curiosa.

Miguel soltó un amago de carcajada y se mojó los labios con un rioja.

—Hermana, los vocablos *Ángel* y *serio* llevan toda la vida siendo antónimos.

—Oyéndote, cualquiera pensaría que tú eres un santo.

—No seré un santo, pero tampoco un cerdo insensible como mi otro yo —alegó con aspereza. Eva enarcó una ceja.

—No quiero por nada del mundo que la hiera.

—No podrás evitarlo.

Ahora, Ana Belén era rondada por Antonio Baladí, alguien que, por descontado, no esperaba encontrar allí. Tensó los músculos y espió los alrededores. La charla entre su amiga y el socio de su jefe enseguida se animó y en pocos segundos ambos reían como si se conociesen de toda la vida. Ana Belén era una chica sociable de fácil trato que gustaba a todo el mundo. Miguel parecía estar de acuerdo con la apreciación.

—Ella es una buena persona.

Eva no llegó a responder. Acababa de detectar la alta figura de Javier, al fondo de la sala, con una descarada Lidia colgada del brazo y pose de vampiresa. El corazón se le aceleró hasta alcanzar las ciento ochenta pulsaciones por minuto.

—¿Qué hacen aquí los dueños de Fireland?

—¿Te acuerdas que Ángel contó que estábamos en tratos con De Ávila? Pues acabamos de firmar un acuerdo de colaboración de lo más suculento, nos encargaremos de la proyección de espacios en la empresa, ampliaciones, *stands* en ferias y todo eso.

—Ya veo —graznó la pelirroja bebiéndose de un trago el contenido de su copa—. Joder, Miguel, son mis jefes.

—¿Qué tiene eso que ver?

Eva no se molestó en desvelar la intriga. La irritación de ver a Lidia pavoneándose como la ganadora de un concurso la estaba dejando ciega y tenía poco que ver con los convenios de sus hermanos.

—Da igual, no lo entenderías. Me voy.

Hizo amago de marcharse, con las pupilas apretadas, fijas en Javier. Su hermano le impidió la huida.

—Venga, Eva, no te enfurruñes, tú has elegido tu forma de vida, tienes jefes porque te da la gana.

Ella lo miró retadora.

—Dicho de otro modo, tengo jefes porque no me importa tenerlos.

—¿Pero qué narices te pasa? —Su hermano la observó suspicaz—. Espera... Tú... ¿Estás liada con De Ávila?

Eva resopló. Pensó en mentir, pero era estúpido. Todos eran mayores de edad y habían calentado alguna vez las camas de alguien. Miguel no iba a escandalizarse.

—A ver cómo te lo explico: manteníamos algo que no puede llamarse relación, pero sí alto voltaje sexual.

—¿Manteníais? ¿Ya no?

—Esas cosas se terminan, nadie esperaba que nos casáramos. —Hizo lo imposible porque sonara a mofa, pero no lo consiguió. La expresión en el rostro de Miguel cuando le soltó el brazo era significativa.

Abrumado por la cantidad de gente y la presencia de Eva, Javier aprovechó un descuido de Lidia para deslizarse hasta la terraza. Se aflojó la corbata y encendió un pitillo. Mierda. El vicio de fumar. Llevaba siglos sin necesitar uno y, sin embargo, acababa de suplicarle a su socio que le surtiera con urgencia. Contempló el panorama nocturno de una Marbella llena de vida que parecía burlarse de él. Por fin había escapado de Madrid, había vuelto al Sur buscando la paz y el recomienzo de algo, y había ido a darse de bruces con el amor. El sentimiento más peligroso. Nada de lo que pensara ni ningún pretexto de los que buscaba servían para olvidarla. Sin saberlo, Eva había cavado pozos de petróleo en su dura coraza y ahora las heridas quedaban al descubierto. Lo que sentía por ella era tóxico, radiactivo, contaminante.

—No sabía de tus tratos con mis hermanos. —La dulce voz de la mujer que añoraba lo sobresaltó. Giró para admirarla—. Cuídate, son capaces de venderle unas gafas a un ciego. —Y le guiñó graciosamente un ojo. Javier esbozó una tímida sonrisa tratando de apartar de su mente el sabor y el tacto de aquellos carnosos labios rosados.

—¿Saben ellos lo mal que los vendes? —bromeó dando una larga calada al cigarro. Ella se acercó un poco más y su conocido olor lo desquició en una ráfaga.

—No hablaba en serio. Son buenos en lo suyo, los mejores arquitectos que podrás encontrar por la zona, de verdad. No engañan nunca a sus clientes, solo a las pobres mujeres que tienen la desgracia de rendirse a sus encantos. Como pareja son desastrosos. Aunque no son los únicos. —Le dirigió una suspicaz mirada.

—Me ofendes, Brujilda.

Eva se apoyó en la balaustrada y miró al horizonte. Javier se recreó mirando su perfil, sus pómulos altos y redondeados, su nariz respingona.

—Ayer pretendías seducirme, hoy te paseas del brazo de otra —expuso con cierta tristeza—, el jueguecito que te traes entre manos resulta un poco doloroso.

—¿Para quién? —espetó él con descaro. Ella no lo miró.

—Para la que lo sufre.

—No hablarás de ti, queridísima pelirroja. Al fin y al cabo... —Dejó la frase en el aire a conciencia y observó si su pequeña provocación había funcionado. Pero los ojos azules de Eva continuaban perdidos en la distancia—. Me dijiste que cero complicaciones en tu vida, ¿recuerdas? Además, yo también estoy resentido, frustrado y decepcionado y no voy echándotelo en cara.

Ahora ella sí que lo encaró, al parecer, muy interesada.

—Decepcionado ¿por?

—Me hiciste creer que te importaba y... ¡Y ni siquiera te gustan los hombres! —vomitó consumido por el rencor. Eva pestañeó sorprendida y, a continuación, lanzó atrás la cabeza y se echó a reír. Javier encajó las mandíbulas—. No tiene ninguna gracia, me parece una burla atroz. Sin contar con la calidad de tu interpretación todos aquellos días en Roma.

—¿Eso es todo? ¿Por eso te comportas de una forma tan rara? —«¿Se puede una morir de alivio?»—. Déjame decirte que no es más que un rumor falso y malintencionado. No soy lesbiana, Javi. Pensé que, después de tanto sexo y del bueno, te había quedado más que claro y que los comentarios de cuatro indocumentados no te afectarían.

Javier la observó entre sus párpados medio cerrados. Arrojó la colilla al suelo y la aplastó con la punta del pie. Sin duda deseaba creerla.

—Entonces... ¿por qué?

—¿Por qué cotillean sin base? —Eva se encogió de hombros. De repente, aquella situación desatinada e injusta le hacía mucha gracia—. Vete tú a saber, la gente es muy envidiosa.

—¿Envidia... de nosotros? —aventuró Javier con un deje inesperadamente sensible. Eva dejó a un lado las bromas.

—¿Deberían?

—¿Por qué no? Nuestra química es tan especial como insensata. E innegable.

Eva guardó silencio y se mordió el labio inferior. ¡Dios! Cómo le habría gustado besarlo allí mismo. Arrojarse loca e irreflexivamente a sus brazos y restregarse piel con piel. Sentir su calor, su necesidad, sus besos, que la mimara y le hiciera promesas candentes.

Por la mente de Javier desfilaban exactamente las mismas fantasías. Dio un paso en su dirección y estiró los dedos dispuesto a atrapar un mechón rojo.

—¿En qué estás pensando? —la interrogó. Ella dejó caer las pestañas.

—En lo mucho que me gustaría saber lo que estás pensando tú.

—No te lo pienso decir, no hablaré el primero —alardeó seductor.

—Eres un traidor mentiroso —insultó a media voz. Con él tan cerca, solo quedaba temblar.

—Puede. —Sonrió de medio lado. Su sonrisa de canalla perdonavidas, la que tanto le gustaba a ella, la que la hacía perder el compás al respirar—. Estás preciosa esta noche.

—Tú tampoco estás mal —bromeó Eva ronca por la emoción. La proximidad de Javier crecía y la hacía vibrar.

—Eva... —Se pasó la mano por la cara, azorado, nervioso como un quinceañero a punto de declarar su amor—. Han sido muchas cosas desconocidas, todas de repente, quizá... quizá no he sabido manejarlas.

—Eso que llamas tan impersonalmente «cosas», ¿podrían ser emociones? —susurró ella. Estaban cerca, uno dentro de la burbuja del otro. Entrelazados como una hiedra tierna.

—Podrían, no lo sé. Querría haberlas vivido antes, pero me temo que soy novato en todo esto. ¿Cabe la posibilidad de empezar de nuevo? ¿Desde cero?

Eva suspiró rendida y se miró la punta de los zapatos. Su corazón gritaba «sí, sí, acepta las condiciones» con todas sus fuerzas. Por el filtro de su razón desfilaban los desplantes, las acusaciones de Bianchi, su orgullo apaleado, Lidia...

—Eva, por favor.

42
¿De qué los conocías?

Fue apenas un susurro. Pero tan denso, tan colmado de sentimiento, que la chica ondeó como un papel de seda a un paso de someterse. Sin embargo...

—¡Aquí estás! ¡Llevo mil horas buscándote!

Se distanciaron y giraron al unísono para recibir a Lidia. Era tan evidente que no la hacía precisamente feliz encontrarlos allí, solos y casi pegados, como que a ellos los crispaba la interrupción, pero la rubia forzó una sonrisa bastante airosa y tuvo la desfachatez de enlazar el brazo de Javier, alzarse de puntillas y besarlo en la cara, como si le colgase en la oreja un cartel de «propiedad privada».

Él se mantuvo rígido, un mástil sin expresión, pero no la desautorizó. Eva sintió que el corazón se le abría en gajos.

—Esto es saber montar una fiesta. Estarás orgullosa de tus hermanos, Eva, qué estilo y qué atractivos son —halagó Lidia con su voz de ratita presumida—. ¿Sabes que fui yo quien los recomendó a Javier?

—¿Ah, sí? ¿Y de qué los conocías? —Eva osó hablarle sin apartar los ojos furibundos de Javier—. ¿Has sido amante de uno de ellos? ¿De los dos? ¿En qué lista debo apuntarte? —Llegado este punto los hizo rodar hacia la boquiabierta joven, taladrándola con un golpe maestro—. ¿En la interminable de Miguel o en la infinitamente larga de Ángel? —Meneó la cabeza de nuevo en dirección a Javier. Un gesto que significaba decepción con mayúsculas—. Si me disculpáis, vuelvo a esta mierda de fiesta, no quiero perderme detalle.

Iba negra, carcomida de cólera. No quiso unirse a la entusiasta charla de Ana Belén con Antonio Baladí ni al desenfrenado baileteo de Rubén en la pista. También renunció a beber más copas, intoxicarse serviría de poco y no le devolvería la dignidad. Prefería despedirse a la francesa, regresar sola a casa y no incomodar a nadie.

Antes de evaporarse, dirigió un vistazo casi inconsciente a la terraza donde habían quedado Lidia y Javier bajo la luna. Los descubrió besándose. Y, aunque más bien era ella la que lo atacaba sin freno ni vergüenza, la pelirroja se sintió morir. Mierda, quería ser ella la acariciada, ella quien lamiera a Javier hasta dejarlo sin aliento. No otra, no esa zorra. Ella.

Se escabulló hasta la puerta y oteó por última vez. Ana Belén seguía de juerga con Baladí, Rubén coqueteaba con todo cuanto se movía, y en cuanto a Javier... No había que echarle mucha imaginación para saber cómo terminaría su noche. Eva no pensaba quedarse a comprobarlo.

Domingo. Tocaba hacer té sin hervidora de agua. De pronto se veía echando de menos el artilugio que tantos quebraderos de cabeza le había dado y se arrepintió de haberlo revoleado por los aires. Sacó un cacillo, lo llenó de agua hasta la mitad y lo puso al fuego. Menudo rollo acostarse sobria y hasta madrugar cuando todos sus amigos se habrían ido a la cama a cuatro patas a las tantas. No podía llamar a nadie a las once de la mañana, por muy sola y desesperada que se sintiera. Toni y Braxton daban saltos y hacían cabriolas a su alrededor.

—¿También estáis nerviosos? Quizá no sea el mejor día ni el más radiante, pero haremos una cosa: me tomo el té, un par de magdalenas y saldremos a correr al monte. —Toni estiró las orejas al oírla—. Seguro que nos despejamos.

Puso la música a todo trapo, su receta infalible para cargar pilas. «Radioactive» de Imagine Dragons tronó dentro de la caravana. Luego, una recopilación de los mejores temas de Kygo. Desayunó de pie, apoyada en la encimera de la cocina, recogió la melena bajo una gorra, se cerró la sudadera y salió al jardín con las llaves en la mano. En la puerta exterior esperaba aparcado el lujoso coche negro que daría al traste con sus planes.

—Otra vez..., no puede ser cierto —dijo para sus adentros—. Este tío es... una pesadilla

Gonzalo acababa de abrir la portezuela trasera del coche y, de un brinco, se encaramó en la cancela de entrada que Eva abrió sin demora y sin mirar al conductor. El niño cruzó el umbral y la abrazó. Eva quiso continuar así, a salvo con las pupilas sepultadas en la tierra, pero la sombra del corpachón de Javier la empujó a levantar la cara. Olía a recién duchado y estaba guapísimo, con su polo rojo, sus vaqueros y sus gafas de sol oscuras.

—Lo siento —se disculpó con torpeza—, iba saliendo y Gonzalo se ha empeñado en pasar un rato contigo. ¿Te va bien?

—Papá tiene una reunión con gente mayor. ¿Puede quedarme contigo? *Porfiiiiii.*

—¿Una reunión con gente mayor? ¡Qué aburrido! —Eva le siguió la corriente. «Y qué oportuno», agregó para sus adentros.

—Veo que pensabas salir a hacer ejercicio —apuntó Javier—. Somos unos vecinos plastas, mejor nos vamos.

A Eva no se le escapó que, para chincharla, había usado sus mismas palabras. Ajeno a la guerrilla muda y sin soltar el cuello de Eva, Gonzalo señaló al cielo.

—Si va a llover.

Como de costumbre, el niño era el único allí que decía la verdad. Eva observó el gris encapotado de las nubes y sonrió.

—Pues va a ser que tienes razón. ¡Qué diablos! ¿Te apetece ayudarme a cocinar unas magdalenas? Luego podrías llevárselas a Therese, para la merienda.

—¡Claro! —aceptó alborozado.

—Pues hecho. —Se puso en pie, le revolvió el pelo y comprobó lo rápido que salía zumbando a jugar con los perros. Aunque evitó mirar a Javier de frente, debía dirigirle unas palabras—. Déjalo conmigo, no hay problema.

Él no apartaba sus ansiosos ojos verdes de ella. De su rostro, de su cuello, de su escote. Le sobraban necesidad y ganas.

—¿Seguro?

—Por supuesto. Puedes irte con toda tranquilidad a tu... cita o lo que sea.

—¿Cómo sabes que tengo una cita, Brujilda?

Eva no sonrió ante la broma. Pensar que se iba sabe Dios dónde y con quién la avinagró.

—Vienes vestido para matar.

—No será tanto... —Sonrió y ya estaba otra vez seduciéndola, atormentándola, repartiendo tentación—. Ahora en serio, ¿no te parece que tengo mucha cara al traerte a Gonzalo sin avisar?

—Pues mira, ahora que lo mencionas, me parece que tienes un morro que te lo pisas presentándote aquí después de lo de anoche, sí.

—¿Anoche? ¿Qué pasó anoche? —Nada en su tono neutro hacía sospechar que se sintiera culpable. ¿De verdad era tan ingenuo... o tan cruel?—. Intenté hacer borrón y cuenta nueva contigo, eso es todo. No lo conseguí.

—Serás... Eres lo peor... —afirmó Eva manteniendo el tono firme y duro.

—Te equiv... —trató de rebatir Javier. Ella no se lo permitió. Movió la mano y le ordenó que se callara.

—Pero también sé que no me aprovechas de canguro porque tienes gente de sobra en casa que podría cuidar de Gonzalo, así que debe ser verdad que el peque quiere verme... —Apuntó a los pastores alemanes que atrapaban al vuelo el balón que el chico les lanzaba—. O a ellos. Y eso me encanta y me pone tontorrona. Tienes suerte de tener un niño tan adorable. Y no mires a mis perros con esa cara, son inofensivos.

—Tendrán parásitos, por muy limpios que estén, todos los perros tienen...

Eva recuperó de golpe y porrazo el genio y la mala leche.

—¡Los míos no! Aquí nos lavamos a diario. ¡Todos! ¡Baish, baish! —Lo alejó con un vaivén de la mano—. ¿A qué esperas para largarte?

Javier no había informado de adónde iba ni a qué hora pensaba volver, pero el detalle se convirtió en algo sin importancia. Gonzalo y Eva se lo pasaron en grande decidiendo qué ingredientes añadir a las magdalenas, untándose la nariz de harina o mantequilla y sacándose fotos. Eva había puesto música y los dos se contoneaban mientras precalentaban el horno y mezclaban la leche con cacao.

—¿Puedo enviársela a papá? —El niño se refería a una simpática instantánea que compartía con Eva, rodillo de amasar en mano y cara de psicópatas, con las puntas de la nariz pringadas de blanco.

—Claro que sí, verás cómo se ríe.

Muy animado y con la ayuda de la pelirroja, Gonzalo tecleó un wasap para su padre.

—Falta le hace —rezongó como un auténtico adulto. Eva depositó las bandejas-molde sobre la mesa y agarró la jarra con la mezcla.

—¿En serio? ¿Está pitufo gruñón?

—Un poco. A ver, papá siempre ha sido... Serio. Eso dice Therese. Pero últimamente... ¡Uff! —Remató su envío y agitó feliz el móvil—. Ya está.

—Tiene muchas preocupaciones —lo disculpó Eva tratando de controlar su pulso—, una gran empresa, mucha gente de la que cuidar, negocios que se tuercen... —Levantó la cabeza y sonrió con cariño—. Lo entenderás cuando seas mayor.

Gonzalo frunció el morrito.

—No quiero saber esas cosas. Reírse es guay.

—Claro que es guay, mi amor, pero los adultos, a menudo, lo olvidamos. ¿Me pasas la segunda bandeja, *porfa*? Vamos a rellenar los huecos, tú puedes ir echando los daditos de chocolate por encima.

Dos docenas de jugosas magdalenas rellenas con exquisiteces varias fueron a parar a las entrañas del horno y, a la par que distraían a Gonzalo, calmaban la furia de una pelirroja que no le había soltado al Monolito todo lo que le ardía dentro por evitar el numerito delante de un niño inocente. Pero cuando lo pillara solo...

—¿A qué hora dijo papá que pasaría a buscarte?

—Tenía que verse con *nosequién*, ha dicho —informó el peque.

—Ok. Pues, si nos da tiempo, nos vamos a pegar un segundo desayuno que a ver quién te pone delante un filete. —Compartieron una carcajada, un guiño y una mueca cómica—. Vete a jugar un ratito con los perros y te aviso cuando tenga preparada la mesa.

Gonzalo salió escopetado llamando a gritos a Toni y a Braxton.

Eva tardó un buen rato en perder la sonrisa. Aquel pequeñajo parlanchín se le había metido bien dentro del corazón y le hacía sentirse protectora y casi maternal, algo que jamás antes se le hubiese pasado por la cabeza. Que su madre lo hubiese abandonado tan pequeño le rompía el alma. ¿Cómo podía una mujer olvidarse de lo más grande y preferir desfilar por una pasarela?

La masa empezó a inflarse dentro de sus moldes y el móvil de Eva vibró con la sintonía de *Piratas del Caribe*. Arrugó el entrecejo. Si era Javier, no iba a poder cumplir su promesa de prepararle a Gonzalo unas *muffins* recién hechas. Podía plantearle que lo dejase con ella hasta la tarde...

Pero no era Javier quien llamaba, sino Ana Belén.

—Resucitó la princesa —canturreó la pelirroja a sabiendas del estado de resaca que barajaba su amiga.

—Chssss, ¡no chilles! —suplicó la otra—. Me estallan los sesos. Ay, Evita, qué borrachera más mala pillé anoche.

—¿Y cómo volviste a casa?

—Rodando en plan croqueta hasta encontrar un taxi.

—Sabes que no me refiero a eso, *perri*, ¿sola o acompañada? ¿No te quedaste a dormir con mi hermano Ángel?

Ana Belén se tomó unos segundos antes de responder. Sorbió un poco de café solo y sonrió con cierta amargura.

—Con Ángel todo es un poquito más difícil que eso.

—Empieza a desembuchar. —Comprobó el estado de los dulces a través del cristal.

—Ahora no, estoy demasiado perjudicada, otro día. De todos modos, te informo que he decidido que hay más peces en este mar —agregó con tono misterioso.

—Mmm... Explícame eso. ¿Quieres decir que por fin no es solo por Ángel, el golfo, por quien palpita tu corazoncito?

—Abres los ojos de repente y te encuentras rodeada de tíos *buenorros* que no te van a permitir que desperdicies ni un momento de tu sosa vida. Solo hay que aprovecharlos tal y como vienen.

Eva ya se había perdido en las divagaciones de su resacosa amiga. Se acercó a la ventana y apartó la cortinilla para mirar a Gonzalo. Se lo estaba pasando pipa y Toni y Braxton parecían dos chiquillos el día de Navidad. Qué bien. Todos contentos.

Menos ella. ¿Dónde diablos se había metido Javier?

Ana Belén seguía compartiendo su recién tomada decisión de no cerrarse a un solo hombre y blablablá.

—Si tú lo dices, Zumba —zanjó cuando por fin su amiga cerró el pico—. Si tú lo dices y te hace feliz... Sobre todo, si en serio te lo crees...

—Es como reconquistar la libertad, Eva. Me he dado cuenta de que soy una mujer adulta e independiente que puede hacer lo que le salga de la peineta y moriré antes de suplicarle a un tío...

—Suena genial. ¿Ya no estás enamorada hasta las trancas?

—Sí —resopló con fastidio—, todavía lo estoy. Pero, dado el caso que me hace, más me vale irme buscando otros entretenimientos.

—Venga, adelántame algo. ¿En qué punto exacto os encontráis?

—Hemos salido juntos algunas veces —admitió derrotada—, ya te dije. Me invita a fiestas y tontea conmigo hasta que consigue que me crea que le intereso. Luego, cuando el festival acaba, siempre me marcho sola a casa. Y entonces, ocurre.

—¿El qué? —preguntó Eva distraída, pendiente de que las magdalenas no se quemaran. Estaban hinchadas y doradas, listas para hincarles el diente. Se calzó los guantes de horno.

—Cosas raras. Tu hermano es rarito, Eva, rarito que te cagas.

—Eso ya te lo he advertido yo miles de veces, el problema es que no me haces ni puñetero caso.

—¿Estás liada?

No quiso decirle que horneaba magdalenas o empezaría a chincharla con lo de «estar jodida», así que hizo algo peor.

—Estoy de canguro. Javier ha pasado por casa esta mañana y me ha dejado a Gonzalo.

—¿Al niño? ¿Míster Universo te ha dejado al cuidado de su niño?

—Sí, ¿qué hay de malo? Este crío y yo nos llevamos de fábula, y adora a los perros. Su padre es muy estricto en lo que respecta a los animales, no le deja tenerlos y...

—Menudo caradura.

—Sí, ya se lo he dicho, pero entre tú y yo, no me importa, de verdad.

—Te creo. Le habrás dicho que todo iba bien y acto seguido te habrás puesto a cocinar magdalenas como una poseída. ¿Acierto?

Eva se aclaró la garganta con una tosecilla y tiró de la puerta del horno. Una bocanada de intenso calor le recorrió los brazos y le acarició la cara.

—Es verdad que estoy ocupada, Ana Belén. Tenemos que vernos y me cuentas lo de las rarezas de mi hermano. Pasaré por tu casa esta misma tarde si puedo.

—Ok, y de camino tráete las magdalenas, guapa, que nos las zampamos con café en una noche que se prevé lluviosa. Ya te vale.

—Si no me regañas, no te regaño —musitó Eva mimosa. Ana Belén rio.

—Desde luego, parecemos dos gilipollas, tan seguras de nosotras mismas y, en cuanto nos dicen dos galanterías y nos meten un buen morreo, nos tiritan las piernas. ¡Qué asco, señor!

—Y hemos ido a dar con un par de mujeriegos sin escrúpulos —escupió Eva con rencor. Ana Belén no estaba de acuerdo.

—De eso nada, monada, son nuestras medias naranjas, lo que yo te diga. Si no, ¿de qué íbamos a estar aguantando tanto? Esto está escrito, amiga, es-cri-to.

—¿Sí? Pues vaya putada, por mí que lo vayan borrando.

—Las estrellas y el destino, hermosa, por mucho que nos empeñemos, no cambia. Hala, te dejo. Igual me llego al gimnasio y pillo la clase de *zumba* de las tres.

—Valiente obsesión tienes con lo tuyo. Un beso.

43

Encadenado con esposas

Se despidieron como las casi-hermanas que eran y el cielo se iluminó entero con un relámpago. Eva soltó las bandejas calientes que sostenía en las manos sobre la mesa y se asomó a la ventanuca. Las nubes se habían tornado gris plomo cerrado. Abrió la puerta de la caravana, azuzó a los perros a que se pusieran a cubierto en sus colchoncitos en el porche e indicó a Gonzalo que entrara.

—¿Tienes frío? —preguntó mirando sus mejillas arreboladas. Los críos jugando, jamás de los jamases sienten *eso* a lo que las mamás temen.

—Frío no, pero mucha hambre. —Repasó las cabezas redondeadas de las magdalenas y las olió con gusto—. ¡Menuda pinta tienen!

—Pues te podrás comer todas las que se te antojen. Es un poco tarde, pero ¿te apetece un chocolate caliente para acompañarlas?

Gonzalo se puso a saltar y a palmotear de alegría mientras suplicaba que no le contase a su padre cuantísimo dulce pensaba tragar.

—¿No te deja comer pasteles?

—Es Therese, que tampoco quiere, él no se entera. Pero cuando se entera... —Desmoldó un par de magdalenas siguiendo las instrucciones de Eva—. ¿Tú... has dormido con mi papá?

Eva se puso rojo cereza.

—¿Eh? ¡No! ¿A qué viene esta pregunta, pequeñajo? —Hizo un gran esfuerzo por sonreír.

—¿Y os habéis besado? —insistió el niño mirándola con aquellos enormes ojos verdosos tan parecidos a los de su padre.

—Bueno, como amigos sí, algunas veces.

—¿Y nunca os dais besos de película?

Eva estuvo tentada de ocultar la cara tras las bandejas, pero se mantuvo milagrosamente firme. Acabó de colocar las magdalenas en una fuente y sacó la olla para preparar el chocolate.

—No, nunca. Nos los damos aquí —señaló una mejilla—. O aquí. —Señaló la otra.

—Es que, si os dais besos en la boca y sacáis la lengua, sois novios. Y, si sois novios, os tendréis que casar.

Otro relámpago cruzó el cielo, y el trueno que lo siguió hizo retumbar el techo de la caravana. De inmediato, una cortina de agua cruzó por delante de las ventanas.

—Pues estate tranquilo —le guiñó un ojo—, no somos novios.

—Vaya, qué pena.

Eva se giró a mirarlo con la paleta de madera suspendida en el aire.

—¿Quieres que papá se case?

Gonzalo asintió mientras le quitaba el envoltorio a una *muffin*.

—Ajá. Contigo.

—¿Por lo bien que cocino? —Tragó saliva, le echó guasa y, en cuanto pudo, le revolvió el pelo. Pero tenía un nudo apretado en la garganta y muchas ganas de llorar.

—¿Les decimos que entren? Está lloviendo mucho.

Eva no tuvo dificultad para adivinar que se refería a los pastores alemanes. Aquel niño realmente amaba a los animales y se preocupaba por ellos. Tenían un colchón preparado al fondo de la caravana, en una esquina bajo la mesa.

—De acuerdo. Están a cubierto, pero llámalos.

Se pusieron hasta las cejas de chocolate y magdalenas, jugaron al parchís, prepararon tortillas y comieron chorizo. Se leyeron el uno al otro las historias de *El hombre enmascarado*, la colección de comics que Eva había logrado salvar del desvalijo por parte de sus hermanos, y finalmente Eva le pidió que le narrara la historia de Rebeca, el hada roja.

Fue un día estupendo. E inesperadamente largo.

A eso de las ocho de la tarde, seguía diluviando y había oscurecido tanto que parecían las tres de la madrugada. Javier no había dado señales de vida. Eva lo había llamado en un sinfín de ocasiones y había saltado el contestador. Le había dejado un montón de mensajes, no instándole a que pasara a por Gonzalo, sino por saber si le había ocurrido algo malo. Aquel silencio no era normal y la simple idea de que Javier, con todos sus «defectos», «peros» y «contras», pudiera desaparecer de su vida... Su cabeza mezcló el pavor con las ganas de estrangularlo con el cinturón del albornoz.

Sintiendo un escalofrío, miró a Gonzalo que lucía campanilla en un bostezo. Había estado tan entretenido con Eva que ni siquiera había advertido que su padre había incumplido su promesa de llegar pronto. La agobiante espera se había cebado solo con los nervios de la pelirroja.

—¿Tienes sueño, campeón? —Estaban acurrucados en el sofá, tapados con una mantita. Eva lo arropó aún más cuando él le contestó que sí—. Bien, puedes meterte en mi cama y dormir allí, si te apetece.

Los ojitos de Gonzalo soltaron un destello.

—¿Toda la noche?

—Toda la noche. Te bajaré al cole mañana —prometió en plan colega. Menuda faena, al día siguiente era lunes y ni siquiera tenía el uniforme del niño. Seguía cayendo una terrible tromba de agua y, sin querer atormentarse, pero con la paciencia hecha puré, se preguntó si Javier de Ávila no habría tenido algún accidente.

Como el que mató a su padre.

Se abrazó a sí misma para controlar la convulsión y ser capaz de fingir delante del crío. Ayudó a un más que entusiasmado Gonzalo a cambiarse de ropa, le prestó una camiseta limpia de deporte para que la usara como pijama y sacó un cepillo de dientes nuevo. En menos de media hora, el peque dormía a pierna suelta atravesado en la amplia cama de su canguro, mientras ella se mordía las uñas tratando de concentrarse en la lectura de un libro. Al final la venció el cansancio y, tumbada en el sofá con su novela al lado, se dejó arrastrar por un placentero sopor.

Fueron los perros los que dieron la voz de alarma. Con las orejas tiesas y un suave gruñido, se agolparon junto a la puerta principal. Eva se removió inquieta y abrió un ojo.

—¿Qué pasa?

Javier había tenido un día espantoso. El peor de su vida con diferencia.

Empezó citando a Lidia Noveira para tomar un aperitivo junto al mar, en El Trocadero Arena, zona neutral donde no sentirse presionado y poder plantearle de una vez por todas a la mujer que sus expectativas con respecto a una relación seria eran tan desmedidas como irreales. No iba a engañarse, Lidia era un bombón disponible y él trataba de olvidar a Eva jugando una aventurilla sin importancia, pero la chica se lo estaba tomando muy a pecho y ya se había permitido, la noche anterior, en la fiesta de cumpleaños de los Kerr, montarle un numerito de celos más propio de una esposa que de un simple ligue. Lidia no soportaba a Eva ni que cada movimiento que hacía encandilase a Javier. Y no andaba descaminada. Durante la velada en Sol y Luna, desde que sus miradas se cruzasen por primera vez, la pelirroja lo había estado provocando, insinuante y tentadora, dedicándole cada sonrisa, cada caída de pestañas y cada ocasión en que se humedecía sugestivamente los labios. O al menos así había querido creerlo él. Contra su voluntad, la había seguido en sus múltiples cruces por la sala, envuelta en el alucinante contraste del pelo rojo con la gasa verde de su vestido, y había babeado, literalmente, cuando la pilló cruzando las largas piernas a lo Sharon Stone mientras, desde lejos, le dedicaba con los ojos una promesa de tormentosa lujuria.

Eva. Eva. Eva. Veinticuatro horas al día, siete días a la semana, metida en su cabeza. Martirizándolo. Y robándole terreno en su propia empresa. Si era cierto que estaba allí para utilizar Fireland con fines turbios, él no había conseguido averiguar nada ni pescarla en otra tesitura que no fuese un trabajo normal. ¿Tan estúpido y torpe era? ¿Ella inocente o él ciego? ¿Cuál de las dos respuestas era la acertada? La mente nublada por la tormenta no es buena consejera.

Y Lidia se había sentido aislada y desatendida en su papel de acompañante oficial, furiosa porque el protagonismo de «su» noche se lo llevase otra. Había exigido que se marchasen y, ya en el coche, había gritado hasta desgañitarse que cómo podía estar tan absorbido por una lesbiana que no sería suya en la vida. Javier había procurado mantener la calma, seguir indolente hasta el fin y empeorar aquel error con un polvo antológico.

—Estás diciendo sandeces, Lidia, cariño, no son más que figuraciones tuyas. Ya verás como en un rato he conseguido que olvides todo eso. ¿Vamos a tu piso?

No había colado, al menos en principio. Javier se había visto obligado a descender a los infiernos y prometerle muchas cosas absurdas, hasta que Lidia ladeó mimosa el cuello y aceptó con una sonrisa. Pero a él y a su entrepierna se les habían pasado las ganas y la rubia había interpretado su adiós como un nuevo desprecio.

Ahora era necesario parlamentar y establecer una tregua cuanto antes, por eso había quedado con ella esa misma mañana en El Trocadero Arena.

Sabía que no debía liarse con empleadas de la oficina, estaba cometiendo una terrible equivocación. Una tras otra, a cada cual peor. Pero claro, si no era con Lidia y en Fireland, ¿cómo asegurarse de que Eva lo viese flirtear con otra? La intención oculta, la que él se empeñaba en negar aun siendo el motor que lo incitaba, era despertar sus celos, mantenerla tensa. Así puede que cometiese algún fallo y dejara al descubierto su flanco débil. O que sacara la fiera que llevaba dentro y viniera de uñas a reclamar la posesión de su hombre.

Ojalá Javier tuviese claro lo que en realidad perseguía.

Habían ocupado una mesa cerca de las cristaleras que daban a la playa. Lucía un sol suave y agradable y había convencido a Lidia para que acudiera a la cita, jurando que pretendía disculparse. Su proyecto de simplemente dejarse mimar se estaba saliendo de madre. Las fases corteses y previas de la conversación iban y venían sin ningún sentido. Solo tras un montón de preámbulos, ella decidió atacar.

—Tienes suerte de que haya aceptado venir, señor De Ávila, después de tus desplantes de anoche. —Atrapó la copa entre sus finos dedos y bebió manteniendo el meñique estirado.

—Anoche pasaron muchas cosas y se provocaron otros tantos malentendidos.

—Casi todos relacionados con Eva Kerr —completó ella con malicia. Javier hizo un gesto de asentimiento.

—En efecto. Pero no dejan de ser eso, malentendidos. No niego mi interés por la señorita Kerr. Aunque, no te confundas, no es personal, sino relacionado con Fireland. En otro momento te pondré al corriente de los detalles, pero te ruego que la vigiles cuando puedas y, si ves que hace algo extraño relacionado con la empresa, infórmame de inmediato. No me fío de sus intenciones.

Lidia pareció relajarse con la noticia. Su morrito pintado se aflojó, aunque no del todo.

—¿Y eso es todo?

—Eso es todo.

—¿Seguro? Es muy guapa.

La bragueta de Javier dio un salto mortal al recordar los atributos físicos de Eva. Se las compuso para mantener una actitud distante e indiferente.

—Es muy guapa, cierto, pero tú y yo sabemos que a la señorita Kerr no le van los chicos.

—¿No pasó nada... en Roma? Quiero decir durante el viaje. —Lidia no se daba por vencida y Javier empezaba a perder la paciencia.

—Nada, te lo aseguro.

—¿Con nadie?

Javier alzó las cejas con sorpresa.

—Pensé que solo te preocupaba Eva Kerr. Debo admitir que nos atendieron un par de azafatas italianas que...

Puso en aquella insinuación el mayor de sus encantos y logró su objetivo, que Lidia se escandalizara con el sucedáneo de confesión y volviera a ofenderse.

—¿Ves a lo que me refiero? Eres incorregible, un donjuán insolente y...

Javier la hizo callar con un dedo extendido ante la punta de su nariz.

—Eso nos lleva directo a la segunda parte de nuestro asunto inacabado.

—Ah, ¿hay un asunto por resolver? Creí que me habías invitado para hacer las paces.

—Las paces las hacen las parejas, Lidia, y nosotros no lo somos.

—Bueno, es una manera de hablar, ya me entiendes.

—No, no te entiendo y me temo que tú tampoco me entiendes a mí. No quiero una relación ni seria ni formal con nadie. De las pocas cosas claras que tengo en la vida, esa es la primera.

Lidia mantuvo la boca cerrada un minuto completo y luego sonrió todo cuanto le daba de sí.

—No hay problema, querido, estamos en la misma onda. Ya me casé una vez y fue un desastre, no volverá a repetirse. —Se acercó susurrando a su oreja—. Ahora solo pienso en divertirme.

Javier enarcó una ceja y la observó callado y suspicaz. Lidia insistió.

—¡En serio! Relaciones maduras y libres, encuentros sexuales memorables y nada de amor. Nada de hacerse daño.

—Me alegra comprobar que estamos de acuerdo, entonces. —Elevó la copa ofreciendo un brindis—. ¿No más conflictos ni reclamaciones?

Ella tensó la mandíbula e intentó sonreír con su copa en alto.

—En la vida. Es más, sellaremos la promesa con un revolcón de adultos liberados.

Así era como, rondando el mediodía, había llegado a la cama de Lidia Noveira y como ella se las apañó para esposarlo a los barrotes del cabecero, desnudo e indefenso, fingiendo ser traviesa y proponiendo un juego extremo. Javier optó por seguirle la corriente para no contrariarla pero...

Cuando lo tuvo cautivo, estiró el cuello como una garza furiosa, encendió un cigarro y empezó a gritar mil reproches mientras paseaba a un lado y otro de su dormitorio, vestida solo con la ropa interior. Javier únicamente pudo llegar a una conclusión: aquella mujer estaba como un puto cencerro.

—Lidia, Lidia, cariño, ¿quieres tranquilizarte? —Puso en funcionamiento su mejor sonrisa, la más seductora, la que nunca fallaba con las chicas—. Podías ocuparte del *Llanero solitario* en vez de perder miserablemente el tiempo. Este entretenimiento es de lo más tonto, ¿no te parece? —Apuntó a su miembro considerable pero relajado. Lidia dejó de escupir veneno por un segundo, le miró la entrepierna y bizqueó.

—No me engañas, es un truco para que te libere, pero no vas a salirte con la tuya. ¡Vas a respetarme! ¡Vas a respetarme como mujer, aquí, en Fireland y en cualquier puta reunión social! ¡Delante de la gente, delante de tus amigos! No fingirás nunca más que no nos acostamos y me cederás mi sitio. —Se abalanzó sobre él con el cigarro en la mano, peligrosamente cerca de la cara—. ¡Mi sitio como lo que soy! ¡Tu novia!

¡¡Jo-der!!

—Pequeña... Te has enfadado y lo entiendo. —Procuró que su voz fuera un susurro aterciopelado. Notó cómo el cuerpo rígido de Lidia se ablandaba—. Los hombres somos muy torpes, a veces. Tienes que perdonarme. ¿Sabes cuánto tiempo llevo sin una relación formal? Desde que la madre de mi hijo nos abandonó. Y entonces juré que no volvería a enamorarme... —Lidia volvió a fruncir el entrecejo y a mirarlo con odio.

—¡Ja! ¡¿Ahí es cuando decidiste tratarnos a todas las mujeres como mercancía barata?!

—Hasta que te conocí, Lidia. Tú eres diferente, muy diferente.

Ella, que se había incorporado y alejado de la cama con un brusco ademán, aplastó el cigarro en el centro de un cenicero y se quitó las bragas. Se mantuvo unos segundos frente a él, con las piernas separadas, exhibiendo su espléndida anatomía, mostrando sin ningún pudor su sexo. El pene de Javier, para desesperación de su dueño, empezó a hincharse. Ella sonrió complacida y se desabrochó el sujetador. Los enormes pechos flotaron sueltos y apetecibles. El miembro masculino se irguió en cuestión de segundos.

—Eso me gusta más. —Lidia reptó hasta él y se sentó a horcajadas sobre su cadera. Rodeó el pene con dedos codiciosos y lo acarició de abajo a arriba. ¡Qué bueno estaba el maldito Javier de Ávila! ¡Qué abdominales, qué oblicuos!—. Dicen que la cara es el espejo del alma, pero a veces es la polla, la que habla. Mejor y con más tacto que el hombre. —Se la introdujo en la abertura de su vagina y se dejó caer. Javier notó la humedad de la mujer y su oquedad rodeándolo. Entrecerró los ojos. Quizá, si imaginaba que era Eva, podría contentarla. Tenía que recuperar su confianza, engatusarla de algún modo y escapar.

Lidia cabalgaba sobre su vientre con los párpados semicerrados, ajena al bullicio en la mente de Javier, pellizcándose los pezones y disfrutando como una perra en celo.

Él se esforzó en fingir unos gemidos que al parecer, sonaron sinceros, ya que animaron a Lidia. Avivó el ritmo, aferrada al cabecero de la cama, hizo rebotar sus redondas posaderas contra la cadera de Javier, mientras los suculentos pechos le rozaban la cara. Javier pescó uno al vuelo y mordisqueó el pezón, haciéndola gemir.

—Dime que mejor que con nadie, ¡dímelo! ¡Dime que mejor que con nadie! —exigió.

—¡*Mejor que con nadie!* —susurró él, soltando apenas el botón rosado.

—¿Mejor que con esa guarra pelirroja?

Javier asintió con brío sin soltar el pezón de entre los dientes.

—¡Mmm... sí! Tienes la mejor polla de España, querido, ¡la mejor!

Se dejó ir en un alarido, estremecida por un orgasmo apoteósico. Muy a su pesar, Javier se corrió con ella. Eso la satisfizo aún más. Se tumbó sobre el poderoso torso masculino, rendida y sudorosa tras la cabalgada. Comprobando el golpeteo del corazón de Javier contra sus costillas.

—Suéltame, cielo, estas jodidas esposas hacen daño —pidió él con precaución pasados unos minutos. Lidia estiró el cuello y lo analizó con ojos vidriosos y una sonrisa bobalicona.

—¿Lo has pasado bien?

—Mejor que bien —aseguró él con énfasis—, una experiencia para recordar. Como cada vez contigo.

Lidia se separó de un salto y se dirigió al cuarto de baño, sin intención alguna de usar las llaves de las esposas.

—¿Una copita?

—Tengo que ir a buscar a Gonzalo, Lidia, se me hace tarde.

Ella hizo un mohín de disgusto apostada en el quicio de la puerta.

—Los nenes son un engorro, ¿a que sí? Ten paciencia, amor. Como yo la he tenido.

Cuando accedió a liberarlo, Javier había sufrido otros tres ataques sexuales por parte de su captora y eran las cuatro de la mañana. En las manos le quemaban las ganas de retorcerle el cuello, y tuvo que morderse la lengua para no chillarle que estaba de psiquiatra. Para Lidia, todo había sido una bromita sin importancia. Javier desarrolló una actuación digna de Oscar, se despidió de ella con un dulce beso y el juramento oculto de no volverla a ver a solas en la vida. Arrancó su coche bajo la tromba de agua y condujo hacia Elviria marcando sin parar el móvil de Eva, después de ver sus muchas llamadas perdidas y sus mensajes desesperados.

—Joder. La he cagado —se dijo—, la he cagado pero bien.

Por descontado, la pelirroja no respondió a sus intentonas. Como tampoco luego lo recibió de buena gana ni le dejó explicarse. Menudo domingo de pesadilla.

44

Tengo algo que contarle

Alguien se aproximaba en el exterior, bajo la lluvia. Eva corrió a la ventana y atisbó el jardín a oscuras. Una ola de alivio la barrió al ver allí a Javier, completamente empapado, acercándose a la caravana. No había sufrido ningún accidente... ¡No había sufrido ningún accidente y el muy capullo tenía la desfachatez de presentarse allí a las cuatro de la madrugada sin haberse preocupado antes por su hijo! ¡Dios, cómo le odiaba!

Se cuidó de abrir solo una rendija e imponerle silencio con un dedo sobre los labios.

—¿Puedo pasar? —pidió Javier a media voz.

—Ni de coña —fue su ácida respuesta.

—Está diluviando y hace un frío pelón, impropio de esta época.

—Peor para ti. Reclamaciones, al cielo —aulló Eva con los dientes apretados.

Javier se miró un segundo las puntas embarradas de los zapatos.

—Joder, nena, siento la hora, siento no haber llegado antes, siento no haber llamado, siento haberte cargado con el marrón de mi hijo, pero...

—¿Nena? ¿Qué coño es eso de *nena*? Y tu hijo no es ningún marrón, a ver si aprendes a morderte la lengua cuando hablas de ciertas personas importantes.

—Muy amable —ironizó Javier mirándola con fijeza. Bajo su cabello negro mojado, los ojos verdes relucían como faros en la niebla. Eva notó una punzada de deseo directa de los pezones al vientre.

—¿Has visto? También soy encantadora, lo tengo todo.

—Han surgido problemas, puedo explicártelo... ¿Gonzalo...?

—Está dormido, gracias a Dios, ya que su padre lo soltó como un saco y no volvió a acordarse de él. ¿Has visto la hora que es? No tienes vergüenza y yo, ninguna intención de perder mi tiempo contigo. Mañana me encargaré de bajarlo al colegio.

Javier dio un paso adelante, pero no llegó a subir ni a ponerse a su altura.

—¡Oye!, es mi hijo, mi responsabilidad, no puedes...

Eva dibujó una mueca sarcástica en su preciosa cara.

—Ah, ¡no me digas! ¿Ahora es tu responsabilidad? Y no chilles, vas a despertarlo. ¿Es que no sabes hablar como la gente normal? Vete a dormir la mona y no sufras, está en buenas manos.

—¡No estoy borracho! —silabeó furibundo.

—Pues lo que sea, me importa un bledo. Ese niño no se merece este trato y yo no admito órdenes tuyas fuera de Fireland. En la oficina mandarás, pero aquí y ahora... —Se irguió fanfarrona dispuesta a zanjar la discusión—. Este es mi territorio.

—Sí, claro, una caravana anclada en mitad de un huerto, menudo territorio —se burló él con desprecio. Eva tuvo ganas de apuñalarlo.

—Ya sacaste tu parte *esnob*, ¡estabas tardando! ¡El Monolito que solo compra cosas de marca, como la puñetera tetera del pito! No me extraña que te lleves genial con mis hermanos.

—Qué quieres que te diga, soy exigente y no pediré disculpas por ello. —Le clavó unas centelleantes pupilas, muy interesadas en fotografiar la menor de sus reacciones—. No me basta con cualquier cosa.

Eva se revolvió enfadada, cubriendo a duras penas su cuerpo bajo la camiseta y el breve pantaloncito, que Javier no dejaba de explorar.

—¿Acabas de llamarme *cualquier cosa*?

—A ti no, preciosa, a lo que sea que pudiera tener contigo.

Quedaron frente a frente en un desafío abierto. Eva se recreó en una mirada despectiva, de arriba abajo, que desinfló parte de su arrogancia. Él hubiese dado lo más grande por empujar la puerta, entrar por la fuerza, acallar sus protestas con la boca y hacerla suya sobre una mesa. Inmovilizarla con su peso y saborear cada centímetro de aquel cuerpo indecoroso que lo encendía con solo hablarle. Y ella estaba a punto de volverse loca conteniendo el deseo.

—Francamente, de momento no necesito saber nada más de ti, Javier de Ávila. Gonzalo está durmiendo y es muy tarde. Te he dicho que me encargo de dejarlo en el cole, duchado, vestido y desayunado, y cumpliré. Eso sí, sin uniforme, pero que se jodan los alemanes, tampoco creo que sea el fin del mundo.

Y le cerró la puerta delante de la cara, con un fuerte golpe. Javier volvió a aporrearla.

—Abre la maldita...

Ella abrió. Pero solo dejó ver parte de su cabellera rizada.

—Si no te vas, suelto los perros con órdenes contundentes. Están adiestrados. Me temo que tus ridículos *baish, baish* no funcionarán cuando te muerdan el culo. Y, si llamas a la policía y vuelves a acusarme de secuestro, tu propio hijo, al que darás un disgusto de muerte, los convencerá de que me conoce y que tú lo abandonaste aquí sin volverte a acordar de él. ¿Te parece bien semejante mancha en tu impecable historial, padre perfecto?

Por el gesto de abatimiento de Javier, Eva supo que se había pasado. Se daba por vencido, consentiría marcharse, cuando ella no andaba del todo segura de querer perderlo de vista. Estaba tan insoportablemente guapo... Tuvo que recordarse que venía de pasar el día con otra, probablemente Lidia Noveira, mientras ella lo libraba del compromiso de cuidar al crío y le concedía carta blanca para disfrutar, a sus anchas, horas y horas.

Como con ella en Roma. Aquellas tardes increíbles, aquellas noches sin punto final.

Invadida por el rencor, le deseó en un cuchicheo toda clase de infortunios y desgracias. Echó dos vueltas al cerrojo y no volvió a fisgonear por la ventana. Al cabo de unos diez minutos, oyó el potente motor del coche que se alejaba y su corazoncito se encogió despacio.

Javier aparcó en el garaje de su casa medio asfixiado de irritación. Aquella gata peleona se había salido con la suya y le había birlado a su propio hijo en su cara sin que pudiera evitarlo. Restregarle sus incapacidades para ocuparse de Gonzalo había sido cruel, peor que cruzarle la cara de un guantazo, sin contar con que aquel huracán temperamental tampoco le había permitido explicarse. Claro que, ¿cómo narrar lo sucedido?

Por una mañana, Eva tuvo más ocupaciones que ducharse y vestirse. Preparó el desayuno a Gonzalo y lo peinó primorosamente para bajar al colegio. El sol destacaba radiante y solo la humedad en el suelo y cierto frescor en el ambiente recordaban la violenta lluvia de la noche anterior. Se preparaban para ir a la escuela dando un paseo cuando, al salir de la parcela, se encontraron con Javier que los esperaba, como un modelo de pasarela, en su traje azul marino y una mochila de Bob Esponja en la mano.

—¡Papáaaaaaaaa! —El pequeño soltó la mano de Eva y fue corriendo a abrazar a su padre.

—El uniforme. Y los libros —aclaró este, seco, mientras se acuclillaba para recibir a su hijo. Llevaba una llamativa corbata verde que hizo las delicias de Eva, aunque sus comentarios al respecto los guardó bajo llave.

Javier estrechó con fuerza y mucho amor a su niño. Eva fue testigo mudo de lo emocionante del encuentro y se arrepintió en el acto de todas las barbaridades que le había escupido hacía tan solo unas horas. No era cierto que no le importase su hijo, ni que no fuese un buen padre, pero como estaba enfadada y él no se lo merecía, tampoco movería un meñique para disculparse.

—Venga, cariño —le dijo Javier a Gonzalo mientras le daba un último achuchón—, entra en el coche y cámbiate, te llevo al colegio.

El peque regresó hasta Eva para pedirle un último beso y desearle un buen día, y a continuación obedeció a su padre. Javier aprovechó el momento para esconderse tras el volante sin despedirse siquiera y, unos segundos más tarde, el vehículo enfilaba la calle dejando a la pelirroja cabreada y desconcertada en mitad de la acera.

Las reglas cambiaban. Dentro y fuera de Fireland, el flujo de autoridades no era el mismo, Javier iba a encargarse de que la cuestión le quedara clara y diáfana a la fierecilla pelirroja. Y Eva, por su parte, llegó decidida a vengarse del modo más retorcido posible. Pasó muy digna un par de veces por delante de él sin saludar, y se encerró en su oficina. Javier la siguió furioso, todavía cegado por su comportamiento abominable de la noche anterior.

—Señor De Ávila, tengo algo importante que comentarle.

Se giró para atender a quien le hablaba, con la mano ya apoyada en el picaporte del despacho de Eva.

—¿Tiene que ser ahora, Analíe?

—Ahora, señor. Le digo que es importante.

—De acuerdo, vamos un momento a la sala de juntas.

Bronca pospuesta pero no cancelada. Entró en el cuarto, tomó asiento y cruzó las manos por encima de la mesa.

—Tú dirás.

—He visto que estaba a punto de entrar en el despacho de Eva Kerr —comentó con deje resentido. Javier ladeó el cuello interrogándola con la mirada.

—¿Tiene eso algo que ver con lo que nos ocupa?

—Debe tener cuidado con la información que pone al alcance de esa empleada, señor. No debería fiarse de ella. En absoluto —recalcó.

—Me explicará por qué —reclamó apático y con un crujido raro a nivel del estómago.

—Desde luego. Husmea y se queda sola fuera de horario en la empresa, cuando nadie puede controlar sus idas y venidas, y podría registrar los despachos con libertad, ya me entiende.

Javier compuso una mueca de amargo sobresalto. Analíe prosiguió con gesto adusto.

—El pretexto es que acumula méritos para ejecutiva del año, pero no me lo trago. Esa chica oculta algo. El otro día la pillé dentro de su despacho.

—¿Del mío?

—Había sacado una copia de su correo personal, figúrese, la obligué a entregarme el *pendrive* que, por supuesto, borré de inmediato.

Javier había palidecido.

—¿No le dio ningún pretexto?

Analíe sonrió desdeñosa.

—Oh, por descontado que me lo dio. Un montón de tonterías imposibles de creer, como que... —carraspeó—, que... bueno, dijo que era por...

—¿Por?

La mujer fijó los ojos en la punta de sus zapatos. Se la veía realmente incómoda.

—Por celos. Dijo que era por celos.

—¿Por celos?

—Algo así. Me interrogó acerca de sus relaciones personales. Yo, desde luego, no le di ningún tipo de detalle, me parece una falta de respeto y de decoro profesional inadmisible.

De repente, el mal humor de Javier se había evaporado y, a pesar de la suspicacia y las dudas, se atrevió a albergar cierta ilusión, una especie de infantil esperanza de que aquella patraña fuese verdad. Por eso ni siquiera atendió a Analíe cuando le sugirió que la despidiera.

—Bueno, de entrada, gracias por ponerme al corriente. —Dejó la silla y dio un suave golpecito sobre la mesa—. Dígale que venga, quiero que me explique su versión de los hechos.

—¿Va a malgastar su tiempo escuchando excusas falsas? —se irritó la mujer.

—Eso seré yo quien lo decida. Tráigame su expediente y dígale que la espero en mi despacho, dese prisa.

Al cabo de ocho minutos, la pelirroja solicitaba permiso para entrar y, al hacerlo, un embelesado Javier la recorrió con ojos codiciosos. El mono de manga sisa color azulón le sentaba de cine, realzaba todo lo que de bueno había en ella, en especial sus ojos de mar casi transparentes. Él cerró el expediente personal que tenía sobre la mesa sin tiempo ni oportunidad de abrirlo siquiera, y lo volteó para que Eva no supiera de qué se trataba.

—Siéntate, por favor —ofreció la butaca de enfrente con aires de superioridad. Eva se tragó su aspereza. Ya sabía que, tras su última pelotera, este episodio sería ineludible.

—Analíe me ha dicho que querías verme.

Javier se había distraído mirando sus manos. Sus largos dedos, sus uñas cortas pintadas de rojo, el modo en que las movía al hablar, la delicada estrechez de sus muñecas.

—¿Javi? Tengo trabajo esperando.

Aquello sonó impertinente. Javier sacudió la cabeza y volvió a Tierra.

—¿Puedes explicarme por qué pediste el traslado?

Eva esperaba cualquier tipo de pregunta, requerimiento o reproche. Cualquiera, menos aquella. Sintió una fina capa de sudor cubrirle la espalda. ¿Qué podía decirle? ¿Qué diablos habrían anotado en su expediente, ese que Bianchi habría manipulado sin que ella se enterase de nada?

—Fue por... motivos personales. Tuve... tuve problemas con un compañero. Un desagradable encontronazo que preferiría olvidar.

—¿Eso fue todo?

—¿Te parece poco? —se calentó. No podía permitir que los nervios la traicionaran, no cuando Javier todavía estaba en aquella estúpida lista de sospechosos—. Pido perdón si no es una razón de suficiente peso para ti. Debió de serlo para la empresa cuando me lo concedieron sin más trámite, ¿no?

Javier cortó su encendido discurso con un gesto de manos con el que rogaba paz.

—No te muestres tan beligerante, Eva, por favor. Son solo cuestiones de orden interno, no quieras racionalizarlo todo, ¿de acuerdo?

—Mmm —gruñó de mala gana—. ¿Algo más?

—Puedes marcharte, en principio eso era lo que necesitaba.

Cruzaron sus miradas un segundo. Lo que comenzó como prevención por parte de la chica, que no creía una palabra de la justificación que acababa de oír, terminó siendo una entrega absoluta a través de las pupilas de ambos. Los iris de Eva se tornaron intensamente azules.

—¿Todo bien con Gonzalo?

—Demasiado bien —respondió él en un susurro ronco—, te adora. Creo que soy incapaz de divertirlo como tú lo haces.

—Javi, yo...

—Tienes razón —prosiguió abatido—, tienes razón en todo lo que dijiste, soy un padre mediocre. Otra cosa es que no me dé la gana escucharlo ni me guste que me lo echen en cara.

—No tengo ningún derecho, es tu hijo y yo solo una extraña que pasaba por allí.

—¿Dejarás algún día que te cuente lo que me pasó? Te adelanto que es muy pero que muy embarazoso.

Eva agitó las manos en el aire y se dirigió a la puerta dispuesta a quebrar aquel instante extraordinario antes de que fuese su corazón lo que se rompiera.

—No es de mi incumbencia. Lo que hagas con tu vida es cosa tuya, no quiero saber nada en absoluto. Eres mi jefe y el padre de Gonzalo. Ahí acaba nuestra relación. En ese aspecto, no retiro nada de lo que te dije anoche.

Se marchó dejando la puerta abierta tras ella y Javier fue incapaz de cerrarla.

Minutos después, seguía anclado en su silla, con el expediente de la pelirroja abierto sobre la mesa. Eva había vuelto a mentirle. En los documentos constaba como causa de traslado la realización de unos cursos de especialización en Recursos Humanos que justificaban un destino específico. Tenía razón Analíe, era una embustera, no podía fiarse. Se mantuvo así, mirando aquellos folios sin verlos, mientras que por sus mejillas rodaban las lágrimas y sentía que, dentro, se resquebrajaba. Si por un momento de locura creyó haber recuperado las ganas de amar, esa fantasía acababa de explotarle en la cara.

No hay nada peor ni más arrastrado que ir vendiendo lo contrario de lo que sientes. En presencia de Javier, Eva simulaba indiferencia pero esa emoción distaba mucho de lo que realmente le latía dentro. Decepción, ansia por poseerlo, deseo frustrado, melancolía, a ratos agonía... Eran muchos frentes abiertos al mismo tiempo. Con tener a Lidia Noveira de por medio, bastaba, no necesitaba también a la tal Mandy y sus descaradas insinuaciones a través del correo, dedujo en mitad de un arrebato de rabia. Aquello le tocaba las narices y sospechaba que la falta de claridad por parte de Javier la animaba a seguir.

Pues, bien, iba a tomar una decisión drástica y a poner punto y final a aquel coqueteo antes de que fuese a mayores. Después, maquinaría alguna jugarreta a ver si podía quitar de en medio también a la tetona Noveira. Sí, se estaba comportando como una adolescente psicópata. Lo asumía y no le importaba un bledo.

Creó una cuenta de correo con las iniciales de Javier de Ávila y un dominio generalista y escribió la dirección de Mandy Watson en el casillero de destinatario. A continuación, redactó sin pelos en la lengua:

Hola, Mandy, disculpa si voy directo al grano en lugar de andarme por las ramas.

Puede que hasta ahora haya pecado de políticamente correcto y no haya dejado suficientemente claro que no tengo el menor interés por mantener contigo otro tipo de correspondencia y encuentros que no sean los estrictamente normales entre dos amigos. Tú dirás si es lo que esperas o si tenemos que distanciarnos para bien de los dos. Es todo cuanto puedo decir para no alentar malentendidos. Perdona el no haberlo hecho antes. El error, de haberlo, es solo culpa mía.

Un atento saludo,

Javier.

Con el dedo suspendido sobre la tecla de *enviar*, Eva releyó sus frases un par de veces. Pensó en cambiar el formal *atento saludo* por un *con cariño*, pero le resultó demasiado cercano y *con afecto* sonaba moñas. No lo haría. Luego apretó el botón y se olvidó para siempre de su insensato acto.

Quemó la tarde en el gimnasio, haciendo las paces con Johnny y convenciéndolo para que renovase su programa de entrenamiento de cara a los combates. Al fin y al cabo, aquello era lo que el dueño del gimnasio perseguía desde que la había visto atizar sus primeros puñetazos, que compitiera. Aunque fuese producto de la ira de ella, se había salido con la suya, prohibido quejarse.

Era la tercera vez, al menos que Javier recordase, que entraba sin avisar en el despacho de Antonio Baladí y este cerraba precipitadamente la tapa de su portátil, colgaba el teléfono interrumpiendo la conversación que mantenía u ocultaba los documentos que andaba revisando bajo una pila de folios garabateados. Más secretos. No le gustaba esa clase de actitud. Ni en su socio ni en la mujer que amaba.

Por desgracia, los ambientes turbios parecían envolverlo.

Llegó a la conclusión de que era inútil negárselo. Amaba a Eva con toda el alma, pero echaría mano hasta del último gramo de disciplina y autocontrol para mantenerse lejos y a salvo de su influjo hasta reunir todas las piezas del rompecabezas. Ella no era quien decía ser ni tan inocente y cándida como aparentaba, de modo que su vida debía proseguir al margen de la pelirroja. Costase lo que costase.

Antonio Baladí forzó una sonrisa de bienvenida.

—¿Problemas? —indagó Javier señalando el móvil.

—No, no, solo un pesado que pretende que cambiemos de operadora. ¿Qué tal? ¿Vienes para invitarme a comer?

—Con una condición —marcó Javier, aún molesto por la veloz despedida de su socio al teléfono.

—Más te vale que sea asequible.

—Tienes que quitarme a Lidia Noveira de encima.

Fue tan brusco y terminante que Antonio parpadeó perplejo.

—Perdona, ¿me estás proponiendo un trío?

—Déjate de gilipolleces, hombre, necesito que la reclames para tu departamento y la cambiemos de planta. A poder ser, de edificio. A esa chica se le ha ido la pinza de un modo preocupante.

Antonio se retrepó contra el respaldo de su asiento y juntó las yemas de los dedos con aire pensativo.

—¿Contigo?

—Conmigo. Se ha puesto violenta y vive convencida de que le pediré matrimonio de un día a otro. Diría más, la veo a un paso de la camisa de fuerza, joder.

—Curioso, no parece de esas.

Javier sonrió de medio lado, con amargura.

—A mí también me engañó con su falsa pose de chica liberada que sabe bien a qué atenerse, pero ¡qué peligro! Las chicas que van de *modernas* empiezan a darme grima, francamente —rezongó acomodándose los gemelos en los puños de la camisa.

—Es un placer poder decirte...

—Que ya me lo advertiste, lo sé. Y fui un completo necio al no hacerte caso, eso te lo añado, gratis, yo.

—A Lidia se le ve la mirada de desquiciada a la legua y si la ocasión acompaña, siempre siempre acaba bebiendo demasiado. Solo Dios sabe de lo que te libraste al no llevártela a Roma. —Se levantó como impulsado por un resorte y rodeó la mesa hasta sentarse en una de las esquinas. Estudió la expresión compungida de su amigo con una mezcla de burla compasiva—. Está bien, si de momento no hay más remedio, te libraré de ella, pero aquí hay algo más, a mí no me engañas. ¿No tendrá nada que ver la pelirroja sexi que te tiraste...? ¿Qué pasa, que vuelve a ser lesbiana y ya no quiere comerte la polla?

—No vuelvas a referirte a Eva de ese modo, Antonio, te lo prohíbo.

Su orden fue tan apasionada que Antonio confirmó muchas cosas. Demasiadas. En un chasquido de dedos, pudo leer los sentimientos de su amigo igual que un libro abierto.

—¡Huy, huy, huy! Deja que vea esa cara de cachorro huérfano, ¿te has enamorado, Javier? ¿Es eso?

—Con Eva no pasa nada, lo tengo bajo control

—Eso dicen los drogadictos. En cualquier caso, me alegro de que empieces a abandonar tu discurso de cromañón y exista una mujer bajo el sol que empiece a debilitar tus defensas... Ahora bien, tío, asegúrate de que le gustas tú y lo que tienes entre las piernas —añadió sin poder contener una carcajada.

—Mil gracias por la lección de filosofía. ¿Podemos ceñirnos al problemita con Lidia? La quiero bien lejos.

Antonio abrió los brazos teatralmente y le dijo que sí aguantándose la risa.

—Bien, pues hazlo mañana mismo. No voy a exponerme a más escenas en público. Si el traslado no funciona, no me quedará otra que despedirla. Ha sobrepasado los límites de lo admisible. Y ahora, cómplice, se ha ganado usted un almuerzo y una botella del mejor vino.

45
Amargas jornadas laborales

Ver al objeto de tus desvelos pasearse a propósito cada dos por tres por delante de tu despacho puede llegar a amargarte la vida. Y no hablemos de la jornada laboral que, ya de por sí, mortifica. Eva se pasaba las horas cerrando los ojos o contando hasta veinte, cualquier cosa le valía con tal de concentrar su atención en la pantalla y olvidarse de que allí fuera, separados por tan solo una mampara de cristal, estaba él.

Aquella mañana, había recurrido a los auriculares que usaba para correr y escuchaba una tras otra las canciones del *101*, de Depeche Mode. Con esa música de fondo era relativamente fácil evadirse de la realidad y volver a sus veinte años, cuando botaba de entusiasmo en mitad de un concierto, sin más preocupación que conjuntar los colores de su ropa.

«Enjoy the silence», estúpida, *«enjoy the silence»*, se dijo una y otra vez obligándose a cerrar la mente a tantos recuerdos estremecedores. Todos los que protagonizara Javier. De pronto, se arrancó la música de las orejas, suspiró y se puso en pie.

—Hora del café. Fuera y bien lejos de Fireland, donde no tenga que soportarte, Monolito del Averno. Cada día estás más guapo, o más alto y más cachas, no sé. —Se apartó, cabreada, el pelo de la cara—. Cada día que pasa me pones más.

Se escabulló para no tener que cargar con Rubén. Lo pasaba bien con él, pero ya habían tenido, como de costumbre, sesión de horóscopo a primera hora de la mañana y le había puesto la cabeza como un bombo. Necesitaba estar sola y meditar. Hablar con Bianchi y aclarar algunas cosas. No podía ir acompañada de testigos.

Enfiló la calle hacia el parque de la Constitución y caminó sin rumbo definido. Solo quería un té blanco en algún lugar exquisito que lo tuviera en la carta.

Marcó el número de Federico y esperó a que sonase la tercera llamada. Entonces, el italiano respondió.

—¡*Pronto*!

—Soy yo.

—¡Gatita! ¿Qué tal todo?

—Mal, desastroso, si alguna vez en mi vida pedí a gritos una prueba de mi incompetencia, me has facilitado la horma de mi zapato. No sirvo para nada. —Se dejó llevar por la frustración acumulada—. Deberíamos dejar esto ya. La presión no le hace bien a nadie y menos a mí. Me temo que es en vano...

—¡Uff! Qué negativos nos hemos levantado hoy —se mofó el agente.

—Es que no adelanto, no descubro nada, en realidad no tengo ni idea de qué es lo que pretendes conmigo.

—Has visto muchas películas de espías. No pretendo nada del otro mundo. Estás dentro, con eso basta. Si ves algún movimiento extraño, darás la alerta. Mientras, gente especializada investiga otras parcelas de la huerta, no te desesperes.

Eva soltó un bufido lo suficientemente fuerte como para que Federico lo captase a través del teléfono.

—Y sobre todo, no te impacientes.

—Impaciencia debe de ser mi segundo apellido.

—Se te pasará con la edad —aseguró en tono distendido—. ¿Y por lo demás?

—Mi vida sigue igual, como la canción de Julio Iglesias. Oye, ¿has ido ya a visitar a mi madre?

Bianchi guardó silencio un segundo que pareció eterno.

—La verdad es que me ha sido imposible.

—Estás siendo descortés con ella, ya le dije que andabas por aquí.

—Se supone que debes ser discreta y todo eso, gatita —la regañó.

—Venga, Bianchi, es mi madre, Bella, la Bella de toda la vida.

De sobras sabía él a qué Bella se refería. A la mujer más fascinante que había conocido jamás y a la que había respetado poniendo al límite su cordura, por ser la esposa de su amigo. El principio y el fin de sus muchos desvelos.

—Te prometo que en cuando tenga un hueco libre...

—¡Llevas semanas diciéndome eso! —lo cortó tajante Eva—. ¡No sigas engañándome!

—He dicho que te lo prometo.

—No sé si cierta clase de hombres tenéis palabra —rezongó ella.

—No sé el resto de la clase, yo sí. Centrémonos, ¿más tranquila respecto a tu papel en el cuento?

—Así así —refunfuñó de mala gana.

—Me conformo. Un beso enorme, cuídate.

Y sin más ceremonias, colgó. Eva sacudió incrédula la cabeza mirando el aparatito. Urgía cambiar el chip, ese era su incentivo en la empresa, ahora más que nunca debía grabarse a fuego en la mente la contingencia de que Javier fuese el cerebro de toda una operación criminal y que su cambio de actitud con ella fuese simple desconfianza.

¿Se habría ido Analíe de la lengua? ¿Y si era eso?

No, no podía serlo, Javier llevaba días frío y distante y el incidente con la copia de los correos había sido apenas la semana anterior. Aunque igualmente se había puesto en evidencia, tenía que ser otra cosa.

Mujeres. ¿Lidia Noveira? ¿Mandy Watson? ¿Alguna otra cuya identidad desconocía? ¿La madre que las parió a todas? Qué fabuloso habría sido enamorarse de un hombre horroroso del que ninguna se encaprichara. Pero claro, a ella no le gustaban los feos, le atraían los tipos cañón, y en esas circunstancias es complicado no tener rivales.

Eso iba cavilando cuando su pie resbaló en la acera y la lanzó de culo contra el duro suelo. Por unos instantes se le nubló la vista. Ya había sufrido en el gimnasio más de un golpe en la base de la columna y eran espantosos. El dolor superó a la vergüenza de verse despatarrada en mitad de la calle y a duras penas distinguió el bulto de un hombre que se acercaba y alargaba las manos para ayudarla a incorporarse mientras se interesaba por su estado.

—Estoy bien, bien, no ha sido nada, estoy bien —informó con voz entrecortada, ofreciendo sus brazos estirados, aceptando el auxilio. Solo cuando estuvo totalmente en pie y más despejada, se atrevió a mirar a los ojos a su salvador.

Y lo que vio, por nada del mundo se lo esperaba.

—¿Eva?

—¿Luis? ¿Luis Balboa? —Con una sola mano se sacudió el pantalón por la zona del trasero.

—¿Será posible? ¡Qué manera de reencontrarnos! —rio el atractivo moreno observándola de cerca. De muy cerca. Sujetando su mano un poco más de lo necesario.

De inmediato, se sintió cohibida. Luis Balboa había sido su amor fallido en el instituto, imposible no por falta de ganas ni interés de ninguno de los dos, sino por las malas artes de la mejor amiga de Eva, curiosamente prima de Luis y única persona en la que ambos confiaban ciegamente. Una historia interrumpida cuando más prometía. Agua pasada, al fin y al cabo. Pero el agua se removía con vigor ahora que lo tenía delante, tan seductor e irresistible como recordaba. Mientras duró el contacto de sus dedos, un puñado de excitantes recuerdos juveniles galopó por su memoria.

—Qué manera tan ridícula, querrás decir. —Sonrió ruborizada y recuperó su mano—. Ridícula para mí, aclaro.

—Estás... Estás preciosa.

Luis la observaba en un estado cercano al embobamiento. Hasta se permitió retirarle los mechones revueltos de delante de la cara.

—¿Te has hecho daño? —insistió sin despegarse. Eva recolocó, nerviosa, el bolso sobre su hombro.

—No ha sido nada, peores golpes da la vida. —Y tan pronto como acabó la frase, se arrepintió de haberla pronunciado. El ceño de Luis se frunció con preocupación.

—¿Va todo bien?

—Oh, claro que sí, era una manera de hablar, un poco funesta, lo reconozco, pero no es plato de gusto toparte con un buen amigo, después de tantos años, cuando te encuentras a ras del suelo. ¿Sigues viviendo en Marbella? Hace tiempo que no sabía nada de ti.

—No, hace años que me mudé a Madrid, pero vengo de cuando en cuando por negocios. —Volvió a estudiarla al detalle con un brillo de admiración en su mirada—. Verte es lo último que me esperaba...

—Nos mudamos a las afueras después de... De lo de mi padre.

Luis pareció recordar algo y se frotó la frente acalorado.

—Sí, lo de tu padre, qué desgracia. Y yo ni siquiera hice por localizarte para...

—No, el pésame no. Y no por tardío —lo echó a broma—, sino porque odio a muerte esas palabras insulsas y vacías que se regalan por compromiso y no sirven para nada.

—Aún así, déjame decirte que lo siento.

Eva hizo un gesto de asentimiento con la cabeza.

—Bueno, ¿te quedas mucho tiempo? Ya has salvado a la doncella en apuros, por mí has cumplido, puedes marcharte —bromeó esbozando una sonrisa.

Luis rio con franqueza.

—Sigues siendo mi pelirroja rebelde, no has cambiado.

—Ni pizca.

—Tenemos tanto de lo que hablar.

—Mira, justo ahora iba a tomarme un té. —Eva comprobó la hora en la pantalla de su móvil, no era precisamente temprano, pero le dio igual. Se lo metió en el bolsillo dispuesta a disfrutar por un día, sin presiones, de un maravilloso desayuno—. ¿Te apetece acompañarme?

—Ni lo dudes. —Atrapó su brazo con tanto entusiasmo como el que había usado para aceptar y entraron juntos a la cafetería de enfrente.

Luis había sido su primer amor y resultaba providencial recuperarlo ahora. En cierto modo, su aparición acarreaba una suerte de cura emocional que podía hacerle mucho bien. Se enfrentaron a sus historias como si jamás hubieran perdido el trato ni la familiaridad y, sin embargo, cuando la invitó a almorzar, algo se enfrió en su momento perfecto y dijo que no. Echando mano de un pretexto amable y verosímil y sin perder la sonrisa, desde luego.

—Hoy imposible, tengo mucho trabajo —se excusó estirándose los bajos del jersey—. Además, se supone que esto era un simple desayuno y llevamos casi una hora hablando, me van a colgar de la picota. ¿Conoces Fireland?

—He oído hablar de ellos, se mueven muy bien, a nivel internacional, incluso.

—Uno de nuestros jefes operaba desde Madrid hasta hace poco —comentó como si no le importara. Luis no pareció darse por aludido y Eva se percató, furiosa, de que por más rodeos que diera, siempre aterrizaba en Javier.

—Espero que sepan apreciar lo que tienen, siempre has sido muy inteligente.

—Se hace lo que se puede —sofocó una carcajada.

—¿Me das tu teléfono?

Eva ya estaba de pie y se apresuró a complacerlo. Y a sacar su móvil del bolso para fichar también a Luis. El chico moreno volvía a clavarle unos ojos interesados. Eva se humedeció los labios con la lengua sin más intención que mitigar el nerviosismo. El inocente gesto lo descompuso.

—Pienso llamarte, invitarte, y entonces no tendrás excusa —advirtió aproximándose para besarla en la mejilla.

—Hazlo, hazlo.

Nada más cruzar el umbral de Fireland, el torbellino llamado Rubén, ataviado con su chaqueta de franjas azules y amarillas, se le metió en el despacho a rebuscar algo inexistente en su mesa.

—Reina mora, lo que has tardado. ¿Qué, has ido a Asturias a ordeñar las vacas para el café con leche?

—Me he encontrado con un viejo amigo. Uno *especial* —silabeó a modo de aclaración. Rubén se retiró las gafas fucsia y atisbó por encima.

—¡Vaya, vaya, vaya! Define *especial*.

—Ya sabes, un antiguo amor de épocas pasadas, cuando ambos éramos jóvenes y bellos —sonrió traviesa y mordió el capuchón del boli. Rubén se revolvió entusiasmado.

—¿Con revolcones incluidos?

—Algo hubo.

Se puso a aplaudir como un loco. Eva le hizo señas para que bajase el volumen.

—Ya te lo decía tu horóscopo de hoy, reina, vas a tener sorpresas que cambiarán el rumbo de tu destino.

Eva ordenó los expedientes con los que pensaba estrenarse.

—Suerte que no creo demasiado en el zodíaco —confesó distraída. Rubén dio un respingo.

—¿Y me lo dices ahora, mala amiga?

—Hombre, a ti te ilusiona leérmelo, y a mí, daño no me hace.

—Más te vale hacerle un poco de caso al pronóstico y actuar en consecuencia. Porque fallar, no falla.

—Cariño, puedes calentarme la cabeza con tus horóscopos cuando te plazca. Aquí estoy yo para soportarlos.

Rubén, algo ofendido por su escepticismo, caminó hasta la puerta. Acarició el canto y echó atrás la cabeza en plan melodramático.

—Lo dicho, acuario tenías que ser.

Eva lo despidió con un surtido de risas. A pesar de sus neuras, Rubén la ayudaba a conservar el buen humor y la imagen de Luis flotaba dulce en la promesa de una oportunidad. Puede que a pesar del plantón de Javier, del dolor y las heridas, las cosas se enderezaran.

Pero sin él.

46

¿Quién eres?

Una exótica mujer cruzó por delante de su cristalera. Mulata, esbelta como un junco, vestida a la moda sobre vertiginosos tacones, dueña de un mareante zarandeo de caderas. Alguien que no pertenecía a Fireland, pero que desfilaba con seguridad y se dirigía al despacho de Javier como si el espacio le perteneciera.

Eva se abalanzó hacia la puerta y la abrió para acechar, con disimulo, la trayectoria de la desconocida. En efecto, su meta era el despacho del fondo. El del Monolito.

¿Quién diablos era aquella belleza café con leche? ¿Y por qué Analíe, el Cancerbero, le sonreía bobalicona y le franqueaba la entrada?

No pudo volver a concentrarse. Destrozó el capuchón de dos bolis. Definitivamente, ni Luis ni narices. No estaba curada. Su fabuloso castillo de naipes tardó en desmoronarse lo que ella en ver que la mulata y «su» Javier salían juntos. ¿Dónde metía las ganas de matar a alguien? Lo de Lidia Noveira podía ser un rollo puramente sexual, pero aquella belleza rompía sus esquemas y la hacía sentir insegura y vulnerable. Eva corrió hasta el mostrador de recepción a preguntar a Elena.

—Esa chica que acaba de salir con el jefe… ¿Sabes quién es?

La secretaria consultó el listado de visitas.

—Una tal Mandy Watson —informó sin emoción ninguna.

—¿Mandy Watson? —se horrorizó Eva casi chillando.

¿Qué demonios hacía allí Mandy Watson? ¿No estaba en Nueva York? ¿Acaso granizaban problemas?

—¿La conoces? Es guapa, ¿eh? —alabó Elena—¡Qué color de piel, qué envidia!

—Mmm… Es modelo. Creo.

—Se le nota, se le nota a la legua. Qué suerte de profesión, quién pudiera...

En lugar de quedarse escuchando las alabanzas de Elena, se encerró en su oficina. La había hecho buena. Al enviar aquel correo con la carta poniendo punto y final a una relación que se basaba en meras insinuaciones, jamás imaginó que la afectada se presentaría en Marbella. Supuso que simplemente dejaría de escribir, por orgullo, por amor propio, por dignidad... Igual había cometido un error. Estaba por ver si más o menos grave.

Los minutos que tardaron en regresar se le hicieron eternos. Temió que se la hubiese llevado a comer fuera, pero no, se ve que no habían pasado de la cafetería, porque regresaron y volvieron a reunirse en el despacho de un Javier con aire frustrado, cejas juntas y mandíbula tensa. Eva se moría de ganas por saber qué se cocía allí dentro, tenía que saberlo. Como fuese.

Asesinando a Cancerbero, por ejemplo. No veía otro modo.

—Necesito tu ayuda, Rubén —dijo entrando como un tsunami en la oficina de su compañero.

—¿Ahora necesitas mi ayuda? —se guaseó él. Eva no entró al trapo, tenía las cosas demasiado claras.

—Esto es serio. Una tipa increíble se ha encerrado con Javier en el despacho y necesito reventarles el momentito de intimidad. ¿Me echas una mano?

Fue como si lo invitaran al circo. Rubén saltó de su silla de oficinista palmoteando feliz.

—¡Soy toda orejas! —juró haciendo cruces con los dedos.

Eva era una chica visceral, demasiado vehemente como para ser una actriz fría y contenida, pero el modo en que llegó hasta la mesa de Analíe, apoyó las dos manos, se inclinó hacia ella y la miró con ansiedad fue de premio cinematográfico.

—Tienes que ayudarme.

—¿Yo?

—Es una emergencia —la azuzó—. Analíe, no me fío de otra persona, eres la más juiciosa de Fireland.

La mujer la repasó con desconfianza. Inmune a los halagos, parecía realmente molesta con el incordio. Eva no se amilanó.

—Es Rubén. Le ha dado un ataque.

—¿Qué clase de ataque?

—No tengo ni idea.

—Pues llama al Samur, querida.

—Por favor, ayúdame, se ha tirado al suelo, no puedo con él, está en el archivo.

—¡No soy médico!

—No creo que necesite un médico, necesita auxilio moral, escuchar a una persona sensata que le dé un consejo maduro...

—Entonces, no es epilepsia —sentenció la hosca secretaria.

—Definitivamente, no es epilepsia. Pero es igual de impactante.

—¿Histeria? ¿Ansiedad?

—Puede. Por favor, Analíe, por favor... —insistió al comprobar que no se ablandaba.

La secretaria suspiró con desgana y se puso en pie. A Eva le faltó saltar de alegría. Se mordió la lengua y apretó los puños para no delatarse. Acompañó a la mujer hasta el archivo, donde un convincente Rubén se desgañitaba y se retorcía, tirado sobre las losetas, en mitad de un *shock* que tenía mucho de posesión diabólica.

—¿Qué ha pasado? —se interesó Analíe al tiempo que se arrodillaba.

—¡No me quiere, no me quiere, el muy miserable, lo que me ha hecho! —repetía Rubén como un mantra ininteligible. Analíe le tomó el pulso y la temperatura con la mano en la frente.

—¿Traigo agua? —se ofreció Eva solícita.

Por supuesto, no esperó respuesta. Se lanzó al pasillo y llegó junto a la entrada del despacho de Javier a la par que el camarero de la cafetería de Fireland, que portaba una bandeja con unos cafés.

Se la arrebató.

—Dame, dame, yo los entrego.

—Pero...

—Soy la asistenta personal del jefe, ya ha preguntado cinco veces por los malditos cafés. ¿Traes azucarillos extra? —no le dio tiempo a contestar—. No importa, aparta, voy a servírselos, está hecho un dragón.

Cuando empujó la puerta, su corazón latía desaforado. La tal Mandy se encontraba sentada en uno de los confidentes, inclinada hacia adelante, tratando de cazar al vuelo una de las manos de Javier, que se mostraba bastante más esquivo. Su gesto de sorpresa al verla aparecer, fue de fábula.

Eva caminó erguida y majestuosa hasta donde ellos estaban.

—Sus cafés, señor. —Dejó la bandeja en la mesa con tan fingida torpeza que una de las tazas saltó por los aires y el líquido salpicó la abultada pechera blanca de Mandy—. ¡Huy, perdón!

—¡Me ha manchado la blusa de seda!

—Lo siento muchísimo, señorita. ¿Le doy con un chorrito de soda? Es mano de santo contra las manchas —aseguró con deje infantil.

Tomó la botella con sifón del mueble-bar y apretó el dispositivo directa y sin vacilar, contra la preciosa cara de la mulata. El chorro de soda a presión le bañó hasta el último poro del rostro. La visitante soltó un alarido.

—¿Está usted loca?

En menos que se invierte en un pestañeo, Eva había dado al traste con el estudiado montaje de seducción ideado por la señorita Watson, convirtiendo su última oportunidad de camelarse a Javier en una escena de los hermanos Marx. En cuanto al interesado... Bueno, Javier no acertaba siquiera a cerrar la boca.

—¡Los ojos! ¿Le ha caído en los ojos? ¡Séquelos, pronto! —Eva siguió adelante con su magnífica interpretación.

Siguiendo un instinto reflejo, Mandy se restregó con los nudillos, para conseguir, tan solo, que el rímel se le metiese dentro.

—¡Oh, Dios mío! ¡Cómo escuece!

La pelirroja buscó una toalla dentro del baño privado de Javier, pero, al ofrecérsela a Mandy, esta salió huyendo como del mismo Satanás.

—¡Ni se me acerque! —le advirtió con las manos extendidas a modo de parapeto.

—¿Por qué no va a lavarse? —aconsejó Eva con dulzura—. Tiene una pinta horrorosa.

Javier se había atrincherado al fondo del despacho y a duras penas contenía la risa. Mandy le lanzó, como pudo, una mirada de esas que fulminan.

—¿Y tú? ¿De qué te ríes?

—Se ríe porque algunos hombres, cuando les faltan huevos para revelar sus verdaderos sentimientos, esconden la cabeza y, si nadie mira, se carcajean.

Mandy interrogó a Javier con su vidriosa mirada.

—¿De qué está hablando?

Esta vez fue Eva la que lo miró retadora.

—¿Le das una explicación? O se la doy yo...

Javier adelantó unos pasos con las manos metidas en el bolsillo. Todo rastro de diversión acababa de borrarse de su cara. Sus ojos verdes midieron fuerzas con los azules de Eva.

—Pienso dársela. Si eres tan amable y nos dejas solos.

Eva salió del despacho a grandes zancadas fingiendo dominar la situación. Antes de abandonar la sala, oyó a Mandy exclamar:

—Miedo me da esta mujer.

—Tiene mucha garra —ironizó Javier relativamente animado—. Nuestras empleadas están muy bien escogidas.

—¿Y todas son así?

Veinte. Veinte interminables minutos fueron los que Javier empleó en hablar lo que fuera con Mandy hasta que Eva la vio salir a toda prisa, sollozando y cubriéndose la cara con un pañuelo. Incapaz de no sentirse culpable, Eva asomó la cabeza dispuesta a interceptarle el paso y elaborar algún tipo de disculpa. Mandy se detuvo frente a ella con el rostro plagado de churretes y el blanco de los ojos del color de las ciruelas para mirarla y escupirle entre dientes:

—Zorra.

A la mierda las buenas intenciones. Eva no se vino abajo.

—Tú más, mona.

—¿Todo bien? ¿Misión cumplida? —Rubén se acicaló el pelo desordenado después de su estrafalaria puesta en escena. Eva ladeó el cuello.

—Al menos la he espantado. Algo escasa de diplomacia, debo admitirlo, pero no tuve tiempo de planear nada sofisticado, urgía quitarla de en medio. No creo que le queden ganas de volver, al menos, a la oficina. Pero ahora el jefe me reclama.

Cruzaron una mirada de consternación.

—¿He hecho bien? —preguntó compungida. Rubén le dio una palmadita en las manos con la firme intención de animarla.

—Claro que sí, reina, ya conoces el dicho, en el amor y en la guerra todo, todito, todo, está permitido. Hasta hacer el ridículo. Y permíteme decirte que te has cubierto de gloria.

—Sin detalles. Te los ahorras —le advirtió con el dedo estirado.

Pero lo cierto es que, mientras iba al encuentro de Javier, sintió auténtico pánico. La primera barrera fue la gélida mirada de rencor que le obsequió Analíe.

—Siento haberte dejado sola con el marrón —se disculpó en un balbuceo—. De repente me llamó el jefe y...

—Entra —la cortó tajante—. Está esperando y, por si lo quieres saber, enfadado como no lo había visto nunca.

—Siéntate —fue la orden de Javier nada más ver aparecer la nube de rizos rojos. Eva obedeció sin rechistar—. ¿Qué le has dicho a Mandy?

«¡Ay, Diosito!».

—¿Yo? —la pelirroja fingió inocencia como treta para ganar tiempo y poder pensar.

—Sí, tú.

—Si estabas presente... —Trató de ganar tiempo. Javier fue implacable.

—No hoy. Asegura haber recibido un mail mío que curiosamente jamás escribí.

Eva se cargó de arrojo. Levantó la barbilla desafiante. Justo como a él le gustaba.

—Pues ya me contarás qué tengo que ver yo con tus correos.

—Eva.

—¿Qué? ¿Eva, qué?

—Sé de sobras que has hurgado en mi ordenador privado y en mi correspondencia.

Las mejillas ardieron y el calor se concentró en la punta de sus orejas.

—Vaya. Cancerbero se ha ido de la lengua.

—Como es su obligación. Así que desembucha, es mejor que seguir mintiendo.

—Bien, de acuerdo. —Se restregó una mano con otra—. Le escribí, sí, de tu parte, y le dije que se fuera olvidando de ti, que no estabas interesado.

—¿Que no estaba interesado? ¿En qué exactamente no estaba interesado?

—Ya sabes, en ella, como pareja. ¡Joder! ¿Es que voy a tener que explicártelo todo?

—¡Por supuesto que vas a tener que explicármelo todo! ¡Con pelos y señales, además!

Eva agachó la cabeza al tiempo que alzaba las manos.

—Está bien, haya paz, no te sulfures.

—¿Que no me sulfure? Esa mujer es amiga de mi ex y ¡venía a traerme información de primera mano! ¡Información que necesito para estar alerta y preparado! ¡Eso es todo! Malas noticias, dramáticas, por si te interesa saberlo.

Eva aparcó esos últimos datos en una esquina de su mente, donde no estorbasen, y se puso en pie impulsada por una rabia incontenible.

—¡No, no es todo! Esa tía quería rollo contigo, está muy claro por cómo...

—¿Y a ti qué diantres te importa quién quiera rollo conmigo? ¿A qué viene este despliegue de celos absurdos?

La chica tomó una enorme bocanada de aire y recorrió su labio superior con la punta de la lengua. Javier boqueó de deseo.

—No son celos —recalcó—. Simplemente te libro del mal. Esa tipeja engreída no te conviene.

En el atractivo rostro de Javier se dibujó una mueca de sarcasmo e incredulidad.

—¿Y quién me conviene, según tú? ¿Una lesbiana, loca, interesada y mentirosa?

—¡Y dale con eso! ¡No soy lesbiana...!

—Me da igual si lo eres o no, Eva Kerr, te guardas muchas cosas y te prevengo que voy a averiguarlas todas.

—Si tienes huevos —lo desafió entre dientes. Estaban tan cerca, con las narices casi pegadas, que podía saborear su aliento mientras la amenazaba.

—No te quepa duda de que los tengo.

Eva no respondió de inmediato. Pero sí reculó para sentirse a salvo.

—Seguramente no soy la única con una cajita de secretos, ¿a que no, señor De Ávila?

Dio media vuelta sobre sus tacones y se alejó contoneando las caderas del mismo modo que había visto hacer a Mandy. Sintiéndose deseada en cada lance encriptado que le enviaban los ojos verdes de Javier. Y por eso, a pesar del pellizco en el estómago, para sus adentros sonrió.

47
Una terrible experiencia

Eva cambió de planes. Tras la descarga de adrenalina, era el momento de darle la puntilla a Javier con un ingrediente que rara vez fallaba. Había aludido a los celos, ¿verdad? Pues celos tendría.

Envió un escueto pero cariñoso mensaje a Luis Balboa aceptando finalmente su invitación a comer, y le rogó que pasara a buscarla por Fireland.

«Y sube, por favor».

Pensaba pavonearse delante de todo el mundo, y de un humano en particular, hasta que le rechinaran los dientes. Por golfo. Por presuntuoso. Por incoherente. Por enamorarla y luego abandonarla. Por destrozarle el corazón sin misericordia. Y porque le daba la gana.

Iba a ser maravilloso. Casi mejor que un orgasmo de los que Eva tenía últimamente que eran... ninguno.

Luis Balboa estaba para ponerle un piso, de eso no había duda. Suponiendo que el Monolito ocupase el primer puesto de un ranquin de *machomen* perfectos, Luisito sería galardonado con el número dos. Fijo. Así que, como escarmiento y recochineo, funcionaba a las mil maravillas. En cuanto Elena le informó por línea interna que un joven preguntaba por ella en recepción, Eva solicitó que lo acompañase hasta su despacho, y así ocurrió. Las miradas de admiración de las secretarias y ejecutivas y los dardos envenenados de envidia de los hombres presentes fueron como almíbar para la boca sedienta de la pelirroja, pero todo quedó reducido a categoría de *mera anécdota* cuando Javier de Ávila salió como una tromba de su despacho y frenó casi en derrape al verlos juntos. Placer infinito para Eva. Que tratase de disimular era lo de menos, su cara desencajada hablaba por sí sola.

Ella procuró mostrarse lo más insinuante posible, deshecha en sonrisas, apoyada contra el quicio de entrada a su oficina, charlando distendida con Luis. Bien a la vista del jefe, que, incapaz de apartar los ojos de ella y del desconocido que la acompañaba, parecía haber echado raíces sobre la moqueta.

—Bueno, pues ya has visto donde trabajo. No tardo mucho —aseguró a Luis con un pestañeo tentador—, recojo unos documentos y podemos salir. Es posible que me lleve hoy trabajo a casa, con el lío que tengo esta tarde, mejor que deje esto ordenado.

Espió de reojo al Monolito, que echaba chispas por los ojos. En el verde-dorado de sus iris descargaba un ciclón. Estaba celoso. ¡Bien! Y era por ella. Palpar su deseo y su frustración la estaba excitando. ¡Sí! De modo que, para rematar la faena, enroscó las manos en el fuerte antebrazo de Luis, pegó el cuerpo al suyo y lo empujó suavemente hacia la salida.

—Sé de un sitio nuevo cerca de aquí con unas vistas increíbles y una comida de primera. Te va a encantar —deletreó con el mismo tono que Marilyn usó en su día para cantarle el *Happy Birthday* al Presidente.

Y es que a veces, la venganza, aunque sea pequeñita, sabe a gloria.

En cuanto la vio salir por la puerta cimbreando las caderas, enganchada de aquel capullo arrogante con pinta de finolis, Javier tuvo tentaciones que podrían haberlo llevado derechito a una celda. ¿A qué jugaba? ¿Quién era aquel tipo? ¿El italiano de los mensajitos, tal vez? Imaginársela gozando en brazos de otro le quemaba la sangre. Mierda. Tenía el plano mental atascado con aquella bruja. Qué terrible maldición. No creía haber hecho nada para merecerla.

Se metió en su cueva después de rugirle a Analíe que no le pasara llamadas, se tomó una copa, se mojó la cara con agua fría en el baño y se sirvió un segundo *whisky*. Se repitió a sí mismo que Eva podía estar conectada con alguna clase de agrupación mafiosa altamente destructiva.

Tuvo que repetírselo al menos cien veces. Seguía sin creérselo.

Necesitaba darle un rato la tabarra a su socio. Para algo era también su amigo. Javier tenía que encontrar un desahogo que no implicase mujeres y acompañado, a ser posible, de un consejo desinteresado que le solventase el corazón hecho trizas, que es como lo tenía en aquel momento aunque aparentara felicidad.

De nuevo cazó a Antonio manteniendo una acalorada discusión por teléfono que, nada más verlo, canceló de un modo precipitado y misterioso. Luego hizo girar su sillón de director y sonrió al visitante como si fuese el día más feliz de su vida.

—¿Novedades?

—Tú dirás —gruñó Javier irritado, apuntando al móvil que Antonio había abandonado sobre la mesa.

—Tengo un hambre de lobo. ¿Vamos...?

Javier se dejó caer pesadamente en una de las butacas delanteras. Resopló hastiado.

—No quiero comer. Todo lo arreglas comiendo —añadió de forma algo violenta. Antonio alzó las palmas de las manos en son de paz.

—De acuerdo, tranquilízate, diablos. Deberías mirarte lo tuyo, esos ataques de ira cuando las cosas se tuercen... —observó la ansiedad con la que Javier se mesaba el espeso cabello negro—. ¿Ella de nuevo?

Ambos sabían a quién se refería, no hizo falta dar nombres.

—Ella y otras cosas. Un cúmulo de terribles desgracias. Las mujeres son... son...

—Un calentamiento de cabeza necesario.

Javier le regaló una mirada de hondo reproche.

—¿Necesario?

—¿Qué haríamos sin ellas?

—Pajearnos y sobrevivir.

—Venga, hombre, no piensas lo que dices, seguro que no lo piensas. Puede que el problema sea las muchas mujeres que hay en tu vida, francamente. Te rodean, ya nos gustaría a muchos, es un crimen si te quejas. —Se puso en pie, manipuló la cafetera y los servicios de taza, y regresó con un humeante café. Se lo ofreció amistoso a Javier—. Toma, sé que no son horas, pero te sentará bien.

De Ávila lo tomó con gesto mecánico y sin agradecimientos. Su amigo se lo quedó mirando con cierta preocupación, apoyado en el borde de la mesa.

—Quizá si eligieras a alguien... Y no precisamente a esa pelirroja *devorahombres*.

—¿Lo es?

—¿Con ese físico? Si no va dejando cadáveres por la calle, esa chica no es consciente de su potencial destructivo. Podría conseguir lo que quiera de cualquiera, con solo arrugar la naricilla y juntar las pecas. Hubo un tiempo en que pensé que era tu compañera ideal.

—Conspiraste en mi contra.

—Y a tus espaldas, lo admito. La mandé a Roma y no solo por sus cualidades profesionales y su perfecto dominio del italiano. Me convencí de que la pelirroja cosería tu corazón roto. Pero sin saber detalles, te ha domesticado y te ha enloquecido. No era eso lo que buscaba para mi amigo.

—¿Habla el tío frustrado que no folla? —recriminó con dureza. Antonio acusó el golpe.

—Habla el hombre prósperamente casado. ¿Es que no puedes tener una relación normal? —insinuó con desmayo. A Antonio las discusiones lo agotaban pronto. Javier sacudió la cabeza.

—Ese es el problema, no quiero una relación normal con una mujer normal, quiero... quiero...

—Quieres magia, ¿verdad? —Dibujó un abanico en el aire con los brazos—. Claro. Magia permanente y excitante emoción. No te fastidia, como medio planeta.

—No te burles, tío. Estoy jodido. —Se frotó ansioso la frente—. Y no es solo por culpa de Eva. Moruena...

Antonio enarcó las cejas con sorpresa. Hacía siglos que no se nombraba a la indeseable exesposa de Javier en su presencia, la tierra y los rascacielos de Manhattan parecían habérsela tragado. Y ahora, de repente...

—Moruena, ¿qué?

Cuando por fin acabó lo que tenía pendiente en la oficina, fue como si soltaran el telón de golpe y porrazo. Función finiquitada, basta de fingir, de aguantarse las ganas y de simular justo lo contrario de lo que sentía. A ver, no es que Luis no alegrara la vida a cualquiera en sus cabales, es que ella no tenía ojos ni alma más que para Javier de Ávila y así estaban de momento las cosas, por mucho que la perspectiva le ocasionara insoportables niveles de irritación. Solía ser sincera consigo misma, de modo que, mientras conducía su motocicleta de vuelta a casa, solo pensó en darse una buena ducha, una llantina de premio y una opípara cena, aún no estaba decidido en qué orden.

Sin embargo, al llegar a casa, se le activaron las alarmas. En apariencia, el jardín, la cancela de entrada y la puerta de acceso a la caravana seguían intactos, pero su intuición le indicó que algo iba mal. Metió hasta dentro la moto con el motor apagado, haciendo el menor ruido posible. Aparcó, y con las dos manos agarró un pico de cavar la huerta que reposaba apoyado en una esquina de la cochera. Con la espalda pegada a la carrocería de la caravana y el corazón en un puño, muy despacio, abrió la puerta.

Tuvo las pruebas que precisaba nada más meter un pie dentro. No destacaba por ser un dechado de orden e impecable limpieza, pero, desde luego, aquel desbarajuste, los cajones con el contenido esparcido alrededor, sus armarios abiertos y descuajaringados, la ropa desparramada por los rincones, sus decenas de pares de zapatos tirados ahora por todo el suelo, los cojines apuñalados, el colchón de pie contra la pared, el menaje de cocina fuera de sus alacenas con alguna que otra baja hecha añicos...

Eva permaneció petrificada y atónita, escrutando el silencio, sin moverse, sin atreverse a respirar siquiera. De pronto, dio un respingo y la sangre se le heló en las venas. Había más. Algo más. Algo mucho peor.

Toni y Braxton. No habían venido a saludarla como de costumbre, a la carrera, haciendo cabriolas con las lenguas fuera y los rabos en movimiento.

Sin soltar el pico, se lanzó al exterior como una demente en pleno ataque, llamándolos a voz en grito. No respondieron. Se le paralizaron la respiración y el pulso. No quería toparse con lo peor.

Los encontró bajo su techado, tumbados en el suelo con los ojos cerrados, completamente inertes. La chica cayó de rodillas con una aguda punzada en la boca del estómago y los zarandeó buscando, sin encontrarlo, un signo de vida. Sus queridos compañeros. Loca de desesperación, llorando y nombrándolos entre gemidos, abrazó las cabezas peludas y los acunó sin saber qué hacer.

Sí, sí lo sabía. Y no podía perder ni un segundo. ¿Dónde había dejado el bolso? Trató de recordar. Estaba aturdida, todo a su alrededor daba vueltas absurdas y, a la hora de pensar, daba la impresión de que las neuronas se enredaban unas con otras.

Se puso en pie, corrió hasta la caravana ya sin precaución ninguna, salvó de un salto los tres escalones de entrada y tomó su mochila del suelo, allí donde la había arrojado al salir de estampida. Con manos temblorosas sacó el móvil y marcó el número de urgencias veterinarias.

El tiempo que duró el examen y diagnóstico veterinario *in situ*, se lo pasó sentada en la escalera, llorando abrazada a sus piernas. Ana Belén llegó sin entretenerse.

Comprobó el despliegue, los dos profesionales vestidos de blanco y el rostro desencajado de su mejor amiga, y trotó a estrecharla entre sus brazos.

—¿Qué ha pasado? —Era más bien una pregunta retórica. Al avisarla, Eva había conseguido exponer un pequeño resumen de lo ocurrido, salpicado de hipidos, mocos y desolación—. ¿Han entrado a robar?

—Ya ves —gimió Eva con un hilo de voz—. Como si tuviese algo de interés.

—Pero esta zona es muy tranquila, nunca... ¿Sabes ya lo que falta?

Eva meneó en negativo la cabeza.

—Me importa un carajo lo que se hayan llevado. Dinero no tenía, apenas trescientos euros. Joyas no uso, las que me regalaron mis padres están en el banco junto a las de mi madre. Sinceramente —se frotó los ojos con los puños—, todo lo que me importa está en esa camioneta —señaló la ambulancia canina.

Ana Belén apretó su mano. Luego le pasó el brazo por encima de los hombros, la atrajo hacia sí y la besó en el pelo.

—Cariño, lo siento mucho. Al menos siguen vivos.

En ese momento, el veterinario se puso en pie, apartó el fonendoscopio de sus orejas y, dirigiéndose a Eva, le sonrió tranquilizador.

—Quienquiera que entrase tenía cierta sensibilidad con los animales o algo de conciencia, es de agradecer. No los han envenenado, solo emplearon un fuerte narcótico. Están bien, despertarán en un par de horas. No obstante, si no pones reparo, los trasladaremos a la clínica y les haré un lavado de estómago y una revisión completa para estar más seguros. Adelanto que no hay nada de qué preocuparse.

Eva no consiguió articular palabra, pero asintió con los ojos llenos de lágrimas de alivio. Abandonó su refugio en la escalinata y caminó hasta el lugar donde se encontraban sus perros. Los acarició entre las orejas mientras el auxiliar cargaba el equipo de emergencias en la ambulancia por el portón trasero y liberó con un suspiro parte de la angustia que llevaba concentrada en el pecho. Ana Belén permaneció pegada a su costado.

Cuando se quedaron solas, volvieron a enfrentarse a la caótica realidad.

—Vamos, te ayudo, recogeremos todo esto en un periquete —la animó Ana Belén con dos pares de zapatos en las manos—. ¡Dios, cómo son de bonitos!

Eva empujó el colchón y apenas consiguió moverlo.

—Espera, te echo una mano. —Ana Belén colocó los zapatos en el armario y fue a ayudarla. Entre las dos consiguieron tumbar el enorme trozo de viscoelástica sobre el somier—. ¿No lo has llamado?

—¿A quién? —Sabía muy bien a quién se refería.

—¿A quién va a ser? A Javier. Fijo que le habría gustado venir a protegerte para poder lucirse.

—Oh, por favor, Ana Belén —rechazó Eva enfurruñada—. Ni necesito que me proteja de nada ni hubiese venido. Para que lo sepas, no comparto con él mis intimidades...

—Ya veo. Solo fluidos y polvazos. El resto, cada cual que con su pan se lo coma, especialmente si se trata de problemas. Menudo chollo de relación moderna. —Acompañó su sermón con un gesto de asco.

—No tenemos ninguna relación —le recordó Eva agachada, reuniendo perchas—. Nos acostamos durante un viaje y no hemos vuelto a hacerlo. Aquello se acabó.

—Mmm.

—¿Qué significa ese *mmm*?

—Significa ¿instalarás alarmas a partir de ahora? Y también, ¿te queda vino?

48
Seguir peleando

Alrededor de las once de la noche, el veterinario llamó por teléfono con muy buenas noticias. Los peludos volverían sanos y salvos a casa al día siguiente por la mañana. Nada más colgar, presa de la euforia, Eva decidió que pediría libre en la oficina. Trabajaba mucho y bien, sus cuentas iban adelantadas y le quedaban días de asuntos propios disponibles. Veinticuatro horas sin saber de Javier harían milagros en su corazoncito herido.

Gracias a la valiosa ayuda de Ana Belén, el interior de la caravana volvía a parecerse a un hogar, con solo unos cuantos cojines destripados y unos platos rotos en la basura. A su amiga no le dijo nada, pero, cuando se fue, Eva ya sabía lo que habían venido a buscar: la tarjeta de memoria donde había copiado los correos de Fireland. Había desaparecido.

Tras una mañana emocionante llegó una tarde apacible, en la que Eva se enfundó ropa deportiva y se marchó a pasear para distraer a sus chicos. Al pasar por delante del colegio alemán, como cada tarde que no iba al gimnasio y entrenaba por La Mairena, rastreó a Gonzalo con la mirada. Lo encontró, como otras veces, apostado junto a la cancela, embutido en un chubasquero enorme que lo hacía desaparecer, con su preciosa carita y sus ojazos verdes tan semejantes a los de su padre. Aquel enano se le había metido sin preaviso en el corazón, y la alegría de verlo era tan auténtica como la pasión que sentía por Javier. El trío que trotaba se detuvo y, mientras Toni y Braxton brincaban de alegría alrededor del peque, Eva se agachó para besarlo. Gonzalo quiso más y le rodeó el cuello con los brazos. Eva se estremeció de placer notando el cálido cuerpecillo pegado al suyo.

—¿Cuándo vuelves? —le preguntó bajito—. Me debes una revancha al parchís y mi cocina necesita un pinche.

—¿Haremos más magdalenas? Al final el otro día no le llevé ninguna a Therese. ¡Le conté que estaban geniales!

—¡Pues claro! Y las haremos muy ricas para dejarla con la boca abierta. Es la mejor cocinera del mundo, hay que impresionarla. —El motor de un potente coche rugió a su espalda y Eva recuperó la verticalidad repentinamente azorada—. Ahí viene papá, venga, dame un beso de despedida que me dure hasta la próxima.

—¿Hasta mañana?

—Me temo que mañana toca gimnasia y puñetazos al saco... —Ese puñado de palabras amables le impidieron escapar corriendo antes de tener a Javier frente a frente. El corazón se le desbocó.

—¿Qué hay, Ezio? —Le pellizcó la mejilla mientras abría la puerta trasera del automóvil—. Entra mientras hablo un segundo con Eva.

Eva, que ya se iba. Javier la atrapó por el brazo.

—Tengo prisa —trató de desincentivarlo, pero De Ávila no era de los que se desinflan.

—Será solo un momento. Eva, ¿crees que podríamos intentar ser amigos?

—¿Amigos?

—Eso mismo. Algún día no muy lejano. Ayer vi salir de nuevo tu lado más virulento y no quiero volver al tiempo de las zancadillas. Así que, te repito, ¿hay alguna posibilidad de que podamos mantener una relación civilizada y saludable?

—En Fireland podemos tener una relación civilizada y estrictamente profesional, sí. Pero nadie me obliga a mantenerla también en mi vida de ciudadana anónima.

—Civilizada y saludable —detalló Javier clavándole las pupilas sin compasión. Eva miró hacia otro lado. El sol tardío manchaba la montaña y arrancaba unos destellos castaños increíbles.

—¿Amigos para que puedas restregarme a tus amiguitas por la nariz?

—Amigos para que puedas restregarme por la nariz a mí los tuyos —replicó él con formalidad.

—Tú empezaste.

—Y tú lo continuaste.

Hubo una pausa incómoda.

—Recuerda que en su día cerramos un candado de la amistad —retomó Javier más cercano y sociable.

Voló un suspiro recordando ese momento. Se levantó una suave brisa y, de repente, las hojas caídas de los árboles corrían por el asfalto como pequeños ratones asustados. Gonzalo saludaba agitando la mano desde dentro del coche. Todo era hermoso si se le daba otro significado.

—Sí, de la amistad —musitó en voz baja. Lo aliñó con tanto desprecio que borró la sonrisa de Javier *ipso facto*.

—Eva, ¿a qué viene este tono? ¿Qué me estás pidiendo? ¿Más? ¿Otro tipo de relación? ¿Un compromiso? ¿Es eso?

La pelirroja, de repente, se sintió muy ridícula. No, claro que no, no se pedían esas cosas. No podía pedirlas, pero podía desearlas, ¿verdad? A veces, ni una misma identifica lo que su cuerpo y el centro de sus emociones anhelan con desesperación. Reculó para evitar rozarse con un hombre que, tras cada palabra, se acercaba más a ella.

—Mira, ¿sabes qué?, que me da igual. Sigue así, se te da bien vivir a tu aire, sin complicarte. Y ahora, adiós.

—No te vayas, espera.

—Tengo que seguir corriendo. Mis «odiosos bichos pulgosos» han estado enfermos, necesitan ejercicio.

—Cena conmigo esta noche —demandó con un chispazo de angustia en la mirada.

Eva supo que necesitaba huir cuanto antes.

—Estoy a dieta, tengo encima el campeonato de boxeo. —Escondió la mano que él intentaba pescar.

—¿Campeonato...? —A Javier se le abrieron los ojos—. ¿Vas a participar en un...?

—No te atrevas a soltarme ningún sermón. Tú a lo tuyo y yo a lo mío. —Estiró el cuello, habló seca y con aires de superioridad—. No somos nada el uno del otro.

Javier notó que la perdía y, por encima del desgarro insoportable que la idea le provocaba, notó que algo le impedía terminar de abrir su corazón. Sintió una dolorosa punzada muy dentro, y no se giró para ver que Eva se marchaba.

El encontronazo con Javier en el aparcamiento del colegio alemán había vuelto a sacarla de sus casillas y, como las penas se ahogan mejor acompañada que en solitario, Eva condujo su moto hasta el apartamento de Ana Belén, sin imaginar lo que encontraría tras la puerta.

Pulsó el timbre y esperó impaciente. Dentro del apartamento tronaba una música bulliciosa, el típico «lío pachanguero» que Ana Belén se ponía para limpiar. No era difícil que el estruendo le impidiera oír la llamada, así que pegó el dedo e insistió hasta que la cara arrebolada de su amiga apareció por la rendija.

—¡¿Eva?! —Parecía más desconcertada que contenta.

—Sí, Eva —la pelirroja se señaló cómicamente a sí misma—, dado que hoy no te da la gana de venir a verme, he pensado...

La frase quedó en el aire. Por detrás de su amiga brotó una cabeza masculina que Eva conocía muy bien. Lo que no cuadraba era el lugar.

—¿Antonio? —«¿Antonio Baladí en casa de Ana Belén?».

—Hola, Eva, hola —se atropelló en su afán por sonar relajado y normal. No coló. Eva lo fulminó con una mirada interrogante que, al volar hasta su amiga, se transformó en irritación.

—¿Qué se supone...? —comenzó la pelirroja con incredulidad. Antonio había recogido sus pertenencias a toda prisa y salía al descansillo de la escalera, vestido con ropa deportiva, algo sudoroso y muy agitado.

—Es lo que parece —aclaró Ana Belén con gesto inocente.

—Una clase privada de *zumba* —completó Antonio. Eva parpadeó intrigada.

—Convencí a don Antonio para que se apuntase.

—Mi mujer dice que estoy echando barriga. —Dibujó un movimiento circular alrededor del ombligo.

—Su mujer —recalcó Eva mordaz.

—Pero nunca he bailado —prosiguió Antonio tartamudeando—, jamás he hecho nada parecido, me daba vergüenza y Ana Belén... Ella...

—Me ofrecí a impartirle unas nociones básicas, eso es todo, no me mires así.

—Será mejor que me marche, se me fue el santo al cielo. —Antonio forzó una sonrisa—. Se estarán preguntando dónde me meto. —Pasó por delante de Eva con una inclinación de cabeza.

—Seguro que sí —masculló ella.

—No saque conclusiones precipitadas —advirtió él recuperando parte de su natural aplomo.

—Cuando te apetezca seguimos, Antonio —planeó Ana Belén con una mano en alto. El hombre se escabulló escaleras abajo—. Vaya, qué espantada, con lo bien que lo estábamos pasando, hija. Todo por tu culpa.

—¿Por mi culpa? —Eva atravesó el umbral sin invitación—. Ya te vale, guapa, ¿qué tal si sacas la mano del fuego?

—No hay ningún fuego, te lo he explicado, ¿no? ¿Y los perros, qué tal andan?

—Ana, está casado, diablos, casado y con un par de niñas, ¿es que quieres estrellarte?

Ana Belén no se puso a la defensiva como Eva esperaba.

—No tengo nada con él, ni se me pasaría por la cabeza, es mi jefe y donde tengas la olla no metas la... Ya sabes cómo sigue.

Eva enrojeció violentamente.

—Ese ha sido un golpe bajo.

—¿Por qué? ¿Porque tú haces lo que te da la gana y sin embargo criticas todo lo que pueda hacerme feliz a mí?

Eva se dejó caer sobre el sofá y miró a Ana Belén con cansancio.

—¿Te gusta?

—Me agrada, pero tranquila, no me enamoraría de él, si es eso a lo que te refieres. —Se sentó al lado de la pelirroja y ladeó el cuello.

—Aléjate antes de que la gente rumoree o él se prende de tus curvas, Ana, hablo en serio.

Ana Belén escondió las manos inquietas entre las rodillas. Las aprisionó.

—El responsable de todo esto es tu hermano, si me hiciera caso de verdad, yo no me comportaría como una veinteañera patética en busca de migajas y mimos.

Eva resopló. La tarea de darle un consejo se complicaba. Se suponía que era ella quien venía a por apoyo.

—Ni siquiera admitiendo que es un tío difícil, es justo echarle la culpa.

—Ya. En el fondo soy yo, siempre yo, solo yo. La tonta del bote que se deja engatusar.

—Cuéntame, ¿qué es eso tan raro que según tú hace Ángel?

—Oh, eso. Verás... No te niego que hacemos por coincidir, es una especie de tonteo infantil que no sabemos dónde empieza ni dónde acaba. Como de instituto, ¿sabes? Me avisa para las fiestas, se alegra de verme, pero no me trata realmente como a su pareja delante de nadie, ni siquiera hace que me sienta especial. Estemos donde estemos siempre me marcho sola —concluyó con gesto desvalido.

—Cariño... —Eva le acarició una mano.

—Luego, de madrugada, me llama por teléfono, quedamos, a veces viene y se queda a dormir, otras pasamos la noche en un hotel... Discreto, a espaldas del mundo, algo privado, entre nosotros... Es excitante. Y se comporta como un verdadero príncipe azul, Eva, es atento, cariñoso, detallista e insoportablemente bueno como amante...

—Sin detalles —suplicó la pelirroja tapándose media cara con la mano.

—¿Te soy sincera? Lo amo con desesperación, pero no sé qué busca.

Eva sintió mucho no poder sacarla de dudas.

—Yo tampoco. Los hombres son... Odiosos.

—En serio, amiga, no tengo nada con Baladí, no ha pasado nada, te lo juro por lo más sagrado.

Eva respondió con una mirada, mezcla de severidad y cariño.

—No lo traigas a tu casa, no des lugar a malentendidos, no permitas que saque conclusiones equivocadas como las que pretende que no saque yo.

Ana Belén asintió abatida.

—Sobre todo, no te metas en líos —insistió la pelirroja.

Estaban a punto de echarse a llorar cuando el bip de un mensaje entrante en el móvil de Eva, las hizo sobresaltar. Al leerlo, su propietaria recuperó la sonrisa.

—Es Rubén, nos invita a una fiesta de disfraces mañana. Con su pandilla. Échale imaginación... y guindas al pavo.

De la garganta de Ana Belén escapó un gemido lastimero.

—No es mala idea. Beber, bailar, olvidar.

—Lo es, no tengo nada que ponerme.

—Eso no es problema, te lo aseguro, guapetona. Como Mamá Zumba destape el baúl de la abuela, ¡lo vas a flipar!

49
La llave de mi puerta

Daban las once cuando, con una sensación que recordaba vagamente al sosiego, Eva se metió entre sábanas dispuesta a descansar. Llevaba demasiados días durmiendo mal por culpa de las pesadillas relacionadas con Javier y con Roma. Arrastrando luego el agotamiento a lo largo del día a la vez que aparentaba que todo marchaba a las mil maravillas. No podía más, la resistencia de los cuerpos tiene un límite, y ella necesitaba con urgencia una ración de buen descanso. Por eso, cuando oyó el sonido del interfono instalado a la entrada de la parcela, se sentó de un brinco en la cama y apretó irritada la boca. Somnolienta y dando tumbos, se alargó hasta el comunicador.

—Mmm... ¿Sí?

—¿Eva?

—¿Javier?

Por una noche la cancela estaba cerrada a cal y canto. Eva no supo bien si alegrarse.

—¿Qué quieres?

—Hablar contigo.

—¿Otra vez? ¿Cuántas intentonas van ya?

—Las que hagan falta hasta que entres en razón. Déjame pasar.

—De eso nada. Lo que teníamos que hablar, y mira que es poco, ya lo hemos tratado cómodamente esta mañana de pie en el aparcamiento del colegio. ¿Se te ha olvidado? —añadió irónica.

—Escucha, nena...

—El *nena* te lo guardas, *Javi*.

Se oyó un resoplido cercano a un tifón caribeño.

—No-me-lla-mes-Ja-vi.

—Pues no me despiertes cuando estoy a punto de dormirme. Tienes una casa confortable y lujosa que te espera, y un niño encantador al que cuidar, ¿por qué no te largas?

Javier alzó sus enormes ojos verdes deseando tenerla enfrente para mirarla y perderse en ella. Su silencio lanzó una ráfaga de emoción tan potente que a Eva se le formó un nudo en la garganta. Lo mejor y lo peor entre ellos dos era la falta de necesidad de palabras, su capacidad innata para entenderse con solo mirarse o escucharse. La comunicación de la química del corazón, esas cosas mágicas que solo ocurren entre dos destinados a estar juntos. El mayor regalo del universo que las circunstancias les obligaban a rechazar.

—Hay cosas que merecen la pena —aseguró él muy bajito.

Para replicar, Eva sacó fuerzas de su propia debilidad.

—No me cuentes entre ellas. Lo único que he hecho estando contigo ha sido tragarme tus mentiras, una a una. Y lo has dicho muy clarito, no puedo pedirte un compromiso.

—No he dicho que no pudieras —rectificó deprisa—, te he preguntado si era eso lo que querías. Y no te ha dado la gana de responder.

La rabia impedía que Eva razonase con cordura. Así que no contestó.

—Necesitaba saberlo —agregó Javier con más dulzura.

—Bah, olvídalo.

—No quiero olvidarlo, quiero aclararlo.

—Pues vaya horas, no es lugar ni momento.

—Te invité a cenar y me rechazaste, por tu culpa no consigo dormir, y desde luego esto no será algo que comente contigo en Fireland a la vista de todos.

—¡Vaya con don Discreto! Pues para exhibirte con Lidia no tienes tantos reparos —mascó entre dientes.

Javier no mordió el anzuelo. Al contrario, cambió de estrategia. Fingió enfado.

—A lo mejor es que Lidia no me importa lo que me importas tú.

—Blablablá —se mofó.

—Eva, por favor...

—¡Lárgate ya!

—Eres lo peor desde que se inventó la catapulta...

—Pues no sabes lo muchísimo que me alegro.

—...Pero no me engañas con esa pose de dura. No quieres abrirme porque tienes miedo.

—¡Ja! ¿Miedo de qué?

—De que te bese y te vuelva loca de deseo —dijo él sin descomponerse.

Sonó insoportablemente arrogante, pero era verdad. Ella le pertenecía a tal punto que el menor roce podría desencadenar un cataclismo, un estallido de emociones que de momento mantenía prisioneras de algún modo que ni se explicaba. Soñó un instante con el dulce abrazo del riesgo, un dejarse ir hacia Javier y sus veladas promesas de amor de forma irresponsable, sin medir las consecuencias, tal y como había hecho en Roma.

No. No era buena idea. Por no aplicar el buen juicio y cortar a tiempo, estaba como estaba, colada hasta las trancas y sufriendo.

—Por mí no te preocupes, soy medio italiana, siempre nos levantamos —aseguró con voz ronca.

—Lo que eres es terca como una mula.

—No insultes a los pobres bichos, yo soy mucho peor.

—Venga, confiésalo, me echas de menos.

Eva soltó un alarido de frustración. A estas alturas no estaba dispuesta a dar ni un solo paso atrás. Por eso colgó.

Javier permaneció un rato petrificado en la puerta. Pegó la frente en el pilar de entrada y se golpeó despacio, desanimado.

—Lo mismo que yo a ti. Todo el tiempo, todos los días.

La fiesta de disfraces la organizaban en Suite unos conocidos de Rubén, tan sofisticados, tan gais, tan divertidos como él. El *nightclub* de Puente Romano, con su fastuosa decoración oriental y sus elaborados cócteles, era siempre una apuesta segura. Ana Belén había improvisado unos disfraces con los que salir del paso y bebieron y bailaron hasta caer rendidas. Cuando Eva volvió a su casa, achispada y loca por tirarse contra el colchón, el reloj marcaba unas irreverentes ocho de la mañana y ella no fue capaz de encontrar las llaves en el bolso.

—No me lo puedo creer —dijo a sus perros que alborotaban alrededor con los rabos como molinillos—. Por una vez que cierro... he perdido las llaves.

Se sentó a meditar en los escalones. Su minúscula vestimenta, sus largas piernas al descubierto, su generoso escote y un cuerpo destemplado empezaban a pasar factura. Tiritó hasta que Toni y Braxton se arrimaron a darle calor. Agarró el cuello de uno y pasó la mano libre por el lomo del otro. El bolso resbaló de sus rodillas al suelo y se desparramó el contenido. Su móvil, con solo una pizca de batería, cayó sobre la hierba.

—Debería hacer algo antes de quedarme incomunicada y en la calle —les contó a los perros—. A ver, tengo una copia de las llaves dentro de casa y otra en el cajón del fondo de mi despacho, pero... ¿a quién jorobo un sábado para que vaya a buscarlas? No puedo conducir ni tomar un taxi, por el amor de Dios, ¡voy borracha y vestida de pilingui!

Una idea malvada tomó forma en su consciencia y la euforia del alcohol hizo el resto. Tecleó un par de frases en un mensaje y pulsó la tecla de enviar.

—Te doy la oportunidad de enmendar tus errores y de demostrar si tanto te importo. —Miró a Toni y bizqueó—. ¿Llegaste en algún momento a decir que yo te importaba o es otro de mis sueños fantabulosos? ¡Upps!

Sus dedos torpes dejaron caer el teléfono justo cuando llegaba la respuesta. Braxton lo recuperó con la boca y una parrandera Eva, de entre sus dientes.

—¡Gracias! Os propongo una apuesta: ¿a que pasa de mí? —Leyó ávida y sus ojos se desmesuraron con sorpresa—. ¡Vaya! ¡Qué amabilidad!

Le había pedido a Javier, con toda dignidad y sin humillarse un gramo, que recogiera para ella las llaves en Fireland. Eran solo las ocho de la mañana, pero él no tardó en aceptar y Eva soltó una carcajada de satisfacción. Monolito en el bote.

Al cabo de cuarenta minutos de espera, a un paso del punto de congelación, ya no reía. Miró malhumorada el móvil mudo y soltó una maldición que pudo oír media urbanización.

—Gracias, so cretino, muuuchas gracias. Me cago en tu nación... A ver... —Consultó el listado de contactos hasta dar con un cerrajero. Comprobó la hora. Aún no habían dado las nueve, pero sus dientes castañeteaban a pique de romperse y se suponía que aquel número era el de emergencias. Marcó sin vacilar, explicó el problema brevemente y con lengua de trapo, y facilitó la dirección—. Ahora, a seguir esperando.

«No las encuentro. ¿En qué cajón dices que están?».

Chasqueó la lengua. Qué torpes eran los hombres, incapaces de encontrar la tarrina de mantequilla en la nevera ni aunque la tuvieran delante. Le había indicado el penúltimo cajón, ¿verdad? ¿Era ese con seguridad? Podía ser que se estuviera equivocando, la verdad, no andaba muy lúcida todavía... En cualquier caso, con el cerrajero en camino, la cosa carecía de importancia. «Olvídalo», escribió sin dar más detalles. Y cerró el móvil para guardarlo en el bolsito de fiesta, decidida a olvidarse ella de Javier.

El cerrajero tenía más sueño y peor humor que Eva. Podría no haber ofrecido servicios de urgencia, habría sido una opción, en lugar de llegar con cara de perro y mirarla de arriba abajo, escandalizado como la juzgaría una monja de clausura. Eva le sostuvo la mirada con descaro.

—¿Pasa algo? —se burló—. Usted no es el único que trabaja temprano.

El hombre fundió las manos con sus herramientas y se ahorró los comentarios que tenía pensado dedicarle a aquella descarada. Cuanto antes descerrajase la puerta de la caravana, antes podría volver a su cama, joder, era sábado y cumplía treinta años de casado con su señora. Dos pastores alemanes la mar de pizpiretos lo mantenían bajo rigurosa vigilancia.

El caso es que, cuando la tarea finalizaba, una bocina amortiguada cortó el silencio de la mañana y un agitado hombretón cruzó el jardín, comiéndose a zancadas decididas los metros que los distanciaban. Toni y Braxton fueron a recibirle con lametones en los dedos y Javier les acarició superficialmente las cabezas peludas.

—Oh, no. —Eva compuso una mueca de desagrado. Él la cortó con un vaivén de manos.

—Tú me has llamado —se justificó. Reparó en el diminuto vestido y en toda la carne al descubierto, y se le humedeció la boca. El cerrajero se afanaba con sus destornilladores, echando, de cuando en cuando, algún vistazo al recién llegado.

—Porque necesitaba mi llave, ¿la has traído?

—No. No ha habido forma humana de...

—Entonces, ¿a qué diablos vienes?

—A ver qué te pasaba y si podía ayudar en algo.

—Ya te veo, censurando mi vestimenta.

—No me negarás que, como mínimo, es para sorprenderse. ¿De verdad has ido de esta guisa por la calle y no te han puesto ninguna multa?

Eva se inclinó hacia adelante y buscó la curva de su cuello.

—Vengo de una fiesta de disfraces, *i-di-o-to* —cuchicheó entre dientes, pegada a su oreja.

El cerrajero carraspeó. Eva miró a Javier directamente a la cara, esforzándose en que sus ojos no se desviasen a la deseable boca.

—Ya ves que todo está bajo control y que no te necesitamos. Yo no te necesito. Puedes largarte por donde has venido —agregó como si nada.

—¿No piensas agradecerme la voluntad y el intento?

—¿Estás majara? Ni has conseguido encontrar la llave.

—Insisto. La intención es lo que cuenta.

—Si nos recompensaran por cada rato de buena intención, gente como yo no sabría qué hacer con el oro. En serio, Javi, puedes marcharte, es temprano y los sábados por la mañana no trabaja nadie más que la esclava que tienes por secretaria.

—Tengo la costumbre de madrugar a diario —se atrincheró. Eva puso los ojos en blanco.

—Pues a prepararle el Cola-Cao a tu peque cuando se despierte, anda, corre.

—Gonzalo está pasando el sábado en casa de un amiguito.

Eva cruzó los brazos sobre el pecho y miró en otra dirección. Bien lejos, en realidad. Allá donde no pudieran adivinarse sus temores.

—Vaya por Dios, parece que me quedo sin opciones.

—Ya veo que no dejas escapar ninguna oportunidad para humillarme.

Su tono no sonó lastimero ni mucho menos, Javier era de los que, por encima de cielo y tierra, conservan la dignidad y, sin embargo, a Eva se le encogió el estómago. ¿La verdad? Solo deseaba cerrar los ojos, olvidarse de las consecuencias y arrojarse en sus brazos. Quedarse allí acurrucada, protegida, a salvo de sí misma. Ese deseo no podría cumplirlo pero sí bajar el nivel de furia que disparaba en su contra.

—¿Humillarte? No es eso. Estoy cansada y loca por pillar la cama, en serio, no me mantengo en pie. No estoy... de humor.

—Has decidido que soy despreciable, que no merece la pena escucharme, sea lo que sea lo que tenga que decir y...

—En realidad me pregunto qué hago aquí aguantando tus estupideces, tan educada y tan mona, cuando lo que verdaderamente me apetece es patearte el trasero.

—Hazlo, no hay huevos.

—No me toques las palmas, Javi, que me conozco.

Un nuevo carraspeo cortó de cuajo el duelo de titanes instalado entre sus pupilas.

—Bueno, yo aquí ya he terminado. Tome, señorita, sus llaves nuevas. Son ciento veinticinco euros.

Sin preguntar a nadie, Javier abrió su billetera y rebuscó dentro. Eva lo taladró con dos pupilas encendidas.

—¿Qué haces?

—Pagar.

—¿Y por qué? ¿Es tuya la puerta? —Giró la cara hacia el cincuentón, que recogía sus útiles y no perdía puntada de lo que se cocía entre aquellos dos—. Aguarde un segundo.

Pero el tiempo que la pelirroja invirtió en localizar la mochila dentro de casa fue suficiente para que el hombre desapareciera. Ella salió y los tímidos rayos de sol resplandecieron sobre su pelo rojo.

—¿Se ha ido? —Javier asintió con la cabeza—. Maldita sea. Supongo que no me ha regalado el trabajo y que tú te has salido con la tuya, ¿verdad?

Él se encogió graciosamente de hombros. Los ojazos azules de Eva relampagueaban.

—Simple caballerosidad. Si fuese bueno con las ganzúas te habría abierto yo mismo, pero no se me da bien robar.

Algo se activó en el subconsciente de Eva. Observó con los ojos entornados.

—¿Otros delitos sí se te dan bien?

Javier no pareció captar la indirecta.

—Acepto que, a cambio, me invites a un café. Mira qué horas de formar follón.

—Será que tú no has perdido en la vida las llaves... Bueno, supongo que me sale más barato que empeñarme en devolverte los ciento veinticinco euros. —Se hizo a un lado y, a regañadientes, le franqueó el paso—. Adelante.

—¿Puedo preguntar, y sin medias verdades, de dónde vienes vestida de ese modo?

Eva puso los ojos en blanco.

—Te he dicho que de una fiesta de disfraces, no pensarás en serio que es mi ropa.

—En lo que a ti respecta, casi nunca sé qué pensar. —Su cabeza rozaba peligrosamente el techo. En el reducido espacio de la casa rodante, Javier parecía más inmenso aún. Miró evaluando su alrededor—. ¿Vives aquí todo el tiempo?

—Valiente pregunta, lo sabes de sobra. —Eva le dio la espalda, tomó una bata del cuarto de baño, se desprendió del escueto vestido y protegió su cuerpo en ropa interior con la prenda rosada—. Los trescientos sesenta y seis días de cada año bisiesto. Los restantes, también.

—No me lo puedo creer —exclamó Javier con la boca abierta.

—¿El qué, no te puedes creer? —espetó ella ácida. Tomó la cafetera y empezó a cargarla con movimientos mecánicos.

—¡No tienes televisor!

Al cabo de quince minutos, compartían mesa y mantel, té y café con magdalenas caseras y silencios embarazosos. Eva empezaba a convencerse de que no había sido muy buena idea invitarlo y él, a arrepentirse de haberlo sugerido. Al mirarse de nuevo, algo se les resquebrajaba por dentro y, sin palabras de por medio, todo se volvía fragilidad.

—¿No tienes nada que contarme? —dijo, por fin, Javier tras un largo rato de tensa espera.

—¿Aparte de que no soy lesbiana?

—Eso es algo que ya me quedó más o menos claro.

—¡Aleluya!

—Otras cosas. Por ejemplo, el chico con el que comiste ayer. ¿Ese es Bianchi?

El bonito rostro de Eva se crispó.

—¿Qué sabes tú de Bianchi?

—¿Que es italiano y te escribe mensajitos cariñosos?

—Espera un segundo. ¡¿Me has mirado el móvil?! —exclamó indignada, con un par de golpes sobre el tablero de la mesa. Javier se encogió displicente de hombros.

—¡Lo vi por casualidad!

Eva necesitó de un par de minutos para domar la irritación, para componer una mueca de desinterés que traducida, no significara «me muero por ti».

—¿Por casualidad, se ven los teléfonos de la gente? Qué mal mientes. Eso sí, me impresionan tus dotes controladoras.

Las pupilas de él se contrajeron, a continuación se dilataron, y su expresión pasó por diferentes estadios, desde la reprimenda a la indecisión.

—Te equivocas, no es afán de control, ni de lejos —se defendió.

—Lo es. Con todas sus letras. Apuesto a que tu ex también se quejaba de lo mismo.

La alusión a Moruena le agrió el carácter en cero coma dos segundos.

—No hagas bromas con eso, si no te importa.

—¿Te recuerda el fracaso? De acuerdo, no las haré. A los tíos chulos como tú les fastidia errar, la colección debe estar repleta de triunfos, posesiones materiales, bombones con trajes de Armani y envidias ajenas. Todo lo demás es caca y no se toca. ¿Me equivoco?

La respuesta de él fue una larga mirada verdosa que la dejó literalmente sin aliento.

—De lado a lado —sentenció con voz ronca por el deseo. Luego añadió—. Moruena tiene pensado reclamar la custodia de Gonzalo.

Eva pestañeó perpleja y sus brazos cayeron sin fuerza a sus costados. No pretendía ser cruel, en realidad solo estaba jugueteando, disfrutando del poder que le confería batear en su terreno. Ahora, de repente, se sentía rematadamente mal.

—¿Cómo lo sabes? ¿Te ha llamado?

—Mandy quiso prevenirme, de ahí su... —tosió—, accidentada visita.

—Menuda sinvergüenza —se le escapó sin poderlo evitar.

—¿Crees que tiene alguna posibilidad?

Por primera vez desde que lo conocía, Javier le transmitió vulnerabilidad y temor reales, y ella sintió la necesidad de confortarlo, abrirle los brazos y ofrecerle un lugar seguro donde refugiarse.

—Desconozco las reglas legales, pero os abandonó.

—Es la madre, tiene todos los derechos.

—Pues hay derechos que deberían perderse —afirmó rotunda.

Javier exhaló un profundo suspiro.

—Me provoca pavor que consiga alejarnos, todos estos años han sido duros para los dos, estuvimos muy perdidos, pero ahora formamos un equipo sólido, Gonzalo es por fin un niño feliz y... nos queremos.

—Claro que os queréis, no hay más que veros.

Eva alargó una mano casi sin pensar y le acarició la cuadrada mandíbula, con el corazón galopando de emoción. Javier interceptó su mano, se la llevó a la boca y le besó los nudillos. Sus ojos húmedos le robaron a Eva el alma.

—No quiero perder a mi niño. Después de tanto sufrimiento, no hay derecho... no puedo, ni siquiera soy capaz de imaginarlo —recitó con voz rota.

Eva acalló sus incontenibles ganas de acurrucarlo contra su pecho y consolarlo.

—Oye, eso no va a pasar.

Pero Javier, sumido en el dolor, no la atendía.

—Mandy me advirtió que Moruena está muy obsesionada. No le han ido bien las cosas en su carrera... la conozco, es temible, cuando se centra en algo es como un tifón.

Desgarrada y furiosa contra una mujer a la que ni siquiera conocía, Eva atrapó la cara de Javier con las dos manos y lo forzó a mirarla.

—¡Ey! ¡Escúchame! No lo conseguirá, no va a conseguirlo. Buscaremos la mejor abogada de familia, la más despiadada, y la despellejaremos sin misericordia,

¿de acuerdo? Esa mujer caprichosa no va a salirse con la suya, no vas a perder a tu Ezio —prometió con tanta pasión que Javier supo que su apoyo era valioso, sincero y tan compacto como el hormigón armado.

Quizá esa certeza lo impulsó a hablar desde lo hondo, sin filtros y sin razón. Estiró una mano y, suavemente, le acarició la mejilla.

—Eva, de verdad que te quiero.

50
¿Cómo has dicho?

Sonó como un trueno apocalíptico en mitad de una sala con eco. Se sostuvieron la mirada, respirando a retazos, abrumados por la intensidad de los sentimientos, la mesa de por medio, estorbando, separándolos. Javier se puso en pie. Ella lo imitó al instante, sin dejar de mirarle a los ojos, y derribó sin querer una de las tazas a medio vaciar. No hizo caso del manchurrón oscuro que se extendía, salvaron el obstáculo y se pegaron el uno al otro. El primer beso fue tan violento como desesperado. Javier la agarró por el cuello de la bata, la atrajo hacia sí, atacó su boca con ansia y finalmente, arrancándole la prenda, la dejó en bragas y sujetador. Después de tanto tiempo de sequía, allí nadie se molestó en disimular el hambre. Su lengua asoló aquellos labios sedosos y rosados, para luego continuar por la esbelta línea del cuello hasta los hombros y, de ahí, a las clavículas. Con los ojos entrecerrados y gimiendo de placer, Eva se dejó hacer. Él la manejaba, él tomaba decisiones, él sabía dónde tocar para enloquecerla y ella obtenía una inmensa satisfacción simplemente obedeciendo sus exigencias y dando más.

Javier apoyó ambas manos bajo sus pechos y rozó el suave encaje hasta que los pezones respondieron. Los dedos superaron la barrera de la tela y buscaron aquellos botones duros y anhelantes. Luego posó un delicado beso en la comisura de sus labios, como si el ritual diera comienzo de nuevo.

—Me mentiste, nena —le susurró junto al oído. Su cálido aliento la invadió por completo. Ni siquiera se planteó responderle.

Lo despojó de la cazadora de cuero, de la camiseta gris de manga corta y, sin dejar de devorarlo, del cinturón de los vaqueros. Lo había echado de menos cada nanosegundo de cada hora de cada día que no la había amado. Cuando aquel cuerpo viril y glorioso quedó cubierto solo con los *boxers*, Eva se dejó llevar dócil hacia la cama, se tumbó hasta sentirlo encima, separó las piernas y lo alojó en el hueco de sus caderas. Temblaba expectante como una virgen en su primera experiencia carnal. Abierta al deseo, ávida de caricias con promesas. O sin ellas, daba igual. El mañana llegaría cuando quisiera. Lo importante ahora eran las manos enormes que bailaban por su piel y despertaban sus sentidos, activando cada terminación nerviosa, después de tanto anhelarlo.

La razón de Javier se embotó: no veía más allá de aquella maga excitante y roja, de aquellos rizos desparramados por la almohada, de sus muslos suaves y acogedores, de la espalda deseable, sensual, como una pieza de delicada seda china. Aspiró el perfume de Eva, ese olor tan añorado, y tanteó su humedad ya lista, con la punta de los dedos. Ella elevó las caderas pidiendo recibirle, gruñendo bajito. Decidido a hacerla sufrir todavía un poco más, Javier introdujo dos dedos en forma de gancho hasta el fondo de su vagina y palpó y acarició el punto rugoso que la llevó a gemir a gritos.

Estalló su impaciencia. Eva había sabido esperar, permitió que él marcase el ritmo mientras ella danzaba a su son, pero ahora enlazó los brazos ansiosos alrededor de su cuello y lo atrajo con frenética necesidad. Se había hartado, quería su ración de sexo, exigía sentirlo dentro cuanto antes. A cambio, ofrecía carta blanca para arder, fundiría más que dispuesta su ser con el de Javier y gozaría hasta perder la consciencia.

—Pequeña ratita mentirosa —insistió él en murmullos mientras le mordisqueaba el lóbulo de la oreja y le lamía el cuello.

Por segunda vez no recibió respuesta. Las manos de Eva se habían colado dentro de sus calzoncillos y apresaban sus duros glúteos, empujándolo hacia abajo, hacia ella, pidiendo exigente una penetración para la que estaba más que dispuesta.

Él no reclamó tampoco, claro está. Al carajo sus dudas. Cuando se folla, no se conversa.

Hora y media más tarde, saciados después de hacerse el amor en casi todas las posturas conocidas y saborearse mutuamente como dos náufragos sedientos, Eva y Javier disfrutaban del frescor de las sábanas revueltas y del dulce sosiego del agotamiento. La pelirroja posó la cabeza sobre su pecho y cerró los ojos con un suspiro, exhausta y feliz. Era difícil no aspirar a más después de experiencias como aquella. Si bien es cierto que su mente repetía una y otra vez aquello de «una relación libre, adulta y fundamentalmente erótica, sin mayores expectativas», el ardor y el anhelo de algo más profundo abría heridas en su, hasta entonces, acorazado corazón. Javier había compartido con ella la amenaza de perder la custodia de Gonzalo y, desde esa perspectiva, la relación tomaba otra dimensión más consistente.

Entre ellos, el oleaje iba y venía, impredecible. A veces cada pieza del complicado puzle parecía encajar en su sitio: sexo, diversión, y la más discreta negación estando en público. Luego la brisa cambiaba de rumbo y aparecía el odio. Él la mortificaba exhibiéndose con otras y ella trataba de pagarle con la misma moneda gracias a viejos amores. Visto desde fuera, era un tira y afloja enfermizo. Porque, en cuanto Javier se aproximaba, el mero roce de su aliento sobre la piel le hacía perder la cabeza y aquellos rasgos de su comportamiento que detestaba dejaban de molestar y, de repente, hasta le resultaban sexis.

No podía olvidar, sin embargo, que mil motivos los separaban. Las sospechas, el desdén, las ausencias y el espionaje. Cabía la posibilidad de que nada de aquello fuese lo que a simple vista parecía...

—Tengo algo que contarte. No sé cómo empezar, es delicado... —La pelirroja se aclaró la garganta, pero no hizo amago de cambiar de postura.

Javier tomó una bocanada de aire y esperó. Había llegado el momento, ella iba a sincerarse, a confesarle abiertamente quién era y explicarle qué diablos perseguía en Fireland. Lo que sentía por él, seguramente le hacía mala sangre, la ahogaba el remordimiento. Eso era bueno. Significaba que lo que quiera que fuese que despertaba en la pelirroja era lo bastante potente como para animarla a quitarse la careta. Y él necesitaba con urgencia que eso pasara. Era ya incapaz de dibujar un futuro del que ella no formara parte. Esperó conteniendo la respiración.

—¿Te fías de tu socio?

La voz de Eva lo hizo descender al suelo. Desde luego, no era aquello lo que esperaba oír.

—¿Cómo?

—Tu socio —repitió paciente y algo turbada—, Antonio Baladí. ¿Confías en él?

—Sé de sobras quién es mi socio. Bueno, sí... —titubeó. Luego su tono se volvió cauteloso—. Sí, claro que sí, ¿por qué no iba a fiarme?

—¿Has detectado últimamente algún comportamiento anormal..., algo que te indique que pudiera estar tramando o maquinando a tus espaldas?

Javier le clavó unas pupilas intensamente brillantes. «Sí, pero no en Baladí, precisamente», gruñó para sus adentros.

—No. ¿Por qué me lo preguntas?

—Creo que te oculta algo.

—Define *algo* —exigió con dureza. Quizá más de la pretendida. Eva se retorció inquieta entre sus brazos hasta escapar de ellos. Javier no lo impidió. Se mantuvo rígido y petrificado.

El precioso cuerpo desnudo de la pelirroja desapareció bajo una bata ligera. Era obvio que Eva no se sentía nada cómoda con aquella conversación.

—Mantiene correspondencia con gente extranjera, son negocios, pero se cuida mucho de mantenerte al margen, de que no te enteres. ¿Qué puede ser?

—¿Cómo has sabido eso? —la interrogó casi enfadado. Eva lo miró, enarcó las cejas y ladeó el cuello fingiendo inocencia.

—¿Hace falta que te lo diga?

—Yo diría que sí, un detalle de suma importancia antes de dar credibilidad a una acusación tan descabellada acerca de una persona que no solo es mi socio, sino también mi amigo.

Eva se dispuso a mentir.

—Escuché por casualidad ciertas charlas privadas en las que seguramente no debí inmiscuirme...

—¿Por casualidad? —De un brusco tirón apartó la sábana y quedó sentado en la cama con las largas piernas fuera, dándole la espalda. Mierda. Toda la maravillosa magia de hacía un cuarto de hora se había esfumado. Ella no solo se resistía a admitir su delito, sino que se daba el lujo de echar mierda sobre su compañero, puede que como cortina de humo o por simple maldad—. Nena, cuando tú rondas cerca, la palabra *casualidad* no tiene cabida. Tú no eres de las que se quedan sentadas a esperar, tú provocas los acontecimientos y los demás tenemos que conformarnos con verlos venir como un alud monstruoso que, o te apartas, o te traga.

Eva lo estudió indignada. ¿A qué venía esa reacción estúpida y casi infantil de *no me toques a mi amiguito*?

—Te estás pasando, Javi. Me enteré, ¿vale? Casualidad, sí, del tipo de la que te lleva a ti a leer mis mensajes en el móvil. —Marcó la pausa a sabiendas—. El cómo no tiene demasiada importancia. Solo te estoy poniendo sobre aviso para que abras los ojos. Pensé que me lo agradecerías, no te estoy aconsejando que pongas ninguna denuncia ni que rompas la sociedad, solo que observes. ¡Con la cabeza, en lugar de con el corazón!

Acababa de pronunciar la frase que la condenaba.

—Eso justo debería hacer, dejar el corazón en la mesita de noche y razonar con la puta cabeza. —Se puso en pie cuan alto era, espléndido en su atlética desnudez, y se marchó a encerrarse en el pequeño cuarto de baño, una estrecha cajita de zapatos agobiante para alguien con sus medidas.

Eva permaneció unos minutos mirando atónita la puerta, con las manos apoyadas en las caderas. Maldito cabezota testarudo y cegato.

—¡Vale, no me creas si no te da la gana! —chilló con la suficiente potencia como para que la oyera—. Antonio Baladí hace negocios a tus espaldas y, en lo que quiera que esté comprando o vendiendo, implica a Fireland. ¿Piensas que me lo invento? Allá tú. ¿No quieres ni siquiera comprobarlo? Que te den, señor infalible. A veces las apariencias engañan.

El ímpetu con el que Javier abrió y se plantó de dos zancadas frente a ella la sobresaltó. Llevaba escrita en los ojos una sentencia de muerte. Eva retrocedió un paso, pero el dedo enhiesto de Javier alcanzó el centro de su cara pecosa.

—Vuelves a tener razón. Las apariencias engañan, y mucho.

—¿Por qué te cabreas tantísimo? Sé que es tu amigo, seguramente pondrías la mano en el fuego por él y no te gusta oír esto, pero es la pura verdad.

—Me cabreo porque no tienes fuerza moral para acusar a nadie. Porque te dedicaste a cotillear correos ajenos, seguramente revisaste todas las comunicaciones de Fireland y porque, si alguien ata hilos sucios por debajo de las mesas, esa eres tú, señorita pecas. Así que dime si hay algo más que yo deba saber.

—Menudo gilipollas estás hecho.

Eva se atragantó con su furia y con el desconcierto que le produjo verse descubierta. Era evidente que Javier no manejaba todos los datos, o en aquel estado de excitación se los habría gritado a la cara, pero sospechaba de ella y quizá la historieta del espionaje por celos había dejado de funcionar. Sin embargo, ella se había entregado sin reservas, se preocupaba por él, y Javier le agradecía el gesto y la maratón amatoria con un puñado de insultos y un desagradable lote de desconfianza.

Sin esperarlo, las manos nervudas de Javier apretaron sus hombros y el ligero zarandeo la hizo reaccionar. Su mirada había cambiado, ahora era dulce y casi desvalida. Brillaban sus ojos y el tono de la voz era un susurro contenido.

—Dime algo, Eva, dime que puedo fiarme de ti, dime que no me estás mintiendo.

La pelirroja no supo bien cómo interpretar aquel ruego desesperado.

—Creo recordar que era de Antonio Baladí de quien hablábamos —farfulló sin querer mirarlo directamente. No caería en sus trampas, las conocía demasiado bien y sus ojos verdes eran imanes castigadores.

—Pero eres tú quien me importa —rebatió Javier con el alma abierta. Si se lo contaba ahora, en aquel preciso instante, estaba dispuesto a perdonarla.

La pena y el arrepentimiento la ahogaron. No fue capaz de articular una sola palabra. Las disculpas murieron en el borde de sus labios y solo pudo enlazarle el cuello y ofrecerle su boca con los ojos semicerrados, rezando porque bastase. Él la aceptó como un guerrero vencido y desesperado que se aferra al arma de su enemigo para, al menos, morir con dignidad. Cayeron sobre la cama envueltos el uno en la otra, fundidos, enlazados, devorándose con la misma pasión de un rato antes y mucha más rabia. Se consagraron a una danza casi violenta que no dejaba sitio a la ternura, se batieron en un duelo de mordiscos, se pellizcaron hasta gemir de dolor, las caricias se tornaron intentos de dominación y ella luchó hasta asfixiarse por cabalgar encima, aunque Javier, con un simple giro de muñeca, la sacó de su error y la inmovilizó bajo su peso.

Ahora sí la tenía a su merced. Indefensa y vulnerable, justo como deseaba desde que la conoció. Detestaba la sensación de ir a rebufo de las decisiones de Eva, reina de la independencia, e ignorar el misterio que rodeaba sus actividades en Fireland.

Aún así era lo que más quería en este mundo después de su hijo.

—Así me gustas, Brujilda, descarada y sensual —la provocó pegado a su cuello. Ella jadeó de impaciencia, todavía con arrestos para replicar.

—Engreído, cobarde.

—Sexi, femenina, orgullosa pero divertida —prosiguió encantado de comprobar el arqueo desesperado de sus caderas. Se preparó para consumar su pequeña venganza.

—Desdeñoso, sabelotodo, tirano... —Javier la penetró de un único movimiento. Ella soltó el aire que guardaba en los pulmones—, cuerpazo, *pollaneitor*...

—¿*Pollaneitor*? —No dejó de mecerse adentro y afuera. Rítmico, insistente, profundo.

—Por el tamaño de tu tranca. —gimió Eva entrecortada, mirándolo con ojos vidriosos—. Bésame y fóllame ahora, o calla para siempre.

—A pesar de tus horribles manías eres la chica más fascinante que he conocido —aseguró apenas un segundo antes de dejarse ir en un orgasmo irrepetible y conjunto.

Fiel a su naturaleza excéntrica, tras el eufórico clímax, Eva se tomó unos minutos de reposo y enseguida saltó de la cama y se embutió en su bata corta. Javier pensó que prepararía algo para picar y que comerían tumbados en la cama, antes de volver a iniciar el juego del placer que tan bien se les daba.

Pero no llevaban esa dirección, los tiros.

—¿Vas a comprobar lo de tu socio? —inquirió ella. Javier se mostró contrariado por la pregunta.

—Deja lo de Antonio en mis manos, ya me encargaré. —Su tono lo cantaba a las claras. «No me creo ni una palabra». Eva apretó los puños.

—¿Vas a dejarlo pasar?

—Eva, olvida ese tema, olvídalo ya.

—Pues entonces, si eres tan amable, puedes marcharte —espetó rotunda.

Javier abrió la boca y enseguida volvió a cerrarla, perplejo. Pero se incorporó lejos de la almohada.

—Estás bromeando, claro.

—¿Tengo cara de estar de guasa?

—Eva, ¿qué demonios pasa? ¿Te has vuelto loca de repente?

—¿Loca? No. Diría que hemos tenido una jornada de lo más completa, hemos discutido, nos hemos consolado, de nuevo por poco nos matamos vivos, para terminar fornicando como leones. Es hora de recogerse. —Se acodó en la encimera de la cocina, dándole la espalda a propósito, concentrada en mirar por la ventana el crepúsculo intensamente naranja que se acercaba. Supo que lo tenía pegado detrás, adivinó que iba a tocarla y, antes de derretirse bajo sus mortíferas caricias, lo esquivó y se coló por debajo de su brazo—. ¡No me toques! ¡Coge tu ropa y márchate!

Javier tomó aire con fuerza y se mesó el cabello preguntándose qué coño había cambiado y cuándo lo había pasado por alto.

—Hace diez minutos gritabas de gusto debajo de mí, ¿se puede saber qué ha pasado? —gruñó exasperado.

—Puede que hace diez minutos me dejase llevar por la lujuria sin reflexionar lo estúpida que puedo llegar a ser.

Javier pareció crecer de repente un metro más. Se estiró hacia el techo y abarcó todo el espacio disponible. Eva se mantuvo insolente y retadora.

—Si mal no recuerdo, van tres o cuatro veces que me echas de tu casa, no pienso permitir que vuelvas a hacerlo.

Eva rio sarcástica y aquella risa hirió el amor propio de Javier en lo más hondo.

—Vaya, qué lástima, justo iba a decirte que podría no ser la última.

—Oh, por descontado que lo será, señorita *Cambios de Humor*, no habrá más oportunidades de humillación, porque no pienso volver. —Metió deprisa y corriendo ambas piernas en el pantalón y se calzó la camiseta sin siquiera mirarla. Agarró la cazadora de cuero como si se tratase de un caimán con las fauces abiertas. Todo él destilaba una furia incontenible—. No vas a pisotearme ni a jugar conmigo para después reírte, maldita bruja perversa.

Salió del remolque como una tromba y, conteniendo las lágrimas, la pelirroja se dejó caer abatida sobre la cama aún caliente. El lejano sonido del motor del coche de Javier le traspasó los oídos de un modo tan doloroso que creyó morir.

—Estúpido cabezota. Te equivocas de malo, no soy yo la que juega sucio.

51

Sensaciones inexplicables

Se acabó. Había terminado de una vez por todas. A la mierda sus planes de futuro, su necesidad de perdonar, su amor demente. Al carajo ella. Atrapado en su propia cólera, Javier hizo girar la llave en el contacto y el potente automóvil arrancó con un zumbido. Por los ojos echaba chispas y tenía hecho trizas el corazón. Con un bufido metió primera. Toni y Braxton lo despedían desde dentro de la verja. ¡Joder! Si hasta empezaban a caerle bien aquellos peludos.

Recorrió unos metros en dirección a su casa, luchando contra su instinto de hombre, que le incitaba a volver. Soltó una maldición y dio un volantazo en la zona más estrecha de la carretera de montaña. Ni se cuidó de que nadie bajara en dirección contraria, fue un impulso irracional y absurdo, casi suicida, el que le hizo maniobrar con violencia, desandar lo andado y sobrepasar la curva tras la cual se agazapaba la parcela de Eva.

Dejó el coche aparcado en la puerta, saltó por encima de la tapia y cruzó la explanada de hierba verde como una exhalación, rechinando los dientes. No iba a dejar así las cosas. Quisiera o no, la pelirroja iba a explicarle quién demonios era el italiano con el que intercambiaba mensajes, qué coño buscaba en su empresa y si sentía por él lo mismo que él por ella. Así, a lo bestia, en atracón, en un lote. Los pastores alemanes, que ya lo trataban como a un viejo conocido, bailotearon alrededor, movieron los rabos y no ladraron. Javier tampoco se entretuvo en llamar a la puerta. Abrió con un golpe de efecto que hubiese dejado boquiabierta a Eva... de haber estado allí.

La descarada cantaba bajo la ducha.

Y el gigantón la sacó de allí a tirones.

Primero descorrió la mampara acristalada y disfrutó con su sobresalto. Luego, con una mano agarró una toalla del tamaño de una sábana y con la otra, la cintura de Eva. La elevó por los aires y la sacó en volandas hasta la alfombrilla. En un abrir y cerrar de ojos, pese a sus protestas y a que se retorcía como una anguila, la tenía envuelta como un flamenquín romano.

—¿Estás chalado o qué?

Se la cargó al hombro y la llevó hasta el salón. La dejó caer sin cuidado en el sofá y la observó, triunfal, desde arriba.

—No vas a privarme del placer de oírte suplicar.

—Antes muerta.

—Puedo esperar, soy experto en estrategias de mercado y derrocho paciencia.

—Oh, sí, ya veo —se mofó Eva sin chispa de humor—. ¡Cuánta paciencia! Yo diría más bien experto en aventuras de una noche.

—Y tú experta en reventarle los huevos a cualquiera con las suficientes ganas de suicidarse como para enamorarse de ti, bonita...

¿Enamorarse?

Una sola palabra que consiguió congelarlo todo. Pero todo, todo. Hasta el odio.

¡¡Plaf!! ¡¡Crashhh!! Y en simultáneo, un alarido agudo y muy molesto. En el exterior de la *roulotte*. Los dos interrumpieron su recién iniciado combate para correr y mirar por la ventana.

—¿Qué ha sido eso? ¿Desde cuándo los perros aúllan con voz de mujer? —gruñó Javier cabreado por la interrupción. Vio que Eva se desprendía de la toalla y, por un microsegundo, el que tardó en calzarse un vestido ligero, pudo contemplar sus deseables redondeces y notar la insufrible presión de la entrepierna.

—No son los perros —aclaró ella malhumorada—, es mi madre.

Se encontraron a Bella Kerr despatarrada al pie de la ventana principal, con una precaria escalinata construida con cajas, una sobre otra, desmoronada a su costado. Volaron a auxiliarla. La mujer no paraba de quejarse.

—¡Mamá! ¿Qué hacías aquí afuera? —De repente lo comprendió todo—. ¿Estabas espiándonos?

Bella desvió la mirada en la dirección más lejana y se contentó con lloriquear.

—Llama a una ambulancia, creo que me he roto algo. ¡Vamos, hija, no te entretengas!

—Mamá, no ha sido ni medio metro de altura, no inventes. Te he preguntado si estabas...

—Yo la trasladaré, señora, tengo aquí el coche —las cortó Javier. Eva le dedicó una mirada asesina.

—Gracias, muchas gracias. Ya te habrás dado cuenta del interés que pone mi hija en estos huesos míos, rotos con toda probabilidad.

Eva se llevó escandalizada las manos a la cabeza. Javier se arrodillaba y recogía a Bella del suelo en brazos, como si fuese una pluma.

—Mamá, por favor, mira que te gusta el drama, ¡no te has roto absolutamente nada!

—Eso tendrán que decirlo los médicos —repuso ofendida—. ¿Verdad que sí, señor De Ávila?

La pelirroja advirtió el pícaro pestañeo de su madre, que en brazos de Javier le hacía sombra a la mismísima Escarlata O'Hara.

—¿Estás... coqueteando? Oh, oh, oh. ¡Suéltala ahora mismo! Es mi responsabilidad, yo la llevaré en mi coche, yo...

—Tú podrías vestirte —se mofó Javier camino de la salida—. Nos vemos en urgencias del Hospital Comarcal.

Cuando Eva llegó, sofocada y maldiciendo, Javier ocupaba una plaza en los asientos de espera y a Bella la atendían los médicos en un *box* interior. Se identificó como familiar directo y aguardó noticias. Observó a Javier de reojo. Qué vergüenza, solo a su madre podía ocurrírsele fisgonear por la ventana encaramada a unas cajas de hortalizas. Contuvo la risa, ya sabía de quién había heredado su tendencia a fantasear, a meterse en líos y a inventar retos imposibles. Que el sofisticado aspecto de Bella no engañase, debajo del maquillaje y los trapos caros, se escondía una auténtica aventurera.

—Puede pasar a verla. —La amable enfermera la sacó de su ensimismamiento.

Eva atravesó la puerta con paso firme, sin pararse delante de Javier. Cuando salió, a los cinco minutos, tomó asiento a su lado, callada como una muerta.

—¿Qué tal está? —preguntó él desde su derecha. Eva releyó el informe que acababan de entregarle.

—Ella dice que se muere; el doctor, que tiene un tobillo dislocado —anunció sin mirarlo—. Por mucho cuento que le eche, no conseguirá librarse de la bronca. —Solo entonces lo enfrentó, altiva—. No es que no te agradezca la ayuda, pero ¿no tienes nada interesante que hacer a estas horas? Que yo sepa, eres un hombre importante y ocupado.

—Preferiría quedarme.

—La cotilla estará bien conmigo —insistió rotunda.

—Puedes necesitar cualquier cosa.

—Tengo móvil y tengo coche. Y tú, un crío seguramente esperando ansioso a que lo recojas. Vamos, la familia Kerr ya te ha entretenido bastante con su espectáculo.

Bastó nombrar a Gonzalo para decidirlo. Apoyó las manos en las rodillas y con un suspiro se puso en pie. Una soga invisible y deliciosa lo ataba al hada roja y se empeñaba en no dejarlo ir.

—¿Me llamarás si sucede algo?

—Faltaría. Te llamaré si sobreviene el fallecimiento —resolvió con un bufido. Sacó el móvil y empezó a trastear las teclas. Javier entendió que su crédito de tiempo acababa de agotarse.

El mensaje que Eva redactó nada más quedarse a solas iba dirigido a Bianchi. Tenía ganas de llorar, vaciarse, agotada de mantener la fachada de dura. A ratos la superaban los acontecimientos y necesitaba con premura una presencia masculina que se hiciera cargo de todo y que no fuese Javier de Ávila. Ante él, ya se había resquebrajado hasta los tuétanos. Esta vez, el italiano se plantó en el hospital en menos de quince minutos. Al verlo, Eva corrió a sus brazos. Tal y como habría hecho con su padre de estar vivo y en buen estado su relación.

—¿Es grave? —Su tono alarmado y su palidez hicieron que Eva se sintiera culpable de no haber facilitado por teléfono la suficiente información.

—Solo una contusión sin importancia, pero me alegro muchísimo de que estés aquí. No entiendo el modo en que os evitáis, ni el motivo. Sabe que venías y ha preguntado por ti. De forma insistente —especificó.

Federico se humedeció los labios resecos. Sin comprender del todo su malestar, Eva no quiso insistir y cambió de tema. Lo último que quería era ahuyentarlo.

—Antes de que entres a verla tengo que... —vaciló—. Esto es importante, Bianchi, quiero dejarlo. Ya sabes, lo de Fireland.

El agente del CNI pareció recuperar el control de sus reacciones y la observó con curiosidad.

—¿Qué ha pasado?

—Nada, estoy incómoda, ya te lo dije una vez, este doble juego en el que me has enrolado no me convence.

—Y yo te aclaré, creo recordar, que no eres 007. Eva, tu cometido es muy simple —siseó con discreción—, acudir a Fireland cada día, hacer tu trabajo normalmente y mantener los ojos y las orejas abiertos. Si ves u oyes algo chocante, me pones al corriente. Anotar las visitas, sacar listados de clientes o de personal cuando yo te los pida... Eso es todo, jamás se te ha exigido que pongas en peligro tu vida ni que traiciones a nadie.

—Igualmente no me gusta —repitió ella obstinada, con la vista clavada en las losetas blanquinegras del suelo.

—Si yo no supiese de la vida me preguntaría bajo qué tipo de presión una chica de mundo tiembla y se comporta como un conejito asustado. Pero he vivido suficiente para conocer la respuesta: cuando cae bajo el influjo del amor. —Bianchi le tomó la barbilla y la obligó a girar para mirarlo—. Te has enamorado de él, ¿no? Te has enamorado de él —confirmó al notar su desazón—. ¡Joder, Eva! ¡Mira que te lo advertí!

Ella buscó desesperadamente una salida airosa, un comentario que la exculpara. Con Bianchi no servía el pretexto del seductor carisma e imparable atractivo de Javier, no era una mujer, no lo habría entendido. Pero mira, sí. Federico apoyó los codos en las rodillas e inclinó la cabeza hasta unirla con la de Eva para poder charlar en murmullos.

—Es un tipo al que es complicado resistirse, me consta. El que De Ávila sea un clon de Hugh Jackman en sus mejores tiempos era el principal escollo, pero confié en que precisamente tú, tan salvaje e independiente, tan...

—¿Cómo está mamá?

La pregunta los pilló desprevenidos a ambos. Alzaron la vista para toparse con un rostro desencajado y un resto impecable dentro de un traje gris claro sin corbata.

—¿Ángel?

El gemelo no respondió. Se había quedado colgado del rostro de Bianchi. Un rostro que le resultaba levemente familiar y no lograba encajar en su terrible memoria de pez.

—¿Federico?

El italiano se puso inmediatamente en pie y le ofreció cortés una mano extendida. El joven la miró un segundo con reparo y acto seguido lo estrechó en un cálido abrazo que sorprendió a su hermana. Ángel no solía ser tan efusivo.

—Es Miguel —aclaró con una sonrisa.

—Claro que soy Miguel. —Volvió su atención al agente—. Eva sigue siendo la única que no nos confunde. Quién se lo habría imaginado, el viejo Bianchi de nuevo en la familia. ¡Cómo me alegro de verte! ¿Cuándo... cuándo has llegado?

—Hace poco —aclaró Federico antes de que Eva se le adelantase. La chica captó sin problemas la estrategia y no rebatió su mentira.

—¿Has visto ya a mi madre?

—La verdad es que no, Eva y yo llevábamos siglos sin charlar, nos hemos entretenido mientras los médicos desenvolvían su catálogo de tests y pruebas clínicas. Pero por lo visto no es grave.

—¿Cómo te has enterado? —indagó Eva. Su hermano sonrió y le dio un tierno beso en la mejilla.

—Nos ha llamado ella misma, requiriendo nuestra presencia entre «terribles padecimientos». Ángel llegará de un momento a otro, lo he dejado aparcando. —Señaló el pasillo a la izquierda donde se abrían los *boxes* de urgencias—. ¿Puedo verla?

—Creo que están vendándole el tobillo —explicó la pelirroja—, no dejes que te impresione con sus historias, está más sana que una lechuga de huerta ecológica.

Miguel se despidió de Bianchi con un apretón en el brazo y un «ahora nos vemos» y desapareció entre una marea de uniformes blancos. La actividad en el servicio de emergencias del Hospital Comarcal era vertiginosa, un ordenado bullicio que parecía un hormiguero.

—¡Te has enamorado de Javier de Ávila! —repitió Federico a media voz en cuanto recuperaron la intimidad. Eva puso los ojos en blanco y los clavó en el techo solicitando inspiración divina.

—Las cosas no se buscan —dijo por fin—, pasan. Y yo no he podido evitarlo. Quizá no sea la chica fría y controlada que tú te figurabas.

Bianchi meneó contrariado la cabeza.

—Si decides dejarlo, no te pondré pegas, pero tendrás que abandonar Fireland.

Eva notó una punzada aguda en el estómago.

—¿Y eso por qué?

—Primero, porque no voy a permitir que sigas rodeada de g
pueda descubrir lo que has venido haciendo y tome represalias. —C
to de replicar—. No te pondré en peligro bajo ningún concepto.

—Si supieras lo normal que es allí todo el mundo —se burló.

—Los que aparentan ser normales son los realmente peligrosos. Eva, es
es ningún juego, detrás de este peón se mueve una organización criminal perfe
tamente instaurada a nivel internacional que no se anda con remilgos cuando
decide eliminar a alguien.

A la joven se le erizó el vello de la nuca y tragó saliva, impresionada por el
tono grave de Bianchi y su ceño fruncido. ¿Debía contarle que habían saqueado
su caravana? Eva se mordió la lengua. De hacerlo, también tendría que confesar
que, por su cuenta y por motivos que nada tenían que ver con la investigación, se
había agenciado una copia de los correos de Javier, que era precisamente lo que
le habían robado.

—En segundo lugar —prosiguió el agente—, no permitiré que le cuentes nada
a De Ávila, que le abras el alma y el baúl de nuestros secretos en un arrebato
poscoital.

—No seas bruto —lo reprendió ruborizada.

—Él es uno de los principales sospechosos —recordó. Y Eva notó un ácido
malestar correrle por las venas, directo al corazón—. Aunque, claro, eso tú ya lo
has olvidado. —Se peinó el abundante cabello canoso con los dedos—. No puedo
creerlo.

Eva se retorció las manos. Lo había decepcionado. Había traicionado su
confianza desde el momento mismo en que Javier la había llevado a la cama.
No, antes, mucho antes. Desde el minuto cero en que la fulminó con sus ojos
verdes y su sonrisa ladeada de diablo todopoderoso. Rendida antes de luchar
siquiera.

Lamentaba haber sido tan débil.

—De hecho, no bastará con eso. Si resulta ser nuestro hombre y sospecha de
ti, probablemente te buscará, o sea que tendrás que salir de España.

Aquella especie de orden la sacó del sopor con el que se había fundido.

—¿¡Qué!? ¿A qué narices te refieres? —Elevó ligeramente el tono de voz y
Bianchi le indicó cautela—. Me aseguraste que esto no alteraría mi vida, ¿y ahora
me pides que abandone mi trabajo, mi gente y mi país? Tú has debido de perder
el juicio.

—No se trata de nada permanente, es solo mientras se liquida la misión.

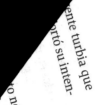

io. En Bianchi, el gesto precavido y una ligera arruga

le su preocupación por ella. Los labios de Eva apre-

iedad profunda.

a la que ha alterado su vida perdiendo la cabeza

sospechosos, gatita.

voy a irme ni de coña —se atrincheró. Para ma-

zos sobre el pecho.

...ces seguirás dentro en idénticas condiciones. Sin perder la cabeza, ¿entendido? —La miró directamente—. Será por poco tiempo, espero. ¿Crees que podrás?

52
Recuperando viejas amistades

No había sabido qué responder. Por fortuna, Ángel apareció por la puerta con su andar seguro de galán de Hollywood, provocando una pequeña revolución entre las enfermeras y, tras creer que se topaba con una aparición, había entablado charla con Federico. Luego Miguel regresó y le pidió a Bianchi que entrara. Ahí, el color huyó del rostro del agente y, cuando sus ojos angustiados la buscaron a ella, Eva comprendió de golpe su secreto: aquel hombre estaba perdidamente enamorado de su madre. ¿Desde cuándo? ¿Lo sospechaba su padre? Ahora no podía preguntárselo. No con los gemelos delante.

¿Y desde cuándo era ella tan intuitiva con las cosas del amor?

—Prefiero no incordiar y que Bella disfrute de sus hijos con total tranquilidad —apuntó Federico alargando su parsimonia—. Me quedo aquí fuera con Eva un ratito más.

—De acuerdo entonces —accedió Ángel sonriendo—, paso a ver a la fiera.

Miguel lo acompañó.

—Cómo han crecido los chicos... Soy incapaz de diferenciarlos.

—Oye, Bianchi...

El italiano le adivinó el pensamiento y se tensó, alerta y a la defensiva. Conocía a la pelirroja y sus temibles sesiones de interrogatorio policial. No iba a confesar sus sentimientos por Bella en una inhóspita sala de espera después de atesorarlos durante años como lo más sagrado. Ni hablar. Levantó una mano autoritaria y le mandó callar.

—¿No te has planteado que Javier de Ávila esté utilizando la cama como medio para acercarse a ti? Para averiguar cosas, ganarse tu confianza... Santa Madonna, Eva, sé un poco menos apasionada. ¿Acaso tú no lo hiciste? ¿Acaso tú no abusaste de la confianza nacida entre los dos para registrarle el equi-paje?

—Sí, lo hice —concedió enfurruñada como una gata salvaje—. Y luego me sentí... ¡indecente y sucia!

Federico suspiró y la miró con cariño. Posó la mano sobre su antebrazo, afec-tuoso. Su sonrisa serena hablaba de cierta comprensión.

—Gatita, no estoy diciendo que De Ávila no se sienta mal por ello ni tampoco niego que pueda sentir algo por ti, lo que resalto es que ninguna de las dos cosas es incompatible con la criminalidad. Y no es del todo improbable que sea un tipo fuera de la ley. Los delincuentes también se enamoran.

Fue como clavarle una lanza afilada en mitad del corazón. Bianchi estaría cumpliendo con su obligación, pero ¿qué falta hacía ser tan insistente con lo de «Javier encabeza la lista negra»? También Antonio Baladí era socio propietario, también él podía ser responsable, estar conectado... De hecho, era él y no Javier quien se comportaba de un modo poco transparente. Y sin embargo, Bianchi apenas lo mencionaba. ¿Por qué? ¿Porque sus sentimientos la ligaban solo a Ja-vier? ¿El italiano insistía únicamente para mortificarla?

Él opinaba de otro modo. Federico lo llamaba «advertencias».

—Ahora creo que es buen momento para saludar a tu madre —comentó ale-gremente nada más constatar que uno de los gemelos salía del *box* y se acercaba.

—¿Te escabulles, gallina? —indagó Eva entornando los párpados

—No sé de qué hablas. —Bianchi encaró al guapo joven con un dedo extendi-do—. ¿Miguel o Ángel?

—Ángel, desde luego. El blando de mi hermano sigue ahí dentro, dorándole la píldora a la *mamma*.

—Hermano, ¿te queda tiempo para un café? —intervino Eva—. Mientras Mi-guel y Federico se quedan con mamá. Estoy un poco mareada.

—Seguro que ni has comido —gruñó su hermano rodeándole los hombros con el brazo—. Vamos, deja que te mime.

—Si no fuera por ti —convino con un sarcasmo que Ángel no captó.

Se separaron en direcciones opuestas. En la enorme cafetería del hospital, olía a pan tostado y a capuchinos recién hechos. El estómago de Eva pegó un vuelco, hambriento. Ángel apuntó a una mesita junto a los ventanales que daban a la calle y se acercó a la barra a pedir dos cafés y un sándwich para su pelirroja favorita. Podían acabar siempre peleando, pero era su hermana pequeña y, pese a no saber demostrarlo, la quería muchísimo.

—Podías haberla llevado a una clínica privada —repuso refiriéndose a Bella—, el hospital es un caos.

Eva entrecerró los párpados. Empezaba a sentirse cansada. Muy cansada.

—No lo pensé, ¿vale? Se supone que era una emergencia. Tenías que haber visto sus prisas.

—¿Qué tal todo? ¿Te trata bien ese cabroncete de De Ávila? —Le puso el plato con el sándwich por delante. Eva se concentró en el aroma del queso fundido. ¿Le preguntaba por el Javier-jefe o por el Javier-pareja? No quería meter la pata. Así que tiró por la calle de en medio.

—Sí, claro que sí. Es muy exigente, tiene un carácter francamente difícil y a veces lo asesinaría con una cuerda, pero en general nos llevamos... bien.

Ángel se la quedó mirando con una expresión indescifrable que la puso de los nervios.

—¿Y tú? —preguntó ella para calmar la tensión—. ¿Sigues viendo a mi amiga Ana Belén?

Ángel volvió a ser el chulo de siempre cuando se repantingó en el respaldo de su silla y chasqueó la lengua con desgana.

—¿Otra vez con eso? Parece que te preocupa más el bienestar de tu amiga que el de tus hermanos.

—¿Por qué hablas en plural?

Ángel pestañeo desconcertado. Pero se repuso enseguida.

—¿Está claro, no? Porque siempre nos criticas a dúo, nos juzgas a dúo, nos cuestionas a dúo...

—Repliega tus zarpas, esta vez no cuestiono nada —lo tranquilizó con una deslumbrante sonrisa—. Ana me ha contado que os veis a menudo. Significa que va bien la cosa, ¿no? Que estáis a gusto juntos y todo eso.

—Me troncho con ella —admitió Ángel—. Pero ya sabes que no quiero novias, ni compromisos, ni sogas al cuello. Paso. —Consultó su caro reloj de pulsera y palmoteó con aires flamencos la madera de la mesa—. Tengo que irme, me esperan las obligaciones.

—Y una secretaria rubia con una falda como un cinturón ancho. —Eva le guiñó un ojo pícaro a su hermano—. En fin, subo a hacerme cargo de mamá. Disfruta, sé buen chico y, tómalo como un ruego personal, cuando te acuestes con mi mejor amiga, no olvides el gorrito.

Ángel estaba a punto de besar la suave mejilla de su hermana y se quedó suspendido un instante, como si reflexionara.

—Frena, pequeñaja, nunca en la vida, al menos hasta la fecha, he llegado tan lejos con Ana Belén.

Eva vio, literalmente, el relámpago de su irritación. El caso es que sonaba sincero.

—¡Venga ya, mentiroso! Lleváis semanas liados, no te atreves a negar...

—¿Liados? ¡Lo niego rotundamente! Coincidimos, charlamos, hasta creo que nos hemos emborrachado al alimón, pero ¿compartir cama? Cada vez que Ana se ha insinuado o yo he considerado la opción como posible, lo único que veía era tu cara enfadada increpándome a gritos. Deja, deja, muy chalado tendría yo que estar para meterme en ese jardín. Ni que faltasen panecillos que sacar del horno... —Posó los labios en la segunda mejilla y se dispuso a marchar.

—Ella me ha contado... —El desconcierto de Eva hizo gracia a su hermano.

—Mala cosa si empieza a confundir sueños con realidad —se mofó embutiéndose la gabardina—. Llévala al médico y que le miren lo suyo, puede ser grave —cuchicheó en un tono de burla que puso a Eva de los nervios.

Era evidente que, o Ángel le echaba mucha cara, o Ana Belén, alias Zumba, iba a tener que descifrarle alguna que otra cosilla.

Cuando llegó a urgencias, Miguel y el italiano ya se habían marchado y Bella la esperaba para regresar a casa, tal y como habían acordado. Un aparatoso vendaje y un tobillo en alto, eso era todo.

—Ya nos vamos, mamá —saludó Eva desde el fondo del corredor—. Disculpa la espera.

—No pasa nada, cielo, el doctor Larios y las enfermeras me han tenido muy entretenida.

—Su madre es una mujer encantadora —alabó el médico con una risilla coqueta.

—Sí, y sobre todo, muda. —Eva se hizo cargo de la silla de ruedas y de la accidentada— ¿Alguna indicación aparte de los calmantes?

—Bueno, que mantenga el pie inmóvil, que no lo apoye. Isabella, nada de tangos, ya sabe. Y venga a revisión en ocho días.

Se despidieron del personal sanitario y llegaron hasta el coche de Eva acompañadas por un celador que se encargó de acomodar a Bella en el interior. El primer kilómetro lo recorrieron en abrupto silencio. Eva lanzaba miradas furtivas a su madre, extrañamente ausente.

—¿Te duele?

—Bastante. Y más, conforme se vaya pasando el efecto de los analgésicos. Preveo una noche terrible.

—¿Quieres que me quede contigo?

—No hace falta, cariño, tendrás cosas que hacer.

—Mañana es domingo...

—Puedes pasar a tomar el té por la tarde, será suficiente.

Con un suspiro de congoja, la pelirroja atacó el espinoso «tema».

—Mamá... No tienes perdón de Dios.

—Ah, ¿no lo tengo?

—¿Qué carajo hacías enganchada en la ventana de la caravana... mirando?

—Lo de curiosear un poco se me ocurrió sobre la marcha, yo iba a visitarte...

—¿Tienes idea de la vergüenza que me has hecho pasar? ¿Qué habrá pensado Javier?

—Javier es un hombre moderno, inteligente y liberal que no ha pensado nada en absoluto. ¡Ay, ten cuidado con los baches! —Reclinó el asiento hasta casi tumbarlo para estirar más la pierna.

—No será por su grandioso sentido del humor —aventuró Eva sarcástica.

Bella miró desesperada al techo del todoterreno.

—Es la primera vez que me animo a tener esperanzas, la primera vez que te interesas por un hombre cabal, hecho y derecho, guapísimo de impresión y que cuenta con todas mis bendiciones, no podría estar más contenta.

Eva rugió por lo bajo.

—¡Venga, mamá! Si apenas nos soportamos, no nos podemos ni ver sin arañarnos.

—¡Ah! Amores queridos, amores reñidos. ¡Qué divertido!

—Mantente al margen, te lo advierto. Y desembucha. Creo que tu historia es infinitamente más interesante.

Bella compuso el mohín de quien no sabe de qué le hablan.

—Federico Bianchi —silabeó—. Está claro que anda loco por ti, ¡no me dirás que no te has dado cuenta! Lo que no sé es desde cuándo...

Isabella no solo se había dado cuenta, sino que aquello había removido en ella sentimientos que no sabía cómo interpretar. En cualquier caso, de momento no tenía intención de confesarse ni con ella misma. Aprovechó que habían llegado a casa para sonreír a su hija e invitarla a pasar.

Eva aceptó, algo le decía que su madre necesitaba contarle... Su gen cotilla no estaba muy desarrollado y, en condiciones normales era una chica con una rica vida interior que pasaba ampliamente de sucesos ajenos, pero ¡se trataba de un posible ligue para su madre! ¡Tenía que indagar!

—Mamá, Bianchi y tú, ¿estabais muy unidos?

—Cariño, Federico es un viejo amigo de la familia, hubo un tiempo en que *todos* estuvimos muy unidos. Supongo que lo recuerdas.

Eva hizo un gesto de asentimiento con la cabeza. Bella se llevó la taza de té a los labios. Estaba recostada en el sofá Chester, imitando la postura de la Maja de Goya.

—No voy a negar que me parecía atractivo. Mucho —admitió ligeramente ruborizada—. Pero en aquella época todo mi amor y mi fidelidad estaban consagrados a tu padre.

—Menuda cosa —se le escapó a Eva. Bella no mostró desacuerdo.

—Ya. Menuda cosa. Entonces no sabía, ni sospechaba siquiera, que tuviese una amante. Hasta que ocurrió... aquello.

—¿Todavía te duele?

—Fue muy duro, Eva. Vosotros erais aún pequeños y de repente yo, una viuda desconsolada con demasiadas responsabilidades a la espalda que, además de perder a su marido en un desafortunado accidente de tráfico, descubría de golpe y porrazo que le era infiel.

—Si ella... Si esa mujer no hubiese viajado con él en el coche... Puede que no lo hubieras sabido nunca.

Bella ahogó un profundo suspiro.

—Ojalá no hubiese sabido de su existencia, la verdad. ¿Para qué? Los dos murieron, lo que tuvieran se fue con ellos aquel día terrible y a mí... ¿qué bien nos hizo descubrirlo? Solo sirvió para que nos señalaran con el dedo y a la pobre cornuda afligida le tuvieran compasión.

Eva se revolvió nerviosa en su butaca. La historia de los últimos días de su padre la desquiciaba. Puede que fuera la causa de muchos de sus bloqueos a la hora de emparejarse, el recordatorio constante de la *infidelidad genética* tatuada en los hombres. Viéndolos, cualquiera con dos dedos de frente habría puesto la mano en el fuego porque Andrew Kerr no tenía ojos más que para su Isabella. Y se habría quemado.

Se aclaró la garganta con una tosecilla.

—¿Y Bianchi? ¿No te insinuó nada entonces?

—Supongo que el respeto que le merecía tu padre le impidió siquiera consolarme. Eran muy amigos, entre ellos lo de menos era la relación laboral, y Federico es un hombre de honor, de los que arrastran su palabra hasta la muerte. Creo que salió literalmente huyendo.

—Desaparecido tu marido, desaparecido su freno —dedujo la pelirroja afectada.

—Cielo, no te refieras de ese modo a tu padre.

—Era un desgraciado y un miserable. Hubiera preferido que te liaras con Bianchi.

—¡Eva!

—¡¿Qué?! Soy sincera, mamá. Puede que no sea políticamente correcto, pero es la verdad, mi verdad. Odio lo que te hizo, aborrezco cada recuerdo de tu espantoso sufrimiento, tu depresión, tus lágrimas, tu vergüenza... —Se irguió un poco y se secó una lágrima—. ¿Se ha declarado ahora?

—¿Quién?

—¡Bianchi! ¿Te ha dicho que te quiere y que no puede vivir sin ti?

Bella enrojeció con violencia y se refugió en la tetera. Hizo señas para que Eva volviera a colmar su taza.

—Te pondré más, pero tienes que contármelo.

—No hay nada que contar, fantasiosa. Ha sido un poco... incomodo. Los dos rígidos, tirantes como dos adolescentes, intercambiando saludos y frases hechas sin decidirnos a mirar de frente. —Una delicada sonrisa curvó sus labios—. Ha pasado tanto tiempo... Ya no somos los de entonces.

Eva posó la taza y el platillo sobre la mesita y atrapó la mano de su madre.

—Sois más, sois mejor. Mami, te lo mereces todo. El amor es algo maravilloso que abre los ojos, las puertas y las ventanas de par en par. Y cura el corazón, en serio, lo cura.

—Sería un despropósito, a nuestra edad...

—Al amor hay que darle todas las oportunidades que pida, dáselas, sin reservas. El resentimiento paraliza. ¿De qué sirve acogotarse, esconderse y morirse de miedo?

—Dímelo tú. —La réplica de Bella sonó como un disparo. Eva soltó su mano y se puso en pie repentinamente acelerada—. Dime de qué sirve temerle al amor.

—Deja que lo piense. Tú tienes más experiencia y menos tiempo —bromeó. Le besó el pelo y cogió su bolso—. Tengo que irme ya.

—¿Vas a verlo?

—No seas entrometida, ya has oído que no. Con Javier las cosas no son nada sencillas.

—No te des por vencida —rio Bella—, algo me dice que él no lo hará.

Al abandonar Guadalmina, Eva solo pensaba en darse una larga ducha caliente, cenar algo ligero y dormir. Evitando pensar, a ser posible. Cada letra de cada palabra pronunciada en su encendido discurso a Bella retumbaba en sus sienes como un tambor. Ella, la incrédula descreída, la inmune a las flechas de Cupido, había discurseado con pasión acerca del amor. Y lo peor, cada matiz defendido lo sentía latiendo vivo en las fibras de su piel. ¿En qué momento de patética estupidez había aceptado ser reclutada por Bianchi? Puede que aquello no fuese una historia romántica, pero, de no haberse enrolado en una aventura que no entendía y le venía grande, simplemente o no habría conocido a Javier, o lo habría hecho en otras circunstancias y, habría disfrutado su arrebatador episodio de lujuria y desenfreno, durase lo que durase. Era un cabrón, de acuerdo. Por desgracia, se puede ser un cabrón sumamente atractivo, lo uno no es incompatible con lo otro.

En resumen, la paz de espíritu quedaba para las misas. En su caso, gracias al corrosivo gusanillo de la desconfianza, había volado lejos. ¿Cómo resolverlo sin más bajas?

53

¿Quedan sorpresas?

Ruidos. Sintonías elegidas por ti misma a las que acabas teniendo tirria. En definitiva, otra vez el maldito móvil sonando. Esta vez era Rubén. Agitado y a punto del colapso. Su estado natural si no estaba de compras o en la tumbona del spa, vaya.

—¿Qué pasa? Habla más despacio o no me entero de nada.

—¿Sabes lo de Zumba?

Eva se tensó.

—¿Le ha pasado algo malo? Mira que vengo del hospital...

—¿Más infortunios? —aulló.

—Nada serio, mi madre se ha torcido un tobillo. Mejor no te digo lo que andaba haciendo. ¿Qué ocurre con Ana Belén?

—¿No te ha llamado?

Ella bufó, a un tris de perder su escaso resto de paciencia.

—No me ha llamado. Y si lo ha intentado, no lo sé, en urgencias del Comarcal no hay casi cobertura. Por el amor de Dios, Rubén, sácame de dudas, que voy conduciendo y si me estrello tú tendrás la culpa...

—Estado de emergencia to-tal. Estas noticias no pueden darse en frío y por teléfono.

—¡Rubén!

—Ok, tú lo has querido. Allá va: reunión urgente de pastores. Los pastores somos nosotros. AB está preñada.

Eva jamás sabría qué llegó antes, si el alarido o el volantazo que obligó a su coche a cambiar de dirección. Crisis monumental, ducha pospuesta. Rumbo a casa de su mejor amiga. ¿Es que no podía el mundo estarse quieto por un par de horas?

Obligar a un ser humano deshecho en lágrimas a que confiese sus pecados no es tarea para blandos. Por eso, Rubén sujetaba el cuerpo medio flácido de Ana Belén, recién teñida de pelirroja, y le pasaba los pañuelos de papel para que se sonara los mocos mientras Eva trotaba de un extremo a otro del salón jugando a ser Torquemada.

—¿Vas a contarlo por voluntad propia o tendré que sacártelo empleando magia negra?—amenazó muy dispuesta a que fuese la última vez.

La chica elevó unos ojos enrojecidos y asustados hacia Rubén.

—Lo sabe todo, ¿verdad que lo sabe?

—Ay, reina, pues claro, se lo he contado, ¿qué sentido tiene ocultarle a tu mejor amiga un bombazo taaan gordo?

—No te confundas —lo cortó Eva irritada—, no lo sé todo. Aún ignoro de quién es el regalito.

Ana Belén centró la atención en su estrambótica manicura en blanco y negro.

—Te temo, Eva —gimió—, temía el broncazo que iba a caerme en cuanto te enteraras.

—Si te bronqueo, óyeme bien, si alguna vez te regaño, ten por seguro que es porque te quiero y sufro por ti. ¿Cómo has podido ser tan insensata? ¿Cómo?

—Me dejé llevar...

—¡Oh, por favor, Ana Belén! No me digas que este soberano problema es producto de un calentón, ya no tienes dieciocho años...

El berrinche de Ana creció de volumen y Rubén decidió poner paz entre ambas.

—No la atosigues, ya está bien. Lo hecho, hecho está.

—Desde luego que está hecho —repitió una disgustada Eva, sacudiendo incrédula la cabeza—. Y ahora la pregunta del millón, ¿de cuánto estás y quién es el padre?

Ana frotó sus uñas con nerviosismo, unas contra otras. Sus amigos contuvieron el aliento.

—No lo sé exactamente —informó con un hilillo de voz—. No sé de cuánto estoy, quiero decir, de no mucho —se apresuró a aclarar al ver las mandíbulas desencajadas de sus amigos.

—Eso es igualmente chungo ¿no? —calculó Rubén.

—Bastante. ¿Y? —la instó Eva a seguir. Ana Belén sorbió por la nariz.

—Ángel.

Rubén tuvo que fabricar dos litros de tila y ya no sabía bien a cuál de las dos consolar.

—Lo mato, lo mato, yo a este tío lo mato —repetía Eva en plan letanía.

—No es el único responsable, yo lo animé a hacerlo a pelo. Era demasiado bonito para estropearlo...

—¡Oooh, Ana! —le recriminaron a dúo.

—¿Lo sabe ya? ¿Cómo ha reaccionado? —agregó Eva temblorosa. Demasiado bien conocía a su hermano para augurar que aquello iba derechito al desastre.

—Aún no he reunido el valor suficiente como para decírselo.

Eso era peor, mucho peor. La pelirroja natural se puso en pie y se lanzó a por su bolso para buscar el móvil.

—Obligaré a ese cabeza de chorlito a responder y a estar a la altura aunque tenga que agarrarlo por los huevos y retorcérselos, te juro que...

Ana Belén le rodeó el brazo con la mano y tiró fuerte. Eva pareció salir de un *shock*.

—No hace falta que me cubras. Como bien dices, ya no soy una niña. Se lo diré yo. Cuando encuentre el momento.

—Pero... —intentó protestar. Ana no se lo permitió.

—He dicho que se lo diré yo. No te metas, Eva, esto es demasiado personal.

—Tiene razón —la apalancó Rubén con un mohín. Eva asintió y soltó el bolso. Había situaciones íntimas en las que ni siquiera la mejor de las amigas tenía derecho a intervenir.

—Sabes qué clase de loco inconsciente es Ángel, ¿verdad? Sabes que te enfrentas a una decepción.

—No quiero pensar en eso. —Ana Belén volvió a sollozar y Eva y Rubén se acomodaron cada uno a un lado en el sofá. Le pasaron los brazos por los hombros y la reconfortaron lo mejor que sabían—. Ya decidiré qué hacer cuando llegue el momento.

—¿Pero vas a tenerlo? —quiso saber Eva poniendo en su tono la mayor delicadeza.

—Por supuesto. Pase lo que pase.

—Bien. Entonces estaremos a tu lado. —Eva le frotó los hombros acelerada—. Serás *jodía*... Mira que fabricarme un sobrino así, sin avisar...

Para cuando Eva regresó a casa, ya eran las dos de la madrugada. Había insistido en quedarse a dormir con Ana, pero la chica se negó, asegurando que se encontraba perfectamente. Mientras disponía una cena tardía para Toni y Braxton, Eva volvió a pensar en su obsesión preferida: Javier. La había llamado un par de veces con la excusa de interesarse por Bella, eso fue lo que dijo, y ella, áspera y sin dejarse seducir, había preguntado también por Moruena y sus planes judiciales, por si había algún dato nuevo, pero no lo había. Luego le había propuesto verse. Eva se negó en redondo y no le permitió insistir.

Se quitó la ropa y se metió entre las sábanas. No las había cambiado, todavía olían a él y a sexo desenfrenado. A mordiscos, a lametones, a piernas separadas y a caderas elevándose hambrientas. A dedos recorriendo la piel. El maldito se había cargado de un plumazo todos los buenos recuerdos de amantes previos y se había apoderado para siempre del centro de su deseo. Ojalá no lo hubiera conocido nunca. Había entrado como una condena en su vida, como el castigo a pagar por un karma que ella no creía merecer.

Pero lo amaba. Y era recordarlo y derretirse entera, sentir pinchazos en los pezones y un ardiente deseo de ser poseída, una y otra vez, sin tregua. Era pensar en él y sonreír como una cría entusiasmada.

Eso era amar. No le cabía duda.

Como cada noche antes de acostarse, Javier se dispuso a leer en la confortable butaca de piel de su dormitorio. Sin embargo, incapaz de concentrarse, pensó en las jugarretas del destino.

Le preocupaban Moruena y sus verdaderas intenciones. La conocía bien, hasta sus desequilibrios podía preverlos, y algo le indicaba que no era únicamente el niño lo que animaba sus pasos. Pero, con una jugada sucia alrededor de la custodia, podía hacerlo trizas. Gonzalo era su vida.

Luego, su mente se detuvo en Eva, la risueña y encantadora Eva, una brujita con mucho encanto. ¿No era una suerte magnífica, a pesar de todo, que una mujer tan fascinante hubiese irrumpido en su monótona vida? Había quebrado, sin esfuerzo, el aburrimiento y atrapado su interés al cien por cien. A pesar de los recelos, por encima de los arrebatos, las riñas personales y las conjeturas... iba a quedarse con lo bueno. El fuego seguía encendido.

54
Domingo en la playa

Tras una noche terrible en la que apenas cerró los ojos, Eva no tenía un plan demasiado atractivo para el domingo más allá de forzar a Ana Belén para que se reuniera con Ángel y tuvieran *la* conversación, e interesarse por el estado de salud de su madre e incitarla a que se diese una oportunidad con Bianchi. Prefirió reducir las presiones a solo un par de llamadas telefónicas. En ambos casos, las parejas debían resolver sus problemas por sí mismas, sin interferencias. Por mucho interés que tuviese en verlos a todos felices, se mordería la lengua y se ataría las manos antes que estorbar.

Sonaba un *cover* muy animado de «Lethergo», de Passenger, con reminiscencias *reggae*, lucía un sol radiante y los colores del campo estallaban muy vivos, puede que emprendiera un buen paseo por la playa con Toni, Braxton, música y su novela vigente. Relax, meditación, espantamoscas para alejar a Javier de su memoria y por la tarde... Cocinaría seis bizcochos, como poco.

Un pitido rítmico desde la calle la sacó de su ensimismamiento. Oteó por la ventana, accionó el mecanismo de apertura de la cancela principal y salió sorprendida a recibir a Gonzalo que ya corría hacia ella con los brazos abiertos. El peque se enganchó a sus hombros, la cubrió de besos, y la pelirroja sintió que se derretía.

—¡Ey, qué efusividad! ¿Y esta visita mañanera? —contempló cómo Javier maniobraba con un reluciente todo terreno y lo aparcaba cerca de la puerta. Se le avinagró el gesto—. Hola —saludó mucho más seca.

—Hola, buen domingo, nos alegramos de encontrarte en casa. —Lo que dijo lo dijo haciendo partícipe a Gonzalo, un golpe muy bajo, pensó Eva. Revisó sus vaqueros desgastados colgando de sus caderas, sus larguísimas y fuertes piernas, su camiseta verde caqui ajustada, sus abdominales prietos, sus gafas de sol de aviador. Un conjunto demasiado provocativo y redondo como para ser casual.

—¿Dónde querías que estuviese?

—Cualquiera sabe, con esa agenda tuya tan cubierta...

—Bajamos a la playa, ¿vienes con nosotros? —invitó Gonzalo, harto de que nadie le hiciera caso.

Eva se agachó para atenderlo. Javier aprovechó para recrearse en ella, en su nube de rizos rojos, sus mejillas sonrosadas sin maquillar y la lluvia de deliciosas pecas doradas. El sexi pantaloncito corto vaquero, el trasero respingón que lo enloquecería si se dejaba llevar y las viejas botas Uggs con una tirita de Mafalda que cubría el agujero del que él se había reído...

—¿Te animas? —reforzó la súplica del niño sin querer parecer ansioso, camuflando su interés. Toni se acercó trotando con el rabo en molinillo y Javier lo acarició entre las orejas sin darse cuenta—. El plan incluye comer en el chiringuito.

Eva se incorporó retirándose un mechón de la cara y enfrentó su mirada. Algo tembló en su interior. Lo que hizo fue sonreír.

—De acuerdo, ¿por qué no? ¿Los llevamos a ellos? —señaló a los perros. La carita de Gonzalo brilló al momento.

—¡Sí, sí, y la pelota!

—Bien, dadme un minuto para que me vista.

—Estás muy guapa así —aseguró Gonzalo muy serio. Eva se puso colorada. El que Javier continuara utilizando su afecto por el crío como moneda de cambio para aproximarse le fastidiaba tanto como le halagaba. Ya pensaría si tenérselo en cuenta.

—En el porche hay una neverita, dentro tienes zumos, chocolate y... creo recordar que almendras tostadas. Salgo enseguida.

Las horas volaron bajo aquel sol de primavera que caldeaba la arena de la playa. Eva condujo su Suzuki con los pastores alemanes dentro y el pequeño Gonzalo de copiloto. Javier tuvo que conformarse con seguirlos en su coche vacío. Aparcaron junto a la playa de Golden Beach y su extensa explanada de tierra de oro. Javier dispuso una manta para que se sentaran y la sorprendió con una coqueta cesta de picnic repleta de exquisiteces.

—Therese es una joya —explicó azorado. Luego se dedicó a mirar el modo en que Gonzalo correteaba seguido por los perros y se mimetizaba con ellos, y sus labios se curvaron en una sonrisa que hizo a Eva suspirar.

—Podría olvidarme de todo —susurró la chica. Había cerrado los ojos y permitido que los rayos bañaran su rostro.

—¿A qué te refieres?

—A todo lo que enturbie o dificulte la felicidad. Podría esconderlo debajo de la alfombra y no verlo, ya sabes.

Javier le clavó una mirada intensa.

—No, no sé.

Gonzalo llegó corriendo con los mofletes como tomates maduros, seguido de Toni y Braxton. Lo que traía en la mano, se lo entregó a Eva con reverencia.

—¡Pero bueno! —exclamó ella exagerando su entusiasmo—. ¡Qué bonito! ¿Es una esmeralda?

Gonzalo frunció el ceño.

—Es el culo de una botella —la corrigió—, las olas le han quitado los bordes, ¿ves qué suavitos están?

—¡Es verdad!

—Ya no cortan.

—No, no cortan. —Siguió con la yema del dedo el camino que un segundo antes había recorrido el dedito de Gonzalo—. Oye, ¿crees que querrían hacerme un anillo con este cristal tan precioso?

—Es muy grande, espera, te buscaré otro más pequeño.

Y volvió a desaparecer camino del agua, tan jovial y feliz como había llegado. Los peludos lo escoltaron atentos a sus movimientos. Javier amagó una carcajada.

—¿Una esmeralda? Lo has subestimado.

—Eso me temo, tienes un chico muy listo.

—Con seis años ya diferencian una piedra preciosa de un trozo de botella, no es culpa tuya —rio echando atrás la cabeza—, no te enfurruñes.

—Cero experiencia con los peques —admitió con timidez. Javier tuvo el irreprimible impulso de acariciarle la cara, atraerla hacia sí y besarla hasta dejarla sin respiración, pero... cualquiera arriesgaba lo que parecía una momentánea tregua con su correspondiente paz. Se limitó a dibujar rayas con el talón en la arena.

—Tienes talento natural. Lo demás lo ganarás con el tiempo.

Eva respingó. Lo había oído bien: «lo ganarás con el tiempo», ¿qué se ocultaba tras una frase tan inocente? ¿La promesa de una vida juntos? ¿Más domingos como aquel? Se obligó a atar corto su fantasía. Precipitaba las conclusiones, como de costumbre.

Almorzaron en el chiringuito, volvieron a tumbarse al sol y se divirtieron muchas horas. Desde su posición en la manta, Javier lanzó la pelota a los perros y Eva admiró su evolución desde aquel primer encuentro, cuando solo era capaz de rehuirlos y gritarles «baish, baish» aterrorizado. Compitieron por el mejor castillo de arena y se recostaron juntos, a poca distancia, mientras Gonzalo seguía correteando eufórico. Javier cruzó los brazos por debajo de su cabeza y los usó de almohada con un murmullo de gusto que acabó convirtiéndose en un sensual gruñido ronco. Tras un instante de vacilación, Eva lo imitó y, al aproximar a él su pelo, Javier hundió con descaro su nariz entre los rizos.

—Hueles a gominolas. —Cazó uno con la punta de los dedos.

—Es el acondicionador. Trae acá eso. —Lo recuperó huraña.

Pero los dos sonrieron sin que el otro lo notase. Y cuando la brisa les acarició el rostro, el tiempo se detuvo, prometedor y feliz.

Todo era redondo hasta que el móvil de Javier sonó y su plácida expresión se transformó en alarma. Se puso en pie de un salto y se alejó para que Eva no escuchase lo que hablaba, detalle que ella tachó de grosero. Aunque se esforzó por aparentar indiferencia, esperaba captar al vuelo alguna palabra suelta. Imposible.

—Era Moruena —informó Javier cabizbajo al regresar. Lanzó una mirada instintiva a su hijo—, la madre de Gonzalo. Está en Marbella y quiere verlo.

Eva se incorporó con interés, convencida de que la arpía que compraba trapos en la Quinta Avenida acababa de chafarle el domingo perfecto.

—¿Sabías que venía?

—Mandy me alertó acerca de sus intenciones, pero si te soy franco... Confié en que fuera uno de sus ataques de calor y que no perseverara. Moruena no es de las que maduran lo que deciden.

A Eva se le torció el labio al recordar a la modelo café con leche, su empeño en parecer inofensiva y sus veladas expectativas con Javier.

—¿Te ha explicado lo que pretende?

—Su llamada ha sido de lo más hipócrita: «hola, acabo de llegar, quiero ver a mi hijo».

—¿Y dónde has quedado?

—En el McDonald's, típico de Moruena. Con lo que odio la comida basura. —Clavó su mirada afligida en Gonzalo, que recogía conchas—. Daría cualquier cosa por ahorrarle el mal trago.

Javier negoció encontrarse en la hamburguesería de Puerto Banús, la más lejana a Elviria, la playa donde había dejado a Eva y a los perros. Un intento vano de impedir que el amargo recuerdo de su matrimonio impregnase la ilusión naciente en torno a ella. Nada pudo evitar que, al ver a Moruena, su ánimo se desplomara.

La modelo y sus tacones imposibles provocaron un huracán en el restaurante. Conforme entró, acalló el bullicio de las mesas, la gente se giró a admirarla sin ningún disimulo. El halo que la rodeaba la hacía rutilar cual estrella de cine, la sacaba del saco de la llamada *gente corriente* y la propulsaba a las alturas. Dedicó menos tiempo del esperado a congraciarse con un hijo al que hacía casi cuatro años que apenas veía y enseguida lo mandó a jugar a la piscina de bolas. El chico se fue a regañadientes.

—Ya no tiene edad de bolas de plástico —rugió Javier con las mandíbulas prietas. Ella le restó importancia con un gesto elegante.

—Tenemos que hablar, no querrás que esté en medio.

Javier tuvo serias tentaciones de achatarle la nariz de un zambombazo.

—Sigues hablando de Gonzalo como de un estorbo. Apenas has cambiado.

Ella, sin ninguna dificultad, le dio la vuelta a la frase.

—Ha pasado algún tiempo y estamos en una edad complicada, así que me lo tomaré como un halago. ¿Qué tal me ves?, ¿guapa?

Javier la fulminó con un destello verde.

—Moruena, ¿a qué has venido?

—A recuperar a mi familia —informó ella sin alterarse.

—¿A estas alturas?

—A las que sean. Es mía.

—Te equivocas. —Se repantingó en el respaldo de su silla, impaciente por agarrar a su hijo y salir de allí corriendo—. Dejamos de serlo cuando decidiste largarte. —Consultó su reloj—. Mira, la verdad es que no tengo mucho tiempo.

Moruena ladeó mimosa la cabeza y se mojó los labios con una lengua rosada e insinuante. Javier curvó la comisura en un esbozo de burla.

—Qué desagradable —susurró ella.

—No esperarías fuegos artificiales. Te fuiste, nos destrozaste la vida, nos recompusimos como pudimos y después de tantos años de apenas recordar que existes... La verdad es que sobras.

—Sigo siendo la madre de Gonzalo —advirtió afilando el tono.

—Por desgracia —aceptó Javier sin darle cancha—. Tengo intención de arreglar el papeleo con carácter definitivo. Hace siglos que debí...

Moruena lo cortó con un mohín bien ensayado. Decididamente, su humor había dado un vuelco de ciento ochenta grados. Ahora sonaba a amenaza cortante.

—No vas a quitarme la patria potestad. Te lo diré muy clarito, querido, España es aún ese país tradicional y algo chapado a la antigua donde los padres jugáis el papel que os permitamos nosotras. Ser la madre de Gonzalo me da todos los derechos, espero que no lo hayas olvidado y pienso reclamarlos ante los Tribunales. Iremos a juicio, ganaré, me llevaré al niño a América y no volverás a verlo. —Javier alzó ligeramente los ojos, conteniendo los deseos de estrangularla—. Claro que... hay otras opciones. Y vengo generosamente a ofrecértelas.

Javier guardó silencio. Iba lista si esperaba verlo preguntando ansioso.

—Podemos volver a ser un matrimonio normal. Normal y feliz —soltó como si nada. A Javier se le descolgó la mandíbula.

—No hablas en serio, claro.

—He volado un montón de horas y, con lo malo que es para el cutis, te juro que no ha sido para bromear.

—No nos quieres, a ninguno de los dos —bramó en voz baja para no llamar la atención de nadie—, ¿a qué juegas?

Moruena le tocó una mano y él la retiró como si quemase. Ella encajó el desprecio con la dignidad de una reina.

—No te he olvidado, a un hombre como tú es difícil suplirlo.

—Apuesto a que lo has intentado.

Ella le dedicó una risita coqueta.

—Con todas mis fuerzas, pero no funcionó.

—Y la niña caprichosa vuelve dispuesta a salirse con la suya a costa de poner nuestra vida patas arriba. ¿Ni siquiera por Gonzalo, te cortas?

—Gonzalo necesita una madre.

—También la necesitaba cuando lo abandonaste, apenas tenía tres años. Yo le daré una madre —agregó sin reflexionar. Y en su mente se dibujó la figura de Eva.

Moruena se puso en pie como impulsada por un resorte.

—Por encima de mi cadáver.

—Si hace falta... No lo dudes —se mofó con el control de nuevo en sus manos.

—¿Es una declaración de guerra?

Javier se irguió desafiante ante ella.

—Tómalo como te dé la gana. ¡Gonzalo! ¡Vámonos!

El niño obedeció sin rechistar, se refugió a espaldas de su padre, aferró su mano y miró a Moruena con desconfianza.

—Nos veremos en los Juzgados. —Fue lo último que Javier oyó antes de salir por la puerta. Tentado estuvo de despedirse con el dedo corazón estirado.

Mientras conducían camino de casa, Gonzalo no despegó los labios. Javier estudiaba consternado su carita ausente a través del retrovisor. Sin saber qué decir, que no empeorase el *shock* que acababa de vivir.

—¿Va a quedarse, papá? —preguntó al fin. Y Javier dio gracias al cielo porque no sonara ni débil ni quebradizo.

—¿Tú querrías que se quedara?

Gonzalo tardó mucho en responder.

—Me da igual. No. Prefiero que se quede Eva.

Sí que era listo su niño, sí.

55

Lo mejor y lo peor
de los últimos meses

Eva sumó otra noche de mal sueño y de vueltas inquietas. Lo mejor y lo peor de los últimos meses venía de mano de Javier de Ávila. Se refugió en los acordes de «Enjoy the silence» para acallar su angustia mientras repasaba mentalmente las muchas cautelas de Bianchi en relación a Javier. Cerró los ojos y deseó con fuerza un indicio que le permitiera pisar en sólido. Su inclinación era entregarse y ofrecer apoyo en una situación personal tan dolorosa, a un tipo que se había abierto emocionalmente a ella. Seguramente por pura necesidad, ya que su vínculo apenas iba más allá de lo tórrido de una atracción sexual irreprimible. Pero, si finalmente se demostraba su culpabilidad y daba con sus huesos en la cárcel... Bueno, lo más probable sería que Moruena aprovechase para volver con Gonzalo a Nueva York y pronto todo sería un desafortunado recuerdo.

En ambos casos, ella sufriría por estar en medio e implicada. Y sería espantoso.

Mejor aparcarlo y concentrarse en entrenar. Tenía el campeonato casi encima, la sensatez le recordaba que pagaría cara su falta de concentración.

Amaneció un lunes deslucido y nublado, que en nada recordaba el radiante día anterior. Rubén llegó bailando hasta su mesa con el periódico en la mano, agitándolo con brío.

—¡Cielos, cuánto te he echado de menos! Espera que te lea nuestros horóscopos para esta semana, los vaticinios son catastróf...

—¿Qué sabes de Ana Belén? —se interesó con cansancio—. ¿Habló ya con el cretino de mi hermano?

—Creo que sigue reuniendo el valor necesario. —Apoyó un cachete en la esquina de la mesa mientras enrollaba el periódico en un rulo apretado—. No es buena idea que se precipite, su pronóstico para esta semana habla de «pavorosas alteraciones».

—Espero que el de Ángel contabilice los monstruosos porrazos que yo puedo atizarle, mismamente con una sartén, como no cumpla con mi amiga. Sin embargo... —quedó suspendida un segundo—, hay algo que me desconcierta.

—Tienes suerte de que solo sea *algo*. A mí, el mundo en general me tiene turulato.

—Mi hermano me juró que no se acostaba con ella.

—¿Cóoomooo?

—Eso mismo digo yo. Parecía sincero...

—No conozco a tus hermanos más que superficialmente, pero apostaría mi mejor tarde de ligue a que venderían su alma al diablo con tal de salir indemnes de un follón como este.

Eva sacudió a un lado y otro su rizada melena.

—No puedo creerlo... Ana Belén con un bombo.

—¿Te leo o no te leo el horóscopo, acuariana descreída?

Lo animó a que leyera, claro, era la única manera de librarse de la presión de Rubén y su camisa de estampados rosa. Luego consiguió que la dejara trabajar un rato y, cuando salió a reponer bolígrafos y de paso estirar las piernas, fue para encontrarse a Javier apoyado contra la pared de enfrente, con las manos en los bolsillos y los ojos brillando fijos en ella.

—¿Quieres un café?

Joder, ahora le había dado por perseguirla.

—Estoy muy liada, lo siento.

—He contactado con cuatro abogadas de familia que son auténticas Godzillas. Hay novedades acerca del posible juicio por la custodia y me gustaría contar con tu opinión.

¿A cuento de qué? Ella no era letrada, ni madre, ni siquiera había pensado nunca en serlo. Además quería alejarlo. Alejarlo y sepultarlo allá donde las memorias muertas.

—Francamente, Javier, agradecería que no me implicaras más en tus contiendas sentimentales.

—Esto no tiene nada de sentimental.

—Pues diré que espero que te entiendas con tu exmujer y todo eso —la rabia le subía garganta arriba cuando la nombraba—, que lleguéis a un acuerdo favorable, pero ni salgo ni entro.

—¿Y este cambio?

Eva se encogió de hombros, sobrepasada.

—He recapacitado. Zapatero, a tus zapatos.

—Pensé que te importaba Gonzalo.

Eva mitigó un alarido de rabia.

—¡Y me importa! ¡Claro que me importa, y lo sabes! ¡No recurras a los golpes bajos, no tienes derecho!

—De acuerdo, lo siento. Estoy desesperado. ¿Ni siquiera puedes comportarte como una buena amiga? —le echó en cara muy frustrado. Eva sacudió la cabeza con desconcierto—. No te estoy pidiendo la vida, solo que me escuches y, si es posible y te sale, que me aconsejes.

Lo que faltaba. El hombre que con solo respirar le calcinaba las bragas la reclamaba para el indeseado papel de consultora emocional. ¡Acabáramos! Era hora de empezar a pensar en ella y en lo que le convenía. Sin excepciones.

—Mira, mejor vamos a dejarlo. Este vernos y no vernos nuestro me desequilibra. No estar y estar, todo revuelto. Hay otro chico..., otra persona de cuya honradez no me cabe duda...

Javier se tensó de pies a cabeza.

—¿Honradez? ¿Y de la mía sí dudas? —masculló evidentemente dolido. El móvil de Eva vibró en su mano.

—Precisamente está llamando —informó alegre y desenvuelta.

—Espero que cuando hablas de honestidad no te refieras a mi papel como padre —insistió un ofuscado Javier. Sus ojos verdes abrasaron a Eva.

—Tengo que contestar.

—Contéstame a mí, te estoy preguntando y es importante aunque no lo parezca. ¿En qué parcela de mi vida se supone que no soy honrado?

«No me tires de la lengua», pensó Eva mordisqueándose el labio inferior. Sin embargo, solo musitó:

—No tengo nada que decir.

—Eva, maldita sea... Estás tirando la piedra y escondiendo la mano.

—Aparta. —Lo hizo a un lado y apretó el botón del teléfono—. ¡Dime, Luis, qué alegría escucharte!

Al regresar a su despacho, Javier encontró sobre su mesa un sobre arrugado que contenía ciento veinticinco euros, exactamente la cantidad que había pagado al cerrajero en casa de Eva. Junto al sobre, una nota manuscrita en tinta roja rezaba: «Los Lannister siempre pagan sus deudas. A cabezota no hay quien me gane».

Confiando en evadirse de la situación que la rodeaba y de la confección de unos aburridísimos cuestionarios para seleccionar personal, Eva almorzó con un Luis encantador y algo distraído que le reservaba alucinantes sorpresas. Cuando más convencida estaba de que tendría que torear amablemente su cortejo, él la puso al corriente de su atracción, todavía en fase uno, por una tal Olivia de Talier. Así, aunque sacudida por esa confusa mezcla entre desilusión y alivio que solo las mujeres pueden sentir y de la que se repuso en microsegundos, Eva tuvo ganas de llorar a gritos.

—Olivia es una chica especial —narró Luis con una sonrisa soñadora prendida en los labios—, arrolladora, alegre, con carácter... Y mi mejor amiga. Es... es raro lo que me pasa por la mente cada vez que la tengo delante.

—Bueno, suena la mar de bien —lo alentó Eva dando un sorbo a su refresco.

—Si supieras el modo cómo nos conocimos... —rio Luis haciendo memoria—. Se presentó en casa de mis padres para informar que mantenía comunicación extrasensorial con mi difunto abuelo.

—¿En serio?

—Ya te dije que era peculiar. Pero es cierto, no mentía, ¡habla con mi abuelo! Y sin conocerlo siquiera, se ha volcado en hacer realidad todos los proyectos que dejó incompletos antes de morir.

—Parece una mujer muy valiosa —comentó distraída, solo tratando de agradar.

—Lo es.

—Pues a por ella, león, sin pensártelo dos veces o te la robarán.

—Lo que me descoloca es que físicamente no tenga nada que ver con el tipo de mujer que me ha atraído siempre. Esto es algo más, diferente, profundo.

—Suele serlo cuando llega... —Se tomó un segundo para escoger la palabra—, «la elegida». Uno no tiene demasiadas explicaciones para lo que siente, simplemente llega, te invade y no lo puedes resistir y lo más inteligente es dejarse llevar, entregarse entero.

Cuando acabó su perorata, Luis la estudiaba con los ojos entrecerrados, la boca curvada y dos hoyuelos angelicales en las mejillas.

—Te escucho y sospecho que sabes de lo que hablas.

Eva tosió nerviosa.

—Algo hay, Luisito, una no es de piedra. ¿Pedimos el primer plato?

Regresó a Fireland mucho más relajada. A veces, cuando las circunstancias ponen a prueba tu capacidad de resistencia, solo queda cargar las pilas antes de cada asalto y mantenerse firme... lo mejor que salga. Las horas volaron y los oficinistas fueron apagando las luces de sus despachos y abandonando el edificio. Rubén asomó media cabeza por la puerta para despedirse e invitarla a unos vinos.

—¿Viene Ana Belén? —preguntó Eva a su vez.

—No he sabido nada de ella en todo el día. Sigue en clausura. Meditando.

—Le he mandado un sinfín de mensajes y no me contesta ninguno. Ya me he comido todas las uñas, no podré aguantar mucho sin saber en qué desemboca todo esto. Temo la reacción de mi hermano más que a una vara verde.

—Comprensible. Si, según él, *nunca se han acostado* —recordó Rubén irónico—. Bueno, ¿qué? ¿Te vienes o te quedas?

—Me quedo, tengo mucho lío aún. Creo que es el primer día que consigo sacar algo de trabajo adelante, sin trompicones.

A juzgar por el silencio, Eva era la única persona que quedaba en Fireland. Conectó el iPod, metió los auriculares en sus orejas y se dispuso a disfrutar de aquellos listados de preguntas recalcitrantes. Si al mismo tiempo consiguiera que fuesen divertidas... Tantear el sentido del humor de los candidatos era una buena baza de elección, los *siesos* no hacen buen equipo.

Cuanto más concentrada estaba, una enorme sombra se dibujó junto a la puerta y le hizo levantar la cabeza.

—¿Se puede saber qué te entretiene hasta tan tarde, señorita trabajadora? —Aunque Javier tratase de imprimir una nota simpática a su voz, sonó un poco rota.

—Estooo... Muchas cosas. Llevo una semana algo despistada, tengo que ponerme al día. —Luchó para no enfrentarse a su sonrisa perfecta, bloqueando en el acto unos pensamientos tan calientes que solo podían generar incendios y desgracias.

—Admiro los méritos, pero no vas a conseguir que te paguen más, te lo advierto.

A Eva le cambió súbitamente el humor y se puso a la defensiva. ¿Es que no podía dejar de acosarla? Por el amor de Dios, trataba de prescindir de él, intentaba no necesitarlo. Olvidar y olvidar. ¿A santo de qué aparecía por las esquinas a enredarla descaradamente en conversaciones que no llevaban a ninguna parte?

—¿He pedido algún aumento? —lo desafió. Pudo ver cómo Javier se descomponía—. ¿Acaso he pedido algo? Incentivos, pluses, días extra... Lo hago porque soy una profesional seria y responsable. ¿Por qué no te marchas ya y me dejas trabajar?

—Joder, vaya explosión de mal genio. Ahí te quedas, Brujilda, con lo que quiera que te pase.

A costa de apretar los puños, evitó responderle como querría. Todo lo que ansiaba era verlo desaparecer por la puerta y que la alteración cardiaca que provocaba con su presencia desapareciera. Quedarse tranquila, cuanto antes, mejor.

Por su parte, Javier, a solas en el ascensor, miró al espejo y exploró sus sensaciones. Eva tenía algo en mente, algo maligno relacionado con la empresa, por eso lo espantaba y se quedaba sola. Recordó las advertencias de Analíe. La cabeza se le llenó de monstruos y tomó una decisión sobre la marcha. Camuflaría el coche en algún rincón apartado del garaje y se quedaría a investigar.

Eva esperó unos veinte minutos. Buceó en el silencio. Nada. Ni el vuelo de una mosca. Era el momento propicio para abandonar su ordenador y registrar todas las mesas. No solo Javier, cualquiera podía estar implicado en la trama de las identidades falsas, debía comportarse objetivamente, sin prejuicios y sin descartar nada de antemano. Se llevó una mala impresión con algunos despachos, la gente era pero que muy desordenada, imposible encontrar nada. Los cajones de par en par y el material y los expedientes, desperdigados de cualquier forma sobre la mesa.

—Guarros... Solo se salva Rubén, era de esperar.

Cuando alcanzó el despacho de Analíe, se le erizó el vello de la nuca. Aquella mujer la intimidaba hasta cuando no estaba. Sus cosas, impecablemente recogidas. Todo ordenado. Y su cajonera... cerrada a cal y canto.

Eva tironeó en balde.

—Mierda. Qué previsora eres, Cancerbero.

Oteó las mesas más cercanas y un clip huérfano en el puesto de Alicia le dio una idea. Lo estiró hasta convertirlo en un alambre y regresó junto a la cerradura de los cajones de Analíe dispuesta a manipularla hasta oír el orgásmico *clic* revelador de secretos.

—¡Eureka!

Cuando más entusiasmada estaba, se apagaron las luces.

Todas.

Una abrupta y total oscuridad la engulló en segundos. Eva contuvo la respiración. Creyó oír pasos por el pasillo en su dirección y empezó a asustarse. Se aproximaban envueltos en sombras, pero nadie inofensivo y con buenas intenciones se deslizaría a hurtadillas en mitad de un apagón o tras cortar la electricidad a propósito. Acuclillada y parapetada tras la mesa, se pegó a la pared y tontamente se sintió más segura.

Quienquiera que fuese el intruso seguía acercándose. El corazón de Eva se disparó. Sus ojos empezaban a acostumbrarse a la negrura y acertó a escuchar una respiración, inquietante y pesada, muy cerca. Temió que el peligro se abalanzara contra ella y no lo pensó. Fue un ramalazo instintivo y salvaje. Contó hasta tres, se puso en pie, tomó una bocanada de aire y estiró el brazo con súbita potencia y el puño apretado.

56

Eficiencia alemana

El derechazo y la patada que lo siguió se estrellaron directamente contra la cara del desconocido que soltó un aullido de dolor.

—¡Joder! ¡Pedazo de bestia! —acertó a chillar.

—¿Rubén?

—Lo que has dejado de él.

Eva volvió sobre sus pasos y las dos frases le martillearon en la cabeza. En especial, el sorprendente tono varonil en que habían sido pronunciadas.

—¿Qué pasa? ¿Ya no eres gay? Rubén, ¡responde!

Con mucha dificultad y sin despejar la cara llena de manos, el chico acertó a mirarla.

—Lo que soy es tu cobertura en el CNI, so bruta.

Eva agarró el borde de la chaqueta de su amigo, tiró de él y lo obligó a sentarse en el suelo con la espalda contra el muro. No dejaba de gemir y maldecir por lo bajo.

—Si me has partido la nariz, te denuncio. Palabrita.

—¿Cómo es que tu soniquete afeminado va y viene?

—La culpa la tienen las personalidades múltiples que esta profesión del infierno me obliga a adoptar —informó Rubén aún con voz de galán de telenovela—. Igual no te denuncio, pero me pagas la estética.

—Tienes que explicarme eso —exigió Eva con impaciencia—. Y tenemos que salir del despacho de Analíe. Vamos. Gatea.

—¿Gatear? ¿Con la nariz rota? —Pero, obediente, se puso a reptar detrás de ella.

—No exageres, apenas te he rozado, era un castañazo disuasorio, de los de aturdir.

—Dios nos salve de tus sutiles métodos desalentadores, reina.

—Coño, Rubén, ¿del CNI? No me lo creo. ¿También con Bianchi?

—Dover —la corrigió en un cuchicheo—. Es su nombre clave.

Los ojos azules de Eva relampaguearon como dos candelas.

—Me la habéis metido doblada.

—Alguien tenía que hacerte creíble, protegerte si las cosas se ponían muy feas. Y como soy el becario...

Sortearon un par de quicios y bastantes mesas hasta acoplarse bajo una especialmente ancha que los cubría con generosidad.

—Te siguen desde hace semanas, Dover aún no ha descubierto de quién se trata. Han rastreado tus correos, han registrado tu coche, tu caravana...

—¿Lo sabéis? Intoxicaron a mis perros, eso fue horrible. ¿Quién, Rubén? ¿Quién?

—Te lo he dicho, aún no lo sabemos.

—Ah, fenómeno. Sois la mar de sagaces, eficiencia alemana —bufó con evidente sarcasmo.

Rubén le zarandeó un brazo.

—Chsss, calla. Ruidos.

—¿Quién viene? ¿Estabas solo? ¿Has cortado tú la electricidad?

—No, qué demonios voy a cortar yo nada, ¿para qué?

—Hombre pues...

Sin poder controlar su curiosidad y bastante más tranquila al estar acompañada, Eva sacó la cabeza de debajo de la mesa para fisgonear. Rubén la imitó sin pensar. De repente, con un destello cegador, las luces volvieron y la enorme sala plagada de mobiliario se convirtió en realidad. Era el irritado careto de Analíe con los brazos en jarras lo que los miraba desde las alturas.

—¿Se puede saber qué hacen los dos debajo de un mueble?

Rubén dejó ir un jadeíto completamente afectado.

—Se puede. ¡Ay! Se fue la luz y me dio un soponcio. Menos mal que Eva se había quedado haciendo horas extra y...

—¿Qué le ha pasado en la cara?

—He... —pensó a todo trapo—, he tropezado. Me he dado un testarazo contra una puerta. Igual tengo que cambiar la graduación de las gafas. Pero eso ha sucedido antes del apagón. Después... después ya estaba escondido aquí debajo... Miedo.

Analíe hizo un mohín suspicaz y no se molestó en ayudarlos a salir de su escondite. Con la manga de la chaqueta a modo de improvisada venda y los eficaces tirones de Eva, Rubén ascendió a la superficie.

—He venido a buscar unos documentos del señor De Ávila —prosiguió Analíe girando para darles la espalda— y parece que hemos tenido un fallo en la instalación eléctrica. No debería quedar nadie en la oficina a estas horas salvo los encargados de mantenimiento. —Y al sisearlo, miró con antipatía a la pelirroja.

—No, no, claro, nos marchamos con usted —se apresuró a decidir Rubén. Agarró la muñeca de Eva y le indicó, gesticulando, que no dijera una palabra—. ¿Sabe a qué ha venido este repentino apagón?

—Estarán reparando algo, quién sabe —explicó sin entonación ni sangre—. Por cierto, a ver si en lo sucesivo, y salvo que supliquen por un expediente disciplinario, nadie se queda fuera de jornada sin comunicármelo antes. Se requiere autorización directa del jefe.

A Eva aún le quedaba el último impacto desagradable del día. Al cruzar el *parking* subterráneo en busca del utilitario de Rubén, al fondo, medio camuflado y en una plaza de garaje que no era la suya habitual, descubrió el coche de Javier.

¿No se había marchado?

Eso había dicho. Era evidente que mentía. El caso era por qué.

Al día siguiente, Javier y Eva no coincidieron en Fireland. Eso acrecentó las sospechas de la chica. No vino, pero sí la asaeteó con mensajes e invitaciones a comer, a cenar... Buscaba charla, puede que recuperar parte del buen rollo perdido tras el incidente de la tarde anterior y contagiarla, de paso, con las preocupaciones que su ex se había traído en las maletas desde Manhattan. Ya no se fiaba.

Le costó no descolgar el teléfono en todo el día e ignorar el dulce acoso de que estaba siendo objeto, porque lo cierto era que quería verlo, claro que quería verlo. Y no solo eso, dejarse embriagar por su aroma, fundirse en su arrebatador halo, que la tomara en sus brazos, la besara hasta cortarle el aliento, que la hiciera suya desde el reinado de la luna al amanecer... Pero Javier actuaba de modo desconcertante, ora blanco, ora negro. Y no iba a arrastrarla en su dislocada carrera al barranco. No, si podía evitarlo.

Sin embargo, a la decimosexta llamada, no pudo resistirse, la mano se fue sola y su dedo pulsó el botón de respuesta sin consultar. Antes de poder amputárselo y dar marcha atrás, oía la seductora voz grave de Javier preguntándole qué diablos pasaba.

—¿Se puede saber por qué no me coges el teléfono?

—Porque no soy tu secretaria ni me apetece hablar contigo. Te he pedido por las buenas que me dejes en paz. Tú te empeñas en no hacerme caso.

—¿Tan pronto has olvidado lo que ocurrió la otra tarde entre nosotros?

La pelirroja soltó bien alto una exclamación de incredulidad.

—Eso no fue más que un error que no supe evitar, pero que no va a volver a repetirse. —Entonces oyó una maldición por lo bajo. Y no precisamente suya—. Olvídalo todo, haz el favor.

—Ojalá pudiera. Ojalá pudiera olvidarlo y olvidarte, el caso es que no puedo. Y me jode. Sobre todo me jode que te tomes las cosas serias a broma y que me trates así.

—¡Oye! ¡Yo no te trato de ninguna forma! —se encendió ella.

—Oh, sí, vas y vienes, uno nunca sabe de qué humor vas a levantarte.

—Tú sí que vas y vienes. Además, ¿qué significa esto? Desde que volvimos de Roma dejaste claro que no querías ninguna relación, que éramos adultos responsables y me soltaste un sinfín de chorradas por el estilo, un poquito de coherencia, Javier, déjame vivir.

—¿Javier? ¿Ya no soy Javi?

—No, ¿para qué, si no te gustaba? Siempre te ponías de morros, cada vez que lo oías.

El silencio creó entre ellos una pausa tensa.

—Sonaba cariñoso, cercano.

A pesar de la ternura de su tono, Eva puso los ojos en blanco.

—Pues haberte aclarado. Ya no hay más *Javi*, a la mierda, que nunca estás contento con nada porque no te aclaras.

Y colgó.

Javier se quedó como un tonto, con el auricular de su teléfono en la mano, y la señal de llamada interrumpida rebotándole en el cerebro. Había vuelto a suplicar y a rebajarse. Ni entendía lo que le pasaba con aquella chica ni sabía cómo impedir que siguiera creciendo su necesidad de ella, su desazón, si no la tenía cerca. Joder, menuda faena, sospechar que alguien persigue el hundimiento de tu empresa y al mismo tiempo amarla con desesperación. Pasar por alto los indicadores de que el final será amargo. Acostarse y levantarse pensando en ella, por encima de sus pesadillas y de todos los problemas.

Moruena y sus amenazas se habían materializado en forma de abogado plasta, empeñado en reunirse para tramitar lo que osó llamar «un acuerdo amistoso». ¿En serio? ¿Sin sangre ni platos rotos y sin intervenciones policiales? Ese tipo no conocía a Moruena y su amor por el drama. Añadir a la ensalada el extraño comportamiento de Antonio no mejoraba las cosas ni rebajaba la tensión. Llamadas de extranjis, reuniones clandestinas con gente que, al parecer, nada tenían que ver con Fireland... No le faltaba razón a Eva, y él la había acusado de mentir. En fin. Se mesó el cabello y se acercó a la cristalera a espiar el mar.

Precisamente fue Baladí quien entró en su despacho y lo encontró muy fastidiado. Rígido. De pie con las manos en los bolsillos, mirando a través de las ventanas, ausente. Para cualquiera que conociese a Javier, incluso superficialmente, la arruga de su entrecejo hablaba por sí sola. Aquel gigantón estaba jodido. Pero que muy jodido.

Antonio se acercó por detrás y con una mano le palmeó el hombro.

—¿No vas a decírselo?

—¿El qué y a quién? —replicó el aludido sin dejar de mirar el horizonte.

—A ella, a la pelirroja, que la quieres.

Javier apretó las muelas.

—¿Quién ha dicho que la quiero?

—Tu energía incorpórea —dio énfasis a su sentencia con un gesto cómico—. También podría añadir tu nerviosismo, tu continua mala leche y la cara de gilipollas integral que se te pone hasta cuando la ves de lejos.

Javier no se molestó en contestar. Tampoco Antonio lo necesitaba.

—Ya estás escapando otra vez —argumentó este con voz de ultratumba.

Ahora sí, Javier giró sobre sus talones.

—No escapo.

—Oh, hermano, sí lo haces. No he visto a nadie tan jiñado en toda mi vida. ¿Qué crees que puede pasarte? ¿Que se irá y te abandonará igual que hizo Moruena? Eva no parece de esas, dale una oportunidad, coño. Date tú una oportunidad.

Javier se desesperó. No podía contarle a Antonio sus sospechas, no sin pruebas. Eva le importaba demasiado como para echar por tierra su reputación. Incluso en el peor de los casos, si era culpable de algo, todo se haría del modo que menos la perjudicase. Atrás quedaban sus absurdas ansias de destrozo y venganza.

Por eso se tragó su réplica y se limitó a advertir:

—Hay cosas que no sabes.

A Baladí, por desgracia, no pareció importarle mucho tanta reserva.

—¿Me contarás algún día qué sucedió exactamente en Roma? Debió de ser una experiencia religiosa, porque desde entonces estás desconocido, tío.

—Los caballeros no tienen memoria. —Javier no pudo reprimir una sonrisa al recordar algunas de las imágenes de aquellos días en la capital italiana. Los rizos rojos saludando desde debajo del casco alquilado, sus risas en cualquier calle, el brillo de sus ojos en el puente Milvio, sus cánticos voz en grito a lomos de la Vespa...

—No tienes remedio —rio su amigo.

—Solo puedo decirte que no entiendo de dónde salieron los rumores sobre su homosexualidad...

—¿Quieres saber mi teoría? —apuntó Antonio tras un breve silencio—. Un amante despechado.

Javier se lo pensó un segundo. Evaluó posibilidades y sacó una conclusión única.

—¿Antón Sevilla?

—Fue quien lo dijo, pero él no podría soñar siquiera con una mujer como Eva.

—Dudo mucho que haya estado liado con ella. No que lo deseara, pero sí que lo lograse. De todas formas, si confirmo que todo ha partido de ese gilipollas, te juro que lo cojo por banda y le pongo los dientes de diadema.

Eva elaboró concienzudamente un plan para la tarde. El objetivo, mantenerse ocupada y pensar en Javier lo menos posible. Llamó a su madre y se encontró con que había quedado para cenar en casa con Federico Bianchi, según ella, para ponerse al día y charlar de los viejos tiempos, pero se expresaba con una vocecita de miel irreconocible que disparó las esperanzas de Eva a donde el agujero de ozono.

—Ok, mamá, que te diviertas. Y no pierdas el tiempo, que ni tú ni él estáis ya para eso.

Bella rio azorada y soltó un par de pretextos que intentaban restar trascendencia a la cita. Eva, por supuesto, no los tomó en serio.

Luego telefoneó a Ana Belén, pero con lo único que pudo hablar fue con su contestador. La avisó de que pasaría por su casa nada más acabar el entrenamiento y, esforzándose por sonar natural, le rogó que cocinase una tortilla de patata «de las suyas» para una amiga hambrienta.

Con la satisfacción de quien pone sus cosas en orden, Eva entró al gimnasio, se cambió de ropa, se vendó las manos, se calzó los guantes y, con el casco protector bajo el brazo, salió a la sala del *ring*. De espaldas, un tipo moreno y enorme hablaba amigablemente con Johnny. Tenía un cuerpo de escándalo, un trasero redondo y apretado como dos melones italianos, y unos hombros cuadrados en una espalda como un portaaviones. Cuando descubrió de quién se trataba, estuvo a punto de caerse redonda al suelo.

57

Lo que quiero que hagas, lo haces

—¿Qué demonios haces tú aquí?

Javier giró lentamente, como si cada milímetro de movimiento estuviese previamente estudiado.

—Tranquila, Brujilda —se burló de su ataque de nervios—, tranquila, solo me informaba sobre el funcionamiento del gimnasio. Me gusta el boxeo. —El modo en que la miraba parecía indicar otra cosa.

—¿Que te gusta? ¡Y una porra! ¡Nunca en la vida te ha gustado!

—Que yo sepa, no me conoces de toda la vida —zanjó endureciendo el tono.

Johnny saltaba alternativamente de uno a otro, curioso y entretenido.

—Deduzco que no es la primera vez que coincidís.

—Somos compañeros de trabajo —explicó Javier con amabilidad.

—Es mi jefe —rectificó huraña ella—. Y me acosa. —Subió al cuadrilátero y se coló por entre las cuerdas de un salto. Javier admiró sus torneadas piernas y deseó cargársela al hombro y arrastrarla sin miramientos hasta la alfombra más cercana, donde poder arrancarle cada prenda a mordiscos. En lugar de eso, echó atrás la cabeza y soltó una carcajada.

—¿Que te acoso? Nena, debes estar perdiendo la chaveta. No tengo ninguna necesidad de perseguirte, lo que quiero que hagas lo haces con solo que te lo ordene.

—Dentro de la oficina y en horario limitado —aclaró Eva afilada, intercalando palabras con saltitos de calentamiento.

—Por descontado —silabeó él con mala uva.

Johnny empezó a sentirse incómodo con la extraña contienda dialéctica. Allí se iba a pelear con los puños. Para otros menesteres estaba la puerta, a continuación la calle y, muy cerca, Puerto Banús, con decenas de maravillosos bares y coctelerías, donde tirarse los tiestos a la cabeza.

—¿Empezamos?

Era Eva, desde arriba, golpeando impaciente un guante contra otro. Echaba chispas por los ojos y el boxeador supo que el entrenamiento sería de aúpa.

—Cuando quieras. Javier, date una vuelta si te apetece, puedes quedarte y ver los entrenamientos. En la sala contigua tienes...

—¿Puedo quedarme aquí?

—Si quieres...

—Yo no quiero —irrumpió Eva de pésimo humor. Javier hizo como si no la hubiese oído.

—Incluso puedo hacer de *sparring* —se ofreció. Eva dio un respingo.

—No puede ser, hay demasiada diferencia de envergadura entre vosotros dos, tienes más del doble de peso que ella —rechazó Johnny sin ni siquiera considerarlo.

—Prometo mantenerme firme como un tablón de madera. Solo para que ella descargue a gusto.

—No me tientes. Para eso ya existen los sacos, don Javier —recordó irónica Eva—. Necesito alguien vivo al otro lado de mis mamporros. Pero si tanto insiste, déjalo que suba, Johnny.

—No me parece una buena idea en absoluto. Eva es muy buena, hay que saber recibir bien sus derechazos, de lo contrario...

—No es la primera vez que peleo.

—¿Ya has boxeado antes? —insistió Johnny— Porque cuando digo *buena* me refiero a *buena de cojones*.

—Boxeo como tal no, pero en más de una difícil me he visto. Vamos, me portaré bien —prometió Javier seguro de sí mismo.

—Sí, se portará bien... Por una vez en su vida —recalcó con malicia la pelirroja—. Seguro.

El entrenador accedió de mala gana. A fin de cuentas no había que ser un lince para detectar la brutal tensión erótica entre aquellos dos y, en cosas de pareja, él no se enredaba. Si querían resolver sus diferencias a ganchos y derechazos, no era de su incumbencia. Allá ellos. Hizo una señal a Javier franqueándole el acceso y le entregó unos guantes.

Ni siquiera sabía colocárselos. Tuvo que vendarle las manos y ayudarlo mientras Eva lo observaba con los párpados entrecerrados y una socarrona sonrisa de cobra real a punto de devorar a su presa.

—Listo.

—¿Estás seguro, Javier? —canturreó Eva a media voz.

—Más de lo que he estado en la vida.

Johnny suspiró mirando al techo. Antes de que pudiera autorizar el inicio del primer asalto, Eva sorprendió a su oponente con un directo al hígado que, sin embargo, él esquivó con maestría y un ágil salto a la izquierda.

Casi pudo oír los dientes de ella rechinando. Con mucho trabajo, Johnny contuvo la risa.

Eva reaccionó al segundo. Enlazó un derechazo con un golpe de izquierda, buscando sus mandíbulas, pero de nuevo erró en diana. La altura de Javier y su evidente forma física lo convertían en una fortaleza casi inexpugnable. Eso, sumado a su sonrisita de autosuficiencia, la estaban sacando de sus casillas. Eva se concentró al máximo. Hora de sacar la artillería pesada. Tomó aire, concentró la energía, hizo de sus brazos dos ametralladoras y consiguió propinar unos cuantos golpes. Pero la firmeza del cuerpo que sacudía era capaz de absorberlo todo sin recular. Era como golpear una pared de hormigón. Inmejorable como entrenamiento, nefasto para su resquebrajado orgullo. Apretó las manos dentro de los guantes.

—¿No estás un pelín demasiado seguro de ti mismo, grandullón? —lo provocó por ver si lo distraía. Javier se mantuvo impávido, sin caer en la trampa.

Lanzó otros dos ganchos mortales buscando puntos especialmente vulnerables en el organismo de cualquier humano, que Javier encajó casi sin tambalearse. Eva era una fiera sobre el *ring* y empezaba a dolerle todo el cuerpo, pero no iba a darle el gusto de admitirlo rindiéndose, así que incluso se permitió cruzar un guiño triunfal con el entrenador, con una pequeña sonrisa de satisfacción bailoteando en las comisuras de sus labios. Eva supo que era entonces o nunca. Saltó hasta ponerse a su altura, concentró toda su rabia en el bíceps derecho y le asestó un tremendo puñetazo en la parte baja de la mandíbula. El rostro de un Javier tomado por sorpresa se desencajó, a continuación perdió el color, la miró sin verla y cayó al suelo como el tablón que anunció ser.

—¡Por Dios! ¿Qué has hecho? —exclamó Johnny corriendo a comprobar su estado. Atravesado en el *ring*, Javier no dejaba espacio para nadie más.

Eva se retrepó con chulería contra las cuerdas.

—Eso se llama K.O. técnico. Creo.

Y fue a rematar la frase con un chasqueo de lengua. Pero comprobó la palidez en la cara de Johnny y, de pronto, se asustó. Corrió hasta Javier y se arrodilló a su lado. Tenía los ojos cerrados y la piel del color de la cera.

—¡Javier! ¡Javi! ¿Me oyes? —gritó mientras se desembarazaba de los guantes—. Johnny, ¿estará bien, verdad?

Cargado de paciencia, el entrenador palpó varios puntos estratégicos en el cuerpo de Javier antes de expulsar el aire contenido en sus pulmones en un largo suspiro.

—No lo sé, prueba a hacerle el boca a boca... —Se irguió y se alejó del cuadrilátero meneando la cabeza divertido. El derechazo propinado por la pelirroja había sido de primera pero estaba claro que su oponente no había perdido en ningún momento la consciencia y estaba haciendo un poco de teatro. ¡Jóvenes...! Aquellos dos bien podían resolver sus problemas solos.

Con la boca seca y los ojos húmedos, Eva observó el cuerpo aparentemente inerte de Javier. Estudió el ritmo de su respiración... Y sustituyó el pánico por el peor de los enfados.

—¿No piensas salvarme la vida? —insistió Javier desde el suelo abriendo un ojo. Eva le arreó en la cara con todo el guante y se puso en pie de un brinco—. Era una broma, mujer, solo una broma.

—Odio esta clase de bromas, ¿entiendes? Las odio. Y odio a los que las hacen. —Recogió sus guantes con brusquedad y voló fuera del *ring*.

—¡Espera un momento, Brujilda! ¡Sigo necesitando tus primeros auxilios! —gritó Javier aún tumbado. Ella no se giró a mirarlo.

—¡Vete a la mierda, imbécil!

Solo la aplacó una ducha caliente de veinte minutos de duración. Se habían reído de ella. Los dos. Lo que más le escocía era la complicidad de Johnny. Ese hombre era su aliado, no el de Javier. Llevaban tiempo entrenando juntos, la preparaba para combatir y en solo media hora, De Ávila aparecía y lo convertía en su colega, hasta el punto de conspirar para dejarla en ridículo.

Hombres. Panda de gilipuertas integrales. Dios los cría y ellos se juntan.

Salió de la ducha envuelta en una toalla y se acercó hasta el tocador para peinarse. Oyó que Johnny la llamaba desde fuera.

—Ey, Brujilda, ¿se te ha pasado el mosqueo?

—Como vuelvas a usar ese estúpido mote te juro que te destrozo el gimnasio —contestó ella a suficiente volumen.

—Venga, va, era solo una broma para que te relajases. Llevas tensa muchos días.

—No necesito ayuda, gracias —farfulló—, ya me relajo yo sola.

—Empezabas a tomarte el entrenamiento demasiado en serio.

—¡Vaya por Dios, usted perdone! Con el campeonato encima, pensé que eso era lo mínimo que exigirías.

—El campeonato se celebra dentro de un par de meses, en el centro de alto rendimiento de gimnasia rítmica, hay tiempo de sobra con el nivel que gastas.

Eva aflojó los músculos y sonrió un poquito a su imagen en el espejo.

—Nunca se entrena demasiado. Si dejo que me rompan la nariz, mi madre no me lo perdonará en la vida.

—Procura estar tranquila y sopesar tus movimientos —le aconsejó Johnny paternal—. Si no pierdes los nervios, ese campeonato es pan comido.

Salió a la calle acalorada tras la ducha. Con el cabello recogido en lo alto de la cabeza, en una divertida cascada de rizos rojos. Para su bochorno, Javier la esperaba apoyado en la fachada del edificio. Fingió no verlo, pero él consiguió atraparle un brazo cuando quiso pasar de largo.

—Eh, señorita.

—¡Joder! ¿Cuándo acaba esto? ¿Aún no te has cansado de tomarme el pelo?

—Deja que me redima, digamos, invitándote a cenar. Me lo debes después de la paliza que me has dado. Joder, me duelen todas las costillas y sigo sin notarme la mandíbula, nena.

—Tú te lo has buscado, no haberte subido al *ring*. Y la respuesta es no, no hay cena. Llevas todo el día intentándolo y yo dándote calabazas. Pero oye, no te rindes.

—No, no me rindo. Y lo de las calabazas suena muy presuntuoso, Brujilda.

—Suena como me da la gana que suene. Estoy ocupada y aunque no te mereces la más mínima explicación, voy directa a visitar a una amiga que lo está pasando mal.

—Yo también lo estoy pasando mal.

Sonó tan desvalido que el corazón de la pelirroja se incendió por combustión espontánea. Era una locura charlar sin pretender encontrarse con su intensa mirada verde. No podía seguir allí ni un minuto más, con aquel hombre nublándole los sentidos.

—Puede. Pero ella es importante en mi vida. Tú no.

—Por un momento pensé que lo era. —Dolido, le soltó el brazo. Eva notó una irritante quemazón allí donde su mano se había posado.

—Por momentos todos pensamos muchas idioteces —replicó ella con frialdad—, pero nos equivocamos. Tengo que confesarte que, en alguna ocasión, he creído que lo nuestro podía ir más allá de un revolcón fruto de la oportunidad. Ya ves —sonrió amarga, y puso distancia entre los dos—, se ve que en el fondo debo tener alma de romántica empedernida, lo que nunca pensé que sería.

—Eso no es malo... —comenzó él apasionado. Eva no lo dejó proseguir.

—Basta que aparezca el hombre adecuado para ponerte en ridículo sin el menor remordimiento.

—¿Soy el hombre adecuado?

—Para ponerme en ridículo, ya te lo he dicho. Al volver de Roma dejaste claro cómo se llamaban las cosas. Y, aunque esto me ha hecho sufrir, ahora te lo agradezco. Me he dado cuenta de que era una soberana metedura de pata, porque tú y yo no somos compatibles ni de lejos. Ni de coña funcionaría.

—Tenemos que hablar. Hay sucesos turbios que investigar... —se mesó nervioso el cabello.

—Perdona, Monolito. Olvídate de estudiarme como si fuese un espécimen biológico en un escaparate. Lo que de primera hora no sale, no merece la pena forzarlo.

—Simplificas todo demasiado —se quejó mirando al suelo.

—Qué raro, siempre he oído decir que las mujeres tendemos a complicar... Bueno, voy tarde. Espero no volver a verte el careto por estos lares y mucho menos a hacerme de *sparring*.

—He oído al entrenador hablar a gritos desde el pasillo. ¿Vas a participar en un combate? No lo hagas, Eva... —rogó en una súplica contenida y desesperada. Ella detuvo la marcha en seco.

—¡Ja! Lo que me faltaba. ¿Y eso?

—Joder, Eva... Es peligroso. No quiero...

—Abre los ojos, Javier de Ávila, soy mayorcita y decido lo que es o no peligroso para mí. Y aquí lo único realmente peligroso eres tú. Aparta de mi camino y de mi vida. Nunca debí dejar que entraras. Y deja de tratarme como a un maldito juguete. No lo soy.

—¿Ni siquiera *mi* juguete?

—Eso, menos. ¡Aparta, te digo!

Un jadeo violento le mostró que Javier acababa de agotar su paciencia.

—¿Peligroso yo? Mira quién habla, has debido de reírte mucho fingiendo lo que no eras —gritó con la desesperación de ver que se alejaba. Eva frenó en seco.

—¿Qué? ¿Qué es lo que no soy? —lo retó clavándole dos pupilas como dardos.

—Una mujer... —masculló él con la sola intención de herirla.

Lo consiguió, por supuesto.

—No-soy-les-bia-na-y-te-cons-ta, so pedazo de cretino —escupió furiosa.

—Una mujer *sincera*.

—¿A qué cojones viene esto? —Eva sacudió la cabeza—. ¿Sabes qué? Ya te lo he dicho antes. Vete a la mierda.

Prácticamente corrió hasta su moto rezando para que Javier no la siguiera.

Si volvía a detenerla, si la rozaba siquiera, si la apresaba contra su cuerpo... No habría marcha atrás. Se volvería loca, ella misma lo desnudaría y le haría el amor en mitad de la acera.

No ocurrió nada. Eva se marchó sola de allí. Sola y rota.

En cuanto a él...

La rechazó. Javier se las había arreglado para dirigirle una mirada helada e indiferente cuando lo que de verdad deseaba era arrodillarse ante ella y abrirle el alma. Contarle que nunca imaginó que se pudiese amar hasta ese punto y que ella, con su particular visión de la vida y su alegría contagiosa, había logrado espantar parte de sus prejuicios y sus miedos. Que no concebía el resto de su existencia si no era a su lado.

En menos de veinte minutos, Eva pulsaba el timbre en la puerta de Ana Belén fingiendo no estar demolida por dentro. Su amiga abrió con mala cara y dos círculos oscuros debajo de los ojos. Se abalanzó contra ella y se fundieron en un interminable abrazo.

—¿Es tortilla de patatas eso que huelo? —Eva trató de imprimir humor al momento, sin dejar de estrecharla.

—Es.

—Fenómeno. He entrenado para el campeonato y vengo medio muerta. —Entraron juntas, Eva se dejó caer, rendida, en el sofá de flores. Ana Belén llevaba puesto el pijama y su amiga la miró con envidia.

—¿Un rioja? —ofreció la dueña de la casa.

—Vamos allá. ¿Novedades?

—He hablado con Ángel. —Lo dejó caer como si nada, mientras le pasaba la copa de vino. Las manos de Eva temblaron con violencia.

—¿Y?

—Dice que el bebé no es suyo. —Ana Belén rompió a llorar.

—¿Cómo que no es suyo? Lo es, ¿verdad?

—¡Eva!

—¡Cariño, lo siento! ¡No sé con quién te acuestas y si tomas o no precauciones! ¡Cómo voy a saberlo?

—¡Te lo cuento todo! —aulló al borde de un colapso histérico.

—Una siempre se guarda cosas... Y no es pecado, no pasa nada.

—En este caso no te miento. Eva, no puedo creer lo insensible que ha sido, lo insensible y distante. Cuando me buscaba todas esas noches que hemos pasado juntos, era tan dulce y cariñoso, tan atento. ¿Qué pretende? ¿Volverme loca?

—Me temo que Ángel nació distante. Ana Belén, no me lo tomes a mal, joder, es mi hermano, lo hemos hablado mil veces. —Se levantó y, muerta de ansiedad, recorrió el pequeño salón deseando poder sacarse de la manga una solución mágica que disolviese los problemas de su amiga—. De verdad, su fondo es noble, un buen chico en algunos aspectos, pero le puede el egoísmo. Se quiere él y nadie, nunca, será en su vida lo suficientemente importante como para desplazar su monumental ego.

—Se ha entretenido conmigo —concluyó compungida Ana Belén, secándose al vuelo las lagrimas. La servilleta de papel dejó un rastro de rímel corrido sobre sus mejillas.

Eva no supo qué responder que la consolara. La vio entrar en la diminuta cocina y clavar el cuchillo en la tortilla de patatas como si quisiera asesinarla. Dispuso dos porciones gigantescas en dos platos y descorchó una nueva botella de vino.

—¡Zumba, no derroches! —Eva apuntó a la anterior botella de rioja. Ana Belén pasó por delante como una exhalación y se la llevó de un tirón.

—Está viejo. A la mierda. Si voy a tener que criar un bebé sola, tendré que empezar a tomar decisiones arriesgadas sin titubeos.

Se sentó en el sofá, colmó la copa vacía de Eva y ella se sirvió apenas un dedo.

—Cariño, conmigo no hace falta teatro, sé que estás hecha polvo, pero aquí está la tita Eva, siempre dispuesta para lo que necesites.

Ana Belén esbozó una sonrisa forzada.

—¿Brindamos? Porque les den por saco a los hombres. Y por las clases de *aquagym* que me han dicho que les vienen de muerte a las preñadas.

Debió de establecerse una especie de pausa al desconsuelo, que aprovecharon comiendo, bebiendo y pensando. En el equipo de música de Ana Belén tronaba el «Express yourself», de Madonna. Todo iba medio bien hasta que sonó el timbre. Eva arqueó una ceja.

—¿Rubén?

—Ni idea, creí que esta noche salía de cañas con un ligue. Ni siquiera ha venido a la clase de *zumba*...

—No te levantes, yo abro. —Eva trotó hasta la puerta. A sus espaldas, Ana Belén soltó una risita traviesa.

—Si empiezas a tratarme como una inválida desde ya...

La pelirroja giró la cabeza para protestar, al mismo tiempo que tiraba de la manija. Por eso, incluso antes de ver de quién se trataba, detectó el pavor en los ojos de su amiga. Desconcertada, centró su atención en el rostro del recién llegado, mientras Ana Belén balbuceaba:

—¿Ángel?

El atractivo joven, de pie en el umbral, no articuló palabra. Parecía más que nervioso, desquiciado. Fue Eva la que aclaró el malentendido.

—No es Ángel, es Miguel.

58
El increíble malentendido

Los primeros minutos de reunión fueron tan tensos que podrían haber explotado por los aires. Mientras Ana Belén y Eva se preguntaban qué significaba la presencia de Miguel en aquel apartamento, él se permitió pasar hasta el centro del salón y las encaró a ambas.

—He venido a hablar con Ana, pero puedes quedarte. Para algo eres mi hermana y su mejor amiga.

—¿Te manda Ángel, el miedica? —arremetió una enfadada Ana Belén. Regresó al sofá y se arrojó a él casi de cabeza. Eva hizo una seña a su hermano para que se sentara.

—No, de hecho, ni siquiera imagina que he venido.

—Miguel, supongo que conoces el asunto y que no hará falta que te diga que, por una vez, no vas a poder sacarle las castañas del fuego a tu gemelo —intervino Eva con severidad—. Se lo ha montado fatal. Va a tener que dar la cara o yo misma iré y lo sacaré a rastras de su agujero...

—Ángel tiene parte de razón cuando asegura que este embrollo no es su culpa.

El comentario sacó a Ana de debajo de la pila de cojines donde había hundido la cabeza.

—¿Va a negar que hemos estado viéndonos?

—No lo niega, pero no es con él con quien has estado acostándote.

Petrificadas. Así es como se quedaron las dos mujeres al oír aquello.

—¿Perdona? —Eva tragó saliva para humedecer una garganta repentinamente seca—. ¿Nos lo explicas?

—El bebé es mío, Ana Belén.

—Estás... Debes de estar bromeando —tartamudeó la nueva pelirroja. Para su total desconcierto, Miguel sacudió la cabeza en una suave negación.

—Os habéis... ¿intercambiado los puestos? ¿Habéis jugado con mi amiga a pasar el uno por el otro como hacíais en el colegio para reíros de los profesores? —explotó Eva

—Sé que suena abominable...

—¡No! ¡No suena abominable! ¡Suena mucho peor! —gritó Eva en pie—. ¡Suena tan mal que aún no han inventado la palabra para definirlo!

Miguel lanzó una mirada de soslayo a la perpleja Ana Belén, que parecía absorbida por un hechizo maléfico, incapaz de reaccionar.

—Ana, ¿te encuentras bien?

—¡Claro que no! ¿Cómo va a encontrarse bien con lo que acaba de descubrir?

—¿Puedes dejar que responda ella? —la amonestó su hermano empezando a enfadarse.

—Os habéis estado divirtiendo a mi costa —acertó a decir la chica con un hilo de voz. Eva sintió que se le partía el alma.

Contra todo pronóstico, Miguel corrió hacia ella, se arrodilló a su lado y trató de cogerle una mano. Ana Belén no pudo impedirlo, estaba demasiado abatida para oponer resistencia.

—Quiero que esto quede claro: nunca fue una broma. Ángel no sabe lo que ocurría por las noches. Él... A mi hermano le pareces graciosa, pero no está enamorado de ti, no lo ha estado nunca, le gustaba invitarte y disfrutar de tu compañía, pero sin buscar nada serio. Menos, estando Eva de por medio.

—Y te pintaron calva la oportunidad de aprovecharte de esta ilusa y echarle la culpa al otro, ¿no? —bramó Eva a punto de atizarle en la cabeza—. ¡Bien pensado, Miguel! Así, Ana pensaría que era Ángel el responsable. ¡Vaya! Siempre creí que, de los dos, tú eras el bueno.

—Y lo soy. —Clavó en Ana Belén una intensa mirada—. Ana, llevo enamorado de ti toda mi vida.

—¿En serio? —se la oyó responder. Eva perdió la paciencia.

—¿Y jamás se te ocurrió comentárselo?

Miguel volvió a erguirse, cuan alto era.

—¿Cómo? ¿Y para qué? ¡Ella no tenía ojos más que para mi hermano!

—Por el amor del cielo, si sois tan iguales que ni nuestra madre os distingue.

—No, no somos iguales, ni parecidos siquiera. En forma de ser, en el trato con las mujeres, somos algo más que la noche y el día. Si a ella le iban los tipos duros que tratan a las chicas a baquetazos, que superponen varias relaciones sin comprometerse con ninguna y te hacen llorar a todas horas, era evidente que yo no estaría a la altura.

Ana alzó unos ojos brillantes, anegados en lágrimas.

—Nunca dije que quisiera sufrir.

—Pero tampoco me dirigiste ni un gramo de tu atención. Jamás.

—La engañaste —concluyó Eva con aspereza—, le hiciste creer que los contactos que Ángel iniciaba durante el día continuaban por la noche, y no eras la misma persona. Es despreciable, Miguel, algo que nadie que te conozca esperaría de ti.

—No encontré otro modo de acercarme a ella, de que me conociera... —gimió con desesperación.

—¡Podías habérselo propuesto! ¡Haberte arriesgado a un rechazo, como un hombre cualquiera! Pero aprovecharte de sus sentimientos por otra persona, por tu propio hermano... Verás cuando mamá se entere.

—¡Mamá no va a enterarse de nada! ¿A qué vienen esas amenazas infantiles? Soy un adulto y estoy dando la cara. Lo que hice no me enorgullece, pero volvería a repetir, noche por noche, cada momento que Ana me entregó.

—No pretendas darle un viso de romanticismo, es asqueroso igualmente —se atrincheró la pelirroja.

Entretanto, Ana Belén se había puesto en pie con mucho trabajo.

—Os agradecería un montón que dejaseis de hablar de mí como si yo no estuviera presente.

—Ni se te ocurra defenderlo —advirtió Eva con las manos estiradas.

—No voy a defenderlo, voy a echarlo del apartamento.

Miguel no puso inconvenientes. Avergonzado, con los ojos clavados en la moqueta, sintiéndose peor que nunca en su vida, hizo lo que Ana Belén le pedía sin emitir ni una queja. Ellas volvieron a quedarse a solas, consternadas, confusas, alucinadas. Eva abrió los brazos y Ana Belén se refugió en ellos llorando como una magdalena. Durante un rato prolongado ninguna habló.

—¡Qué fuerte! —musitó Eva mucho después—. Estoy a punto de repudiar mi apellido. Me quedo a dormir contigo, cielo. Toni y Braxton tienen pienso y agua de sobras, no me echarán de menos. Esto es... —miró a la lámpara por encima de su cabeza—. No tengo palabras para describir lo que siento.

—Fue el amante más dulce y generoso que he tenido en la vida —confesó Ana acurrucada en la esquina del sofá. Eva la observó expectante.

—¿No sospechaste nada? ¿En ningún momento?

Ana negó lentamente con la cabeza.

—A veces nos obsesionamos con algo y la obsesión nos ciega. Lástima no poder ver más allá de la verdad que uno se forma aquí... —se tocó la frente—. Somos algo estúpidos, los humanos.

Eva no supo bien si se refería a Miguel o a ella misma. Prefirió mantener viva la duda.

Se fueron a la cama. Arropó a su desconsolada amiga y la abrazó desde atrás. Ana Belén era una gran persona, un maravilloso cascabel que repartía felicidad allá donde iba, incapaz de dañar a nadie. No merecía un golpe así.

«A veces la vida es una puñetera mierda», pensó.

Escuchó la respiración de Ana, suave y acompasada. Por fin, después de muchas lágrimas, se había dormido. Así que, despacito para no despertarla, salió de la cama, se sirvió una copa de vino en la cocina y caminó hasta el balcón. Quería que el alcohol entrase en su cuerpo y, tal cual corría, disipara las preocupaciones. Su fabuloso plan de eliminar a Javier de su mente tampoco estaba dando los resultados apetecidos. Miró hacia lo alto esperando encontrar respuestas, pero desde el techo natural solo colgaba una espléndida luna llena, flanqueándola, dos densas nubes en forma de pececito.

Antes de salir disparada hacia su casa para ducharse y cambiarse de ropa, desayunó con Ana Belén y se aseguró de que la dejaba en buen estado y con el ánimo algo reforzado. Su amiga le hizo jurar que no movería ficha en aquel tablero, que al fin y al cabo le pertenecía, y la pelirroja no tuvo otra salida que aceptar quedarse al margen. Solo por un tiempo, se dijo.

Sin embargo, una vez a lomos de su potente moto, tomó una dirección que no era la del King Edwards. Con los lamentables insultos de Javier retumbándole en el cerebro y la sensación de que zanjar un desagradable asunto urgía, su motocicleta se dirigió a Marbella 6, el viejo edificio de Fireland en la Avenida Miguel Cano, donde Ana Belén y Antón Sevilla aún trabajaban. Era temprano. Se cargó de paciencia y esperó en la puerta.

Sin esconderse.

Hasta que lo vio llegar.

Antón venía distraído chequeando su iPad mini y, cuando levantó los ojos, se encontró de bruces con la pelirroja. Pareció alarmarse, hasta hizo amago de girar para huir, pero Eva le bloqueó el paso.

—¿Qué hay, gran hombre? —lo provocó a conciencia.

—¿Qué haces de vuelta? —Disfrazó su inseguridad imprimiendo a sus frases el mayor cinismo posible—. ¿Se han cansado los jefazos de soportarte? ¿Vienes a suplicar por tu antiguo puesto?

Eva lo miró con desprecio, de abajo arriba.

—Sigue soñando, anda. Has ido diciendo por ahí que me van las tías, ¿eh? —No le concedió turno de réplica—. Escúchame bien, imbécil, si no cierras la bocaza aquí y ahora, voy a contarle a todo el mundo que intenté acostarme contigo, pero que la tenías tan sumamente pequeña que no acertaste a sacarla del pantalón. —Se arriesgó a acercar su cara a la de él, un poco más—. Te juro que voy a ser tan convincente que tendrás que ir enseñando la polla por los rincones para que te crean..., suponiendo que sea mentira que lo de que tu entrepierna es microscópico. Espero que te haya quedado muy muy claro. Y ahora... quítate de en medio, que estorbas. —Caminó hasta su moto contoneando las caderas a propósito, para enloquecerlo.

—Zorra... —oyó rugir a sus espaldas.

—La que usted no podrá tener nunca. —Levantó una pierna por encima de la motocicleta y apoyó el pubis sobre el depósito de gasolina con un movimiento especialmente libidinoso—. Adiós muy buenas.

De vuelta en Fireland, agotadas las rutinas del café, el horóscopo mañanero de boca de Rubén y el noticiero Ana Belén, no quedaba más entretenimiento que zambullirse en el trabajo y espiar con disimulo la puerta, por si Javier aparecía. Masoquismo puro del mejor.

Por fortuna, menos de dos horas más tarde, tuvo que ir a visitar las instalaciones de la empresa cuyo expediente tramitaba, en Estepona. «Como caído del cielo», pensó. Informó a Rubén y a Elena, de recepción, y salió volando por la puerta.

La suerte quiso que se cruzara con Javier en el ascensor. Que mientras ella bajaba, él subía.

Aquella mañana, Javier se había afeitado procurando mantener la barba de dos días que tanto atraía a Eva, había escogido una de las corbatas compradas en

Roma y, en su calendario mental, había marcado la jornada como «Día H». Iba a poner fin a mucha inquietud. Ahogarse en incertidumbre era, realmente, un modo muy desagradable de morir. Ya estaba bien. La primera llamada de la mañana había sido al abogado repipi de Moruena, para concertar una cita a las diez en punto. La segunda, a su socio Antonio Baladí.

Traía rabia acumulada de su entrevista con el letrado. Las barbaridades que había pensado y no había podido verbalizar le hervían en las venas. Moruena había vendido bien su historia y sus condiciones eran insultantes pero claras: renunciaba a robarle la custodia de Gonzalo siempre que él accediera a restituir su matrimonio en idénticas condiciones a cuando los abandonó. Javier había tenido que morderse la lengua para no mandar bien lejos al mensajero. Había conservado la educación y el aplomo los minutos suficientes para anunciar que se verían en los tribunales y que preparase bien su caso porque iría dispuesto a todo. Hasta se había marcado un farol advirtiendo al abogado que, si algo tenía su exmujer, eran trapos sucios que le convenía revisar antes de lanzarse al vacío.

Sin embargo, había abandonado el bufete con un nudo en la garganta. Ojalá estuviese tan seguro de ganarle a Moruena como había hecho ver.

Por eso, cuando llegó al News Café, donde esperaba encontrar a Antonio relajado con su periódico, todavía se disparó más su genio al verlo mirar de reojo y despedirse precipitadamente del ocupante de una limusina con los cristales tintados. Tomó asiento dentro y pidió un café doble, mientras Antonio culminaba sus «negocios particulares», fueran los que fuesen. Lo recibió con el ceño fruncido y ninguno de los chistes que el otro empleó como muletilla causó efecto. Javier lo observó interrogante y frío. Había pasado tres noches enteras revisando concienzudamente la correspondencia de su socio. Toda.

—Traes mala cara, hermano —repuso Antonio jovial haciendo una seña al camarero. Al comprobar que Javier no dulcificaba su alerta, se puso serio.

—Las preocupaciones me desvelan. Y, antes de que te lances sin paracaídas, no hablo de la pelirroja.

Antonio compuso una media sonrisa de incredulidad.

—Tómate algo para dormir, joder, consulta a un médico... Espera. —Sacó su móvil y recorrió con el dedo su listado de contactos—. Tengo el teléfono de uno muy bueno...

La manaza de Javier interrumpió su afanosa labor.

—No necesito un puto médico, necesito salir de dudas y tú eres una de ellas.

—Consiguió que sonara como un cañonazo.

—¿Yo? —Antonio se señaló cómicamente el pecho—. Estás de coña, ¿no?

—No. Antonio. Cuéntame qué te traes entre manos... a mis espaldas.

Baladí abrió la boca un par de veces y volvió a cerrarla sin articular palabra, como un pez moribundo. Parpadeó extrañado.

—¿De qué hablas?

—De las llamadas que recibes, de la gente con la que te reúnes y de los *mails* que intercambias con un par de empresas, Pallfol y Volaverum. Explícame eso.

59
Las nubes que se apartan

Antonio aspiró una bocanada de aire y luego la soltó de golpe.

—No te rayes, no tiene ninguna importancia —aseguró.

—Debe de tenerla cuando me lo ocultas.

—Javier, te noto trágico en exceso. —Intentó rebajar la tensión con bromas, pero la expresión grave de su amigo no se dulcificó—. De acuerdo, si insistes... Tranquilo, no son otra cosa que textiles.

—¿Y qué más?

—¿Qué más? Textiles de buena calidad y estampados exclusivos a precios óptimos, de los que generan un margen de beneficio incalculable.

Javier frunció el ceño. Atar cabos era muy simple.

—¿Y la posibilidad de que Fireland comercie con ellos? —aventuró sombrío.

Antonio accedió con un lentísimo movimiento de cabeza.

—Esa posibilidad nos haría ganar mucho dinero.

—Pero la probabilidad de que esas manufacturas empleen menores o trabajadores en condiciones laborales cercanas a la esclavitud se dispara a la estratosfera, ¿acierto?

Antonio permitió que su mirada se deslizara hasta el suelo. ¿Era vergüenza lo que reflejaba? Los segundos que empleó el camarero en disponer los cafés sobre la mesa se convirtieron en un tiempo de reflexión para ambos.

—Antonio, sabes de sobra que por ahí no paso —retomó en cuanto los dejaron solos—. ¿Cuántas veces lo hemos discutido?

—Eso es una soberana estupidez. Si no lo aprovechamos nosotros, lo hará otro. El hecho de que desprecies un negocio de beneficios millonarios no va a salvar a esos críos de la mierda de vida que les ha tocado en suerte.

—Tío, tienes dos niñas, dos niñas pequeñas. ¿Te gustaría verlas dejarse las manos en una fábrica por un salario de miseria?

—Limítate a los negocios, sin chantaje emocional del barato.

—Te equivocas, es una realidad alarmante. Y me decepciona que hayas trapicheado con esos indeseables a mis espaldas, Antonio, no esperaba algo así de ti.

El interpelado emitió una especie de gorgoteo agónico.

—¿Qué querías que hiciera? Tú no ibas a transigir, te conozco, esto que está pasando ahora es lo que adiviné que pasaría, que pondrías todas las trabas del mundo.

—Fireland va bien, no necesita recurrir a esos... —El súbito cambio de color en la cara de su amigo encendió sus alarmas—. Porque va bien, ¿verdad? —Antonio no respondió. Se limitó a obsesionarse con la puntera de sus zapatos. Javier se inclinó sobre él—. ¡Antonio!

Baladí suspiró agobiado.

—No, Javier, Fireland no va bien. Negocié unos préstamos personales y no he podido devolverlos. Aproveché la firma solidaria y..., la empresa aparece como avalista.

Javier se retrepó en su silla, demudado y confundido. Aquel hombre que le hablaba de desastres financieros no era el Baladí que él conocía, el tipo claro y amable con el que había montado un imperio.

—¿Estamos en peligro? —quiso saber a media voz. El otro asintió con tristeza—. ¿De tanto estamos hablando?

—Hace unos años, mi vida sufrió un auténtico terremoto que nunca te conté. Era demasiado bochornoso para confesarlo en voz alta y, además, tú estabas pasando lo tuyo tras el abandono de Moruena. El caso es que tuve una aventura estúpida con una *crupier* del casino. Mi afán por verla y por impresionarla me empujaron a apostar sin límite y sin cerebro. Perdí tanta pasta que tuve que reponerla a costa de préstamos bancarios. También se sumaron las escapadas a todo plan y los regalos de lujo. Luego, Cecilia se enteró y me amenazó con el divorcio y con llevarse a las niñas.

Antonio recibió una dura mirada reprobatoria por parte de su socio. Podía entender la posición de Cecilia, desde luego. Podía hasta apalancarla.

—No me siento orgulloso de esa etapa, Javier, te lo aseguro. Me conoces, sabes que no soy ningún imbécil descerebrado, fue una especie de crisis...

—¿Crisis de los cuarenta mucho antes de cumplir los cuarenta? —lo ayudó Javier, hosco.

—Puede. No sé. Todos tenemos derecho a equivocarnos.

—Sin arrastrar a otros que no tienen culpa. Tú salpicaste a tu familia y a tu empresa, coño.

—Me costó mucho dinero volver a recuperar su confianza —añadió tras un silencio cargado de reproches—. Vuelta a hacer regalos, ahora a ella y a las niñas, viajes de reconciliación... Todo se convirtió en una rueda terrible que no paraba de girar. Y de aumentar.

—¿De cuánto estamos hablando, Antonio?

—Con los intereses acumulados a los prestamistas...

—¿Prestamistas? —aulló Javier—. ¿Has perdido la chaveta?

—De unos dos millones y medio —claudicó tras pensárselo mucho—. Puede que casi tres.

Javier resopló superado.

—Por eso inicié esta fase comercial. Con Volaverum y Pallfol, los beneficios son seguros y abundantes, confiaba en reponer las cosas a la normalidad sin que te enterases.

—Pero me he enterado.

—Lo siento, tío, lo siento y lo arreglaré, no sé qué más decir. —Los ojos de Antonio se llenaron de humedad.

—Escucha, despide a esos malnacidos. Haré unas llamadas y renegociaremos la deuda. —Apoyó la manaza en el abatido hombro de su amigo—. Oye, no estás solo y tres kilos no son la fortuna de Onassis. Saldremos adelante.

El contenido de la conversación con Baladí lo tuvo ausente y cavilando el resto de la jornada. Al final iba a resultar que Eva estaba en lo cierto, Antonio ocultaba algo de envergadura y, si no llega a ser por su advertencia, él jamás lo habría descubierto, pues en los años que llevaban siendo socios, nunca se le pasó por la cabeza vigilarlo o inmiscuirse en sus comunicaciones, siempre las consideró privadas y su confianza mutua era total. Bien. Había más, quedaba ella. Un hada pelirroja, imprescindible en su vida, que le robaba el sueño más a menudo que las cuentas de la empresa. No podía seguir elucubrando en falso, necesitaba respuestas, presionarla lo que hiciera falta, obligarla a confesar. También era hora de cerrar aquel tema, no podía seguir pensándoselo. Atravesó toda la oficina con zancadas de gigante y se plantó en la puerta de su despacho. Asomó la cabeza.

—Kerr, pasa a mi oficina, tengo que hablar contigo.

La masa de rizos rojos se movió y dejó a la vista unos ojos rasgados intensamente azules.

—Es que ya me iba…

—Pues te irás más tarde, no sería la primera vez. Pasa —apuntó con la barbilla en dirección al pasillo y se dispuso a iniciar la marcha.

—Negrero —masculló ella por lo bajini. Javier la escuchó con claridad y casi le hizo gracia. Le recordó los primeros pasos de su extraña relación.

—Ya.

Sin demasiadas fuerzas para discutir, abrumada por el asunto de Ana Belén y los gemelos, por su discusión con Antón Sevilla y, sobre todo, por lo que sentía cada vez que Javier se acercaba a ella aunque fuese para gruñirle, como ahora, Eva suspiró resignada, abandonó su puesto y lo siguió dócil a través de una oficina que, dado lo avanzado de la hora, se iba vaciando. Al llegar a la altura del despacho de Analíe, la mujer cruzó con ella una mirada que no pudo descifrar.

—Entra y cierra la puerta —ordenó Javier desde detrás de su mesa. De pie, la media desde su imponente altura y Eva notó un suave calambre recorrerle la espalda—. Iré al grano, ya que tienes tanta prisa. ¿Qué buscas?

—No entiendo. —Y no mentía.

Javier se le acercó intimidante. Eva quiso recular, pero tropezó con la pared.

—Eva, por favor, si algo tienes es que no eres tonta. Me has entendido perfectamente. Te hemos pillado.

El corazón de la pelirroja se puso a mil. Aún sin tener certeza absoluta de a qué se refería Javier, algo le decía que aquella conversación sería el final de muchas cosas.

—Deja que salga, hablaremos como personas adultas, pero en terreno neutral. Tú también tienes unas cuantas cuestiones que clarificar.

Javier dejó ir una carcajada casi sardónica.

—¿Yo? ¿Responderte yo a ti? Brujilda, te equivocas, es justo al contrario. Canta y canta la canción completa, antes de que me enfade.

—Empieza tú. —Los ojos azules soltaron un destello—. Tienes más que esconder.

—A la mierda —rugió Javier tomando una decisión.

—A la mierda ¿qué?

—Mi montón de prejuicios.

Eva no dispuso de tiempo material para zafarse. Los poderosos brazos de Javier rodearon su cintura, capturaron su voluntad y los cuerpos se aplastaron uno contra el otro en el estrecho recinto. Buscó la boca femenina con la suya, presionando su pelvis contra ella, haciéndole notar su estado de excitación, recorriéndole la espalda con las manos abiertas, hasta encallar de nuevo al fondo de su talle.

Aunque el asalto fue fiero y la pilló desprevenida, Eva dejó ir un delicioso gemido. El beso se intensificaba a medida que transcurrían los segundos y la temperatura crecía. Una mano de Javier abandonó la curva de su cadera y se deslizó por su espina dorsal, caricias en forma de sinuosa presión. Abarcándola toda. Completa. Mostrándole cuánto y con qué facilidad podría poseerla.

Eva respondió al beso y al roce con un frenesí que su razón no deseaba. Javier ejercía sobre ella un influjo perturbador, altamente incendiario. Algo le decía que los secretos se descubrirían en breve. No era inteligente mezclar la pasión con el descubrimiento y dejarse llevar. Aunque quisiera. Aunque lo necesitara para seguir respirando.

Con un esfuerzo supremo de voluntad, Eva logró sacudirse su abrazo cerrado. Como si el acercamiento, el beso y todo lo demás no hubiera sucedido, Javier la encaró repentinamente frío:

—¿Dónde estábamos?

—Probablemente esquivando verdades. Te decía que tú también tienes cosas que explicarme. —Su voz temblorosa traicionó su fachada arrogante y el control de la situación que pretendía aparentar. Javier volvió a reírse de ella.

—¿A qué viniste a este departamento? ¿A espiarnos, a enredarnos? ¿A copiar y robar datos confidenciales?

—Yo...

—Dímelo claro, ¿pediste el traslado solo para tenerme cerca y poder husmear en mi ordenador? ¿Para sonsacarme algún tipo de información?

—Javi... —Joder. Parecía una ametralladora de acusaciones, no le concedía un segundo para ordenar sus ideas.

—¡Maldita sea, dime la verdad, no me tomes por gilipollas!

—Sí —se rindió—. Vine en busca de información.

—¿Cómo has podido ser tan falsa y no vomitar?

Eva se sintió hondamente dolida por el desprecio que flotaba en su tono.

—¡No lo entiendes!

—¿Que no lo entiendo? —gritó mientras paseaba sin rumbo por la habitación—. ¡Ahora resulta que no lo entiendo! ¿También vas a tomarme por estúpido? Ah, claro, si es lo que debes pensar, a fin de cuentas has hecho conmigo lo que te ha venido en gana todas estas semanas. ¿Follar conmigo era parte de tus tareas? ¿Se te ocurrió a ti sola o te lo encargaron?

Su aturdimiento no le impidió abofetearlo con ganas. La estaba humillando. Puede que estuviese furioso, acorralado, que la mejor defensa fuese un buen ataque. Pero no tenía derecho a insultarla de aquel modo.

—Javier, vine para proteger tu empresa.

Él pareció no concederle importancia al dato.

—Ya estamos, *Javier* de nuevo. Ya no soy más Javi.

—Tómate esto un poco en serio, coño.

—Me lo estoy tomando absolutamente en serio, por eso estoy tan enfadado, ¿es que no lo ves? No solo te has reído de mí, me has utilizado. Puedes sentirte orgullosa, no muchas mujeres pueden decir lo mismo. Tú y la zorra de mi exmujer. Enhorabuena.

—Evita ir de asqueroso, anda —farfulló Eva encendida. Javier fingió sorpresa.

—Ahora resulta que también soy un asqueroso. ¿Cómo demonios esperabas que reaccionara al descubrirte? —Volvió sobre sus pasos y se acercó a Eva que no se había movido ni un milímetro. Estaba tan tan cerca que todo su calor la empujó como algo vivo—. La mujer que me gusta es una gran mentira envuelta en papel de celofán. Después de años sintiéndome el tipo más desgraciado, cerré los ojos un día y noté que algo había cambiado. De repente, el mundo era más amable, las capas de hielo que me cubrían el alma empezaban a derretirse con cada beso y, cuando por fin abro los brazos y decido entregarme sin tapujos... ¡¡Plaf!! Es como si te empujasen desde la planta noventa de un puto rascacielos. ¿Lo entiendes?

Lo vio fuera de sí. Su proximidad y la pasión que vertía en cada palabra la descolocaron. No esperaba aquella ardiente declaración de amor en medio de una situación en llamas entremezclada con reproches. Sí, de repente, así de retorcidas estaban las cosas.

—¿Eso... todo eso has sentido? —acertó a decir entre jadeos. La mirada verde de Javier la atravesaba como un dardo de fuego.

—Eso sentí. Sí. Desde que te besé en Roma... Y hasta que pillé tu juego sucio y todo se desbarató. Por completo.

Eva agachó la cabeza ruborizada. A juzgar por la temperatura en las mejillas, debió ponerse rojo chillón.

—Vaya birria de agente soy.

Aquella confesión a medias, envuelta en la broma, distendió el ambiente. Javier esbozó un amago de sonrisa. Quería comérsela a besos. Maldita seductora, irresistible.

—Está bien, eso no te lo voy a discutir. ¿Quién te paga?

Eva dio un respingo.

—Joder, nadie.

—Me dirás que encima, lo haces por amor al arte, vaya suerte que tienen algunos. Lo preguntaré de otro modo, ¿para quién trabajas?

Eva vaciló antes de franquearle el paso a sus secretos. Bianchi iba a descuartizarla y con motivo. Al no saber controlar sus emociones, había materializado sus peores pronósticos. Se mordió el labio inferior bajo la atenta inspección de Javier.

—Para el CNI.

60
Abriendo el libro de las verdades

Javier abrió mucho los ojos, impresionado.

—¡Joder, el gobierno! Pero ¿así estamos?

Eva recuperó algo de su chulesco aplomo.

—Claro, si tú no vigilas lo que se cuece en tu cocina, tendrán que venir los papis a hacerlo por ti.

—Pero ¿no había otro modo?

—A mí no me preguntes, no soy profesional.

—Acabas de decir...

—Simple *amateur* —aclaró ella con una pizca de coquetería—, colaboradora externa.

—Tendrán mil justificaciones, estoy seguro, pero invadir así mi empresa, usarnos, engañarnos para...

—Todo en beneficio de Fireland, siempre por su bien. De este modo, la empresa quedaría limpia de sospecha... Tras descubrir al infiltrado, no lo olvides.

Javier hizo una mueca de dolor e incomprensión.

—Espera un segundo... Si la infiltrada eres tú.

—¿Qué demonios dices?

—Tú eres la que está falsificando documentos —acotó con menos firmeza de la deseada.

—¿Sabes lo de la documentación y los espías?

—Digamos que alguien que me quiere bien me lo ha contado —dejó caer con intención— ¡Deja de fingir, hostias!

—Pero ¿qué dices? Yo estoy aquí para localizar al malo. —Tomó una bocanada de aire para insuflarse valor—. Asumiendo incluso que pudieras ser tú.

—¿Yo? ¿Desconfiabas de mí?

—¿Cómo evitarlo? —lo retó.

—Dime que mi nombre no aparecía en la lista de posibles topos, dime que desconocías esa posibilidad cuando te enviaron, ¡dímelo!

—Estabas. Y ocupando los primeros puestos. Como propietario y como jefe del Departamento de Recursos Humanos.

Javier apretó las mandíbulas. El músculo lateral bombeó su tensión sin parar.

—Bien, es todo cuanto necesitaba saber. —Golpeó el aire con la cabeza, una y otra vez—. Joder, menudo lío. —De repente se echó a reír—. Y qué alivio.

Eva resopló y se rodeó la cintura con las manos.

—Tienes a un hijo de puta escudándose en tu empresa para sus fechorías. ¿Dónde está el alivio?

Javier se adosó a Eva, le atrapó las manos y enlazó sus dedos con los de ella antes de que pudiera desvanecerse en el aire, como hacen las hadas.

—En el hecho de que ese hijo de puta no seas tú, nena.

¿Sabéis lo que se siente cuando la felicidad te explota dentro, como la mecha de los fuegos artificiales? Es lo que Eva sintió al oír aquellas palabras y notar los brazos de Javier enredándose en su cuerpo. Eran pura ansia contenida en diez dedos que la acariciaron entera. Se le pasó por la cabeza resistirse, discutir, pero... aquella boca ardiente presionando pasional contra la suya, encendiendo su deseo desde lo más hondo, no se lo permitió. Fue urgencia, reclamo desesperado, temblor bajando por las espaldas, fue piel con piel... erizadas. Al acabar, Javier pegó su frente a la de Eva y la dejó reposar mientras los alientos de ambos se fundían sin distancia y los labios se rozaban en una espiral de enloquecedor erotismo contenido.

—Llevo días desquiciado, durmiendo mal, dándole vueltas a la idea de que a pesar de lo que siento por ti... —susurró él en un hilo de voz.

Eva se mordisqueó el labio inferior aún caliente por el efecto del beso.

—¿Qué sientes por mí? —lo interrogó en un susurro meloso. Javier se separó, levantó una mano y empleó los nudillos para acariciarle la mejilla.

—No lo sé, Brujilda, ojalá supiera cómo se llama. Algo demoledor. Lo único que tengo claro es que cada vez que cierro los ojos te veo. Que si me quedo solo, te huelo por todas partes. Que si salgo a la calle, te busco. Que es inevitable. Lo peor de todo...

—Que te produce pavor.

—No, ¿por qué dices eso?

—Porque es lo que me pasa a mí.

Javier la estrechó aún más fuertemente contra su pecho. Eva deslizó las manos juguetonas por encima de su camisa azul y recorrió el borde de su animada corbata.

—Pues te equivocas. Lo peor o lo mejor es que me gusta, me encanta.

A partir de ese momento todo perdió el sentido. Se fundieron en otro beso sin fin en el que los labios, cálidos y sedosos, se reconocieron. Sin prisas, sin acelero, con la conciencia en paz tras muchos sobresaltos, reducidos tan solo a una pareja de amantes que buscaban, con ansiedad, un sitio donde apoyarse y hacer realidad sus deseos. Javier lo encontró sobre su propio escritorio. Con las dos manos apresó el trasero de ella y la alzó en el aire para depositarla suavemente sobre la madera. Eva había enlazado sin esfuerzo sus piernas alrededor de las caderas masculinas. Con los ojos cerrados. Sintiendo la presión de su excitado miembro contra la ropa, contra ella misma, gozando al máximo del presente. Sin dejar de besarla, Javier buscó a tientas la lazada de su vestido y tiró fuerte. El pareo rojo de punto de seda se desenvolvió como por arte de magia y la chica quedó expuesta, vestida con su ropa interior de encaje blanco. Él aprovechó el recorrido por sus hombros y por sus brazos y espalda para acariciarla mientras la desnudaba.

—Esto sobra, cariño —ronroneó contra sus labios.

—Quítamelo todo, hasta la vergüenza —susurró Eva entregada al placer y a la tarea de desabrochar botones de camisa. Para facilitarle el trabajo, Javier se despojó de la chaqueta, que cayó al suelo.

—No tendrás que repetírmelo dos veces.

En un par de asaltos, Javier había quedado vestido únicamente con el pantalón, exhibiendo un torso musculado y deseable, duro como la piedra, en el que Eva hundió la nariz. Olía a menta y madera. Una delicia, un pecado. No se resistió a lamer la zona central de aquel pecho de vello suave, corretear por encima de sus pezones y sonreír al notar que reaccionaban. Cuando más entretenida y traviesa estaba, los dedos de Javier superaron la frontera del encaje de sus bragas y le arrancaron un gemido, acaparando el cien por cien de su atención. Introducidos en su resbaladiza vagina, penetrándola, buscando ese punto escondido y altamente placentero, mientras un habilidoso pulgar describía círculos en torno a su clítoris.

—Si sigues por ahí, no respondo —advirtió ella ahogando un grito.

—No hace falta que respondas —se burló él—, no recuerdo haberte preguntado nada.

Eva separó las piernas mucho más. Descarada y sin ningún pudor. Su tributo de rendición a él y a sus caricias. Sus ojos azules se estamparon contra el deseo de Javier.

—Solo quiero que aceleres. Tenerte dentro... cuanto antes. —Al tiempo que devoraba su boca, atacó la hebilla de su cinturón y la cremallera de sus pantalones, ansiosa, percibiendo que su hombre participaba del mismo sentimiento.

Se deseaban. Punto y final. Todo estaba claro por fin. Iban a satisfacer aquellas ganas que los consumían...

Un alarido agudo, seguido de un estruendo, cortó de cuajo toda su inspiración. Eva y Javier dejaron las manos sobre la piel del otro. Quietas. Petrificadas.

—¿Qué demonios pasa?

En menos de un segundo, Eva se estaba vistiendo a toda velocidad. Y Javier no tardó en imitarla. Los golpes, las carreras y las voces proseguían en el exterior del despacho. Algo grave ocurría.

Asomaron las cabezas intrigados. Desde luego, no esperaban presenciar la escena dantesca que se ofreció ante sus ojos.

Rubén tenía a Analíe agarrada por los pelos. Literalmente. La mujer se debatía luchando por soltarse, aunque, a pesar de su envergadura, el frágil oficinista parecía tenerla inmovilizada con bastante efectividad. En uno de los violentos giros, las miradas de todos conectaron.

—¡Es ella! ¡Es ella! —chilló el becario del CNI con voz aguda.

Tomando ventaja de ese mínimo instante de distracción, Analíe propinó un empellón al chico y escapó corriendo por entre el mobiliario.

—¡Agárrala! ¡Es la mala! —se desgañitó Rubén con el dedo tieso en su dirección.

—¿Analíe? —preguntaron Eva y Javier, perplejos y a dúo.

—¡Que se nos va! —aulló Rubén con el pelo desordenado y las gafas de diseño vueltas del revés.

Sin desvincularse del todo del trance por la sorpresa, Javier puso en movimiento su musculatura. Miró alrededor buscando un arma y, a falta de algo mejor, descolgó un extintor de la pared y lo arrojó rodando por el suelo a modo de torpedo. La botella roja dio en el blanco y, golpeando los tobillos de Analíe, la hizo caer de bruces. Rubén, el más cercano, no lo pensó y se le tiró encima.

—¡Abre el cajón, Eva! —le gritó—. ¡Abre y mira dentro!

El cajón que ella en su día encontró cerrado cedió al angustioso tirón.

Un montón de pasaportes en blanco.

Levantó demudada la cara con los documentos en la mano sin saber qué decir. Javier había puesto en pie a su secretaria y le bloqueaba cualquier posible escapatoria. Mezclado con el asombro, no cabe duda de que había dolor en el rostro del gigantón.

—¿Desde cuándo, Analíe? —preguntó con voz entrecortada.

—Desde siempre —los desafió con el tono y el gesto altivos.

Javier arrimó una silla y la obligó a sentarse en ella. Se mantuvo de pie a su lado con los brazos cruzados sobre el pecho. Rubén se ordenaba el tupé y también vigilaba. Eva, que se aproximaba cuidadosa, agarró un pisapapeles por el camino. Por si acaso.

—¿Has estado usando Fireland para oficializar la presencia de espías en España desde siempre? —Javier no daba crédito a la estrafalaria situación—. ¿Qué mal te hemos hecho?

Ella mantuvo obstinado silencio. Rígida y estática en la silla.

—¿Fui yo? ¿Te hice algo terrible? ¿Algo que justifique esta traición?

—No se me ponga sentimental, jefe, no tiene nada que ver con afectos personales. Es un trabajo por el que pagan muy bien, nada más.

—¡Valiente trabajo, rica! —se mofó Rubén abanicándose con un folio.

El silencio cayó sobre la sala como una nube negra. Al final, fue Javier el que hizo la pregunta que bailaba en la lengua de todos.

—¿Estás sola en el tinglado?

Ella no respondió de inmediato. Javier volteó la silla y la obligó a encararlo. El gigantón no gritaba, no se alteró, pero daba miedo.

—Dame el nombre de tu cómplice, Analíe.

La mujer concentró sus pupilas en un punto determinado del suelo y convirtió su boca en una fina línea. Eva reptó por entre las mesas, aproximándose, sin querer interrumpir.

—Dímelo o te lo sacaré a tirones, te lo juro, antes de que llegue la policía y por encima de todos los derechos humanos de la Constitución Europea —insistió Javier enfurecido.

—¡Uy, hombretón…! —murmuró Rubén escondiendo la boca tras una mano.

—¡Analíe! —repitió, ahora en un bramido atronador.

La mujer se mojó los labios resecos con una lengua nerviosa. Parecía achicada y dispuesta a confesar. Todos contuvieron el aliento.

La secretaria movió la boca para articular un nombre.

El disparo explotó contra los oídos como un desplome de rocas, y Analíe abrió desmesuradamente los ojos antes de dejar caer la cabeza contra el pecho. Inmóvil. Un reguero de sangre espesa resbaló desde su nuca buscando el suelo y solo el sonoro alarido de Rubén logró despertarlos. La cara desquiciada de Antón Sevilla apareció en el umbral acristalado, armado con una pistola automática, con los ojos inyectados en rojo.

—¡Ya está bien de gilipolleces! —gritó jadeante. No se movió nadie—. ¡Os quiero a todos en el suelo! ¡Tumbaos en el suelo, ya!

Javier maldijo su mente bloqueada por lo inesperado de la amenaza y pensó que lo mejor era obedecer y ganar tiempo. Antón estaba crispado y nervioso, en su estado era imprevisible. E imprevisible, con un arma en las manos, significaba letal.

Comprobó de soslayo cómo Rubén y Eva, cada cual en su posición originaria, se aprestaban a obedecer. Pero Antón tenía otros planes.

—¡Tú no! —se dirigió a la chica—. ¡Ven aquí!

—Quédate donde estás —ordenó la voz grave de Javier. Antón obvió su mandato.

—¡He dicho que vengas! —repitió elevando mucho el tono. Enfiló el cañón de la pistola hacia la cara de Rubén, que, de rodillas y con un grito apagado, alzó las dos manos—. ¡Ven aquí, joder, no me queda tiempo ni paciencia!

—Vete a la mierda, Antón Sevilla —fue la colaboradora respuesta de la pelirroja.

El tipo acortó la distancia que lo separaba de Rubén, todavía apuntándole directamente.

—Antes de repetirlo otra vez, le vuelo la tapa de los sesos al marica de tu amiguito. Tres, dos...

—Eva, no te acerques a él —intervino Javier de nuevo, notando la vacilación de la joven.

—Será mejor que te calles mientras, de los dos, yo sea el que va armado. Vamos, preciosa, ven aquí.

Eva reptó a cámara lenta por entre las mesas y se situó a su costado. Con un rápido movimiento que Javier ya se temía, Antón la agarró por el pelo y tiró con violencia de él. Acto seguido, aferró su cintura y posó la boca del arma en su cuello, a la altura de la yugular. Javier apretó los puños impotente y atormentado. La vio temblar y cómo sus ojos se llenaban de lágrimas.

—Alguien respira más fuerte de lo debido y esta muñequita no volverá a cantar en su vida —advirtió Antón con una sonrisa malévola—. Nos vamos.

Dos acciones se superpusieron en el tiempo y el espacio. Antón tironeando de su rehén que se resistía, buscando la salida, y Javier impulsado como una bala de cañón desde el suelo y contra él, dispuesto a lo que fuera para liberar a Eva.

Antón no tenía escapatoria. Javier lo superaba en envergadura y desesperación. De modo que hizo lo único que un cobarde suele hacer en estos casos.

Disparó a bocajarro.

El grito desgarrado de Eva amortiguó el estampido del arma al vomitar su proyectil. No pudo ver gran cosa, solo a Javier demasiado cerca y el lomo de la automática brillando al reventar. Luego, el gesto de agonía en el rostro de su amor y su mano subiendo hasta tocar el corazón.

—¡No!

Las lágrimas le nublaron la visión y su cuerpo quedó laxo y manejable, justo lo que Antón necesitaba para arrastrarla sin mucho esfuerzo hasta la zona de ascensores. Pulsó el botón de llamada mientras espiaba ansioso el acceso a la sala que acababan de abandonar, con la pistola como parapeto.

Dentro, Rubén se arrojó sobre Javier que había caído al suelo como un fardo.

—¿Estás bien? ¿Te ha matado? Dime que no —se atropelló. Colocó la mano por debajo de su nuca y lo ayudó a incorporarse.

—Estoy bien, estoy bien. —Separó la mano ensangrentada del cuerpo. Rubén se espantó—. Solo ha sido en el hombro. Puede que me haya roto la clavícula, no es nada.

—¿Te ha roto la clavícula y no es nada?

—Llama a la policía. —Se puso en pie con un rugido fiero y se impulsó hacia la puerta—. ¡Y una ambulancia!

Rubén corrió al teléfono más cercano, algo confuso.

—Pero, si te marchas, ¿a quién atienden los médicos cuando lleguen?

—A Antón Sevilla, después de que acabe con él.

Rubén pestañeó perplejo y lo vio salir de estampida, ciego de rabia, olvidando la horrible herida abierta. Mientras marcaba aturrullado el número de emergencias, suspiró.

—¡Este hombre es un dios!

61

Lo que puede hacer un dios

Eva tragó saliva contraída de dolor. El cepo de Antón apretado en torno a sus costillas dolía y no la dejaba respirar y el tacto frío del arma de fuego ahora junto a su sien la inmovilizaba de pánico, pero ninguna de estas sensaciones era comparable al terror que sentía después de ver a Javier abatido por la bala. Todo lo que importaba había quedado allí, desmadejado en el suelo, sangrando.

La había metido a trompicones en el ascensor y había pulsado el piso correspondiente a los garajes. Eva temió que el fin estuviese cerca.

—Eres un hijo de puta —logró articular, bloqueada por su propia cólera.

Sevilla rio engreído.

—Pues este hijo de puta va a disfrutar cuanto quiera de aquello que con tanta chulería me negaste, zorra. Te voy a atar a una cama, en cueros y con las piernas bien abiertas. Te follaré cada hora de cada día hasta que grites que pare y, cuando lo hagas, te volveré a follar. Te marcaré cada centímetro de esa piel de leche. Voy a hacer que te arrepientas de haberme despreciado...

Eva aún tuvo arrojo para escupirle. Si le disparaba, daba igual. Quizá fuera mejor morir que soportar la tortura que le anunciaba. En respuesta, el tipo la golpeó con saña y la culata de la pistola, y la pelirroja perdió el conocimiento.

Javier saltó al descansillo de la escalera y miró el marcador de plantas del ascensor. Bajaba a toda velocidad. No se detendría en ningún piso, eran simples oficinas sin salida. Desembarcar en el *hall* principal implicaba un enorme riesgo, Antón no podría atravesarlo con una chica a rastras y una pistola, con los vigilantes de seguridad en la entrada. Visto así, solo quedaban los aparcamientos del sótano. No era más que un cálculo de probabilidades, rezó para no equivocarse.

La impaciencia no le permitió aguardar la llegada del otro ascensor. Optó por las escaleras, obviando las agudas punzadas que vertía su hombro. Un escalón tras otro, fue consumiendo pisos, la frente perlada de sudor, la camisa empapada de rojo, el brazo izquierdo recogido en ángulo contra el pecho.

—¡Mierda, Eva! ¿Dónde estás?

No se oía el menor ruido. Nada. Ni siquiera el motor del ascensor. Salvó los nueve pisos a vertiginosa velocidad y se adentró en las entrañas del edificio. Al separar la portezuela de metal que comunicaba con los garajes, el aire se tornó helado y siniestro. El silencio seguía igual. Reinando a sus anchas.

No había forma de averiguar en qué plaza tenía Antón su coche. Recorrió el espacio con una mirada en abanico. Se detuvo unos segundos a recuperar el resuello tras la carrera de bajada y el agudo dolor.

Maldita sea. Tenían que andar por allí. Tenía que localizarlos antes de que se la llevara lejos, a un destino imposible de aventurar.

Eva había recuperado la consciencia justo antes de llegar al aparcamiento, pero prefirió simular que el desmayo continuaba. Iba a poner todo de su parte para evitar que aquel monstruo la introdujera en un coche, no solo porque tras eso estaría perdida, sino porque le horrorizaba tanto la perspectiva de quedar a su merced, secuestrada, que el temor a que le disparase había perdido parte de su relevancia. Mejor muerta que en sus manos. Y ese loco pensamiento la hizo fuerte.

La agitada respiración del hombre revelaba su estrés. Su ansiedad y su prisa por salir de allí lo antes posible. Deseaba haber matado a Javier de Ávila, ni más ni menos que lo que aquel cerdo presuntuoso merecía. Le habían chafado el negocio, a la mierda todo, ahora tendría que salir del país. Pero a cambio, llovido del cielo, un inesperado premio de primera. Iba a gozar de Eva hasta saciarse, si es que con aquella hembra eso era posible. Luego huiría con sus pingües ganancias rumbo al sudeste asiático y nadie volvería a verle el pelo jamás.

Antes tendría que matarla, claro.

Una lástima y un desperdicio. Pero los cabos sueltos, o se recortan, o todo se jode.

Obligado a arrastrar un peso muerto y a controlar cualquier signo de vida alrededor, sudaba copiosamente. En un par de ocasiones, el cuerpo de Eva resbaló de su gancho, y ella tuvo que concentrarse para no impedirlo. En cuanto el temporizador de iluminación general que Antón había pulsado al entrar se apagase, el inmenso garaje quedaría prácticamente a oscuras, a excepción de los focos de emergencia.

La agarró por debajo del pecho con una desagradable garra y se orientó en la escasa luz. Aceleró la marcha hacia un vehículo que Eva no reconoció como suyo. Lo tenía bien planeado, su matrícula facilitaría la localización en la huida, de manera que había alquilado o tomado prestado otro coche que nadie pudiese relacionar con él. Sin aflojar su presa y sin soltar la pistola, empezó a rebuscar la llave en su bolsillo. El corazón de la chica inició un frenético galope que él no tardaría en percibir.

Demasiado ocupado y solo dos manos. Era ahora o nunca.

Súbitamente, Eva se irguió todo lo espabilada que pudo tras el golpe, tensó todos los músculos y se liberó del abrazo dañino. Marcó una ligera distancia con Antón y, con el peso apoyado en una sola pierna, compensando el equilibrio, giró de espaldas con la pierna flexionada, para estirarla en plena cara de su secuestrador en cuanto lo tuvo a tiro. Por desgracia, Antón pudo esquivarla y salvó la nariz, pero la patada impactó contra su brazo y la pistola voló por los aires.

En ese preciso instante, la luz que provenía de los fluorescentes del techo se extinguió.

—Hija de puta... —farfulló momentáneamente desorientado.

—Eso ya lo he dicho yo antes —replicó Eva, concentrada en generar su segundo golpe: un derechazo directo a la cabeza de Antón, que lo hizo tambalear completamente aturdido y ciego, jadeando con un inquietante gruñido. Eva trató de escapar en dirección contraria pero la postura de Antón, plegado sobre sí mismo, jugó en desventaja. Él consiguió anticiparse y agarrarla por el tobillo para hacerla caer. A pesar de descompensarse por unos segundos, Eva logró estabilizarse de nuevo sobre su pierna libre, patearle el hombro y, con la agilidad fruto de horas de entrenamiento, rodar sobre el capó del coche. Para cuando Antón se incorporó con el arma de nuevo en las manos, ella se escudaba en un lateral del vehículo. De momento, no podía verla.

Pero podía amenazarla. Sus frases sonaron a latigazos.

—Pienso arrancarte la piel a tiras, zorra. Cuanto más te escondas, peor. Cuanto más trabajo me des, más cruel será tu castigo. Créeme, nadie ha gritado jamás como tú vas a hacerlo...

La maldad que encerraban sus palabras puso a Eva la carne de gallina. Contuvo la respiración para no delatarse y, mientras acechaba la dirección de cada paso de su oponente, se llevó la mano al bolsillo en un impulso casi reflejo.

¡El pisapapeles!

No era muy grande pero sí pesado. Podía defenderse con aquello. Entretenerlo al menos. Aguardaría a que la descubriera y entonces atacaría de frente, directamente a la zona más vulnerable, su nuca o su sien. Si es que antes él no le abría un agujero en mitad del pecho.

—¡Eh, tú, mierdecilla! ¿Has tenido suficiente con la paliza que te acaba de meter mi chica o aún te quedan huevos para enfrentarte a un hombre?

A Eva el estómago le dio un vuelco. Esa no era la voz de Antón sino la de Javier. ¡Javier! ¡Estaba vivo!

Con la mitad del entusiasmo que la embargó podría haber hecho frente, ella sola, a un batallón de militares bien entrenados. Pero no hizo falta, el interés de Antón estaba ahora concentrado por completo en Javier, al que no acertaba a localizar.

Él no conocía muy bien el plano del aparcamiento, Javier sí, jugaba con ventaja.

—No dudaré en matarla si te acercas —advirtió Sevilla apuntando, a ciegas, a multitud de dianas a un tiempo. Quiso sonar firme, pero el temblor en su voz delató su miedo.

Quizá por eso no fue él, sino Eva, la primera que divisó a Javier lanzarse armado con una colosal llave inglesa, avanzando tan deprisa que Antón ni siquiera tuvo tiempo de verle la cara. Y la primera que reaccionó antes de que el criminal pudiese centrar su disparo. Le arrojó el pisapapeles directamente al cráneo, ganando unos preciosos segundos que Javier aprovechó para rematar con la barra de hierro. La sacudida fue salvaje. Antón Sevilla soltó el arma y se precipitó de bruces al suelo.

La policía anunció su llegada, como siempre, cuando la situación ya estaba bajo un relativo control. Con ellos venía Bianchi, descolorido como un papel viejo. Corrió hasta situarse a la altura de Eva y la tanteó nervioso.

—¿Estás bien? ¿Te ha lastimado?

—Perfecta. —A ella no le interesaba otra cosa que arrojarse a los brazos de Javier, verificar que estaba sano y salvo, sentir su calor y la protección que emanaba de su cuerpo de gigante. Pero enseguida que lo tocó, notó una humedad templada empapar su vestido. Sangre. Y la mortal palidez de un rostro que pretendía aparentar normalidad—. ¡Un médico, por favor! —chilló asustada. Javier se tambaleó peligrosamente—. ¡Que venga un médico! ¡Bianchi! ¡Él sí está herido!

Eva llevaba un montón de horas acurrucada en el sofá de la habitación del hospital donde Javier se recuperaba de su intervención. Apenas había dormido, los párpados le pesaban y su único consuelo era contemplar la serena belleza de aquel hombre que ocupaba toda la cama con su imponente corpachón y sus ojos verdes cerrados al mundo. Le habían escayolado el hombro tras la operación y llevaba el brazo en cabestrillo. Entreabrió los labios y de ellos escapó un gemido. Eva alargó una mano y se la posó en la frente. Estaba tibio y ligeramente sudoroso.

—Eva...

No era la primera vez que la llamaba. El corazón de la pelirroja se inundó de júbilo.

—Dime, mi amor. —Se escudó en la certeza de que él no la oiría.

Una enfermera rubia entró en la habitación con una bandeja de medicamentos en las manos. Eva retiró rápida su caricia y se acomodó en el asiento. Tras saludar, la sanitaria comprobó el estado de los sueros. De repente, cuando menos se lo esperaban y sin abrir los ojos, Javier aferró la muñeca de la enfermera que dio un respingo.

—Eva...

La enfermera giró la cabeza para mirar a la chica.

—¿Es usted?

—Sí, soy yo.

—El delantal del romano... macizo. Ponte... El delantal... —susurró ronco.

Las mejillas de Eva ardieron.

—Está sedado—explicó la enfermera—, no debería poder hablar. Claro que es un hombre muy fuerte —agregó con un claro deje de admiración.

Un nuevo tirón de Javier.

—¿Lo oyes, nena? Nada, absolutamente nada debajo de ese delantal.

Eva se rozó la punta de las orejas, rojo tomate, y tosió nerviosa.

—¿No hay forma de que se calle? —suplicó. La mujer le respondió con una risita comprensiva.

—He soñado con esa imagen desde el primer día que... El delantal... Eva... —Interrumpió la frase con un suave ronquido que se mantuvo estable. La enfermera liberó su mano con mucho tacto y sonrió.

—Creo que ya se ha callado. Si le digo la verdad, debería sentirse orgullosa de que semejante espécimen la sueñe incluso bajo el efecto de drogas tan potentes. No se preocupe, será nuestro secreto.

Eva asintió apurada. La enfermera ya salía, y un celador entraba cargado con un tremebundo ramo de flores. Se cruzaron en la puerta. Eva vio el regalo y frunció el ceño.

—¿Lo pongo aquí? —preguntó el sanitario posándolo en una mesita auxiliar, vacía de momento.

—Sí, está bien.

En cuanto se quedó sola, voló a fisgonear la tarjeta. Suspiró con alivio al leer el nombre de las personas que lo enviaban, el dúo Sacapuntas, deseándole a su colaborador una pronta recuperación. Comprobó que Javier dormía profundamente, estiró los brazos por encima de la cabeza para activar la circulación y salió al pasillo marcando un número de teléfono en el móvil.

—¿Ana Belén?

—¡Eva, por fin! ¿Qué tal todo?

—He visto tus llamadas, cari, perdona, no estaba para nadie. Javier grave, la operación, los nervios... —Se frotó la frente agobiada.

—Tranquila, lo entiendo, no pasa nada. Qué fuerte... Antón Sevilla.

—Hasta hace un cuarto de hora, el cuarto ha sido un desfile de policías y agentes rellenando formularios, haciéndome preguntas, elaborando informes... Aún sigue pendiente rematar las declaraciones de Javier cuando recupere el sentido.

—¿Está bien?

—Delirando —dejó ir una risita traviesa—, pero saldrá de esta. ¿Sabes que bajó a pie nueve pisos y se enfrentó a Antón con un balazo en el hombro y la clavícula hecha papilla? Y todo por salvarme.

—¿Como en las pelis? ¡Guau! Suena a superhombre.

—Lo es.

—¡Ay, hermana! —canturreó Ana Belén—. ¡Qué bonito es el amor!

—Sí, sí —repitió Eva con desánimo—, muy bonito.

—¿Qué pasa, señorita exigente? ¿Aún le quedan cosas por demostrar? ¿No basta con haber arriesgado el pellejo por ti?

—Nena, tengo una exmujer maquiavélica pegada a la chepa dando por saco, queriendo recuperarlo, y un hijo en medio, que es de los dos. No están, para mí, nada fáciles las cosas.

—Creí entender que esa tipa buscaba joderle la vida quitándole la custodia del niño.

—Eso es lo que ella cuenta, pero a mí no me la pega, no es el niño lo que le interesa. Por lo que intuyo, la señorita pasarelas camufla sus intenciones: recuperar a su maridito. Habrá comprobado la mierda que hay por ahí y le habrá entrado morriña de un hombre que se viste por los pies. ¿Sabes que lleva cuatro días en Marbella y no se le ha ocurrido ver a su hijo, ni siquiera para almorzar o ir a dar una vuelta?

—¿En serio? Menuda perra.

—Gonzalito me lo ha contado hace un rato, ha venido a ver a su padre antes de ir al cole, con Therese y Pedro, los caseros del chalet donde viven. Tuve que explicarle a la buena mujer mi presencia en esta habitación y que era una «amiga» de Javier. Menos mal que, cuando el peque se ha deshecho en abrazos conmigo, se le han aflojado los morros.

—¿Y ella? Me refiero a la *perri*. ¿Ha dado señales de vida?

—De momento no, pero te juro que tiemblo de pánico cada vez que se mueve el picaporte de la puerta. Como la vea aparecer, no respondo.

—Tríncala de los pelos y déjala calva —animó una Ana Belén repentinamente belicosa. Eva rio suave.

—Deja, deja. No puedo meterme en ese berenjenal, no tengo ningún derecho.

—Eres su novia.

—Pero ¿qué dices, Ana? No soy nada más que una de las que se acuestan con él y el resto está por ver. Eso sí, haré lo imposible por ser la única. Aunque tenga que cargarme a medio pueblo.

—Mira, no es por venderte ilusiones vacías, pero dudo mucho que vaya por ahí arriesgando la vida por cualquiera de esas que según tú, se beneficia.

Eva suspiró. Qué gratificante era escuchar ciertas cosas y creer en ellas ciegamente. Edificar castillos en el aire, imposibles de derrumbar.

—Cambiando de tema, ¿has decidido algo respecto a... mis hermanos? Y conste que lamento tener que hablar en plural.

—Uff...

—Nada de *uff*, Ana Belén, si vas a tener el bebé tendrás que aclarar la situación con su padre. He respetado tus deseos de no inmiscuirme, aunque me está costando la misma vida no agarrar el teléfono y ponerlos a los dos marcando el paso.

—De Ángel te puedes olvidar. No sé cómo he podido ser tan gilipollas. Tengo un tío loco por mis huesos y, en lugar de aprovecharlo, me engancho de otro, físicamente idéntico, que es un golfo y ni siquiera sabe que existo más allá de un revolcón. Debería verme un psiquiatra.

—De lo cual deduzco...

La voz de Ana Belén se volvió acuosa.

—Que Miguel no para de llamarme y de mandarme mensajes preciosos. Es un romántico de los de las películas, ¿quieres que te lea alguno?

—No, gracias, intento no morir de sobredosis de azúcar. ¿Vas a darle una oportunidad?

—Se la merece. ¿No?

Eva resopló con fuerza. Le encantaba la idea de ver juntos y felices al mejor y más fiable de sus hermanos y a su amiga del alma, pero el comportamiento inaceptable de Miguel, de momento, la bloqueaba. Decidió romper una lanza en favor del amor. Siempre por el amor.

—Sí —claudicó—, es tu media naranja, puede que se la merezca.

—Pues ahora mismo lo llamo —resolvió Ana Belén alegremente.

Eva alzó la vista y se encontró con Rubén que avanzaba a zancadas por el corredor, con los brazos abiertos, como queriendo abarcarla en un abrazo interminable. Le seguía de cerca un circunspecto Bianchi que miraba de reojo los rincones.

—Ana, te dejo, llega visita.

—¿La *perri*?

—No, tranquila, son amigos. —Ya no sabía cómo referirse a Rubén después de descubrir que no era quien ella creía. De algún modo, la figura de su compañero de oficina y juergas se había desdibujado y Eva necesitaba tiempo para recomponerla en su mente y en su corazón—. Un beso grande, y tenme al corriente de lo de Miguel.

Cortó la comunicación y saludó a los recién llegados con un abrazo. Rubén no se decidía a soltarla una vez que la atrapó en su cepo.

—¡Ay, reina, qué berrinche! ¡Qué miedo! ¡Qué espantosa experiencia para un novato como yo! Pensé que se habían cargado a Míster Universo, ese mal nacido de Antón...

—Un novato bastante inútil resultaste ser, dicho sea de paso —rugió Federico apareciendo a su espalda. Lo apartó de un suave empujón y abrazó a Eva. La chica hundió la cabeza en su pecho, reconfortada—. Lo siento, gatita, nunca imaginé que esto se desmadraría hasta este punto. Creo que tu madre pondrá precio a mi cabeza por haberte hecho correr semejante riesgo.

—Bah, invítala a cenar a un sitio bonito y regálale un morreo de tornillo, seguro que se le pasa.

—¿Cómo se encuentra? —Hizo una seña con el mentón hacia la habitación de Javier.

—Está durmiendo, recuperándose rápido, según dicen. Es fuerte. —Trató de imprimir un aire distendido a sus palabras.

—Y valiente. Y enamorado —añadió Bianchi entrecerrando los párpados. Eva enrojeció por segunda vez en apenas una hora.

Rubén palmoteó y dio un recital de saltitos entusiasmados por el pasillo.

—Esto es como una novela de acción, chico conoce a chica, chica en peligro cae en las garras del malvado, chico se la juega...

—Calla ya, Rubén, guapo. —El vozarrón de Bianchi cortó de cuajo su sentida actuación—. Señor, qué castigo, ¿por qué han tenido que asignármelo a mí?

—¿Seguirás en el CNI? —preguntó Eva. Rubén asintió, agitando la cabeza. Federico volteó dramático los ojos en un teatral «¡qué remedio!»—. ¡Vaya! Estoy impresionada. Supongo que eso significa que no vuelves a Fireland.

—Habrá que entrenarlo duro —explicó Bianchi—. Todavía no me rindo con este becario tarugo, puede que ahí abajo se esconda un buen agente, después de todo.

—Te echaré de menos... —Se dirigió a Rubén con los ojos húmedos, estiró los brazos y unió sus manos a las de su compañero.

—Y yo a ti, reina mora. ¡Vente! —sugirió de pronto—. Podrías animarte, los convencemos para que te recluten y...

—¿Agente secreto, yo? —cuchicheó Eva divertida—. Vamos, anda, a la vista está que no valgo para eso. Además, ¿quién en sus cabales me aceptaría...?

—No creas que sería muy difícil —replicó entusiasta Rubén—, siempre podríamos recurrir al poder de los enchufes y siendo tu padre quien era, el agente más condecorado de...

Algo en el rostro súbitamente pálido de Eva lo impulsó a frenar su verborrea.

—¿Mi padre? —balbuceó la chica—. Mi padre no era ningún... agente. Pero ¿qué dices? —Desvió la atención hacia el italiano—. ¿Bianchi...?

—Uy... Puede que haya metido ligeramente la pierna —se excusó Rubén atropellado—. Voy a la máquina expendedora de chocolatinas, me temo que en breve sufriré un brusco descenso de glucosa... Doy por hecho que estáis a dieta...

62

La historia que nunca quisiste escuchar

Rubén voló lejos, donde la ira de Federico no pudiera golpearle la cabeza. El agente italiano se enfrentó a la interrogante en los ojos de Eva.

—¿Qué es esa historia acerca de mi padre?

—La que nunca quisiste escuchar —repuso él con calma—. Intenté decirte mil veces que no contabas con toda la información sobre las circunstancias de su muerte, Eva. Tu padre era agente especial y yo, su cobertura. El día que murió, la mujer que lo acompañaba no era su amante como se dijo, sino su compañera de misión.

Eva acusó la punzada a nivel del estómago. Parpadeó desconcertada.

—¿Mi madre lo sabía?

—En aquel momento no estábamos autorizados a revelar su identidad.

—¿Que no estabais...? —rugió repentinamente furiosa—. ¿Permitiste que se torturara pensando que su marido le era infiel...?

—Obedecía órdenes —la cortó afilado—, no era yo quien decidía. Pero tampoco podía quedarme allí viéndola sufrir sin hacer nada, atragantándome con mis propios sentimientos y, además, mintiéndole sobre Andrew, por eso me marché. Años más tarde, cuando por fin cerramos la misión en la que murió tu padre... no tuve valor, Eva. No tuve valor para venir y remover el pasado. Tu madre parecía feliz moviéndose en sociedad, vosotros habíais crecido... Pensé que no tenía derecho a irrumpir de nuevo en vuestras vidas.

Eva reculó unos pasos, encerrada en su propio dolor.

—Todos estos años odiándolo... Pensando que era un mal hombre, una estafa... Yo... —Elevó los ojos azules, brillantes y contenidos—. Díselo. Cuéntaselo,

Bianchi, restablece la memoria de mi padre, lo agradeceré mucho. Es una buena mujer con el corazón destrozado.

—Es algo más que eso —enrojeció un poco—, es el amor de mi vida, a la que espero poder compensar.

Desde el fondo del corredor, se aproximaba Rubén con mucha cautela y una pastilla de chocolate entre los dientes. Algo recuperado del acceso de emoción, Bianchi le hizo una seña con todo el brazo para que se acercara sin miedo. Luego besó a Eva en las mejillas y apretó su hombro en un gesto afectuoso.

—Nos marchamos. Si necesitas algo, lo que sea, no tienes más que llamar.

—Eso, llamar —repitió Rubén, ausente e inanimado.

—Gracias, lo tendré en cuenta —agradeció Eva con una sonrisa—. Si no os importa, vuelvo dentro, no sea que despierte.

Bianchi la instó con un vaivén de su mano y los dos agentes desaparecieron haciendo resonar sus pisadas sobre el brillante vinilo del suelo de hospital.

El timbre de un móvil interrumpió el sosiego que Eva empezaba a recuperar. Abstraerse con la figura de Javier plácidamente dormido era un buen ejercicio para sus crispados nervios, para las vueltas que no dejaba de dar a la doble vida oculta de su padre. Tanto resentimiento, tantas posibles relaciones sentimentales del pasado fracasadas, boicoteadas por ella misma, por no creer en la honestidad... Todo quedaba en un mal sueño y pintaba el presente de rosa. Un presente y un futuro que implicaban a Javier. Seguía aquella chicharra insistente. Dudó si responder o no. A fin de cuentas no era su móvil y ella tampoco era precisamente un familiar cercano, pero no había nadie más en aquella habitación y Javier continuaba sedado. Aspiró aire con rapidez al tiempo que pulsaba el botón verde.

—¿Dígame?

—¿El señor De Ávila, por favor? —Era un hombre quien preguntaba.

—¿Quién le llama?

—Del bufete de abogados Tornes & Giménez. Necesitaríamos hablar con él.

—Verá... El señor De Ávila se encuentra hospitalizado, acaba de someterse a una operación. Soy... su secretaria, puedo atender el recado, si le parece.

—De acuerdo. Si es tan amable de ponerlo al corriente, mi clienta, la señora Moruena Joss querría una última entrevista con su exmarido antes de la vista preliminar en los tribunales. Ya sabe como son estas cosas, más vale un mal acuerdo...

—Me hago cargo —replicó Eva con el estómago encogido—. Se lo comunicaré en cuanto despierte. Y le llamaré de vuelta con la respuesta, no se preocupe.

Tras la protocolaria despedida, Eva mantuvo el móvil encerrado entre sus manos. Odiaba el nombre de Moruena, su mero recuerdo la ponía frenética. Sospechaba que iba a ser un escollo difícil de salvar en su relación con Javier. Ahora que se clarificaban las cosas y se desataban los nudos, aparecía ella. Mierda.

Y más mierda. Al cabo de un rato la puerta se abrió sin golpeteo previo y apareció una mujer de unos treinta y pocos años envuelta en perfume caro. Llevaba un vestido de encaje color salmón con demasiadas transparencias, poco adecuado para pasearse por un hospital.

Lo peor fue el desprecio con que la inspeccionó. De arriba abajo y viceversa. Eva saltó de su asiento y le devolvió el repaso con una interrogación en la mirada.

—¿Puedo saber quién eres? —se interesó la desconocida. Tenía una voz grave, rasposa y extraña, sumamente sensual.

—Eva Kerr. ¿Y usted...?

—Moruena Joss. Javier es mi marido.

No se ofrecieron la mano. Y aquel «mi marido», pronunciado con tanto afán posesivo, sacó a Eva de sus casillas. Sonrió lo más irónica que pudo, controlando las uñas para no atacar, sin apartarse de la cama.

—Querrá decir *ex*marido.

Moruena ladeó el cuello y las cuidadas ondas de su melena castaña rozaron la línea de su mandíbula. Llevaba los labios pintados de rojo carmín y era hermosa hasta decir basta.

—Simples formalidades.

—No tan simples, tengo entendido que tienen un pleito pendiente. Una desagradable contienda en la que discuten ni más ni menos que la custodia de un niño pequeño.

—Mi hijo —remachó Moruena rotunda. Eva no pudo replicar a eso.

—Un hijo del que Javier se ha ocupado todos estos años y del que usted, convenientemente, se desentendió.

La modelo arrugó la boca en un gesto desdeñoso. Aquella pelirroja estaba llevando al límite su paciencia.

—¿Puede saberse por qué tengo que discutir mis intimidades matrimoniales con una extraña? Señorita *comosellame*, lo que ocurra entre mi marido y yo no es de su incumbencia, mucho menos si atañe a mi hijo. Es más, procure mantenerse bien alejada o me encargaré...

—¿De qué va a encargarse? —la desafió dando un paso adelante. Moruena le sostuvo la mirada.

—De que Javier nunca olvide que usted tuvo mucha culpa en su vida rota. —Estiró el cuello hacia ella—. Sé quién eres, o dejas de entrometerte o haré que seas responsable de todas sus desgracias. Te lo advierto, apártate, no soy buena enemiga.

—No quiera ver la clase de adversaria que puedo ser yo —mascó Eva entre dientes.

Moruena conservó la calma. En medio de la insoportable tensión, se limitó a observar a Javier que continuaba dormido, emitió un ligero suspiro y se dirigió a la puerta.

—Volveremos a vernos —advirtió al salir.

—Lo dudo mucho —replicó, mordaz, Eva.

Indudablemente, algo varió tras la visita de Moruena. Eva, hasta entonces tímida en cuanto a sus *derechos* sobre Javier, se creció y asentó su confianza. Estaba allí, sintiéndose importante, sosteniéndole la mano y sonriendo, cuando él abrió los ojos. Un fulgor verde intenso la traspasó al mirarla. Él hizo un esfuerzo por devolverle la sonrisa.

—Me alegro de verte, camarada. Vaya mierda de calmantes.

—Es la primera vez que te veo realmente despierto desde que te ingresaron. ¿Te duele la cabeza? —preguntó con dulzura. Le acarició la frente y le apartó el pelo de la cara. Negro, fuerte y brillante.

—Me duelen hasta las pestañas, aunque supongo que es lo normal, uno ya no tiene veinte años.

—Qué, ¿presumiendo de viejo? Si has dormido un montón de horas, ¿te duele menos? —añadió apuntando al hombro herido. Él sonrió de medio lado.

—Si te digo la verdad, estoy como el culo, pero creo que mis pesares se aliviarían bastante con un beso. Méteme la lengua hasta la campanilla, verás cómo me baja la fiebre.

—Bobo, no tienes fiebre —rio la pelirroja.

—Tú métela igual, que mejoro seguro —insistió forzando la curva de la sonrisa. Irresistible canalla.

Eva se inclinó y besó con dulzura la comisura de sus labios. Él la atrapó por el talle y la atrajo para atacar su boca desde el frente, profundo y salvaje. La chica se estremeció de placer. Echaba de menos sus besos cada minuto que pasaba sin ellos. Notó que, con el brazo sano, Javier tomaba su mano y la conducía hasta una entrepierna excitada y dura como una barra de hierro. Eva sufrió una sacudida.

—¡Ey, cuidado! A ver si aparece tu hijo de improviso... —se carcajeó apartándose de la tentación. Javier gruñó como un chiquillo malhumorado.

—¿Y? Gonzalo te quiere casi tanto como yo, haría palmas de alegría con las orejas.

—Lo dudo mucho, si me pilla con la mano en el paquete. Por cierto —lo miró fijamente. Javier se rindió a ella al instante—, has dicho que me quieres, no vayas a negarlo luego.

La mano de él ascendió dulce hasta su cara, y sus dedos recorrieron la sonrosada mejilla. Quiso recordarle que ya lo confesó en el pasado, desde lo más profundo y real de su ser, solo que ella no llegó a tomarlo en serio.

—Sería como negarme a mí mismo —susurró intenso. El tic-tac de un reloj de sobremesa acompañó el latido de aquel momento irrepetible. Luego, los dos sonrieron—. Caramba, me has calentado como un hervidor de los buenos, ¿me das un poco de agua? —Eva se separó para atenderlo—. ¿En Fireland, salió todo como teníamos previsto?

—Antón Sevilla se pudrirá en la cárcel por los siglos de los siglos. —Le alargó un vasito de plástico y lo ayudó a incorporarse salvando la molestia de la escayola.

—Amén. —Se llevó el líquido a los labios.

—Y Analíe... Bueno...

—Imagino que no pudieron hacer nada para salvarla. Demasiado tarde —resumió con gravedad. Eva asintió con la cabeza.

—Y demasiado certero el disparo. Justo en la base del cráneo. Antón no era ningún principiante.

—Increíble, el hijo de puta... Lo bueno es que estamos aquí. Tú y yo.

Dijo aquello con una pasión tan especial que la aturdió. Sin mover un dedo, consiguió que cada sílaba quemara. La persuasión ardía en su mirada, en la forma en que la envolvía con aquellos iris hipnóticos. Al devolverle el vaso, movió la muñeca y le agarró otra vez la mano. Acarició los nudillos con el pulgar y a continuación se los besó.

—Tenemos mucho que recuperar, Brujilda —le recordó. A ella, sin embargo, se le cruzó por la memoria el rostro colérico de Moruena y sus amenazas. No eran buenas noticias, no había prisa, su declaración de guerra sobre la mesa podía esperar a que Javier recuperase las fuerzas.

—Ardo en deseos, mi querido *Javi* —coincidió devolviéndole el suave beso.

63

Preparando una defensa

El lunes siguiente, Javier recibió el alta y fue trasladado a su domicilio. Eva lo acompañó en taxi y la comitiva fue recibida por Therese y Pedro. A aquella hora, Gonzalo aún estaba en el colegio.

—Se alegrará mucho cuando venga y encuentre a su padre en casa —comentó Eva algo azorada.

La profunda observancia de que la hacía objeto Therese la incordiaba. Esa dichosa mujer parecía calcular los riesgos que corrían franqueándole la entrada. Quizá fuese, como en su día lo fue Analíe, protectora en exceso. No podía culparla. Ella y su marido apreciaban a Javier y a Gonzalo como si se tratase de su propia familia y la marca dañina que la última mujer había dejado todavía flotaba en el ambiente.

—Pasa y toma algo conmigo —invitó un cordial Javier, ajeno a sus turbulentas cautelas—. Therese nos preparará la merienda. Para ti he mandado comprar té blanco.

—¿En serio? Menudo detalle.

—Oh, sí —irrumpió Therese—, el señor insistió muchísimo, así que me esmeré y compré de todas clases: té blanco simple, al jazmín, al azahar, a la vainilla y otro mezclado con jengibre. Espero que sean de su agrado. Y para la cena he preparado carne mechada con puré de patatas y compota de manzana, es el plato favorito de mi niño Gonzalo. Cuento con que se queda a cenar, señorita Kerr.

El tono de la invitación fue tan sincero y amable que Eva se despojó de su coraza. Apoyó una mano en el antebrazo de Therese y lo apretó con afecto.

—Estaré más que encantada. Y llámeme Eva a secas, por favor.

A partir de entonces, durante las mañanas, Eva acudía a su trabajo en Fireland y, al salir del gimnasio, compartía las tardes con Javier y Gonzalo, aunque cada noche después de la cena, pese a las protestas del Monolito, bajase a dormir a su caravana.

El escenario en la empresa, enrarecido los primeros días, se fue relajando hasta volver a la normalidad y, pronto, el grave suceso no fue más que un asunto anecdótico que la gente se cansó de mencionar. Ana Belén inició una relación seria con Miguel, y Bella y Federico se citaron en repetidas ocasiones, siempre dispuestos a repetir. Todos parecían encaminados a un final feliz.

Todos, menos ellos. Javier tenía pendiente un juicio del que dependía su vida y se negaba a asistir a esa pantomima ideada por Moruena denominada *reunión previa*.

Estaban sentados en el porche, degustando una copa de vino blanco de aperitivo. Therese iba y venía, arreglando el almuerzo, feliz de disponer de tanto público que aplaudiera sus ricos guisos.

—Prefiero ir directamente a juicio y que sea lo que Dios quiera —masculló Javier.

—¿Te fías de ella? ¿Jugará limpio?

—No, en absoluto, esa mujer no ha jugado limpio en toda su vida. Ni siquiera sabe lo que significa.

—El juez tendría que saberlo. De algún modo habrá que demostrar su falsedad. —Eva jugueteó distraída con su pelo—. No soy tonta, sé que no me lo dices para no intranquilizarme, pero viene a por ti, estuvo en el hospital y me lo escupió a la cara.

—¿Moruena, en el hospital? —Javier dio un respingo y su gesto de dolor denotó la punzada en su hombro inmovilizado.

—Estabas sedado, no te enteraste y pensé que no era necesario que lo supieras, porque fue muy desagradable. Pero en fin, que es una bruja cruel, ya lo sabes.

—Lamento que tuvieras que enfrentarte a esa situación. Maldita sea, ¿por qué ha tenido que volver?

—Porque está sola y frustrada y te quiere de nuevo en su vida.

—Como si eso fuera posible.

Eva mantuvo la tensión de una mirada sin palabras. Suspiró queda.

—¿Estás completamente seguro? ¿Ni siquiera por Gonzalo?

—Eva —sonó a regañina—. Nunca en mi vida estado más seguro de algo.

Una sonrisa malévola comenzó a dibujarse en la comisura de los labios de la pelirroja.

—Bien. Entonces, por favor, vas a seguir mis instrucciones sin preguntar y sin poner pegas. He estado maquinando algo perverso que quizá funcione.

—¿Maquinando? Qué peligroso suena...

Ella no añadió más datos. Fijó los ojos en el horizonte y sonrió como solo un hada traviesa sabe sonreír. Javier clavó en ella una mirada ansiosa, tan cargada de energía, que Eva la notó.

—¿Qué? ¿Por qué me miras así?

—Esa sonrisa tuya... Es completamente adictiva. —Dudó si ser tan franco—. ¿Sabes que haría lo que fuera por verte sonreír cada momento del resto de mi vida?

Eva enredó, ruborizada, un dedo en un rizo y le dio vueltas.

—Eso espero, que lo desees con muchas ganas, porque ahora necesito que colabores. Luego ya podré sonreír hasta morirme.

Él no pensó en negarse. Supo que la seguiría al fin del mundo, así que ¿por qué no en un descabellado plan, por muy loco que terminara siendo?

Moruena recibió encantada la invitación a cenar por parte de Javier. En Babilonia, su restaurante favorito, exótico y romántico, no podía negarse. Cabía la posibilidad de que su belicoso ex hubiese recapacitado sobre la conveniencia de aceptar su oferta, al fin y al cabo lo tenía por inteligente: se unían otra vez como si aquellos estúpidos casi cuatro años de confusión nunca hubiesen existido o perdía al niño. En el fondo, Moruena contaba con que el apego irrompible de Javier por Gonzalo le daría la victoria. Caso contrario, ignoraba qué podría hacer, de vuelta a Nueva York, con un crío de seis años molestando a todas horas cortando el fuelle de su apretada agenda social.

No. Decididamente no aceptaría que las cosas se torcieran en esa dirección.

Por eso, cuando Javier no solo no tuvo la decencia de recogerla con su coche, sino que, además, le planteó en los aperitivos que irían a juicio, se sintió burlada y la oscura tentación de asesinar a alguien, de manera lenta y macabra, la dominó de cabeza a pies.

—¿Me estás diciendo que te arriesgas a perder a Gonzalo?

—Te digo que dejo el asunto en manos de la justicia —aclaró con insufrible calma. Y, aunque su exmujer aguardó a que completara la frase, no lo hizo. Siguió comiendo tan tranquilo. Moruena bufó y mareó un brote de soja dentro de su plato.

Iba a aventurarse con un ataque algo duro.

—Permitirás que te quite al niño, casi no puedo creerlo.

Javier sonrió seductor, los ojos verdes en llamas. Moruena se recordó lo mucho que lo había echado de menos, lo estúpida que había sido al marcharse.

—No vas a quitarme nada, en realidad, sigues siendo su madre. Quizá me haya cerrado demasiado y tú tengas razón. Puede que vaya siendo hora de que Gonzalo conozca otro mundo, otra vida a tu lado. Yo ya he sacrificado varios años, siendo franco, soy un hombre con necesidades, me apetece llevar ligues a casa con libertad, salir hasta las tantas y emborracharme. También tengo derecho. La verdad, si lo pienso fríamente, casi agradezco tu llegada providencial y tu disposición a ocuparte del peque. Aunque de todas formas quiera que lo resuelva el juez, vas a regalarme una segunda juventud. —Levantó la copa a la altura de la nariz de ella e hizo un gesto invitando al brindis—. ¿Lo sellamos con un sorbo?

Las tripas de la modelo dieron un brinco y combustionaron. No podía ser, aquello no podía estar pasando, su fabuloso plan al garete. Javier adoraba a Gonzalo, vivía entregado a su hijo, ¿no le importaba alejarse de él tantísimos kilómetros? Lo más probable es que estuviera marcándose un farol. ¿Verdad?

Tenía que salir de allí, tomar aire, refrescarse, maquinar la segunda fase de su encerrona. Evitar en público el ataque de furia que estaba a punto de saltarle por los ojos. Retiró la silla con brusquedad y apartó la servilleta de su regazo. Acababa de rechazar el irónico brindis.

—Voy un segundo al aseo a empolvarme la nariz.

—Te espero, querida. Mientras no te empolves otra cosa...

—Esa época ya pasó —siseó ella con rabia mirándolo desde su altura. Javier se encogió, displicente, de hombros.

—Es tu cuerpo, cariño, haz lo que te plazca. Eso sí, procura estar limpia como la patena si quieres llevarte a nuestro hijo. ¿Voy pidiendo postre o sigues a dieta permanente?

En lugar de contestar, Moruena giró airada sobre sus tacones y salió del comedor arrancando astillas al mármol con cada paso. Javier soltó el aire encerrado en sus pulmones. Ojalá hubiera sido suficiente. La escueta consigna de Eva, que no le contó sus planes, había sido «cabrearla lo más posible». Pues allá iba, echando chispas por la coronilla, gestando una terrible venganza, mutando objetivos sobre la marcha. Tan hundida en su fracaso, que ni siquiera reparó en el interés que despertaba en la pareja de la mesa contigua, que se levantó a la par que ella.

El espejo del tocador abarcaba toda una pared y tenía un marco preciosista dorado, una auténtica obra de arte. Moruena estudió su reflejo: pelo largo, oscuro y brillante, de suaves ondas, ojos almendrados, esbelta, rasgos marcados y armoniosos, boca fina. Había triunfado sin esfuerzo en América como representante de la típica belleza española, le llovían los contratos y disponía de un apartamento en propiedad en el City Spire Center. Pero sin Javier a su lado, su vida estaba vacía. Necesitaba sus besos, su manera posesiva y ardiente de hacerle el amor, su mirada canalla, su media sonrisa y su gran corazón. Tal era su talón de Aquiles, la bondad escondida tras una fachada de acero. Últimamente, el recuerdo de sus días felices de casada la obsesionaba al punto de hacerle perder el interés por todo lo demás. Y había vuelto. A recuperarlo. Con la baza de la custodia de Gonzalo supuso que sería sencillo. No esperaba aquel revés del destino. Sacó el lápiz de labios y le quitó la tapa. No. Seguro que estaba aparentando indiferencia. Solo aparentándola. Ella cavaría el hoyo de su sufrimiento hasta donde hiciera falta.

El estruendo que provocó una joven al entrar la encabritó. La desconocida empujó la puerta sin miramientos, venía gimoteando, desde luego no saludó, se acercó al espejo, arrancó un montón de celulosa del secamanos, se lo pasó por los ojos, lo justo para emborronarse el maquillaje, y volvió a desaparecer. Moruena chasqueó la lengua.

Las había que no sabían mantenerse frías.

Se la volvió a encontrar en el recibidor común a los aseos de señoras y caballeros, discutiendo con un hombre. Era un espacio amplio, pudo haberlos esquivado, pero la escena que se desarrollaba entre la pareja era demasiado kafkiana como para pasarla por alto. Además, el tipo era tremendamente atractivo y recurrió directo a Moruena.

—Señorita, señorita, le ruego me disculpe. ¿Es usted madre?

Moruena titubeó. Parecía tan angustiado y estaba tan bueno...

—Sí, tengo un niño —admitió—. ¿Por qué...?

—¿Quiere explicarle a mi novia que ser madre es lo más maravilloso del mundo? —Apuntó a la desconocida que seguía lloriqueando y ahora les daba la espalda—. Cariño, oye lo que esta persona tiene que decirte...

—Oiga, yo no tengo que decirle nada a nadie, no se confunda —repuso Moruena arrepentida de su gesto samaritano. No tenía el humor para dramas ajenos.

Él volvió a bloquear su salida, intentando convencerla.

—Se lo ruego, por lo que más quiera. Está embarazada, pero quiere abortar. Está asustada, solo es eso, miedo. Le he dicho que estaré con ella todo el tiempo, no va a quedarse sola.

En ese momento la chica giró y se puso a gritar sin control alguno.

—¡No quiero complicarme la vida con un niño! ¿Es que no lo entiendes?

—¡No es solo tuyo! —se defendió él—. ¡Es de los dos! ¡Esta decisión nos atañe a ambos!

—Te aseguro que es a ella a quien se le hincharán los tobillos —intervino Moruena con sorna, incapaz de seguir contemplando la discusión de aquella pareja sin irrumpir.

—Por favor, ayúdeme —suplicó de nuevo el joven—. Hemos estado en el ginecólogo esta tarde, nos ha entregado unas fotografías del bebé, mire, ¿quiere verlas? —Se echó la mano al bolsillo y sacó las típicas impresiones en amarillo y marrón oscuro de las ecografías—. Puede que sea un niño.

Moruena rehusó mirarlas con un vaivén de la mano.

—Si tanta ilusión te hace dedicar tu tiempo libre a alguien, cómprate un perro —espetó la joven con el rímel corrido y el peinado por completo desbaratado—. No puedes atarme a mí así a algo que no deseo. ¿A que es una mierda? —Ahora se dirigía a la estupefacta Moruena, que asistía a la batalla verbal sumida en una especie de oscura fascinación—. ¿A que es una soberana idiotez pasar el día cambiando pañales?

Moruena resopló.

—Los niños no siempre vienen con un pan bajo el brazo —recordó, ácida, la chica a su compañero.

—Si quieres que te sea sincera, lo es —arrancó al fin la modelo—, convertirse en madre es la peor idea que puede tener una mujer independiente y moderna. Te corta las alas, te jode la vida y te recluye entre cuatro paredes para que practiques labores de asistenta del hogar. ¿Quieres no ser nadie jamás? Pues pare un hijo. Verás tus brillantes proyectos de futuro irse por el desagüe, tu vida social arruinada y tu vida sexual extinguida hasta desaparecer. Los niños son un jodido incordio y vienen al mundo con la sola intención de amargarle la vida a sus padres.

—Yo no creo... —El hombre trató de meter baza, pero Moruena lo calló con un dedo estirado. Por contra, la joven, evidentemente interesada en sus escupitajos, estaba más cerca y atendía con la boca abierta. Desesperadamente ansiosa por oír lo que tenía que decir. Moruena se sintió halagada.

—Los tíos no tenéis ni idea de qué va esto. Os gusta ser padres porque estimula vuestro ego, ¡héroes de vuestros hijos! Pero el jodido problema es nuestro, solo de las mujeres. Tener un crío sirve para ataros corto, eso sí, para que el chantaje emocional funcione, nada más. —Miró de cara a la desconocida que ya se había secado las lagrimas—. ¿Quieres abortar? Adelante, aborta, es lo mejor que puedes hacer. Desembarázate de ese rollo. Si en su día yo lo hubiera hecho, no habría perdido a mi marido. —Dirigió su mirada malévola hacia el congestionado y atónito «futuro padre»—. ¿Es eso lo que querías que le contase a tu noviecita? ¿Mi experiencia? Pues ahí la tienes. Déjame pasar, tengo prisa.

De repente se sentía más ligera, más desahogada. Tras vomitar lo que llevaba dentro acababa de reunir fuerzas suficientes para enfrentar otro asalto con Javier. Ya no le cabía duda de que vencería. Pero Javier no estaba en la mesa esperando, dos morenos de uniforme recogían y limpiaban las migas. El metre la informó de que la cuenta de la cena había sido liquidada y Moruena digirió la información, colérica y con la boca tensa.

Ana Belén y Miguel se aseguraron de que la modelo estaba lo bastante lejos y, conteniendo un grito de júbilo, chocaron los cinco y se abrazaron.

—¿Lo tienes? —preguntó ella. Miguel extrajo un móvil de última generación del bolsillo y lo agitó en el aire.

—Lo tengo —confirmó triunfante—. Preciosa, somos un equipo imbatible.

—Quien lo hubiese imaginado, nosotros haciendo de espías —rio Ana Belén divertida—. ¿Y se oye bien? ¿Se habrá grabado todo?

—Hasta el menor respiro, este chisme es una maravilla. —Manipuló el teclado—. ¿Quieres oír a la fiera despotricando acerca de las ventajas de ser mamá?

Ana Belén ya no reía. De repente miraba a Miguel con otros ojos y un sentimiento potente que día a día se desperezaba en su interior. Se acercó a él y le rodeó el cuello con los brazos, consciente de que estrechaba al hombre de su vida.

—A esa ya la he escuchado bastante —susurró mimosa—. Ahora quiero oírte gritar a ti, cielo. Llévame a la cama y hazme el amor ininterrumpidamente, hasta el amanecer.

Es curioso lo fácil que puede resolverse un juicio sin siquiera celebrarlo cuando guardas en la trastienda la prueba contundente de que quien te demanda y pretende convencer al juez de que es la mejor madre del mundo es una farsa con tacones de aguja. En los minutos de espera previos a la vista, Javier se dio el gusto de restregarle a Moruena por las narices la grabación en los baños del Babilonia y saboreó el modo en que sus ojos ladinos se salían de las órbitas. Sin rebajarse a dar la menor explicación, la modelo dio media vuelta y ordenó la retirada a su abogado que, sin comprender una micra de lo que pasaba, trataba en balde de hacerla recapacitar.

—Eres la madre, Moruena, piénsalo, llevas las de ganar, un dechado de virtud, joven, pudiente, con una situación económica más que desahogada, un futuro impecable...

—Vuelvo a Manhattan —fue la cortante manera de zanjar sus argumentos—. No insistas, han surgido asuntos urgentes que atender allí.

Abandonó el juzgado maldiciendo por lo bajo, sin despedirse de nadie. Su letrado cruzó un par de miradas interrogantes con el sonriente Javier y su acompañante pelirroja. Los dos parecían contener las carcajadas. Desconcertado, juró sumar dos ceros a la minuta final de aquella insensata y se marchó a inyectarse cafeína en vena.

Neoyorquinas estiradas y famosas... Estaban todas locas.

Había llegado el momento de celebrarlo... en privado. Por la tarde habían organizado una cena con Miguel y Ana Belén, sus cómplices en la trampa que había propiciado la victoria, y habían brindado con agua para que la embarazada dejara de protestar por todo de lo que debía privarse. Ahora habían vuelto a la caravana de Eva, encendido un sinfín de velas, y jugaban a desnudarse con la mirada como estadio previo a otra situación más íntima y caliente que les robaría muchas horas. Javier se había sentado en la cama y tiró de ella hasta acomodarla, de frente, entre sus piernas.

—Quiero que te mudes. Que te vengas a vivir conmigo y con Gonzalo —expuso con un tono que tenía poco de súplica. Mientras hablaba, desanudó el pañuelo rojo que Eva llevaba en torno al cuello y lo deslizó rozándole el escote hasta apartarlo por completo. La respuesta de su cuerpo fue inmediata, se dispararon las ganas, se le erizó el vello y se le endurecieron los pezones.

—Mmm... ¿Mudarme? ¿Con mis perros pulgosos plagados de gérmenes? —Arqueó una ceja juguetona. Deshizo el nudo de la corbata, también roja, y tiró de ella con un mohín provocativo. Fue directa al suelo, junto con el pañuelo.

—Creí oírte decir que estaban limpios como los chorros del oro y ya que tú nunca mientes... —Desabrochó un botón de su blusa. Y otro. Y luego otro. Los ojos cayeron dentro de su cremoso escote y enseguida se perdieron—. Me caen bien los chuchos, después de todo, son majos.

—Vaya si ha cambiado usted, don Monolito —susurró Eva empleándose a fondo con el cierre de su camisa. Todos los movimientos eran lentos a propósito, de acuerdo ambos en extraer un enfermizo placer de la espera. De ver aflorar la piel, centímetro a centímetro.

—El hombre sabio rectifica y crece —sentenció justo antes de dar un fuerte tirón y separar la blusa de la falda de ante. La hizo resbalar por los hombros de ella, hacia atrás, y contempló extasiado el espectáculo de los pechos de su novia dentro de un sujetador de encaje negro. Se le secó la boca deseando lamer cada milímetro de aquel cuerpo glorioso.

Eva se puso de rodillas para dominar mejor la situación. Sentada, Javier le quedaba muy alto. Necesitaba actuar desde arriba para desnudarlo. Se extasió con su torso firme y su vello sedoso. Pasó las manos abiertas por los fuertes pectorales anticipándose a lo que inevitablemente ocurriría y continuó cuello arriba hasta enterrar los dedos en el cabello, a la altura de la nuca. Gimiendo, ronroneando, contoneándose muy cerca de su boca.

Javier bajó la cremallera de la falda y metió las dos manos por debajo, palpándole los muslos.

—Además —agregó, ya ronco de deseo—, no me negarás que mi casa es más amplia. —Le mordisqueó el brazo a la altura del bíceps—. Más cómoda. —Otro repaso con los dientes a los pezones por encima del sujetador—. Más...

Eva se alejó de golpe. Dio un salto, sacó los pies de la falda y quedó en ropa interior y tacones ante Javier, dispuesta a seguir desvistiéndose y a divertirse de lo lindo.

Él protestó por el abandono. Ella se llevó el dedo índice a los labios y chistó.

—Esto no significa que te quite la razón, tu casa mola mucho pero... voy a ilustrarte acerca de las múltiples ventajas que conlleva vivir en una caravana —rio al tiempo que corría la cortina que separaba la zona de dormitorio y baño, del salón. Sopló y apagó las velas alrededor. Con las luces del salón encendidas y el cuarto a oscuras, su silueta se dibujaba perfecta contra el lienzo blanco. Apretó un pequeño dispositivo que ponía en marcha el equipo de música y el «Woman» de Maroon 5 inundó el espacio. Elevó las manos por encima de la cabeza, ladeó el cuello e inició un sugerente baile a ritmo de balada que acabó con la ropa interior por el suelo y Eva completamente desnuda. Sexi y deseable.

Se aproximó a la cama, insinuante. Javier la esperaba más que excitado. La agarró de la mano y tiró fuerte. Tenía bien entrenado el equilibrio, pudo evitar caer, pero no lo hizo. Fue directa a sus brazos y se dejó conquistar por unos labios hambrientos y una lengua húmeda y osada que la marcaron como propiedad privada.

—Eres estimulante, nena —murmuró Javier con ella encima, acariciando su redondo trasero—, le das emoción a mi vida. Y sal. Y pimienta. Y deseo inagotable. Esto es una enfermedad muy grave, requiere cuidados intensivos.

—Creo que tengo algún título de enfermera por alguna parte —ronroneó Eva entre beso y beso.

—Desempólvalo rápidamente —la instó él estrechando el cerco de su abrazo.

—A ti sí que voy a desempolvarte. —Agarró el tronco de su pene erecto y lo guió hasta su abertura empapada al tiempo que intentaba besarlo.

Pero Javier le hizo la cobra. ¡A aquellas alturas! Eva frunció el ceño contrariada.

—¡Ey! ¿Cómo te atreves?

—Señorita Kerr... —con una pasmosa facilidad, la agarró de la cintura y le dio la vuelta hasta quedar encima de ella y de un solo empujón de cadera, penetrarla—, aquí mando yo.

Eva lo miró sonriendo con malicia. Levantó un puño cerrado y se lo mostró con mucha intención.

—No siempre, caballero, no siempre.

Epílogo

Iba a ser verdad la cantinela de las medias naranjas de Rubén y Ana. De otro modo, no había explicación a cómo Javier se había colado por las bravas en el *ring* de competición de una ronda de boxeo oficial, y sin atender a razones ni a los bramidos desaforados del árbitro, me había cargado a su hombro y sacado a rastras, a pesar de mis protestas, entre la salva de aplausos de un público enfebrecido, con demasiadas comedias románticas en su haber. En mitad de la confusión oí voces, alaridos, silbidos protestando por la interrupción y entre todo aquello, las frases furiosas de Johnny echándole en cara a Javier su «numerito».

—Genial, estarás contento. Eva descalificada y nuestro club sancionado gracias a tu... ¿cómo llamo a esto? ¿Circo?

—Llámalo amor —había replicado Javier tan tranquilo.

Me retorcí como una anguila sobre su hombro, y logre saltar al suelo antes de alcanzar la puerta de salida.

—¿Pero se puede saber de qué vas? ¿Eres imbécil o qué?

Creo que Javier trató de responder y de tocarme, o todo al mismo tiempo. Pero fue imposible. Salí de la escena y me senté de un salto en la cama, agitada, cabreada y sudorosa.

—Cariño ¿has tenido una pesadilla?

Me froté los ojos angustiada, conectando poco a poco con la realidad.

—¿Cuándo diablos me he dormido?

—Caíste como un tronco justo después del tercer orgasmo. —Javier me besó los labios y me guiñó travieso un ojo—. Has interrumpido la ceremonia de celebración, pero te perdono.

Contuve una carcajada de júbilo y me dejé caer sobre la almohada. Lo observé embobada, tumbado junto a mí en nuestra cama de la caravana, manipulando el corcho de una carísima botella, dispuesto a ponerlo todo perdido de champán.

Y me sentí la mujer más feliz del planeta. No podía dejar de mirarlo, de sonreír como una tonta.

—¿Muy terrible, el sueño? Pareces contenta de haber despertado.

—Lo suficiente como para haberte asesinado al instante.

—¡Ah, entonces soñabas conmigo!, pero eso no suena muy romántico que digamos.

—Interrumpías el campeonato de boxeo, me sacabas a rastras del *ring*, me descalificaban, Johnny soltaba sapos y culebras por la boca y yo...

—¿Tú? —me recorrió divertido la cara con los ojos. Tuve unas inmensas ganas de abrazarlo y hacerle el amor a lo salvaje. Supe que él pensaba lo mismo. Le rodeé el cuello con el brazo y tiré hasta pegarlo a mi boca. Él seguía sosteniendo firme la botella, sin soltarla. Le pasé la lengua despacio por los labios.

—Yo quería matarte —silabeé mordiéndole el inferior. Javier gruñó de placer con la entrepierna repentinamente alborotada.

—El campeonato —resumió inclinándose sobre mí—. El mismo que has ganado. El mismo que me he tragado aplaudiendo tus mamporros como un poseso desde primera fila.

—A ese me refiero.

—Nena, yo jamás te cortaría las alas, dejarías de ser tú y no merecería que me quisieras.

Eché atrás la cabeza y lancé al aire una carcajada de pura felicidad.

—¿Oye, tú es que te ríes por todo? —me preguntó con un deje perverso que me puso muy muy cachonda.

—Hombre, por todo no —respondí haciéndome la interesante—, solo por lo que me hace gracia.

—Pues entonces debe ser que te hacen gracia muchas cosas, Brujilda, porque no dejo de ver esos dientes relucientes y preciosos.

Fingí inocencia y candor.

—¿Ser feliz es malo?

Javier me ofreció una copa y la llenó hasta el borde. Las burbujas me pusieron todavía de mejor humor.

—Todo lo contrario —repuso él—. Es bueno, muy bueno. Y contagioso.

Hasta el amanecer, quedaban horas. Íbamos a disfrutar de una noche de sexo sin cuartel, como casi todas las nuestras, y mi cuerpo se anticipaba a la excitación. Si estábamos vestidos, lo único en lo que yo podía pensar era en arrancarle la ropa a dentelladas. Así era siempre, todo el tiempo, entre nosotros. Sin embargo, su mueca traviesa me desconcertó.

—¿Se puede saber qué más celebramos? —pregunté haciendo chocar mi copa contra la suya—. Mi triunfo deportivo ya nos ha valido un montón de orgasmos.

—Celebramos la facilidad con que me salen las palabras cuando se trata de negocios —me dijo repentinamente serio—. O de pamplinas. Pero, tratándose del corazón, me trabo y digo tonterías. Nunca se me dio bien expresar sentimientos, Eva, creo que es mejor demostrar las cosas, hacerte reír cuando tengas un día torcido, abrazarte cuando necesites apoyo, acompañarte a los campeonatos y jalear tu machaque a la contraria por mucho que me cueste verte pelear, o besarte de modo que sepas con cuánta pasión ocupas mi vida. —Sonrió azorado. Me entraron ganas de comérmelo—. Qué voy a decirte que a estas alturas no sepas.

Aquel arranque de confesión tan emocionante me dejó estupefacta. Pero salvando el azoro, me vi en la obligación de hacer algún comentario, el que fuera.

—Te diría que lo estás haciendo bastante bien, si supiera a dónde quieres ir a parar... —Callé porque Javier apoyó la yema de su dedo índice sobre mi labio y presionó.

—No se me ocurre otro lugar donde hagas más falta que aquí, en mi corazón. Eva Kerr, ¿quieres casarte conmigo?

Voy a ser completamente sincera. Me bloqueé de tal forma con aquella petición, que los muebles de mi caravana se convirtieron en bultos borrosos y tuve una sacudida de vértigo insoportable que me invadió y dominó mis reacciones. Le eché los brazos de nuevo al cuello, se derramó el champán, no nos importó lo más mínimo, lo devoré a besos sin respuesta y, solo después de un buen rato, logré articular algo coherente.

—Sí quiero. Sí, sí, sí quiero.

—Temí que me dijeras que no, que eres una chica liberada que no cree en el matrimonio, y todos esos pretextos modernos...

Lo noté aliviado. En cualquier caso, yo ya tenía preparada mi contestación.

—Con otro puede que esa hubiese sido la respuesta. Entre tú y yo, no lo imagino de otra manera, Javi, le pese a quien le pese, hasta a nosotros mismos, somos medias naranjas desde que me besaste en Roma.

FIN

Agradecimientos

Hay novelas que deben ser pacientes. Esperar su turno en el cajón. O en el armario, una vez han sido elegidas. Porque en esta vida, cada cosa tiene su lugar y cada evento y sentimiento, su minuto dorado. De nada sirve anticiparnos, eso lo aprendí hace ya mucho, y me he vuelto tan paciente que doy miedo.

Parece que fue ayer cuando me avisaron de que Eva y Javier, mis personajes especiales, verían la luz de mano de Titania. Y sin embargo, ya han pasado años. Años que he visto crecer sin angustia, con la absoluta certeza de que su fecha sería la mejor, su momento, el idóneo. Y es en este 2018, un año con tanto significado que no sé si aguantará el peso, cuando esta historia se quita el abrigo y recibe a la primavera para regalaros un ratito de mí. De una mujer que es distinta hoy, más serena, más madura, más valiente. Una autora que, a partir de ahora, se reinventa y una persona que no volverá la vista atrás bajo ninguna excusa.

Es momento de agradecer vuestra presencia. Vuestros mensajes. Vuestra empatía, consejos, ánimos en los días oscuros. Sois tantas que no me atrevo a nombraros por no ser injusta y dejarme a alguien en el tintero, pero vuestras sonrisas me acompañan en cada evento literario, en cada presentación, en cada firma, desde cada foto que nos sacamos. Sois grandes, sois divinas y os quiero.

Gracias a Esther, mi editora, por su dulzura infinita y el cariño con que me trata siempre. Al equipo de Titania, profesional y concienzudo (lo que me he reído leyendo algunos comentarios al texto... A eso le llamo yo vivir intensamente una novela). A Ana Belén Mota, de librería Bibliopola (antes Paraíso Romántico) a la que prometí un personaje con su nombre y alguna que otra cosita más (*¡¡zuuuuumbaaaaa!!*) y aquí lo tienes, más vale tarde que nunca.

Y de nuevo a vosotras, mi familia lectora, mis amigas, desde todos los rincones de este mundo nuestro unido por el amor a las letras y a las historias románticas.

Un «GRACIAS» tan grande como el año 2018.

ECOSISTEMA DIGITAL